诗经论丛

李山

北京师范大学文学院教授、博士生导师，北京师范大学中国优秀传统文化研究与传播中心（珠海校区）副主任。长期从事中国古代文学史、古代文化史教学科研，主攻方向为先秦两汉魏晋南北朝文学。出版《诗经的文化精神》《诗经析读》《西周礼乐文明的精神建构》《诗经应该这样读》《孔子——永不妥协的大生命》《司马迁的坚守与超越——讲给大家的〈史记〉》以及教材《中国文化史》《中国文化概观》等著述，发表论文近百篇。曾做客央视“百家讲坛”“文明之旅”等栏目，主讲《春秋五霸》《战国七雄》《论语在身边》和《诗经》等节目。

诗经论丛

李山 著

广州新华出版发行集团

图书在版编目（CIP）数据

诗经论丛 / 李山著. —广州：广州出版社，2023.8
ISBN 978-7-5462-3542-4

Ⅰ. ①诗… Ⅱ. ①李… Ⅲ. ①《诗经》—诗歌研究—中国
Ⅳ. ① I207.222

中国版本图书馆 CIP 数据核字（2022）第 199273 号

书　　名　**诗经论丛**
　　　　　Shijing Luncong
著　　者　李　山
出版发行　广州出版社
　　　　　（地址：广州市天河区天润路 87 号广建大厦 9、10 楼
　　　　　邮政编码：510635　网址：www.gzcbs.com.cn）
策划编辑　何　旻
责任编辑　司丽丽　何　旻
责任校对　王俊婕
印刷单位　三河市祥达印刷包装有限公司
　　　　　（地址：三河市杨庄镇杨庄村　邮政编码：065200）
规　　格　880 mm × 1230 mm
开　　本　1/32
印　　张　13.875
字　　数　344 千
版　　次　2023 年 8 月第 1 版
印　　次　2023 年 8 月第 1 次
书　　号　ISBN 978-7-5462-3542-4
定　　价　68.00 元

发行专线：（020）38903520　38903521

目 录

序

此书收录的是自20世纪90年代以来发表在各种学术期刊上的关于《诗经》讨论的文字。古人“皓首穷经”，可就笔者而言，“首”是“皓”了，至于“穷经”，则远谈不上。书名“论丛”，“丛”之为言，“丛生”也。凡植物丛生，高大者盖寡，正可喻此书文字。所幸这些文字的写作，都是过了心、努了力，且本着自己的学术兴趣写的。把这些文字“丛”起来，奉献学术同好，用意仍在嘤鸣友声，以求攻错。书中也收了几篇关于其他文献的讨论，因其与《诗经》时代相同或相近，也不算太跑题。

研读《诗经》许多年，写了些文字，是非对错，留待批评。值得一提的是一件惭愧的事。在1997年出版的《诗经文化精神》里，笔者曾提出，西周东周之交“二王并立”的短暂十余年是《诗经》政治抒情诗的高潮期。“二王并立”在《左传》《史记》等传世文献中未见，见于西晋学者整理的当时的出土文献《竹书纪年》（近出“清华简”《系年》中也有大体相同的记载）。对“二王并立”这段历史，当代学者也有论述。笔者提出“二王并立”的十余年是《诗经》创作的高潮期，就是依据《竹书纪年》及当代学者对这段历史的论述，当时觉得还蛮不错的。可是，随着对《诗经》学术史的了解增多，惭愧的心情也就随之而来了。因为“二王并立”与《诗经》创作的关系，起码在元朝刘瑾的《诗传通释》中就涉及了，此后朱鹤龄（《愚庵小集》卷十三《读周本纪》）、惠周惕（《诗说》）等学者也都提出了类似看法，其中朱鹤龄的论述尤能结合历史记载。可是，笔者当初言“二王并立”时，却不知道前人这些已有的说法，岂不是很令人汗颜？过去看老前辈著述为序，常见“抗颜为师”之类的话，还以为全是谦虚，其实老前辈也是在表示戒慎。古人说，耻一物之不知，表达的其实是读书人应有的志向。有此“志向”高悬，自然就会对自己的无知心存戒慎。急于发表是当代学人的通病，笔者也是这样。如此，读书养学就不在意，这实在是令人遗憾。做学问，应该比的是精深，而不是发表及发表数量。

于是，出这本论集，就越发显得是要自暴其短了。是的，若能得到读者剀切的批评乃至知识层面的揭短，都是荣幸的，因为这有助于笔者进步。

感谢广州出版社的朋友，没有他们，也就没有此书。同时也感谢几位在读的研究生同学，他们帮助搜集校读，出力不少。敬请读者不吝赐教！

李　山

2022年12月16日

《诗·大雅》若干诗篇图赞说及由此发现的《雅》《颂》间部分对应

摘　要　本文对《诗·大雅》中若干篇章作了重新解释，认为所谓史诗一类的作品，实际上是祭祀时的图赞诗。由此思路，推断出“雅”“颂”某些篇章的对应关系。

关键词　《诗经》　史诗图赞

这里要说的“若干篇章”，是指《诗经·大雅》中下列篇什：《大明》《思齐》《绵》《皇矣》《生民》《公刘》等。“图赞说”是说这些篇章都是周王大祭祖先时，对宗庙壁图上祖先人物及其业绩的述赞之辞。图赞说这一新提法能够成立，必须有两方面的证明：一者为西周王室庙寝制度方面的，一者为诗篇内容方面的。前者是这样一个问题：王室宗庙中有壁图吗？后者则是这些诗篇是在赞图吗？

关于前者，我们有来自金文方面的两条证据。一条是周厉王时器《善夫山鼎铭文》，曰：“隹卅又七年正月初吉庚戌，王在周，各（至）图室。”另一条是宣王时器《无叀鼎铭文》，曰：“隹九月既望甲戌，王各于周庙，述于图室。”据有关学者解释，文中“图室”，即金文中常见的“大室”，因其有先公先王图像，故又称“图室”。[①]材料虽只有两条，却极具说服力。上古宗庙灵寝一般有壁

① 曲英杰：《西周王庙考》，《第二次西周史学术会议论文汇编》（打印本）。

图绘饰，又可为文献所佐证。典型而常识的一例即屈原《天问》。此篇古有“呵壁”之说，所“呵”之“壁”，即楚先公先王祠堂灵壁。此说出自东汉王逸《楚辞章句》。王逸楚人，其以“呵壁”说解《天问》，容有异见，然而楚宗祠中有壁图，其事当有所本，不应轻易否认。又《左传·宣公二年》：“晋灵公不君，厚敛以彫墙。”注：“彫，画也；彫，本亦作雕。”可见图绘墙壁是春秋时的习尚。更能直接说明问题的，是《孔子家语·观周》的一段记载。文曰：

> 孔子观乎明堂，睹四门墉（墙壁），有尧舜之容，桀纣之像，而各有善恶之状、兴废之诫焉。又有周公相成王，抱之负扆，南面以朝诸侯之图焉。

据此可知，东周的宫殿内是有壁图的。此处的“明堂”固然是东周建筑，但殿堂中有壁图，很可能是延续着西周旧制，因为东都雒邑的营造本与宗周镐京同时。退一步说，即使孔子所观的明堂是东迁后建造，它也应与西周宫殿有着制度上的渊源关系。明堂未必就是宗庙，但王国维《明堂殿寝通考》尝言：“明堂之制，……为古代宫室通制，故宗庙之宫室亦如之。”①虽是就宫室建筑形制而言，但也未尝不可以方诸其他设施，因为“古者庙、寝之分，盖不甚严”②，祖宗神灵寄居之所，往往又是君王重大政事活动的场地。另外须加说明的是《孔子家语》这本书。一般认为《家语》系魏王肃伪托。然而，《观周》篇的这段材料，却不可视为王氏的向壁虚构。伪书未必全伪，是文献学上的一条常识，而考古发现，又可以证明孔子观周所见于实有据。1979年发掘的陕西扶风杨家堡四号西周墓生土墙壁上，人们曾发现过带状的二方连续的白色菱形图案③，正可作《家语》此说可信的支持。

受两条金文材料启发，我们发现，《诗经》的古代注释家们似

① 王国维：《观堂集林》，中华书局，1959年，第132—133页。
② 同上。
③ 罗西章：《陕西扶风杨家堡西周墓清理报告》，《文物与考古》，1980年2期。

乎已经说到西周宗庙灵寝中有图像的事实。例如《周颂·清庙》是一首赞颂宗庙肃然清静的诗，王先谦《诗三家义集疏》引《尚书大传》曰："《清庙》升歌者，歌先人之功烈德泽也，故欲其清也。……苟在庙中尝见文王者，愀然如复见文王。"又引同书《洛诰》篇云："庙者，貌也，以其貌言之也。"因此郑玄在笺释《清庙》篇时谓："庙之言貌也，死者精神不可得而见，但以生时之居立宫室，象貌为之耳。"所谓的"象貌"，依我们的理解，不大可能是塑像，而更可能是图像之物。至今考古文物发现，不可谓少，然而在出土的周代器物中，几乎见不到作为纪念或崇拜对象的塑像之物。从当时精湛的青铜铸造工艺看，那时不是没有这种能力。周人祖先崇拜意识极强，然而对他们的考古却见不到神像之类的遗物，实在叫人纳罕。这方面的阙如默示着什么可不去管，但这阙如，却鼓励着我们将"庙者貌也"之"貌"，视为墙壁上的画图。这仿佛是一种传统，如后世西汉鲁灵光殿以及见诸山东嘉祥的东汉武梁祠等①。其"庙者貌出"之类的形象，也都是施诸墙壁上的。

稍有问题的，我们引证的两条金文，出自西周较晚时期的铜器，而我们所要说明的几首诗篇，一般理解，其创制时间要在西周较早时期。那么，较晚的金文资料，是否能够证明西周较早时期宗庙中就有壁图呢？我认为是这样的。理由是：祖宗祭祀，渊源古老；而庙堂设施，又十分讲究因循古制，一般不随意更张。如此，西周宗庙有"图室"，不当至厉、宣时期而始有。而且，从艺术史的发展角度看，西周初期就有壁绘庙寝墙壁的事情，也并非不可能。据考古发掘，早在殷商之前就有壁画。在甘肃秦安大地湾，人们发现过"地画"；在宁夏固原店河齐家文化居址，人们发现过存留在墙壁上的图案；在辽宁西部红山文化区域一座被称

① 鲁灵光殿，是西汉时建筑，殿堂中有壁图，反映在东汉作家王延寿的《鲁灵光殿赋》中，该赋见《文选》卷十一。武梁祠石像艺术可参看容庚《汉武梁祠画图录和考释》及朱锡禄《武氏祠画像石》等书。

之为“女神庙”的遗址中，人们发现过“彩绘墙壁”的残块；而在更晚近的殷墟遗址中，人们曾发现过描在灰白壁面上的红色花纹和黑色圆点；在洛阳东郊的殷人墓穴里，又曾出土过一种被称为“画幔”的东西，黑、白、红、黄诸色绘制的几何纹饰，其色彩经数千年依然分明可辨①。以上发现，只是上古漫长壁画艺术历史残缺的线索，即使如此，西周以往的壁画实践所积聚的艺术能力，也可以清楚地看出。色彩与线条，对图画而言，是必不可少的，这在殷商以前的绘画家，就已经不成问题；将线条和色彩有效而不失表现力地敷之于墙壁，并非易事，然而这也没有难倒古人，他们做得相当不错。如此，西周较早时期，宗庙墙壁上有绘饰的人物图像，就不是空穴来风、突兀而至。他们只是在接续并光大着一种艺术形式。“画缋之事，杂五色，……青与白相次也，赤与黑相次也，玄与黄相次也。……杂四时五色之位以章之，谓之巧。”见诸《周礼·考工记》的这段文字，载录的应是周历代画工们使用色彩的心得。虽是言色彩，线条已在其中，虽是泛言绘事，壁画已在其中矣。

西周较早时期已有在宗庙墙壁绘图的能力，已如上述。现在说《大雅》那几首诗篇为壁图赞辞的理由。

有三重证据可以证明，《大雅》中《大明》等若干篇章，系西周宗庙祭典中述赞壁图的诗篇。

第一，从诗篇对诗中人物特定的称谓方式，可以推断诗为赞图之作。

在《大明》和《皇矣》这两首诗中，出现了“大任有身，生此文王”“维此文王，小心翼翼”“有命自天，命此文王”及“维此王季，因心则友”等诗句。这里须加注意的是，限定“王季”“文王”

① 王伯敏主编：《中国美术通史》第一册，山东教育出版社，1987年，第116页。

的“此”“维此”两个限定词，都是近指性的。如果诗篇是讲史性的对过去时代人、事的叙述，稍加措意就可以看出，这样来称述，是极不妥当的。诗篇不可能是两位先王的“墓前讲话”之类的辞，这为诗篇文义所不许。唯一合理的解释是，诗人用“此”“维此”的近指词，来修饰“文王”和“王季”时，他是有所面对的，而所面对者，当然不会是文王、王季本身，而是“祭神如在”的替代物，那就是宗庙中的壁图。这两首诗言及了诸多先人，《大明》中有文王、武王、大任、莘女；《皇矣》篇上帝而外，又有大伯、王季以及文王。由此可以料想，环布在宗寝灵壁上的人物，是成组成群存在的。而在诗篇，由于主题的限制，其赞颂的人物，却是有主次之分的。“此”“维此”云谓，正应对着将诗中主人公从图像群中区别出来的要求。我们甚至从“维此”“此”的用语中，仿佛看到诗人当时口唱手㧑的具体情景！

第二，由诗篇特定的画面感，可以推断诗篇为赞图之辞。

首先应当清楚的是，《大雅》这几首诗，虽也必不可少地涉及了历史事件，但其立意的总体倾向，却并非叙述故事，而是要赞颂往事背后的某种意谓。《大明》篇固然歌唱了文、武两代先王前后相继、终于克商的史事，但诗更着意的是两代贤王之上，尚有两代贤德的母亲，即大任和莘女。代有贤妇又代出贤子，这就不是人间意志所能左右的了，在诗人看来，这是天意的体现。所以，诗一开始就唱：“明明在上，赫赫在下。”又说是“天位（立）殷适（敌），使不挟四方”。唱文、武，赞任、莘，归趣则在赞美周家的膺承天命。又如《皇矣》篇，周文王的伐崇征密，诗明确地表示，这是在“不识不知”地“顺帝之则”，而周人终于能在岐阳之地“四方无拂”地坐地生根，诗人则更明确地认定是出于“皇矣上帝，乃眷西顾”的意志。再如《生民》一篇，种种后稷难以理喻的神奇描述，实际是在显示周族农耕德行的天赐要基。粗略地勾勒人物及事件，乃是为着显示其背后的意义。在《绵》和《公刘》

这两首不涉天命虚言的篇章里，对周人迁豳徙岐、如火如荼地理田作室的描绘，说到底，也是在以感念的激情，推本着周族所以昌达的祖先功德。强烈的观念色彩与感念之情，决定着这些诗篇本质上的抒情特征。在这里，事摄于情，义主宰事，事项虽多，却不是叙事的体式。对此，《生民》篇是绝好的例证。诗篇详细地述说了后稷初生后几次被丢弃的情形，然而对他为什么屡被丢弃，却无一言道及。如此地缄默，致使此处的事件只是片段，无以成为一个因果相联的故事整体。荷马史诗曾将希腊人对特洛伊征战的起因，归咎于该国王子拐带了他们的倾国美人。史诗不是理由的理由，是故事的周全所必需，是叙述得以展开所必需。而《生民》的省略，只有将其理解为诗篇的创作不是满足听者的故事兴趣，才是通顺的。后稷的屡弃而不死，显示着天意，也许对诗人来说，这就够了。

不是追忆和重构故事的过程，于是历史的事件便不是在情节冲突里展开，而是在画面中呈现；画面感强烈，是几首《大雅》诗篇造诣上最显著的特征。请看如下章节。

《大明》尾章：

牧野洋洋，檀车煌煌，驷騵彭彭。维师尚父，时维鹰扬。

《绵》四、五、六章：

迺慰迺止，迺左迺右，迺疆迺理，迺宣迺亩。自西徂东，周爰执事。

迺召司空，迺召司徒，俾立室家。其绳则直，缩（束）版以载，作庙翼翼。

捄之（装土）陾陾（象声词），度（投）之薨薨，筑之登登，削屡（隆起处）冯冯。百堵皆兴，鼛鼓弗胜。

《皇矣》尾章：

临冲（战车）闲闲（摇动貌），崇墉言言（高大貌），执讯（俘虏）连连，攸馘（割下的耳朵）安安（纷沓貌）。是类

（祭天仪式）是禡（师祭），是致（安抚敌国社稷神）是附（安抚敌祖先神并为之立后），四方以无侮。

《生民》三章：

诞寘之隘巷，牛羊腓（庇护）字（喂奶）之。诞寘之平林，会伐平林。诞寘之寒冰，鸟覆翼之。鸟乃去矣，后稷呱矣。实覃（长）实訏（曲折），厥声载路。

《公刘》三章：

笃公刘！逝彼百泉，瞻彼溥原。迺陟南冈，乃觏（观看）于京。京师之野，于时（是）处处，于时庐旅；于时言言，于时语语。

上述章节，强烈的画面感，来自联翩出现的物象，人群活动的场景以及川原地理的方位等。一个十分突出的印象是，诗人在歌唱他的人和事时，好像正在“看着”什么。靠着想象和虚构，诗人也完全可以用语言营造出艺术的画面。但在这里，诗人并不是用想象的头脑去构造着他诗中的人物、故事，而是在用观看的眼睛去扫描、述说并赞叹着诗中的场景和事件。与此相伴，诗篇的画面是平面性的，缺少纵深度和立体感。这主要表现在对画面中的人物行为活动描写的节制。例如《大明》篇中，“师尚父”（即姜尚）在“肆伐大商”中的英雄行为，照理说是诗人驰骋想象的好对象，然而却只以一句“时维鹰扬”的赞叹语虚笔带过。看得出，姜尚的勇武感动着诗人，但“师尚父”作为画面中重要角色，却缺少人物活动中的性情、意志等深度的性格内涵。因此，在诗的画面中，作为一个人物，“尚父”只是一团光彩，与“煌煌”的“檀车”、“彭彭”的“驷騵”等一起，构成一个平面的战斗图景。

更典型也更能说明问题的是《公刘》篇中“京师之野……于时言言，于时语语”几句。在这里，歌唱着往事的诗人，与荷马的盲目不同，他更像是一位聋聩。他只能“看见”群集的古人在“言言”“语语”，却“听不见”他们在言语些什么，而且竟然不用想象去补偿一下自己的耳力所不及。同样，像“迺召司空，迺召司徒”以及“绳直”“版载”的情形，“鸟乃去矣，后稷呱矣”的情形，更像是目击之辞，而不像是对千百年以往之事的悬拟之辞。而一句“迺慰迺止……周爰执事”的概说，诗人仿佛就站在那往古生活场景的一旁。

诗人并不缺少想象力，同时他也并不聋聩。《绵》中“捄之陾陾”那一章各种象声词的联翩使用，就充分表明诗人对声音的敏感和想象力的表达。诗人不聋而聋，想象而不想象，都暗示着这样一种情况：他受着创作对象及歌唱情境的限制。如果我们将诗篇的画面特征，与它们是对宗庙壁图的述赞这一点联系起来考虑，就能得到一种豁然的理解。西周王家宗庙对所有有资格进入其中的人而言，都是公开的。如果壁图对“师尚父”勇武的形象已有鲜明的摹写，赞图的诗人就没有理由再啰嗦他是如何勇武的。实际上，拈出“鹰扬”的字眼，就已经很精彩地传达出人们对壁图形象的观感了。同“言言”“语语”的点到为止，也正显示诗人的述赞得体。公刘迁豳，是遥远的往古之事，如果壁图上只刻划了祖先们对话的表情，试问有哪个诗人敢在宗庙中的观众们面前，虚诌出古人在说些什么？

诗人也不是不能发挥他的想象，但这要在限制的范围内，要看是否合适。《绵》中祖先树版筑墙的图景，就非常适宜诗人用想象为其配上“鼛鼓弗胜”的声响。唯有如此，方能酣畅地表达出观图者当时被激起的情感共鸣。画图表现历史，有些事情能入画，有些则不宜图写。在《皇矣》篇中，高潮性的诗章，不是战争厮杀的正面描述，而是上文所举的献俘场景。正面杀伐的阙如，也须从述赞壁图的角度来理解。如果绘图者不想使他的祖先有刽子手嫌疑，自然就不会去展示战争血流漂杵的惨状。献俘典礼，则最宜图饰周家的胜利。

至此，我们可以说，诗篇平面的画面感，正由于它们是宗庙壁图的语言拓本。

第三，诗篇为图赞的证据，是诗篇表述地理名谓时，所显出的方位意识。

这种方位意识表明，《大雅》这几首诗最初的创作与演唱，都是在宗庙中进行的。理由是，这些诗篇在言及地理方位时，一如对“文王”“王季”的修饰，往往也用近指性限定词。我们知道，文王以上的周人先祖活动的岐阳、古豳之地，距宗周镐京都有百里以上的距离。然而，《绵》在言及周人初至岐原时谓：“爰契我龟，曰止曰时，筑室于兹。”《郑笺》：“时，是；兹，此也。”“时”“兹”系近指。而句中“爰”，又属“于焉”合音，即“在此”之意，如此，同篇中“爰及姜女”“周爰执事”之“爰”，皆系近指性副词。《公刘》篇在道及豳地时称“于胥斯原”，“胥”为“观察”义，“斯原”即“此原”，“斯”亦系近指。篇中“于时处处”诸句，又与“筑室于兹”同义。近指限定词的使用，十分明确地暗示出，歌唱着祖先业绩的诗人，就站在祖先当年创业的土地上。在上文引述的《公刘》篇“逝彼百泉”一章中，出现了“百泉”“溥原”“南冈”等古豳之地的“小别名”，如此突兀地称举这些小地名，只有身处其地才是可以的，否则便会使听者感到莫名其妙。古人一般在祖先发祥之地建立宗祠，以时配祭，而岐周之地古有宗祠庙宇，又为现代考古发掘所证明。如此，诗篇诵唱于宗庙之中，就越发显得确定不疑。我们还可以通过这样的设问来强化此处的判断：试想，诗人及其他祭祀者来到祖宗故地时，如此处尚有先王庙宇，诗人首先应盛赞这些宫殿如何壮观、雄伟，等等，然而诗篇却丝毫没有这方面的表现，相反，倒是他们最不可能看到的祖先建造宫殿时的劳作场景，极尽夸张之能事。这只有一种可能，就是他们凭借了某种记载，这“记载”就是宗庙中的画图。

有此三证，《大雅》中《大明》《绵》《皇矣》《公刘》《生民》等若干诗篇为宗庙壁图述赞之诗，当属可信之论。

下面接着说雅、颂之间的“对应”问题。“对应”的发现，是由图赞说“启发”出来的。宗庙中赞图歌诗，当然是祭祀活动才有的情况。而述赞壁图的目的，在于以祖先功德教育后代，这也是显而易见的。图赞的诗篇，是唱给活人听的。然而问题是，祭祀活动不可能没有献给祖灵的乐歌。这不禁使人去想：现存《诗经》中有没有同时献给神灵的诗篇呢？这是发现“对应”的思路。沿着这思路，我们在《周颂》里居然找到了与《大雅》相应的篇章。如《大雅》有《生民》一篇，是选述周人始祖后稷的，而《周颂》中竟有《思文》诗，也是颂美后稷盛德的。《周颂》中有《天作》篇颂美太王、文王两代先王迁岐定居的壮举，而《大雅》中恰好有《绵》《皇矣》两首诗篇，分别述赞太王和文王（及其父亲）是如何徙岐安居的。至此可以说，“对应”的确切含义是：有些内容一致的雅颂诗篇，在创制的当初，本系同一祭祖大典的乐歌，只是由于其间存在着“神听”与“人听”的分别，才一归于颂，一归于雅。雅颂之别，是后人的科判。

有什么理由说这里的对应，不是巧合而必为同一典礼制作的结果呢？诗篇内容可以为证。对应的篇章，在思路上是一致的，在内容上是互为表里的。先看《思文》与《生民》一组。《思文》曰：

> 思文后稷，克配彼天。立我烝民，莫匪尔极。贻我来牟，帝命率育。无此疆尔界，陈（通“田”）常于时（这）夏（华夏）。

诗内容大体可分为两层：颂扬后稷的至德，表达祭祀者继续祖业的志向。“莫匪尔极”的“尔”字，表明诗是唱给神听的。再看《生民》篇内容。《思文》说后稷“贻我来牟”是上天的意志，而《生民》一则曰姜嫄“履帝武敏”而受孕，再则曰后稷出生无灾无害是上帝在“以赫厥灵”；而盛赞后稷生而知之的稼穑天赋，又是诗通篇的大旨。《思文》称“立我烝民，莫匪尔极”，极赞始祖农耕稼穑对生民的大德。后稷的稼穑本领如何？请看《生民》第五章的叙说：

> 诞后稷之穑，有相之道。茀（拔除）厥丰草，种之黄茂。实方（大）实苞（茂盛），实种（丛生）实褎（长大貌），实发实秀，实坚实好，实颖（芒）实栗（粒饱满）。即有邰家室。

正是后稷的“有相之道”，所以周人才有“家室”。这就是“烝民”得“立”。《思文》说“贻我来牟，帝命率育”，意谓来牟谷物是上天所赐，《生民》对此则有详细的表述：

> 诞降嘉种，维秬（黑黍）维秠（一壳二粒），维穈（赤苗谷）维芑（白苗谷）。

看来《思文》所说的“来牟”并不专指麦类作物，而是五谷“嘉种”的代称。《思文》是献神曲，是祭典正歌，而《生民》则对祭典本身有生动的铺陈：

> 诞我祀如何？或舂或揄，或簸或蹂。释（淅米）之叟叟，烝（同“蒸”）之浮浮。载谋载惟，取萧祭脂，取羝以軷（祭路神）。载燔载烈，以兴嗣岁。

诗篇在行将结束时，忽然描述祭祀过程，这在诗篇自身是缺少照应的，是突兀的。前人将此处所描述的祭祀活动，说成是后稷的始立祀典，明显与文中“我祀”之语相抵牾，因而是生硬不通的。实则，此处所谓的“我祀”，就是指《思文》“克配彼天”的后稷祀典。对祭祀贡品及过程的表白，尤其为两诗同典的硬证。

再看《天作》与《绵》《皇矣》对应的情况。与《生民》《思文》间的对应不同，《天作》对应着两首《大雅》诗篇。这是由祭祀内容所决定的。《思文》只享后稷，而《天作》则配祭两位先王。诗曰：

> 天作高山，大王荒（垦治）之。彼作矣，文王康（安居）之。彼徂矣岐，有夷（平坦）之行（大道）。子孙保之！

诗中出现太王（即古公亶父）和文王，很显然是二神同祀。诗中“彼徂矣岐，有夷之行”句，在断句上，古来有不同的读法。此处依于省吾《泽螺居诗经新证》为断。又于先生训“矣”为“与”，训“徂”为“沮”，两句意“谓沮水之侧，与岐山之下，有坦夷之道也。”[①]现在先说《天作》与《绵》的对应关系。

《绵》主要写“未有家室”的太王率族人迁徙岐下的历史。诗言“自土沮漆”又言“率西水浒”，与《天作》“彼徂矣岐”合若符节。诗盛言周人在周原疆田理界、“筑室于兹”的活动，正呼应着《天作》“大王荒之”的“荒”字。《绵》七章言“柞棫拔矣，行道兑（通畅）矣”，也正可视作对《天作》“有夷之行”的绝好分说。而诗最后一章结穴于文王联合虞、芮盟国，周始强大，实际是在说太王的迁岐，为文王的事业奠定了基础。这又与《天作》的思致十分吻合。

下一首与《天作》相对应的《皇矣》篇，是接着《绵》的思路而来的。何以见得？诗的开篇方式即可为证。诗一开始就写对岐山的开荒，这分明是太王的业绩，而诗却不说出太王，正是承着《绵》篇而作的省略。而诗篇在一开头就表出上帝对周人的“眷顾”，又与周人“文王受命”的信念相关[②]。《绵》的主脑是详叙太王的“荒”治岐山，而《皇矣》的重心则落在《天作》“文王康之”的“康”字上。“康”字，《毛传》无训，《郑笺》以“安居”释之。古人开拓生存土宇，往往与征战相联，所以《皇矣》写周王在“上帝”主使下的大肆征伐，与《天作》的“康”字之义，非但不矛盾，而且相互补充。《天作》以“子孙保之”的叮咛作结，此义在《皇矣》中更有着意的宣示：“无矢我陵，我陵我阿。无饮我泉，我泉我池。度其鲜原，居岐之阳，在渭之将，万邦之方，下民之王。”“保之”之义，由此愈显得语谆意切。这里易生疑议的是，《天作》只是言及太王、文王两位，而《皇矣》篇中却多出一位王季。问题并不

① 于省吾：《泽螺居诗经新证》，中华书局，1982年，第76页。

② 《史记·周本纪》：“季历娶太任，皆贤妇人，生昌，有圣瑞。”《正义》曰：“《尚书帝命验》云，季秋之甲子，赤爵衔丹书入于丰，止于昌户。其书云……”季历只是太王的次子，据说只是由于他的儿子昌（即文王）生而有“圣瑞”，太王才将王位传给他，可信与否当别论，起码后世周人是这样认为的。

难解释。诗赞美王季，只是从他的德性着笔，没有什么具体的作为，笔墨不少，但从全诗看，实际是在为文王的德性张本。而且，岐山先公先王的庙里，不可能没有这位文王父亲的形象，赞图的诗篇，也就不可避免地要道及这位过渡人物。

有一个问题倒是值得提出来讨论。按着“对应”的说法，《大雅》中《公刘》《大明》及《思齐》等篇，就应该能从《周颂》中找到相应的篇章，然而却没有。这个问题的解决，须同古代宗祀制定结合起来才行。先说《公刘》一诗。此诗无相应的《周颂》篇章与之对应，这当与后稷的祖庙在豳地有关。诗叙公刘迁豳的历史，但公刘究竟从何地移居，却是一个颇有争议的问题。《生民》称后稷“即有邰家室”，近人一般认为邰地在今陕西周至县西北的渭水谷地。然据钱穆《西周地理考》研究，周族发祥地，实在今晋南汾水沿岸地区。在《西周史》一书中，许倬云教授认为：“由商周冲突的记录看来，周人祖先当以原在汾域较为可能。”[①]这就是说，公刘的迁豳不是从今陕西的周至县来，而是从较为遥远的山西来。按古人宗教生活的习惯，公刘迁豳后，必当为祖先立庙。这在诗中有内证。《公刘》四章“于京期依”数句，自明清学者何楷、钱澄之、马瑞辰以来，都认为是写“宗庙始成”之礼。即是说，迁入陕西境内后，周人最早的包括后稷在内的祖宗庙宇，就在古豳之地。古人祭神，除始祖外，新鬼大而故鬼小，按“庙祧”之法，[②]公刘的祖灵应当附寄在始祖的庙内，祭后稷时一并献礼。这很可能就是《周颂》没有专为公刘献祭诗篇的原因。如此，祭公刘而无颂诗相对，正好暗示着《公刘》与《思文》《生民》为同一祭典诗篇的事实。

《大明》一篇的主旨，上文已经说过，重在述赞王季和文王

① 许倬云：《西周史》，生活·读书·新知三联书店，1994年，第43页。

② 有关“庙祧”之法，《礼记》中多有记载，可参看清陈奂《诗毛氏传疏·周颂》有关部分对这个问题的疏释。

两代成功婚姻背后的天意。诗篇最后以武王伐商胜利作结，正是周人天命荣宠，代有贤王的必然结果。这首诗没有颂诗与之相对，也是必然的，因为它叙述的婚姻关系的缔结，这不是宗庙祭礼的内容。然而宗庙壁图，却可以有这方面生活的图景。因此可以说，《大明》篇是对壁图上更广阔的生活内容的述赞。《思齐》一篇，我们认为也是赞图诗。其“雍雍肃肃”意象，“丕显亦临”的“临”字语意，很可能传达的是诗人仰瞻壁画的观感。按古人男女尊卑的观念，不会单独为她们行祭，而《周颂·雍》篇“既右烈考，亦右文母”的诗句，更确凿地说明，先妣是附祭男祖的。如此《思齐》没有《周颂》与之相对，也就自然而然。

“对应”是读《诗》的一种新思路。顺着这思路我们发现，对应并不限于上述情况。分别编排在雅、颂各部之首的《文王》和《清庙》两篇，也存在着对应关系。

这要先从《文王》篇说起。此诗大旨是盛赞文王为周邦开立的基业，使子孙“本支百世”“不显亦世”。诗一言“文王陟降，在帝左右”，再言“裸将于京”，很明显与祭礼有关。值得注意的是，诗对祭礼过程与祭祀人群的描写。诗三章言：“思皇多士，生此王国，王国克生，维周之桢，济济多士，文王以宁。”显然“多士”即文王的“本支”“孙子”。至第四章又说“有商孙子”“侯于周服”，第五章继写他们“厥作裸将”的助祭情景。这样，《文王》描述祭祀场面，实即写了两群人：一是文王的子孙，即“济济多士”；一是助祭“裸将”的殷商后裔。

现在再看《清庙》。诗开头言“於穆清庙，肃雍显相”，赞美庙堂清幽肃静，诗不是献神的，而是献神前的序曲。这又与《文王》篇重在写祭祀人群，意谓相应。句中“显相”之“相”，前人多以助祭者为释，通观全诗，不如解作“庙者貌也”，即壁图中庄严肃穆的祖先形象为妥。理由是，下文有对助祭者的专门描述。继之，诗又言“济济多士，秉文之德，对越在天”明显地是在表文王子孙。接着又写“骏奔走在庙，不显不烝，无射于人斯”，《郑笺》释“奔走”者为助祭者是正确的。“骏”通“逡”，《齐诗》本篇正作逡。逡的意思是疾敏。《礼记·大传》谓：助祭者“执豆笾逡走”，可见“逡”正是对助祭者的表述。“无射”之“射”，又作“斁”，《周颂·振鹭》有“在彼无恶，在此无斁”句，据《诗序》，也说是助祭者。子孙众多，敌国后裔顺服，正是文王事业得到光大的表现。两诗内容如此密迩相联，能说它们不是同一祭典的作品？

还有一种宽泛的“对应”现象。《周颂》及《大雅》诗篇多与祭祖相关，而《大雅》中又有若干诗篇，虽不是用以献神的，却与祭祀活动有关联。它们有的是写祭祀正典之后，招待“宾尸”的，如《凫鹥》；有的是颂美祭祀活动中的周王的，如《既醉》，等等。它们应与《周颂》《大雅》所表现的某次重大神事活动有关，只是单从内容上无法判断具体与哪首诗对应而已。

“图赞”“对应”两说如能成立，它的发现，对三百篇的研究，其意义应当说还是很大的。其一，真切地了解《大雅》那若干首历来被视为“史诗”作品的创作实际，是真正文学地读解这些诗篇的前提；“史诗”这个外来的概念应予扬弃，正在于它总产生隔膜。其二，某些雅、颂作品可以合读，由此周家宗庙礼数，认识全新。同时，如果有谁发现关联着雅、颂诗篇某一首创制时间的证据，那么，他所证明的，将不仅是该篇自己，而是牵连着的多篇。其三，同一典礼上的制作，今见诸雅、颂各部，原来是后人编排的结果。雅、颂的名目是后立的，经学家对雅颂的定义，须重新认识和修正。

现在，也许是这样的问题已摆在了我们的面前：祭祀大典中献神与述祖的诗篇成套制作，系振古如兹，还是到某一时期才有的增创？如是后者，它又意味着什么？

（原载《文学遗产》2000年第4期）

《商颂》作于“宗周中叶”说

摘　要　《商颂》创作年代自古有“商代说”和“春秋说”两种。《商颂》应为西周中期的作品。西周昭王时王朝与淮水、汉水地区的淮夷、荆楚进行过连年战争。有证据表明，宋国在这场战争中是为周朝效过力的，因此宋国才真正受到“二王之后”的特殊待遇。《商颂》的创作正以此为契机。

关键词　《商颂》　创作年代　西周中期

《商颂》创作时代问题的今、古文经学之争，到今天还在延续[①]。但也有学者曾跳出今古文经学的局限，提出新的见解，这就是王国维。在《商颂考》中，王国维说：“《商颂》盖宗周中叶宋人所以祀其先王也。”[②]王国维的见地来自他对西周文献的熟稔及对相关历史文化研究的深入，但他对自己的见解语焉不详，给主张“商代说”的人留了空子。

本文在某种意义上，可以看作是对王国维《商颂》作于“宗周中叶”说的一个证明。西周中叶（穆王、恭王两朝）存在过一个诗歌创作的高涨期，后儒因迷信周公“制礼作乐”的陈说，致使这个高涨期隐而不彰。《商颂》实际是这个高潮期的组成部分[③]。

---

① 今人对《商颂》年代的一般看法，可参考陈桐生《〈诗经·商颂〉研究的百年巨变》（《文史知识》1999年第3期）一文的综述。

② 王国维：《观堂集林》，中华书局，1959年，第116页。

③ 李山：《诗经的文化精神》，东方出版社，1997年，第163—198页。

一

今传《商颂》诗篇五首:《那》《烈祖》《玄鸟》《长发》和《殷武》，其年代历来有争议，今文家认为作于春秋时期，古文家则认为是商代创作。

今文家说《商颂》作于春秋宋襄公时期，那是出于对那位“不伤二毛、不鼓不成列”的宋襄公的偏爱。看一看《公羊传》对宋襄公的赞美，此点不难理会。《商颂》有本事可考、可据以判断时代的是《殷武》篇，诗的后半部分唱到宋的大兴土木。今文家说它美宋襄公与楚人争霸，可宋襄公的争霸，先是被楚人逮住，后是被楚打得惨败，连他本人都伤了大腿，哪还有心思像诗里说的那样大兴土木、建造宫殿？今文家又说《殷武》篇是宋襄公美其父宋桓公。宋桓公的确追随过齐桓公讨伐楚国，但齐、宋等诸侯只在楚国的北境召陵与楚会盟了一下，充其量只是向楚国作了一下示威，与诗篇所说“奋伐荆楚，罙入其阻”差距太大。正因如此，今文家的种种旧说新论在今天基本上没有市场了。

应该说，将今文家的旧说驳斥得体无完肤，是现代学者不小的功绩[①]。今天不少人相信《商颂》作于商代说，正以他们的结论为前提。问题就在这里。今文家的说法不可信，古文家的说法就一定可信吗？破了《商颂》作于春秋说，如证明它是殷商作品，还应有足够的证据。在“古史辨”派的观点占上风的时候，在对先秦典籍时间的判断上是尽量往后拉，现在则反其道而行，这正体现在当今对《商颂》年代问题的态度上。例如刊登在《文献》上的一篇讨论《商颂》的文章里，作者援用了不少夏、商考古发现来确证古文家旧说。应当承认，该文有些地方作得相当有力，

① 杨公骥:《中国文学》第1分册，吉林人民出版社，1980年，第464—489页。

如以甲古文中有“万舞”的记载，来证明商代就有“颂”等[①]。问题是，单凭这些就能证明《商颂》是商代作品吗？一个常识性的法则是，给任何作品断代，一方面固然是要对时代予以说明，另外的一方面也同样重要，就是还得有作品本身所提供的内证。两者缺了哪一面，都像是拿半把剪刀剪东西。该文章恰恰在内证方面的提供上是贫弱乏力的，可信度上并没有超过前人旧说。

二

笔者认为，确定《商颂》的时代，须从作为殷商遗民的宋国人与周王室实际关系的改善来考虑；而宗周与宋人关系的改善，又与西周中期周人对包括楚人在内的东南异族大规模的武力征讨密切相关；因为宋国的地域正处在东南战争的前线。文献记载，宋人因其为商遗民国家而享有“二王之后”的待遇。但是，有这种待遇是一回事，真正享有这待遇是另一回事。综合各种情况看，“二王之后”待遇的真正落实，应在让周人确实感到宋人是“自己人”之后。周王朝向东南用武，正给了宋人表现的机会。由此他们“二王之后”的待遇得到落实，由此他们制作了《商颂》。这都如王国维所言，发生在西周中叶。但要确证这一点，得有宋人在周王朝打击东南异族时出过力气的确凿证据——这样的证据现在找到了。另一方面，是从作品自身找到相应的内证。两方面结合，正是本文的思路。

史书及金文资料表明，西周从昭王至穆王时期，在今淮河中下游及汉水流域与淮夷、楚人进行过旷日持久的战争；昭王时期又是战争最剧烈的年代。反映这一历史情况的铜器铭文为数众多，曾伯𣪕簠、晋姜鼎、竞卣、𣪕鼎、遹甗、录𢦏卣、宗周钟等铜器

① 江林昌:《商颂的作者、作期及其性质》,《文献》2000年第1期。

铭文对此都有所记述[①]。应提起注意的是，在这连年的战争中，宋国从地理位置上说正处在周王朝与淮夷、荆楚争战的前方地区。当然，作为殷遗民的子姓宋国可能因与姬姓王朝之间存在着矛盾，而在王朝与东南异族的战争中心怀携贰之情，甚至站到淮夷或荆楚一边。然而种种迹象表明，宋国与其他殷商遗民一样，是站在王朝一方的。

先看一般殷遗民的情况。昭王时器小臣谜簋铭文中出现“殷八师”的记载，“殷八师”系王朝驻扎在成周之地的王朝直辖武装。据中外学者如王玉哲、白川静、常征及朱凤翰等人解释，“殷八师”兵力的主要构成是殷商遗民[②]。更重要的是，“从金文资料上看，西周王朝对东夷、南夷战事，常由成周八师（殷八师）担任”[③]。这表明，时至昭王时代，殷遗民已不再是周王朝的“顽民”，他们中的许多人已成为周王可资驱使的“爪牙”。再就宋人看，虽然史书并没有宋人参战的直接记述（同时也没有相反的记述），但从一些记载中也可以推知一二。在《史记·宋微子世家》中，第一、第二代宋国君主称“微子”“微仲”，到第三代始称“宋公”。泷川资言《史记会注考证》引方苞之说曰：“微子、微仲，虽受周封，犹称殷号，周家之忠厚也。……故微仲之子，始称宋公。”按，方氏之说未必准确。考微子之立，在周公平定武庚叛乱之后，时当成王之世。微子之后是微仲，至宋公稽已为第三代宋君。三位宋君在位时间虽不可考，但推定宋公在位正值周康、昭之际，还是相当牢靠的。宋君第三代的始称“宋公”，与其说是“周家忠厚”，不如说是宋人与周室关系改善所致；而这改善发生在康、昭之际，不能不让人将其与当时的东南战事联系起来。

推论自不足以说明问题，直接的证据来自1976年出土于陕西

① 许倬云：《西周史》，生活·读书·新知三联书店，1994年，第181—185页。
② 朱凤翰：《商周家族形态研究》，天津古籍出版社，1990年，第416、420页。
③ 同上。

扶风县的《作册旂方觥》和《作册旂方彝》两件铭文相同的铜器。其铭文曰:“隹五月，王在庠，戍子，令乍册旂兄（贶）望土于相侯。易（赐）金易臣，扬王休。隹王十九祀。”①“在庠”两字常见于周昭王时器。故“十九祀”为周昭王十九年，其时正值周与楚人作战、昭王死于汉水之年。其中“令乍册旂兄望土于相侯”，即命令作册旂把望这片土地赐予相侯。关键之点在“相侯”为谁。马承源说，先秦时期的“相”有两处，一是《史记·殷本纪》所载“河亶甲居相”之“相”，地在河南内黄县；一是《水经注·睢水》所记春秋时共公所居之“相”，地在安徽宿县西北，因境内有相山得名。按：后一“相”在今安徽淮北市内，马说略嫌笼统。《作册旂方觥》和《作册旂方彝》既然与昭王十九年伐楚相关，马承源认为当以安徽之相为是，“昭王赐相侯以望土，或是为了笼络与楚相近的侯伯”②。马先生的见解大体是正确的，然亦有所不足。相侯（即宋侯）受望土之封赏，不仅是因其地近楚国，而且是因其直接参与了对楚的战争。这在《商颂·殷武》一篇中是可以找到明确的内证的（详见下文）。两件铜器铭文对解决《商颂》创作年代问题至为重要，它们补充了文献记载的阙如，为了解宋国在周王朝进行东南战事时的表现，提供了极宝贵的线索，也为本文提供了极为关键的支持。

三

现在来看作品方面的证据。一些被拿来证明《商颂》作于商代说的证据，恰恰可以说明《商颂》作于西周中期。有一位主“商代说”甚力的学人，曾举出《周颂》中一些所谓“周初”的诗

① 李山:《诗经的文化精神》，东方出版社，1997年，第63页。

② 马承源:《商周青铜器铭文选》第三册，文物出版社，1988年，第63页。

篇，与《商颂》一一对比，意在以此说明,《商颂》作于周初以前在艺术上的可能[①]。被举的诗有《有瞽》《烈文》《振鹭》《执竞》《潜》《武》等。但据笔者看，除了《武》（只举出两句）可以肯定为周初诗篇外，其余全非西周初年的作品。例如在风格、用语上与《商颂·那》篇最为接近的《执竞》一篇，诗里明明出现了“成康”二字,“成康”即成王、康王，是近代学者公认的，如此诗篇为康王朝以后的作品，保守点说也是昭王时期的作品。若以“成康之际刑措四十年不用”的记载估计，离西周始建，起码有半个世纪以上了。用它来证明《商颂》作于西周中期尚可，用以证明作于商代就不行。其他举证如《振鹭》《有瞽》等篇，笔者曾证明它们都是西周中叶具体说是周穆王朝的篇章[②]。那位举证者看出它们与《商颂》作品的相近，得承认他的敏锐，但举证的作用却恰好相反。退一步说，就是这位论者的举证都成立，也只能证明《商颂》可能为周初作品，由此推论其商代旧制并不具有必然性，充其量也只是旁证。真正有力的内证来自《殷武》一篇。

古文家认为此诗祭武丁，其根据在开首一句的“挞彼殷武”之“殷武”一词。《毛传》曰：“殷武，武丁也。”这个解释实在有不顾全篇、望文生义之嫌。果真与武丁有关，那诗篇该有下文以相应：武丁怎么了？德行是什么？功绩是什么？凡此种种总得有个下文吧？可是下文在哪里呢？再从《商颂》总体看,“殷武”之“武”，也不会指“武丁”。《商颂》五篇,“以《那》为首”（语出《国语·鲁语下》），此诗渲染的是献给祖灵的鼓乐，按照《礼记·祭义》的说法，殷人祭祀尚声，所以鼓乐在先。接下来的《烈祖》篇是向祖先祈求“绥我眉寿”，是献祭神灵的祈福诗。以下《玄鸟》《长发》两篇叙述先祖的功德业绩。须加注意的是，在《玄鸟》

① 刘毓庆:《雅颂新考》，山西高校联合出版社，1996年，第170页。

② 李山:《诗经的文化精神》，东方出版社，1997年，第176—182页。

篇中，武丁已经受到过盛赞，诗曰："商之先后，受命不殆，在武丁孙子。武丁孙子，武王靡不胜。"其意是说，商代的君王们受命不殆，而尤以武王（汤）的孙子武丁为最，武王的事业他没有不能继承光大的。很明显，武丁的业绩已经在礼祭商汤时赞颂过了，因而所谓"殷武"，也就只是宋人对殷商民族旧有武烈传统的称说，而不是具体指表某个先王。同样第二章"昔有成汤，自彼氐羌，莫敢不来享，莫敢不来王，曰商是常"的夸述，也不过是宋人回顾着保存在记忆中祖宗们的"当年勇"。

前文在讨论《作册旂方觥》《方彝》时说过，宋侯所以得到周王土地的赏赐，不仅是出于周王的拉拢，也是由于宋人在东南战争中为周王效了力。证据就在《殷武》篇内。诗第一章曰："罙（深）入其阻，裒荆之旅，有截其所。""裒"字《毛传》解释为"聚也"，实即合击、夹击之义。考诸金文，西周对东南用武有两条出兵路线：一是从宗周镐京出发，走汉水一路，周朝西六师出兵即循此路；这有《大雅》中《江汉》《常武》两篇战争诗为证。另一线则以东都雒邑为依托，循汝水、颖水沿岸向南可经南阳与汉水一路会合，向东南则可以直趋淮水地区①。周厉王时器《禹鼎》记载王朝曾号令"西六师""殷八师"一同出击"鄂侯驭方"，可知当时对南方战争有时是东西两下夹击的。宋国南近淮水，地理上正处在东线的前沿地带。又西周中期的战争，对楚的战事是与对淮夷的征战交织进行的。因此，所谓的"裒荆之旅"，就很可能是作为东方诸侯的宋军，为配合周昭王亲率西六师的对楚进攻，出兵淮水上游地区。这样既可以东防淮夷，又可以西堵楚师。《殷武》一言"深入"，再言"裒荆"，三言"有截"，当正指此事而言。诗篇与史事相呼应如此，岂是偶然的！

---

① 刘敦愿：《试论古代黄淮下游之与江汉地区间的交通关系》，《纪念顾颉刚学术论文集》，巴蜀书社，1990年，第685—692页。

更须仔细体味的是第三章、第四章。其辞谓：

天命多辟，设都于禹之绩（迹）。岁事来辟，勿予祸适（过谪，责备的意思），稼穑匪解。

天命降监，下民有严（敬）。不僭不滥，不敢怠遑（慢）。命于下国，封建厥福。

首先要分辨清楚的是“勿予祸适”及“不僭不滥，不敢怠遑”几句到底是在说谁。要说这是个没意思的话头，宋人祭祖的诗篇讲“勿予”，“予”字还能指谁呢！但按古文家的解释，居然是说商王朝包括楚在内的属国。这能说得通吗？再看“稼穑匪解”一句，表达的是王期督责农耕的意思。商王朝与各邦国君臣关系未定，甲骨文有商王重视耕种、收获的记载，但督责方国尽力农事的记载，尚属阙如。周朝督责邦国稼穑倒是其大政，如《国语·周语上》谓“民之大事在农”，《孟子》说“天子适诸侯，……入其疆，土地辟，田野治，……则有庆，庆以地”等都是证据。再看“命于下国，封建厥福”两句。“封建厥福”表明，施“命”的王朝与“下国”之间存在着“分封”关系。稍有历史知识的人就能明白，这是在说周朝情况，而不是殷商时事；同时，考诸甲骨文及其他载籍，“封建”一词只见于西周以降的文献。“稼穑”“封建”两句，足证古文旧说的不通。实际上“勿予祸适”“不敢怠遑”之句，也就是在说受宗周“迁封”立国的宋邦。在这一点上，学宗今文的王先谦倒颇得其正解。《诗三家义集疏》谓：“诗言周天子命众诸侯建都于禹迹之地者（此句说法不当），但令其岁时来王，不施过责，惟告之以劝民稼穑而已，非有所多求也。”从文势脉络上说，也应当如王先谦所解。诗前二章已盛赞殷商武烈，如在第三章再表殷都之设，则显然文气不顺。结合三、四章看一、二章所写，其意是说，宋人承绪着殷商故有的武烈传统，在“不敢怠遑”地为新的周朝效命。

再看诗第三章开头两句“天命多辟，设都于禹之绩”，也同样是在表周人克殷及宗周的建立。与“禹”或“禹绩”相关的诗句，一见于《大雅·文王有声》篇，曰“丰水东注，维禹之绩”；再见于《鲁颂·閟宫》篇，曰“奄有下土，缵禹之绪”；三见于《小雅·信南山》之“信彼南山，维禹甸之”句。周人与夏人渊源甚深，留意观察的话，这些都暗示着“禹绩”之所在。更明确地显示着“禹绩”非周莫属的是《尚书·立政》篇如下之语：“其克诘尔戎兵，以陟禹之迹（迹、绩字可通用），方行天下，至于海表。”将“禹迹”与“天下”“海表”对举而谈，“禹迹”之所在，必有能知之者！而“天命多辟”等诗句，也不过是在说天命多变，上天从商人头上夺回了成命，又送给了周人，他们在大禹的土地上，建立了新的都城。好言“天命”是周人惯态。《殷武》言“天命降监”，《大雅》中此类句子并不罕见。《大明》曰“天监在下，有命既集”，《皇矣》曰“监观四方，求民之莫”，而《文王》篇更以“天命靡常”劝慰那些在周家宗庙为大祭文王而“奔走”的殷商子孙们。宋人从“天命”方面说自己“不敢怠遑”，与《大雅》诸篇，正可谓相映成趣。这可以看作是《商颂》为周代作品的有力旁证。

诗第五章开首两句是“商邑翼翼，四方之极”。按两句现有字句读，笔者理解就说不通。然而据王先谦《诗三家义集疏》，在齐、鲁、韩三家中，这两句为“京邑翼翼，四方是则”。荀悦《汉纪》载匡衡上书引《诗》作“京邑翼翼，四方之则”，《集疏》引王引之说曰：“与《汉纪》不同者，后人据《毛诗》改之也。”如此，“京邑翼翼”云云，实是在赞美宗周镐京如何如何。其意是说，宋国所造的宫寝，准则的是宗周的殿堂。这又与前四章意蕴一脉相通。

在此需要略加说明的是，“京邑”改为“商邑”很可能是汉代《毛诗》学者的手脚，而不必待“后人”为之。《毛诗》家说诗有一种陋习，就是爱把诗篇之作往古里说，因而诗篇时代的判定，反不如今文三家来得可靠。《采薇》篇今文家说作于懿王时期，古文家则谓之为文王时诗歌；原因不外是有的史书说文王时周就有来自西北边地民族的外患。《出车》篇里出现过南仲，古文家就把诗篇说成是商纣王时期的歌，因为据说周文王手下有位同名号的大臣。此外像《召南·何彼襛矣》中的“平王”一词的硬解作“平正之王”即周文王，等等，都是同一陋习的表现。如此，改“京邑”为“商邑”，也就不难理解了。

（原载《北京师范大学学报（社会科学版）》2003年第4期）

礼乐大权旁落与“采诗观风”的高涨

——“王官采诗”说再探讨

摘　要　文章认为，西周时期即有“王官采诗”之事。求证这一点，须从作品本身入手：若“国风”中一些篇章真是采集加工而成，就必然留有痕迹。对于“采诗”不能胶柱鼓瑟地理解，采诗人员以及乐官的加工，是“采诗”的必有之义。因而，经由“采诗”而成的不少篇章，颇似今日“报告文学”。文章进而认为,《小雅》中就有“采诗”而成的篇章。这透露出如下的消息:“王官采诗”的高涨与西周后期贵族阶层与王权之间矛盾日趋激烈有关。有迹象显示，高涨的“采诗”现象，很可能是当时贵族上层所策动的。尽管如此,“采诗”之事在周代的出现，仍是文化观念的产物。因为“采诗观风”与“天听自我民听”的天命观有密切相关。因此,“采诗”的深远意义，在于它保证了古典文学在很古老的时代就能够将文学的触角，伸向广阔的民间。

关键词　礼乐　采诗观风　贵族策动

古老“诗经学”中有一个古老的说法，叫作“王官采诗”或曰“采诗观风”，大意是自西周始，王朝就有派人到各地采集民间歌唱之制，以便当政者观察民情、反思政治得失。对此说法，古人是相信的，然而至近现代，学者则大多表示怀疑。近年，情况有所转变。因为“上博简”《孔子诗论》表明,“王官采诗”之说源于先秦。笔者下面要做的是在现有条件下对“王官采诗”作进一步新探讨。实际上,即便有“上博简”《孔子诗论》的新发现,“采诗观风”之说,仍然可以怀疑。理由是:其一,《孔子诗论》毕竟是战国文献;其二,即使它就真是《论语》那样可信的记载孔子言论的文献,也不可因为它那时候有,就断言“王官采诗”一定有。因为孔子这位《诗经》最早的文献整理者,生活的年代距“国风”大部分作品问世时间,也有百多年的间隔了。无征不信,是学术研究应有的态度。假如“王官采诗”在西周就是有的,那么,它又是怎样的“有”法?还有,它的“有”又究竟出于何等原因?其文学史乃至思想史的价值,又如何?这都需要仔细追究。

这真正是此文试着要做的。基本思路是:若《诗经》的一些篇章真是由一批专业人员采集的话,相关作品必定留下相应的“胎记”。若能找到足够“胎记”的证据,“采诗”说就可以成立。不仅如此,这样做还可以解决王官采诗从何时开始、何时达到高潮的问题。如此,关于“采诗”的意义的讨论,也就有了基础。如上所说,“王官采诗”或曰“采诗观风”是古老的说法。那古人又是怎么说的呢?就让我们从这一点开始。

一、“王官采诗”的各种说法

“王官采诗”之说,主要见于以下材料记载:(1)《左传·襄公十四年》载师旷之言曰:“《夏书》曰:‘遒人以木铎徇于路,官师相规,工执艺事以谏。’正月孟春,于是乎有之,谏失常也。”师旷所言《夏书》今已不见,若师旷所说有据,那么,夏代就有政府派专门人员在一定时节到民间采集意见的做法。[①]《左传》而外的记载，又主要有如下几条:(2)《礼记·王制》说:“天子五年一巡守，岁二月……觐诸侯，问百年者就见之。命大师陈诗，以观民风。”(3)《孔丛子·巡守》:“古者天子命史采诗谣，以观民风。”(4)《汉书·食货志》:“孟春之月，群居者将散，行人振木铎徇于路，以采诗，献之大师，比其音律，以闻于天子。故曰王者不窥牖户而知天下。”(5)《汉书·艺文志》:“故古有采诗之官，王者所以观风俗，知得失，自考正也。”(6)东汉何休《公羊传解诂·宣公十五年》:“男女有所怨恨，相从而歌。饥者歌其食，劳者歌其事。男年六十，女年五十无子者，官衣食之，使之民间求诗。乡移于邑，邑移于国，国以闻于天子。故王者不出牖户尽知天下所苦，不下堂而知四方。”等等。

以上六条传世文献材料，有先秦的，也有汉代的，说法之间还颇存分歧。如有说是周天子巡守时“太师陈诗观风”，就是太师演奏天子所巡之地的诗篇乐章，以便天子知晓当地民风。有的文献特别是汉代的那几条文献，则说采诗是专职官员层层上传以达上听。但有一点相同，即都承认“诗”可以“观民风”，即显示民风民情。至于这些“诗”是专职人员“采”的，还是专业音乐官员“陈”的，其实也未尝不可以两者并存。周天子既然可派人去“采”，那么诸侯也可以“采”，诸侯“采”的“诗”，要让天子了解，“陈”就可以是一种途径。至于“采诗”的人，有的说是“行人”，有的说是男年六十、女年五十的“无子者”，即一些无依靠的人，政府派他们做点事来以此换取度日的衣食。其实两者只是

① 关于这段文字中的“遒人”，杜预注以为“行令之官”并兼“求歌谣之言”的职责。有学者据孔安国注《尚书·胤征》“遒人”为宣令之官员，否定其为采诗官。其实，从此段文字的上下文即“官师相规，工执艺事以谏”看，杜预注并没有错，班固说“行人振木铎徇于路，以采诗”，也是从这段文字的上下文推出来的。

称谓不同而已，何休所说是这些人的身份及境况，《汉书·食货志》所说则是这些人的职责。不过，其中何休对采诗者社会境况的说法很值得注意，因为它与《孔子诗论》中有关“采诗”的说法颇为一致。上海博物馆收藏的“战国楚竹书”《孔子诗论》关于“采诗观风”，有如下说法：“诗，其犹广闻也……邦风（即国风——引者）其纳物也博，观人俗焉，大敛材焉。其言文，其声善。”此段文字，马承源解释为：“敛材指［收集］邦风佳作，实为采风。”关于其中的“敛材”一语，庞朴先生认为就是《周礼·大宰》中记载的“臣妾……敛材”之事。据《周礼》的注释说，是“收集百草根实可食者”①。而且竹简又明确说采诗者的构成是“举贱民而蠲之”②，即选一些身份不高的人去采诗，与上引何休《解诂》的说法是相吻合的。

以上是关于“王官采诗”的正面说法。如上所说，在出土文献问世以前近现代学者对“王官采诗”说多表示怀疑。原因有多方面，首先是明确记载这一制度的文字多出自汉代，时代晚。因而有人怀疑，只是由于有汉武帝设乐府之事，汉儒才附会地认为两周就有这样的制度。再有一点，是信从了前代学者对采诗说所提出的质疑。说到前代学者的质疑，当以清代崔述《读风偶识》为最力。在该书卷二“太史采风之说不可信”条中，崔述提出了如下否定看法：其一，时间分布不均。崔述说，若真有采诗制度，“何以前三百年所采殊少，后二百年所采甚多？”其二，地域分布不均。崔述说：“周之诸侯千八百国，何以独此九国有风可采，而其余皆无之。”其三，时间分布不均匀。崔述说，两周数百年，“民岂无称功颂德之词，何为尽删其盛而独存其衰”？其四，《春秋》未

① 朱渊清、廖名春：《上博馆藏战国楚竹书研究》，上海书店出版社，2002年，第234—235页。

② 李山：《举贱民而蠲之——〈战国楚竹书·孔子诗论〉札记之一》，《人民政协报·文化副刊》2002年4月3日。

见王官采风的记载。崔述说："凡十二国风中，东迁以后之诗居其大半，而《春秋》之策，王人至鲁虽卑贱无不书者，何以绝不见有采风之使？乃至《左传》之广搜博采而亦无之。"[①]崔述的质疑不能说没力量，一两条看上去还很有道理。可是，若是相信崔述及其他疑者的说法，《诗经》十五国风中的一些现象就实在难以理解。所以，现代学者也对崔述的说法也做了一些反驳[②]。如崔述第二条，即关于地域小的怀疑就禁不住推敲，他所想象的周"诸侯千八百国"实际与上古时"国"的概念相差甚远。

不过，仅仅如此这般地在"王官采诗"文献记录层面与崔述隔着时空"讲道理"，还是不能彻底解决问题。如上所说，大多数对崔述的反驳还缺一个重要的环节，就是对《诗经》"国风"作品实际的征验。另外，崔述某些质疑，如"何以前三百年所采殊少，后二百年所采甚多"，也是应该联系西周历史的具体情况来回答。

二、调整"采诗"理解的思路

在征验之前，先要做一件事：那就是调整一下理解"王官采诗"说的思路。一说到"采诗"，习惯反应就是民间有了现成的歌唱，采诗官员加以采集，做些伴奏、歌唱上的加工，就可以上达了。实际的情形可能要复杂得多。试想当然会有这样的情况，世间有民间流传的歌唱，采集者加以采集（亦即发现），配上乐就可以演唱了。这最符合"采诗"俩字的意思了，当然也最方便，就《诗经》作品而言，如此手到擒来的"采诗"，也不是没有。例如《诗经·郑风》的《褰裳》："子惠思我，褰裳涉溱；子不我思，岂无他人！"简洁明快的篇章，怕是坐在家里的人想不出来的，很可

① 崔述：《读风偶识》，《崔东壁遗书》，上海古籍出版社，1983年，第543页。

② 中国台湾学者文幸福在其《诗经周南召南发微》（学海出版社，1986年）中，对崔述四种理由一一辩驳，颇有道理。可参看。

能是采自郑地男女相会时打情骂俏的歌唱。又如《召南·甘棠》篇“蔽芾甘棠，勿剪勿伐，召伯所茇”的爱屋及乌的巧思，也是凭空的创作难有的风调。然而，大多数情况可能就没有这样便宜了，征诸《诗经》作品，这样的篇章，即清晰地显出自身为民间歌唱的作品，数量也实在有限。更多的作品，是受了某些民间歌唱甚至是民间一些生活现象的启发后“加工”而成的结果。这不难理解。举一点现代的例子说，安徽某地有一首情歌《摘石榴》，是采自民间的，称“安徽民歌”。可是，了解这首“民歌”形成现在模样过程的人知道，与原生态歌唱相比，这首采自民间的情歌，内容上是颇进行了一番“扫黄”工作的。它的曲调也是加工丰富过的。又如有“西部歌王”美誉的王洛宾的那首“我愿做一只小羊”，多么富于青海一带的风味！可是，据说那是歌王在当地采风时，被飘过来的一个美妙旋律触动后创作出来的歌曲。当地本没有“做一只小羊”的歌。说这些，是强调理解古代的“采诗”要灵活些。有现成或大体现成的歌谣可采叫做“采诗”；没有现成的，民间流传的一两句好言辞、好旋律，新鲜而又表现风情的，将这些加工、提升，制作成歌曲，也是“采”；更有甚者，民间有一种社会现象，引起了采诗者的注意，责任人促使的他们以职业的专长，用诗篇、乐章的形式加以表现，意在提醒在位者注意某些民情，这也叫“采”。这后一种情况谱出的篇章，实际是古典的“报告文学”。这可以举一个古代例子即西汉乐府《战城南》。诗言：“战城南，死郭北。野死不葬乌可食。为我谓乌，且为客嚎……”这些，描述将士的出战必死及死后无人收尸横陈荒野的残状，可以理解为民间的歌唱，但是，结尾部分即“梁筑室，何以南，何以北？禾黍不获君何食？愿为忠臣安可得？思子良臣，良臣诚可思。朝行出攻，莫（暮）不夜归”一段歌唱，说良臣都战死了谁还伺候皇帝？如此的歌唱，就很难理解为民间的反战歌唱了。正是这段颇似“奏折”的议论，透露出这首所谓的“乐府”，也是一篇加工而成的“报告文学”。

这里，须加注意的是采诗官的出身，竹简称他们是“贱民”，何休说他们是“官衣食”的孤苦无靠老年人，因而他们不是“官”，只是官府属员而已。也就是说，这批人出身低贱。这决定了他们易于贴近下层民众，同情社会弱者。这又与“十五国风”不少作品显示出高度的“现实精神”相吻合。还有一点也需要特别注意，“采诗”的制度，是需要将采集的材料“乡移于邑，邑移于国，国以闻于天子”，亦即步步上交的。步步上移的过程，实际未尝不可以理解为是步步加工的过程，其中最重要的环节应该是“比其音律”了。民间一些关乎风俗、政治美恶的原始歌谣、俚语乃至故事，在采诗官员那里可能就有初步的诗艺的加工，之后还要向上一级的专业人员移交，最后是落在太师手里，进行最后的加工即“比其音律”。太师是些什么人？首先他们有保存歌谣的职责，《春秋·昭公二十五年》载：“有鸲鹆来巢。”《左传》同年载，师己诵“文、成之世”，即从鲁宣公到成公时流行的一首“鸲之鹆之，公出辱之”的“童谣”，该童谣预言了鲁昭公的被逐。师己即鲁国的乐官，亦即“太师”之类的人物。《左传》有此记载，而崔述却说文献没有“采风使者”的记录，只表明他对“采诗”程序的理解有误，其论证之不可信自不待言。其次，他们都是当时在音乐歌舞艺术上顶级的人物。这只消看看师旷、师涓以及教过孔子的师襄在这方面的表现，就可以领略其造诣了。下级的采诗官员将采集到的材料步步上移，步步加工，一首首表现民间生活情感状况的诗篇就有序地出炉了。

三、“采诗”的证明

采诗的思路既经“调整”，有些作品就好理解了。如在《邶》《鄘》《卫》三风中，有几首艺术上特别成功的“弃妇诗”，即《邶风·柏舟》《谷风》以及《卫风》的《氓》，都是很成熟的抒情兼叙述的佳作。社会风俗不纯，一个地区弃妇多，可以理解，弃妇中有这样多的才艺超高的女抒情诗人，就不易理解了。特别是《氓》，诗篇中的诉说者是一位被抛弃的蚕妇，在当时应属“野人”身份，诗中人生活地位的低下与诗篇技艺之高的反差实在太大。不能不让人怀疑，诗篇的成功，是有专业人员参与创作的。几首诗篇的共同特点，都是以第一人称形态述说，夹叙夹议。这正是笔者所谓“报告文学”的“文学性”所在。遭受婚姻背叛离弃的痛苦，只有当事人心中最清楚，她们的如泣如诉，也最令人为之动容。于是，古老的采诗官采取了让女苦主自道其事的述说方式。也恰是因为这样的诗艺，施了障眼法，使得后人不易看出这不过是“采诗”者“报告文学”的叙述方略。“十五国风”反映家庭生活特别是婚变、弃妇现象的篇章实在不少。这也是有原因的，采诗既然是官方行为，采诗者的眼光的焦点自然较多地集中在王政的安危一线上。风诗婚恋现象多，其实有一个“一正一反”的关联。周代实封建制，婚姻本有其“合二姓之好”的缔结周贵族与其他族姓贵族政治关系的大义，这样的缔结若牢固，良好夫妻及家庭关系至关重要。婚姻，实关政治安危。这就有《关雎》等“二南”篇章的歌唱，也就是这里所说的“正”。周人特重婚姻关系的稳定，所以对于不符合礼法的婚俗风尚，特别是在男女关系上贵族男性诸多败道现象，才特别加以关注。如此出现的婚恋篇章即所谓的“反”。既然关注，就有“关注”的主体，这“主体”是哪些人？最合理的解释，就是负责“采诗观风”的专门员，“采诗”在他们，本就有维系王朝政治和谐稳定的职责。

以上所说，是推论。要证明采诗制度的存在，必须从《诗经》作品本身，也就是从它的语言句法甚至篇章结构方面得到证明。这方面，前辈学者的研究成果可以拿来用。例如顾颉刚先生有一篇《从诗经中整理出歌谣的意见》的文章就指出过：“诗经里的歌谣都是已经成为乐章的歌谣，不是歌谣的本相。”[①]而且，顾先生认为对歌谣进行加工的，就是周代的乐官。这篇文章虽然不是讨论采诗问题的，但《诗经》国风的“乐章……不是歌谣本相”的说法，却完全移用于此作为证据。前面说过，采诗官员必然要对采集的原料做或深或浅的加工，顾颉刚先生的说法，实际证明了国风篇章循环往复、重章叠调，正是一种加工的结果。同时，他说加工者是乐官，也是十分可信的。顾颉刚先生的说法得到了不少学者的应和，如中国台湾学者屈万里在《论国风非民间歌谣的本来面目》一文中的“国风篇章的形式不类民间歌谣的本来面目”一节里，就援用了顾颉刚的说法并加以引申。同时，屈先生的文章还提出了另外四个方面的论证：（1）从文辞用雅言看国风不是歌谣的本来面目；（2）从用韵的情形看国风不是歌谣的本来面目；（3）从语助词的用法看国风不是歌谣的本来面目；（4）从代词的用法看国风不是歌谣的本来面目。第1条所谓“雅言”，首见《论语·述而》：“子所雅言，《诗》《书》、执礼，皆雅言也。”缪钺先生《周代之雅言》综合古代《论语》注释，认为“当时于方言之外，必更有一种共同之语言，如今日所谓‘官话’或‘国语’者，绝国之人，殊乡之士，可借以通情达意，虽远无阻也”[②]。周代有“标准语”为当代研究所承认。屈先生引用缪钺先生的说法，并且引申说，《诗经》的语言从《周颂》到“国风”，其语言的变化只有时代的早晚，而非方言的不同。十五国风地域广大，黄河流域之外，还有江汉一带的作品；后者是所谓“南蛮鴂舌”的方言流行之地。据刘向《说苑》所载，“榜枻”的越人用本地方言对鄂君唱的歌曲，鄂君等楚国人是听不懂的。这说明，当时因地域的广大而导致的方言隔阂是多么严重。实际上，不但是黄河流域与江汉地区有方言的区别，

① 顾颉刚：《从〈诗经〉中整理出歌谣的意见》，《古史辨（第三册）》，上海书店出版社，1992年，第591页。

② 缪钺：《周代之雅言》，《古典文学论丛》，浙江大学出版社，2009年，第9页。

就是在当时的黄河流域，周人的故地的方言，与黄河下游的殷商人、再下游的东夷人，恐怕方言分别也一定不小。可是，读十五国风，基本感受不到方言的差别。这样情况的出现，与其解释为周人推行“雅言”的结果，不如解释为王朝采诗制度下采诗官绝多来自“雅言”即周人方言区，他们采集加工诗篇不自觉地使用了当时“普通话”的结果，更有说服力。因为，即使是现代，“普通话”都需要“推广”，在上古时代“雅言”能为一位蚕妇掌握得那样好，不是有点匪夷所思了？第2条所谓的“用韵”，其实也属于用“雅言”的问题。国风诗篇在押韵上用的是作为雅言组成部分的“雅音”。屈万里先生的文章也引用了缪钺《周代之雅言》的研究结果。缪文说，《诗经》三百篇除《周颂》（一些篇章不押韵）30篇，尚有274篇，这些篇总计其押韵的韵脚一共1654处。在这一千六百多的“用韵之中”，除“异部合韵仅九十条”之外，“其余均在同部”。缪先生由此结论说：“可见当时必有一种标准语，即所谓‘雅言’，为诗人所据”。[①]这一条证据是非常有力的。但是，它所证明的应该是采诗官的加工、乃至创作的事实，是乐官最后“比其音律”的事实。第3条即“语助词”一致的现象，屈先生的文章主要举了“有”“其”和“言”字等，带有这几个字的句子，在“国风”和“雅颂”中高度一致。第4条即代词的使用，屈先生的文章举了“曷”“胡”“何以”“谁”“伊”及“此”等。其实在“雅颂”和“国风”两者语词使用的相同上，还不仅限于屈先生文章所举。如“薄言”，既见于《周颂·时迈》《有客》，《小雅·采芑》《出车》，及《周南》《召南》之《芣苢》《采蘩》，又见于《邶风·柏舟》，显然是使用了宗周地区的常用语。这样的情况还有“琴瑟”，既见《周南·关雎》，又见于《郑风·女曰鸡鸣》。该语词以琴瑟和谐

① 缪钺：《周代之雅言》，《古典文学论丛》，浙江大学出版社，2009年，第11页。

比喻夫妻和睦，其出现于东方风诗，该也是采诗者或“比其音律”者的加工痕迹。又如以“伐薪”“析薪”比喻合乎礼法的婚姻结合，既见于《小雅·车舝》《白华》，《周南·汉广》，又见于《齐风·南山》《唐风·绸缪》诸篇。

不仅是语词，一些句子的使用更能说明问题。《邶风·谷风》有如下句子：“泾以渭浊，湜湜其沚。宴尔新婚，不我屑以。”前两句是说泾水本来并不浑浊，只是引渭水加入才变得浑浊不堪了。诗以此比喻男人的喜新厌旧。比喻固然精彩无比，却有一个令人疑惑的问题，诗篇写的是一位卫地弃妇，身份大概只是一般贵族家庭，就是说其生活的地域，与泾、渭所在之今陕西地区有近千里之遥，居然脱口而出地打这样一个比喻，是否有点太不切生活的实际了？这只能说明，诗篇中不幸的女主人是卫地的，可表现她生活不幸的语言，却用的是泾渭汇合之所的宗周地区的。[①]还有，在这四句之后，接着的就是如下的句子：“毋逝我梁，毋发我笱。我躬不阅，遑恤我后。”居然一字不差地见于《小雅·小弁》篇的结尾处！《小雅》是宗周的诗篇。因此，与“泾以渭浊”四句一样，也是使用了宗周的语言。而采诗官既然是“王官”，就应该来自或主要来自宗周之地。还有一些类似“套语”似的语句，如“扬之水”，见于《王风》《郑风》《唐》三地风诗；又如“彼其之子”一语，见于《郑》《卫》《唐》《曹》四地之诗。语言表现上的风雅颂相类的现象，还有许多，限于篇幅不赘述。

① 俞平伯《读诗札记》(见《俞平伯全集》第三卷，花山文艺出版社，1997年，第54页)也注意到了这几句的问题，他说：如郑玄说此两句，以为“绝去所经见”，固属想当然之谈。即我悬测为当时有此谣谚，亦觉勉强。因邶去泾、渭，地约千里，邶人作诗当言淇水、河水，何得远及泾、渭。说为实叙固远情理，即说为譬喻，亦觉其取喻之迂远；且出之民间弃妇之口，则尤觉其不伦。诗中之比兴往往因所见而启发，是为通例；而今独不然，何耶？俞先生这里真是疑所当疑。不过，这等让人觉得奇怪的语言现象，视为王朝采诗官或王朝乐工加工所致，就易于理解了。

除了语言层次的证据外，有些诗篇的表述方式，也透露出“采诗”的消息。典型的一例是《郑风·溱洧》。诗篇是以对话体写的，记录了一位女士热情地邀请一位男士到溱洧水泮去游观，游观的内容自然是男女自由相会。看如下的句子：“溱与洧，方涣涣兮。士与女，方秉蕳兮。”如此交代场景和光景的句子，无意中含着对异地风俗的新奇之感。更重要的是在对溱、洧之泮奇特男女相约相会的描绘中，把一双观察者的眼睛透露出来了。不仅有一双眼睛在看，还有观察的耳朵在听：“女曰：‘观乎？’士曰：‘既且。’‘且往观乎？洧之外，洵訏且乐！’”记录对话的语句，正显示诗篇的叙述是一种“报告文学”的体式。就是说，这首诗篇很可能是采诗官员对一种仍然活跃于郑地河水之泮古老的“会男女”的婚俗的报道。同类的情形亦见于《陈风》的篇章。如《陈风·宛丘》，诗篇对“值其鹭羽”“鹭翿”的带有强烈巫风色彩的舞蹈用“无冬无夏”来表述，明显含有批评、不以为然的意思，说诗篇是采诗官员带有主观倾向性的“报告”，当然是可以的。另外，《东门之枌》“不绩其麻，市也婆娑”也应该是对当地女子热衷婆娑起舞而不纺织的冷言冷语。《陈风》中的《株林》篇，据《左传》相关记载，则明确是从陈国采集而入三百篇的。以上这些，都可能是采诗官或太师采集一种社会风俗加工而成的篇章。这是在作品留了痕迹的情况，没有留下明显的可以让人看出痕迹的，恐怕也还不少。

还有在篇章层次上透露了采诗消息的作品，对于王官采诗的证明同样有价值。《小雅》中有一首《谷风》篇：

习习谷风，维风及雨。将恐将惧，维予与女。将安将乐，女转弃予。

习习谷风，维风及颓。将恐将惧，置予于怀。将安将乐，弃予如遗。

习习谷风，维山崔嵬。无草不死，无木不萎。忘我大德，思我小怨。

其总体的格调与十五国风的许多篇章都没有任何分别。诗篇内容大体也是控诉男子“二三其德”的诗篇。巧的是《邶风》中也有一首同名的篇章。此篇开头两句是“习习谷风，维风及雨”，《邶风·谷风》的头两句则是“习习谷风，以阴以雨”。两者比兴手法十分相近。《小雅·谷风》对男子的控诉主要在“将恐将惧，维予与女。将安将乐，女转弃予”几句，揭露负心男子前后不一、“得志便猖狂”的中山狼品性。《邶风·谷风》篇幅虽长，但“昔育恐育鞫，及尔颠覆。既生既育，比予于毒”的句子，仍是女子对男子控诉的核心部分。《小雅·谷风》说“弃予如遗”，《邶风·谷风》的“不远伊迩，薄送我畿”似乎是对《小雅》“弃予如遗”的申说和补充。两者之间很像是一篇作品的“草稿”与“定稿”的关系。《小雅·谷风》在写作上，还只是一个思路粗具的大要，到《邶风》中的《谷风》篇，则不仅思路周详，且笔法也细致入微，完全是成熟的作品了。在宗周之地的诗篇与东方卫地的风诗中存在两篇如此相似的作品，应表明的是这样的事实：采诗官员在表现东方的婚变弃妇的哀怨时，沿用了宗周之地表现同样社会内容篇章的固定思路。说一些表现弃妇、怨妇现象的诗篇是报告文学，两首思路相近的《谷风》，是一个重要的证据。至于两首诗篇艺术上的高下，就可能是艺术上精益求精的结果了。此外，《小雅》的《隰桑》篇和《桧风》的《隰有苌楚》之间的相似性也是颇高的。

四、“采诗”高潮何以在西周晚期

据上所述，以前人的研究为基础，从语言、语音到语词、句子即篇章各层面，证明了《雅》《颂》与国风一些篇章的一致。由此说明，“采诗”制度应该是存在的，而且其专业人员就来自宗周地区。同时，由上述的探究还可以发现以下两点：

第一，“采诗”不仅限于十五国风，《小雅》中就有因“采诗”而成的篇章。

第二，“采诗”可能西周早期就有，然而其高潮期却出现在西周后期社会矛盾激化的时期。弄清这一点，前述崔述所提第一个疑问，也就不成其问题了。

关于第一点，即《小雅》已有一定数量诗篇，应系“王官采诗”的结果。这样的篇章中，又尤以见诸《小雅》的《蓼莪》《大东》两篇最能说明问题。前一篇，表现的是一位孝子因为服劳役，无法侍奉双亲，以致父母双亡的悲惨之事。《毛序》说“孝子不得终养也”是可信的。后一篇，是东方诸侯国（据说是谭国）大夫对西周王室经济上对“小东大东”各邦“杼柚其空”地经济压榨的控诉。两诗均属西周后期无疑。《大东》篇表现的是受王朝压迫的异姓诸侯的心声，无人采集、传达，是难以上达朝廷的。特别是像《蓼莪》这样表现下层悲惨情况的篇章，它能够进入“雅颂”篇章之中，不是更需要一种诗篇之外的力量护佑吗？前此《诗经》“雅颂”的篇章，绝多为仪式歌唱，或庆功，或祭祖，或宴饮，或农耕，或战事等，都有歌唱。而且，一种典礼往往有多篇歌唱相伴，如祭祖的隆重典礼，有的诗篇是献给神灵的，有的诗篇则是讲述祖先业绩的。又如宴饮，也往往使用几首诗篇。正是繁多的礼仪和繁复的歌唱，构成了“雅颂”作品的主体。然而，这一基本情况到西周后期起了大的变化，诗篇歌唱与典礼的密切关联开始松动甚至脱轨了。这主要表现为两个方面：其一，是一些出自各级臣僚的政治抗议篇章，如《小雅》之《节南山》《雨无正》，《大雅》之《板》《荡》《召旻》等，纷纷问世。这些篇章有的有主名，有的没有。就写作而言，也许是臣僚自作，也是假借他手，总之他们是有对现实极不满的情绪要宣泄；有主张、想法要提出。这些抗议诗篇的歌唱，可能也要借助一定场合，却无论如何再也不是西周以来固有典礼的情形了。其二，还有一些篇章，与王公大臣自发主动的抗议不同，则属于“被表现”的文学书写。政治昏暗、风衰俗怨的时代，必定是小民普遍的境遇悲惨。对小民悲惨不幸的表现，现有的一些《小雅》篇章表明，成了当时诗篇写作的题材。典型之作，就是上面所谈到的《小雅·蓼莪》。一位因无休止服劳役的孝子，面对父母死亡的巨大悲伤，或许碰巧是一位有诗才的人，就是说诗篇大体是他创作的，可是，即便如此，他的文学的哀哀呼告，何以能被朝廷关注，成为《小雅》的篇章，难道不是一个大问题？所以，合理的思路是，胼手胝足的小民的哀伤，所以能被诸管弦，见存于《小雅》，其实是一批专业人员所为。此外，诗篇也不是为着任何的典礼写制的。试想，《小雅·蓼莪》这样的歌唱，王朝有哪个典礼可以适用？不过，若说是一批原本出身下层、有现实责任感的“贱民”采诗官，将孝子的不幸故事敷衍成篇，上奏朝廷，以警示当政者，却是最合理的解释。而且，《蓼莪》的情调、篇章乃至语言，与“雅颂”各种典礼的篇章不协调，但放到一些哀怨的国风作品群落中去，却分不出彼此。因此，合理的解释，只能是那些关注民间的采诗官员有意的“报告”写作。这样的篇章，在《小雅》还有几篇，如《小雅·黄鸟》和《我行其野》，旧说是宣王时作品，西周后期厉王以来社会动荡，百姓离散、投亲靠友，然而社会亲情已经浇薄，诗篇表达的是那些投奔亲戚却遭冷遇甚至恶待的人的哀叹。又如，《青蝇》以苍蝇点物比喻“谗言”，应该是流传于世的歌谣或格言的采集加工。还有如《采绿》《白华》《谷风》等，是对婚姻中不幸妇女情感的歌唱，主题与卫地一些风诗颇为类同。另外《苕之华》表达生不如死的嗟叹；《何草不黄》抒发那些“匪兕匪虎，率彼旷野”的“征夫”之哀，等等。其数量在“雅颂”中还不多，但涓涓细流已然聚而成溪，且马上就要衍为川流不息的“国风”大河了。

如此说来，采诗的高涨并非西周崩溃后的事，而是从西周衰落时兴起。这又涉及到“采诗”制度从什么时候开始的问题。以现有国风篇章而言，采诗可能从周初就有，如《甘棠》篇，结合其内容及《孔子诗论》的论述，应该就是周初召康公去世后不久的篇章。①但是，可以肯定为早期采集加工而成的篇章，《国风》中实在少之又少，远没有后期这样多。于是，新问题就来了：何以西周后期“采诗”呈现高涨之势？

要回答这个问题，首先应了解这样一点：在一个“礼乐”社会，有迹象显示，到西周后期，上层人物对诗篇的喜爱、以能诗为荣耀的风尚业已形成。其证据就是有主名的诗篇出现。早中期都有配合礼乐的诗篇创制，但诗篇中明确作者的做法，很明显是晚期才有的新风。如《大雅》的《崧高》《烝民》两篇，前者结尾唱：“吉甫作诵，其诗孔硕。其风肆好，以赠申伯。”后者结尾处：“吉甫作诵，穆如清风。仲山甫永怀，以慰其心。”都是证据。此外像一些悲愤抒情之作，如《小雅·节南山》的“家父作诵”，《巷伯》“寺人孟子，作为此诗”，也都在篇章中自道了主名。这既表明社会喜爱诗篇的风尚日益显著，也表明贵族诗人的出现。后者其实又构成了对“礼乐”活动之下诗歌演唱的一种突破：诗篇写作不再以典礼为主要指向了，创作诗篇变成获得社会荣誉的一个手法。在这样的风尚下，采诗官的用歌唱的方式表现社会现实，就有了社会背景。此其一。不过，这还不是主要原因，主要原因在于贵族阶层与王权之间的政治较量。就是说，策动采诗官员表现社会不幸现象的，正是贵族阶层，特别是它的上层人物。

何以这样说？从周厉王时“国人”暴动可以看出一些端倪。有人曾谓，西周晚期国人暴动是“奴隶起义”，非也。国人暴动，只赶跑周厉王，却不去推翻王朝。若真是奴隶起义，能够是这样的吗？参考诸《国语》等记载，国人驱逐周王暴动的背后，其实

① 关于此诗的年代，有西周早期和晚期两说。季旭升《诗经古义新证》（文史哲出版社，1995年增订本，第1—23页）使用金文文献，证明了诗篇系西周早期之作。

是有贵族大家势力阶层的操纵因素。也就是说，周厉王时的国人暴动是与贵族家族势力合作的行为。西周封建，实际形成的是贵族分权制的政体，含有原始的民主色彩。①两百多年间，不断赏赐土地，使贵族势力不断发育。到了后期，贵族阶层势力与王权之间的斗争越发激烈。厉王时期的斗争，据《国语》，围绕王室“专利”展开，国人驱逐周王是斗争高潮。王室所以要“专利”，合理的解释是财政的困难。财政的困难，深远的原因，与封建制度下王室不断对那些勋贵之家包括土地等各种权益的割让、赏赐密切相关。历史记载是厉王“专利”，危害了“国人”利益。但所谓“国人”，固然包括王朝直属之地的贫下小民，也未尝不含着那里的大小贵族之家。②两百多年的历史变化，使一个实力强大的贵族既得利益者阶层养成。③厉王“专利”貌似财政变革，实际意味的是王室为应付各种危机的集权，势必伤及势力已经十分强盛的贵族阶层势力。他们自然要反对。“国人”暴动貌似是生计无助的小民的造反，但历史记载的细节却明确告诉人们，“国人”只针对周王，并不触及大贵族家族势力，召穆公（可能还有周定公、芮良夫、凡伯、仍叔）等可以站出来收拾残局、辅佐宣王，就是明证。历史往往就是这样吊诡，社会矛盾日益突出，最基本的因果关系，往往最不易为当时人所明知。王朝包括财政收入在内的各种问题的日益突出，深层的原因是封建制导致的贵族大家势力的无限制膨胀。然而，在王权头痛医头、顾前不顾后地图谋摆脱日益严重的困境时，这个盘踞在王朝肌体内的强大贵族势力，却可

① 对此前人早有研究，参徐鸿修《周代贵族专制政体中的原始民主遗存》，《中国社会科学》1981年第2期。

② 关于这一点，可参拙作《先秦文化史讲义》（中华书局，2008年，第116—122页）的讨论。

③ 这方面的传世文献主要记载了召公和周公以及毛氏家族，金文资料对此有更全面的记载和显示，例如“逨氏盘”就记载了单氏家族八代人在周家十一代王朝的辅政情况。

以在维护自己权益的目标下，装扮成与小民一样的受害者，假扮成小民反抗暴政的天然盟友。还会与小民一样，把日益恶化的社会问题的总账，算在周王头上。厉王驱逐前后，召穆公等一批贵族上流人物的表现，其实只意味着这样的事实：召穆公所代表的贵族势力，如果不是暴动行动的直接策划者，也一定是支持和策应的友军。

无独有偶，恰恰也是这位召穆公，说出了“防民之口，甚于防川”以及“天子听政，使公卿至于列士献诗，瞽献曲，史献书，师箴，瞍赋，矇诵，百工谏，庶人传语”这一番强调疏通民意的名言。召穆公这番话，可以理解为对周代现行制度的揭陈，也可以视为这位周王朝高级贵族的一个政治行为上的主张。以他及他所代表的贵族势力的政治权力，有此主张，就可以有此行动。同时，如前所说，从《诗·小雅》的《节南山》《雨无正》，《大雅》的《板》《荡》《召旻》等篇章看，这些贵族的上流人物，正是政治抗议的抒情诗篇的创作者。还有，如上所说的，对诗篇的热爱到西周晚期既已颇成风尚。既然如此，为了抵御王权的扩张，策动一个“采诗观风”的高潮，在这个王朝的勋贵阶层实在是有实力去做的，而且他们也会从中获益。这应该就是采诗活动在西周后期呈现高涨之势的原因。

这意味着一个历史的重要变化。西周崇尚礼乐文明，晚期以前的诗篇创作，基本是为了王朝政教的礼乐仪式。诗篇的写制者多是一些与礼乐专业活动有关的职业人员。然而，西周末造与诗篇写制与礼乐仪式脱轨相伴的是“吉甫作诵，穆如清风”及“家父作诵”的一些“署名”诗人的出现，是一批上层贵族对政治惨状的抨击。这实际意味着“礼乐”活动的质变以及文化大权的下移。诗篇由原先的王朝政典的歌唱，变为王朝政治的抨击的声响，其实是“礼乐”的大权的太阿倒持，被贵族阶层掌握在手的表征。说起来，西周的王纲解纽、权力下移，实在是不待王朝崩溃而始然。西周末造的诗篇创作、采集的高潮，已经是王朝大权旁落的征候了。此后“十五国风”的大量出现，不也同样伴随着王权的衰落吗?

五、“采诗观风”：文化的成功

然而，这仍是一种文化的成功。

何以这样说?因为“采诗观风”遵循的是一种特定的文化观念。什么样的文化观念?是殷周之际出现的新式的天命观。其基本的含义，历史的王朝的兴衰，其实是作为绝对的、有主宰历史兴替力量的上天予取予夺的结果。当上天决定把大权交给谁的时候，其标准只有一个，那就是谁对小民好。小民的哀哀呼告，上天不仅听得到，而且是它夺回权力移交新朝的依据。周王朝的建立，商王朝的兴衰，《尚书》和《诗经》均显示，成为周人证明天命观的范例。上天能听到小民呼声，在《尚书》中多有表达。如《尚书·酒诰》:“弗惟德馨香，祀登闻于天，诞惟民怨，……闻在上，故天降丧于殷，罔爱于殷。”意思是小民呼声上天能听到。这样的观念的表达，莫过于《孟子》中所保存的《尚书》轶文:“天听自我民听。”上天既然能听到小民呼声，那么人间当政者主动注意小民的情绪，就是很必要的。这就是《尚书·康诰》说的:“天畏棐忱，民情大可见。”意思是说，当政者不要只把两眼盯在上天的威严上，民情如何，更重要。因为它与“天威”的向背相统一。这就是民风的重要。这也就说到了“风”这个概念的神秘含义。为何说《诗经》中表达民众声音的诗篇被叫作“风”?《孔子诗论》“邦风”云云表明先秦已经如此。对此，现代学者一般的回答是，“风”即《左传》所谓的“土风”，亦即地方土调。这样解释不能说是错的，只是无视“风”这一称谓的内在灵魂。“地方曲调”不含神秘天意的内容，“风”则不然。“风”字见于甲骨文。郭沫若《殷契粹编考释》说，“风”即“凤”，是“帝史”，是传达上天命令的中介者[1]。这样的信念，在周代还可以看到它变化了的延续。《国语·周语》有瞽者吹律以听“协风”记载，是从“风”中听出上天变化。不过这可能不再像殷商祭祀“四方风”那样神秘，更可能是“吹律”以判断时令。又《国语·晋语一》载郭偃之语言谓：“且夫口，三五之门也。”韦昭注“三五”即“三星五辰”。即是说，“风”即民众的谣言传语中含有“天意”的征兆，这也与殷商的祭祀四方风有明显的分别，新出的是“民意”内涵。此外，“风听”云云，又可与《国语·晋语八》“师旷论乐”中“风物以听之，修诗以咏之”相联系，师旷将“风”与“诗”并举而谈，更表明“风”与“诗”即歌咏之间的密切关系。归结地说，民怨可以上达天听，而上天的意志又可以经由民谣民谚来传达。这都可以看作西周天命新观念下所附丽的变奏性意涵，也正是“王官采诗”超越的神圣原理。

换言之，尽管贵族阶层策动“采诗观风”以对抗力图扩张的王权，但是，他们也仍是遵循了西周以来的一个文化观念。在这个意义上，“采诗观风”在西周末造的高涨，是一个文化的成功。所以是“成功”，是因为这一高涨的文学活动，不仅一时间可能帮助贵族，还在于这样一个源于特定文化观念的现象，成就了中国文学在其发祥期的一种宽阔的伟大特征，那就是：把文学感知的触角，早早地伸向广阔的胼手胝足的下层小民生活的世界中去，从而使《诗经》文学在表现小民、表现社会普通男女的情感上，表现出光芒四射的魅力。一种贵族的精神观念，导致的是对小民生活世界的体察和表现，不是一个非凡的成就吗？它又是如此成规模，如此高水准，在当时世界范围内，不也是举世无双的吗？

“采诗观风”现象，还可以启发我们对“文学史”有一个基本的认识。一个最简单的逻辑就是，假如没有“天听自我民听”的超越观念，也就没有“采诗观风”的行为。这已经表现出这样一

① 郭沫若：《殷契粹编考释》，科学出版社，1962年，第562页。

个事实：文学的体制性现象是一种文化的结果。继而，假如没有“采诗观风”这一特殊观念下的行为，也就没有如下两种文学：第一种，民间像《郑风》“子惠思我，褰裳涉溱；子不我思，岂无他人”的天籁，就随风飘散了。第二种，一个特殊时代民间的小民生存及其情感样态，也就无以表现了。这又表明如下一点：一种特定的文学现象的发生，也是文化观念影响的后果。特殊的文学体制，源于特定的文化观念，又导致特定的文学现象。由此，可以这样说，文学是心外无物。小民生活的不幸，不仅西周后期有，就是夏商，又何尝没有？但是，只有周代的诗人才反映了小民的生存。这意味着什么？意味着所谓的“文学史”从来都是有两种：一种是本体论意义上的，一种是认识论意义上的。几件发现于甘青地区仰韶文化的彩陶盆上画有先民歌舞的图案，告诉我们，十分遥远的远古先民就有歌舞。但是，这样的告诉我们“有”，是“空有”。因为这样的图案虽然对“舞”是有所表现的，然而对他们的“歌”，却无所表述，因而后人无法做认识论意义上的研究。这不是“空有”吗？道理上说，每一个时代民间都有天籁的歌唱，但这只是本体论意义上的“有”，不加记录，就会随风飘散，成为推论意义上的“空有”。反之，只有有所记录才能加以认识，认识论意义上的“有”才成立。这样，“文学史”研究最基本的工作，就是要审核是什么保证了一个时代的人们有意识地对本时代的各种文学活动及其成品加以保存，从而使之成为可认识的对象。“采诗观风”无疑在这方面提供了一个生动而具体的范例。国风对古代诗歌乃至整个古代文学的影响是无需多言的，简言之，“采诗观风”，不仅保证了人们“认识论地”研究那个时代的文学成为可能，也为后来诗歌等文学的发展确立“现实精神”的大方向。这才是“采诗观风”这一古老现象的全部意义。

（原载《社会科学家》2014年第12期）

历史瓶颈的突破与《诗经》篇章的创制[①]

今天我们讲一个关于《诗经》的题目——“历史瓶颈的突破与《诗经》篇章的创制”。在这个题目之下，我们要讲《诗经》“雅颂”中的一些篇章，通过对这些篇章的解读，从一个侧面展现《诗经》创作的某些时代特征。

《诗经》是一部经典著作，是我们传统时代与《尚书》《礼记》《易经》《春秋》并称的“五经”之一。它产生的时代，对我们这个文化人群来说也是一个至关重要的时代，我们的精神传统实际上正是在《诗经》时代奠基的。

从历史实证的角度看，文明有的时候很难找到它的源头，但是文化、文化传统，是可以找到一个相对确切的时代的。从世界范围看，不同的文化人群也都承认自己有一个文化精神传统的形成时期，例如古希腊、罗马，就是西方文化传统、精神传统奠基期。一个文化人群，其生活方式、生活理念、价值追求，到一定时期，形成了自己的一套基本的东西，这样的“时候”就是文化的奠基时期。

回头来看中国，中国的历史很长，现在的考古发现，可以向上追溯至九千年前。可是，我们这个民族文化传统的形成期，宽泛点说是在夏商周时期，再缩小一下范围，更精确点说，就是西

---

① 此文原为在国家图书馆举办“部级领导干部历史文化讲座”上的讲座记录，此次收入本书经过了较大的修改。

周时期。有一个基本事实是我们所读的“五经”，没有一部不是写成于两周时期。有朋友会说不对,《尚书》里面有《虞夏书》《商书》,《虞夏书》记的是尧舜时期的历史,《商书》记的是商代的历史。确实，尧舜之治、大禹治水、商汤伐桀、盘庚迁殷等，这些记载确实是周代之前的史实，但是从文献书写的角度看，把这段历史写下来的却是周人，用的是周代的书面语言。记录历史，这个事情看似是小，实际是大。打个比方说，家里的小孩子，三四岁，昏天黑地、男女不分，上学了，突然有一天买个小笔记本开始写日记，记录自己的生活，还把小本子藏在小抽屉里不让家长看。这事情，看似是小，可是在一个人的生命历程中，却是一件大事，它意味着一个人开始走出混沌，开始有了自我意识，开始关注自己的生活经历了。这是很有标志性的大事。历史的书写也一样，夏代、商代的历史，早就发生了，但是拿起笔来把它们记录下来，这件事在精神文化、精神传统方面可以说是惊天动地的。

书写下来的历史，都是经过观察者、记录者过滤过的。人类的语言是可以过滤生活的。什么叫语言过滤？有一个语言学家，曾经卖过保险，他就发现，假如在一个汽油桶上写“空桶”，工人就会大胆地在这样的汽油桶旁边抽烟，从而引起火灾。为什么？因为油桶标上了“空桶”字样，因而根本不去想汽油桶就是空了，也还有可燃气体，也可以燃烧起火。讲这个例子想跟大家说什么？是要说“过滤过了的世界”与真实的的世界是有分别的。同样地，夏商以及更早的历史，被周人记录，就是经过了周人的“过滤”，也可以说是打上了周人生活观念的印记，当然也就产生这样的结果：我们今天对远古历史的理解，是受到周人世界观的影响的。全世界都曾经有过关于大洪水的传说，但是大洪水发生之后，我们在中国，不是找一条巨大的方舟逃走，而是召集民众治水，重建农耕文明。这些，是到了周代才有的历史观。《诗经》也恰恰出现在这样的一个非凡的大时代。

一、关于“历史瓶颈”

下面我们就来给讲座破一破题，讲一下什么是“历史的瓶颈突破”。一个文化人群的文化精神传统的成形是需要漫长而艰辛的历史过程的，有些文明可能很早就出现了，但一直突破不了，于是永远保持着一种原始状态，历史证明，其命运就很危险。今天讲《诗经》的部分篇章，可以说就反映了中华文明突破瓶颈的过程，或者说，这些篇章就是中国古人在突破中发出来的美丽的音响。这是《诗经》与后来唐诗宋词的不同，后者是在民族文化精神传统形成后才出现的。《诗经》则不同，它的许多篇章中，就含着先民在解决自己所面临的大小历史问题时的情感与思考，显示着先民在创建生活时的现实感受及对未来的理想。因而要了解这个文化传统的形成，就必须解读《诗经》。以上，就是此次要讲的内容。

二、浓浓“客情”的背后

先来读一首《诗经·周颂》中的诗。《诗经》分“风”“雅”“颂”三部分，按时间顺序，大体而言，“颂”形成的最早，其次是“雅”，最后才是“风”。一般讲解《诗经》，往往是“倒卷帘”，按照“风”“雅”“颂”的顺序进行。这样做的好处是容易入门，尤其是从“关关雎鸠，在河之洲”这样的诗篇入手，容易接受。即如《关雎》这首诗，当代学者都说是爱情诗，就更加讨人喜欢了，谁不喜欢美好的爱情呢？但是，要从文化的角度去讲《诗经》，再从“风”开始，就有些不合适。所以我们从“颂”入手。先来看《周颂》的《有客》一篇。诗曰：

有客有客，亦白其马。有萋有且，敦琢其旅。

有客宿宿，有客信信。言授之絷，以絷其马。

薄言追之，左右绥之。既有淫威，降福孔夷。

诗篇大意是：周家有客，白马为之驾车。他们有众多随从，衣装都精雕细琢。客人请多住一宿，再多留一晚。拿出绊马腿的缰绳，好将马儿羁绊。（他们离去时）紧紧追赶，（既留不住）就为其做好路上的安排，好让他们一路平安。客人的仪态好风度，上天会赏赐他们大福。

诗读起来比较难，主要表现在语句层面。突破了它的语言难关后，可以看到三千年前的情感和今天是非常像的。这就是文化传统的厉害，一旦形成，三千年前生活的人和今天的人见了面有话说，会很亲切。这首诗的大意上面也说了，我想许多人看了很可能还是会一头雾水。下面就简单给大家讲解一下。

“有客有客”，这个很好懂，就是说客人来了，我们今天还在使用这个词，“客”过去还被写作“愘”，实际上就是“敬”的意思，有一种谦恭、诚挚的情感在里面。《诗经》中对客人的称呼除“客”之外，还有“宾”字，如“呦呦鹿鸣，食野之苹。我有嘉宾，鼓瑟吹笙”，二者都有表示对客人尊敬的意思，但是它们的指代对象还是有很大差别的。我们知道周代施行的是分封制，周王朝之下还封建了许多诸侯，“宾”指的就是这些臣属于周王朝的各诸侯范围之内的来宾。“客”则不同，“客”指的是殷商后裔的来访者，亦即来自宋国的客人。周天子接待诸侯，诸侯之间相互来往，这些都称作“宾”，因为他们不是姬姓贵族就是姬姓姻亲，都属自己人。“客”则特指殷商遗民了[①]，《左传·僖公二十四年》：“宋成公如楚。还，入于郑。郑伯将享之，问礼于皇武子。对曰：‘宋，先代之后也，于周为客，天子有事（祭祀之事），膰（指祭祀用的肉，称

① 古代学者认为《诗经》中的“客”也包含舜的后裔和夏王室的后裔，与殷商殷民之“客”合称“三恪”，《诗经》篇章并不支持这样的说法。

胙肉，在此意思是接受周王祭祀后胙肉的意思）焉，有丧，拜焉，丰厚可也。’”《左传·昭公二十五年》记载诸侯商议救助王室，“宋乐大心曰：‘我不输粟，我于周为客’”。这两则记载，一出之于郑国人之口，一则为宋国人自言，都是宋人被称为“客”、即周家客人的证明。我们刚才也说“客”有“敬”的意思，但它更多地是表示“敬”外人的意思，在今语中也是可以见其痕迹的，例如当我们对别人的感谢说声“别客气”，这“客气”一词，就含着“见外”的意思。

接下来的“亦白其马”，这个“亦”字不好解释，它应该是起凑足音节作用的词，就是所谓语助词。这句的重点是“白马”这个词。我们说这首诗跟殷商遗民的宋国有关，刚刚我们也讲到“客”本身就指代周人之外的人群，而据文献记载，周人克商之后，将一支商人后裔封到宋国（今商丘一带），周人是将其当作客人来对待的，给予礼仪上的尊敬。但只从“客”字分析说这首诗与殷商宋国人有关，逻辑上并不很严密，因为“客”或许还指其他的外人，比如西周时期的一件青铜器乖伯簋，它的铭文中就将乖伯称为“客”，“乖”则是边地的一个小邦国。诗篇出现的“白马”，则是“客”为宋人的坚强证据。过去传世文献讲殷商人礼服尚白，周人尚黑，对此前代学者有不同意见。裘锡圭先生是研究甲骨文的大家，他在《古文字论集》中的一篇文章里说：殷商人是否尚白，礼服是否以白色为尊，不敢确定，但是从甲骨文记载看，殷商人是喜爱白马的，甲骨文中对此有相当多的记载。裘先生说法让我们确信，诗篇中驾着白马车的“客”，就是殷商后裔宋国的上层人物。

“有萋有且，敦琢其旅”，这是最难的句子，因为用了通假字。当年《诗经》出现的时候，可能先是由专业的乐工演唱的，后来在进行文字记录时，就用了同音假借词，所以《诗经》的文本中经常会遇到通假词。“萋”本意是指草长得茂盛，这里用来形容来人衣着打扮十分华丽；“且”（读“居”的音）是多的意思，说明来的客人很多；“敦琢”又可称“雕琢”，也是在形容来客穿衣打扮十分讲究。总之，这两句就是形容来做客的人盛装打扮，场面隆重。其实这样的“老礼儿”我们现在也一样，出门去别人家做客，总是要把自己打扮一下，穿衣戴帽要讲究一点，表示尊重。这与《诗经》是一脉相承的。

“有客宿宿，有客信信”，客人留一晚上叫“宿”，留两晚上叫“信”，“信信”“宿宿”的重复，就是挽留客人：多住一晚，再多住一晚。表达主人家的好客之情。留客，我们大家都不陌生，现在不管是谁，家里来客人了，客人要走的时候，我们总是再三地挽留，邀其再多住两天。原来留客的习惯，三千年前的古人就是这样做的。读到这里，您还感觉《诗经》陌生吗？“好客”也是一种世界范围的现象，在希腊、罗马时代，主人对客人是有保护义务的，谁也不能在主人家伤害客人。回到这首诗里，客人是谁呢？被周人征服的殷商遗民，周人作为征服人群对被打败的殷商人展示如此恭敬与热情，在现代人看来，是不是很有点匪夷所思？

留客之心不能单停留在语言层面，留客还有一些仪式性的动作。《有客》的“言授之絷，以絷其马”就是这样的仪式性的动作：拿来一条绳子，假装要把马拴住，不让客人走。古代文献中还有类似的记载，如《汉书·游侠列传·陈遵》就讲到陈遵为了留住客人，把客人车上的辖取下投到井里，“辖”是车轴的关键，去掉之后则车不能行，后遂以“投辖”喻主人好客，殷勤留客。《有客》这句诗蕴含的意思也是一样的，都是意在表明阻止客人的离去。这实际上是一种仪式，表明主人家的感情，体现的是一种以人心换人心的力量，这样的礼仪可以化解殷商遗民对周人征服的敌对感情。

客人总是要走的，主人家也要有惜别的表现，这就是“薄言追之，左右绥之”两句的意思。客人驾着车走了，主人家赶了上去，在车子左右两边照看一下，看看客人是否坐好了，行李东西是否放置妥当了。有点像我们小时候住姥姥家，走的时候一路送到村口，然后还往衣服口袋里塞吃的，感情是一致的、相通的。这就是礼貌，是我们传统中接人待物的常见的人情。

最后是对客人的祝愿："既有淫威，降福孔夷。""淫威"现在不是个好词，但是在西周时期，"淫"的本意指雨下多了，后来引申为过分，成了我们今天这个贬义词。在这里，它是"大"的意思，"淫威"就是大的威仪，形容客人很有气派，突显殷商老牌贵族的风范。文献记载，春秋时期诸侯观礼一般都是去宋国和鲁国，他们一个是殷商的后裔，一个是周公家的封国，都是礼仪最丰富的、贵族气派最足的国家。礼乐文明是中国古代文明的基石，它是一套规范人们行住坐卧的规范，怎么坐，怎么站，举手投足之间都是有规矩的。这样时间久了，我们和其他国家的人也就产生了区别，单看静态的面相，我们和韩国人、日本人比是不容易看出来的，这是生物的、非文化的特征，一旦神态动起来，马上就能分辨出来，因为表情是有文化的，这个表情实际上就是"礼"造就的。曾子临终之前就教育他的学生："君子所贵乎道者三：动容貌，斯远暴慢矣；正颜色，斯近信矣；出辞气，斯远鄙倍矣。"这就是要我们在日常行为中注意"礼"。"降福孔夷"，"夷"有"平安"的意思，也有人说"夷"是"大"的意思，都可讲通。"孔"是"很""甚"的意思。诗句是说，客人走了，希望老天爷降给客人大的福分，以此表达主人的祝愿之情。

通篇下来，从这首诗中可以感受到浓浓的人情。这也是我们中国文化一个最基本的特征，讲究人心换人心，人心的首要因素就是人情。与印度文化、基督教文化相比，中国文化的一个总体特征就是它的"人间性色彩"浓郁。在印度，你要修行，就躲到森林中去，躲开世俗。基督教文化，你要信上帝，就不能讲世俗的情感。都是把"出世"和"入世"断为两段，中国古人就不然，陶渊明“结庐在人境”而可以“心远地自偏”，后来的禅宗更是讲没有悟道劈柴担水，悟道了，还是劈柴担水。世界就这一个，要点是看你怎么处置。人的世俗性，在其都有情感，你敬人一尺，别人敬你一丈。周人为了笼络住殷商遗民的心，不是靠宗教，更不是靠武力，而是靠最平凡的人情，恭敬地对待殷商遗民。欢迎殷商旧贵族来周人家里做客，周人以热情待客的方式，举重若轻地抓住殷商的人心，消解他们对周人统治的抗拒。周人原本只是一个西边的小族群，在征服商王朝之后，周人面临的严重挑战，就是如何对这众多人群实施真正的统治，这是一个大的难题。《诗经》中这种诗篇的诞生，意味着周人找到了一种方法，可以把众多不同的族群——殷商族群以及其他的族群融合为一个文化人群，这也是我们中华文明得以形成的关键。

三、文化多元发生与历史瓶颈的造成

现代考古学的发展，让我们对人类文明的起源有了更多的了解。在距今一万年左右的时候，冰期结束，全球变暖，人类社会发生了一次重大的变革——聚落农耕时代到来。人类开始由小股流动的团体集合成大的部落定居下来，生产方式开始由渔猎采集转向种植农业，人们开始修建房屋、城邑。考古发现，今天西亚的纳吐夫文化遗址，距今一万两千年左右，是世界上目前发现的最早的农耕聚落。我国境内发现较早的农耕聚落，有河南舞阳的贾湖遗址、湖南常德澧县的彭头山遗址等。这些距今八九千年左右。

回想20世纪开始的一段时间，当时的中国积贫积弱，那时候国内最流行一种说法——中国人西来说。不少学者怀着不同的目的都在强调，中国人是从西方流动扩散来的。当时有个瑞典人安特生，受雇于北洋政府进行地质调查，他也懂一些考古，后来就在河南三门峡渑池发现了仰韶文化遗址，发掘了一些彩陶。发现这个遗址后，根据当时盛行的“西来说”，安特生就沿着黄河一路往西寻找，果然在甘青一带找到了其他的彩陶文化遗址，如马家窑文化等，他的发现，当时被认为是从考古学上证实了“中国人西来说”。后来经过更多的考古发现与研究分析，人们获知，甘青一带的彩陶文化是受到仰韶文化影响的，但在当初好多人确实没有对“西来”观点生过疑心。

经过一百多年的考古发掘，中国大地上文化多元发生的特点清晰可见。刚刚我们提到了黄河中游的仰韶文化，在它之前的有陕西渭南华县老官台文化、河南郑州新郑裴李岗文化、河北邯郸武安磁山文化，这些都可算是仰韶文化的源头，学术上称“前仰韶文化”。在前仰韶文化阶段，农业文明已经相当发达了，在磁山文化遗址挖掘出一些存储粮食的地窖，有学者估算这些地窖可存粮食十几万斤。在黄河下游地区，也有着众多的文化遗存，河南安阳后冈文化、山东滕州北辛文化、山东泰安大汶口文化、山东济南历城龙山文化等。在黄河上游又有着甘肃定西临洮马家窑文化、甘肃临夏广河齐家文化等。这是黄河流域的三大区域的考古文化。长江流域也是一样，在下游长江三角洲地区，杭州湾南岸地区有河姆渡文化，杭州湾北侧有崧泽、马家浜、良渚文化。长江中游江汉平原一带有屈家岭文化。屈家岭文化发展到夏商交替时，有一支从北方来的文化人群把屈家岭文化人群冲散，并有一定的融合，这就是后来的楚文化的源头。顺长江再往上游到重庆一带，又有大溪文化。以上是黄河、长江两大流域的考古文化情况，在中国北方的内蒙古、辽宁地区，有红山文化，红山文化之前，还有一些考古文化，如发现在巴林左旗富河的富河文化，敖汉旗的赵宝沟文化等，辽河流域的红山文化，地跨内蒙、辽宁及河北北部，时间较黄河流域的仰韶文化略晚。

由以上十分粗略的概说，可知华夏大地上从距今八九千年到距今四千年前，各地区都分布着大大小小各种不同的文化人群。这些文化人群，随时间推进，区域内部形成融合，融合的文化人群各自占据了大片的区域。考古发现，到公元前3500年左右，中国境内人群分布已经大体形成“中原炎黄、东部东夷和南北苗蛮”三大群落共存的格局。三大人群再进一步接触，在征战中融合的新局面就要开始。天时地利人和，到距今四千多年的时候，黄河流域的文化一枝独秀，最早实现了“文明的突破”即“国家时代”的到来，其表现就是夏王朝建立了，红山文化、良渚文化等这些其他地区的文化则显得相当沉寂，其实是被中原地区的文明之光遮掩了。

这是中华文明发展史上重大的历史时期。在中原地区，人类社会文明进步已获得了局部的突破，率先进入国家时代。但是，教科书里面关于夏王朝的知识，经常给人一种误解，似乎夏王朝建立了以后，中国就像汉、唐一样，一个大一统的国家就出来了。其实远不是那么回事，离真正政治统一还差得很远，离文化上的统一差得就更远了。夏王朝建立，只代表在黄河中游这片地区的人群，因为各种方面的发展进步，进入到阶级社会，形成了国家。在其周边的许多地区，还没有到达这一步。于是在整个华夏大地上就出现了进步与落后、强大与弱小等各方面的差异。夏王朝无疑在各方面都是强大的，较诸周边其他人群，夏王朝势力大，可以更有效地组织战争，于是对夏之外的诸多人群，就开始采取了一种新的模式，即以征战征服的方式，去造就政治范围的扩张。“历史瓶颈”问题，就从这里出现。

从夏王朝到商王朝，历史延续千年。对待华夏大地上多元的文化人群，两个王朝采取的“融合”的方式颇为一致，就是武力征服为主。《左传》记载说禹举行涂山大会，执玉帛前来者万余，可是，到了夏启的时代，对这些所谓的“天下万邦”，《尚书·甘誓》篇记载，就是“伐有扈”。“有扈”在哪儿，学者有不同的意见，但是这个有扈肯定是与夏朝人不同的人群。《甘誓》讲道：“有扈氏威侮五行，怠弃三正。”就是不服从夏的统治，于是夏王朝对这些不服从者要“剿绝其命”，其实就是发动灭族的战争。武力的征伐导致众多独立的文化人群越来越少。如前所说，大禹时，执玉帛而朝者有万国（夏曾佑《中国古代史》解释说：当时一“国”即一“族”，所以才那样多）。《逸周书》又载：商汤伐夏桀，复薄，三千诸侯大会。从一万到三千，可谓锐减。等到周武王克商的时候，《史记·周本纪》说“不期而会者八百”，外加“不会”者，合计一千多，又少了近两千的族群。这不是越打越少？可以想象远古征战的残酷。从夏到商，统治者对周围的人群就是直线思维，不服就打。王玉哲在其《中华远古史》中指出，甲骨文显示，殷商在正常状态下，王朝都与周边十几个方国，如土方、鬼方等保持着征战关系。王国维《殷周制度论》中也说。商王朝与周边的方（邦）国，“君臣关系未定”，即没有真正建立起让人心服口服的中央与地方的关系，一直是用武力威慑。王朝强大，周边人群就表面臣服；王朝一变弱，周边人群就造反，叛服不定。这是夏、商王朝与周边人群关系的常见情形。俗话说，打不起，躲得起。于是因为征战，一些相对弱小的族群选择了远离的迁徙，迁移到夏、商统治鞭长莫及的地方。总之，靠武力镇压、战争征服是解决不了这样的大问题：即在一个广大地域上，如何将众多的在文化上各有渊源的族群，抟和为一个真正的文化人群。征战，可以导致部分的兼并融合；战争也可以使众多人群变少，但周武王克商时八百诸侯的不期而会，这表明，延续到殷商的靠武力的办法已经难以持续下去。即使打，也根本无法将众多文化人群融合起来。

考古发掘表明，殷商文化的确是很发达了，但是，出土的青铜文物中“饕餮纹”那种阴森可怖的图景，却可以令人印象深刻地感觉殷商文明所存在的严重问题。饕餮纹一般以器物的扉棱为中心线，两边是两只对称分布的爬虫，构成了一个平面。单独看，是两只相对的爬虫；合起来看，其中扉棱构成了鼻梁中线，两只爬虫的侧目构成了两只瞪大的眼睛。正面观察这些纹饰组成的脸时，能够感觉到一种扑面而来的煞气。另外，爬虫的尾巴向后延伸地勾着，有点儿生活经验的人会知道，猫扑老鼠或者老虎、豹子扑猎物之前的那一刻，尾巴都是勾着的，表明高度紧张。一个典型的饕餮纹的画面，总给人精神紧张乃至痉挛的感受，恐怖异常。郭沫若在《金文论丛》里讲，宋金时期一些青铜器被发现以后送入宫中，然后宫内晚上就闹鬼，古人认为是青铜器造成的不吉祥，就全部砸掉。过去有学者说青铜器上这种阴森恐怖的图案，是吓唬劳动人民的。有人说不对啊，这样的图案，连同青铜器，铸造完成之后就随着人死埋进地下，劳动人民看不到啊！这种东西并不是用来威吓人的，它只能说是那个时代特有的精神现象。李泽厚在《美的历程》里说青铜器的饕餮纹有一种“狰狞之美”，实际上，这样的“美”，就是一个时代精神状况的象征。殷商人不断用战争去征服周边人群，征战获得大量俘虏，这些俘虏往往在殷商高级贵族死后作为殉葬品杀掉，在今天安阳的殷墟，侯家庄大墓、武官村大墓等王家墓葬打开，其中竟有数以百计的殉葬，最多可以达390人之多！殷王一死，制造了多少的冤魂怨鬼。除了墓葬，殷商人在宫殿建筑上也大规模使用人殉。古代建房用人殉风俗最早可以追溯至史前龙山文化后期，到殷商时期，可谓变本加厉，宫殿建造打地基要杀人，立柱子要杀人，安门、安窗要杀人，最后房屋上梁封顶也要杀人。殷墟乙组21座宗庙建筑群的发现，其步骤为：先挖基，挖坑，用小孩4，此外还有犬12；之后置础，其中三座，用人2具；之后安门，内外两侧用人，其中5座，共用人50；最后为落成典礼：128坑，用活人378名。总计乙组宗庙群落用人牲641人。建筑而杀人，应该是为了防范阴间的鬼魂，却制造了更多的鬼魂。一个强大的王朝走到这种地步，用制造鬼魂的方式防范鬼魂，实际上也就是让自己陷入了鬼魅缠身的状态。饕餮纹的阴森就是这样鬼魅缠身的精神病症。这里有一个问题要注意，就是这些被杀的人殉，不是商朝本族的社会底层的人，大部分是战争俘获的异族人，他们平时也需要进行各种体力劳动，但一到祭祀或者商王死了，就被砍杀当作祭品或殉葬品了。这个时代确实有着发达的青铜器文明，但是人类的物质文明和精神文明往往是不同步的。试图用战争征服天下的夏、殷王朝，遇到了强大的障碍：征服到最后，剩下的是强悍的人群，征战的原则就陷入困境，其精神文明的状态也陷入狰狞，其实都是历史瓶颈处郁结堵塞的表现。

四、大地域上建文明，周人的新观念

西周的周武王伐商纣，是联合了八百诸侯一起做到的。这也让周武王意识到，这八百诸侯联合起来也可以灭掉周王朝。这样的危险，周武王感觉到了，他开始新的谋划。

《逸周书》和《史记》都记载了这样一件事：武王灭商之后，登高一望，看见那么多的殷商遗民，周武王一夜没能入睡。第二天他把周公旦叫来，宣布了两件大事：一、要在“天下中”雒邑（今洛阳）建立新的都城；二、周公旦接替自己做新一代的王。后者是因为武王身体不好，而武王的儿子即后来的周成王太年轻，经验不足。这第二点被周公拒绝，第一件则在周武王去世后，由周公旦完成了，即在雒邑建立新的都城。西周人群的老巢在今天的陕西，获得天下后，建立都城，若是按照老习惯，当然要在陕西建都。可是，从当时的人群地理分布看，自夏代以来洛阳就被视为天下中心。“天下中心”的含义，就是华夏各地的人到雒邑来侍奉上天，走的路远近差不多。若是在陕西建立新都，就地理而言，明显是向着周人的。周武王注意到了这样看似无甚重要的一点，新都选定在了雒邑。这就叫举重若轻。周人战胜殷商，你新建的王朝究竟是谁的天下，这是需要马上向天下人表明的。选择雒邑，而不是陕西某地，就是要向天下人表明：新的王朝属于天下的海隅苍生。这就像针灸，一针扎在适当的穴位，热流马上传遍全身。周武王就是想借着选建新都，告诉天下人，告诉帮他一起灭商的千百诸侯，周人要建立属于天下的王朝。

这其实就是周人如何对待天下人的问题，而如何对天下人，有一块近在手边的试金石，即如何对待刚刚被征服的殷商遗民。对此《尚书大传・大战》还记载了一个小故事：“纣死，武王皇皇若天下之未定，召太公而问曰：‘入殷奈何？’太公曰：‘臣闻之也，爱人者，兼其屋上之乌；不爱人者，及其胥余（里落墙壁）。’武王曰：‘不可。’召公趋而进曰：‘臣闻之也，有罪者杀，无罪者活。咸刘（杀）厥敌，毋使有余烈。何如？’武王曰：‘不可。’周公趋而进曰：‘臣闻之也，各安其宅，各田其田，毋故（亲旧）毋私（偏私），惟仁之亲。何如？’武王旷乎若天下之已定。”周武王询问三位大臣对殷商遗民如何处置。姜太公的意思，对殷商遗民，杀一个，少一个。召公的意思是杀掉那些有罪者，所谓有罪者即周人的敌对者。周公的意思与上述二人完全相反：无罪的不杀，有罪的也不杀；不但不杀，而且还要让殷遗民像往常一样，有田的，耕自己的田地；有屋的，住自己的屋。武王闻此，顿觉天宽地阔，找到了安顿天下的大方向，那就是善待殷商遗民。这虽然是个后出文献中的故事，却也有一定的历史真实性，各种文献显示，周公确实主张宽大殷商殷民，孔子晚年以梦不见周公为年老衰弱的表现，其间的情感，或许正与周公善待殷商遗民有关。不要忘了，孔子也是殷商之后。

此外，周人还有更大的举措，就是分封诸侯，施行大封建制度。今天对于周人的封建制度已经有很多讨论研究，有一点我觉得被忽略掉了，那就是大封建我们完全可以理解为一次民族经历，这次民族经历对我们的某些心理产生了深刻的影响，一直到今天还可看到。许倬云在《西周史》里就说西周的大封建其实是一次大分解、大拆卸、新组合。刚刚我们也说殷商人多而周人较少。那么，殷商人与周人当时的人口数量究竟有多大差距？殷商末年，其人口保守估计也在百万以上，而周人，克商时，周武王带三千虎贲之士。按古代五家出一兵的惯例反推，西周最基本的民众只有一万五千户，每户按人数十口算，也只有十几万上下。若嫌这样的推算遗漏太多，还可以翻倍，也就是二十万人。西周封建共建了多少国家呢？历史记载是七十余，其中姬姓五十几。二十万被七十除，一个邦国才合多少人呢？反正数量不大。历史就是这样有意思，属众数量不大的诸侯，在当时的各个战略要地建立起守土有责的邦国，居然获得了很大成功。统一的文化人群的融合，也因西周大封建有了基础。王国维《殷周制度论》曾说："中国政治与文化之变革，莫剧于殷、周之际。"现在有学者反对这一观点，他们强调殷商之间有承继的关联，说封建从夏商就有了。让我说，有些学者材料看的越多，眼光就越不敏锐，材料对他们，就好像枝叶多了，就障眼。夏、商之时确有封建，但那个封建形式有点类似今天城市建新城区，老城人口太多了所以才在附近建设新城区，属于人口增长之后的自然扩张，像是一滴墨汁在白纸上慢慢向外浸透。西周的封建则像甩稻苗捆子，在十几年、几十年间将姬姓和姬姓的同盟者迅速散到各地，迅速建立其遍布华夏的七十余个大小邦国，请问夏、商有这样的气派吗？十几万、二十万左右的人群，迅速地化整为零，对本族群也是大拆解。同时《左传》载，有"殷民六族"分给了鲁，"七族"划给了卫，还有一些殷商遗民，被分到燕国（琉璃河燕国遗址发现可证），等等，这样的大拆解同时也是"新组合"（许倬云《西周史》语），请问，这是夏商封建能有的气象吗？就不用说周人对待殷商遗民与夏商的不同了。要是看不到这些，就容易将夏、商、周的封建混为一谈。

关于大拆解和新组合，这里不妨多说几句。说大封建伴随的既是对殷商人群的大拆解，也是周人自身的大拆解，只有拆解，才有新的组合。建立一个守土有责的新邦国，需要各种人员，看《左传》相关记载，分给鲁、卫之邦的殷商遗民，全都是手工业者。就鲁国而言，这些殷商遗民，与鲁国的姬姓贵族一样住在鲁国的城墙之内，鲁还为他们单独立社（土地庙），延续其旧有的宗教生活，而且，他们还有自己的宗族，自己的家庭，还有自己的族长，这与那些被古希腊、罗马打败后的“奴隶”，是很不同的。鲁国的周人很少，要统治一个东方新区域的土著，他们需要殷商遗民的协助。再说周人的拆解。例如周公的家族，他自己在东都洛阳主政，子孙就有留在洛阳的一支。今天陕西扶风一带，是周公最早的封地，这里也有周公家族的支脉；周公长子封建到鲁，还有几个庶出的儿子分封到凡、蒋、邢、茅、祭等国，单是周公家族就分出去八九支。如前所说，周人本来族群人口不多，分封出去七十左右的诸侯，可以想见每个诸侯国周人的数量肯定不多，大的邦国能带上一两千人，有些小国就只有几百人了。

以上是拆解。有如此的拆解，才有新的组合。还是举鲁国为例，在这样的邦国之内，最底层的是本地的土著居民，之间就是殷商殷民，最上层的为周人，顶层的就是姬姓贵族。这样的层次固然有贵贱高下之分，但是，在文化的设计上，鲁邦要存在下去，主观上又不能过分强调等级、阶级，尤其是在城邑之内，即以周人与殷商而言，相对于当地的土著居民，他们都是闯入者，在土著居民眼里，相当长的时间里，不论是周人还是殷遗，都是外人。主宰城邑里的周人、殷遗综合体，与住在邦国都城之外的“野人”（即土著居民）在很长时间内也是对立的。如此，城邑之内的这些“闯入者”、这些土著眼里的“外人”，如果他们自己内部还要强调分别，那又如何面对来自广大地区的土著居民的压力呢？外在的压力之下，周人只能紧密地联合殷商遗民，给他们相应的权益。时间久了，周人和殷遗，原本的征服者和被征服者的分别，自然会消解，变得相互融合。这样的融合，还不仅限于周人与殷商遗民，实际到春秋晚期，住在城邑内的“闯入者”与土著的界限也逐渐消失了。拆解、组合，带来的是大范围的融合。这就是西周分封制这一伟大创举带来的伟大结果。

不是不同的人群放在一起就自然产生文化的融合。文化的融合，还有更深层的原因，就是思想上的革新。这就说到了周人在大封建的重大新举措之外诞生的新思维，这新的思维，主要体现在西周诞生“天命”与“天下”这两大观念上。

什么是天命观念？简单说，万民苍生都是上天所生养的，即《诗经》所谓“天生烝民，有物有则”。可是，上天没手没脚，不能直接治理万民。怎么办呢？上天的办法是在人间选一个政治势力做自己的代理人，代替自己治理天下。上天选择治理万民的代理人，就是一种任命，这就是“天命”最基本的内涵。这当然是周人为自己取得政权的合法性提出的命题。然而，这里的问题关键，是这个新的观念含有的人道精神是不是增加了？答案是肯定的。因为天命观念主张“德治”，对民众好，就是德，否则就是失德，就是无道。周人因何能以弱小力量战胜强大的殷商？是因为有上天的惠助。就是说，不是周人要夺取殷商的政权，而是因为商纣王无道，被上天放弃，所以上天才选择让周人来做它的代理人。周人用这样的说法说服殷商人，同时对自己也是警告，即若失去了对百姓万民的德治，也会失去政权。夏、商、周三代，都相信上天的存在，但是就甲骨文所显示的内容看，殷商人心目中的上天，是主宰刮风下雨、施加惩罚、降灾降病的，只是到西周，天命观念加上了政治兴衰的内涵，即王朝的兴替，取决于上天的意志。而上天任命谁代治天下，不是看谁能敬奉自己，而是看他对民众好不好。就是说，上天是根据万民的感受选择代理人。这是新的变化，天意即民意，这就是所谓“天视自我民视，天听自我民听”(《孟子》引《尚书》)。如此，周人才会在各种场合不断宣扬自己的先王特别是周文王对民众如何好，德行如何高尚，如何对天下人有吸引力；当然同时也是商人如何失德，上天如何选择将天下交由周人进行治理。王朝兴替的权力由上天掌握，王朝交替实质成了天命的转移。所谓“汤武革命，顺乎天而应乎人”，孟子讲的“革命”，就是这样的意思。这种观念的出现也随后影响了中国两千多年的历史发展。

在天命观诞生时，周人还提出了“天下”的观念。上面说周人营造雒邑，在雒邑这个天下的中心建立新的都城，出土的早期西周青铜器何尊上的铭文，把这样的选择叫做“宅兹中国”，就是“中国”这个词，在西周初年就出现了。有“中国”，就有四方，“四方”加“中国”（处在中间位置的邦国），就是“天下”所包含的全体空间。中国是王朝直属的中心地带，与之相对，就是四方的邦国，这些四方的邦国有亲有疏，有远有近，王朝在管制上也有宽严的不同。天下观念是一个突破了单一族群意识的观念，在此观念中，周人强调自身的心胸广大，包容一切人群乃至“海隅苍生”。但是在具体制度设计上，周人施行一种对不同的地域、人群要采取不同策略的统治方式，依据其他族群与周人的亲密关系、不同地域与天下中心的远近距离，创设了一种同心圆似的畿服朝贡制度。根据《周礼·夏官·司马》记载，周人在王畿之外，每隔五百里分别设有侯、甸、男、采、卫、蛮、夷、镇、藩等九服，这就是一种天下的格局，通过这种设计周人将所有地域与人群全都囊括于其统治之内，实现了“溥天之下，莫非王土，率土之滨，莫非王臣”（《诗经·小雅·北山》）的政治理念，其中距离王畿越近，承担的责任义务越大。那些远方的邦国人群，如果不是西周封建的国家，对他们的要求，越远越松，有的只要不挑起事端就可以了。而且，很重要的一点，王朝对远方的非自己封建的邦国，要努力以自己文明的吸引力亲附他们，而不是靠武力威胁。这就是“修文德以来之”（《论语·季氏》），战争的镇压，是最后无奈的选择。

“天下”的观念提出了，那么就要问了，这样的思想观念真正落实过吗？前面说过，殷商遗民，就是这个观念的一个试金石，通过对被征服的殷商人的治理，恰恰验证了周人的这些新观念，周人确实努力实践过。读过一点历史的人都知道，在世界范围内，战争一直都是非常残暴的，古代战争胜利者更是大肆屠杀战败者，被征服者常常不被当人对待。但是，在我们刚刚分析过的待客的诗篇《有客》中，却看到不一样的情况，周人作为战胜者，非常热情地招待殷商遗民邦国来的客人，周人并没有因为自己人群的弱小就采取杀人放火的方式去削弱殷商人，在取得天下之后反而采用包容、融合的办法对待殷商民众。《尚书·多方》是周公以周成王口吻对殷商遗民上层发布的，其中有这样一句话："迪简在王庭，尚尔事，有服在大僚。"意思是王朝将从殷遗民中选拔优秀人物到王朝中来，委派他们重要职务。在《尚书·多士》中也有类似的表达，"迪简在王庭，有服在百僚"，总之是在说让殷商人也来参与到周人的王朝统治中来。

在文献记载之外，出土青铜器铭文文献也可以证明周人的包容。在今天陕西宝鸡扶风的庄白村出土的《史墙盘》，记录了一位名为墙的殷遗在周王朝的一些情况。铭文回顾说，史墙的高祖原是"在微灵处"的，武王克商时，其"烈祖乃来见武王，武王则令周公舍宇于周，俾处"，是说史墙的祖先投奔周时，周武王让周公拿出土地给他们居处。铭文还显示，史墙家族历代都受到周王宠爱，到他的父亲即《墙盘》中称为"文考乙公"的那一辈，就已经十分富裕。这位"文考乙公"生前在王朝任作册之官，曾铸造过尊、彝、觥等铜器，器物上显示他的称呼是"作册析"，即王朝负责起草政令的官员。其中一件方尊上的铭文记载：他在周昭王十九年受命出使，将一块称为"望土"的土地赏赐给"相侯"。望土，据当代学者研究，离古代孟潴泽不远，当然也距宋国不远。铭文中的"相"，有学者认为就是"宋"。周昭王"十九年"之时，周人与东南边地人群征战正酣，在这样的时候，一位殷商之后作为周王朝的使臣，将一块土地赏赐给殷商殷民之邦宋国，是十分耐人寻味的。这应该表明在这场战争冲突中，宋国人明显站在了周人一边且有让王朝感到满意的表现。果真如此的话，也应当看作王朝宽容殷商遗民政策的回报。

周人以一个弱小的人群战胜了强大的殷商王朝，对殷商人采取融合的政策，正是在这样一种情形下，华夏民族的抟合及文化传统的诞生，才有可能发生，这就是“历史瓶颈突破”。

再仔细观察历史，把不同的人群用拆卸和组合的封建方式重新安置下来，真正促使他们成为一个文化人群，还有一个重要的条件，就是大家在精神上、在内心世界有共同的追求。《诗经》的篇章就是这种精神思想的反映，只有明了了当时的历史背景，才能感受到《诗经》作为经典的积淀与厚重。

五、《诗经》中的礼乐文明

现在，我们再继续读《诗》。上文的《有客》篇就体现出一种非常纯粹的人情之美，这恰恰凸显了我们中国文化的某些基本特征。《礼记·礼运》讲“礼”是什么？礼是“人情者，圣王之田也，修礼以耕之，陈义以种之，讲学以耨之，本仁以聚之，播乐以安之”。所以这人情展现了我们华夏文明的人间性色彩，也可以说我们是在人情上见文明。与《有客》感情相似的还有下面这首《小雅·白驹》：

皎皎白驹，食我场苗。縶之维之，以永今朝。所谓伊人，于焉逍遥。

皎皎白驹，食我场藿。縶之维之，以永今夕。所谓伊人，于焉嘉客。

皎皎白驹，贲然来思。尔公尔侯，逸豫无期。慎尔优游，勉尔遁思。

皎皎白驹，在彼空谷。生刍一束，其人如玉。毋金玉尔音，而有遐心。

这也是一首留客的诗篇。“白驹”应该就等于《有客》的“白马”，那么，诗篇中“伊人”所指，应该也是宋国贵族。其“絷之维之”的留客之法与《有客》一样，用绳索将马拴住不让客人走，表达主人的留客之意，“以永今朝”也蕴含着希望今天变得长一点，让客人不要那么快离去的意思。诗篇称客人为“尔公尔侯”，想见客人地位应该也是宋国的高层。“逸豫无期”则劝说客人要一直在这里待下去不要有期限，同样表达留客之情。“慎尔优游，勉尔遁思”同样是讲让客人们优哉悠哉在这里做客，不要生起离去的心思，同“有客宿宿，有客信信”一样的意思。句中的“勉”通“免除”之“免”。“皎皎白驹，在彼空谷”，客人终于走了，客人容貌美妙至极，给主人家留下了深刻的印象，“生刍一束，其人如玉”，接着再次向客人强调“毋金玉尔音，而有遐心”，不要把你们的音信看得比金比玉还贵，舍不得寄来音信，就是想客人不要吝啬，多来音信。所以这首诗通篇都展示了主人家浓浓的好客之情，也表现出周人对殷商遗民的笼络之意。

周人对殷商的遗民是包容的、客气的，那么它带来了怎样的结果呢？与礼乐文明的创制又有什么关系？就让我们选另一首《周颂·振鹭》来看一下。诗曰：

振鹭于飞，于彼西雍。我客戾止，亦有斯容。在彼无恶，在此无斁。庶几夙夜，以永终誉。

大意是：群鹭飞翔，在那西雍。贵客来到，仪容如同白鹭般美好。在他们本国没有过错，在这里做事也从无怠倦。从早到晚敬慎不已，希望他们美好声誉永远相伴。

这里要注意“西雍”这个地方，“西雍”也就是辟雍，因为在镐京之西，所以称“西雍”。今天北京国子监也可以看到辟雍，当时清代皇帝就在此讲经，只是空间很小，环形的围绕建筑的水更小得不成样子。但它却是一个非常庄严的地方，应该说这一建筑形式可追溯到西周。西周的都城除了东都雒邑，还有丰、镐，丰京在今天的沣河之西，镐京在沣河东，两者离得很近。沣河古称沣水，发源于终南山地，北流入渭。这条河流在丰镐之间，变成一片方圆数十里的沼泽，周人利用这一片优美的沼泽湿地，在镐京以西、丰京之东，建造了一个以水环绕的典礼建筑，用来祭祀文王、招待列国的宾客，可以说是集古代的大学、宾馆、祭祀场所于一体的地方，一个综合的神圣文化之地。这就是辟雍。诗篇说“振鹭于飞”在“西雍”，可以理解为“振振”的即成群的白鹭在辟雍上空飞舞，还可以有另外的解释，即形容一种舞蹈，亦即一群人打着白鹭羽毛制的羽扇翩翩起舞。而“客”这个字，点明了这些舞蹈者是从殷商遗民邦国来的，“有斯容”，是说因为他们来了，这个地方才出现了这种舞蹈，说明殷商人给周人带来了新的礼乐文化。最后两句依旧保持了周人对殷商遗民独特的口气，强调他们在宋国没有作恶，所以请他们前来参加周人的仪式，并且希望他们继续保持这样好的作为。从这篇诗文我们看到了什么？西周最重要的典礼场合来了很多殷商人，并且殷商人还亲自参与进这场仪式中来。这是意味着一种文化的融合。两大族群文化的融合，令华夏礼乐文明的创生产生高潮。简而言之，西周礼乐文化的缔造，正以周、殷两大族群的融合为前提和基础。任何一个时代文化高潮的到来，背后都要有一种超越的思想、宽阔的心胸，在此之下才能产生交融，这也是我们阅读历史，看到一个民族能生存那么久，至今仍屹立于世界民族之林，一定是在突破历史瓶颈的时候表现出非凡的智慧，弘扬和传承传统文化重要的就是要能继承这种智慧。

宋国的客人到来，带来的是他们的鼓乐，正是西周吸收殷商文化的表现。这要读《周颂》另外一首诗，即《有瞽》篇：

有瞽有瞽，在周之庭。设业设虡，崇牙树羽。应田县鼓，鞉磬柷圉。既备乃奏，箫管备举。喤喤厥声，肃雍和鸣，先祖是听。我客戾止，永观厥成。

大意是：目盲的乐工，来到周家王庭。树起乐器的高架，高架的横板装饰着羽毛和大牙。有小鼓和大鼓，有的可以手摇，有的需要悬挂，还有用来引导节奏起止的柷、圉。准备停当就演奏，喤喤然响亮，雍雍然和鸣，献给祖先们听。这是我们的客人到来了，隆重的典礼将显耀王朝非凡的成功。

诗一开始就是“有瞽有瞽”，这语气明显暗示周家的王庭第一次有了这些瞽人，其实就是明确地告诉我们，殷商礼乐进入了周礼之中。孔子赞美周的礼乐文明，说“周监于二代，郁郁乎文哉”，确实不虚。“周庭”开始“有瞽”，是很令人新奇和兴奋的事。那么，这些“瞽”又是什么人？《礼记·明堂位》：“瞽宗，殷学也。”孙希旦《礼记集解》引郑注：“乐师瞽矇之所宗也。”据此，“瞽宗”之学与歌舞音乐有关。《礼记·明堂位》讲“瞽宗，殷学”是与“頖宫，周学”并谈的，就是说，“瞽宗”之学，应为殷商旧学在西周的延续，而甲骨文显示，殷商时期确实有“乐政”以管理各种舞乐之事。因此，诗篇“有瞽有瞽”的歌唱，显示的应是殷商瞽人艺术家初到西周王家时的情形。

前面说过，殷商的文化崇尚鬼神，但是这不妨碍在仪式表演上，在音乐技术以及操作上有深厚的艺术积累。这恰恰是周人所缺乏的。周人是个善于学习的民族。这是从周文王开始的。《逸周书·作邑解》说，周人自文王开始就“修商人典”。周人崛起迅速，百年之间由一个偏远的蕞尔小邦而迅速升进为一个强大的政治邦国，善于学习应该是一个很关键的因素。值得注意的是，当周人克商建立新的王朝之后，周人也并没有丢弃学习的精神。《尚书·康诰》中就记录了周初封建时周公对第一代卫国君主康叔的告诫。其中有一项，就是周公告诫康叔“祗遹（敬遵）乃（你）文考（亡父称考）”，恭行周文王的做法，告诫他“绍闻衣德言，往敷求于殷先哲王，用保乂民”，即广泛征求殷商前代有智慧的先王的做法，用来治理国家人民。这样的虚怀若谷，实在不易！

《礼记·郊特牲》言，殷周祭祀用乐差异：“殷人尚声，臭味（粮食贡品的香气）未成，涤荡其声；乐三阕（三段），然后出迎牲。声音之号，所以诏告于天地之间也。周人尚臭（粮食气味），灌用鬯臭（伴香草气味的酒），郁合鬯；臭，阴达于渊泉。灌以圭璋，用玉气也。既灌，然后迎牲，致阴气也。”说“殷人尚声”“周人尚臭”，是可以得到部分验证的。这首诗中关于矇瞍瞽人音乐活动的描述，又明确显示周贵族祭祀祖先时对殷商祭祀“尚声”做法的吸收。周人对殷商文化的学习，是一种精神，也显示了周人一种包容海隅苍生的“天下”心态。

接下来，诗篇表现瞽人演奏鼓乐之后，又有“先祖是听”一句，“先祖”在这里指的是周人的先祖，因而“先祖是听”表明瞽人“箫管备举”的“肃雍和鸣”与周人祭祖有关，就是说这些瞽人来到“周庭”是因为周王室要祭祖，而在周家方面，祭祀祖先也是为了“观厥成”、显耀王朝的成就。诗篇最后的两句是“我客戾止，永观厥成”，初读会觉得奇怪，写瞽人演奏鼓乐，怎么忽然冒出这样的两句？细想则不难知晓：原来这些“瞽人”与“我客”有关，他们是由“我客”带来的，是殷商贵族来周家参与周王祭祀带来的礼物，亦是将殷商的礼乐文化注入周人的文明之中来。从这里我们也可以看到，在周人包容笼络政策之下，周人灭商不到百年的时间里，殷商人与周人之间的矛盾就消失掉了，这侧面也说明周人新观念、新举措取得很好的效果。这时候两边都放下了隔阂，相互交流增多，也正产生了《诗经》创作的高峰，也是我们礼乐创作的高峰，对我们民族产生深远影响的礼乐文明也就于此开始产生发展。

诗篇说瞽人在周王室之“庭”演奏。那么，诗篇所说“庭”究竟在何处？可以从《振鹭》的“在彼西雍”句得到答案：瞽人的演奏，也在西雍。何以见得?《大雅·灵台》为证。《灵台》篇有这样的段落：

虡业维枞，贲鼓维镛。於论鼓钟，於乐辟雍。

於论鼓钟，於乐辟雍。鼍鼓逢逢，矇瞍奏公。

诗篇的“矇瞍”就是“有瞽有瞽”中的瞽人艺术家，这一章就是写他们在灵台辟雍中的演奏。结合前面《振鹭》《有客》“我客戾止”“于彼西雍”的诗句，周人的贵客来，欢迎他们的地点在“西雍”，即辟雍；“我客”带来的瞽人艺术家演奏钟鼓，按《灵台》篇显示的“於论钟鼓，於乐辟雍”，也在“西雍”，即辟雍，那么，《有瞽》篇“箫管备举。喤喤厥声”也应该在辟雍。这首诗的作者非常敏感，敏锐地抓住了殷商人在这次祭祀活动中的表现，把他们刻画了出来。

西周建立，周人不仅在观念层次举起了“天下”的大旗，宣示了“求懿德”的治国大策，在行动上，也采取了包容的政策，特别是对于殷商遗民，而且，为了优容殷商遗民的上层，王朝还特别制作了待客的礼乐，那就是《振鹭》《有客》等乐章。这些乐章的出现，正以富有包容精神的“天下”观念为大背景，是王朝追求“懿德”政治的具体表现。这样的包容又带来融合，带来礼乐文明创作的丰富。《有瞽》篇所歌唱的瞽人的到来及他们在“西雍”的“於论钟鼓”，就是这样的表现。

最后值得我们重点分析的就是《大雅·文王》这篇诗作，他表现殷商客人的“助祭”光景，还表达了周人对殷商殷民的在新的天命观念照耀下的“自求多福”。诗曰：

文王在上，於昭于天。周虽旧邦，其命维新。有周不显，帝命不（丕）时。文王陟降，在帝左右。

亹亹文王，令闻不已。陈锡哉周，侯文王孙子。文王孙子，本支百世。凡周之士，不显亦世。

世之不显，厥犹翼翼。思皇多士，生此王国。王国克生，维周之桢。济济多士，文王以宁。

穆穆文王，於缉熙敬止。假哉天命。有商孙子。商之孙子，其丽不亿。上帝既命，侯于周服。

侯服于周，天命靡常。殷士肤敏。祼将于京。厥作祼将，常服黼冔。王之荩臣，无念尔祖。

无念尔祖，聿修厥德。永言配命，自求多福。殷之未丧师，克配上帝。宜鉴于殷，骏命不易！

命之不易，无遏尔躬。宣昭义问，有虞殷自天。上天之载，无声无臭。仪刑文王，万邦作孚。

诗篇共七章。第一章先从文王赞起，赞美其在天之灵保佑王朝。“於昭”就是“昭昭”的意思。“不显”即“丕显”，“不时”即“丕时”，“时”在此即“善”“得时”的意思。其中“周虽旧邦，其命维新”的句子十分警策。第二、三章，“亹亹”连绵词，勤勉不已。“令闻”就是好的名声。“陈锡”句，即不断赐福周人的意思。“侯”，同“维”，语首助词。“文王孙子”即文王子孙。西周中期在语言上有一个习惯，就是说“子孙”不说“子孙”而说“孙子”，《商颂》中也有这样的现象，是时代相同或相近的征候。“厥犹翼翼”，犹：谋略；翼翼：谨慎貌。两句是说，周家所以世世显赫，是因为谋事慎重。“思皇”犹言“皇皇”，“思”，语助词。“克生”即能生。“桢”，根干，一说通“贞”。这一章先言文王赐福子孙，之后赞美文王子孙众多，文王在天之灵会感到安慰。

第四章是转折，先写周文王如何恭敬从事，“於”叹美之词，“缉熙”连绵词，大意为“持续地追求光明”。之后笔锋一转，转向对正在助祭的“有商孙子”即殷商后裔。说他们“其丽不亿”，“丽”，数量。在金文中一般写作“鬲”，传世文献也写作“历”。“不亿”即人口数量以亿数，古代十万为亿。“侯于周服”即都服侍了周人。第五章承着前一章的端绪，先言这些人数众多的先朝后裔接受天命，在周家服务；继而述说眼前之景：殷商子孙头戴殷商礼帽在周人祭祖的大典上充当助祭的角色。有文献说，当年孔子读到这一章，喟然长叹。当然感慨的是“曾几何时”啊！“肤敏”就是做事勤快敏捷。“祼将”就是将祭祀的肉放到入大鼎，这是助祭者干的事。“常服”，还戴着。“黼（fǔ）冔（xú）”，殷商礼帽。“荩臣”即被选拔进用的臣。

继而，第六章又是一转，言及殷商子孙的祖先，称述殷商人曾经获得天命眷顾的历史，也是由于天命眷顾而有天下。在这一章，诗人还提出“宜鉴于殷”的警示。对殷商后裔，这是从天命角度劝勉他们安于现实；对文王子孙，则是提醒他们天命无常。“聿修”的“聿”是语助词，这句话就是要修德，“丧师”就是失掉大众，“师”，众。“骏命”就是大命，也就是天命。

由此，诗篇进入结尾的一章，告诫参与祭祀的所有人，应取法周文王。“遏”，停歇，停止。“无遏”两句，告诫文王子孙，不要让天命停止在你们身上。“宣昭”，普遍显示。宣，遍；昭，展现。“义问”，好名声。“问”，通“闻”。“虞”，揣度。“殷”，依着。“载”，运行。“臭”，嗅，气味。“仪刑”，取法、效法。“刑”即型之假借字，金文以“刑（型）”为中心词组成语词多见，如帅型、型效、怀型、型禀等，都不早于西周中期。“孚”，信。取法文王就是取法天地，如此，才可获得万邦信任。诗篇说得明白，上天的法则无形无相、难以捉摸，然而，周文王的人生却是典范，极好地体现着天意天道。所谓“观乎圣人，以见天地”，取法周文王，就等于遵从上天的法则。

诗篇并非献给文王的祭歌，而是唱给祭祀在场所有人的。其中最耐读的是写“有商孙子”的这些诗行。“仪刑文王，万邦作孚”的期许当然最适合在场的那些周文王子孙。然而，因为周文王是上天法的体现，“仪刑文王”的要求，又未尝不可施于在场那些助祭的殷商子孙。这样说，或许还不够准确，“仪刑”的要求，对助祭的殷商子孙，与其说是要求，不如说是鼓励。诗篇是很擅长做思想工作的。为了安抚殷商子孙现有的天命，诗篇毫无保留地承认殷商祖先也曾得天命，合法地治理天下。这实际也是在说，不是周人抢夺了殷商政权，王朝的更迭，源于不可抗拒的伟大上天。然而，不可抗拒的上天又是包容的。殷商子孙，有其为祖先曾有业绩自豪的权利，也有在新的天命安排下"自求多福"的可能。"仪刑文王"的要求是开放的，在"上天"富于包容的伟大原则光耀下，任何人都可以自新其命。对在场的殷商子孙而言，在如此隆重的典礼中，周人最尊崇的神灵前，诗篇如此歌唱，如此郑重地宣示，不是巨大的鼓励吗？这也是慷慨的接纳，任何人只要自新其命，都可以获得荣耀。诗篇是宣示原则的，可说的又是那样入情入理，诗篇不说殷商因丧失天意而失去政权，只说"殷之未丧师，克配上帝"，委婉的修辞，是体贴的、照顾听者感受的劝慰之语，因而，激励的作用应该更有效。

六、小结

总之，在对这些诗篇的解读中，我们可以知道：西周不仅提出了天命、天下的包容观念，在实际的王朝政治生活中，他们还在包容殷商遗民，吸收殷商文化方面，做了实际的事情，努力将某些观念，落实为生活的实践。这就是一种精神健旺的表现，《诗经》篇章在西周的问世，是历史瓶颈突破后的精神果实，文明进入这个阶段，人们开始用文字创作把时代的精神记录下来，我们的传统也就是在这种记录中保存了下来。读这些诗篇，可以使我们这些三千年后的读者，对当时为"突破"所做的巨大努力，有更具体、更感性的认知，这就是"诗可以观"的作用。我们的国家地域这么广阔、人群之间又有各不相同的方言，正是包括《诗经》在内的传统文化成为凝聚我们这个民族认同的核心，让我们成为一个文化人群，让我们的历史长期以来能够稳定地发展。

颂歌献给谁

——论《诗经》雅颂祭祖诗篇的“礼乐”品格①

摘　要　《诗经·周颂》的诗篇并非全如《毛序》所谓“告神明”的献祭乐章，而就那些献祭神明的诗篇看，也不是所有祖宗都有得到祭祀献歌的待遇。《周颂》祭祀诗在祭祀对象上有两个中心：周文王与后稷。献颂周文王，是因为“文王受命”，祭祖诗篇宣明这一点，其意义有两方面，其一为确证西周王朝的法理基础，其二在凝聚众多文王子孙和那些殷商遗民。献歌始祖后稷，歌颂其“立我烝民”的功德，则是有意把周人的历史与尧舜的文明统绪相连，从历史的维度确证周代统治的合法性。由此，古老的祭祖之礼，嬗变为新的礼乐文明的组成部分。

关键词　诗经　颂诗　祭祖　歌以发德　礼乐品格

《诗经·周颂》三十一首诗篇，都是祭神的乐章吗？这些诗篇祭神有重点吗？本文探讨这些问题，以此明确《诗经》篇章的礼乐品质。

---

① 此文与蒋清宇合作。

一、《周颂》非全为“告神明”篇章

将《周颂》诸篇视为宗庙祭祀神明的篇章，由来已久。起码汉代人就这样理解，如《毛诗大序》曰：“颂者，美盛德之形容，以其成功告于神明者也。”[①]其“告神明”云云明显承认《周颂》诗篇祭神明的性质。可是，以《周颂》三十余首诗篇与《大序》说相验，颇成问题，三十余首诗篇并非全是“告神明”的篇章。这一点早在南宋时期的王质就在其《诗总闻》中提出过质疑。他说：“《序》拘于‘《颂》以成功告神明’之意，故皆以神明祭祀为言……强而归之。”[②]另外，审读《周颂》诗篇内容，还可以发现，就是那些属于“告神明”之诗，其所“告”的“神明”又很不平均，只是集中在为数不多的几位先公先王之神上。因而，可以说《大序》“告神明”之论颇为含混。此外，以《大序》说验诸《鲁颂》《商颂》，结果也一样。不过，这里专谈《周颂》。

应当承认，《周颂》诸篇中，的确有符合《大序》概括的“美盛德”“告神明”的篇章，如《思文》，赞颂后稷：“思文后稷，克配彼天，立我烝民，莫匪尔极。”[③]就是献给神明的诗，称颂后稷“立我烝民”的德行可上配于天。除《思文》外，此类献神的祭祖诗还有《维天之命》《天作》《我将》《执竞》《潜》《雍》《丰年》《载芟》《良耜》等。此外，有些不属于“告神明”的篇章，如《清庙》《维清》《臣工》《噫嘻》《有瞽》《有客》《振鹭》《敬之》，以及《载见》《闵予小子》《访落》《烈文》《小毖》等，竟有十余篇，占《周颂》篇章的三成以上。

这些不符合《大序》概括的诗歌，情况又有不同。明显不符

① 阮元：《十三经注疏（清嘉庆刊本）》，中华书局，2009年，第568页。

② 王质：《诗总闻》，商务印书馆，1939年，第319页。

③ 阮元：《十三经注疏（清嘉庆刊本）》，中华书局，2009年，第1271页。

合的，如《臣工》《噫嘻》，据其内容，或为王者发布“庤乃钱镈，奄观铚艾”[①]的麦收动员令，或为王者“率时农夫，播厥百谷”[②]的亲耕典礼乐章。有人可能会说，王者亲耕有祭神之礼，王者发布收获命令应该在祖庙，古人称“告神明”或以此为据。可是，诗篇毕竟有题材之分，农事活动中的祭祀神明只是诗篇显示的内容，终非诗篇主旨。相同的情况还有《周颂》的《振鹭》《有瞽》和《有客》。《振鹭》《有客》都言及“客”，应该是表现周家之“客”前来的诗篇，《有瞽》则言擅长鼓乐之“瞽”“在周之庭”[③]，明显也不是祭祀神明。《敬之》观其内容很明显是新王继位大典上的乐章。还有一种情况，是诗篇看上去与“告神明”有关，可仔细审读却只能算是与祭神有关的诗，而非赞颂神明。如《清庙》描写的是肃穆的祭祀场合，及参与祭祀的两种人：一是“济济多士”[④]，从“秉文之德”[⑤]看，是周的同姓即文王的子孙；二是“骏奔走”[⑥]者，非周文王子孙，联系《大雅·文王》“祼将于京”[⑦]及《周颂·振鹭》“在彼无恶，在此无斁”[⑧]句看，很明显为殷商子孙，他们是助祭者。诗篇内容显示，歌唱不是献给文王神灵的，而是称赞文王宗庙的庄严肃穆，称赞祭者与助祭者的众多和做事敏捷，应属于祭祀前“序曲”之类的歌唱。《维清》，小序说是“奏象舞也”[⑨]，是说诗篇为演奏“象舞”之前的乐章。而《烈文》有“锡兹祉福”[⑩]句

① 阮元:《十三经注疏（清嘉庆刊本）》，中华书局，2009年，第1273—1274页。

② 同上书，第1274页。

③ 同上书，第1281页。

④ 同上书，第1257页。

⑤ 同上书，第1257页。

⑥ 同上书，第1257页。

⑦ 同上书，第1286页。

⑧ 同上书，第1280页。

⑨ 同上书，第1259页。

⑩ 同上书，第1261页。

表明了诗篇的用处。一般祭祖之后，有一个向神灵子孙及有关人员分发胙肉的礼节，称“锡福”，可知诗篇是祭神即将结束的乐歌。所以，诗篇接下来就如对参与祭祖之“辟公”们作出“无封靡于尔邦，维王其崇之；念兹戎功，继序其皇之”①的告诫。据此，严格说诗也非“告神明”的乐章，而是借助祭祖机会申明政教。与《维清》《烈文》相似，见于《周颂》的《载见》《有客》《访落》三诗，都称神灵为“昭考”或“皇考”，很明显都是指代周王死去的父亲。而且，诗篇也不是“美盛德之形容”，而是呼告神灵“念兹皇祖，陟降庭止”②，且格调十分悲伤，因而笔者曾言三首诗篇实际是周穆王为死于汉水的周昭王招魂之作③，与一般意义上的祭祀诗篇有很大不同。就是说，诗篇内容属性与《大序》关于“颂”的概括相去甚远。《周颂》诗篇内涵的多样，用途的多样，由上述简略的说明，也可见一斑了。

现在将目光回到《周颂》那些“美盛德之形容”的祭祖诗篇。观察这类符合《大序》概括的诗篇可以发现，周人祭祀先公先王使用颂歌也不是平均而行的。周人克商之前有诸多的王公，西周时期也有王十二代。考诸文献，验之于新出土的金文，大体而言，这些先公先王死后都是有灵寝的，特别是西周建立之后，金文中出现的“成大室”④“康宫”⑤“康宫夷宫”⑥“康剌（厉）宫”⑦等，相

① 阮元：《十三经注疏（清嘉庆刊本）》，中华书局，2009年，第1261页。

② 同上书，第1289页。

③ 李山：《诗经的文化精神》，安徽教育出版社，2016年，第167页。

④ “成大室”出现在吴方彝盖（编号09898）。见中国社会科学院考古研究所：《殷周金文集成》，中华书局，2007年，第5026页。

⑤ 中国社会科学院考古研究所：《殷周金文集成》，中华书局，2007年，第1453页。

⑥ 李学勤：《吴虎鼎考释——夏商周断代工程考古学笔记》，《考古与文物》1998年第3期。

⑦ 中国社会科学院考古研究所：《殷周金文集成》，中华书局，2007年，第223—227页。

当清晰地显示成王、康王、夷王、厉王等都是有神居寝殿的。可是，有灵寝并不等于就有相应的颂扬的诗篇，考《周颂》那些“美盛德”“告神明”的诗篇，并不是每一位先公先王都得到“颂”诗的赞美。“颂”对祖先的赞美并不平均。那么，周人的颂歌献给谁？亦即，哪些周人的先王先公得到诗篇的颂美？原因为何？

二、颂歌献给谁

要谈“颂歌献给谁”，先有一点需要说明，《诗经·大雅》（按照古代雅有“正变”的说法，应为“正大雅”）和《周颂》篇章，并非像汉唐经学家所相信的，为“周公制礼作乐”的产物。其实，从宋代开始，人们对此就有疑问并产生新说。如朱熹《诗集传》就发现，雅颂诗篇有周康王之后的作品①。笔者近年为《诗经》篇章“断代”，也相信朱熹的看法是有根据的。而且，西周成康之后、具体说是穆王恭王时期，还是诗篇创作的高潮期，许多被误认为周初的雅颂篇章，都是此期的作品②。这就是说，“雅颂”之歌不是

---

① 《诗集传》卷十六《下武》：“或疑此诗有成王字，当为康王以后之诗，然考寻文意，恐当只如旧说。”《诗集传》卷十九：“《周颂》三十一篇，多周公所定，而亦或有康王以后之诗。”（朱熹：《诗集传》，上海古籍出版社，1980年，第187、223页。）

② 笔者为诗经作品断代始于拙作《诗经的文化精神》，当时就发现西周中期（周穆王、恭王两朝）存在着一个雅颂篇章创作的高潮期。后来又参照大量的西周金文，在方法上使用了新的“文学指纹”法。此法的道理在于这样一点：任何时代随生活的变化，都会出现一些新的语词，如今天的“买单”，原为方言，20世纪80年代逐渐为普通话接受。西周300年生活也不断变化，西周金文也有不少新语词、新句法出现，可为《诗经》雅颂作品断代的。例如金文中常常出现的祝福子孙昌盛的嘏辞，一般都讲“子孙”“子子孙孙”，可是偏有数十件青铜器铭文言“孙子”“孙孙子子”，查金文“孙子”“孙孙子子”出现的语词，又以西周中期最高。由此，《诗经》雅颂中出现“孙子”或“孙孙子子”语词诗篇的年代判断就有了根据。这方面的成果参见拙作《诗经析读》（中华书局2018年版）对相关篇章的解释，另外，还有《诗经的创制历程》一书，将由中华书局出版。

或主要不是周王朝早期创作，如此，才有“颂歌献给谁”的问题。那么，颂歌献给谁呢？回答是，大约一百多年创作出来的诸多“雅颂”祭祖篇章（就今天所见的《周颂》和《大雅》祭祖诗篇而言，没有见到西周晚期的作品）所敬献的对象只有周文王、后稷以及武王和公刘等几个为数不多的先公先王。简说如下。

（一）文王：颂赞诗篇的重中之重

先来看与祭祀周文王相关的诗篇。《周颂·维天之命》和《我将》是献给周文王的，《维清》虽不属于祭祖献神之歌，因其有“文王之典”[①]句，表明它也与“美盛德”的祭祀文王有关。此外，《周颂·天作》既言“大王荒之”[②]，又言“文王康之”[③]，不仅颂扬太王，还有颂扬文王的内容，这是《天作》的特别处。之所以特别，还因为《天作》与《大雅》的《绵》和《皇矣》之间还存在“整体性”的关联，这就是《毛序》在《大雅·绵》篇之前所说：“文王之兴，本由大王也。”[④]笔者若干年前提出《诗经》某些“雅颂”篇章存在对应性关系[⑤]，《天作》与《绵》《皇矣》就有这样的“对应”，是其“整体性”关联的具体表现。《天作》篇既言太王，又言文王，而《绵》《皇矣》两篇，前者赞述先周太王迁岐，后者述赞文王受命，赞美太王固然是诗篇的重要内容，然而诗篇并未止于赞美太王迁岐的非凡举措，它还有另一项重要内容，或者说是诗篇主要想表达的内容，就是文王继承太王事业而最终上得天命。所以，《大雅·绵》在叙述了太王迁岐及在岐山之地的疆理、建筑之后，马上跨越到文王，就是诗篇结尾处“虞芮质厥成，文王蹶厥生；

① 阮元：《十三经注疏（清嘉庆刊本）》，中华书局，2009年，第1260页。

② 同上书，第1262页。

③ 同上书，第1287页。

④ 同上书，第1095页。

⑤ 李山：《〈诗·大雅〉若干诗篇图赞说及由此发现的〈雅〉〈颂〉间部分对应》，《文学遗产》2000年第4期。

予曰有疏附，予曰有先后；予曰有奔奏，予曰有御侮”[①]诸句对文王充满激情的赞美。因此，《毛序》“本太王”之说十分可信。还不仅如此，《大雅·大明》先表文王之父母，再表文王娶太姒生武王、最终克商。其内容的重心仍是在表文王的生前身后。再加上《大雅·文王》篇，《诗经》“雅颂”篇章祭祀歌颂的一个最显著的对象是文王，当无疑问。

与文王相比，西周王朝真正的建立者周武王得到的颂扬诗篇，就显得少了。这一点前人也早有发现，如王质在其《诗总闻》卷十九中就说：“武王，《颂》只有一诗，……其诗乃简略如此。”[②]又如元代朱倬《诗经疑问》卷三也表现了同样的疑惑：“大小雅篇什多矣，何以独无武王之诗欤?”考察《周颂》各篇，《昊天有成命》中固然有“昊天有成命，二后受之”[③]之句，其中的“二后”照理说法即文王、武王，是承认周武王也是“受”“昊天成命”的，赞美等级极高，可是按《国语·周语下》载叔向之言：“是道成王之德也。”[④]即诗篇主题是赞美周成王“夙夜基命宥密”[⑤]的，言“二后”不过是铺垫之词。还有《执竞》一篇，赞美中也言及武王：“执竞武王，无竞维烈。不显成康，上帝是皇。”[⑥]然而，很明显赞美武王是与成王、康王合而言之，就是说，这首诗篇也不是专门祭献给武王之灵的。与周武王关系密切的诗，要属《周颂·武》一篇了。诗曰：“於皇武王，无竞维烈。允文文王，克开厥后。嗣武受之，胜殷遏刘，耆定尔功。”[⑦]诗篇同样将武王与文王并列，言武王继承

---

① 阮元：《十三经注疏（清嘉庆刊本）》，中华书局，2009年，第1101页。

② 王质：《诗总闻》，商务印书馆，1939年，第216页。

③ 阮元：《十三经注疏（清嘉庆刊本）》，中华书局，2009年，第1266页。

④ 徐元诰：《国语集解》，王树民、沈长云点校，中华书局，2002年，第103页。

⑤ 阮元：《十三经注疏（清嘉庆刊本）》，中华书局，2009年，第1266页。

⑥ 同上书，第1270页。

⑦ 同上书，第1287页。

文王事业，终于大有成功。三十余首《周颂》诗篇，这样正面赞美武王的，只此一首而已。

与《周颂》对周武王赞美的相对冷清比，始祖后稷得到的赞美倒是仅次于周文王的。《周颂》有《思文》篇，献给周人这位始祖，看上去数量不多，然而“思文后稷，克配彼天”[①]的赞美，承认始祖之德比于上天，是与周文王同等级别的。此外，《周颂》之外还有长篇的《大雅·生民》述说始祖的初生被弃的神奇经历及与生俱来的天赋稼穑本领，而且诗篇还强调是后稷为周人确立的祭祀传统。如此颂扬始祖，是因为他“播殖百谷蔬，以衣食民人”[②]，显示出周人对始祖“立我烝民”的农耕大德的高度重视。相比之下，对周武王，则缺少这样的述说篇章。据文献记载，西周建立之前的先王见诸记载的十五代，建国后从武王到幽王也有十二代，检讨《诗经·周颂》及讲述祖先业绩的《大雅》篇章，真正得到祭祀献歌的先公先王，只有屈指可数的几位。

（二）“歌以发德”：西周祭祖献诗的新原则

这意味着什么呢？归结一点就是在“礼乐”的待遇上，周人并不是无原则、不分轻重地对待每一位宗庙中的先王。祭祀的献歌只献给有德者，“歌以发德”是西周“礼乐”文化的新原则。这一新原则，在《国语·鲁语上》是这样表达的：“夫圣王之制祀也，法施于民则祀之，以死勤事则祀之，以劳定国则祀之，能御大灾则祀之，能捍大肆患则祀之。非是族也，不在祀典。”[③]《礼记·祭法》亦有大体相同的说法。谁当被列入祀典、得到献歌，谁又不被列为祀典、只享受一般的“禴祠烝尝”[④]的寻常祭奠，是要看他

① 阮元：《十三经注疏（清嘉庆刊本）》，中华书局，2009年，第1271页。

② 徐元诰：《国语集解》，王树民、沈长云点校，中华书局，2002年，第466页。

③ 同上书，第154页。

④ 阮元：《十三经注疏（清嘉庆刊本）》，中华书局，2009年，第880页。

生前的功德如何。这样的看法应与西周以来的先祖祭祀观念有着关联。

这一新原则的萌生又是由来已久的。据学者对一些兄弟民族祭祀典礼及相关的述说祖先业绩的“史诗”的研究,“祀典”表功的做法,可以追溯到远古时代。例如今天南方一些兄弟民族所保存的祭祖仪式中,就有神职诵唱“史诗”的重要项目,所诵唱的“史诗”内容含有天地开辟、婚姻缔造、大洪水传说以及祖先利用自然、征服自然的发明创造,此外还有祖先奇特“历险”神奇故事等①,实际已经包含对人类生存所必须遵循法则的宣扬,以及对改善人类生活状况的祖先功绩的讴歌。然而,它们还远远不是西周王朝祭祀周文王和始祖后稷典礼的歌唱,那些古老的民族史诗对祖先的歌唱,主要侧重一切人类生存世界的开创和生活法则的确立,祖先也不是单独的某个人,不是某个祖先人物的生活经历及其所显耀的心灵品质。

进入到殷商时期,可以看到某些新情况。甲骨文显示,殷商时期的祭祖,虽然已经出现了依据受祭者生前功绩而有礼数上差别的现象②,但基本是无所遗漏的,即曾经在位的先王都要受到祭奠,祖先意识十分强烈,因而还出现了一种周而复始地以五种祭祀礼仪轮番祭祀各位先公先王的“周祭”形式③。而且,在殷商,那些因有功而享受隆重祭祀的先王,所接受的隆重祭祀又不外是多享受牛羊及“人牲”之享。从这点说,祖先还是嗜血鬼神精灵,显示的是殷商祭祀的蒙昧情形。祖先意识强烈,祖先德行意识则阙。殷商无所遗漏地“血食”先王的做法,西周也是接受了的。《小

① 萧梅:《田野的回声:音乐人类学笔记》,上海音乐学院出版社,2010年,第32—68页。刘亚虎:《南方史诗论》,内蒙古大学出版社,1999年,第23页。

② 常玉芝:《商代宗教祭祀》,中国社会科学出版社,2010年,第344—345页。

③ 常玉芝:《商代周祭制度》,中国社会科学出版社,1987年,第3页。

雅·天保》"禴祠烝尝，于公先王"①的诗句就是证据。同时，如上所说的周康王、穆王、夷王乃至厉王都有宗庙灵寝，也表明的是同样的事。可以相信，按一年中常规的"禴、祠、烝、尝"之礼，每一位先王都能享有祭奠。不过，像"周祭"那样繁琐的祭祀，在西周文献中并未见到。这表明，一个十分重大的新变出现了，那就是周人只把"发德"的《周颂》诗篇有选择地献给先公先王。于是，在自古而然的祭奠仪式与新的"歌以发德"的礼乐之间，出现了一个显著的分别。

质言之，"禴祠烝尝"地献祭如仪，是遵循对待鬼魂的老礼，祭祀他们是"率由旧章"②。然而"旧章"之外，周人还有了新的方式款待那些先王的神灵，那就是用诗篇的歌咏赞述先王的业绩，颂扬先王的德行。也就是说，是"敬鬼魂"还是"崇德行"，两者之间的不同，正是旧的祭祖仪式与新的祭祀"礼乐"典礼之间重大的差别。前者遵循的是传统，后者则是新变；献祭如仪，则必然对"曾是在位"③的先公先王无所遗漏；歌唱赞美，则必然是据生前功德做出选择。由此，对先王的祭祀，就出现了新旧礼的分途：一些神灵，只能得到自古而然的"血食"祭奠，另有一些功德显著的先王，则在血食之外，可以得到礼乐的颂歌。从这个方面说，一些祭祀的礼乐、歌唱，虽用于祭祀，却又不属于祭祀。《礼记·乐记》说："乐者，德之华也。"④据此可以说，"礼乐"正是以古老的祖先祭拜礼俗为土壤开出的新的精神文明之花。由此，祭祀才由传统的"鬼神"之事，升进为西周"礼乐"的重要组成部分。

这是一种必然，是殷周之际天命观念变革的必然表现。因为

---

① 阮元：《十三经注疏（清嘉庆刊本）》，中华书局，2009年，第880页。

② 同上书，第1165页。

③ 同上书，第1191页。

④ 同上书，第3330页。

新的天命观念核心是“敬天保民”，内含的思想逻辑是真正的敬天，表现为“保民”。换言之，王朝若想获得那个绝对的至上、至善的上天的庇佑，不是靠敬献贡品，也非虔诚的祷告。对上天的敬奉，必须回落到人世，回落到天下小民的关怀爱护，这就是“保民”。越是能“保民”，就越能获得天意的钟情。“保民”即是德行，诗篇着力讴歌蕴含在先王先公创业过程中的德性，正是特定的天命观念必然逻辑下新的精神产品。

三、何以是文王

《周颂》中祭祀周文王和与祭祀文王有关的诗篇之多，态度之热烈，令人印象深刻。那么，西周大祭祖先又因何以文王为中心？其间的因果关系可以分为两个层次来谈。其一是观念层次的，其二是现实层面的，与王朝当时面临的实际问题有关。

（一）宣示天命、聚拢子孙和说服殷遗：祭重文王的三个动因

就观念的层次说，有如下几点：其一，从《诗·大雅·文王》篇“文王陟降，在帝左右”[①]的诗句看，周人确信，周文王在天之灵才是他们天上“上帝”身边的代理人。这样的观念在商代甲骨文就有表现[②]，周人继承了这样的观念。这可以解释，周人并不认为他们死去的所有先王都能“在帝左右”，就是说，代表周人在上天的，只能有一个，是上天选定的，也就是所谓的“受命”之王。如此，祭祀“受命于天”的周文王，可以确证西周王朝的合法性。其二，祭祀重心为周文王，还有一个很实际的原因，就是周初封建，文王的子孙众多。因此，大祭文王，可以最广泛地聚拢同姓诸侯。其三，祭祀“受命于天”的周文王，可以笼络殷商遗民。

① 阮元：《十三经注疏（清嘉庆刊本）》，中华书局，2009年，第1083页。

② 陈梦家：《殷墟卜辞综述》，中华书局，1988年，第573、第580—581页。

西周在早中期之交，曾遭遇过重大挫折和严峻挑战，那就是周昭王死于东南战事，东夷人群势力一度高涨，甚至挑战到西周的王权。周人相信，经过多少代祖先努力，到周文王时周人终于“受命于天”，获得主宰天下的神圣权力。关于“受命”，征诸西周诗篇，《周颂·昊天有成命》：“昊天有成命，二后受之。”①所谓“二后”，即文王、武王。至《大雅·文王有声》更称：“文王受命。”②而在《大雅·皇矣》中，诗篇甚至让上帝出场亲自对周文王面授机宜：“帝谓文王：予怀明德，不大声以色，不长夏以革……”③然而，考诸历史，所谓“受命”的真实情形是指先周时商王承认周人在西部的领导地位，也就是周原甲骨所记载的商王册封周人为“方伯”之事④。这一定是周人族群强大的结果，然而，真实的“受命”（即受殷商册命），却被后来的周人神化为“皇矣上帝”的“乃眷西顾”⑤，即上天降命文王。而且，还与“鸑鷟鸣于岐山”⑥相联系，成一段祥瑞之说。周人所以要改造历史、神乎其神，就是因为“文王受命”关系周人主宰的天下的法理基础，而强调这样的基础，为的是说服周人之外的天下人共安天命。这在《大雅·文王》篇有清楚的表现。此诗也是祭祀文王典礼上的歌诗，其特别之处是对助祭的殷商遗民的说服，如此诗第五章言殷商遗民助祭者“侯服于周，天命靡常”⑦，继而劝诫他们“无念尔祖，聿修厥德；永言配命，自求多福”⑧。之后，诗篇语重心长地说：“殷之未丧师，

① 阮元：《十三经注疏（清嘉庆刊本）》，中华书局，2009年，第1266页。

② 同上书，第1133页。

③ 同上书，第1123页。

④ 陕西周原考古队：《陕西岐山凤雏村发现周初甲骨文》，《文物》1979年第10期。

⑤ 阮元：《十三经注疏（清嘉庆刊本）》，中华书局，2009年，第1117页。

⑥ 徐元诰：《国语集解》，王树民、沈长云点校，中华书局，2002年，第29页。

⑦ 阮元：《十三经注疏（清嘉庆刊本）》，中华书局，2009年，第1086页。

⑧ 同上书，第1087页。

克配上帝。”[①]其言外之意是说：当年殷商也曾统治天下，只是因为失去了天命的眷顾才有今天的助祭新朝。承认殷商曾有的光荣，正是善劝诫的表现。如此，在“天命”的光照下，“聿修厥德”“自求多福”就是理所应当的了。这样的“天命”宣示，对殷遗有效，对天下所有异姓族群也会有效。这样强大的“天命”修辞的“攻心”之术，毫无疑问，最适宜在祭祀文王隆重场合宣示。综上，最终的祖先祭祀对象选择周文王，对内，可以最大范围凝聚众多诸侯，对外，可以宣示周人主宰天下的法理基础。

《大雅·思齐》言文王之妻太姒之德曰：“大姒嗣徽音，则百斯男。”[②]诗句有夸张，但文王子嗣众多应是可信的。文王多子的直接结果，就是周初封建所建立的诸侯邦家以文王子孙居多。这可以《左传·僖公二十四年》所载富辰之言见其一斑，富辰曰：“昔周公吊二叔之不咸，故封建亲戚以蕃屏周。管、蔡、郕、霍，鲁、卫、毛、聃，郜、雍、曹、滕，毕、原、酆、郇，文之昭也；邘、晋、应、韩，武之穆也。”[③]所谓“文之昭”是指文王之子，“武之穆”指武王之后，而据富辰所举，“文之昭”有十六，“武之穆”仅区区四位，其间的多寡，简直不成比例。《左传》所载富辰之言应为略举，也可以看出西周封建“文之昭”的大小诸侯远远多于“武之穆”的情况了。此外，就现有资料看，西周封建五十几个同姓受封者中还有文王的兄弟辈，如二虢之君等。这些诸侯，也是与文王关系较近。这也需要联系周人的血缘宗法意识来理解，假如西周王室祭祀的中心祖灵不是文王，那就很难在血亲宗法意识上处置与这些为数众多的“文昭”之邦的关系了。血亲意识是王朝封建体系的精神纲领，是王朝赖以存在的基础。这就是祭祖以文王为中心的现实理由。

---

① 阮元：《十三经注疏（清嘉庆刊本）》，中华书局，2009年，第1087页。

② 同上书，第1111页。

③ 同上书，第3944页。

关于说服殷商遗民，上面已经讲到，这里再作些补充。西周建立面临一个很实际的大问题，就是如何笼络人群众多的殷商遗民。在祭祀文王的场合，《大雅》劝诫的言语好表述，假如是祭祀周武王就困难得多。据《孟子·尽心下》，古本《武成》篇记载武王克商，有“血之流杵”①的记载，虽然孟子对此表示不相信，其态度却难以服众，因为人们还可以从《逸周书·世俘解》“武王遂征四方，凡憝国九十有九国，馘磨亿有十万七千七百七十有九”②及武王返周“乃废于纣矢恶臣人百人”③的记载中，闻到浓重的血腥气味。周人大祭祖先，是有殷遗来助祭的，《诗经·周颂·有客》就是表现这方面内容的。对此《大雅·文王》篇已有清楚的显示。让殷遗助祭，其实也是政治上接纳他们的表示。如此，选择周文王就是明智做法，因为是周文王在“三分天下有其二”的情况下，仍然“以服事殷”④。同时，周文王还是一个向殷商学习“修商人典”⑤的方国首领。总之，周文王曾臣服于商的历史联系，正可以使诗人以“天命”为修辞，强调周家的兴盛与商朝当年的强大一样，都是上天意志的体现，是“皇天上帝，改厥元子”⑥的结果。如此劝诫殷遗接受现实，顺从新朝的话说，才能说得含蓄而又中听。

（二）内部血亲意识松散与来自东南的危机

以上是观念层次的探讨，现在从周人遇到的现实问题来看隆重祭祀周文王的原因。这也表现在两方面，一方面由于封建后年

① 阮元：《十三经注疏（清嘉庆刊本）》，中华书局，2009年，第6035页。

② 黄怀信，张懋镕，田旭东：《逸周书汇校集注》，上海古籍出版社，2007年，第434—435页。

③ 同上书，第438页。

④ 阮元：《十三经注疏（清嘉庆刊本）》，中华书局，2009年，第5402页。

⑤ 黄怀信，张懋镕，田旭东：《逸周书汇校集注》，上海古籍出版社，2007年，第442页。

⑥ 阮元：《十三经注疏（清嘉庆刊本）》，中华书局，2009年，第450页。

深日久，诸侯之间血亲意识出现松散迹象；另一方面，周人遭受了前所未有的挫折，那就是在与东南人群的征战中周王死于战事，东方人群势力高涨，自以为得“天命”的周人遇到严重危机。

先谈第一方面。西周分封制，利用的是血亲意识，然而，血缘关系会越来越远，血亲意识也会相应地趋于淡薄。《周颂·烈文》篇中有如下两句诗：“无封靡于尔邦，维王其崇之。”①对于了解王室与诸多封建诸侯关系十分重要。句中“封靡”两字，据古来注解指的是诸侯在自己邦国闭固自封、积权坐大。继而诗篇还有“维王其崇之”句子告诫参与祭祀的“烈文辟公”即公卿诸侯等先王子孙们。旧说诗篇为西周初期，但是，诸侯出现诗篇所谓的“封靡”倾向，不会是在封建伊始、天下未安之时，一定要到封建之后，具体说要到诸侯有了“天下太平”之感以后。西周金文材料显示，大致从西周中期开始，一些册命的铭文中开始反复出现“无（字或作勿）废朕命”②一词，其告诫的意味与《烈文》“无封靡”的意谓相通。这是一种新意识，其出现必然有现实上诸侯开始出现“封靡”倾向为背景。

再看第二方面。与上述倾向出现相先后，西周王朝遭遇了严重挫折，那就是在对东南夷的战争征讨中，周昭王死于汉水，东夷势力高涨。西周封建，将周人的势力范围深入东方齐鲁泰山南北地区，同时在淮水上游地带，也建立了不少封邦。这引发了一种结果，就是东方人群的移动。自大汶口、龙山文化以来，泰山南北以及淮河以北地区就生存着众多土著人群。然而，随着周人势力的东进，齐鲁及以南一带土著居民，或臣服、或南迁。后者南迁至今淮河下游地区，变成周人眼中的“淮夷”。这是周人统治空间的扩展，也是与当地人民矛盾的肇端。到西周建立后的昭王

---

① 阮元：《十三经注疏（清嘉庆刊本）》，中华书局，2009年，第1261页。

② 中国社会科学院考古研究所：《殷周金文集成》，中华书局，2007年，第2701页。

时期，淮夷人群开始了对周王朝的反攻。史载周昭王十五年东南战事发生，旷日持久，一直持续到昭王二十年周王死于汉水，“丧六师于汉”①，王朝损失惨重。其结果就是东南淮夷势力一时间的高涨。史家相信《后汉书·东夷列传》如下的记载是可靠的：“周公征之，遂定东夷。……后徐夷僭号，乃率九夷以伐宗周，西至河上。穆王畏其方炽，乃分东方诸侯，命徐偃王主之。偃王处潢池东，地方五百里，行仁义，陆地而朝者三十有六国。穆王后得骥騄之乘，乃使造父御以告楚，令伐徐，一日而至。”②文中的“徐夷”，即金文中的“淮夷”；“至于河上”云云，据西周穆王时期《㦰簋一》铭文“追御戎于棫林”及“搏戎于㝬”③的记载，是可信的。“棫林”及“㝬”，学者研究，一在今河南叶县，一在今郾城县附近，已经进入“河上”的范围了，至于后来的“伐徐”，也有《班簋》铭文可证。这里要特别注意的是“乃分东方诸侯，命徐偃王主之”一句，从中可知，东方淮夷的势力一时间是如何强盛，面对徐夷的强势，以“天命”自居的西周王朝是多么的无可奈何。

了解这样的局势，才可以读出《史记·周本纪》所谓“穆王即位，……王道衰微，……文武之道缺，……复宁”④的含义，也可以读出《大雅·文王有声》篇“自西自东，自南自北，无思不服，皇王烝哉”⑤声言天下臣服意味⑥。正是在这样的大背景下，为宣示周家主宰天下的合法性，为凝聚内部的封建宗法精神，西周

① 王国维：《古本竹书纪年辑校　今本竹书纪年疏证》，朱右曾辑，黄永年校点，辽宁教育出版社，1997年，第13页。

② 范晔：《后汉书》，中华书局，1965年，第2808页。

③ 中国社会科学院考古研究所：《殷周金文集成》，中华书局，2007年，第2699页。

④ 司马迁：《史记》，中华书局，1982年，第134—135页。

⑤ 阮元：《十三经注疏（清嘉庆刊本）》，中华书局，2009年，第1134页。

⑥ 《文王有声》篇过去被认为是西周早期之作，实际为西周中期诗篇，详细说明见拙作《诗经析读》，中华书局，2018年，第666—668页。

王朝大建辟雍、大祭文王。由此，又可以发现作为西周“礼乐”有机部分的诗篇的另一个特点：其创制是应着时代所面临的问题而来的。

四、何以是后稷

如果说，大祭文王显示的是周人从天命这一人天垂直关系确立自己主宰天下权力的神圣性的话，那么，选择始祖后稷来加以隆重祭祀，就是从纵深的历史维度来确立周家统治的合法根源。“历史即是当下”的特征，在《诗经》祭祀后稷始祖的诗篇中已有明确的显现。同时，祭祀始祖的“当下”意义，还在于训诫子孙不忘周家农耕传统。

（一）确立周人统治的合法根源

何以说祭祀始祖与确证周家政权合法性相关？证据就在《尚书·尧典》和《皋陶谟》中。

《尧典》曰：

> 帝曰：“俞咨！禹，汝平水土；惟时懋哉！”禹拜稽首，让于稷、契暨皋陶。帝曰：“俞，汝往哉！”帝曰：“弃！黎民阻饥。汝后稷，播时百谷。”①

《皋陶谟》曰：

> 禹曰：“洪水滔天，浩浩怀山襄陵；下民昏垫。予乘四载，随山刊木……予决九川距四海，浚畎浍距川。暨稷播，奏庶艰食鲜食。懋迁有无，化居。烝民乃粒，万邦作乂。”②

在古人的心目中，尧舜时期之所以非凡，就在其在遭遇大洪水的侵害后重建了天地秩序，昌明了社会文教。《尧典》等周人的

① 阮元：《十三经注疏（清嘉庆刊本）》，中华书局，2009年，第274页。
② 同上书，第296页。

文献强调，自己的始祖后稷与禹、契、皋陶等诸多大贤一起，在那个非凡的时代参与了重整文化乾坤的大业。具体地说，就是在大洪水“黎民阻饥”的艰难时代，后稷“播时百谷”“烝民乃粒”，周人所以能主宰天下的德性根基，就奠定于此。

然而，这里也是有一个《尚书·尧典》等“虞夏书”文献的年代问题。若按过去主流学者认为这些文献为春秋战国假托的看法，此处的说法就不成立。然而，随着大量金文资料出土及研究方法改变，《尧典》等年代的旧说正在被打破。在这方面，笔者曾有《尧典的写制年代》一文，采用“文学指纹断代法”将《尧典》与《尚书·吕刑》篇对读，将《尧典》与可信的西周诗篇对比，将《尧典》与可以确信为西周中期的金文资料相较，得出《尧典》的写制在西周中期的结论。这样的结论，就笔者而言，也是出乎意外的，因为笔者考订《诗》篇的创制年代，其高潮期之一也在同一时段，就是说，“诗书”有共时现象。前文所言周人大祭周文王就是西周中期的盛世，而且祭祀文王时还牵连地歌颂文王的祖父和父亲，祖母和母亲，那么，在这样的强烈的祖先意识之下，追溯始祖后稷之功，也属于自然。

此外，学者对一些兄弟民族的人类学民俗学研究，也可以强化这里的感觉。近读杨福泉《东巴教通论》、萧梅《田野的回声》及刘亚虎《南方史诗论》等，笔者发现，西南兄弟民族祭祀中总会有述说本族群历史的环节。如杨福泉《东巴教通论》说：“祭天成为纳西族最为重要的认同标志。”又说：“从祭天仪式上所诵读的经书看，主要的经书《崇般图》，是讲述纳西族人的祖先谱系、祭天来历等，歌颂祖先（包括天神、地神、天舅和纳西族第一代祖先崇仁利恩、衬红褒白命夫妇）创业的丰功伟绩，祈求祖先赐福后世。”[①]另外，在萧梅的《田野的回声》中，更具体地描述了东巴

① 杨福泉：《东巴教通论》，中华书局，2012年，第113—114页。

在祭祀仪式中的诵经过程，与《东巴教通论》描述的一样，指出祭祀诵经的社会功能："通过这种活动（指祭祀仪式——引者），使得原先分散的个体能够凭借某种相对的'共识或信念'牢固地联系在一起。"[①]这些兄弟民族的文化现象，可以启发一种思考，使人对西周时《尧典》等历史文献写作与祭祀祖先之间可能的关联有所察觉。

周人在隆重祭祀始祖的时候，所以要追溯尧舜、大禹和皋陶的时代，还与《国语·郑语》所载如下的观念有关："夫成天地之大功者，其子孙未尝不章，虞、夏、商、周是也。虞幕能听协风，以成物乐生者也。夏禹能单平水土，以品处庶类者也。商契能和合五教，以保于百姓者也。周弃能播殖百谷蔬，以衣食民人者也。其后皆为王公侯伯。"[②]祖先积德，是后世发达的根由，《国语·郑语》表达的就是这样一种历史的"福报"观[③]。于是，始祖积德的时代，是理应郑重交代的。由此可以推测，这里存在着一种历史的"链接"现象。所谓的"链接"，就是将周人族群的历史与"虞夏"的历史统绪连接在一起。如上所说，就是要从历史的纵深方面确定周人是一个伟大文明统绪的合法成员，并且还有"立我烝民"的大功。如此，上文所述由人类学民俗研究得到的启发，就不是毫无证验的了。

（二）始祖"服事虞"的功德

更仔细观察，可以发现在西周中期链接历史的同时，还出现了华夏意识最早的表达。其显著特点是称赞大禹的平治水土之功，

---

① 萧梅：《田野的回声——音乐人类学笔记》，上海音乐学院出版社，2010年。

② 徐元诰：《国语集解》，王树民、沈长云点校，中华书局，2002年，第466页。

③ 《国语》文献的时间虽略晚，但考虑到大量西周金文篇章显示如下情形，即贵族在接受王者册封时每每回顾祖先业绩，可知《郑语》所表达的观念应该是西周既有的观念。

应是周人“链接”虞夏伟大文化统绪的具体化的延伸。《国语·周语上》记载，西周中期的祭公谋父谏穆王，其中有这样的言论：“昔我先王世后稷，以服事虞、夏。及夏之衰也，弃稷弗务，我先王不窋用失其官，而自窜于戎狄之间，不敢怠业……”[①]其言周人远祖服侍虞夏与《尧典》《皋陶谟》一致，有所不同的是祭公还特别突出了远祖在夏代的情况。喜言禹，在《诗经》也是颇不少见的，如《小雅·信南山》“信彼南山，维禹甸之。畇畇原隰，曾孙田之”[②]，《大雅·文王有声》“丰水东注，维禹之绩”[③]，《大雅·韩奕》“奕奕梁山，维禹甸之”[④]，《商颂·长发》“洪水芒芒，禹敷下土方”[⑤]，《鲁颂·閟宫》“奄有下土，缵禹之绪；后稷之孙，实维大王”[⑥]等。这些诗篇如《信南山》《文王有声》和《长发》，就笔者对《诗经》篇章年代的探究，解为西周中期之作。此外，一件年代为西周中期的青铜器物上的铭文，更可以证明，言大禹“单平水土”肇造华夏的生存空间是一个西周中期的文化意识[⑦]。这件器物据其铭文，学者称之为“豳公盨”[⑧]。其铭文曰：

天令（命）禹尃（敷）土，墮（随）山㲋（濬）川，迺𢦏（差）彖（地）埶（设）征。降民监德，迺自乍（作）配乡（享）

① 徐元诰：《国语集解》，王树民、沈长云点校，中华书局，2002年，第3—5页。

② 阮元：《十三经注疏（清嘉庆刊本）》，中华书局，2009年，第1010页。

③ 同上书，第1134页。

④ 同上书，第1229页。

⑤ 同上书，第1350页。

⑥ 同上书，第1326—1327页。

⑦ 学者对此器年代的判断基本没有分歧，因为“盨”这类饮食器物出现一般在西周中期偏晚的时段。此外，言大禹之功而强调其“德”，与《尚书·皋陶谟》等言“九德”相似。

⑧ 关于“豳”字辨认，学者有不同说法，有学者将其读为“遂”，即《左传》记载的舜的后裔有遂国，为周代封邦；另外一种解释此字读“豳”，即“豳风”之豳。

民，成父女（母）。生我王、乍（作）臣，氒（厥）顈（贵）唯德。民好明德，憂（顾）才（在）天下，用氒（厥）邵（绍）好，益妄（求）懿德，康亡（无）不楙（懋），考（孝）吝（友），恬（訏）明巠（经）齐，好祀无䀠（废）。心好德，䎽（婚）遘（媾）亦唯龤（协）。天釐（釐）用考，申（神）復（复）用䙴（祓）彔（禄），永卸（御）于寍（宁）。𤔲公曰：民唯克用兹德，亡诲（悔）。①

读这篇铭文先给人带来的惊奇是"禹敷土，随山濬川"与《禹贡》篇序言的一致，又与《商颂·长发》"禹敷土下方"的高度近似。文中"生我王"的"我王"，很明显，指的是周王。因而这篇铭文说法与上引《国语》祭公谋父"以服事虞、夏"之言相合，就是说，与《尧典》等"虞夏书"将周人族群与尧舜以来的文明统绪链接一致，只不过这里更强调了周人与夏的关系。这也不难理解，征诸文献，周族与夏人渊源甚深，如周人把自己的诗篇称之为"雅"（"雅"即"夏"）；据《逸周书·世俘解》，武王克商庆功典礼上所奏乐舞为"崇禹生开"（"开"即"启"），等等②。据此，周人与夏族群有脱不开的关联，因而在链接历史的时代思潮中，重视夏与周的关系就是正常的。于是禹和夏在周人的眼中，就是一个民族生存空间的重整与划定者，即《左传·襄公四年》载《虞人之箴》所言："芒芒禹迹，画为九州，经启九道。民有寝庙，兽有茂草，各有攸处，德用不扰。"③禹的治水划界区分人兽并令其各有所居。因而"禹绩"或曰"禹迹"，是"华夏"的代称，禹的伟大功绩，在于确立华夏族群的生存空间。毫无疑问，这明是在说地域，其实是从历史寻找周人所以能据有华夏生存空间的神圣理

① 李学勤：《中国古代文明研究》，华东师范大学出版社，2005年，第128页。
② 李山：《先秦文化史讲义》，中华书局，2008年，第33—37页。
③ 阮元：《十三经注疏（清嘉庆刊本）》，中华书局，2009年，第4196—4197页。

据。铭文另一个突出内容是强调“德”，与西周中期的《尧典》《皋陶谟》一致，其实就是在说“华夏”文明地域与其他区域的根本分别。再联系当时东夷势力对周王朝的挑战，“华夏”的高扬，就更不是无缘无故的历史回顾了。

“信彼南山，维禹甸之。畇畇原隰，曾孙田之。”①《信南山》的诗句是对“肇造我区夏”②历史的回顾，也是对遵循农耕传统的宣示。在从历史确证周人合法的统治地位的同时，强调大禹治水、强调后稷耕种的另一重意义就是教育子孙不忘周家所以“子孙未尝不章”的原由。要准确理解教育子孙这点，还得回顾一下上文所引《国语·郑语》那段“成天地之大功者，其子孙未尝不章”③的言语，那是在虞、夏、商、周的比较中，强调既然夏商周之迭代而兴各有原由，周家之兴在始祖后稷“立我烝民”之大德，那么要延续周家的彰显地位，继承始祖的农耕传统，就是必然的。也正因此，读者既可以在《周颂·思文》结尾读到“帝命率育，无此疆尔界，陈常于时夏”④的表示决心之语，又可以在《大雅·生民》篇结尾部分看到这样的情况：诗篇用了两章篇幅讲后稷在“有家室”之后的“肇祀”，即所开立的周家祭祀仪程，而且最终还强调性道出，是因为历代的周人在祭祀仪程上“庶无罪悔”⑤，所以周家的兴旺才“以迄于今”⑥。《生民》篇结尾显示：遵循重农祖德，必须严守始祖创立的祭祀仪礼。传统的延续，又回到了“礼乐”的途辙上。

---

① 阮元：《十三经注疏（清嘉庆刊本）》，中华书局，2009年，第1010页。

② 同上书，第431页。

③ 徐元诰：《国语集解》，王树民、沈长云点校，中华书局，2002年，第466页。

④ 阮元：《十三经注疏（清嘉庆刊本）》，中华书局，2009年，第1271页。

⑤ 同上书，第1146页。

⑥ 同上。

五、结语

由以上的讨论可以发现如下几点：

其一，周人大祭文王和后稷，与其说是延续过去祭祖的老礼，不如说是一种应对现实问题的创造，在周人的开掘和建构中，历史的经历成为解决现实难题的文化资源，从而化传统为现在。面对内部失和倾向的日益明显，面对外敌的挑战，周人开展了以文王和后稷为中心的大祭列祖。祭祀文王，是从横向上团结逐渐涣散的周人，向天下昭告周朝受命的正当性和弘扬以德为中心的治国方略；祭祀后稷，是出于号令诸侯和国民重视农业的需要，是链接历史传统对西周政治合法性的巧妙声言，还是对天下族群更广泛的抟和、安抚和说服。这就是西周《诗经》“雅颂”篇章作为西周“礼乐”的当代价值。不了解《诗经》便难以真切理解西周时代，就难以深切了解西周“礼乐”的精神内涵。

其二，功德大的祖先生灵享受更隆重的献祭，这样的惯例起源甚早，可是着意从“德”的方面颂扬祖先，却是《诗经》颂诗开启的现象。征诸甲骨文，对殷商祖先商汤、武丁等祭奠隆重，祭品甚丰，但从中了解不到隆重祭祀中颂扬他们什么，按照学者对殷商祖先都是“嗜血的精灵”的看法①，就是有颂歌，也会与《周颂》的颂扬相去甚远。周人的颂扬祖先，是把神灵还原为创业的人。如后稷，感天而生，屡弃不死，照这样的思路往下走，后稷本可以被描写成上天入地，呼风唤雨，掌控祸福的天神，但是，在《生民》篇中，后稷最后成了天赋异禀的耕种者，被塑造成了出身不凡的农夫。祖先神不再像殷商心中决定祸福的鬼神，而是今日基业的创立者，也是历史的创造者。周人在祭祖中，凸显的

① 刘源：《商周祭祖礼研究》，商务印书馆，2004年，第244页。

是人，是现实中自我的创造性，因而祭祖的“礼乐”中包含的是历史主体精神的建构。

其三，由上，在西周，“礼”与“俗”出现了绽裂现象。根据金文，西周逝去的先王都有宗庙，据此可知定期的“禴祠烝尝”之礼是有的，可是征诸诗篇，却不是哪个死去的先王（包括西周之前的先公）都是可以得到诗篇的赞美的，颂扬的诗篇是献给有功德者的。死去的先公先王都会得到祭祀，这是遵循老例古礼，就是这里所说的“俗”，有功德者得到诗的“歌以发德”，却是“礼”，是新文化现象。诗篇代表的是历史文化的新变。

（原载《中南民族大学学报（人文社会科学版）》2019年第4期）

从重视农耕到尊崇祖业

——论《诗经》农事诗篇观念意识的变迁

摘　要　《诗经》农事诗分早期与中期，通过先考订诗篇年代，继而讨论西周早期与中期农事诗篇的差别，可以发现早期诗篇聚焦于农事生产，中期则特别关注各种与农事相关的礼仪，尤重年终祭祖祀典，显示出周人农耕意识的明显变迁。特别值得注意的是，中期诗篇强调农事典礼为始祖后稷所“肇祀”，遵行农事典礼就是延续祖德。同时，诗篇重视始祖创立的祀典，是因为周人意识到，正是由于始祖在大洪水之后有“立我烝民”的功德，后世的周人才获得了主宰天下的资格。中期诗篇重视典礼，也正显示出这样的根基意识。文化意识的变迁，又直接导致诗篇文学风调的显著变化。

关键词　农事　籍田礼　祭祖　传统　政治

《诗经》雅颂篇章创作历时三百年。三百年的西周时期，一定有许多思想文化上的变迁。可惜的是，因为诗篇创作年代不甚分明，这些变迁有许多仍处于被遮蔽的状态。即以《诗经》农事诗篇而言，其中早期诗篇表现的重点是耕种与收获；至西周中期，同一题材的诗篇多述说农事生活的各种礼仪，强调礼仪来自神圣的祖先，以及祖先由农耕所积累的“立我烝民”的功德。早期诗篇重在表现生产，中期则表现周人因农耕而获得的历史资格。后者又延伸出中期诗篇的另一个特点：表现王者的亲耕，重点在其对祖先所创立的礼仪的遵循。农耕作为一种生产事业，随时间变化而不断被赋予新的价值，这使得《诗经》的农事诗篇写制发生了显著变化。兹从诗篇年代说起。

一、诗篇的年代

判断诗篇的年代是讨论诗篇内容的基础。《诗经》农事题材的诗篇见于《小雅》者，有《楚茨》《信南山》《甫田》《大田》；见于《周颂》者，有《臣工》《噫嘻》《载芟》《良耜》；见于《国风》者，有《豳风·七月》①。需要说明的是，上述诗篇中，《周颂》的《载芟》《良耜》和《小雅·楚茨》都表现了祭祖内容，因而可以归为祭祖主题。但因这几首诗都包含描述籍田②劳作的内容，而且还颇为突出，祭祖而表籍田劳作，又有其特定原由，是讨论农事诗篇内涵转变的重点之一，所以必须纳入讨论范围。为一篇作品断代的方法很多，传统的方法大体有看风调、看内容（主要指一些能表明作品时代的内容）、看语言。语言方面近年又出现一种所谓的“指纹断代法”③，就是以一些语词使用的情况断代。在《诗经》研究中，这种方法主要是将大量金文语料与诗句比对，从而判断诗篇年代。

① 此外，尽管《齐风·甫田》提到“甫田”“维莠骄骄”的情况，《周南·芣苢》言及采集生活，但这类诗的主题并非农事，在此不论。

② “籍田”之“籍”，也有文献写作“藉”，无大差异。本文除援引文献之外，都写作“籍”。

③ 随着社会生活的变化，会出现一些新的语词。例如“埋单”本来为粤语词，但随着20世纪末南北交流增进，它就变成了北方人口中的“买单”。也就是说，这个词在北方流行不早于20世纪80年代。此外如“搞定”“给力”之类，其出现、流行也都有大致的年代可考。这样的词语变化在西周金文里也有，例如铭文结尾祝福家族繁盛的嘏词，祝愿子孙繁盛一般多用“子子孙孙”，可就有一个时期流行的是“孙孙子子”“孙子”“百世孙子”。详考这些言“孙子”的金文年代，又多为西周中期。这样，就可以依之判断年代。

本文除传统方法之外也采用了这一方法。

不同时期的作品总会风调有别，《周颂》中的《噫嘻》和《载芟》就是这样的篇章。两首诗虽然都表现农事劳作，但却差异明显。两首诗篇如下：

> 噫嘻成王，既昭假尔。率时农夫，播厥百谷。骏发尔私，终三十里。亦服尔耕，十千维耦。①
>
> 载芟载柞，其耕泽泽。千耦其耘，徂隰徂畛。侯主侯伯，侯亚侯旅，侯彊侯以。有嗿其馌，思媚其妇；有依其士，有略其耜。俶载南亩，播厥百谷。实函斯活，驿驿其达。有厌其杰，厌厌其苗，绵绵其麃。载获济济，有实其积，万亿及秭。为酒为醴，烝畀祖妣，以洽百礼。有飶其香，邦家之光。有椒其馨，胡考之宁。匪且有且，匪今斯今，振古如兹。②

《噫嘻》篇先言对先王的“昭假”，其实就是在农事典礼中向先王（即诗篇中“尔”之所指）献祭③，继而言周王率领农夫播种百谷，最后四句的“终三十里”暗示劳作效率极高，“十千维耦”则显示了劳作的大场景。诗篇内容简括，对周王与万民的同耕并作只作大线条的勾勒，因而风调简古。《载芟》篇则大不相同。《噫嘻》中“率时农夫”的主语是周王，可从“昭假”“成王”等语句得到确定；而《载芟》篇，从“思媚其妇”和“有依其士”可知诗篇中率领劳作的主人也是周王④。关于周王率领大臣及农夫在籍田劳作的情形，《噫嘻》篇的述说只用了六句，而《载芟》从“千耦其耘”到“播厥百谷”用了十一句。十一句中，《噫嘻》“率时农夫”一句所含的内容，《载芟》篇则用“侯主侯伯，侯亚侯旅，侯彊侯以”三

---

① 毛亨传，郑玄笺，孔颖达疏：《毛诗正义》卷一九《周颂·噫嘻》，阮元校刻：《十三经注疏》，中华书局，2009年，第1274—1275页。

② 同上书，《周颂·载芟》，第1296—1298页。

③ “昭假”一词在《诗经》雅颂中反复出现，都是祭祀用语。

④ 于省吾：《泽螺居诗经新证》卷上，中华书局，1982年，第85—87页。

句表现周王及其臣僚方面的“率”，用“有嗿其馌”以下四句表述被“率”的“农夫”。《噫嘻》只言“率时”的周王，《载芟》则有主、伯、亚、旅，不但言周王，还有他的众多臣僚。关于那些被“率”的男女，“思媚”表现农妇的美好，“有嗿其馌”则形容众人一起饮食时的声响。诗篇不仅言农夫众多，还夸赞了农夫手中的农具，即“有略其耜”。《噫嘻》的一句，在《载芟》中则为十一句，繁简变化何其明显！从《噫嘻》“终三十里”和“十千维耦”等句的大线条勾勒，只能感受到劳作场景之大；而《载芟》篇“载芟载柞，其耕泽泽。千耦其耘，徂隰徂畛”的笔致，则将大场景的农业劳作表现得更加具体生动。《噫嘻》《载芟》两首诗篇在劳作场景上的思路框架是大致相同的，但从大线条勾勒的简古与细笔触描摹的繁茂的区别中，可以清晰地感觉两首诗存在着后出转密的变化，即《载芟》的时间较《噫嘻》为晚。当然，证据还不仅限于此。

《噫嘻》中出现的“成王”谥号，对确定诗篇年代也很有用。若按照王国维、郭沫若据当时的金文资料所主张的周王“生号”说，诗篇即周成王时期作品。不过，随着更多的金文资料如《史墙盘》《逨盘》等铭文的出现，大多数学者相信，“生号”说不如“谥号”说可信，“成王”应该是“谥号”，诗篇中的“成王”即早期的周成王①。如此，口称“噫嘻成王，既昭假尔”的周王，很可能是成王之后的周康王，即诗篇属西周早期②。何以见得是周康王时期

① 在20世纪50年代的《光明日报·文学遗产》第114、117、142期，陆续发表过憩之、郭沫若和李晔讨论《噫嘻》篇的文章，其中涉及《噫嘻》的年代，学者都承认诗篇为西周早期，只是有成王、康王之别。无论如何，《噫嘻》篇为西周早期作品，是早有成说的（参见人民文学出版社编：《诗经研究论文集》，人民文学出版社，1959年，第219—224页）。

② 学术界一般认为武王、成王、康王和昭王为西周早期，穆王、恭王、懿王、孝王为西周中期，夷王、厉王、宣王、幽王为西周晚期。《诗经》农事诗篇特别是表现籍田典礼的诗篇，一般说来为早期和中期之作，而晚期“宣王即位，不籍千亩”（徐元诰撰，王树民、沈长云点校：《国语集解·周语上》［修订本］，中华书局，2002年，第15页），以今天眼光看，《诗经》确实没有西周晚期农事诗。

作品？古人重祢（父）庙，见《礼记·郊特牲》：“卜郊，受命于祖庙，作龟于祢宫，尊祖亲考之义也。”又见《礼记·王制》：“天子将出征，类乎上帝，宜乎社，造乎祢。”①由此可见周天子有大事时祢庙的重要性。《噫嘻》篇所关，为籍田典礼（详下），属朝政大事，因其重要，才有诗篇，应是初次或较早举行大礼时的制作。再以“尊祖亲考”之义来衡量，还是把诗篇创制时间定到西周早期的康王时期最为稳妥。史载“康王息民”②，《噫嘻》篇所表现的耕种，正可视为“息民”的表现。

再看《载芟》的年代。关于《载芟》中的“侯主侯伯，侯亚侯旅”，有学者研究认为即从周王到卿大夫一级的贵族③，这是可信的。关于诗篇年代，唐兰在《略论西周微史家族窖藏铜器群的重要意义》这篇涉及西周土地制度变化的文章里就说过：“《周颂》的《载芟》、《良耜》两首农业诗在穆王以后。”④观其上下文意，所谓“穆王以后”指的是恭王及以后不远的时段，也就是说，这两首诗篇都产生于西周中期⑤。唐兰将《载芟》和《良耜》一起论述是很有道理的，因为两首诗篇笔调一致，结尾处的语句相似，两者一为内祭祖先，一为外祭天地诸神⑥，实可视为姊妹篇。唐兰对两首

---

① 郑玄注，孔颖达疏：《礼记正义》卷二六，《十三经注疏》第3册，中华书局，2009年，第3147页；卷一二，《十三经注疏》第3册，中华书局，2009年，第2885页。

② 杜预注，孔颖达疏：《春秋左传正义》卷五二，《十三经注疏》第4册，中华书局，2009年，第4591页。

③ 参见于省吾：《泽螺居诗经新证》卷上，中华书局，1982年，第85—87页。

④ 唐兰著，故宫博物院主编：《唐兰先生金文论集》，紫禁城出版社，1995年，第212页。

⑤ 到西周晚期，“宣王即位，不籍千亩”，就是说到晚期籍田典礼已经衰落乃至被废止。这也是认定《载芟》《良耜》距周穆王时不能太靠后的缘由。

⑥ 祭祀内外之分，见《礼记·祭统》：“外祭，则郊社是也；内祭，则大尝禘是也。”（《礼记正义》卷四九，《十三经注疏》第3册，中华书局，2009年，第3488页）《载芟》言祭祖，为内祭；《良耜》言祭天地神灵，属外祭。

诗篇年代的说法之所以可信，是因为有许多证据。如西周中期恭王时代的《史墙盘》铭文中，就出现了“上帝后稷九（匡）保受（授）天子绾（美好）令，厚福丰年”[①]之语。铭文以“丰年”赞美“天子”，这在早期的金文中是罕见的。《史墙盘》又言史墙家族努力耕种，“农啬（穑）越历”，唐兰据此判断：“这时的农业经济发生剧烈变化，微史家族就是这一变化时期中的新富人。”[②]另外，两首诗篇还夸赞过工具的锋利，如《载芟》的“有略其耜”，《良耜》的“畟畟良耜”[③]，似乎经过一段时间发展后，西周农耕的生产工具也有了一些改善[④]。其实，这一时期的变化又绝不仅限于土地制度及农业经营。近年来中外学者有一个颇为相同的认识，即西周中期在礼制、文化观念乃至语言风格等方面，都发生过显著的变化[⑤]。《载芟》《良耜》与西周早期的《噫嘻》在文体上的显著不同，是这一时期文化变革的征候。

---

① 《史墙盘》铭文诸家释读多有分歧，此处兼采马承源主编《商周青铜器铭文选（三）》（文物出版社，1988年，第153—154页）和唐兰《西周青铜器铭文分代史征》附件一《共王时器》（中华书局，1986年，第448—450页）的解读，其中“后稷”二字则从裘锡圭之说（参见裘锡圭：《古文字论集》，中华书局，1992年，第376页）。

② 唐兰著，故宫博物院主编：《唐兰先生金文论集》，紫禁城出版社，1995年，第211页。

③ 《毛诗正义》卷一九，《十三经注疏》第1册，中华书局，2009年，第1299页。

④ 关于西周时期农业生产工具的进步，参见杨宽：《西周史》，上海人民出版社，1999年，第229—230页。

⑤ 参见刘雨：《西周金文中的“周礼”》，《燕京学报》第3期，北京大学出版社，1997年。日本学者小南一郎在《论射的礼仪化过程——以辟雍礼仪为中心》中也说：“到西周中期……是周王朝新的祭祀体系的确立时期。”（宋镇豪等主编：《西周文明论集》，朝华出版社，2006年，第190页）日本学者白川静在《西周史略》（三秦出版社，1992年）中也谈到西周“昭穆时期”发生的诸多变化。《诗经》研究方面，如拙著《诗经的文化精神》（东方出版社，1997年，第163—210页）、马银琴《两周诗史》（社会科学文献出版社，2006年，第145—179页）也先后提出西周中期是一个创作高潮的说法。

当然，对于判断一首诗篇的年代而言，除上述风格之外，多属外证。《载芟》《良耜》自身也有其年代的胎记。这首先表现为语言语句乃至韵律等方面的不同。两首诗韵调和谐，在意群句法上，较诸可信的早期诗篇如《周颂》中的《武》《赉》《桓》《般》《酌》等篇差异明显。早期的几首诗篇，句法简古，往往两个句子为一个意群，但在《载芟》《良耜》中，则多有三句组成的意群，可视为对两句结构的突破。又如《载芟》"有嗿其馌，思媚其妇；有依其士，有略其耜"，中间固然可以用句号，但是用分号点逗，或许更可显示出前后两句相互密接的并列结构。句子越造越活络巧妙，这也应当视为后出转精的表现。还有一点更为重要，即《载芟》篇结尾处"匪且有且，匪今斯今，振古如兹"，《良耜》篇结尾处"以似以续，续古之人"[①]，"述往事"为的是"思来者"，其言外之意就是叮嘱今人对传统谨守勿失。很明显，《载芟》《良耜》等增加了一层对农耕之事反思的意味。这也当是后起的意识。对传统的强调，正是下面将要讨论的问题。

《载芟》《良耜》之外，《周颂》中还有一首农事诗篇即《臣工》。据篇章风格显示，其时间要比《载芟》《良耜》早。郭沫若说："这诗的时代不敢定，大约和《噫嘻》相差不远，因为风格相同，而且没有韵脚。"[②]郭说可从[③]。《臣工》与《噫嘻》的耕种相对，是关于收获的篇章。就诗篇"如何新畬"和"於皇来牟"的问答看，

---

① 《毛诗正义》卷一九，《十三经注疏》第1册，中华书局，2009年，第1300页。

② 郭沫若《由周代农事诗论到周代社会》，《郭沫若全集·历史编》第1卷，人民出版社，1982年，第408页。

③ 于省吾认为《臣工》不类周初作品，怀疑为后人所补苴（参见《泽螺居诗经新证》卷上，中华书局，1982年，第79页）。实际上，要说"不类"，《载芟》和《良耜》才是真正的不类。《臣工》读来既不像西周早期诸诗那样古奥，也不像《载芟》《良耜》那样畅快明朗，时间处于两者之间，应该属于西周早期，或许将其视为西周早期偏晚阶段更合适。

应该是王者关心作物长势和收成的内容；诗篇最后“命我众人，庤乃钱镈，奄观铚艾”的语句，应该是王者在了解情况后，所下的关于“来牟”收割的动员令[①]。《臣工》与《噫嘻》的相似性，还在其都关注春种秋收的生产，保持着朴素的观念。

再来看《小雅》中的《楚茨》《南山》《甫田》和《大田》四首诗篇的时代。在《毛诗》中，这几首诗是编排在所谓“变雅”之中的，按照文本排序判断诗篇年代、讨论诗篇内容的《毛序》，因诗篇在“变雅”，即以“君子思古”来解释这几首诗篇，以为诗篇以“谲谏”（即借古讽今）的方式抨击现实。但是，朱熹在其《诗序辨说》中说：“自此篇（引者按，即《楚茨》）至《车辖》，凡十篇，似出一手，词气和平，称述详雅……而绝无一言以见其为衰世之意也。窃恐‘正雅’之篇有错脱在此者耳。”[②]朱说可信，因为从整体的风调看，确实“无一言以见其为衰世之意”，一点也不像那些西周晚期情绪激烈、“无言不疾”的诗篇[③]。

四首诗篇的具体年代，还可从诗篇自身语言和内涵两方面确定。在语言层面，四首诗篇都出现了西周中期的语词。例如一些祝福的语词：“万寿无疆”，见《楚茨》《信南山》《甫田》；“万寿攸

---

① 《毛诗正义》卷一九，《十三经注疏》第1册，中华书局，2009年，第1272—1274页。《毛序》言此诗“诸侯助祭，遣于庙也”，明显与内容不合。“臣工”一词固然可以指诸侯，但此处上下文相约，不容作“诸侯”解。

② 朱熹：《诗序辨说》，朱熹集撰，赵长征点校：《诗集传》，中华书局，2017年，第48页。

③ 《楚茨》篇《序》言：“刺幽王也。政烦赋重，田莱多荒，饥馑降丧，民卒流亡，祭祀不飨，故君子思古焉。”（《毛诗正义》卷一三，《十三经注疏》第1册，中华书局，2009年，第1003页）认为诗人以“思古”的方式，委婉地批评幽王不重视农耕。这样的说法禁不起推敲，因为在西周，抨击现实的诗篇数量不少，“谲谏”的方式也有，如《大雅·荡》即托言周文王抨击商纣王的政治以表达对现实的强烈不满。即便这样的“谲谏”，也与其他抨击现实的诗篇一样，难掩其愤怒不平的锋芒，时代特征十分明显，与《小雅》的《楚茨》《信南山》《甫田》《大田》四篇的平和典雅相去甚远。

酢”“使君寿考”，见《楚茨》；“寿考万年”“曾孙寿考”，见《信南山》等。这些语词出现于西周金文中，绝不早于西周早期、中期之交的若干年[①]。当然，从道理上说，这些中期的语词在西周后期或更晚也还可以用，可是就《诗经》农事诗篇而言，《国语·周语上》说“宣王即位，不籍千亩”，因籍田礼被废止，相应的诗篇写制自然也无从说起。另外在风格内容上，四首诗篇也不能断为西周晚期作品。此外，几首诗篇中还有些词语，既可从语词层面看，也可从内涵层面看。首先是《信南山》“信彼南山，维禹甸之”[②]中的“禹”，诗句是说“南山”下的田野是禹开垦的，“曾孙”承的是大禹的事业。“禹”的出现，也可印证时代。近年出现的西周中期器铭《遂公盨》专言禹治洪水，如“天命禹敷土，随山濬川”云云[③]。言大洪水和禹治水的还有传世文献，如《尚书·尧典》，近年来也有学者将《尧典》与《尚书·吕刑》对读，且根据金文语词文法等资料论证《尧典》为西周中期文献[④]。也就是说，就今天所见的文献而言，大禹治水是一个西周中期开始流行的话题，可以为诗篇断代提供依据。另外，《楚茨》篇结尾“子子孙孙，勿替引之”[⑤]的嘱告也是证据。前言《载芟》《良耜》也有类似的结尾，此篇的“勿替引之”显示了同样的观念，是诗篇时代相近的表征。

---

① 徐中舒：《金文嘏辞释例》，《徐中舒历史论文选辑》，中华书局，1998年，第502—564页。徐中舒的研究虽在许多年前，但案验后来大量的西周金文，其说至今仍然可信。

② 《毛诗正义》卷一三，《十三经注疏》第1册，中华书局，2009年，第1010页。

③ 铭文文字与篇名均采自李学勤《中国古代文明研究》（华东师范大学出版社，2005年，第128页）的释读。

④ 拙文《〈尧典〉的写制年代》，《文学遗产》2014年第4期。另外，岳红琴《〈禹贡〉成书西周中期说》（《学海》2006年第2期）也以《遂公》铭文为据，考证《禹贡》的成书年代为西周中期。

⑤ 《毛诗正义》卷一三，《十三经注疏》第1册，中华书局，2009年，第1009页。

在金文中，常见“子孙”“子子孙孙”等嘏词[1]，但“勿替引之”在《殷周金文集成引得》中竟未一见。有幸的是，近年海外回流的青铜器中有伯獄诸器和卫簋四件[2]，学者判断这两组器物的年代均为西周中期的穆、恭之际[3]。在伯獄盘、盉（两器同铭）铭文，伯獄簋铭及卫簋铭结尾处，都出现了“日引勿㚘”之语。其中的“㚘”字，张政烺、李学勤两位先生都隶定为“替”[4]，是可信的。器铭的时间为西周穆、恭时期，可以印证诗篇的年代。

《豳风·七月》的年代判断较困难，诗篇按时序展开一年的耕作、狩猎，强调了农事的艰辛，语带风霜之感。细加体味，颇有教育后人不忘先人吃苦耐劳的意味。诗篇所表属于过往的生活，篇中有些语词如“万寿无疆”和“眉寿”，却是西周中期才有的词语[5]。但诗的时间又不会太晚，不会像一些学者所认为的那样属于春秋时期的作品。因为诗篇“馌彼南亩，田畯至喜”所言为籍田礼仪中的一个环节，而籍田典礼如上所说，至宣王时被废弃，春秋时期的诗篇已然声称“无田甫田，维莠骄骄”[6]了。又如“九月授衣”句的“授衣”，显示的是大家族的生活形态[7]，这种形态大体到西周、东周之交就结束了。综上所述，将诗篇视为西周中期之

① 西周金文中，“子孙”“子子孙孙”也不是从西周王朝一建立就有的，王朝统治稳定，家族世袭，子孙意识渐强，“子孙”“子子孙孙”等词语才随之增多。

② 李学勤：《文物中的古文明》，商务印书馆，2008年，第289—294页；李学勤：《通向文明之路》，商务印书馆，2010年，第192—193页。

③ 李学勤：《文物中的古文明》，商务印书馆，2008年，第289页。

④ 同上书，第291页。

⑤ 朱凤瀚在其《商周家族形态研究》（商务印书馆，2022年，第496页）一节中有同样的看法。

⑥ 《毛诗正义》卷五《齐风·甫田》，《十三经注疏》第1册，中华书局，2009年，第747页。

⑦ 朱凤瀚说：“约西周末期，农民仍是以一种规模较大的家族为经济单位。”（《商周家族形态研究》，第496页）“授衣”，即大家族向自己的成员发放御寒之衣，就属于这样的现象。

作，并非全无凭据。

二、诗篇所附的礼仪

以上考订《诗经》农事诗年代，现在再来看这些诗篇所依附的礼仪。简而言之，这些诗篇多为籍田典礼的乐歌。关于籍田典礼起于何时，学术界还有不同看法[①]，但周人从王朝建立开始就对其十分重视，且视之为祖先所创立的，这是确定无疑的；籍田典礼延至西周晚期而废弃，这也是载在典籍的。关于此礼，出土和传世文献都有记载。出土文献如西周早期令鼎铭文有“王大耤农于諆田”（《集成》2803）之语，稍晚于令鼎的𢦏簋铭文也有“令女（汝）作司土，官司耤田”（《集成》4255）[②]的内容。另外，新出战国文献“清华简”《系年》第一章明言周武王“作帝钕（藉）”，又言因周宣王“弃帝”而致西周灭亡[③]。传世文献主要见于《国语·周语上》和《礼记·月令》，《国语》记载较详细，“及籍，后稷监之，膳夫、农正陈籍礼，太史赞王……王耕一坺，班三之，庶人终于千亩”是典礼的核心内容。《月令》言“天子亲载耒耜……躬耕帝藉”，与《国语》所说相合[④]。两份文献都强调周王在春天特定日子亲自下地耕种，以为万民表率，是典礼的重点与高潮。“籍

① 关于籍田礼的起源，学者有不同说法（参见宁镇疆：《由清华简〈系年〉“帝钕”申论周代“籍田”、“籍礼”的相关问题——兼说商代无“籍田”及“籍礼”》，李守奎主编：《清华简〈系年〉与古史新探》，中西书局，2016年，第176—184页）。

② 中国社会科学院考古研究所编：《殷周金文集成》，中华书局，1984年，第5册，第198页；第8册，第186页。

③ 清华大学出土文献研究与保护中心编，李学勤主编：《清华大学藏战国竹简（贰）》，中西书局，2011年，第136页。

④ 《国语集解·周语上》（修订本），中华书局，2002年，第18—19页；《礼记正义》卷一四，《十三经注疏》第3册，中华书局，2009年，第2936页。此外《礼记》《吕氏春秋》《国语·鲁语》等还有一些零星说法，兹不具引。

田”之“籍”，郑玄解释说：“籍之言借也，借民力治之，故谓之籍田。”①“籍”字见甲骨文，为执耒耜插地的意思。周王亲自执耒耜劳作，其实只是仪式中的表演行为，《国语·周语》所说的“庶民终于千亩”才是实情，这与“籍之言借”也不矛盾。王亲自下地耕种，应该是为了表示对农耕的高度重视。如上所言，王者的亲耕是籍田礼仪的高潮，而就《国语》的记载来看，籍田典礼还有其延伸部分，如亲耕之后各级官员由小到大的“徇”（视察农事）以及王的“大徇”等。《国语》还说：“耨获亦如之。”②是说在田间管理及收获的环节中，都有像亲耕那样的典礼，只是礼数轻重有别。

据此，可以观察雅颂各农事诗篇与籍田典礼的关联。《周颂·噫嘻》先言“昭假”“成王”，继而言“率时农夫”“终三十里”的耕种，周王的亲耕当然在籍田之上，这也是现代学者的共识。《臣工》篇是“来牟”收获的动员令，歌唱所依附的礼数应该与“耨获亦如之”的“耨获”礼数相关。《周颂·载芟》篇《毛序》言：“春籍田而祈社稷也。”③承认诗篇与“籍田”有关。诗篇中“侯主侯伯”的劳作，也应与《噫嘻》中的“率时农夫”所表一致。但是，通观这首诗篇的内容，《毛序》言“春籍田而祈社稷”是有问题的，因为诗篇不仅表春耕，在耕种之后还有“实函斯活，驿驿其达。有厌其杰，厌厌其苗”等对作物生长的描述，且结束于“为酒为醴，烝畀祖妣，以洽百礼”等关于年终祭祀的言说④。不太长的诗篇，却囊括了从耕种到收获再到祭献祖先的全过程，《毛序》“春籍田而祈社稷”之言明显与诗的内容不符。那么，诗篇所依附

① 《毛诗正义》卷一九，《十三经注疏》第1册，中华书局，2009年，第1296页。

② 《国语集解·周语上》（修订本），中华书局，2002年，第20页。

③ 《毛诗正义》卷一九，《十三经注疏》第1册，中华书局，2009年，第1296页。

④ 《毛诗正义》卷一九，《十三经注疏》第1册，中华书局，2009年，第1296—1298页。

的典礼究竟是什么？朱熹《诗集传》看出《毛序》之说的偏颇，至于诗篇所附礼数却说“此诗未详所用”[①]。诗篇“所用”果然不可“详”吗？不是。就诗篇的题材而言，其实是一首祭祖篇章。既然是祭祖篇章，又何以从耕种写到收获再写到献祭？《礼记·祭统》说：“天子亲耕于南郊，以共齐（粢）盛（引者按，即献祭的食粮），王后蚕于北郊，以共纯服。……身致其诚信，诚信之谓尽，尽之谓敬，敬尽然后可以事神明。此祭之道也。”[②]这正是理解诗篇的关键。周天子的敬献是否虔诚，不仅要看他祭祀时的礼仪是否合度，还要看他所敬献的粢盛是否为他亲耕籍田所得。是，才算“尽志”，才算虔诚。这是理解各农事诗篇的关键。《载芟》这一祭祖的诗篇之所以从耕种写到收获，其实不外乎表示周王亲自参与了稼穑的全过程，现在进献的“粢盛”是他亲自劳作所得。于是，祭祖的诗篇就与籍田的劳作产生密切的关联，正是为表明这样的关联，才成就了《载芟》一诗别致的结构。作为《载芟》姊妹篇的《良耜》，其谋篇布局也一样。理解《载芟》的逻辑，也就理解了《楚茨》与籍田劳作的关联。

《小雅》几首农事诗与籍田礼的关系同样密切。《楚茨》开篇即言“自昔何为，我蓺黍稷”；之后是对籍田收获的述说，即“我黍与与，我稷翼翼。我仓既盈，我庾维亿”；继而延伸到年终的祭祖，即“以为酒食，以享以祀，以妥以侑，以介景福”。也就是说，诗篇第一章的构思与《周颂·载芟》如出一辙，其实就是交代献祭祖先的粢盛来自籍田的躬耕。篇中“钟鼓”的使用，以及“皇尸”和“君妇”的称谓，无不指向王家典礼[③]。也就是说，《楚茨》中献

① 朱熹集撰，赵长征点校：《诗集传》卷一九，中华书局，2017年，第355页。

② 《礼记正义》卷四九，《十三经注疏》第1册，中华书局，2009年，第3479页。

③ 《毛诗正义》卷一三，《十三经注疏》第1册，中华书局，2009年，第1004—1008页。“君妇莫莫”句，《郑笺》云“君妇，谓后也”，也承认君妇即王后。

祭的主人就是周王，也就是《载芟》“侯主侯伯”中的身份最高者。《信南山》言“曾孙田之”，又言“曾孙之穑”，曾孙即周王①。《甫田》《大田》言“曾孙来止，以其妇子”，都是说周王率领家人来到籍田；《甫田》言曾孙“以御田祖，以祈甘雨”，《大田》言“来方禋祀”②，都表现周王来到籍田上的活动。诗篇强调“曾孙田之”“曾孙之穑”，需要同《信南山》“信彼南山，维禹甸之。畇畇原隰，曾孙田之”③联系才能准确理解。“曾孙”云云不外是说周王继承的田地有其神圣的渊源，就籍田是从大禹那里传下来的而言，籍田就是历代王者神圣的私田。如此，《周颂·噫嘻》“骏发尔私”的“私”字也可以得到解释。

综上所述，不论是西周早期还是中期，农事诗篇多与籍田典礼相关。换言之，诗篇不论是祭祖，还是号令农事，都会涉及籍田典礼。籍田典礼绾合着农事及某些年终祭祖的诗篇，是本文将这些农事、祭祖诗篇统合在一起的理由。下面我们就来看其间意蕴的变化。

三、从亲耕到尊祖

同属籍田典礼，西周早期和中期的农事诗篇所表达的意蕴却

---

① 古代王者祭祀有自称“曾孙”的现象。朱熹解“曾孙”一词，引《礼记·曲礼》“曾孙某侯某”为证，说：“武王祷名山大川曰‘有道曾孙周王发’是也。”（《诗集传》卷一三，中华书局，2017年，第242页）又，《礼记·郊特牲》：“祭……称曾孙某，谓国家也。”（《礼记正义》卷二六，《十三经注疏》第3册，中华书局，2009年，第3157页）又参见孙作云：《诗经与周代社会研究》，中华书局，1966年，第367页。

② 《毛诗正义》卷一四，《十三经注疏》第1册，中华书局，2009年，第1020、1024、1018、1024页。

③ 《毛诗正义》卷一三，《十三经注疏》第1册，中华书局，2009年，第1010—1011页。

大有分别。读早期《噫嘻》《臣工》两首农事诗，可以感受到的是王朝对农耕的重视，就是说典礼的意义即在促进农事生产。《噫嘻》唱周王“率时农夫”的亲自耕种，《臣工》表现王者对收获的重视，两首诗以典礼的方式表现春种秋收，宣示农耕大政。除此以外，两首诗篇再无表现。籍田的典礼，照《国语》和令鼎铭文所载，在王的亲耕前后，还有许多的礼数如祭奠、射箭、荐鬯、飨醴等环节[①]。可是《噫嘻》一上来就是“噫嘻成王，既昭假尔”，一个“既”字，将典礼中的次要环节抛在诗篇之外，直奔“率时农夫，播厥百谷”的主题，且不忘对“终三十里”“十千维耦”等大场景的交代，以突出王与万民同事耕作的效率。这让人相信，在西周早期人的心目中，耕种才是典礼的重点。农耕就是农耕，周王亲自率领的劳作效率极高；至于典礼，可以有许多的神事活动相伴，但周王躬身籍田典礼的目的并不在神明方面，而在显示王者重视农耕的意志，从而促进农事生产。正因如此，诗篇在表现上单刀直入，以突出典礼的意义。《臣工》如上所说，也可能属于籍田典礼。诗篇先言“嗟嗟臣工”，又言“嗟嗟保介”，郑重提醒与农事相关的各级大臣，提醒他们“王厘尔成”，即周王要验看大小臣工在农事方面的工作成效。诗篇的重心应该是后半部分“如何新畬”开始的若干句，首先询问新田旧亩上的“来牟”长势如何，得到“迄用康年”的回答后，则是“庤乃钱镈，奄观铚艾”的命令。这正是说此诗是“来牟”收割动员令的原由。《臣工》与《噫嘻》一样，内涵单纯，重在生产，指向分明。这就是早期农事诗篇的质朴风格。

西周中期农事诗篇则不然，它们有了新的关注点。《信南山》言“曾孙田之”，《甫田》《大田》又都激动地写道“曾孙来止”，表

---

① 据令鼎铭文，亲耕典礼还有饮食、射箭等其他环节。按《国语·周语上》虢文公的说法，亲耕之前其他环节的内容还要复杂一些。

明周王来到籍田，也成了重大之事，成为诗篇首先加以表现的内容。《载芟》《良耜》描述王的劳作表演也是如此。此外，与农事相连的各种祭祀是一个新的关注点。《载芟》《良耜》两诗虽然也用了相当的篇幅写了耕种行为及作物的生长、收获，但其结尾却指向了祭祀，指向了祖先和其他与农事相关的天地神灵，将农事与祖宗、神祇相联。《载芟》为祭祖的献歌，《小雅》中的《楚茨》更专门展现了以籍田收获献祭祖先礼仪的全过程，仿佛是对《载芟》“为酒为醴，烝畀祖妣”祭祖仪式的具体化。诗篇反复言“曾孙来止”，即来到了籍田之上，然而这“来止”的“曾孙”已不是《周颂·噫嘻》的“率时农夫，播厥百谷”，而是主持祭祀。这是诗篇新增的兴趣点，仿佛找回了《噫嘻》篇“既”字之后省略的部分。与此相伴，是诗篇对周王亲自劳作表演的虚笔带过。诗篇关注周王的活动也有了新的兴趣点。在《信南山》共六章的诗篇里，实事只在第四章：“中田有庐，疆埸有瓜。是剥是菹，献之皇祖。曾孙寿考，受天之祜。”可知诗篇所依附的典礼为“尝新”之礼[1]。在由四章组成的《甫田》中，“曾孙”籍田上的活动也只在第二章中有所表现：“以我齐明，与我牺羊，以社以方。我田既臧，农夫之庆。琴瑟击鼓，以御田祖。以祈甘雨，以介我稷黍，以谷我士女。”即主持献祭神灵“以祈甘雨”。至于《大田》，“来止”的“曾

① 《毛诗正义》卷一三，《十三经注疏》第1册，中华书局，2009年，第1011页。四时观念形成于商代（参见胡厚宣：《甲骨学商史论丛初集（外一种）》下册，河北教育出版社，2002年，第806页），西周时的四时祭祖礼见《小雅·天保》“禴祠烝尝，于公先王”二句。而所谓“尝”，又称“尝新”，即以新收获的食粮或瓜果献祭祖先。关于此诗为“禴祠烝尝”的“尝”礼，南宋王质《诗总闻》已有明确的判断。王质说：“《楚茨》，烝尝之祭也，其仪差详；《信南山》，荐新之祭也，其仪差略。”（《诗总闻》卷一三，《丛书集成初编》第3册，中华书局，1985年，第226页）

孙”也还是主持典礼:“来方禋祀，以其骍黑，与其黍稷。”[①]即以赤、黑两色的牺牛以及黍稷，献祭四方神灵，报答神灵之恩，以祈来年之岁。这应该是一年农事活动即将结束时的田间礼数。

这样的兴趣点转移意味着什么？由《良耜》《信南山》《甫田》和《大田》所表现的对天地神灵的祭祀，以及《载芟》《楚茨》以籍田所获隆重祭祖可以推知：在此时的周人眼里，农耕不仅是生产，还与天地神灵相关，与祖先相连。换言之，农耕及围绕着耕种的所有礼仪都是祖宗创立的古老传统，必须全面遵循。这意味着思考单元的变化，农耕已经由生产之事升级为维系生存的传统。农耕不仅是生产与生活，农耕中还有祖先留下的维系族群兴旺的生存法则。这一点可从《载芟》《良耜》及《楚茨》的结尾叮嘱得到验证，“匪今斯今，振古如兹”“以似以续，续古之人”“子子孙孙，勿替引之”都是在强调传统的古老与不可丢失。于是，从这些农事诗特别是《载芟》中，可以读出两种时间追溯的叠加：一是通过作物的耕种、生长、收获与祭献，显示祭祖“粢盛”之所得，指向的是年终祭祀；一是“振古如兹”的年复一年，渊源古老，其来有自，指向的是祖宗。两种时间的叠加所突出的是传统以及对传统的遵循。此传统之所以必须遵循，是因为耕种与收获并非单纯的人的劳作，它在天地之间进行，还有各种神灵的帮助乃至护佑。艰辛的劳作及天地神恩才是农事的全部。更重要的是，这样的传统创自祖先，就是说从祖先开始周人就对如何在天地间完成一年丰饶（夸赞收获的丰饶是中期雅颂农事诗篇的常态）的农耕事业有了完美的方式，坚韧的劳作与虔诚的神事，就是这个传统的核心。周人所以强盛，所以有“斯今”，全赖于此。可是，难道在《噫嘻》的年代，古人就不认为与神灵合作可获丰饶吗？当

① 《毛诗正义》卷一四，《十三经注疏》第1册，中华书局，2009年，第1018、1024页。

然不是，在早期的籍田典礼上也有各种神事活动，然而诗篇对典礼的内容却未加表现，这应该说明的是西周早期意识的单纯：农耕就是农耕，各种天地神祇固然重要，却都不能与劳作相比，都只是辅助的作用。也就是说，那时候高度重视农耕，还没有将农耕与“祖宗的事业”相关联，还没有将农事发挥出“传统”及“遵循传统”的意义。西周早期与中期的不同，就在其意识单元的变化。这在西周近三百年诗篇创作上，不是孤立的现象。

耕种籍田就是继承祖业，而籍田上从亲耕到之后的各种“耨获”之礼，都承载着祖宗创立大业的传统。祖先不仅重视农耕，而且创立了与天地神灵合作的各种礼仪。遵循祖先礼仪，在祖先面前展现自己对礼仪的严格遵守，就是遵循传统。这样的意识，不仅影响了《信南山》《甫田》及《大田》对农事典礼的表现，也决定了《小雅·楚茨》这首表现年终祭祖礼仪诗篇的出现。农耕传统创自祖先，于是年终祭祖就是农耕岁时神事活动的高潮，最为隆重[①]。《楚茨》全诗六章，第一章与《载芟》思路一样，先从耕种说起，并总言以“粢盛”敬祖可获福佑。之后三章展现祭祀的仪程：第二章写男性子孙以牛羊献祭，为生食祭献；第三章写以食粮蒸煮的熟食献祭，还特别表现女主人“执爨”操办的恭谨。祭祀先生后熟，体现的是古代生存方式从狩猎为主到农耕为主的变化，所不同的是《楚茨》的祭品是牛羊，是畜牧所得（周人也重视畜牧业，也有相应的典礼，只是不如农耕礼仪隆重）而非狩

① 《周颂》中还有一首年终祭祖的诗篇《丰年》：“丰年多黍多稌，亦有高廪，万亿及秭。为酒为醴，烝畀祖妣。以洽百礼，降福孔皆。”（《毛诗正义》卷一九，《十三经注疏》第1册，中华书局，2009年，第1281页）这是专表献祭祖先的诗篇。再加上《载芟》《楚茨》，很明显年终祭祖要比其他时令的祭祀隆重。另外，从甲骨文可知，西周以前有关农耕的神事活动，对天地神灵的敬拜是十分隆重的。这点周代还保持着，如《良耜》所言，就有早于周人的古老渊源（参张政烺《殷契“劦田”解》，《甲骨文与殷商史》第1辑，上海古籍出版社，1983年），但与祭祖典礼相比，其礼仪的繁富是明显逊色的。

猎所得。年终祭祖之所以隆重，就在于生食熟食同时进献。第三章结尾还特意交代仪式过程中祭祀者的“礼仪卒度，笑语卒获”，即礼仪言行是否遵循规范，是祭祀成败的关键。祖先在场，就是要检阅子孙是否能严格遵守崇高的礼仪。以上两章展现献祭，之后第四章则展现“工祝致告”，即由专业神职人员来传达神对祭祀的满意及其对子孙的“卜尔百福”。接下来的一章是过渡性的，先写恭送祖灵回归，继而是祭祖之后的另一项重要内容——与祭子孙们的“诸父兄弟，备言燕私”。其实就是用祭祖的祭品款待兄弟族人，分享祖先的祭品。最后一章既言“既醉既饱，小大稽首”，又发出谆谆告诫：“子子孙孙，勿替引之。”①

寻绎诗篇，可以发现它由两个意义单元组成：前一个单元陈述以包括籍田所产在内的祭品献祖，可以获得福佑；后一个单元则表达祖先献祭加强族人团结的功能。前者是对创立大业的祖先的感恩，同时也是对未来福祉的祈求；后者则是遵循祖业、敬重祖宗的现实意义，即凝聚族群以继续生存。祖先、祖宗之业必须“勿替引之”，是因为“替引之”即意味着丰饶不再、族群散亡。这便是当时意识到的“传统”的要义。《楚茨》与其他几首农事诗还有一个重要的区别，即用相当的篇幅来表现礼仪的程序，如第二章“或剥或亨，或肆或将”“祝祭于祊”；还特别强调对礼仪规程的奉行不违，如同一章的“卒度”“卒获”句。这突出的是典礼的仪式程序，为其他同题材诗篇所无。于是，遵循传统就变成了遵从礼仪，而隆重的礼仪正以祖先为中轴，连接了生产，连接了祖先创立的各种天地神祇的祭奠，连接了族群的凝聚力。遵从礼仪，正是为了保有传统，延续族群命脉。“匪且有且，匪今斯今，振古如兹”“子子孙孙，勿替引之”等句，都是在叮嘱不可丢失礼仪中

① 《毛诗正义》卷一三，《十三经注疏》第1册，中华书局，2009年，第1004—1009页。

保存的祖先留下的有关农耕的整套行为方式。祖先代表着农耕的神圣性，年终祭祖就是以典礼的方式亲近祖宗，体认祖宗创立的生存法则。换言之，祭祖作为精神法宝的要义，即在于以仪式复活祖先的法则，在“卒度”“卒获”的祭拜仪式中与祖先达成精神联系，从而“记住传统”[①]。

这种要被“记住”的“传统”，又是属于全体周人的。从西周早期的《噫嘻》到中期的农事诸篇，周王都是耕种的领袖。虽然《小雅·楚茨》的年终祭祖没有点明所祭为哪一位祖宗，但由上所述，可以理解为自始祖后稷之后的各代先王都是如此。《尚书·无逸》说“稼穑之艰难”[②],“艰难”是农事必须面对的。既然如此，周人在祭祖时用诗篇教训子孙们不忘祖先，陈述先民如何“艰辛”地从事农耕劳作，就该是题中应有之义。因此，笔者怀疑《豳风·七月》就是周人祭祖时陈述老辈如何艰苦卓绝从事农耕的篇章。诗的主观立意如此，其客观的价值却远远不限于此，因为其表现的是一个人文群体的农耕事业，艰辛而又美好。诗篇最终展示了这样的文化景观：先民步武着大自然快速流转的节律，有条不紊地耕稼狩猎，时令的律动与劳作的步伐严密合拍。这形成诗篇特有的大韵律，是诗篇最见神采的地方。

四、祖德与政治

遵循祖先的农耕传统，生活可获丰饶，族群可得兴旺，这是农事祭祖诗的内涵。但祖宗传统只意味着丰饶和建立在岁时丰饶

---

① 参见［德］扬·阿斯曼著，金寿福、黄晓晨译：《文化记忆：早期高级文化中的文字、回忆和政治身份》（北京大学出版社，2015年，第85—86页）关于“仪式的一致性”的论述。

② 孔安国传，孔颖达疏：《尚书正义》卷一六，《十三经注疏》第1册，中华书局，2009年，第470页。

之上的兴旺吗？若独立解读上述农事诗，当然如此；但若将此理解为诗人将农事与周人祖德联系的全部意味，则是不全面的。西周诗人强调农耕传统由祖先创立，绝非如此简单。

这里，需要再注意一下《周颂·载芟》“振古如兹”一句。“振古”可以“振”至何时？回答是可以“振”至始祖后稷。《诗经·大雅》不正有歌颂始祖后稷的《生民》吗？还不止于此，在《周颂》中还有一篇《思文》颂扬后稷的伟大功德①。《生民》是一首宣扬始祖伟大功绩的“史诗”，周人认为后稷之所以有伟大功绩，是因其有天赐的稼穑本领。不过，让人想到《生民》与农事祭祖诗篇存在关联的，还是其结尾：“后稷肇祀，庶无罪悔，以迄于今。”这与“匪今斯今，振古如兹”和“子子孙孙，勿替引之”的叮嘱，不很像是有意在作呼应吗？更当引起注意的是，述说祖先功德的八章，从第六章结尾的“以归肇祀”开始，用了两章的篇幅表述后稷肇始祭祀礼仪，且用一句意味深长的设问开始：“诞我祀如何？”很明显这是提醒后稷的子孙关注始祖所“肇”祭典的仪式规程，其实也就是严格遵守始祖典仪意识的表露，与《楚茨》篇相通。那么，“我祀如何”？诗篇用第七章和第八章自答：“或舂或揄，或簸或蹂。释之叟叟，烝之浮浮。载谋载惟。”“卬盛于豆，于豆于登。其香始

① 关于这两首诗的创作年代，这里不能多谈。关于《大雅·生民》的创作年代，仅举其描述农作物生产的段落：“茀厥丰草，种之黄茂。实方实苞，实种实褎。实发实秀，实坚实好。实颖实栗。”其年代与《载芟》《良耜》相近，也是大致可确定的，而诗篇强调后稷“即有邰家室”和“后稷肇祀”的功德（参见《毛诗正义》卷一七，《十三经注疏》第1册，中华书局，2009年，第1142—1143、1146页），可以与雅颂农事诗篇将农耕事业推本祖先联系起来思考；其详细陈述后稷所“肇”之“祀”的献祭仪式，与《载芟》的“振古如兹”和《楚茨》篇的详细祭祀仪程是相通的，可以互相取证。据此可以判断，《生民》时间距上述其他农事诗篇相去不会太远。至于《思文》的语句较诸《周颂》中那些可信为早期诗篇如《般》《酌》《武》等篇更为流畅，也可佐证其时代偏晚。退一步言之，即便这些雅颂诗篇与《楚茨》等不是同时期的，因其属于同一文化背景，也可以用来互相说明。

升，上帝居歆，胡臭亶时。后稷肇祀，庶无罪悔，以迄于今。”[①]前一章是对献祭仪式的述说，与前面的设问相符；后一章“庶无罪悔，以迄于今”两句，则表明严格遵循始祖创立的祭典仪程（请注意，不是农耕，也不是王者亲耕，而是始祖创建的仪式及子孙对仪式的遵守），才使得周人发达至今。祖先“肇祀”所含的一切都是神圣的法典，这不又是与《小雅·楚茨》一样的调子吗？一首讲述始祖耕稼功德的诗篇，其结尾指向的却是礼仪！

《生民》言及后稷，主要强调的是后稷对周人族群的创建之功，《周颂·思文》则是言后稷功德泽被天下苍生。诗曰：“思文后稷，克配彼天，立我烝民，莫匪尔极。”[②]其中最要紧的是“立我烝民”一句，“烝民”即天下苍生。孤立地读这样的句子，很让人觉得它莫名其妙，难道没有后稷天下人就没有粮食吃，就不能“立”（存活）？其实，诗篇这样讲是有其特定的话语背景的。《尚书·皋陶谟》载禹之言曰：“洪水滔天，浩浩怀山襄陵；下民昏垫。予乘四载，随山刊木……暨（及）稷播奏庶艰食（引者按，“艰”一本作“根”；根食，即粮食）鲜食……烝民乃粒，万邦作乂。”[③]大意是说禹与后稷在洪水过后耕种，万民才得到粮食。人们可以继续相信《皋陶谟》的写成年代甚晚，却不可再当它全是后儒向壁虚造，因为“禹敷土”已见于西周中期的铜器铭文，《信南山》已有“维禹甸之”，而“洪水芒芒，禹敷下土方”又见于《商颂》[④]，后稷

① 《毛诗正义》卷一七，《十三经注疏》第1册，中华书局，2009年，第1144—1146页。

② 《毛诗正义》卷一九，《十三经注疏》第1册，中华书局，2009年，第1271页。

③ 《尚书正义》卷五，《十三经注疏》第1册，中华书局，2009年，第296页。

④ 如《诗经·商颂·长发》“洪水芒芒，禹敷下土方”（《毛诗正义》卷二〇，《十三经注疏》第1册，中华书局，2009年，第1350页）之句。《商颂》年代有争议，有商代说、西周说和春秋宋襄公时期说。笔者相信，王国维《说商颂》“宗周中叶”说最合理（参见拙著《〈诗经〉的创制历程》，中华书局，2022年，第226—239页）。

“封殖天下”也见于《左传》中人的言说。如此,《皋陶谟》关于洪水、禹治水、后稷种粮的文字即使晚出，也当有其古老的渊源。那么“立我烝民”究竟说的是什么？说的就是周人始祖在大洪水之后的人文重建时期，立下了“烝民乃粒”的大功。诗句不是说后稷发明农业，也不是说没有后稷人们就不能吃粮，而是说在“怀山襄陵”的毁灭性大洪水后，周人始祖提供食粮的拯救之功。大洪水冲毁了一切，于是需要再造文明，再造过程中夏人始祖禹平了水土，而周人始祖则追随着大禹种植了庄稼，实际就是恢复了“粒食”的文明生活。司马迁说:“《尚书》独载尧以来。”①实际《皋陶谟》(还包括《尧典》)不是讲“开天辟地”的神话文献，而是述说文明再造伟大壮举的英雄篇章。周人将“立我烝民，莫匪尔极”这样的夸赞献给自己的始祖，其实只是因为如下见于《国语·郑语》的观念:“夫成天地之大功者，其子孙未尝不章，虞、夏、商、周是也。虞幕能听协风，以成物乐生者也。夏禹能单平水土，以品处庶类者也，商契能和合五教，以保于百姓者也，周弃能播殖百谷蔬，以衣食民人者也，其后皆为王公侯伯。”②始祖“立我烝民”的大德，是后世子孙为“王公侯伯”理所当然的福报。这在《诗经》中也不是独立的现象，如《周颂·维天之命》以及《大雅》的《文王》《皇矣》《大明》等篇，宣示的是“文王之德”，那是从“天—人”的垂直角度确证周人统治的合法性;《周颂·思文》和《大雅·生民》等讲始祖的诗篇，则从纵深的历史向度确定周人政治的功德根基。这都很难说是信史，尤其是关于后稷的述说。

① 司马迁:《史记》卷一《五帝本纪》，中华书局，1982年，第1册，第46页。

② 《国语集解·郑语》(修订本)，中华书局，2002年，第466页。

周人的祖先谱系从始祖到周文王才十五代[1]，从年代上无论如何都回溯不到传说中的尧舜时期。可是，这里不能讲历史真实与否（包括洪水之后的各种贤能人物），因为这只是周人出于特殊目的的认定。所谓的特殊目的，就是周人要将自己的族群搭挂在尧舜禹这样一个伟大文明序列的马车上，从悠久的历史水平向度证明周贵族统治天下的其来有自。由此，再看西周中期的农事诗篇，可以更清楚地理解诗篇强调传统和祖德究竟意味着什么。遵循祖先创立的农耕传统，不仅意味着丰饶和兴旺，还意味着周人政治合法性的基础。正因如此，才必须坚守农耕，坚守周人族群的特殊性。

同时，这也是族群在文化上的自我认同。上举《国语·郑语》中讲虞、夏、商、周始祖的功德是各有特性的，如虞幕“听协风”，商契“和合五教”。相对可信的西周穆王时期所作的《尚书·吕刑》篇，在表述“皇帝”派“三后”治理人间时，也说是“伯夷降典，折民惟刑；禹平水土，主名山川；稷降播种，农殖嘉谷”[2]。伯夷、禹及后稷等不同族群领袖也是各擅其能，各有功勋。此外，《国语·晋语四》还有“黄帝以姬水成，炎帝以姜水成。成而异德”[3]之说。在这种辨别族群的意识中，也可以看到包容的意味。掌握天下大权的周人并不否认其他族群各有其获得天下的根源。

---

① 《国语·周语下》：“自后稷之始基靖民，十五王而文始平之。”（《国语集解》［修订本］，中华书局，2002年，第100页）《史记·周本纪》载自后稷至周文王也是十五世，无论如何都与尧舜时代连不上。关于这一点，古来许多学者都有讨论，因而王玉哲《中华远古史》（上海人民出版社，2000年，第426—427页）提出一种推测：周人为夏族之后。另外，《左传·昭公二十九年》载蔡墨之言：“有烈山氏之子曰柱为稷，自夏以上祀之。周弃亦为稷，自商以来祀之。”（《春秋左传正义》卷五三，《十三经注疏》第4册，中华书局，2009年，第4613—4614页）明显与《尚书》之说不同，但更为平实。

② 《尚书正义》卷一九，《十三经注疏》第1册，中华书局，2009年，第528页。

③ 《国语集解·晋语四》（修订本），中华书局，2002年，第337页。

这样的分别意识，显示的是西周多族共处的社会状态[①]，这样的共处是由部族向民族转化的重要开端。既然周人要将本族群历史安装在“尧舜禹”的历史大序列之上，那么从始祖那里表明本族群的特别之处就是必要的[②]。《诗经》大讲后稷“立我烝民”之德就是如此，《豳风·七月》述说先民的农耕稼穑，或许也有显示周人不同于他族的用意。既然始祖负责农耕立下大功，同时也奠定了周人特有的文化品性，那么隆重地祭祀后稷，庄严地遵循其所创立的祭祀仪式，就是有政治方面的考虑的。农事与政治的合法性相关。如此，在表现农事及后稷的诗篇中，“我”字反复出现就不难理解了。《生民》“诞我祀如何”是对“我”子孙的提醒；《楚茨》首章“自昔何为”的问句之后，是“我蓺黍稷。我黍与与，我稷翼翼。我仓既盈，我庾维亿”的排比，连用五个“我”字；《信南山》首章“曾孙田之”之后，紧跟着就是“我疆我理”；此外，还有《甫田》中的“我取其陈，食我农人”“我田既臧，农夫之庆”。单从语法看，一些句子颇感累赘，若联系诗篇强调周人农耕起家的族群特点，诸多的“我”字其实是一种有意味的强调，与“子子孙孙，勿替引之”“匪且有且，匪今斯今”是相通的，不外是强调“我”与他人他族的分别，在分别中坚守自己的文化特性。

五、余论

读《诗经》的农事诗篇，除了上述所言之外，还可以得到如

---

① 这一点传世文献多有显示，出土文献如西周师酉簋铭文即记载王朝有包括“秦夷”在内的多种“夷”的存在，且有专门官员进行管理。

② 这里又涉及这样的问题：周人何以将本族群的文化品性界定为农耕？是因为周人源于黄土高原，还是因为他们的祖先曾经在夏商时期任过农官？这些都还是尚待解释的疑难。但是，将历史上各王朝建立的因果关系视为各自不同的积德，这一点是很特别的，值得进一步思考。

下两点结论：

其一，是文学方面的。本文开篇说《诗经》包含着历史文化的变迁与运动，由上述对雅颂农事诗篇的考察，可知从西周早期到中期，农事诗篇确实在观念和礼仪上发生了显著变化。早期诗篇简古，源于观念的质朴。随着时间的推移，周人对农事典礼的理解也改变了思考的单元，农事是传统，农耕关乎政治法理基础，因此诗篇的表现也变得十分复杂。在书写方面，《噫嘻》《臣工》与《载芟》《良耜》的差异，前面已经揭示过，颇可说明文学时代变化的一般性原理了，而更大的变化还在诗篇新体的出现。西周早期的农事诗只有“颂”，诗篇简古，直指生产。到中期，农事既然与传统、祖德相关，仅有《载芟》《良耜》那样从《噫嘻》《臣工》延续下来的诗篇还不够，于是更全面地宣示农事典礼意义的篇章如《信南山》《甫田》和《大田》也随即出现；为了“记住传统”，就有《楚茨》的写制；为了教育后人先民稼穑不易，于是有《豳风·七月》对农事的陈说。“颂”之外有了那些后来被冠名为“雅”和“风”的篇幅增大的诗篇出现。“颂”唱给神明听，而“小雅”的诗篇则展现人们如何严谨地遵从那些不可或缺的礼仪传统及其包含的生活原则，“风”的篇章则述说周的先民如何以艰辛的稼穑创造美好的生活。这并不是孤立现象，在那些歌颂“文王之德”的诗篇中，雅、颂之间也有类似的关联。与此相关的是“文学性”的增加，简古的诗篇不便叙事抒情，到《载芟》《良耜》，叙写农作物的生产及丰饶已颇有兴味。《小雅》的《信南山》《甫田》《大田》等篇显示，当人们改变了理解农事典礼的思考单元时，文学的视野也随之扩大，以至于有《七月》那样全面审视一年农事的宏篇。这样的宏篇之所以非凡，即在其展现了一个文化人群的生存努力。他们应和着大自然的节律，创造生活，质朴而色泽斑斓，律动中透出刚健。正因为对天地神灵的祭祀，诗篇才有机会表达农人在农耕生活中感悟到的那份天地情愫，以及人在天地间劳作生存的美好。像《信南山》“上天同云，雨雪雰雰，益之以霡霂；既优既渥，既沾既足。生我百谷”，情感何等醇厚！像《大田》“彼有不获穉，此有不敛穧，彼有遗秉，此有滞穗，伊寡妇之利”[①]，只有懂得天地大恩德的人，才会有如此的关爱弱者的温情。观念变迁导致文学表现发生变化，《豳风·七月》和《小雅》的几首农事诗即是典型的例子。

其二，是关于农耕的意义赋予。农耕是一种生业，但是在西周早期就可以看到一种价值的赋予，这就是《尚书·无逸》中周公对“君子”的“先知稼穑之艰难”“知小民之依（艰难痛苦）”[②]的教诲，耕种生产之事已经附着了一些政治的含义。早期周王参与籍田典礼或许与此也有关系。至于中期的赋予，前面已经说了很多。有意思的是，到西周晚期，在宣王即位“不籍千亩”即籍田典礼马上要成为“过去”时，就有人开始对这一典礼进行追寻和反思。这就是《国语·周语上》中虢文公对周宣王的批评。正是有了虢文公这段关于籍田礼的回顾，人们才对此礼有较全面的认知。特别需要注意的是虢文公关于籍田礼所含社会意义的说法：“夫民之大事在农，上帝之粢盛于是乎出，民之蕃庶于是乎生，事之供给于是乎在，和协辑睦于是乎兴，财用蕃殖于是乎始，敦庞纯固于是乎成，是故稷为天官。……若是，乃能媚于神而和于民矣，则享祀时至而布施优裕也。”[③]籍田典礼的意义，涉及籍田所含的人神关系，涉及财政，涉及社会的繁荣，其中特别值得注意的是，涉及社会的和谐与民性的培育。在虢文公的说法中，籍田与遵循传统的关系有所减淡。与此相对的是又出现了新的赋予，那就是“敦庞纯固”的民性培育。农事与品格相关，不是周初所谓

---

① 《毛诗正义》卷一三，《十三经注疏》第1册，中华书局，2009年，第1011页；卷一四，《十三经注疏》第1册，中华书局，2009年，第1024页。

② 《尚书正义》卷一六，《十三经注疏》第1册，中华书局，2009年，第470页。

③ 《国语集解·周语上》（修订本），中华书局，2002年，第15—16、21页。

的政治品格，而是一般民众的品格养育，显示了新的特点。

但这并不是最后一次意义赋予，再晚一些，鲁国的一位贵妇人敬姜言农桑劳作的意义："民劳则思，思则善心生；逸则淫，淫则忘善，忘善则恶心生。"则是对虢文公"敦庬纯固"更具体的说法，而她说古代"圣王"出于教导民众"向义"的目的，"择瘠土而处之，劳其民而用之，故长王天下"[①]。这样的赋予难免极端，也难免是新的偏见。再后来，《商君书》大谈利用农夫"朴""怯"的特点"驱农归战"，则更是再新一层的政治赋予了。

最平凡的农事劳作，在理解上却有如此多的变化，如此多元的价值赋予，《诗经》篇章又岂止是文学的经典！

（原载《文学遗产》2023年第4期）

① 《国语集解·鲁语下》（修订本），中华书局，2002年，第194页。

凝铸传统的诗篇

——论《诗经·小雅·楚茨》的仪式书写

摘　要　此篇从讨论《小雅·楚茨》篇“书写”入手，指出其重在表现年终以籍田所产粮食祭祖的特点，进而讨论西周农耕意识的变化以及以典礼凝聚传统的文化方式。

关键词　《小雅·楚茨》　传统　仪式　书写

《小雅·楚茨》作为农事诗篇很特别。这首诗虽也表现出对农耕的重视，这却并非其主旨，其主旨在于表现一场典礼，一场年终以籍田所产“粢盛”祭祖的仪程。不仅如此，该诗还特别表现了祭神之后的族人宴享。该诗强调“粢盛”出自籍田，因而常被归为农事题材。可是，若单就该诗所表现的内容来划分，将其划入“祭祀类”题材似乎更合适。不过，该诗又不像其他《雅》《颂》诗篇那样，歌颂某一位祖宗的勋绩，而是着意强调祭祖的子孙对先祖农耕传统的重视和遵循。更特别的是，这样的强调，不是直接的宣示，而是表现为对祭祀仪程的描述，意在突出祭祀者对礼仪的遵行无违。于是，继承传统就变成了遵奉礼仪。“礼仪”意识突出，正是该诗的特点。由此，《楚茨》篇就因与《周颂》中《噫嘻》《臣工》等诗篇产生区别，而别有意味。

一

现在，就先来审读《楚茨》篇内容。诗曰：

楚楚者茨，言抽其棘，自昔何为？我蓺黍稷。我黍与与，我稷翼翼。我仓既盈，我庾维亿。以为酒食，以享以祀，以妥以侑，以介景福。

济济跄跄，絜尔牛羊，以往烝尝。或剥或亨，或肆或将。祝祭于祊，祀事孔明。先祖是皇，神保是飨。孝孙有庆，报以介福，万寿无疆！

执爨蜡蜡，为俎孔硕，或燔或炙。君妇莫莫，为豆孔庶。为宾为客，献酬交错。礼仪卒度，笑语卒获。神保是格，报以介福，万寿攸酢！

我孔熯矣，式礼莫愆。工祝致告，徂赉孝孙。苾芬孝祀，神嗜饮食。卜尔百福，如几如式。既齐既稷，既匡既敕。永锡尔极，时万时亿！

礼仪既备，钟鼓既戒，孝孙徂位，工祝致告。神具醉止，皇尸载起。鼓钟送尸，神保聿归。诸宰君妇，废彻不迟。诸父兄弟，备言燕私。

乐具入奏，以绥后禄。尔肴既将，莫怨具庆。既醉既饱，小大稽首。神嗜饮食，使君寿考。孔惠孔时，维其尽之。子子孙孙，勿替引之！

诗中所表述的祭祀过程，大体分为祭祀过程与祭后宴饮两大部分。祭祀过程又可分为几个节目。第一章、第二章表现向祖先神灵进献生食和熟食，男子献生食，女子为熟食而执爨。按照人类学的发现和我国一些其他兄弟民族至今仍延续的祭祀习惯，先生食、后熟食，是献祭前后相继的两个步骤，背后含藏的是一种象征，即文明生活的不同历史阶段：生食代表狩猎，熟食则代表农耕。不过，到西周时期，狩猎原有的重要地位虽早被畜牧业取代，但仍是经济生活的重要补充，作为祭祀仪式，先生后熟的程序，还是要遵循的。于此可见周礼的延续性特征。两项进献结束时，诗篇特别强调“礼仪卒度，笑语卒获”，显示献祭圆满，礼仪无差，赞美的是献祭者严谨不苟的态度。“礼仪”即祭祀的所有行为规范，“笑语”则是祭祀中的言笑规矩。换言之，诗句暗含的是这样的意思：若行为举止不得当，言语不合要求，即意味着典礼的失败。典礼上极其严格的行为举止和言语规范，是一个文化人群举止等行为方式形成的重要来源。

第四章的“式礼莫愆”，是对上述献神礼仪的总结，意思与“礼仪卒度，笑语卒获”两句重复。这一句是总结，也是开启，开启的是下文的“工祝致告”内容。其内容，是这一章由“工祝”宣示的祖宗神灵对孝孙的“徂赉”，亦即赐福。赐福内容由“工祝”来“致告”，正是周人祭祖典礼的重要特征。献祭的子孙在神灵面前，只需要拿出实实在在的供品，表现出恰当的符合祭祀仪式要求的言行，即是对祖德遵行的表现，而不能直接向神要求赐予。正因如此，在《诗经》的祭祖诗篇中，见不到“神哪，赐我……”之类的呼号。祖先是否赐福子孙，是看子孙的表现，不是听呼告。

借助工祝之口的宣示，神灵赐福子孙，人神交流的仪程结束。这就是诗篇第五章的内容：先言“皇尸载起”，继言“鼓钟送尸，神保聿归”。“神保”一语在诗篇第二章已出现过。他代表的是“先祖”，替“先祖”吃喝，替先祖与献祭的子孙“为宾为客”①，然而，在整首诗篇中却一言未发。其实“神保”就是装扮先祖的“尸”，亦即诗中“皇尸”“送尸”之“尸”，“尸”因为在祭祀中为祖先神灵之所依，故被称为“神保”。保者，依也。他在祭祀中只是“尸

① “为宾为客”句子，一种解释是祭祀之后的款待宾客。但按照清代学者凌廷堪《〈诗·楚茨〉考》（见《校礼堂文集》卷十四）的说法，是指献祭时献祭者与祖先神（由“灵保”亦即“尸”来代表）之间的饮食献酬。

位素餐”，不能言语。同样，典礼中不能出声的还有献祭的子孙。诗篇中发声言语的，只有“工祝”，亦即祭祀典礼中的神职人员。诗篇中谁发言、谁不发言本来显示得很清楚，而审读《楚茨》“文本”时，最基本的要求就是不能将诗篇的述说等同于诗篇中人的发言。混同两者的例子，如美国学者柯马丁《作为表演文本的〈诗经〉：以〈小雅·楚茨〉为例》一文的做法。该文说，《楚茨》篇各章是由祭祀中各参与人员的“发言”构成的，如第一章是“祝代表与祭子孙向尸发言”，第二章是“祝向与祭子孙发言”等。这样的说法真可谓不着边际。诗篇确有发言，但不是全篇，第一章更不是。更明显的反证在第五章、第六章，它们已经不再表现祭祀，而是述说祭祀后的族亲宴饮。“表演”“发言”云云的解释，太隔膜，是以偏概全，是“概念化”的推演，全然不顾作品的实际及其背后的文化逻辑。

作品背后的文化逻辑，正是理解诗篇的关键。如诗篇的第一章，虽诗篇开始即言“自昔何为”云云，没有任何迹象显示像柯马丁先生所谓的“祝代表与祭子孙向尸发言”。该章其实是诗人的铺叙，而非诗中人的“发言”。农事祭祀的诗篇叙述自春耕开始的农事活动，绝非此诗仅有的现象。请看《周颂·载芟》篇：

载芟载柞，其耕泽泽。千耦其耘，徂隰徂畛。侯主侯伯，侯亚侯旅，侯强侯以。有嗿其馌，思媚其妇，有依其士。有略其耜，俶载南亩，播厥百谷。实函斯活，驿驿其达。有厌其杰，厌厌其苗，绵绵其麃。载获济济，有实其积，万亿及秭。为酒为醴，烝畀祖妣，以洽百礼。有飶其香。邦家之光。有椒其馨，胡考之宁。匪且有且，匪今斯今，振古如兹。

该篇结尾的“为酒为醴，烝畀祖妣，以洽百礼”几句，清楚表明诗篇为年终祭祖。该篇也是从播种时“载芟载柞”“千耦其耘”情景起笔，与《楚茨》的“自昔何为，我蓺黍稷”思致相同。试问，《载芟》又是谁的“表演”，谁的“发言”？这样的情形在《周颂》的《良耜》也可以见到，如“畟畟良耜，俶载南亩，播厥百谷”云云，就与《载芟》高度相似。同样的情况实际可以在《小雅》的《信南山》《甫田》《大田》诸篇见到。《信南山》言“畇畇原隰，曾孙田之。我疆我理，南东其亩”；《甫田》言“今适南亩，或耘或耔”，又言“曾孙来止，以其妇子”；《大田》言“播厥百谷，既庭且硕，曾孙是若”等，都是欲表祭祖而先言周王亲与农事，意思与《楚茨》“自昔何为，我蓺黍稷”以及《载芟》详述的“侯主侯伯，侯亚侯旅”倾巢而出的籍田劳作相同。何以出现如此情况，自有其道理。请看《礼记·祭统》如下的说法：“天子亲耕于南郊，以供齐盛（粢盛），王后蚕于北郊，以供冕服。……身致其诚信，诚信之谓尽，尽之谓敬，敬尽然后可以事神明矣。”意思是说，在祭祖仪式上，献祭者献上的粮食如果是他自己下地劳作所得，献祭者的衣服如果是他的夫人亲自养蚕缫丝所制，这本身就是其“诚信”地遵从祖先男耕女织传统的表现。此外，不需任何其他表“诚信”的“发言”。《楚茨》以及《载芟》《良耜》《信南山》等都从耕种说起，也都不外乎向祖先显示祭祀子孙的“身致其诚信”。只不过，这“诚信”不是由诗篇中人“表演”的，而是由诗篇的铺叙，由祭祖典礼上的歌声来“表演”的。诗篇只是诗（歌声）的“发言”，如是而已。《楚茨》之所以这样开头，是要与结尾“子子孙孙，勿替引之”相呼应。此外，如《载芟》的“匪且有且，匪今斯今，振古如兹”，也不外是突显对传统“诚信”的遵循。这样的呼应，是不允许解释为“祝”代表谁“发言”的。既然是讲文本审读，就要尊重作品实际。“工祝致告”之语，显示《楚茨》确有“发言”情况，但由此就把一首诗篇弄成祭祀中人“发言”的记录，就是罔顾文法，太过鲁莽了。

二

说诗篇是“发言”，其实是想说诗篇是在鬼神面前的“表演”。然而，诗篇自身仍然拒绝这样的解读。因为，如上所说，还有“皇尸载起”即神灵离去之后的“备言燕私”。献祭神灵与祭祀之后的“诸父兄弟，备言燕私”，是祭祖典礼的第二部分内容。献神与献神之后的“燕私”两者相加，才是一场首尾完备的祭祖大礼。也正因如此,《楚茨》才不是单纯表现祭祀的诗篇，而是对祭祀及祭祀之后族人宴饮的表现。由此，就有一个问题需要探问：诗篇具体用于典礼的哪个环节？

对于《诗经》中诸多的农事诗篇，可以从它们的内容判断其使用的礼仪环节。如《周颂·噫嘻》篇，其“率时农夫，播厥百谷”的诗句，相当明确地显示诗所附着的典礼系王者亲自参加的籍田典礼，诗篇使用的具体环节就在王者亲耕操作开始的时刻。《周颂·臣工》篇，则为麦收之前王者下达的收割动员令。又如《信南山》，因其中“中田有庐，疆埸有瓜。是剥是菹，献之皇祖”的句子，可以判定为田间果蔬成熟之际向祖先上贡“尝鲜”，在“禴祠烝尝”的诸多祭祖礼中应属于“尝”礼。《国语·周语》言籍田典礼时说：“耨获亦于籍。”即作物自田间管理至收获这段时期，也要举行典礼，就是说籍田典礼不仅限于春耕时节,“耨获”期间也要举行。“尝新”就是这样的典礼。因献祭也是用籍田所产祭祖，所以与更为隆重的年终祭祖典礼为一类。又如《周颂·丰年》：“丰年多黍多稌，亦有高廪，万亿及姊。为酒为醴，烝畀祖妣。以洽百礼，降福孔皆。”明显与前面所举的《载芟》不同。《载芟》篇，重在表明奉献的供品为王者亲自下地劳作所得，按理应当歌唱于祭祀献祭的环节，而《丰年》既言“降福孔皆”，就应该是在神灵降福之时，与《楚茨》连起来看，或许就在“工祝”第一次“致告”前后最合适。那么,《楚茨》又具体用于典礼哪一环节呢?求诸诗篇本身,有迹可循。诗篇先表正式的祭神以及神的赐福,接着由工祝宣布典礼进入“备言燕私”阶段,一场典礼最终因“燕私”完成而圆满。那么,诗篇就应该演唱于“燕私”即典礼将要结束的时刻。

而且,更值得注意的是,诗篇的叙述视角是站在祭祖典礼全过程之外的。就是说,诗篇的作者颇似一位参加了一场祭祀的记录员,其职责就是要完整观察和记述一场年终祭祖大典,包括一些重要细节,并对其加以诵唱。那么,诗人这样做,目的何在?答案就在诗篇结尾“子子孙孙,勿替引之”两句。这两句是谆谆嘱告,这样的嘱告,最宽泛的理解是告诉子孙不忘祖宗农耕传统,然而,仅此还不足以了解此诗。因为表达不忘祖先传统之意,可以说是其他时代相近的《诗经》农事诗篇都有意表达的内容,《楚茨》篇却又有不同。具体说,《楚茨》在表达不忘传统时,特意表现为详述祭祖的仪式,换言之,是将表达“不忘传统”的重心加以转移,转移到隆重的祭祀仪式本身。诗篇的焦点不是表达如何遵循农耕传统,而是严格地按照祖宗留下来的仪式完成年终大祭。

就是说,《楚茨》是一首歌唱“仪式”的文学。这正是《楚茨》的显著特点。时代较早的诗篇如《噫嘻》《臣工》,是附着在籍田典礼上的,然而诗篇表现的重点却不在典礼。《载芟》《良耜》,系秋冬祭祀祖先及各种与农事有关神灵的乐章,所表现的主要内容是从春耕到作物生长及收获的过程,暗含的是一种宣示:献祭者遵循了耕种的传统。不过,与《载芟》《良耜》《信南山》《甫田》《大田》等表示王公大人亲自下地劳作相比,《楚茨》更是别有意趣,遵循传统表现为对祭祀仪式的述说。这就显出了这样的新意:严守祖先留下的祭祖仪式规程,即遵循传统。

由于这样的“书写”,在《诗经》农事诗篇中《楚茨》为特例。然而,若与一些时代相近的金文相联系则显得“德不孤、必有邻”。

例如《利鼎》铭文，因器铭文出现“利”这个人物，可以确信为西周穆王时期。其铭文曰：

> 隹王九月丁亥，王客（格）于般宫，井白（伯）内（入）右（佑）利，立中廷，北鄉（向）。王乎（呼）乍（作）命内史册命利曰：易（锡）女（汝）赤[illegible]（雍）市、䜌旂，用事。利拜稽首，对扬天子丕显皇休，用作朕文考[illegible]白（伯）尊鼎，利其万年子孙永宝用。

这篇西周中期铭文并不是很长，可就在这颇为简略的册命记录中，有“井白内右利，立中廷，北鄉”的场景及“王乎乍命内史”程序的交代，仪式感颇为强烈。需要指出的是，在西周金文的演变序列中，这仿佛是一种突变，因为就是在西周早期中期之交的作册夨令方尊、方彝两件刻有相同内容的铭文中[①]，尚未见到这样的情况。两件器物相同的铭文记载周王任命“周公子明保尹三事四方”。文中的“明保”应该是周公旦的孙辈，“尹三事四方”，显然是最高级别的王朝官员。这样的一项重大人事任命，铭文载之，仍遵循的是早期金文书写的旧惯，即开篇直接说人事任命，继而表现受命者的活动。然而，没过多久就变了。铭文记载接受王朝册命、赏赐，官职无论多大，赏赐无论多寡，铭文往往都有这样的描述：某年某月某日，“王立中庭，南向（朝南站立）”；继而就是描述接受任命者，在某某的“右”即陪伴之下，入“中庭”“南向”。有的铭文还会说到受命者站定之后，王从作册官员手中拿过任命文件，交给宣读者，宣读者再以“王若曰”开始宣读册命。很明显，当时的人不仅记录王事任命，还记录任命的仪式。铭文记录任命之事，是为显示家族荣耀，颇为详细地述说任命仪式的场景，应该是在接受任命的荣耀之上又添了什么。增添了什么？

---

① 关于这件器物及器物的铭文的时间，据李学勤先生研究为昭王死于汉水之年，这一年为昭王二十年。同一年，周穆王即位改元，所以又为穆王元年。参见李学勤：《文物中的古文明》，商务印书馆，2008年，第536页。

任命的庄严性。应该说明这样一点：庄严的仪式，可以使任命更加荣耀。重视仪式，其实正是西周礼乐文化的重要特点。

综上，可以说，“书写”强烈的“仪式意识”，是《楚茨》与金文共同的新现象。那么，又是什么导致了这样的新现象出现呢？简单的回答：当时的人们认识到（或者说是着意表现）礼仪的神圣性。以《诗经》证《诗经》，《大雅·生民》的宣示，可以提供解释。

在谈《生民》之前，有一点需要讲明，那就是在周人心目中始祖的功德。《周颂·思文》：“立我烝民，莫匪尔极。”强调了始祖在尧舜大洪水之后负责管理耕种，为天下人提供粮食的大功德。这样的大功德，按照《国语·郑语》“成天下之大功者，其子孙未尝不章”的说法，正是周人自信自己能继夏商之后统治天下苍生的重要原因。这首颂扬始祖农耕稼穑之德的诗篇后面的部分，在述说过始祖的神奇出生及其不教而能的稼穑天赋之后，又用了相当大的篇幅赞美始祖为子孙后代“肇祀”，高调宣示由始祖确立的农事祭祀典礼。《生民》共八章，从第六章结尾的“以归肇祀”起，下面的两章对“仪式”的言说，颇有些不厌其烦。先是第七章的“或舂或揄，或簸或蹂，……取羝以軷，载燔载烈”，述说祭祀的全程，强调只有隆重的祭祀才能“以兴嗣岁”。继而再述“我”即后稷的当代子孙“卬盛于豆，于豆于登”的献祭行宜。最后又强调“庶无罪悔，以迄于今”，遵循后稷创立的农耕事业，必须严谨奉行始祖“肇祀”的祭祀仪式，如此才能“庶无罪悔”。坚守传统，就等于毫无差错地遵行仪式，这是《生民》篇着意强调的内容。《生民》篇结尾的叮嘱，正是理解《楚茨》详说仪程的前提：庄严的祭祀仪式，是神圣始祖创立的。继承始祖的功德事业，就是严守始祖创立的礼仪。于是《楚茨》结尾的“子子孙孙，勿替引之”，《良耜》篇的“以似以续，续古之人”，《载芟》篇的“匪且有且……振古如兹”，就都指向的是周人始祖创立的包括祭祀仪式在内的神圣传统。

无论如何，诗篇都表明了一种意识，即对“仪式”特有功能的感知。人类延续传统有各种方式，后来最流行的方式是文字记载，然而，在《诗经》时代，在使用文字保存传统记忆之外，利用典礼的仪式来传承历史文化的记忆，是更为盛行的做法。仪式的特点就是重复，一些古老仪式年复一年地举办，一次一次地重复，连一些言行举止的细节——正如诗篇“礼仪卒度，笑语卒获”两句所显示的——都不可擅自更改，否则神不予赐福。同时，也正在“我孔熯”的“式礼莫愆”中，在典礼的庄严中，感到自己与祖先同在，与祖先留下的传统同在。

三

由此，可以更具体地了解《楚茨》篇与其他农事诗篇的不同：《楚茨》表现出某种新的文化意识。如前所说，《噫嘻》篇“率时农夫，播厥百谷”，着意表现的是周王率领农夫耕种，以王者的亲身参与显示王朝对农耕的高度关注，如此而已。《臣工》篇“王厘（考核）尔成（成绩），来咨来茹”对大小臣工的明告，以及“命我众人：庤乃钱镈，奄观铚艾”的宣示，也显示王者对收获的关注。诗篇表达的焦点在周王的尽心农事上。当然，结合《尚书·无逸》所记载的周公发出的“呜呼，君子所其无逸，先知稼穑之艰难”的告诫，西周初期王者亲自参与籍田典礼上的劳作，也未尝不含有“知稼穑艰难”“知小民之依”的用意。然而，只是读诗篇，很难看出这样的用意。可是，到《载芟》《良耜》《信南山》《甫田》《大田》等诸多诗篇，用较多的笔墨描绘王公大臣们在籍田上的“徂隰徂畛”的耕作，联系《礼记·祭统》的说法，可以发现诗篇的用意已经发生变化，诗篇关注的焦点已经有明显的转移，即转移到力图表现周王对传统的遵循上来了。这就是说，《诗经》农事诗篇，表达了三方面的意识：重视农耕，强调对农耕传统的遵循，以及重视延续农耕传统的礼仪。

那么，这三方面的意识是同时出现，还是先后出现？答案是后者，即先后出现。具体来说，《噫嘻》《臣工》两首表现重视农耕的诗篇年代要早，表达后两层意识的诗篇，年代明显要晚一些，为西周中期的诗篇。这涉及诗篇年代的判断。为作品断代，一般采取的标准不外如下几种：其一是作品风格，对作品大的时间段落的判断有效；其二是诗篇所显示的可以判断年代的内容，如一些作品中含有某些时间明确的历史事件的记录；其三则是一种新方法，即以一些语词、句式、句法流行的年代为据。随着社会生活的变迁，不同时代会出现一些新的语词、句式乃至句法，同时期的作品会不自觉地对此有所显示，其可用作判断作品年代的依据，犹如每个人的指纹。[①]《周颂》的《噫嘻》《臣工》与《载芟》《良耜》相较，其年代的早晚是很容易看出的。[②]而《楚茨》和《信南山》等几首《小雅》农事诗篇，据笔者考证，为西周中期之作。[③]

---

① 用语言（具体说是语词、句法等现象）为《诗经》西周时期的篇章断代，有颇为丰富的文本资源，那就是西周各个时期的金文篇章。这些篇章最大的优点是没有经过后人改动（《尚书》一些篇章很可能就被改动过），因为制作不久就深埋地下，而且铭文依附在青铜器物上，而器物的形制花纹又为断代带来便利。因而，不少金文的语言现象，可被视为判断“雅颂”诗篇年代的依据。这里可以举一个例子，如“子子孙孙”这样的嘏辞很流行，可就在西周中期，“孙子”“孙孙子子”这类语词颇不少见。恰好《大雅·文王》及《商颂》的某些篇章，就有“文王孙子”“武丁孙子”的说法，正可据以判断其年代。

② 一般认为，《周颂》中的《臣工》《噫嘻》为西周早期作品，《周颂》的《载芟》《良耜》为西周中期作品，对此也有学者早就提出。如唐兰先生就说：“《周颂》的《载芟》《良耜》两首农业诗在穆王以后。”（故宫博物院编：《唐兰先生金文论集》，紫禁城出版社，1995年，第212页）拿《载芟》《良耜》这两首风格高度相近的诗篇与《臣工》《噫嘻》相比，时间的早晚还是很清楚的。

③ 关于这几首诗篇的年代判断，首先是根据其风格，其次是根据诗篇出现的一些“嘏辞”，如“万寿无疆”“眉寿”等，这类嘏辞在西周金文中出现于中期。详细的讨论参见笔者《诗经的创制历程》和《诗经析读》。

由此，可以相当清晰地观察含藏在《诗经》农事诗篇中的文化意识的变迁。前面说过，《噫嘻》《臣工》等为数不多的西周早期依附于藉田典礼的诗篇，其表达的着眼点在于王者的亲耕和王者对春耕秋收的参与和关切。农耕是生活的根本，这样的诗篇，理解为对重农传统的遵循可以，理解为出于现实的对农耕生产事业的高度重视也可以。可是，比《噫嘻》《臣工》出现略晚的作品，如《小雅》中的《信南山》《甫田》《大田》等几首风格高度一致的诗篇[①]，却是将表现的重心放到周王对农耕传统的遵循上了。后者对诗篇的关注点与较早期的《噫嘻》《臣工》已有明显分别。这些郑重宣示农耕传统且特别表现王者对传统的遵循的诗篇，实际上与《楚茨》篇在立意上十分接近，都是充分意识到传统存在并且强调“曾孙”即王者有意延续传统的作品。只不过《楚茨》更进一步，将对传统的重视、遵循进一步表现为对仪式的谨守。籍田典礼是仪式，作为籍田典礼延伸部分的农事典礼也是仪式，遵循仪式就是遵循传统。这样的意识在《楚茨》篇得到集中而明确的表达，这种表达其实就是“礼”的概念的突显。西周最重要也最具历史特点的文化创制就是“礼乐”，对《楚茨》的观察，使“诗”与“礼”的关联更加具体。“礼乐”的作用是多方面的，通过解读《楚茨》，又可知记述礼乐的诗篇关乎传统的延续。

四

《楚茨》篇强调祭祖的礼仪，《生民》篇又言礼仪始创于有大功

① 关于这几首诗篇的风格一致问题，早有论述，如朱熹《诗集传》等对几首诗篇的说法。以本文对作品判断的几条标准而言，《信南山》《甫田》和《大田》的风格高度一致，篇中出现的一些“嘏辞”，如“万寿无疆”“眉寿”等，也都表明几首诗篇为同一时期的作品。详细的讨论参见笔者《诗经的创制历程》及《诗经析读》。

于天下苍生的始祖后稷。那么，《生民》说后稷“肇祀”，真实吗？对此，不无疑问。可以相信，自古农耕就有仪式，可是否年终祭祖的礼仪就如《生民》和《楚茨》所表，却颇成问题。因为数十年来，随着大量青铜器铭文的出土，中外学者对“周礼”的制作问题，得出了一些看法相近的结论，那就是在西周中期，有一个“制礼作乐”的高潮。如刘雨的《西周金文中的“周礼”》，英国罗森的《是政治家，还是野蛮人？——从青铜器看西周》两篇论文，最引人注目。前者利用金文资料研究“周礼”在西周中期的新制作[①]，后者则借“微史家族”西周各期青铜器物形制花纹等方面的变化，得出“礼制革命”的结论。[②]不过，金文资料、器物形制花纹等显示的“周礼”新变，是有明显局限的。《诗经》篇章的“文字材料”正可补其不足。笔者用西周金文篇章中所出现的语词、语法为《诗经》篇章断代，发现《楚茨》《周颂》中的《载芟》《良耜》以及《小雅》中的《信南山》《甫田》《大田》篇，都有出现于西周中期的明显迹象。这表明强调对传统的遵循，突出遵循传统的仪礼，正是同一时期出现的新的意识和观念。新现象的出现，还有其更加深刻的历史背景，那就是殷周两大人群的融合。这样的融合，征诸《诗经》，最明显的是《周颂·有客》篇，其“有客有客，亦白其马”的诗句，表明来“客”为宋国的殷遗上层。同时，《周颂·有瞽》又言“有瞽有瞽，在周之庭”。《大雅·灵台》篇更着意渲染了“矇瞍”在“灵台”“於论钟鼓”（“矇瞍”即是“有瞽”之“瞽”）的热闹情形，可知“有客”带来了古老的殷商舞乐。人群融合最有价值的结果正是这样的文化融合。正因有此融合，华夏文明重要“经典”，如《诗经》的许多重要诗篇以及《尚书》的一些篇章纷纷问世。

---

① 刘雨：《西周金文中的“周礼”》，《燕京学报》1997年第3期。

② ［英］罗森：《是政治家，还是野蛮人？——从青铜器看西周》，载罗森《中国古代的艺术与文化》中译本，北京大学出版社，2002年，第134—163页。

这一融合，堪称华夏文明最重要的文化事件之一。其重大的结果，就是“礼乐”的新创制，就是礼乐创制的真正高潮的到来，殷商文化的融入，令周期礼乐变得更加丰富。同时，融合也刺激了某种“分别”意识。联系《尚书》《国语》等文献，《尚书·尧典》和《皋陶谟》等称尧舜大洪水之后，夏人负责“单平水土”，商人的祖先负责“和合五教”，周人的祖先则是负责耕种，为天下人提供粮食。这就是《国语·郑语》所说的“成天地之大功者，其子孙未尝不章”的缘由。其间要点就在“分别”各族群子孙后世彰显的不同理由。在这样的“分别”意识下，强调农耕传统，重视后稷“肇祀”的礼仪就显得颇为自然。就《楚茨》而言，诗篇关注礼仪，也未尝不是对礼乐新制作的欣喜。这当然是浅层次的。随融合而来的新创制的礼乐更加优雅，更能激发典礼参与者的庄严神圣之感，更能表现对以农耕起家的祖先的尊崇，也更能实现教育子孙遵守祖先传统的目标。诗篇之所以较详备地述说典礼，或许就因为上述这一切。同时，这也是对典礼保存传统记忆价值的发现，因而诗篇表现典礼，经由对典礼首尾的歌咏，经由表现典礼过程并突出其重点的关节，无形中做到了这样一点：将典礼“凝铸”在诗篇中，经由诗篇的传唱将典礼所高扬的传统，深植于人的记忆中，传之久远。

（原载《中国诗歌研究》第十八辑，2019年6月）

西周农耕政道与《诗经》农事诗歌

一、农事与周德

1.周人的农德自重

周人是一个以农德自重的人群。在先秦典籍中，有一个普遍的现象：周人在追述自己族群发达的历史时，总是无一例外地强调，祖上天才的农耕禀赋，是其最终崛起为一个主宰人群的天赐德基。这在《诗经·大雅·生民》一诗中有充分的表现。在后稷的受孕、降生以及被遗弃中，种种不可思议的神奇，实际上都是为其生而有之的稼穑本领，确证着神性的根源。后稷因耕稼而“有邰家室”，然而在后世周人看来，始祖德泽所施，绝不仅限于自己的族群。《周颂·思文》曰：“思文后稷，克配于天。立（《郑笺》：“立当作粒”）我丞民，莫非尔极。贻我来牟，帝命率育。”朱熹《诗集传》解释曰：“贻我民以来牟之种，乃上帝之命，以此遍养下民者。”这就是说，周人确信，后稷的功德是为普天下的生民带来了“粒食”，惟其如此，后稷的耕稼天赋，才真正称得上功德，他的后世子孙，才在天恩眷顾下，章显于天下。《国语·郑语》载史伯言曰：

> 夫成天地之大功者，其子孙未尝不章，虞、夏、商、周是也。虞幕能听协风，以成物乐生者也。夏禹能单平水土，以品处庶类者也。商契能合五教，以保于百姓者也。周弃能

播殖百谷蔬，以衣食民人者也。

史伯这段话表述的是一种族群代兴的历史观念。值得注意的是其中所强调的始祖个人的德业，与其子孙族群总体祚运间的内在关联：四代的代兴，只是对四位始祖德业的报偿。同时，透过史伯的言论，还可以看出周人对后稷的尊崇中另外一层深意：后稷的德性，实为周族借以与它族相互区别的界限。《国语·晋语四》曾说："黄帝以姬水成，炎帝以姜水成，成而异德，……二帝用师以相济也，异德之故也。"此处"异德"云云，正有助于参透史伯四代始祖功业不同说法的底里。所成就的"天地之大功"的不同，实际上是四代人群"异德"的显示。"以姬水成""以姜水成"的说法中，隐约地显露着"异德"观念的历史信息。不同地域、不同经历的人群，当他们在一定的时期发生了联系后，不同文化特征的相互比照，必然会强化各族群的自我意识。"异德"的观念当起因于此。理解了"异德"的族群意识，也就不难理解《诗经》中《思文》《生民》两诗何以如此热烈地颂扬始祖后稷农德神性的全部用心了。它们不仅仅是在颂扬什么，而且也是在宣示着自己族群不同于他人的"异德"。如此，后稷子孙坚定不移地继承始祖德业，就不仅是子孙对祖先的敬重，而且是保有周之祚命的资本。

2.周公的农耕政教与周人的重农精神

世代农耕的文化经历，是周人重农精神的基本前提。但是，仅仅因为世代务农，并不必然导致重农精神的生成。因为农耕稼穑如果只是一种生业，就没有必要赋予它超越自身价值的神圣含义，也没有必要对自己祖先从事农稼的功德大事夸张，如同我们在《生民》及《思文》所看到的那样。因为作为生业的农耕之事业，并非周人所专擅。这一点连周人自己也不否认，《左传·昭公二十九年》说"稷，田正也，有烈山氏之子曰柱为稷，自夏以上祀之，周弃亦为稷，自商以下祀之"即是明证。因此，从作为生业的农耕事业本身中，周人并不能必然地推导出自己所以彰显于后世的结论。周人由一个世代业农的人群，变成一个自觉的极端重农的人群，世代农耕的经历被神化为一种天赋的德性，有着超出农耕生业本身以外的理由。我们认为，深入地分析西周初年周人在面临着新的历史命运时，周公有关农耕政道的论述，有助于对这个问题的理解。

周初是一个周人总结殷人政权失败教训、确立自己为政原则的时代。针对殷人放逸耽乐、不恤民情的荒政现实，政治家周公在其《无逸》的典诰中向周之为政者发出严正的警告：

> 呜呼！君子所，其无逸。先知稼穑之艰难，乃逸，则知小人之依（苦痛）。

继而又说：

> 厥亦惟我周太王、王季，克自抑畏，文王卑服，即康功田功。徽柔懿恭，怀保小民，惠鲜鳏寡。自朝至于日中昃，不遑暇食，用咸和万民。

在周公看来，体验稼穑的艰难，是“君子”在生活及精神上“无逸”的先决条件。这是《无逸》的主旨，周公通篇诰辞例举商之先王中宗、高宗、祖甲以及周自太王以迄文王的事例，反复申明的正是这一点。周公认为，农耕稼穑，绝不仅仅是一种生业，而是关乎政道得失的治心之业。三位中兴过殷朝基业的贤王，他们的“不敢荒宁”，是由于他们“旧劳于外”“爰知小人”，而几位奠定了周家王业基础的先人，他们“怀保小民”的“徽柔懿恭”，正是从他们“卑服田功”的“艰难”中来。这里，周公实际试图从对历史的总结中，引申出这样一项关乎政治德行的精神原则：上下同功的农耕可以促使“君子”以质朴的心地，贴近小民，从而保证德政的实施。

很明显，在《无逸》中，周公赋予先世王公大人们的农耕亲劳以一种政治德行的精神含义。而实际上，不论是殷之先公先王还是周之太王、文王，其亲事田功故事，并没有周公所认定的精神色彩，那不过是氏族时代族长并未完全蜕变为寄生的特权阶层的历史状况而已。统治者变为剥削者是历史的必然之势。即以周公所说的殷王而言，自高宗以下的“立王”的“不知稼穑之艰难”，未必就像周公所说的是德行倒退的结果。事实上不事亲劳的德行倒退，有其深刻的历史原因。甲骨文中数见羌人“田”的卜辞。羌人是殷人的战俘。①商朝是从高宗时期开始强大并且大事征伐的，而且周公指责的殷王的不事亲耕恰恰从高宗以后始，这又与殷人大量将战俘变成奴隶投放农田有关。②明乎此，就可以了解殷王脱离亲劳的真正原因。然而，这是否意味着周公的农功政道就纯粹是一种保守的思想观念呢？恰恰相反。周公的主张同样具有历史的因由。周族在克殷之前始终是一个实力相对弱小的部族，其农耕稼穑的习性又决定着它不是一个喜好征伐的人群。更重要的是，以分封制为其结构形态的周代社会制度，是一个在相当程度上承认异族生存权利，并且力求实现多族和平共处的政治实体。这种制度的本性，决定着它不能像商朝那样，对异己人群大事征伐，并在征伐中奴役他人。③同样，作为一个在实力上并不能完全靠暴力手段将众多异族慑服的人群，它想要达到维护自己主宰地位的目的，就必须努力强化自身的团结，防止内部过分的分化和离析（发生在周公时代的管、蔡之乱，就是很沉重的教训）。周公对农耕政道的提倡，正是由于有这样的历史要求。祖先在较原始社会中朴素的行为之所以被赋予某些全新的含义，引申为政道原则，乃是要告诫那些为政者不要过分地脱离己族的下层民众。等

① 这个问题，前人研究的很多，可参看孙淼《夏商史稿》第九章、杨升南《商代经济史》第二章的论述。

② 参白寿彝总主编：《中国通史》（第3册），上海人民出版社，1994年，第93页。

③ 此处涉及的问题很复杂，但论题所限，不能展开来谈。笔者博士论文《诗经文化精神论》第一章、第三章，对此都有较详细的论证，可参考。

级的分化正是农耕政道原则的提倡所力图对治的现实。不论就殷人的覆辙而言，还是就周人自身的实际以及历史对其提出的要求而言，周人都必须防止族群内部分化乃至对立的产生。从此，农耕事业对周人而言，就不再是单纯的生业，它也是政治，也是维系周家主宰地位的不可或缺的手段。周人的重农，也就不再仅仅是对业已熟习的生存方式的自然沿袭，而是有着新的精神动因。

二、作为王朝政典的农事诗歌

1.关于籍礼

《诗经》雅、颂中的农事诗，必须与王朝政典的“籍田”之礼联系起来，其精神意蕴才能得到准确的理解。如上所说，周公在《尚书·无逸》中所陈述的农功政道观念的核心，是强调王朝为政者效法先公先王“康功田功”，在体验“稼穑艰难”中“知小民之依”。而盛世西周每年都隆重举行的籍田大典，其演示的意义正与周公农耕之教相贯通。

关于籍礼，先秦典籍及后世出土的金文材料（如《令鼎》等）多有记载，而尤以《国语·周语上》中的记述最为详实可据。通观《国语》的记载，籍礼虽然过程复杂、节目繁多，但“王耕一坺，班三之，庶民终于千亩”这一象征天子、王公与民同作的亲耕仪式，却是为期九日大典的重心与高潮。关于籍礼之“籍”有本义、后起义两种训释。甲骨文作“耤”像人执耒耕作，是其本义。《汉书·文帝纪》颜师古注引臣瓒说曰：“本以躬亲为义，……藉谓蹈藉也。”“籍”的后起义引申为“借”，《说文》：“藉，帝耤千亩也。古者使民如借，故谓之耤。”郑玄《诗·周颂·载芟·笺》：“籍之为言借也，借民力治之，故谓之借。”

“籍”由本义向后起义的演变，实际上反映的是古代帝王身份与地位的变化。籍的本义显示出的是远古氏族世代宗族首领胼胝亲耕，而后起义中宗族长已经质变为榨取民力的特权者。因此“籍”的词义的变化中，有着人类社会深刻分化的历史。而“籍”由一种劳动耕种现象演化为一种含有特定含义的仪式，正与这种历史的变迁密切相关。从籍礼亲耕仪式的“王耕一坺”可以明显地看出，礼仪所着意显示的意蕴，恰恰与王公们的现实社会地位身份相反。“王耕一坺”的与民同作，演绎的是贵为天子的统治者，对他那早已成为过去的身份地位的恢复。任何仪式都是以仪式性的行动演示着某种意义，因此籍礼活动实际上是对周公农耕政道观念的演绎。这一点，我们可以从对籍礼举行的场地——籍田的分析，得到更深入的理解。籍礼之田，其数千亩，以其数量之大，故又称“大田”；以其为王室所有，与农夫之田相对，故又称“公田”；以其为王室借民力为之，故又称“籍田”。民在籍田劳作谓之“助”，助是无偿的，其生产所得称为“租”。杨宽先生在其《“籍礼”新探》一文中指出，“助”“租”两字与表达祖先祭祀的“祖”字同源。“‘籍田’上的协作劳动，主要是为了提供祭祖用的粮食。”[①]“籍”“助”“租”“祖”等词义原始意义上的内在联系，实际上是籍礼得以成立的法理基础。换言之，千亩籍田帝王所以能够“使民如借”，靠的不是权力的强制，而是精神性的宗教理念：共同的劳作，乃是为着敬奉共同的祖先。作为隆重的王朝政典的籍田大礼，它所宣示、强化的正是这一宗教理念。而籍礼之所以能够作为执行旨在强调固宗族团结的周公农功政教的仪式，也就在于籍田劳动的宗族宗教含义；王公大人们的仪式化了的籍礼之所以是必要的，也就在于籍田对族人这种特殊的宗教含义。

尽管籍田“使民如借”的劳动在“助”“租”的形式下掩盖了某种剥削关系，但作为政典的隆重籍礼，对一个时代兢兢业业的重农之风却也有不可忽视的推助作用。籍田不止天子有，诸侯亦

① 杨宽：《古史新探》，中华书局，1965年，第229页。

有。因而籍礼就不仅行之于王朝，亦行之于诸侯邦国。[①]同时据《国语》的记载，籍礼中周王“亲耕”之后的重要活动，先是农官稷的“遍试百姓（“百姓”指各级贵族），纪农协功”，继而又有始自农官、终于周王的各级官员的巡视与督责。因此，从籍礼的客观功能上说，它实际上起着造就着一个人群农耕意志统一的历史作用。籍礼所强调的君民同作的理念必然会随着社会分化的加剧而变得虚伪，但籍礼所具有的上对下、特别是小民的督责却必然会越来越有实在的意义。“民之大事在农”“王事唯农是务”[②]，“其余无非谷土，民无县耜，野无蔓草，不夺民时，不慢民功，……先王之法制也”[③]。“天子适诸侯，……入其疆，土地荒芜，遗老失贤，掊克在位，则有让。”[④]这些春秋、战国时代重农主义的声音，远承的是籍礼的遗意。周人的重农精神，以籍田典礼的精神表象形式，表现为一种统一的政治力量。

2.籍礼与农诗

《诗经·雅颂》中的农事诗歌与籍礼的关系，大致有如下两种情况：属于《周颂》部分的，是籍田典礼上的诗、乐、舞三者一体中的歌词。《雅》中的农事诗则是对先王农耕政道原则的陈说与强调。

《周颂》农事诗凡五首，即《臣工》《噫嘻》《丰年》《载芟》《良耜》诸篇。

《臣工》篇，《毛序》云：“诸侯助祭，遣天庙也。”《鲁诗》说同。汉人之说，空泛不明，并多有曲解。实际上从诗歌本身就可以断定，《臣工》与籍礼有密切关系。诗有“嗟嗟保介”之辞，《吕氏春

① 参看《国语·鲁语下》《左传·宣公十五年》《周礼·地官司徒·甸师》及郑玄《诗·载芟·笺》等记载。

② 《国语·周语上》，参徐元诰《国语集解》，中华书局，2002年，第21页。

③ 《国语·周语中》，同上书，第66页。

④ 《孟子·告子下》，方勇译注《孟子》，中华书局，2010年，第244页。

秋·孟春纪》:"是月也，天子乃以元日祈谷于上帝，乃择元辰，天子亲载耒耜，措之参于保介之御间，率三公九卿、诸侯大夫躬耕帝籍田。"《礼记·月令》亦有相同的记载。又据"命我众人：庤乃钱镈，奄观铚艾"可知，诗当用于籍礼正式举行前的准备阶段。《国语》中虢文公言籍礼，称行礼前"九日""五日"天子有"祗祓""斋宫""式公卿"等仪式，汉人说"诸侯助祭"，应与此有关。

《噫嘻》篇据诗中"率时农夫，播厥百谷"以及"十千为耦"的描述，是春耕景象，特别是"终三十里""十千为耦"之象，更显示着诗与大规模籍田耕作的关联。《毛序》和《鲁诗》，都解此诗为"春夏祈谷于上帝"之作。①虽然从诗歌本身根本看不出汉人说法的根据，然而汉人的说法或许自有道理。《颂》诗本是昭告神明的祭歌，而籍田产品本又是用于宗教活动。描述籍田劳动的诗歌，固可以用之于祈祷神灵。

《载芟》一篇，是被汉代的《毛诗》和《鲁诗》公认的"春藉田而祈社稷也"②。而诗中"侯主侯伯，侯亚侯旅"的诗句，据今人于省吾先生研究，"主、伯、亚、旅四者，皆略举当时自天子以下卿大夫之食公田者"③。而"有嗿其馌"的情景描述，当与《国语》所言籍礼中的"庶人终食"有着密切的关联。《良耜》篇虽然被汉人解为"秋报社稷"之诗，但从其所表现内容与《载芟》相类，大致可以断定它与籍礼的关系。

《丰年》一诗稍有不同。《毛序》解之为"秋冬报也"，而诗篇本身则专言丰年多黍多稻，为酒为醴、献之祖妣的祭奠。内容单纯，显然为报神之诗，也就是说，与籍礼没有直接的关系。但是，正如上文所言，"助""租"与"祖"在元初时意义相同，也就是说，"为酒为醴、献之祖妣"的食物，正从籍田中来。这一古义，直到

① 《鲁诗》说见于汉代蔡邕《独断》。
② 参王先谦《诗三家义集疏》卷二十六，中华书局，1987年，第1045页。
③ 于省吾:《泽螺居诗经新证》卷上，中华书局，1982年，第86页。

西周末年依然保存，“宣王即位，不籍千亩。虢文公谏曰：不可，夫民之大事在农，上帝粢盛于是乎出……”[①]即是明证。

综上所述，籍礼的精神蕴含，是周颂各农事诗歌所表现内容的灵魂。不论它们是用于祈神还是用于报神，籍田中上下同作的耕作，都是各诗篇所着意表现的内容。据《国语·周语》所记虢文公对宣王“不籍千亩”的谏言，王朝推农政，都在籍田进行：“王者治农于籍”“耨获亦如之”“获亦于籍”。此处“籍”是籍田，虢文公说“治农于籍”显然指籍田之礼。由此可知，所谓“耨获亦如之”，当是“如”籍礼，就是说，“耨获”之际，包括周王在内的各级贵族，都有像籍礼那样上下同功的政典活动。

3.《雅》《颂》农诗的内在关联

《小雅》中的农事诗，有《楚茨》《信南山》《甫田》《大田》等凡四篇作品。在这些诗篇的理解上，自古存在着较大的分歧。汉代的毛诗学者一无例外地解释为“刺幽王”之作，而宋代以后的《诗经》研究者们，则从诗歌本身的内容与格调出发，反对汉儒之说。朱熹认为：“自此篇（指《楚茨》——引者）到《车辖》凡十篇，似出一手。辞气和平，称述详雅，无讽刺之意，……窃恐《正雅》之篇有错脱在此者耳。”[②]并且在《诗集传》反复声言“非盛德其孰能之”的意见。清人方玉润也明确地说：四诗“辞气典重，礼仪明备，非盛世明王不足于语此”[③]。我们认为，单纯从诗歌本身的内容、格调并不能够准确理解诗歌的作意。在“政烦赋重，田莱多荒，饥馑降丧”的世道里，用“典重”笔法和憧憬的情调，叙述诗人心目中的盛世光景，未尝不是一种对衰世的谴责和抗议的方式。因此，要全面理解这几首农事诗歌的精神意义，关键不在内容上是否“辞气典重”，而在于它们是否真的像汉人所说的那样，

① 《国语·周语上》，参徐元诰《国语集解》，中华书局，2002年，第15页。
② 朱熹：《诗序辨说》，赵长征点校《诗集传》，中华书局，2017年，第48页。
③ 方玉润：《诗经原始》卷十一，中华书局，1986年，第431页。

是有所针对的。从《诗经》以外的文献记载上看，实际从西周末年的宣王（而不是像汉儒说的幽王）时期，表达着周人重农精神的籍田大礼已经出现了严重的废驰，同时另一种与之相反的现象是，周人的重农主义并未完全坠地，作为一项先王盛世法则，仍然被谨守古制的人们所坚持着。《小雅》四篇农事诗歌的出现，或许正是这种历史背景下的精神产物。

我们认为，要准确地确定这四首农诗的创作时代及其精神内涵，将其同《周颂》中的农事诗加以比较，要比纠缠诗歌的“辞气”更妥当。从四首诗反复出现的“曾孙之田”“曾孙之稼”“曾孙来止”的诗句，以及诗对“曾孙之田”的产品用于祭神、祈福的称述，可以确定，诗中所说的“大田”“甫田”，实即“籍田”。这也正是《雅》《颂》农事诗的相同点，即它们都是关于籍田、籍礼的诗歌。《雅》《颂》农诗所指谓的对象的相同，正是两者在精神意蕴上的通贯，也是两者可比性的基础。下面分析两者的不同及其原因。

首先，《雅》《颂》农事诗在描述的重心上发生了变化。在《周颂》中，“侯主侯伯”“载芟载柞”“千耦其耘”的劳作，以及与此相关的“命我众人”的诫农、辛勤照料下的“荼蓼朽止，黍稷茂止”，是诗所歌唱的主要内容。与此相关，诗中充溢的是对劳作中人和物的笔触精细的描写，“良耜”的锋利，“芟”“柞”过的土地的“泽泽”肥美，作物“驿驿其达”“厌厌其苗”的长势与生机，“其笠伊纠”的农人们“有喷其馌，思媚其妇”的情状，都以鲜明生动的形象，展现着这个以农耕为命业的淳朴人民对土地、劳作热爱的情感。而在《小雅》中，对劳动的过程虽没有完全忽略，但已失去了《颂》诗的笔力与情致，只是流于“我蓺黍稷，我黍与与，我稷翼翼”这样简括的叙述。《雅》中的农事诗着重铺陈的是“以飨以祀”“以介景福”的祭礼过程，以及由“神保”所表现出的“嗜饮食”的祖先神灵在“醉止”中的“卜尔百福”。而且在《楚茨》篇中，祭神之后意在“亲骨肉”(《郑笺》）的“诸父兄弟，备言宴私”也赫然出现在农事诗歌之中，显示着诗人对宗教活动团结族人的社会功能的注重。诗人虽不能像前辈那样用酣畅的笔墨渲染耕作、土地和作物，但在对“曾孙之庾”“千斯仓”“万斯厢”的夸饰上，却投入了更大的激情。这与对祭祀的突出，有着内在的关联。收获物的丰饶，一方面可以岁有陈粮，“食我农夫”，“遗秉”“滞穗”，“伊寡妇之利”；另一方面，在诗人看来也是更重要的方面，就是丰厚的食物乃是周人获得神灵“报以介福，万寿攸酢”的现实条件。在周颂的诸篇农诗中，也并不是没有言及祭祀，但起码它是和籍田劳动场景的描写相并立的内容，而在《小雅》的农事诗中，祭祀主题已经成为诗的重心了。

我们认为，在雅颂农事诗的明显差异中，绽露的是籍礼地位的某种历史性的变化。我们知道，“周颂”中的农事诗，是籍礼中的歌唱，属于籍礼的一个组成部分。周初隆重的籍田之礼，表现的是周人对农事的极端重视。但是周人的重农是通过籍礼仪式整个过程来表现的，作为籍礼一部分的诗，与相关的乐舞一起，各自执行着对籍礼的表现任务。因此我们看到的只是籍田典礼中的诗歌，对籍田劳动情景的即时性的描写。祈祷本是籍礼中的应有之义，诗也就在对籍田劳作描述的同时，按着籍礼的固有含义，自然地表达了对丰收的祈望。同是歌唱籍礼，《小雅》农事诗虽然在篇什长度、叙事丰赡上远胜颂诗，然在内容的含量上与《颂》相比，却显得相当偏枯。为什么诗人如此偏重描述祭仪？这不难理解，因为如此可对籍礼所潜含的政道原则、精神观念进行开掘和阐发，便于突出籍礼天道人和、神恩福禄的重大意义。人们往往在某种事物成为过去之后，才会思索它的意义与价值。《周颂》中的农诗，是籍礼在歌唱，因此有对劳作场景生动的刻画；雅中的农诗，籍礼已变成诗人追忆的赞美、反思的对象，因而对其意义的强调，取代了籍田劳动的观察和感受。《小雅》农诗的感伤气息，正无形地表露于对籍礼意义的歌吟中。如果不是籍礼因废驰而正在走向过去，诗人为什么会如此地偏执于对其意义的追寻呢？既然在周人的观念中根深蒂固地认定，籍田产品乃是“上帝粢盛”之所出，那么在籍礼废驰的年代里，诗人又怎能不借着对籍礼与周人福的关系阐扬，来对抗眼前“礼崩”的现实呢？

其次，《雅》《颂》农诗中的某些用词变化，也暗示着两者的时代特征。第一，在《周颂》中，天子以“王”相称，《臣工》有“王厘尔成”，《噫嘻》有“噫嘻成王”。《小雅》则一律以“曾孙”称王。《颂》诗称王，或许并不是特意的安排，但《小雅》变易成例，却不能不是别有用心。王是包括异姓在内的万民之主，是政治性的名称。曾孙的称谓则指代的是周王姬姓族人的特别身份。籍田是现世的周王以子孙的身份代表族人从先王手中继承的命业之田。称王为“曾孙”的用意，实际上是在强化周天子乃是姬姓人群宗族根干这样的一种血缘宗族意识。《小雅·楚茨》中，祭祀先祖后“诸父兄弟，备言燕私”的分享祭品的宗族宴会活动，显示出籍田产品不仅是天子代表族人向神灵祈求福禄的供奉，而且也是合宗族、亲骨肉的物质条件；或者说，上天的福禄正表现在宗人的亲和之中。这也正是籍田、籍礼所具有的社会功能。在阐扬籍礼重要意义的农事诗中，诗人以“曾孙”称王，暗示出周族内部的裂痕。“不籍千亩”实为历史的变化所致，农耕技术的提高已使家庭个体的耕作成为日益盛行，“千耦其耘”的“大田”劳动日益瓦解，宗族关系日益松驰，同时从宣王的“料民于太原”以及仲山父“王治农于籍”以“习民数”[①]的规谏可以看出，统治者也已试图承认现实，改变赋税的方式了。但是，从周王朝社会的实际看，周王顺应时变的举措，是一种无视巨大的潜在危险的行为。周族内部日趋分裂之际，周族与异姓的矛盾也已加深、加剧。被周族统治

① 《国语·周语上》，参徐元诰《国语集解》，中华书局，2002年，第24—25页。

的东部人群受压迫的呻吟、哀怨，甚至已回响在《诗经·小雅》的篇章里。[①]而且，蛮族猃狁入侵的骑兵，也已经在边境上由远及近地轰隆作响。周朝统治，首先是一个同姓人群集团对其他族姓集团的统治，同姓稳固的团结，是这一统治的基础。如果王朝仍然坐视周族内部的离散而不顾，它就既无力对付王朝内在的矛盾，也无从调动王朝所有的力量对付外在的忧患。实际上从《左传》“召穆公纠合宗族于成周”[②]的记载可以看到，王朝努力挽回族群离散的倾向。强调籍礼意义的《小雅》农事诗歌，正是在这样的历史背景下的精神产物。诗人敏锐地感觉到籍田的荒芜与族群离散之间深刻的关联，因而在对废驰的“先王之制”的歌吟中，实际暗含着对治社会病情的深沉用意。

还有一个很值得注意的用语，就是《楚茨》篇中的“自昔何为”一句。它所领起的是如下的诗文：“我蓺黍稷，我黍与与，我稷翼翼，我仓既盈，我庾维亿。以为酒食，以享以祀，以妥以侑，以介景福。”“自昔何为”与其所领起之文实际是自问自答关系。其意是说，先人们在籍田上种植黍稷，生产了丰饶的粮食，用它来祀神灵，获得神灵的厚恩。如果今人仍然很好地沿袭着先代典制的话，如果不是有所针对的话，“自昔何为”的发问，不就是一句废词了吗？此外，在《周颂》的《载芟》《良耜》中，有“匪且有且，匪今斯今，振古如兹”“以似以续，续之古人”的话，作为结尾，以示周人自古而然的敬神。在《小雅·楚茨》篇中，也有性质相同的诗句：“既醉既饱，小大稽首。神嗜饮食，使君寿考。孔惠孔时，维其尽之。子子孙孙，勿替引之。”可注意的是说法不同。《颂诗》的“匪且（毛传：且，此也）”“匪今”以及“以续古人”云云，

① 见《诗·小雅·大东》，参孙作云《〈小雅·大东〉篇释义》，《文史哲》1956年第11期。

② 《左传·僖公二十四年》，见杨伯峻《春秋左传注》，中华书局，1990年，第423页。

表明诗人是在称道眼前典礼来历古久，以此赞美周人福禄的悠长。而在《楚茨》中，“子子孙孙，勿替引之”则是一种戒告、祝愿之辞，无非是在强调祭礼所含法则的不可替代。结合“孔惠（笺：惠，顺也）孔时（笺：甚得其时），维其尽之”的叮咛，不难看出衰世诗人借先王旧制规戒当今的良苦用心。

基于以上理解，我们认为，虽然《小雅》中的四首农事诗歌并不像汉儒所说的篇篇都是“刺幽王”之诗，但它们都是些衰世之作这一点，是没有疑问的。《周颂》的农事诗歌是盛世之典，而《小雅》则是身处衰世的人们对盛世原则的招魂。借用德国思想家席勒的概念，我们可以用“朴素的诗”和“伤感的诗”来揭示《周颂》农事诗歌与《小雅》农事诗歌的内在关联。颂中的农事诗尽管篇什短小、意蕴单纯，却有着难得的明彻和格调的爽健。诗人所面对的现实与他的理想是统一的，因而是“朴素”的。但在《小雅》时代，是诗人理想的现实已经失去，它们必须多方面地在追忆、思索、引申和赞美中完成对理想时代简单事实的复原，以期化导现实。他们的理想与其所面对的现实是不统一的，因而是“伤感”的。因此，从《小雅》农事诗歌对周初籍礼的眷念中，我们实际看到的，是盘固在诗三百篇的具有自我调节功能的文化精神体系。一种文化生成之后，它便具有了不受现实变化而变化的观念形态。它既有着作为实体存在的自身结构，又有着维护其自身完整的调节功能。这种调节功能，正表现在这个文化实体有形的典制与无形的精神发生分离，即制度的崩坏之际，人们对传统价值激烈的阐扬与捍卫中。《诗经》的重农，是文化保守主义的。它的价值，就在于诗人在伤逝的歌吟中，保存着历史并明确着对传统的认识。

4.重农主义的渊源

从对雅、颂农事诗歌的内容及有关背景的分析，可以得到如下一个基本结论：周人的重农有其独特的理由；在周人重农精神要素中，包含着远比只将农事活动视为一种生业更为广泛复杂的内涵。任何一种劳动，都必须结成一定的社会关系，因此劳动关涉的就不仅是它的对象，而且是人群的社会结构。周人的重农恰恰与此相关。尽管这是一个世代业农的人群，但截止到它入主中原之际，依然处于一个聚族而耕的社会关系相当初始的阶段。而重农的重要意图之一，就是要保存并强化这种“聚族而耕”。这有其历史的必然，它与周族作为一个主宰性的人群出现时所面临的问题相关，重农首先出于政治意图。因此，重农成为周代文化精神的主要性格特征，实在是由殷周之际的复杂的历史状况决定的。因而重农精神的出现，实际上是历史对周代文化的趋向所作出的抉择。而这抉择一经确定，农耕事业因具有了许多其自身的价值含义，也就具有了与其他生业发生某种对立的可能。在《小雅》时代，这种对立已经开始显露了。

重农精神在周初时代有着极强的现实合理性，因为不论是从生产工具、生产技能，还是从生产效果着眼，农耕生产都是一个有待拓展的事业。同时从总体上看，当时的中国境内，正是一个从渔猎、畜牧向农业转化的时代，这也的确需要统一的王朝以政治的力量推助这一转变的完成。周王朝的督责农业对此是有重大贡献的。更重要的是，“聚族耕稼”所表现出的带有浓烈的原始气息的社会关系，最终也须有“聚族耕稼”所造成的生产进步来予以瓦解。实际上，西周后期不论是周厉王的“专利”“革典”还是周宣王的“料民”“不籍千亩”[①]，都直接或间接地体现着原初社会关系在社会生产发展下的穷途末路。然而，含有政治意图的重农观念在这样的历史时刻，却走向了自己的反面。它从维护周人政权的目的出发，开始为不合时宜的“聚族而耕”招魂，重农精神开

① 均见《国语·周语》，参徐元诰《国语集解》，中华书局，2002年，第13、第100、第24、第15页。

始蜕变为保守重农主义的挽歌。一部《诗经》，就是一部活的历史。它在以情感的方式，具体地记述着一种文化观念的生成与质变的历程时，也强有力地显示着一种文化选择如何深刻地内化为该文化人群自觉的思维方式、价值标准。征诸文献中同期和稍后时期人物言论的记载，我们可以领略这种思维方式是多么的极端和偏狭，虢文公在向周宣王申述重农的理由时说，农事可以“敦庬纯固”[①]生民的德性，鲁国的季氏之妇则更声称，先王为使民“莫不向义”，而“择瘠土处民”[②]。为着所谓的“向义”，竟不惜牺牲民生的幸福，政治性的农耕之教，最终沦为道德至上的“妇人”之见。虽然在周代王权崩坏、新的统一政权尚未建立之际，在东方各国，商业、手工业、工矿业都曾有过空前绝后的发展，但是始于《小雅》时代的重农主义却一直影响甚大，法家的农战政策在最终成为新的统一政权的基本国策。从此以后，商业手工业等那些以农业发达为前提的非农耕性的诸多新型生业，就都被禁锢在十分狭小的范围和可怜的水准上了。长期的本末之辨、重农抑商，是中国独有的东西。周人的文化选择，不幸成为中国古代文化的普遍选择。

（原载《中国文化研究》1997年秋之卷）

① 见《国语·周语上》，参徐元诰《国语集解》，中华书局，2002年，第16页。

② 《国语·鲁语下》，同上书，第194页。

周初《大武》乐章新考

摘　要　《大武》历来认为诗有六首，本文提出，实际上只有《左传》所言三首诗。而且，《大武》最初的演唱是在当时新建成的雒邑进行的。

关键词　《大武》　用诗三首　东都祭天

周初有《大武》乐章，《诗经·周颂》中尚保存着乐章的三首诗，即《武》《赉》《桓》。以往研究者据《大武》"六成"之乐的记载，试图从《诗经》中寻找另外三首诗。本文认为，《大武》乐章虽有"六成"，但用诗没有六首。"六成"之乐，实际只有《武》《赉》《桓》三首诗。

一、对诸家之说的驳正

有关周初《大武》乐章的情况，见于《左传》《荀子》《吕氏春秋》和《礼记·乐记》等文献。如《左传·宣公十二年》记载楚庄王之语曰：

> 武王克商，作《颂》曰："载戢干戈，载櫜弓矢。我求懿德，肆于时夏，允王保之。"又作《武》，其卒章曰："耆定尔功。"其三曰："铺时绎思，我徂惟求定。"其六曰："绥万邦，屡丰年。"夫《武》，禁暴、戢兵、保大、定功、安民、和众、

丰财者也。故使子孙无忘其章。[1]

文中“载戢干戈”四句见于《时迈》，“耆定尔功”句见于《武》，“铺时绎思”两句见于《赉》，“屡丰年”两句见于《桓》。在楚庄王那里，很明显是把《颂》即《时迈》与《武》《赉》《桓》三首《大武》乐歌视作不同典礼的作品，这是应当予以正视的，不能因为现在都保存在《周颂》里就混为一谈。《时迈》篇说“我求懿德”，《大武》其三又称“我徂惟求定”，所以楚庄王说《武》有“禁暴、戢兵”等七种大义，即所谓“武有七德”。又《荀子·儒效》篇说：“武王之诛纣也。……反而定三革，偃五兵，合天下，立声乐，于是《武》《象》兴而《韶》《护》废矣。”《吕氏春秋》又说：“武王即位，以六师伐殷，六师未至，以锐兵克之于牧野。归乃荐俘馘于京太室，乃命周公作《大武》。”两家也都说《大武》之乐作于周初的武王克商之后。无论如何，周初有《大武》应是确定的。

就笔者所知，较早注意到《左传》及《礼记》所载《大武》之乐与《诗经·周颂》篇章关系的，是朱熹《诗集传》。在《诗集传》卷十九《武》篇注解中，朱子说：“《春秋传》以此为《大武》之首章也。”同卷《赉》篇谓：“《春秋传》以此为《大武》之六章，则今之章次，盖已失其旧矣。”《桓》篇又谓：“《春秋传》以此为《大武》之三章，而《序》以为大封于庙之诗。”《武》《桓》两诗都出现了“武王”一词，因此朱子又在《桓》篇中说：“篇内已有武王之谥，则其谓武时作者亦误矣。”[2]朱熹注意到了谥号的问题，是他的精审处，对确定《大武》的具体时间很有帮助。

朱熹《诗集传》之后，明代何楷在其《诗经世本古义》中，开始照着《左传》和《礼记》之《大武》“六成”之乐的说法，向《周颂》按图索骥，以凑足“六成”之数。《大武》用诗问题变得纷纭了。

① 杨伯峻：《春秋左传注》，中华书局，1990年，第744—746页。

② 朱熹：《诗集传》，上海古籍出版社，1980年，第232—236页。

何氏之后，讨论《大武》用诗的，计有魏源《诗古微》、龚橙《诗本谊》、王国维《周大武乐章考》[1]、孙作云《周初大武乐章考实》[2]、高亨《诗经今注》[3]、阴法鲁《诗经中的舞蹈形象》[4]、王玉哲《周代大武乐章的来源和章次问题》[5]和杨向奎《宗周社会与礼乐文明》[6]等家。笔者未见的，又不知有几家。细按各家之说，没有一家不是方凿圆枘、扞格难通的。问题就出在没有把《大武》当作诗歌与乐舞相辅相成的整体看，低估了古人将歌唱、舞蹈与音乐三者合而为一的造艺能力。

对各家之说一一评述将是琐碎的。实际将《左传》所言《武》《赉》《桓》之外的那些被诸家派入《大武》的篇章不合适的理由弄清楚，就可以证明各家的错误了。这些被派入的篇章共计有《时迈》《酌》《般》《维清》《昊天有成命》《我将》等诗。兹顺次证之。

先看《时迈》一篇。《左传》中楚庄王明明说“作颂，……又作武”。“颂”即《时迈》，而“武”则为《武》等三首诗。很明显，楚庄王是将《时迈》与《大武》之诗分开来讲的。居然有人将《时迈》也往《大武》中拉，如何让人信服?《时迈》之诗另有用场，对此笔者另有专文证之。[7]

《酌》有人将其定在第一章，有人定在第二章，也有人把它定在第五章，真可谓“居无定所”了。诗篇开头“於烁王师”一句，“於烁”为赞美词，“王师”可以解释为“文王之师”，也可解作“王

① 王国维:《观堂集林》，中华书局，1959年，第104—107页。

② 孙作云:《诗经与周代社会研究》，中华书局，1966年，第239—272页。

③ 高亨:《诗经今注》，上海古籍出版社，1980年，第480—481页。

④ 阴法鲁:《诗经中的舞蹈形象》,《舞蹈论丛》1982年第4期。

⑤ 王玉哲:《中华远古史》，上海人民出版社，2000年，第501页。

⑥ 杨向奎:《宗周社会与礼乐文明》，人民出版社，1997年，第342—363页。

⑦ 拙文《诗经·时迈篇创作时地考》提出,《时迈》篇的创作演唱，是在武王灭商之际，在后来的成周之地首次祭祀上天时使用的。发表于《河北学刊》2002年第2期。

道之师”，总之不离对周军的夸赞。第二句“遵养时晦”，笼统地说是“韬光养晦”的意思,《左传·宣公十二年》记随武子引此篇以明军谋，一则曰“观衅而进”，再则曰“见可而进”，三则曰“兼弱攻昧”，最可明示此语的含义。第三句“时纯熙矣”，意思是天下一片光明，颂扬周家克殷给天下带来光明。这些一般都无歧义，有问题的是接下来的“是用大介”一句。自孙作云将此诗定为《大武》首章后，不少人响应，如阴法鲁、王宗石等。这样的安排要说得通,“大介”两字中的“介”，就一定得重新解释;《毛传》是解释为“助”的。孙作云把这句翻译成“我们就要打仗了”。“介”字如何是“打仗”的意思呢？根据是《大雅·板》和《郑风·清人》中的“介”或“价”字，郑玄《毛诗笺》都训为“甲”，也就是甲胄的意思。周家的部队穿上了甲胄,“我们要打仗了”的意思自在其中了。可这样的解释是扞格的。前文说“时纯熙矣”,“天下一片光明了”，怎么忽然又来一个“是用大介”呢?“是用”即“所以用”,“天下光明了，所以要穿上甲胄准备打仗”，这像一句话吗？考“介”在《诗经》中的用法，固然有如《郑笺》所训为“甲”者，但像《小雅·小明》篇“神之听之，介尔景福”,《甫田》篇“以御田祖，以祈甘雨，以介我稷黍”之“介”，都以训解为“祈求”一类的意思为妥。“是用大介”也不例外，它一定解释为祈求福赐，还是由下文“实维尔公允师”一句限定着的。“尔公”的“公”字，《毛传》诂训为“事”，故不少学者用通假的办法解释为“功”即功业；实际也可以照本字读,“公”犹说“先公先王”。因为下文有一个“允师”的“师”跟着。诗句是说，所以有今天的胜利，是因为师法了你们先公先王。这很符合向祖灵献祭的口吻的。“我龙受之，蹻蹻王之造”两句是倒装。“龙”，林义光《诗经通解》据金文语例训释为“恭”，甚确。“王之造”的“造”,《毛传》训“为”，句意是说“造就王业的作为”。综上,《酌》是向先王献祭的诗篇，《毛传》说:“《酌》，告成《大武》也。”既然是“告成《大武》”，就不是《大武》内的篇章。

第二首被误入《大武》的是《般》。诗篇首句“於皇时周”的“於皇”，犹言“皇皇”，“隮山乔岳”句之“隮”，《毛传》：“隮，山之隮小者也。”马瑞辰《毛诗传笺通释》卷三十：“隮与乔对举，犹长与高对言耳。”此句承上句“陟其高山”，意为登上高山，见到的是众多的高峰与山峦。其意非亲登山者无以道。“允犹翕河”句之“允犹”二字，马瑞辰《通释》释“犹”为“若”，“若”即“顺”，“允若”即“允顺”；“翕”之义为“合”；“河”即黄河。此句是说，从高山望去，眼前的山脉皆顺着地势而合于大河。[①]“裒时之对”的“裒”为聚集的意思；“对”，马瑞辰认为即“对扬王休”之对，“对答”的意思，即对答上天之命。“时周之命”之“时”，即“是”。此句是说，将普天下的诸侯聚集在一起，对答上天之命，实在是周家的天命。此诗关键之点在“陟其高山”一句，讲明了诗篇创作的具体背景，《毛序》解此篇为“巡狩而祀四岳河海之作”，是有其道理的。不过就“陟其高山”一句的“陟”字着眼，此诗倒很可能与封泰山有关。《史记·封禅书》：“周成王封泰山，禅社首，然后得封禅。”又言：“孔子论述六艺，传略言易姓而王，封泰山禅乎梁父者七十余王。”是此诗很可能作于成王时期。诗篇中“允犹翕河”一句，气象宏伟，正所谓“登泰山而小天下”。东汉马第伯《封禅仪记》记登泰山所见曰：“东山名曰日观，……秦观者望见长安，吴观者望见会稽，周观者望见嵩山。黄河去泰山二百余里，于祠所见黄河如带，若在山址……”[②]此文作于马第伯建武三十二年从汉光武东封泰山之际，其纵目所见，正与“允犹翕河”所云相类。

诗义既说如上，我们再看诸家将其放入《大武》是如何不通。

---

① 此处从王宗石《诗经分类诠释》说，湖南教育出版社，1993年，第933页。

② 严可均：《全上古三代秦汉三国六朝文》，中华书局，1958年，第633页。

何楷、魏源、高亨、阴法鲁、王玉哲定其为第四成，龚橙、杨向奎定其为第五，王国维定其为第六。《大武》的第四成，据《乐记》的描述为“四成而南国是疆”，第五成为“周、召分夹”，第六为“复缀以崇”或“以崇天子”。这些话都是对《大武》演出实况的说明，哪一点显示出“陟其高山”的痕迹了？既然都是根据《礼记》的说明去考究《大武》，何以竟又置《礼记》的内容于不顾？孙作云《考实》篇又将篇名的“般”训释为“班师”之“班”，定为第三成，说是表现周家班师的歌唱。这可真是越说越让人糊涂。《乐记》明明说“三成而南”，周家军队乘胜前进，如何又“班师”还朝？且班师又与“陟其高山”何干？

《维清》一篇是被晚清的龚橙判为《大武》之四的。此诗并不难懂，从“维清缉熙”“文王之典”两句可以判断，是祭祀文王的，也就是说，是祭典上的乐歌。因此龚氏将其判入《大武》是说不通的。《大武》之乐本来就是献给天地及祖宗神灵的舞乐，而它的主题则是再现周家克商的过程，两项限定都不大可能让祭祀祖宗的内容在歌舞中占太多的分量。《左传》记载的《武》中既有了“允文文王”的歌唱，再来一个对文王的祭祀，则有点叠床架屋了，同时与《乐记》和《左传》的记述也对不上茬口。

《昊天有成命》被王国维定为《大武》之首，也是一件很奇怪的事。诗篇有“二后受之”与“成王不敢康”两句，“二后”与“成王”并提，“成王”指周成王确定不移。更能说明问题的是《国语·周语下》载叔向论此诗曰：“是道成王之德也。成王能明文昭，能定武烈者也。”“成王”与“文昭”“武烈”相对，“成王”所指，再明确不过了。王国维当然看过《国语》的材料，他这样说，有他的理由，就是诗篇中“夙夜基命宥密”一句出现的“夙夜”二字。《礼记·祭统》说“舞莫重于武宿夜”，王氏于是先将“夙”字通假为“宿”，然后一口咬定：“若武宿夜而在今《周颂》中，则舍此篇莫属矣。”[1]这实在是武断之论，诗中有“夙夜”二字，就一定是“武宿夜”？《我将》篇里也有“我其夙夜”语，它也是“舞宿夜”吗？再者“舞莫重于”几个字中的“舞”，就一定指《大武》之舞？两头都没落稳就定案，不太有点“屈打成招”了？

《我将》被派在《大武》之首，也是不管诗篇内容的做法。诗言“我将我享，维牛维羊。维天其右之，仪式刑文王之典”，很明显与《维清》一样，是祭祀周文王的篇章。诗一则曰“日靖四方”，再则曰“于时保之”，明显是周人得天下以后的口吻。《乐记》中说得明白，《大武》之诗始是充满着踌躇戒惧之情的，而《我将》的内容，与之相去简直不可以道里计。高亨先生在他的《诗经今注》里居然把它认定为《大武》首章，也许有他的考虑。古人出师，先要告庙；周武王要伐商纣，当然得向文王之灵告祭。但告庙是常礼，而《大武》乐章是表现周家克殷胜利的重大事件，在表现内容上不能不有所选择、有所限制。周武兴师之前就是百分之百地向文王庙献过祭，也不能确定《大武》中就一定有祭祀文王的内容。全然不顾现有的记载，又没有可靠的新证据，只凭感觉、想象各说各的，是不能令人信服的。

二、《大武》乐章的还原

在后世的舞台上，歌唱、舞蹈与音乐三者合一的表演艺术是很常见的。每一段落中是否一定有歌唱，那得看表现内容是否需要。这样一条简单的艺术法则，不会只有后来的艺术家才懂得。《大武》乐章乐有六成，用诗不一定六首，这也是由艺术表现需要决定的。不少论者总是照着《礼记·乐记》对《大武》乐有“六成”的描述去寻觅“六成”之诗，可是人们细看过那段文章的义理吗？

---

① 王国维：《观堂集林》，中华书局，1959年，第109页。

孔子说:“夫乐者，象成者也。总干而山立，武王之事也；发扬蹈厉，太公之志也；武乱皆坐，周召之治也。”这几句话，不仅是对《大武》表演次第的表述，同时也是对《大武》结构及其中心含义的揭陈。也就是说,《大武》乐虽有六成，所表现的内容却可以归结为三项：武王之事，太公之志和周、召之治。《礼记·郊特牲》:“升歌，发德也。”《乐记》:“升歌《清庙》，示德也。”这都是在强调歌唱在舞乐中起着舞蹈、鼓乐不能完成的表现任务，歌唱宣示的是歌舞中的意义层面的含义。《大雅·大明》写道:“维师尚父，时维鹰扬。”“鹰扬”即“发扬蹈厉”。作为周军的主将，姜尚代表的是武王军队的威武。既然《大武》之乐有太公“蹈厉”的内容，通过舞蹈动作的设计，太公的“鹰扬”是可以表现出来的。也就是说，表现这样的内容，不一定非要歌唱不可。后世的舞蹈、戏剧，例子很多。这样,“六成”之乐中,“再成灭商”等方面的内容，由猛厉的舞蹈和必要的鼓乐伴奏就可以清楚地予以表现，这正属于“太公之志”部分，也是属于《大武》中的“武戏”部分，有节奏的呼喊可能是有的，但歌唱就难。“太公之志”不需要歌唱，但“武王之事”和“周召之治”就不同，单靠舞蹈、音乐明白无误地表达就有困难，歌以“发德”必不可少。作为宣示周家胜利意义的歌舞,《大武》不能简单地停留在对事件的再现上，它必须声明这胜利本身所具有的普遍意义。没有歌唱，这部分意义的表达就会大成问题。《左传》中楚庄王“武之七德”的概括，也正是由对舞乐中诗篇的举证来表明。这便是“歌”以“发德”的作用。再从表现上说，演唱于某一“成”的诗篇，不一定只是“发”该“成”之德，既然歌唱是对意义的宣明，就应当用到点子上。再从演出上说,“发扬蹈厉”的“武打”时，歌唱也是很困难的，即在今天的戏剧艺术中也不例外。

现在我们来看一下，如果将《左传》所言《武》《赉》《桓》三诗，与《礼记》所述《大武》演奏场次结合起来，是否可以还原出一个有机的艺术整体。

《左传》说《大武》首章诗歌是《武》。诗曰：

> 於，皇武王！无竞维烈。允文文王！克开厥后。嗣武受之，胜殷遏刘。耆定尔功。

篇中“无竞维烈”句大意为“无上的功烈”，系指克商而言。“允文文王”中第一个“文”字指文德，“允”即“实在”的意思。“嗣武”句接前一句“克开”两字，言武王承继了文王的志业。前后两句是说，文、武两代人前仆后继，终于大功告成。“刘”是“残杀”，指殷纣；“耆”是“终于”的意思。

从《礼记》记载看，《大武》的首章是“始而北出”，并且演出速度较慢，与“再成灭商”适成鲜明对比。要注意的是，孔子在说《大武》的结构时“总干而山立”一语，“山立”就是正面而立，“山”之一字，表现武王的威重。而且，这个“总干而山立”应是第一成结束时的造型，象征周家联盟的结成与团结。笔者以为，舞乐“山立”造型完成的时候，恰是《武》“於，皇武王！”歌声响起的时候。歌声赞武王，又赞文王，继而再回到对武王的颂扬，曲折跌宕，中心不乱，实际是一阕大型歌舞的序曲。

再看《赉》的演唱情况。据《乐记》，“再成而灭商，三成而南”。“灭商”的第二成，是“发扬蹈厉”，上文说过，不须用诗。第三成则不同。据《左传》三成之诗有“敷时绎思，我徂维求定”，正见于《赉》。其辞曰：

> 文王既勤止，我应受之。敷时绎思，我徂维求定，时周之命。於，绎思！

诗中“应”是“承受”的意思，“绎”即“继续”，“思”是语词。不难看出，此篇紧接着前一篇即《武》篇而来。前一篇说“嗣武受之”，言武王承的是文王基业，此诗上来就说“我应受之”，其义连贯如此，绝非偶然。同时《赉》也正是“武王之事”的表达。《礼记·祭义》：“天子……冕而总干。”郑玄：“冕而总干，亲在舞位。”[①]如此，诗篇当是舞乐中的武王或武王的扮演者所唱的歌。这可以为《乐记》记载证明。《乐记》谓：“夹振而驷伐，盛威于中国也。”郑注：“夹振者，王与大将夹舞者，振铎以为节也。驷当为四，声之误也。《武》舞，战象也，每奏四伐，一击一刺为一伐；《商誓》曰：‘今日之事，不过四伐五伐。’”据此，“三成而南”与“二成”的“发扬蹈厉”不同，它不是群体的舞蹈，而是周王和大将的独舞和歌唱。此时表现周家大军正乘胜前进，打击商朝残余势力，而武王或他的扮演者上台，高歌《赉》之篇章，正是向前进的大军发布将战争进行到底的命令，同时也是在向天下人宣示，周家的进军，只是为求天下的和平。这正是诗篇所表达的“武王之事”。

据《乐记》,《大武》是“四成而分，五成而南国是疆”。这两成没有歌唱。据《左传》,《桓》是《大武》第六成所歌之诗。其辞曰：

绥万邦，娄丰年，天命匪解。桓桓武王，保有厥士，于以四方；克定厥家。於，昭于天！皇以间之！

“绥”即“安定”；“娄”,《左传》引作“屡”，即“屡次”；“丰年”,《老子》说“大军之后，必有凶年”，然而《左传·僖公十年》宁庄子曰：“昔周饥，克殷而年丰。”在诗人这正是上天保佑有周的祥瑞。“匪解”之“解”就是“懈”，指上天眷顾周家并不松懈。也就是说，诗人认为获得丰年是上天眷顾的表征。“保有厥士”的“士”字，应作“土”，两者字形接近故易误，这一点前人已多言之。诗篇是在以屡获丰年为上天眷顾周家的祥瑞，进而赞颂武王打下的江山永固。而歌声涌起的时候，舞蹈应进行到“六成复缀”的时候，此时按《乐记》的说法是“舞乱皆坐”，洋洋的“屡丰年”之声升起，舞乐达到高潮并结束。《乐记》说这一成表现“周、召之

① 阮元：《十三经注疏》，中华书局，1980年，第1600页。

治”，是从“四成而分，五成而南国是疆”的说法发展来的。

我们按《大武》用诗三首的思路，把《大武》的演出次第复原了一下。虽然只有《武》《赉》《桓》三诗，但《大武》已经构成一个完整而有机的艺术整体了。首章的序曲，中间的独唱和结尾时的合唱，三者可谓一脉相承，互相呼应，多一个不行，少一个也不行。首先是中心突出，舞乐是歌颂武王克商的，所以始终以武王为主。开始一章武王、文王并提，先武王而后文王；继之是第三成的歌唱，以武王的口吻唱，上来就是“文王既勤止”，与首章的“允文”两句紧密呼应。“舞乱”之时的歌唱又盛赞武王的“克定厥家”，内容的分布，多一分则长，少一分则短。其次是意义明确。说《大武》盛赞武王克商，盛赞这一重大事件中的什么呢？是周家的膺受天命。因何而能膺受天命？是杀伐暴力吗？舞蹈的部分的确表现了这方面的内容，但在舞乐的歌唱中，却努力在将周师的武力“发德”为祈求天下的安定。最后的歌唱，则是以上天的屡降丰年为休应，高歌周家已经获得了上天的眷顾。其内容的表现是畅达贯通的，如果加上前人各说的任何一篇，都会显得臃肿，破坏歌舞的整体性，从而与乐章“天命匪解”的主题相龃龉。

三、《大武》制作演出的时间地点

《左传》及《荀子》《吕氏春秋》等文献，都把《大武》的创制与武王克商连在一起说。如《左传》谓“武王克商，作《颂》，……又作《武》”，《荀子》谓“武王之诛纣也，……反而定三革，……于是《武》《象》兴而《韶》《护》废矣”，《吕氏春秋》谓“武王即位，以六师伐殷，……归乃荐俘馘于京太室，乃命周公作《大武》”。是诸家记载都认为《大武》之乐作于武王克商之后，是周武王活着时候的制作。可是，当我们将《大武》乐舞按照《左传》和《礼记》提供的线索还原后，发现上述说法并不妥当。《大武》乐章所用诗篇内容显示，当作于克殷后周王朝政权趋于稳定的时候，而非武王在位时期。武王在位时间很短，只有三四年的时间。从《逸周书·度邑解》和《史记·周本纪》里武王登高望商邑后忧心忡忡以至“自夜不寐”的情况看，那时节是商纣虽灭，商遗犹众，如何消除这潜在的危险，尚未获得实际的解决。这时候就有《大武》的高唱“天命匪解”“皇以间之”，恐怕不是周武王所能有的心情。

更大的问题是，舞乐诗篇中数次出现的“武王”这一称号。朱熹《诗集传》认定此一称号为武王的谥号而怀疑《左传》的说法：如果《大武》像《左传》《荀子》等说的是作于武王时期，那就不会出现武王的谥号。近代王国维提出：“周初诸王若文、武、成、康、昭、穆皆号而非谥。……谥法之作，其在宗周共、懿诸王以后。”①郭沫若《谥法之起源》②又极力证成王说，因此生号之说数十年间被奉为不刊之论。但是，随着更多器物的发现和研究，王国维等人的说法逐渐引起怀疑。屈万里《谥法滥觞于殷代论》③、黄奇逸《甲金文中王号生称与谥法问题的研究》④、彭裕商《谥法探源》⑤等，都认为生称王号的说法并不符合实际，谥法的起源甚至要早到晚商时期。通观《大武》的内容，它的创作年代，也以定在武王去世以后为宜。舞乐歌唱的中心是赞美武王的，又是在天地神灵面前唱的；武王对着天地祖先盛赞自己，这太唐突了，古人恐怕不会如此。又，可以确信为《大武》诗篇《桓》的“娄（屡）丰年”

① 王国维：《观堂集林》，中华书局，1959年，第895页。

② 郭沫若：《金文丛考》，日本株式会社开明堂印本。

③ 屈万里：《谥法滥觞于殷代论》，历史语言研究所集刊，第13本。

④ 黄奇逸：《甲金文中王号生称与谥法问题的研究》，《中华文史论丛》1983年第1期。

⑤ 彭裕商：《谥法探源》，《中国史研究》1999年第1期。

之句明示的时间，也是作于武王生前的反证。那么，《大武》应当作于何时呢？应当在成王时期，具体说是在周公平定了“三监之乱”以后。《尚书大传·洛诰》说：“周公摄政，一年救乱，二年克殷，三年践奄，四年建侯卫，五年营成周，六年制礼作乐，七年致政。”《礼记·明堂位》也说：“……周公相武王以伐纣。武王崩，成王幼弱，周公践天子之位，以治天下，六年朝诸侯于明堂，制礼作乐，颁度量，而天下大服。七年致政于成王。”[①]两种记载都说周公摄政的第六个年头“制礼作乐”。《尚书大传》对此还有更详细的描述：“周公将作礼乐，优游之三年，不能作。君子耻其言而不见从，耻其行而不见随。将大作，恐天下莫我知也；将小作，恐不能扬父祖功业德泽；然后营洛以观天下之心。于是四方诸侯率其群党，各攻位于其庭。周公曰：‘示之以力役且犹至，况导之以礼乐乎！’然后敢作礼乐。”这段话透露出这样的信息：制礼作乐与在东周雒邑大会诸侯有关。联系《逸周书·度邑解》里记载的武王心事，这是极有可能的。“定天保，依天室”，就是在成周雒邑这个夏禹获得天命的神圣之地，以上天的名义大合诸侯，安集天下，犹如当年夏禹的涂山之会，又如商汤灭桀后的“复薄（亳）”[②]。诸侯大会同古称“殷礼”[③]，而《尚书·洛诰》记周公语曰：“王肇称殷礼，咸秩无文（紊）。”此时《洛诰》显示正值“惟周公诞保文武受命，惟七年”。这就是说，周公摄政六年时始“制礼作乐”，至七年正式用之于大会诸侯的“殷礼”。殷礼的举行，标志着周家建立的政权得到天下人的拥护，也就是周家最终膺承了天命，武王的遗愿最终得到落实，周公于此时正式还政于周成王。周人何以非要先到东都举行庆祝胜利、告祭上天的大典呢？李学勤先生说：“周人甚至把成周之地为天下大地之中心的观念，融汇到他们

① 阮元：《十三经注疏》，中华书局，1980年，第1488页。
② 《逸周书·殷祝解》：“汤放桀而复薄，三千诸侯大会。”
③ 《周礼·大宗伯》：“以宾礼亲邦国，时见曰会，殷见曰同。”

的宇宙观中去了。《周礼·大司徒》记载有用仪器土圭测量日影以确定天下之中的办法。……这样的地点就在古代的阳城，今登封告成镇……”又说：“洛阳附近一带为天下之中的观念起源很古。阳城据文献载是夏禹的都邑，而周武王设计后来成周的位置，恰恰由于那里是夏人的居地。”[①]武王既然是根据“天下之中”的观念作出建设东都的规划，那么，天下大定后，马上就到雒邑告祭天地，就是极其自然的了。《大武》乐章，不正是以“发扬”周家获得天命眷顾为大旨吗？

《大武》演出于东都这一点，又可以得到文献的佐证。《尚书·召诰》《洛诰》两篇周初重要文献都与东都建造、周公返政成王一事有密切关系。《召诰》称成王在东都的主政是“王来绍上帝，自服于中土”，建造成周大邑的功用是“其自时（是）配皇天，皆祀上下，其自时中乂（治），王厥有成命治民”。其意是说，成王在成周这里好好敬奉皇天上帝，才是他（或周家）治理天下万民的先决条件。《召诰》载周公为成王的祭天献了币，同时成王更诚恳地请求周公保佑他在新都“奉答天命，和恒（即和悦）四方民”。在暴力消灭了殷商政权之后，敬奉上帝，以宗教的形式向天下人显示自己获得了天命，是抓住天下人心的要害。此处有王朝生死存亡的大关键，是西周肇造时武王、周公手中紧握着的政治纲维，更是我们理解此时期一系列重大精神活动的线索。由此出发，我们再回头看一看那表现着周家胜利的《大武》乐章，它的“我徂维求定”的明确宣示，它的“天命匪解”“时周之命”的畅扬和“皇以间之”的自信，都让我们作这样的推想：《大武》乐章就作于《礼记·明堂位》所说的“六年朝诸侯于明堂，制礼作乐，颁度量而天下大服”之际。幸运的是，新出土文献也提供了宝贵的证据。

① 李学勤：《失落的文明》，上海文艺出版社，1997年，第114—115页。

1963年出土于陕西的《何尊》铭文曰:“隹王初迁宅于成周[①],复禀珷王礼福自天,……王……曰:‘……隹珷王既克大邑商,则延告于天曰:余其宅兹中国,自之乂(治)民。’”[②]“礼福自天”的“天”就是大室或太室,也就是《尚书大传》所谓的“明堂”。这正与《逸周书·度邑解》记武王在夏禹的故宇“定天室,依天保”的设计相应。果真是“迁宅成周”,那一定得在成周落成后不久的某一年某一日举行过“礼福自天”的大典。此时演奏表现周家膺承天命的《大武》乐章,确实是十分必要的。

(原载《中州学刊》2003年第5期)

① 铭文“迁宅”之“迁”,有学者解释为“营造”之“营”,此处从唐兰、杨向奎等先生之说。另外,一些金文难字,为方便排版,也据学者隶定改为今体字。

② 唐兰:《西周青铜器铭文分代史征》,中华书局,1986年,第73—74页。

《诗经》文学的宣王时代

摘　要　西周宣王时期,《诗经》创作上出现如下几个变化:其一,与之前诗篇相比,此期诗篇中表现贵族政治活动及其生活的内容明显增加,彰显着当时重要的历史现实;其二,宣王时代的战争诗篇内涵发生剧变,由安抚社会情绪变为颂扬贵族功勋;其三,诗篇创作正在脱离典礼的限制,"小礼生大篇"的倾向相当明显,诗篇内容开始向世俗化方向迁移;其四,此期有主名的贵族诗人出现,是数百年礼乐文化积淀的重要结果。这就形成了《诗经》文学的"宣王时代",具有一定的文学研究意义。

关键词　《诗经》　宣王时代　贵族现象　诗礼关系

说《诗经》文学有一个"宣王时代",首先是因为从"雅颂"诗篇中可以辨认出数量不少属于周宣王时的作品[①];其次,也更重要的,就是观察这些宣王时的诗篇,可以发现这些诗篇与之前的《诗经》篇章,不论在题材内容还是在风调上都有显

① 关于宣王时代诗篇认定本文不设专节讨论。除为节省篇幅之外,还因古来对宣王时期诗篇认定分歧不大。如遇一些需要说明年代的篇章,或在正文、或在脚注加以说明。

著变化[①]。例如，一些表现王朝征战、册封和朝觐的诗篇，如《小雅·六月》《大雅·崧高》《大雅·韩奕》等，照理说活动的中心应该是周王，可是读解上述诗篇，活跃于篇章中的多为贵族大臣[②]。又如，一些身份高贵的贵族以看上去很像“自报家门”的方式出现在《大雅》诗篇中。贵族大臣的身影活跃，是宣王时期诗篇的一个显著特征。再次，一些宣王时的大小《雅》篇章，与“礼”的关系，也发生了微妙的变化；这些诗篇的创制机缘虽也与某些礼仪相关，但所关之礼远不如之前隆重，篇章制作脱离典礼仪式的倾向明显见出了苗头。本文所以提出存在一个“《诗经》文学的宣王时代”，正是着眼于上述种种新变。兹从宣王时期诗篇中的贵族现象说起。

一、宣王时期诗篇中的贵族现象

文章感乎时变。要理解文学上的宣王时代，得先了解宣王时期的社会历史状况。贵族大臣成为一时诗篇的主要表现对象，其实是西周封建制度自身历史逻辑的必然。

史载厉王被逐，宣王（前827—前782）在位。《史记·周本纪》称：“宣王即位，二相（周公、召公）辅之，修政，法文、武、成、康之遗风，诸侯复宗周。”[③]《汉书·匈奴传》则言：“是时四夷

① 宣王时诗篇属西周“雅颂”创作结束期，这为独立考察此期诗篇特点提供了便利。就论题而言，只需要将宣王时诗篇与之前诗篇相比较，就可以认识此期诗歌的新风貌。近年关于《诗经》“雅颂”创作研究出现的“西周中期说”（李山《诗经的文化精神》，东方出版社，1997年；马银琴《两周诗史》，社会科学文献出版社，2006年）对研究宣王时诗是有帮助的。

② 这不是说宣王时代就没有以周王为主人公的诗篇，如《大雅·云汉》表现的就是周王天旱祈雨活动。不过，这样的诗篇数量在宣王时远不如表现贵族大臣的多。

③ 司马迁：《史记·周本纪》，中华书局，1982年，第144页。

宾服，称为中兴。”[1]以今天的理解，所谓的“宣王中兴”，政治上不过是王朝的回光返照，可是，在文学上却因此期留下了许多重要诗篇而形成一个文学时代。这些诗篇题材多样，而在多样的题材中，贵族表现活跃，如上所说是颇为明显的特点。其中最典型的是战争诗篇《大雅·江汉》。从诗中“王命召虎，式辟四方，彻我疆土”[2]诸句看，战争的主将为召虎，即召穆公，一位厉王、宣王之际的重要人物。诗篇既赞美了召虎南征“四方既平，王国庶定，时靡有争，王心载宁”的功绩，更是经由“王命”之词，盛赞召虎家族自“文武受命”就开始的“召公维翰”的累世勋业，显示出王朝对勋贵之家的倚重。活跃的贵族身影中不仅有召公家族成员见诸诗篇，在《大雅·常武》这首同为战争题材的诗篇中，“大师皇父”和“程伯休父”等，都是战争中的主角。而且，贵族的身影不仅仅见于战争，在周王册封诸侯的仪式中贵族同样活跃。如《大雅·崧高》这首表现宣王册封其“元舅”为南方诸侯的诗篇，召伯再次成为王命的执行者。诗篇显示，召伯为移封的申侯建立起新的城邑。在同一首诗篇中，为申侯送别赋诗的尹吉甫也得到赞美。还有同时期的《大雅·韩奕》，写的是新一代韩侯接受周王的册封，然而诗篇的重点不在册封典礼，而在贵族大臣显父为韩侯“清酒百壶”的送别场景。这多少有些出人意料，更出人意料的则是《小雅·六月》的结尾。这同样是一首战争诗篇，《毛诗序》说：“《六月》，宣王北伐也。”按照《序》说，毫无疑问诗篇中的中心人物是周王，然而细读篇章，诗歌高声颂扬的却不是周王，而是大臣尹吉甫：“文武吉甫，万邦为宪。”以如此高度的赞美加诸一位大臣，这在之前的《雅》《颂》作品中是看不到的。诗的独特还在其结尾，一首表现大臣受命征战的诗篇，结尾却结束

① 班固：《汉书·匈奴传》，中华书局，1962年，第3744页。

② 孔颖达：《毛诗正义》卷一八，阮元校刻《十三经注疏》，中华书局，2009年，第1236页。以下所引《诗经》《左传》《尚书》《论语》皆据此版本。

于一场功臣庆功的家宴。诗曰："吉甫燕喜，既多受祉。来归自镐，我行永久。饮御诸友，炰鳖脍鲤。侯谁在矣？张仲孝友。"[1]照郑玄的理解，诗句所表"燕喜""饮御"，是指周王款待功臣[2]。考诸诗句，郑说并不稳妥，这是由"来归自镐"限定的。此"镐"所指，与同一首诗篇前面出现的"侵镐及方"之"镐"所指相同。然而从汉魏时的学人开始总将其解释为镐京之外的边地遥远之镐，其实不然。对此，俞樾《群经平议》"侵镐及方"早有详密的辩说。俞樾以为诗言"侵镐"之外，还有"及方"之"方"。此外，同一首诗篇还有"整居焦获"的"焦获"，在泾水下游距西周丰镐不远之地。因而"侵镐"之"镐"即西周京师"丰镐"之"镐"；而"来归自镐"句，则表明吉甫自镐京返回其私邑，"与其私人燕饮也"[3]。俞樾注意到"镐""方"和"焦获"三地相连所产生的限制，是其合理性所在。其实，所谓"侵镐及方"是言猃狁之师来势凶猛，已侵扰到西周京师地带，王朝被迫反击[4]。如此，"镐"就是"丰镐"之"镐"，因而"来归自镐"等结尾句就可以得到确解：先表吉甫在京师"既受多祉"，之后又言其归家后"饮御诸友"。表现王朝战争的诗篇却结束于贵族大臣的家宴，实为宣王时宴饮诗篇的新

---

① 孔颖达:《毛诗正义》卷一〇，阮元校刻《十三经注疏》，中华书局，2009年，第910页。

② 郑玄:《毛诗笺》:"吉甫既伐猃狁而归，天子以燕礼乐之，则欢喜矣，又多受赏赐也。"(《毛诗正义》卷一〇，阮元校刻《十三经注疏》，中华书局，2009年，第910页)

③ 俞樾:《群经平议》卷一〇，吴平、徐德明主编《清代学术笔记丛刊》，学苑出版社，2016年，第157页。

④ 俞樾之说，可以得到后世出土金文材料的支持，如宣王时器铭"多友鼎"即有"猃狁方兴，广伐京师"语句，"京师"即西周都城附近地带应无疑问。这又可释前人之惑。前人宁愿将"镐"理解为远方地名，理由之一是文献没有"侵镐及方"的记载，铭文正可补阙。此外，鼎铭还显示，在反击猃狁战役中，今陕西旬邑就是战场之一，也是在泾水下游一带(李学勤:《新出青铜器研究》，文物出版社，1990年，第127页)。

现象。这看似异常的内容，如与当时贵族在政治军事上呈“显性”存在的大势相连，其实也没有什么不好理解的了。而且，这样的大势，早在《大雅》之《板》《荡》等表现贵族对王政抨击的诗篇中，就已经颇为明显了。宣王时创制的诗篇，正是延续并加强了这样的大势。

如此大势发生于西周晚期，当从西周“封建”体制自身逻辑来理解。诗篇中贵族身影显著，其实正是“封建”逻辑所导致的社会状态的折射。西周封邦建国，在很大程度上是“以赏赐换忠诚”[①]。西周延续殷商的“内服”“外服”之分，所封邦家大体为两类：一是“王畿千里”之外的“侯卫”，即拱卫王室的诸侯之邦，他们遍布当时的“天下”。这些封邦各自“据土而治”，对王朝和周王“有不纯臣之义”[②]。换句话说，封建诸侯占领“天下四方”，也就意味着这些土地及土地上的人民并不直接归王室所管。而且，封建行为并不止于周初，文献显示，一直到宣王时期“封建”还在进行[③]，这就意味着《小雅·北山》所谓“溥天之下，莫非王土”的“王土”，随着不断封建诸侯，直接归王室掌管者越来越少。二是“王畿千里”之内的封臣邦家，金文资料显示，他们称“邦伯”或“伯”[④]，同样伴随着王室对功臣的赏赐，数量日渐增多。这些王畿之内的贵族与王室的兴衰关系更为密切。不断的封建赏赐持续到某一历史时刻，这些受土受民的封建贵族，尤其是王畿之内

---

① 李峰：《西周的灭亡：中国早期国家的地理和政治危机》，上海古籍出版社，2007年，第142—147页。

② 《毛诗正义》卷一九，阮元校刻《十三经注疏》，中华书局，2009年，第1272页。

③ 西周封建行为周初为高峰期，之后封建诸侯也并未停止，如近年发现的“四十二年逨鼎”显示，宣王时期还在今天的山西封建了杨国。另外，《大雅·崧高》“于邑于谢，南国是式”等句显示周宣王移封舅父至谢地。

④ 李峰：《西周的灭亡：中国早期国家的地理和政治危机》，上海古籍出版社，2007年，第131页。

贵族的总体势力，会累积到可与王权相抗衡的地步。而且，金文资料显示，王室与封建贵族之间的君臣关系，又不同于后世王朝的君与臣。在封建的周王及其臣属之间，存在一种类似西方中世纪谚语“封臣的封臣不是我的封臣”的规约。其证就在一些西周后期的铜器铭文中，如晚期器《禹鼎》和《多友鼎》铭文均显示，周王征调一位名为武公的封君手下参战，就只能向这位封君武公下令，再由武公派遣手下；战后赏赐有功，也要经过武公之手下达臣属。也就是说，周王不能直接征调封臣手下为自己效命。这与传世文献记载相合。《国语·周语上》载宣王干涉鲁国继位君主人选，遭鲁国人拒绝，表明贵为“天子”的周王并不能直接干涉诸侯内政[①]。此外，《国语·晋语八》记载：“栾怀子之出，执政使栾氏之臣勿从。”而栾氏家臣辛俞公然抗命，其理由是家臣对主人“三世事家，君之，再世以下，主之”[②]。与上举金文《禹鼎》《多友鼎》所载高度吻合，都是西周封建君臣关系相对独立的证据。

虽然如有的学者所说，王朝内部日益强大的贵族势力未必有取代王权的意识，但它的势力累积到一定程度，势必对王权形成障碍甚至与王权分庭抗礼。“地方有限，而王臣一代一代都势必占有土地，日积月累，王室直接掌握的土地，越来越少。……对于西周王室的实际力量，当然也构成严重的影响。”[③]王权与贵族的矛盾日渐激烈，最终导致周厉王被逐。虽然传世记载称此次驱逐周王事变的行动者是“国人”即王朝基本民众，可仔细微察可知，在“国人”事变背后还有推手，应该就是当时的贵族阶层。“清华

① 徐元诰：《国语集解·周语上》，王树民、沈长云点校，中华书局，2002年，第22页。

② 关于西周家臣与贵族主人的关系，可参见朱凤瀚《商周家族形态研究》（天津古籍出版社，2004年，第314—321页）的论述。

③ 许倬云：《西周史》（增补二版），生活·读书·新知三联书店，2012年，第318页。

简”《系年》言“厉王大虐于周，卿士、诸正、万民弗忍于厥心，乃归厉王于彘”①，表明驱逐周厉王的不仅有基层民众，也有“卿士、诸正”等贵族阶层。当周厉王“专利”“弭谤”的时候，当时最大的贵族召穆公就对周王持鲜明的批评态度②；此外，西周晚期的出土文献似乎也可证明这一点③。因此，厉王被逐这一重大事变的深层起因，是王室与贵族之间在利益上的矛盾。厉王被逐的原因是“专利”，而“专利”的财政政策在周厉王应属不得已而为之。西周晚期奢靡日甚，外患严重，而王室财政却日见支绌，如此才有周王不顾一切的“专利”政策。其受害最深者当然是一般国民，即所谓“国人”，可是“国人”群体不是孤立的存在，作为基层民众，他们应该有相当大的一部分与大小贵族的世袭家族存在各种联系。“专利”伤害王朝基层民众，同样或轻或重连带到贵族。所以，在厉王实行“专利”期间采取愚蠢的“防民之口”策略时，老勋贵出身的召公当面指责他，同时还有另外一位高级贵族芮良夫，不仅有“害民乃非后，惟其雠”④的大胆言论，又赋诗《桑柔》

① 李学勤主编、清华大学出土文献研究与保护中心编：《清华大学藏战国竹简（贰）》，中西书局，2011年，第136页。

② 徐元诰：《国语集解·周语上》，王树民、沈长云点校，中华书局，2002年，第11—13页。

③ 有一件西周晚期的铜器铭文《塱盨》，其中有这样的句子：“雩（与）邦人，正（或隶作“胥”）人，师氏人，又（有）辠（罪）又（有）故（辜）……卑复虐逐氒君氒师，乃乍余一人殁（故）。”马承源《商周青铜器铭文选》将此器铭文定在宣王时期。铭文中周王谈到所委任者的功绩时，说到“邦人”“正人”和“师氏人”“逐厥君厥师”之事，透露出参加厉王时暴动的人员除“邦人”（即“国人”）之外，还有“正（或“胥”）人”“师氏人”等。这些有官方身份的人出现在暴动群体内，未尝不可理解为他们是“国人”驱逐周王举动的组织者，且是受贵族指派的。

④ 黄怀信、张懋镕、田旭东撰，李学勤审定：《逸周书汇校集注》，上海古籍出版社，1995年，第1071页。相关事迹又见于近出“清华简”第三册《芮良夫毖》篇（李学勤主编：《清华大学藏战国竹简（叁）》，中西书局，2012年，第68—90页）。

抨击厉王[①]。综上所述，驱逐厉王的“彘之乱”可以理解为日渐强大的贵族阶层维护自身利益的政治事件。

周厉王被驱逐，贵族在政治上得势，一时间贵族成为历史舞台的中心。这直接表现在诗篇之中，例如《大雅·民劳》“民亦劳止，汔可小康”，诗篇按《毛诗序》说系“召穆公刺厉王”。然而验诸篇章，诗篇是贵族大臣主政后对过往导致“民亦劳止”虐政的反思，也是对未来政治纲领的陈说。诗篇是否为召穆公作，篇中无内证，然而由篇中主人公的口吻看，出自位高权重的高级贵族无疑。而且，征诸内容，此诗也不像是贵族与王权争斗时的“刺厉王”作品，其“戎（汝）虽小子，而式（用）弘大”和“王欲玉女，是用大谏（陈诫）”的诗句表明，诗篇所言应是贵族主持政坛后对臣僚特别是青年臣僚的叮嘱。篇中也提出未来行政的纲领：“无纵诡随，以谨无良。式遏寇虐，憯不畏明。柔远能迩，以定我王。”句中的“我王”对于确定诗篇年代十分关键，它无论如何不应该指周厉王，只有理解为新王即周宣王才恰当。也就是说，诗篇应是宣王初期作品。因而诗篇相当明确地彰显出厉王被驱逐后的政治状况：贵族掌握大权，试图有所作为，而且颇有信心。正是在这样的情况下，仲山甫被派往齐国执行王命，尹吉甫被派遣出兵北伐，方叔（见《小雅·采芑》）、兮甲（即尹吉甫）率领大军镇压淮夷的叛乱。因“专利”而加剧王室与贵族阶层矛盾的严苛周王被驱逐了，年少的宣王继位，贵族前所未有地得势，正是此期诸多大小《雅》诗篇中贵族行为得到显著表现的历史原因。更重要的是随着贵族在政治上得势，此期诗篇在写制上也表现出强烈的贵族意趣。而且，很大程度上可以说，贵族诗篇所表现出的新意趣是对西周“礼乐”情调的篡改。

---

① 《左传·文公元年》记载秦穆公引此诗称：“周芮良夫之诗曰：‘大风有隧，贪人败类。听言则对，诵言如醉。匪用其良，复俾我悖。’”（孔颖达：《春秋左传正义》卷一八，阮元校刻《十三经注疏》，中华书局，2009年，第3989页）。

如上所说，宣王时贵族在诗篇中的活跃，与宣王之前的诗篇差异明显。考宣王之前《诗经》的《雅》《颂》篇章，其所歌颂的对象基本以宗庙中先王“神灵”为主。如《周颂》中属于西周早期“大武乐章”的《武》《赉》《桓》三诗，以及时间稍晚的《大雅·大明》等，赞颂的是周武王；《周颂》中的《维天之命》《我将》和《大雅·文王》等赞美周文王；《周颂》中的《天作》《思文》和《大雅》中的《生民》《公刘》《绵》《皇矣》以及《文王》《大明》等，都是赞美西周之前的始祖后稷、迁豳的公刘以及迁岐的太王、王季等。较早时对在世周王进行赞美的诗篇也并非没有，如《大雅·卷阿》即是。此诗赞颂一位年迈的周王，笔者相信诗篇中这位周王很可能就是西周中期的周穆王①。此外，还有一些农事题材的诗篇如《小雅》中的《信南山》《甫田》《大田》等，其中反复出现的“曾孙来止，以其妇子”之句②，着意表明的是周王对农事典礼的重视，也都应是早于宣王时期的诗篇③。宣王时期表现周王的诗篇依然存在，如《大雅·云汉》即表现周王在天旱之际向苍天祈雨。还有《小雅·天保》，按照历来说法，也应该是献给新继位的周宣王的诗篇。不过，前一首，在罕见的天灾下，能代表苍生祈求上天的只能是周王，天条法理所在，贵族势力再大也不敢取而代之。后一首，与其说是赞美，不如说是对新王的祝愿与期望。总而言之，宣王时期上述这些表现周王的诗篇与那些歌颂贵族大臣的诗篇相比，很难说是时代的强音。

① 这涉及《诗经》篇章的断代问题，参见李山《诗经的文化精神》第六章第二节（东方出版社，2007年，第188—190页）中的相关讨论。

② 《礼记·郊特牲》：“祭……称曾孙某，谓国家也。”（孔颖达：《礼记正义》卷二六，阮元校刻《十三经注疏》，中华书局，2009年，第3157页）据此，诗篇“曾孙”应指周王。

③ 这几首诗按照《毛序》的说法，都是幽王时“君子思古”的篇章。然而据诗篇所显示的语词句法和总体风调而言，《序》说并不可信，诗篇的年代要更早，因为宣王初即已“不籍千亩”，传统籍田典礼已然遭到冲击破坏而废弛。

属于这一时期最强音的是表现大臣的诗篇，不仅数量多，且在内容上也显示出一些值得注意的新变化。例如赞美负王命而出使齐国的大臣仲山甫的《大雅·烝民》，其第五章的赞颂之词就特别值得注意。该章曰："人亦有言，柔则茹之，刚则吐之。维仲山甫，柔亦不茹，刚亦不吐。不侮矜寡，不畏强御。"读这样的诗句，很容易让人想起《尚书·召诰》"王其疾敬德"之语，以及《尚书·洪范》"沉潜刚克，高明柔克"的句子。"德""敬德"观念为西周贵族高度重视。然而，诗篇与《尚书》篇章所言之"德"仍然有重要的不同，《召诰》《洪范》等，只是对"德"的倡导与宣示，而《烝民》诗篇却以刚柔相济之"德"来赞美一位在世的贵族大臣。这就是新的动向，虽不出周人尚"德"的总框架，却还是颇有新意，因为诗篇显示出一种新的关注点。西周建立，高标"天命"之"德"，那是对王朝合法性的修饰，一些较早的雅颂诗篇，更将"德"之赞扬献给周文王等先王，仍不离政治合法性基础的宣明。可是，在宣王时期的诗篇中，如《烝民》所显示出对符合"德"的标准的人生实践的关注，不是新意明显吗？仲山甫是否禁得起这样的赞美，可以怀疑，但赞美真正的德行人生，这种新的意识还是值得注意的。此外，如此的美德，如此的颂赞，不是献给周王，而是加诸一位王命在身的出使大臣，从中岂不是更能领略王权在这一时期世道人心中"跌落"的况味吗？

二、战争诗篇中的贵族意趣

更能显示贵族意趣的是宣王时期的战争诗篇，所谓表现贵族意趣的诗篇"篡改了西周的礼乐精神"，主要指的也是这些耀武扬威的战争诗。西周王朝的内忧外患由来已久，到王朝后期日趋严重。这些外患，在西北方面，王朝面对的是有战车和青铜武器的玁狁；在东南，面临的是叛服不定的东南人群，即金文所言"淮夷”“南夷”等；在东北方面，从《大雅·韩奕》可知，此时北方“百蛮”也不消停。有边患就有边地的征战及表现征战的诗篇，就宣王时而言，则有那些气势宏大的战争诗篇出现。见诸《小雅》，有《出车》《六月》和《采芑》等；见诸《大雅》，则有《江汉》《常武》。其中《小雅》的《出车》《六月》和《大雅·江汉》三篇因出现南仲、吉甫和召虎，可以确信为宣王时诗篇①。《采芑》中“克壮其犹”的“方叔”，有学者以为即《师寰簋》中的“师寰”②，其实从诗篇内容和风格也可以断定其为宣王朝作品，《大雅·常武》也可从内容风格判断其为同期篇章。将这些诗篇与其他表现战争的诗篇相比，夸耀武力的情绪强烈，贵族的功勋意识突出。质言之，诗篇实为贵族军功意识的表征，也就是说，此期战争诗篇大多表现的是贵族的勋绩意识，而非王朝的礼乐精神。

那么，王朝的礼乐精神如何？回顾西周王朝的大规模战争，最早为周公东征，与此相关的诗篇有《豳风》中的《东山》《破斧》；之后则有昭王后期对江淮东南人群的征讨；此后江淮一带的人群虽变为王朝的“帛畮臣”③，却始终叛服不定，直到西周晚期《江汉》《常武》所表现的征战为止。

然而，不论是周公东征，还是昭王南讨，还是较早王朝对猃狁的抗击，这些与战争相关的诗篇有一个总体的倾向：并不热衷于对战争过程的描绘，见不到对战争的热情，更少表现战争中的英雄，而是着意于表现战争带给社会的影响。如表现周公东征的

---

① “南仲”其人，又见于宣王时器铭“无叀鼎”：“司徒南中（仲）右无叀内（入）门。”可知南仲为宣王时期司徒。

② 郭沫若：《两周金文辞大系图录考释》，上海书店出版社，1999年，第146页。

③ “帛畮臣”的说法见于“师寰簋铭”，与之类似，在《兮甲盘》铭文中亦有将东南人群称为“𦣻（帛）畮人”的说法。

诗篇《豳风·破斧》[①]，“既破我斧，又缺我斨”的诗句固然表现了战争的残酷，可这些终究是象征性手法，不是对残酷战争本身的描绘。而对战争过程的述说，较早时期的战争诗篇基本阙如，显示出应是有意回避。就《破斧》而言，“周公东征，四国是皇”的句子，也许更能代表诗篇的情调：庆幸残酷战争的结束。关于东征，更重要的诗篇就是《豳风·东山》。诗篇对“于今三年”的征战过程干脆略去，直接从“我来自东，零雨其濛”起笔，营造出阴郁的“阴雨绵绵在路上”的“西悲”大氛围。如此，战争厮杀中的英雄表现，也只能付诸阙如了。诗篇着意展示归途上的征夫，表现征夫对“三年”不见的魂牵梦绕的“家”的各种悬想，直到最后两章，格调才逐渐转为明朗。诗篇这样的思致，其着眼点和落脚点不是在立功受奖的贵族，而是在普通的征夫，实在是可以读作“征夫痛”的。这清晰地显示出诗篇制作的“礼乐”立场，那就是立意抚慰那些深受战争之苦的广大士卒，抚平其精神上的创伤。更能说明问题的是与昭王征战南方相关的诗篇《小雅·鼓钟》。这首诗的主题，赖有《毛诗正义》保存的汉代今文家遗说而得以确认[②]。诗篇歌唱的是什么？是“淑人君子，其德不回”，是对“淑人君子”的赞美，然而继之而来的“忧心且悲”“忧心且妯”的句子，表明“淑人君子”其实就是战争中的亡灵。献给这些“淑

① 《豳风》中关于周公东征的诗篇年代应为西周时期，早于西周晚期，就《破斧》而言，其格调似“雅”，被称为“风”，应为后来之事。《豳风》问题复杂，在此无法多言。

② 孔颖达《毛诗正义》卷一三引郑玄《中候握河纪》注说：“昭王时，《鼓钟》之诗所为作者。”（阮元校刻《十三经注疏》，中华书局，2009年，第1002页）有学者认为郑玄此注采取今文家说。日本学者白川静《诗经的世界》言：“《小雅·鼓钟》也应该是首挽歌。……兴许是临近淮水之人的送葬诗。”（四川人民出版社，2019年，第146页）王先谦《诗三家义集疏》卷一八认为诗篇系昭王南巡，由淮入汉所作。然而，征诸史实，所谓的昭王南巡，其实就是征战淮汉之域，所以，白川静的说法是可信的。《毛序》以为诗篇也是“刺幽王”之类篇章，不过是按照诗篇排列顺序解读诗篇时代的臆测之说。

人君子”的乐章所以要“以雅以南”，是因为他们是北方之人，作了淮水岸边的亡魂。“一将功成万骨枯”，诗篇就是献给这战争中的“万骨”的，他们才是战争中常有的大多数。诗篇献给他们，称得上是古代最早的“安魂曲”。诗篇不仅献给阵亡士卒，其实也是演奏给那些阵亡者的家庭听的。这也是较早时与战争相关的诗篇存在的“礼乐”特征。国家有战争，即意味着千百将士的献身，也意味着千百家庭的不幸，于是需要在与战争相关的诗篇中抚慰这种不幸。《诗经》还有《殷其雷》《草虫》一类表现家庭中人思念出征将士的风诗，《殷其雷》中的“殷其雷，在南山之阳。……振振君子，归哉归哉”，才是一般社会家庭对参战将士的期待。《草虫》“未见君子，忧心忡忡”表达的心情也是一样。有趣的是，《草虫》中“未见”几句，还见于王朝战争典礼《小雅·出车》的章节，成为战争结束典礼中的“女声”[①]。这样做，可以起到拓展深化乐章主题的作用：战争绝不仅是男人的事，它同样关系到女人，关系到千家万户。

《出车》是宣王时期仅见的延续着王朝礼乐情调的战争篇章，在篇章格式上该诗也是有所依循的，那就是中期周懿王时艺术成就极高的《小雅·采薇》[②]。《采薇》构思很奇特，一开篇即以“曰归曰归”与“靡室靡家，猃狁之故”对峙，展现出思乡与征战两

① 《召南·草虫》第一章：“喓喓草虫，趯趯阜螽。未见君子，忧心忡忡。亦既见止，亦既觏止，我心则降。”（《毛诗正义》卷一，阮元校刻《十三经注疏》，中华书局，2009年，第601页）在《小雅·出车》第五章变为：“喓喓草虫，趯趯阜螽。未见君子，忧心忡忡。既见君子，我心则降。”（《毛诗正义》卷九，阮元校刻《十三经注疏》，中华书局，2009年，第889页）其间句数只差一句，意思略有区别而已。

② 《小雅·采薇》为周懿王时作品之说，参见《汉书·匈奴传》：“至穆王之孙懿王时，王室遂衰，戎狄交侵，暴虐中国。中国被其苦，诗人始作，疾而歌之，曰：‘靡室靡家，猃允之故。’‘岂不日戒，猃允孔棘。’”（中华书局，1962年，第3744页）其格调与稍后宣王时期同题材作品如《出车》《六月》等判然有别，孙作云先生将其视为宣王时诗篇，不如旧说稳妥。

个主题，宛如交响乐章的奏鸣曲。继而是两个主题的展开，最后则归结为“昔我往矣，杨柳依依，今我来思，雨雪霏霏”的千古绝唱，其基本情调是浓郁的感伤。战争诗篇伴以“曰归”思乡主题的交织，实际显示出这样的生活逻辑：只是因为热爱家庭，将士们才毅然离开家庭走向战场。在这样“战争与和平”的逻辑中，没有建立功勋的意识，没有贪图奖赏的念头，战争就是捍卫那“杨柳依依”的美丽家园。与美丽家园相比，战争中的英雄荣誉是无足道的，起码诗篇的表现如此。正因如此，当他们回到阔别的家乡才会百感交集，而“杨柳依依”的妙句，其实也隐含着对战事生涯的评价：它是远低于和平生活的。

这就是西周较早时期战争诗篇的“礼乐”立场，表达的是王朝社会普通民众的战争情感。诗篇显示的战争态度，也是西周战争观念的生成土壤。《国语·周语上》记载穆王时大臣祭公谋父的一段谏言，可被视作王朝社会战争态度的表达：“穆王将征犬戎，祭公谋父谏曰：‘不可。先王耀德不观兵。夫兵戢而时动，动则威，观则玩，玩则无震。’”文中“不观兵”之“观”即“显耀”，“观兵”即显耀武力[①]。正因如此，才有《小雅·采薇》的“曰归曰归”，才有《殷其雷》的“振振君子，归哉归哉”，也才有《小雅·鼓钟》献给阵亡将士的安魂曲。这就是作为王朝“礼乐”代表的战争诗篇表现征战的着眼点，与贵族诗篇着意表现战争胜利——其实也就是贵族立下的功勋明显不同。

随着贵族势力的膨胀，随着他们在政治上的得势，战争诗篇的意态大变。早前祭公不是说“先王耀德不观兵”吗？可是看看西周晚期战争诗，《六月》《采芑》《常武》如下的句子：“织文鸟章，白旆央央。元戎十乘，以先启行”；“戎车啴啴，啴啴焞焞，如霆如

① 笔者尝带学生到周原参观，在岐山周原博物馆，见到一些出土于西周贵族墓葬中的兵器，其锋芒处多被人为地折弯。博物馆的朋友告诉我们，这种现象很普遍，表达的是在另一个世界不再征战的愿望。

雷”；“王奋厥武，如震如怒。进厥虎臣，阚如虓虎。铺敦淮濆，仍执丑虏。截彼淮浦，王师之所”及“王旅啴啴，如飞如翰。如江如汉，如山之苞；如川之流，绵绵翼翼；不测不克，濯征徐国”。这里只有“兵”的显耀，而未见任何的“耀德”。而且，诗篇将周家军队写得勇猛武毅、神妙莫测，大概只能当作诗句的雄壮而非军事的实力。因为一些西周晚期的铜器铭文显示出王家军队战斗力的糟糕，如晚期器铭《禹鼎》载“西六师”“殷八师”等王朝军队的表现：“肄（肆）师弥宋（怵）匌匡（恇），弗克伐噩（鄂）。”[①] 大意是王师畏怯，不能战胜噩师（正因如此，才有上文所说的周王向武公征调军队之事）。《禹鼎》的年代与这些诗篇创制时间相去不远，金文显示出的松垮王师在宣王时诗篇里一下子显得强悍无比，总叫人觉得其中有假，篇中“如翰”“虓虎”的句子，不过是文学化的勇猛。诗篇不仅自夸武力强悍，而且还要蔑视敌人，“蠢尔蛮荆，大邦为仇”，一改金文中周王将江淮一带的人民称为“帛晦臣”的做法，率意地将其指称为愚蠢的敌人。料想在这样的征战中，《采薇》里“曰归曰归”的普通士卒一定会有其真情实感，诗篇却根本无意于此。于是，诗篇不仅夸诞，而且遮蔽。因而这些战争诗篇的情调自然会一改之前的沉郁、忧伤，变为对武力的宣示，对战事的津津乐道乃至激昂慷慨。夸诞遮蔽的诗篇归根结底，反映出的是对战争态度的改变，是对礼乐精神的更改。质言之，战争诗篇写作已经由王朝安抚社会的礼乐嬗变为贵族意趣的抒发。

诗篇表现如此的意趣也并非突如其来，它早就显露于那些贵族家族的纪功铭文中，与西周建立相始终。如上所言，《大雅·江汉》有周王称赞召伯累世勋业的诗句。朱熹《诗集传》就意识到它的纪功色彩，并将其与周代“古器物铭”相较，得出“语正相

① 中国社会科学院考古研究所编：《殷周金文集成》，中华书局，1984年，第1509页。

类”[①]的结论。至清代方玉润《诗经原始》更称《江汉》为“召穆公平淮铭器”[②]，今人郭沫若《两周金文辞大系图录考释》也表示过赞同[③]。严格说来，《江汉》与西周贵族纪功铭文在体式上终是有所区别的，但古今学者的说法可以提醒人们注意这样的事实：西周晚期战争诗篇的写作，的确是向贵族纪功铭文体式靠拢了。于是，战争诗篇只强调武力与胜利，而不再为被战争卷入的普通士卒及其家庭抒情。诗篇变成了有韵律的“勋绩铭”。贵族的勋绩铭文，如上所说考，始自周初。如《利簋》《天亡簋》《小臣单觯》等都是参与克商之役的功臣接受赏赐的记录。至昭王南征，又有《过伯簋》《䨻簋》《诲鼎》等为数不少的纪功器铭；再稍后，长篇体式的纪功铭文出现，如《班簋》等。此后长短篇同类铭文多如过江之鲫。而且，随着时间推移，表勋业的贵族铭文中“型帅祖先”的家族意识日渐强烈。西周中期的《班簋》和晚期宣王初年的《毛公鼎》都莫不如此。这与贵族势力在王朝内部的潜滋暗长气脉相通。最终，正如我们所看到的，贵族功勋意识随着该阶层在政治上的得势，变为以王朝名义写制诗篇的主调。从这个意义上说，上文所谈的《大雅·江汉》，其“于周受命，自召祖命”之类句子所显示的，正是贵族纪功文体在诗篇上的表现。战争诗篇意识内涵的变化，正显出社会内部阶层势力的消长。

三、“诗礼”关系的迁移

除了战争诗篇中的贵族现象外，诗篇与典礼的关系也发生了明显变化，其特点为在一些“小礼”上开始演唱一些体式颇为宏

① 朱熹：《诗集传》，中华书局，2017年，第329页。

② 方玉润著、李先耕点校：《诗经原始》，中华书局，1986年，第562页。

③ 郭沫若：《两周金文辞大系图录考释》，上海书店出版社，1999年，第145页。

壮的诗篇，笔者称此为“小礼生大篇”，是宣王时诗篇的重要现象。这种“诗礼”关系迁移的现象，其实就是诗篇写制由“圣”向“俗”的变迁。

礼，一般而言都有其崇高的意味，然而古人也有“经礼”与“曲礼”之别，“礼”分“经”“曲”即是分大小，别轻重，其间也就是“神圣庄严”与“较神圣庄严”的分别。与“神圣”之礼相比，“较神圣”的“礼”也就是所谓“近俗”之礼。“小礼生大篇”现象的发生，与贵族得势有关，却不能完全归因于此。

以宣王时诗篇而言，首先在对王朝大政典礼的表现方面发生了明显的变化。这样的诗篇有《大雅》的《崧高》《韩奕》和《烝民》等。《崧高》写周宣王“元舅”移封谢地，借以“南国是式”，即镇守王朝的南土。诗篇固然重述了周王的册命之词，算是间接表现了册封仪式，但是，由诗篇结尾“吉甫作诵，其诗孔硕。其风肆好，以赠申伯”的诗句推断，诗篇歌唱所依附的典礼并不是周王册封的典仪，而是诗篇所交代的“申伯信迈，王饯于郿”的“饯”，即后来所谓“饯别”之礼。而且，典礼中真正活跃的是尹吉甫，因为诗篇最终交代临别写赠的作者正是他。

这些诗篇，有据礼而歌的表达，更有借事增风的博趣，后者的内容更多，也更具况味。同样的情况也出现于《大雅·烝民》。仲山甫是朝廷重臣，诗篇写的是他受王命而“徂齐”即前往齐国执行王命。在《崧高》中，王的册封是可以间接看到的，而在《烝民》中，却全然没有此次周王委任使命的迹象，如前所说，诗篇着重表现的是饯别典礼上对仲山甫德行的高度赞美和倾慕，也就是说，此诗也是一首送别场合的赠言篇章。由上述的两首诗篇可以推测，《大雅·韩奕》这首表现新一代韩侯接受王朝册封的诗篇，其实也是一首饯别仪式上的赠别乐章。因为诗篇有“韩侯出祖，出宿于屠，显父饯之，清酒百壶”等句暗示出这一点。这些诗篇都是宣王时期体式最恢宏的篇章，然而所依附的“祖道”(即“送别”）之礼，与周王册封、任命的典礼相比都是明显轻小的礼仪。这应该是一种有意的选择，因为只有“送别”这样的“小礼”才便于表现贵族的活跃。

然而，若以此认为“小礼生大篇”全然是贵族趣味表现使然，也会失之偏颇。因为许多“小礼”上出现的“大篇”，并非全为表现贵族及其趣味。而且，仔细观察这些非贵族意趣的诗篇，可以发现，在“小礼”上表达对生活的发现，正是这些“小礼”所“生”之“大篇”的显著特点。如此，“诗礼”关系的迁移，必有其更加深广的原因。

宣王时代这样的“大篇”，论艺术又以《小雅》中的《斯干》和《无羊》为代表。《斯干》，《毛序》曰：“宣王考室也。”①《无羊》，《毛序》说：“宣王考牧也。”“考室”即宫室建筑落成典礼，“考牧”即庆祝牧业的丰饶。两首诗篇所附典礼，或为王家宫室落成，或为庆祝生产丰收。这样的典礼较诸祭祀、册封等，当然更近世俗，更生活，更凡常。可是，它们仍属王家典礼，即诗篇所显示的新变与贵族是否得势关系不大。这些“平凡”典礼上的诗篇，所以值得注意，就因为诗篇在“文学表现”方面显示出的“不凡”。这不凡，就是对生活的观察、体味和发现，以及由此而来的审美情趣变化。《斯干》开篇有“秩秩斯干，幽幽南山。如竹苞矣，如松茂矣”，这样意趣盎然的诗句，近处有清澈的溪流，远处有山色清幽的南山，这是表现对建筑环境的精心选择，也是对环境发自内心的欣赏。在这样的优美环境下人生才会和睦安详，即所谓“兄及弟矣，式相好矣，无相犹矣”。诗篇以下的章节，描写建造屋墙的扎实，建成后厅堂的大小明暗，以及化实为虚地以梦境中的多男多女来祝福家室新居的吉祥，无不带有浓郁的生活气息。于是，这些“小礼”，与其说是典礼，不如说是对生活的庆祝。也许正是

① 孔颖达：《毛诗正义》卷一一，《十三经注疏》，中华书局，2009年，第933页。

在这节庆的轻松愉快中，才可以产生对屋宇如此美妙的描写："如跂斯翼，如矢斯棘，如鸟斯革，如翚斯飞。"有学者将这样的表述与考古发现的西周建筑屋顶形态相比较，认为这实在是超前的，因为当时还没有形成"翩然上翘的飞檐，但无论四阿顶还是两面坡式屋顶，为保护墙基而特别做出来的出檐深远的屋宇，……它的神韵与风采，竟先已经在这一首诗里完成"！[①]这简直是为后来中国古典建筑立法。同样的情况也表现在同期的《无羊》中。此诗开头横空一句："谁谓尔无羊？"明显带有言外之意，应是"中兴"时代的特有口吻。然而诗篇的动人之处在于如下场面的刻画："尔羊来思，其角濈濈。尔牛来思，其耳湿湿。或降于阿，或饮于池，或寝或讹。"先是近看，看到的是"角濈濈""耳湿湿"的生动情景，继而是推开去远观，连用三个"或在"勾勒出一个连续而变动的场景。线条流畅，画面感极强，其间一个"或寝或讹"的"讹"字，写牲畜驱赶蚊蝇一类飞虫骚扰时摇头摆尾的动作，细腻真切，活灵活现。房屋建筑的飞动之感需要想象，对牛羊情态动作的刻画则需要观察。诗篇选材虽只来源于日常生活所见，但在艺术感染力上却要胜过那些为隆重典礼创作的宏大篇章。

这才是"小礼生大篇"的真正价值，也未尝不可视为"诗礼"关系迁移的一个重要原因。后者是说，诗篇最终脱离典礼而走向独立，正是因其自身显示的艺术魔力。隆重的典礼总与宗教、政治意义的宣示相关，人神之义、君臣之义等意义的表达任务沉重。在西周较早时期，这类诗篇是重头戏，与王朝的兴盛存在着形影一般的关联。就诗篇的审美而言，隆重的典礼往往意味着表达的限定，于是依附"小礼"的诗篇也就往往意味着诗意表达的解放。实际的情况也正是在"小礼"的歌唱中，诗人的情感与想象显得那样激越而灵活，富有生机。于是，一些富于诗情画意的内涵，

---

① 扬之水：《诗经名物新证》，北京古籍出版社，2000年，第178—179页。

就趁着房屋落成之际的祝福、牛羊丰产后的庆祝、臣僚出使之际的饯别等，流畅地喷薄而出了。

这种情况的出现，很像是诗歌文学走到这一步所凝聚的魔力集中爆发。就是说，它应该是西周两百多年与“礼乐”密切相关的诗篇写制水到渠成的结果[①]。西周较早时期的雅颂诗篇，歌颂周家的得天命，歌颂后稷之功、文王之德，同时也为周人高度重视的农耕大典等等奉献赞歌，总之隆重典礼的歌唱已颇为丰富。两百多年的“制礼作乐”，两百多年的诗篇写制，也培育了诗人对生活的观察，锻炼出了诗性语言的使用。就是那些较早的隆重典礼的雅颂诗篇，仔细推究其表现，也可以看出它们向宣王时诗篇的特点潜滋暗长的发展倾向。到了西周晚期贵族势力高涨，王权趋于衰落的年代，在“诗礼”关系发生迁移的各种机缘下，两百多年凝聚的文学魔力终于爆发。在那些“近俗”的“小礼”上，“礼法”的束缚更少，礼更接近生活，诗篇可以尽情地展现其魅力，尽情地借助“近俗”的“小礼”，澎湃地抒发对生活、人生的体味和理解。《小雅·斯干》“秩秩斯干，幽幽南山”的世界摄入诗人眼中，《无羊》“或寝或讹”的牛羊成为诗篇描述的景物。传神的描述之外，还有联想。读《小雅·天保》“如山如阜，如冈如陵，如川之方至，以莫不增”的祝福之词，仿佛整个世界都在腾升、奔涌；读《大雅·常武》“王旅啴啴，如飞如翰，如江如汉，如山之苞，如川之流，绵绵翼翼，不测不克”的夸饰之句，仿佛王朝军伍真的排山倒海而来。这种博喻联翩的言辞使用方式，正是诗人才华痛快淋漓的展现。比喻需要联想，如《大雅·烝民》“德輶如毛，民鲜克举之”，这样的譬况，显示的是诗人对德性人生成就之难

① 笔者近年为《诗经》作品断代发现，从西周第一次即初期“礼乐”制作高潮之后，到中期的一些诗篇，诗歌的视点就从典礼的意义上分离出来，观察表达典礼的场景和参与典礼的人物（主要是周王）等。这样的势头到晚期越发明显。“小礼生大篇”的风尚，就是这一势头增大的表现。

的深切体会。同时，送别的场面，“穆如清风”的诗篇之外，还有“显父饯之，清酒百壶。其殽维何？炰鳖鲜鱼。其蔌维何？维笋及蒲”[①]。小小的饮食丰饶饯别场面，虽无甚大意思，却也是诗篇关注生活的新鲜表现。然而《韩奕》的诗篇至此还远未结束，它还有“韩侯取妻”，所取之妻为“汾王之甥，蹶父之子”的内容，这已离册命、饯别之“礼”很远，要靠生活经验及诗性想象来平地生风了。送别的典礼，在这里变成诗篇抒情的引子，诗篇还要发挥想象，自由地构想韩侯受册封后到姞姓姻亲之邦娶妻的热闹场景：“百两彭彭，八鸾锵锵，不显其光。诸娣从之，祁祁如云。韩侯顾之，烂其盈门。”之后，诗篇出乎意料地变化视点，顺着新娘子的眼光，赞美韩国大地山川之优美富饶：“孔乐韩土，川泽訏訏，鲂鱮甫甫，麀鹿噳噳，有熊有罴，有猫有虎。庆既令居，韩姞燕誉。”诗的场景一个接一个，叙述的视角也随而转变，诗人仿佛长了一双无所不见的天眼，可以一会儿是自己，一会儿又是诗篇中的他人。至“孔乐韩土”一段，真好像诗人翱翔天空，俯瞰大地并由衷赞叹“韩土”的美乐。宣王时期诗篇发现并拥抱生活的艺术倾向，宛然可见。同样的情况，也见于《大雅·崧高》对申侯移封后的情况的想象。由此可知，所谓“小礼生大篇”其实是以“小礼”为据展开相关内容的书写，同时也从“小礼”生发开去，展开对相关生活的自由联想。这样的情形，《大雅·韩奕》只是其中一例而已。上面谈到的《小雅·斯干》，最后不也是别开生面，以一个梦境结尾吗？“小礼生大篇”，实际的情况是“小礼”已经颇有些“管不住”“大篇”了。“礼”，其实只是诗篇创作的引子，典礼上的“大篇”已不再像早些时候那样属于“礼”的组成部分。诗篇自身散发的审美光彩已经表明：诗篇即将成为抒情的艺术。

① 《大雅·韩奕》，《毛诗正义》卷一八，《十三经注疏》，中华书局，2009年，第1231页。

也正是这样的原因，在西周后期特别是宣王时代，出现了这样的情况，有人已经想到要在诗篇中点明谁是诗篇的作者了。

四、诗篇有主名诗人的出现

明确标明某人是某一诗篇的作者，是西周晚期诗篇中出现的新鲜事。首先，它是一个文学现象；其次，还是一个贵族现象。说它是文学现象，是因为给一首诗篇标出作者，表明这是一种荣耀，显示的是当时人对诗篇的尊崇。这里还有一个小问题，为诗篇标明作者的现象出现可能要略早于宣王时，如出现“寺人孟子，作为此诗”的《小雅·巷伯》，有的记载显示其为周厉王时作品①。但是，“寺人孟子”的署名，与宣王时《大雅·崧高》结尾“吉甫作诵，其诗孔硕。其风肆好，以赠申伯”及《大雅·烝民》最后“仲山甫徂齐，式遄其归。吉甫作诵，穆如清风。仲山甫永怀，以慰其心”的段落，还是有很大的不同。《巷伯》的署名属于“愤怒出诗人”，而《大雅》两首诗结尾的交代作者，却是对诗篇的风流自赏。这样的自赏，首先显示出如下的社会意识：诗篇写得好，是可贵的，值得夸耀的；同时，还有另外一层：诗篇所以被夸赞，是因为诗篇的“其风肆好”“穆如清风”，也就是因为诗篇所具有的艺术风调上的动人。这实际上是与以《斯干》《无羊》为代表的宣王时篇章所表现出的鲜明生活意趣气味相通的。换言之，《斯干》《无羊》之所以那样以富于情趣的笔触表现眼前的生活，正是因为《崧高》《烝民》篇结尾交代出的诗篇写作新意识：即便是典礼的诗篇，也要写得风调和畅，优美宜人。这就是对诗才的珍视。“穆如清风”“其风肆好”的夸赞，不就是对诗才的尊崇吗？

① 《小雅·巷伯》有“寺人孟子，作为此诗”的句子，按照《汉书·古今人表》的说法，孟子为周厉王时人。班固记载的应是今文家的说法。若按《毛诗序》的说法，孟子当为周幽王时人。

不过，这里还有一层曲折：这样的标示，也有可能是一种对高级贵族的“献媚”现象。诗篇虽明确标“吉甫作诵”，看似诗文自赏，却可能是一种“掠美”，就是说，诗篇未必是尹吉甫亲自所为。何以这样说？是因为这些诗篇的“自报家门”，都出现在诗篇结尾，而结尾往往就是乐章之“乱”出现的地方，《离骚》结尾的“乱曰”即是明证。可是，《诗经》的乐章也有“乱”吗？答案是很可能有，证据就在《国语》。《国语·鲁语下》记载闵马父称举《商颂》言“以《那》为首，其辑之乱曰：‘自古在昔，先民有作。温恭朝夕，执事有恪。’”[①]所举诗句即今本《商颂》第一篇《那》的结尾句。此外，《论语》也称“《关雎》之乱，洋洋乎盈耳”[②]，也是《诗经》有“乱”的证据[③]。一般认为，见于诗篇中的“乱”其实是一种乐章形式，既如此，《烝民》《崧高》诗篇结尾处的夸赞诗句并表出作者，就很可能是乐工加在“乱”这部分的。如此，诗篇与所标作者的关系，就不如字面所言吉甫是诗篇的真正作者。实际的情况应该是：只是因为尹吉甫这样的大人物，是送别典礼的主持者，乐工才将诗篇归功于尊贵典礼主持者。这颇有“献媚”之嫌，可是，这“献媚”本身更加可以证明上述所言：能为典礼赋作一首好的诗篇是一件很荣耀的事情。

这也是几百年礼乐诗篇创作的结果。考察西周早期的诗篇，如所谓“大武乐章”（诗篇包括《周颂》的《武》《赉》《桓》等）和《周颂·时迈》，传世文献说它们都是周公所作[④]，可是诗篇本身却

---

① 徐元诰：《国语集解》，中华书局，2002年，第205页。

② 邢昺：《论语注疏》卷八《泰伯》，《十三经注疏》，中华书局，2009年，第5402页。

③ 另外“清华简”也有《周公之琴舞》的诗篇，与《周颂·敬之》颇有关联，其中也有“乱曰”。不过《周公之琴舞》问题复杂，只可作为此处的旁证而已。

④ 《吕氏春秋·古乐》记载：“武王即位，以六师伐殷。六师未至，以锐兵克之于牧野。归，乃荐俘馘于京太室，乃命周公为作《大武》。”（许维遹集释，梁运华整理：《吕氏春秋集释》卷五，中华书局，2009年，第127页）

没有明确的说明。另外，西周早期诗篇形式颇为简古，也不太能显示风格之类的内涵。到再后来的一些诗篇，如《大雅》中属于祭祖典礼中叙说周家创业历史的大型篇章《绵》和《皇矣》，两者在风调上显示出高度的相似，甚至由两首诗篇在词语、句法乃至篇章总体风调上的相近或相似，可以得出诗篇系同一位或同一群作者所为的判断。然而，这样的诗篇，其本身也还是没有明示作者为谁。此中的原因，可能还是要从诗篇典礼的关系以及诗篇写制者的地位来理解。

文献记载，西周最早的诗篇就是用于大型隆重的典礼上的，如《武》《赉》《桓》等诗篇就用于"大武乐章"，此后的《大雅》之《绵》《皇矣》和《生民》《公刘》等也是用于祭祖的典礼，典礼越是隆重，对典礼轨仪规范的遵循就越是严格。古老的典礼固然多属诗乐舞三者合一，但在隆重典礼特定的庄严限制下，不论是"诗"，还是"乐"和"舞"，都只是礼仪中不可过分逾越其各自表达职能的组成部分，至于歌唱部分又往往因循旧典，歌词为谁制作这样的事情并不重要。而且，西周时期为典礼而歌唱的人员，考诸相关的文献记载，一开始应该是一些专业人员，如《礼记》所记载的"瞽宗"等①，其地位也不高。任何典礼自身都含着"重复"与"现时化"的内在张力②，"重复"使典礼维系着旧貌，然而出于感动典礼参与者的"现时化"要求，则可以容纳新内容的加入。在不断变化的西周社会，后一点的显现更加清晰。不断进行的意在保存文化记忆的典礼，就其礼仪用歌即诗篇而言（乐和舞，因文献记载不足不易观察），确实是随着时间迁移而不断变化

① 瞽宗，殷学也。意思是"瞽宗"人员来自殷商遗民，而《周颂·有瞽》"有瞽有瞽，在周之庭"也可证明确实有一些瞽人来到周家之庭参与周家"制礼作乐"。

② ［德］扬·阿斯曼著，金寿福、黄晓晨译：《文化记忆：早期高级文化中的文字、回忆和政治身份》，北京大学出版社，2015年，第7页。

的。正是在“现时化”的允许下，典礼诗篇逐渐地显示出“风格”之类的变化，越来越按照审美规则来创作，终于在“小礼生大篇”的时代，审美的趣味越发强烈，引出社会对诗篇更多的喜爱，以至于能制作诗篇成为荣耀之事。古人对诗歌的喜爱，就从这个时期开始变得越发明显。

余论：诗篇创作的承先启后

《诗经》“雅颂”之后是“风诗”的时代，由“雅颂”而变为“风诗”，其间的关键是“诗”与“礼”的逐渐脱离。脱离的原因，如上所言，贵族趣味对“礼乐”的改变可以算一时的刺激因素，然而深层原因还在于诗篇自身随着“礼乐”制作所显示出的独特魅力。诗篇艺术魅力在“诗礼”脱离时显现出的动人力量，正是这种脱离发生的价值所在。发现、歌唱生活，不正是宣王时期诗篇最值得注意的地方吗？

然而，考虑这样的“脱离”现象，还得环顾当时，顾及西周晚期诗篇创作的复杂情况。在宣王时期“诗礼”关系出现变化的同时，实际还有一种“脱离”情况发生，那就是西周晚期出现的那些激烈抨击现实政治的诗篇。这些诗篇主要见于《大雅》，有《板》《荡》《桑柔》和《民劳》等，即今人称为“政治抒情诗”的那些。这些诗篇的年代，按照古来的说法时间更早，即宣王之前的周厉王时。可是，这几首诗与后来诸多东西周之交表达哀怨和抗议的抒情诗，有典礼为依托吗？就现有的文献看，很难给出确定答案。或许它们所依据的礼数，是古风民主下的“谏言”制度[①]，但究竟“谏言”是否有固定的仪式与场合，相关记载语焉不详。上述诗篇

---

① 徐鸿修：《周代贵族专制政体中的原始民主遗存》，《先秦史研究》，山东大学出版社，2002年，第86—91页。

中只有《民劳》，大体可推求出其歌唱场合为新王（应该就是宣王）登基之时，系勉励新晋大臣的诗。但是，与《周颂·敬之》的登基典礼乐章比已经是相去甚远[①]，充其量是借助新王登基向臣僚发表政见而已。这就要说到《周颂·敬之》，此诗倒是有一半内容是大臣在新王登基时“命不易哉，无曰高高在上”的谏言，应该是大臣辅政的表现。联系《尚书·洛诰》等篇章“汝惟冲子，……朕教汝于棐民彝”和《召诰》“旅王若公，……惟王受命，无疆惟休，亦无疆惟恤”之类大臣向君王的陈告，晚期诗“无言不疾”的痛责时政，或许就是西周辅政陈诫惯例的延续，反而不属于“脱离”现象。总之，此问题尚待研究。

无论如何，宣王时代诗篇的“脱离”仍然更具意义。因为它属于一种文学审美力量不断生长下的演进，更具持久意义。西周晚期的政治抒情诗，既有贵族对王政的抗议，也开始表现下层小民的苦痛，如哀怨的《小雅·蓼莪》等。“风诗”表现民瘼实始于此[②]。宣王时代诗篇两方面的新变，即对现实的关怀与审美表达的结合，不正是未来“风诗”时代诸多优美诗篇的基本情调吗？诗篇表现民瘼，若没有艺术的魅力，就不能算是好文学。从这一点上说，宣王时期礼乐与诗篇的脱离，才尤其显得关键而重要。强调《诗经》文学发展中的“宣王时代”，其意义也正在于此。

（原载《文学遗产》2020年第5期）

① 《毛序》记载：“群臣进戒嗣王也。”是承认《周颂·敬之》歌于新王继位之际（参见拙著《诗经析读》，中华书局，2018年，第812—814页）。

② 关于“风诗”时代始于西周晚期的讨论，参见拙文《礼乐大权旁落与“采诗观风”的高涨——“王官采诗”说再探讨》，《社会科学家》2014年第12期。

《诗》“辟雍”考①

摘　要　《诗经》雅、颂中一些涉及“辟雍”的篇章可以证明，作为西周重要礼乐建制的“辟雍”，是西周中期、具体说是周穆王时期才建造的，其直接的缘起是大祭文王。以此为标准，也有助于厘清几件青铜器的断代误差。

关键词　《诗经》　辟雍　西周中期

辟雍是古代集宗教、政治和教育为一体的礼乐性建筑。在《诗经》的《周颂》《大雅》中，一些诗篇直接或间接地写到这一重要建筑，计有《周颂》的《振鹭》《有瞽》，《大雅》的《灵台》《文王有声》和《凫鹥》等篇。《振鹭》言“于彼西雍”，《灵台》言“於乐辟雍”，《文王有声》言“镐京辟雍”，“辟雍”二字赫然在目，属于直接的情况。间接的，如《有瞽》篇说“设业设虡，崇牙树羽”“箫管备举”，明显是在写礼乐之事；而诗一言“有瞽有瞽，在周之庭”，再言“我客戾止，永观厥成”，既可与《振鹭》篇“于彼西雍”及“我客戾止，亦有斯容”相联系，又可与《文王有声》的“遹求厥宁，遹观厥成”相联系。在《文王有声》篇，我们还会看到它所显示的有关辟雍建造的各方面内容。此外《大雅·凫鹥》篇表现的是举行于祭祖典礼次日的款待祭礼中扮神公尸的“绎祭”活动，从诗歌反复歌唱的“凫鹥在泾”“凫鹥在沙”等内容看，

① 此文与李贵田合作。

显然活动的地点就在四面环水的辟雍之中。

从以上简略的说明已不难看出，上述几首涉及辟雍的诗篇，犹如一丛根须相抱的竹子，是牵连而生的。由解读这些诗篇，本文将追问：辟雍在什么地方？因什么而建？建于何时？这些问题的弄清，不仅对《诗经》、对西周礼制的理解有益处，对金文研究的断代也不无帮助。

一、“筑城伊淢”解

历来有这样的感觉，即作为周代重要典礼场所的辟雍，是西周建国之初就有了的，然而从上述《大雅》《周颂》这些诗篇的内容看，情况并非如此。还可以由对《大雅·文王有声》及《灵台》等篇的解读中得到证明，其中《文王有声》篇对弄清辟雍建造的诸多问题又尤为关键。下面就从对《文王有声》篇的审读开始。

《文王有声》共八章，章五句。传统的解释如《毛传》，谓：“《文王有声》，继伐也。武王能广文王之声，卒其伐功也。”朱熹《诗集传》说：“此诗言文王迁丰，武王迁镐之事。”可知传统看法为诗系赞美文王、武王功业者，细读诗篇内容，这样的说法并不正确。从篇章大意上看，诗的确写到了“文王的迁丰”和“武王的迁镐”，但这都是陪衬性的内容，诗篇的主干内容则是在第三章至第六章中，而这几章的中心意思，在第三章又有明确的表达：“筑城伊淢，作丰伊匹。匪棘其欲，遹追来孝。”其中“筑城伊淢，作丰伊匹”两句清楚表明，本诗所述的建造活动，目的是为当年文王所建之“丰”造一个匹配性的建筑，而不是建造丰京或镐京。古人的理解实在没有摸准诗意。诗篇本身写得明白，读懂这层意思也并没有多难，但古人读《诗》，太迷信所谓周公“制礼作乐”之说了，《周颂》《大雅》许多篇章因此硬被当作周公时代的作品。

特别值得注意的是“筑城伊淢”句中的“淢”字，弄清它的语义对解读诗篇关系特大。《毛传》：“淢，成沟也。”马瑞辰《毛诗传笺通释》说：“《传》‘成沟’当为‘城沟’之伪。”甚是。马氏此说用的是今文家言，据王先谦《诗三家义集疏》,《鲁诗》正以“城池”解“淢”。然而“淢”虽有“城沟”之义，但仅以“城沟”视本诗“淢”字之义，并不切当。《元年师旋簋》《蔡簋》都有“王才（在）淢应（居）”语，1954 年出土器物《长由盉》又有“穆王在下淢应”之句。诸器铭文之“淢”，显然不能以“城沟”解之,“淢”只能指代的是可以居住的建筑。《文王有声》“筑城伊淢”一句更说得明白，这座“城”就是“淢”，它是“丰”的“伊匹”。那么“淢”又是什么样的“城”呢？请看金文是怎么说的。上举《元年师旋簋》及《蔡簋》言“在淢居”的王“乎（呼）乍（作）册尹克册命师旋”，即发布对大臣的任命，可知“淢”是行政的处所；而《长由盉》铭文言“王在淢居”之后，复有“即井百（邢伯）、大祝（祭祀中的神职官员）射”之语，可见“淢”是一个可以举行典礼的场所。再从“淢”的字形看，从“水”从“或”,“或”古有城邑义；故“淢”为会意字，即水绕城邑义。如此,“筑城伊淢，作丰伊匹”两句翻译成白话，就是“建造了一座以水环绕的城池，以此来做丰的配城”。如此,“淢”字义所指称的，就是古代作为王朝典礼重要场所的辟雍！①

关于辟雍的形制及其作用，前人多有论述。它既是一个行政及祭祀典礼的重要场所，又是古代“大学”之所在。《韩诗说》曰：“辟雍者，天子之学，……所以教天下春射秋飨。”《礼记·射义》谓：“天子将祭，必先习射于泽，而后射于射宫。”“泽”之所谓，正系辟雍水绕而言。辟雍的形制及作用，又为众多铜器铭文

---

① 这一点也不是笔者的创见，宋代有学者就已经意识到了。参阅陈梦家《西周铜器断代》(六)，见《考古学报》(1956年第4期)，第122页。

所证实。《作册麦方尊》言：“王祼丰京，簷（肜）祀。粤若翌日，才（在）璧雝（辟雍），王于舟，为大礼，大射，大龚（供、捕获）禽。”《静簋》言：“隹六月初吉，王才丰京，丁卯，王令静司射学宫，……八月初吉庚寅，王……射于大池。”《遹簋》言：“隹六月既生霸，穆穆王在丰京，乎（呼）渔于大池。”等等。上述铭文中的“辟雍”“大池”，汉唐学者都认为“异名而同实”①。辟雍或大池中既可以祭祀，又可以射禽“乎渔”，“王”还可以“乘舟”，结合《长由盉》“减”之言“居”、言“射”，“减”之为辟雍，不是很明显的吗？

这在诗篇中本来就曾明确表示过，第五章叙述“丰水东注，维禹之绩”并颂扬了“皇王烝哉”之后，第六章一开始就说“镐京辟雍”，然后再作“自西自东，自南自北，无思不服”的赞美，孤立地看，两章间的衔接十分突兀，但联系前几章即从文势上看，这是诗人对前几章所写内容下的一个结语：“筑城伊减”使镐京有了辟雍的建制。问题是，丰京的“伊匹”，何以又成了镐京的“辟雍”？这必须从丰、镐及这新建的“减”即辟雍的相互位置来寻找答案。

文王作邑于丰，武王建都于镐，从汉到唐以及现代学者如谭其骧、胡谦盈等，都认为丰城在丰水之西，镐京在丰水之东，两者相距不远②。而这座“减”的位置，从诗篇“丰水东注”之句看，不仅在丰水之东，而且“注”字表明，辟雍建造时是借助了丰水的。那么辟雍的位置具体在哪儿呢？考诸载籍，就在西汉上林苑

① 汉代学者对此问题的讨论可参看蔡邕《明堂月令论》，唐代学者的看法可参看司马贞《史记·封禅书》索引，今人杨向奎《宗周社会与礼乐文明》（修订本）对此又有观点相同的论述，见该书第201—213页（人民出版社，1997年）。

② 谭其骧说见其主编的《中国历史地图集》第一册《宗周、成周附近》，中国地图出版社，1982年，第19页。胡谦盈说见其《丰镐地区诸水道的踏察——兼论周都丰镐位置》一文，《考古》1963年第4期。

的昆明池内。

汉昆明池建在武帝元狩三年，目的是练习水战。应注意的是，昆明池的开凿并非平地挖坑，《汉书·武帝纪》记此事为“发谪吏穿昆明池”，“穿”字的语意明确表示，昆明池的修建只是对原有的池沼加以扩凿。更值得注意的是穿凿昆明池时出现的一些“举朝不解”现象，《三辅故事》载：“武帝初穿池得黑土，帝问东方朔。朔曰：西域胡人知之。乃问西域胡人曰：劫烧之余也。”又曹毘《志怪》曰：“汉武凿昆明池极深，悉是灰墨无复土。”胡谦盈先生说：“灰墨当是遗址内的灰土堆积。”[①]可知《三辅故事》所言并非子虚乌有。须加注意的是，在古昆明池的靠北处，有一个面积相当大的高地，曾是池中的岛屿。宋敏求《长安志》卷四《昆明池》条引《三辅故事》说西汉的豫章宫（又名豫章馆、豫章台、昆明台）就坐落在这“岛屿”上。古代的昆明池今虽已淤为田野，但胡谦盈先生经过实地考察认定，与西周镐京密切相关的“镐池”，就在汉代的昆明池内，而且位置就靠近那个“岛屿”。也就是说汉在建昆明池时，把更古老的镐池给合并了。镐池实际就是金文中的“大池”，它的位置，也同样无法不让人联想昆明池底的“灰墨”与西周的辟雍有关；无法不让人联想《大雅·灵台》篇里的“灵台”，就在那个“岛屿”上。该篇一言“灵囿”，再言“灵沼”；“灵沼”相环绕的“灵囿”中又有许多麋鹿，其占地不会太小。而豫章宫所在的那个“岛屿”，其面积在今天尚可以容纳一个自然村落。

证据还不止于此。更有意思的是，考古工作者曾在豫章旧址和古昆明池对岸发现过牵牛、织女的石雕像，牵牛在东，织女在西，两者当年曾隔水相望。专家认为，这正与班固《西都赋》和

① 见胡谦盈《丰镐地区诸水道的踏察——兼论周都丰镐位置》。本文所引胡先生之说及《三辅故事》等引文，均出自此文。

张衡《西京赋》叙述豫章宫及昆明池“左牵牛右织女”“牵牛立其左，织女处其右”的情形合若符契[①]。两件石雕据专家研究为西汉时物，但在昆明池树立这两座石人，却应沿袭的是西周旧制，因为牛郎、织女的传说，与周人有密切关系。一个熟悉的例子是《小雅·大东》篇，站在“东人之子”立场上的诗人以天上牵牛、织女的传说讽刺周室治国的有名无实。诗人何以将周人比作牵牛、织女？原来周人自认为出自天上辰宿中的牵牛星！这在《国语·周语下》中有明确的记载：“我姬氏出自天鼋，及析木者，有建星及牵牛焉。”“天鼋”，韦昭注曰：“即玄枵，齐之分野。周之皇王季母太姜者。……齐女也，故言出于天鼋。”又引《传》曰：“有星出于须女，姜氏、任氏实守其祀。”“及析木”以下云云，韦注：“建星在牵牛间，谓从辰星所在。须女，天鼋之首。至析木之分，历建星及牵牛，皆水宿，言得水类也。”由姜氏、任氏为其“守祀”的“须女”，应就是织女星[②]，原来那则古老的传说，应对的原是姬、姜两姓的婚配！如此，在周家四面环水的辟雍内外，矗立起他们“所自出”的“水宿”星辰神像，从情理上说是很有可能的。而且《史记·封禅书》说：“沣、滈有昭明，天子辟池。”“辟池”据司马贞《索引》即“滈（镐）池”，而“昭明”，《索引》谓：“乐产引《河图》云：荧惑星散为昭明。”“昭明”原来与星辰有关！《史记》是将与“天子辟池”相连着说的，并且我们又知道“昭明”是星辰变的，周人说他们出自牵牛，居然今人还在昆明旧址找到了两位星宿的石像；这些如何不使人把“昭明”与牵牛、织女的星宿联系起来看？如何不使人想到汉代的石像是循的前周旧制？又如何不使人想到宗周的辟雍就是汉家昆明池的前身？

由此，昆明池底的“劫灰”也就找到了来历，它实际也是昆

① 王仲殊：《汉代考古概说》，中华书局，1984年，第12—13页。

② 《史记·天官书》里须女之外另记有织女一星，并说是天帝之孙，但《国语》中只说须女星为姜氏、任氏所守，看来《天官书》织女星是后起的。

明池与周天子“大池”同地的证据。辟雍位置的确定，镐京的具体位置遂得而知之。古代学者多认为在镐池附近、昆明池北，郦道元《水经注·渭水》更明确地说渭水“上承镐池于昆明池北，周武王之所都也。……自汉（武）帝穿昆明池于是地，基构沦褫，今无可究。”胡谦盈先生考定，武王之镐，就在昆明池范围内的北部。这当然是正确的，不过如更具体地说，镐京的位置应是在昆明池北部的偏东位置。这里虽然没有发现多少西周文化遗迹，但郦道元说得好，镐京的“基构”已在修建昆明池时“沦褫”了。《大雅·文王有声》说“镐京辟雍”，而《周颂》则谓“振鹭于飞，于彼西雍”，“西雍”之语，显然是相对镐京而言，是镐京具体位置的铁证。

至此，我们终于明白《大雅·文王有声》篇何以在叙说过“筑城伊淢”后，忽然说“镐京辟雍”的原由了。“西雍”之建，就在镐京与丰京之间，作为“丰”之“伊配”的“淢”城，实际也是镐京的“西雍”。诗篇或言“西雍”，或言“伊淢”，不过是变文为义而已。“淢”就是辟雍。辟雍之建实际是将丰都与镐京联结在一起，所以才有《诗》的“镐京辟雍”之句。

二、建造辟雍的目的和时间

进而需要讨论的是修建辟雍的目的和缘起。如果认为辟雍是西周建立之初、甚至是古已有之的旧制，那么“因何而建”就不成其为问题。但《诗》却告诉我们，大建辟雍有其特定的目的，即大祭文王。这在《文王有声》一诗中亦有清楚的表达。诗第三章说“筑城伊淢，作丰伊匹”，而前两章对“筑城”的目的作了充分的说明。第一章说：“文王有声，遹骏有声。遹求厥宁，遹观厥成。文王烝哉！”第二章说：“文王受命，有此武功。既伐于崇，作邑于丰。文王烝哉！”第一章为总起，先说文王有伟大的名声，继之而来的“遹求”“遹观”两句就直接表达出辟雍建造的目的：是为安宁文王的在天之灵，是为显耀文王所开创之周家事业的巨大成就。在这里，两个“厥”字均指代的是“文王”，而“观成”一句的“观”字，是显示、显耀的意思，与《国语·周语》“先王耀德不观兵”及《左传·襄公十一年》“围郑观兵于南门”之“观”语意一致。第二章则继续向“筑城伊淢”的诗篇本题靠近，指出丰的始建是在“伐崇”之后，是“文王受命”后的开拓。句句不离文王，当然是在为后文的“筑城”“追孝”张本。值得注意的是“文王受命”一句，它不仅关涉着辟雍之建，也关涉着大祭文王的特定原由。诗的第三章在写过“作丰伊匹”之后，诗人还特别交代“匪棘其欲，遹追来孝”，意思是说当今的周王建这样一个辟雍，不是为满足他自己的私欲，而是要为着“追孝”文王。辟雍之建堂而皇之的目的，诗篇表达得是再清楚不过了。

修建辟雍是为着祭祀周文王，那么，《文王有声》篇所写之“筑城”，是始建还是翻建？从《文王有声》篇，看不出任何翻建的意思，如果辟雍是一个早已存在的建筑，诗篇当有所显示；而《大雅·灵台》和《周颂·有瞽》两篇，却明显透露出“始建”的意思。《灵台》第一句说“经始灵台”，“经始”两字，马瑞辰《通释》说：“犹言经起，起亦始也。”是“经”“始”同义，都是奠基、始建的意思。由此可知，诗篇所说的“灵台”不是翻修，而是始建。再看《有瞽》，诗说“有瞽有瞽，在周之庭”。“周庭”中“瞽”，从“有”字、“在”字的使用以及“设业设虡，崇牙树羽”的描述，仿佛是周家才有的人物。《礼记·明堂位》说：“瞽宗，殷学也。”又说：“殷之崇牙。”诗人所以要着意地说明“周庭”“有瞽”，是否这些盲人歌乐家们都是些殷遗又首次来到周庭呢？以《诗》证《诗》，可以得出这样的结论。《周颂·振鹭》说“振鹭于飞，于彼西雍。我客戾止，亦有斯容”，应注意的是所谓“振鹭”并不是说自然的鸟在飞翔，而是一种鹭羽之舞。《鲁颂·有駜》“振振鹭，鹭于下；

鼓咽咽，醉言舞”即是证据。诗言“振鹭于（如）飞”之后，马上又说“我客戾（至、到）止”，表明《振鹭》中的“我客”是一批能作鹭羽之舞的艺人。而在《有瞽》篇中，同样在赞美过瞽人的鼓乐后接着说“我客戾止，永观厥成”，看来所谓的“客”不应像过去那样理解得太死板，只表示“二王之后”，实则“二王之后”带来的艺人们，也同样属于“我客”之列。《灵台》篇说“经始”，《振鹭》和《有瞽》又都说“我客戾止”，这些诗篇都与周家辟雍的修建有关，是可以肯定的。

那么，修建辟雍的时间具体为何？要回答这一问题，还得看《文王有声》一篇，具体地说是看该诗顺次出现的“文王”“王后”“皇王”“武王”四个不同的称号。“文王”一词出现在第一、二两章结尾“文王烝哉”的赞美句中。第一章前文已经说过是总提，表明“筑城伊淢”的目的；第二章则是表文王“作邑于丰”的功绩。结尾“烝哉”之句，是对周文王的颂扬，这一点毫无疑问。出现“王后”“皇王”称号的是第三、四、五、六章，其中前两章为“王后烝哉”，后两章为“皇王烝哉”。这四章中的前两章重在赞述“筑城”之举，后两章则宣示此举的意义。从文义上看，都是在赞美建造辟雍的周王，所以用“王后”“皇王”。出现“武王”称号的是第七、第八这最后两章，这两章赞美周武王在镐京建都有“诒厥孙谋”的功德，所以诗作“武王烝哉”之叹。诗从文王都丰起笔，继而表修建辟雍、赞美“王后”；由于辟雍将丰、镐两都连为一体，所以又从辟雍说到武王宅镐，文势逶迤而下。篇中“文王”“武王”和“王后”“皇王”交错出现，显然是跟着文义走的，可谓义各有当；篇章的结构也因此而十分别致。前人说它赞美文、武，很大程度上是对这别致结构没有看清。这里还涉及周王是否生称谥号的问题。自王国维提出周王有生号，谥法为后起的观点之后，尊从此说的人很多。但近几年的研究，多数学者认为王氏之说并不确当，周王是在死后才称谥号的[①]。而从本篇文义看，建造配城的“王后”“皇王”与丰、镐的建造者“文王”“武王”对举，就只能是指诗歌创作时代的“今王”，诗篇也一定作于武王之后。

那么“筑城伊淢”的是武王之后的哪一王呢？周成王的可能性不大，成王朝殷商残余势力尚在，局势尚未大定；建设方面重要任务是营造东都雒邑，迁九鼎而居之。近年出土西周早期铜器《何尊》铭文有“隹王初鄉宅于成周”之句，其中的“鄉”字，有学者认为是“迁”，有学者认为是“营”[②]，无论如何，都可以佐证上述这一点。继之是康王朝，史书称“康王息民”，而《诗·周颂》有《噫嘻》一篇，正表现的是康王春日亲耕大典，与“息民”说相合。又《北堂书钞》引《竹书纪年》载：“唐迁都于晋，做宫而美，王使人让之。”这是个休养生息的时代，犹如汉代的文景时期，大建辟雍之事，不像当时所能为，也不符合康王的脾气。那昭王如何呢？昭王时“王道微缺”，东南方的淮夷和荆楚都起来反抗王朝，战事大起，以致昭王战死汉水。修建辟雍“追孝”文王的事情，也难说是该朝能做的事。

昭王之后是穆王，排除了昭王以上的西周各王，我们来看周穆王。首先应予注意的一点是，在一些涉及辟雍的金文里，出现过“穆王”或“穆穆王”的字样。如《长由盉》言“穆王在下淢应”，

---

① 王国维说见《观堂集林》卷十八《遹敦跋》一文。近年发表的有关著述除汪受宽《〈逸周书·谥法解〉成书年代与作者蠡测》（《中国历史文献研究》三）继续坚持王说外，屈万里《谥法滥觞于商代论》（历史语言研究所集刊第13本）、黄奇逸《甲金文中王号生称与谥法问题的研究》（《中华文史论丛》1983年第3期）、赵光贤《武王克商与西周诸王年代考》（北京师范大学国学研究所主编《武王克商之年研究》1997年11月）及彭浴商《谥法探源》（《中国史研究》1999年第1期）等，都主张谥法在西周初年即已产生，屈、彭二人甚至将谥法之起追溯到商代后期。

② 见唐兰：《四周青铜器分代史征》，中华书局，1986年，第73页；杨向奎：《宗周社会与礼乐文明》（修订本），人民出版社，1997年，第89页；马承源：《商周青铜器铭文选》第三卷，文物出版社，1988年，第20页。

《遹簋》言“穆穆王才丰京，乎渔于大池”等。《长由盉》按周王死后称谥的惯例看，器当作于恭王早期；《遹簋》中的“穆穆王”，王国维和陈梦家都认为“穆”字虽重复，仍当指称周穆王，对此学者一般无异议。当然，仅凭此点尚不足以遽然断定建造辟雍的就是在辟雍活动的周穆王，但某一王新建造的宫殿，他常到那里活动也是常情。种种迹象表明，周穆王其人好大喜功，喜欢游历，“穆王”两字金文中反复出现，岂是偶然的？

再看《史记·周本纪》对穆王时代的记载：“穆王即位，……王道衰微，穆王闵文武之道缺，……复宁。”所谓“王道衰微”，当是《竹书纪年》所载昭王十九年“丧六师于汉”的结果。《诗·周颂·访落》因篇中有“昭考”之称故可定为穆王朝诗篇，其“维予小子，未堪家多难”之语正是穆王朝早期政治情况的概括[①]，与《史记》“王道衰微”之说相合。而“复宁”一语表示，穆王朝中后期国势复振，这又与《文王有声》篇“自西自东，自南自北，无思不服”以及“四方攸同，王后维翰”的赞美相应。辟雍一类的建筑，也是王朝战争献俘的场地，这一点可以从《诗·鲁颂·泮水》的数言“献馘”“献功”推知。因而穆王时周家“复宁”，那一定与战场上得到些胜利有关，因而诗人高唱“无思不服”并非全是空话，是含着一些现实内容的。《史记》谓“闵文武之道缺”，这既意味着周王朝在昭、穆之际曾面临过巨大困境，也表示着周穆王为摆脱困境曾向文、武祖先乞灵。《文王有声》写大建辟雍以祭祀文王，诗篇中高唱“文王烝哉”“武王烝哉”，衡之于《史记》之所谓，辟雍之建为周穆王朝之事，当是可以肯定的。

而笔者所以认定穆王时期大建辟雍，还有着更多的考虑。随着出土文献的增加及对西周文明研究的深入，人们发现，在西周

① 关于用“昭考”为诗篇断代及《访落》为穆王时期作品的理由，参抽著《诗经的文化精神》，东方出版社，1997年，第166—169页。

中期，也就是周穆王在位的时间里，周代礼制曾发生过剧烈的变革。美国学者夏含夷在其《从西周的礼制改革看〈诗经·周颂〉的演变》一文中曾说，杰西卡·罗森的研究结果表明，西周中期礼器已由成组的酒器和食器变化为以食器为主，青铜器的陈列方式也发生了变化。初期的铜器一般形制比较小，而且花纹细密；到中期，礼器变大了，而且花纹也疏朗了。杰西卡认为，这样的变化，暗示出这样的情况，西周中期的礼器形制及花纹，更适合人数多、规模大的典礼需要[①]。我国学者也早就指出，西周中期，是商周青铜器研究分期的一个重要分界，新的不同商代带有狞厉气息的铜器花纹如凤凰图案，就出现在这一时期。而笔者在对《诗》篇创作年代的考订中，也曾发现在西周中期，也就是周穆王、周恭王时期，存在着一个几乎被人忘却的高峰期[②]。实际上，大建辟雍正对应着此期礼乐的变化，或者说，就是这礼乐变革的一个组成部分，它不是一个孤立的事件。

修建辟雍是大祭文王的，顺着这一线索去思考，笔者有一个推论：辟雍之建时当“文王受命”百年之际。这个看法，来自《大雅·文王》这首歌颂文王的篇章。此诗传统的看法认为作于周初，但从诗篇风格看绝没有那么早。从内容上看，也应与穆王朝的纪念“文王受命”有关。诗篇说“周虽旧邦，其命维新”，两句接应的是“文王在上，於昭于天”两句，显然是在说有文王的保佑，周邦的生命会常新常青。如此“旧邦”之“旧”，就该是指文王死去以后的周家立国的时间长久。其次，篇中“陈锡哉周”之语，又与《逸周书·祭公解》“作陈周”语例相近[③]，而《祭公解》记载

① ［美］夏含夷：《从西周礼制改革看〈诗经·周颂〉的演变》，《河北师范大学学报（社会科学版）》1996年第3期。

② 见拙著《诗经的文化精神》，东方出版社，1997年，第165—210、第165—166页。

③ 陈逢衡：《逸周书补注》卷十八：“作陈周者，犹云‘陈锡哉周’也”。

的又是周穆王访祭公之事。再如“穆穆文王，於缉熙敬止”两句，“穆穆”一词见于穆王时期铜器铭文，又见于《周颂·雍》，而《雍》篇据笔者考订也是穆王祭祀昭王的诗篇。句中“缉熙”一语尝多见于《周颂》，其中《载见》在“俾缉熙于纯嘏”句之前，又出现“率见昭考”一句，“昭考”是诗篇作于穆王朝的硬证。篇章结尾处“仪刑文王，万邦作孚”两句，不仅“仪刑（型）”一语与西周中期金文中出现频率很高的“帅井（型）”“井帅”“用井”等词语例相近，且察其语意也应当为纪念文王“受命”的用语。从上述的理解看诗篇，“文王孙子，本支百世”这两句就特别引人注目了。“百世”，据笔者理解，即“百年”之义。《礼记·曲礼下》“去国三世”句，《经典释文》引虞王注：“世，岁也，万物以岁为世。”又《吕氏春秋·诬徒》：“羁神于世。”高诱注：“世，世时也。”“世”之训“岁”训“时”，是世字古义，金文作世，字形像草木茎叶；草木茎叶一生一落为一岁时，正与《释文》引旧说“万物以岁为世”义合。这是从字义训诂上看“百世”，再从篇章文义看也当解之如此。“文王孙子，本支百世”之后紧接着的是“凡周之士，不（丕）显亦世”，“亦世”的意思是“世世”，这后两句的意思是祝愿之词，祝愿周家子孙世世显要，是虚写，正反衬着前两句即“文王孙子，本支百世”是实写，其意思是说文王的子孙已经有百年的显贵了。一实一虚，正是诗家惯用笔法。

西周穆王以前各代王在位年数说法不一，但从《古本竹书纪年》开始，几乎所有为西周积年的著作或学者都承认，从姬姓建国到穆王在位时期，西周王朝大体已有百年左右的时间。特别值得重视的是近年“夏商周断代工程”所取得的成果，据江林昌在《书品》2001年第1期发表的《关于夏商周断代工程的几点感想》一文所公布的材料，该“工程”确定武王克商之年为前1046年，而周穆王在位期为前976年至前922年的55年间。“文王受命”的时间距武王克商的时间古来说法不一，有的说是11年，有的说是

13年。如按11年算，“受命”百年之际正当穆王21年；如按13年算则当19年。如前所说，穆王即位之初，周家正面临着巨大的困境，经过穆王一番振作之后国家“复宁”，那么在穆王即位后的20年左右举行大祭文王的庆典，在时间上还是很合适的。

三、关于辟雍的起源问题

本文说西周辟雍之建在穆王时期，显然与以往关于辟雍起源的说法差异很大。这是个问题，得予以解决，否则本文的说法就难以取信于人。

关于辟雍及其起源，前代学者多予讨论，其中清代阮元及现代学者杨宽的观点又广为学术界所知。杨宽先生在其出版的《西周史》中，有《西周大学（辟雍）的特点及其起源》一章①，文中对阮元之说有如下介绍和评述：“阮氏认为辟雍起源于上古刚有宫室之时，其制如今之蒙古包，四周有沟绕水，后来制度大备，还沿袭古风，在郊外建有这种式样的明堂和辟雍。犹如野蛮时代的没有衣服之时，人们用一块皮束在下身遮羞，后来衣冠大备，也还沿袭古风，在衣裳之外束一块皮叫做韨。”又说：“这个说法，能够用发展观点来分析，是对的，皮锡瑞曾大加称赞，认为这是‘古礼有聚讼千年，至今日而始明者’。”实则这只是一个巧妙的推测。杨宽为说明阮氏说法的确当，还引了考古学上的发现为证据，说：“从西安东郊半坡村仰韶文化遗址来看，当时氏族聚落的周围确实掘有一道大水沟，以防外来的侵袭。”看来阮氏的说法牢不可破了。问题是，阮氏看起来是“用发展的观点来分析”，但真实的历史发展就是他说的那个样子么？西安的仰韶文化遗址的确发掘出来过

① 杨宽：《西周史》，上海人民出版社，1999年，该章又见于《古史新探》一书，内容上略有增补。

深沟，笔者对考古一窍不通，但查看有关专家的论述得知，专家对此只说有沟，却没有一定说是“水沟”。环绕居地挖深沟防止侵袭这个传统，一直沿存了很长的历史时期，如近年在河南安阳曾发掘过一条大沟的一部分，专家也说是防护用的；更后来辽、金时期两国边界也曾挖过漫长的深沟以充“长城”之用。深沟固可以防范，但往沟里注了水，其是否还一定起到防范作用就很难说，所以见考古发现有沟就说成是“水沟”不一定是牢靠的。退一步说，就是从远古时期人们就用“大水沟”加强居地的安全，这个古老传统也是在城邑的建筑中保存的。古人称城邑为“城池”，又说“城门失火，殃及池鱼”，就是今天的北京，明清以来的护城河依然保存，成为城市一景。就是承认后代的城池是继承远古“大水沟”的传统，阮、杨两家的说法也还是难通。既然古老的传统已经在城邑的建设中保持着，那么，还有什么必要跑到郊外去保存那个传统呢？而且辟雍之中可以乘舟、可以捕鱼，又岂是水沟之物可比拟的？推论得很妙，却经不住推敲。

阮元的推论既有问题，那么周代的辟雍是否有所继承呢？答案是肯定的。周代辟雍在商代可以找到头绪，只是与“大水沟”的传统无关。这头绪就在殷商甲骨文中。卜辞中“雍”字多有出现，帝乙、帝辛时期卜辞有：“戍申卜，王田（畋）雍，往来无灾。壬子卜，王田雍，往来无灾。”（《前》二·三六二）“辛亥卜，贞，王田雍，往来无灾，王占曰，吉。”（《甲》四七八）“辛巳，卜贞，王徭于雍，往来无灾。”（《续》三·二〇五）《左传·僖公二十四年》：“郜、雍、曹、滕，……文之昭也。”杜注：“雍国在河内山阳县西。”即今河南修武县境内。西周有封国在此，国名仍称雍，金文尝见。雍地距商之国都（今安阳附近地区）有相当遥远的距离，据研究，雍之所在的一带，是殷王的狩猎地，犹如后世的皇家苑囿。此地系太行山东南麓，水源较多，古济水即发源于这一地区。古时猎物多的地方一定系水草丰沛之地，徐仲舒《甲骨文字典》

解“雍”字曰：“从隹从口，或又从㇏，水旁。口本作○，即环形，或作⧉，即连环形。”结合上举“王田雍”数条卜辞看，商王所田猎之“雍”，是有水环绕的，也可以说是沙洲甚多，有成群的鸟类集落其上。古代狩猎往往同时也是军事训练，射击沙洲上的大鸟不单是获取猎物，还有习射的作用。这一点，在西周的辟雍中还保存着，金文说周王在“大池”中“大龚禽”是其证，古代大学设在辟雍也可以看作证据——“射”是“六艺”之一。殷商时期的雍在离都城很远的地方，这也不一定是故意如此，只是雍地草泽丰沛，有丰富的狩猎资源，好畋猎的商代王才到那里去。这样一个前朝自然而成的习惯，到了好大喜功的周穆王时，踵事增华，以大祭文王为名，修建了一座集礼乐政事为一体的建筑，仍用商朝旧名，名之为雍、璧雍（“璧”或“辟”字，不过表其圆形而已）。而西周的辟雍要建在镐京之西、丰水东岸，这也不是因为别的，只是因着这里的自然条件而已。后世儒家论辟雍，说明堂，先是把它与周文王相联系，然后再探求其在建制上的大义；谈到它的位置，也总是既玄且虚，又是阴又是阳的。话说回来，即使“辟雍”这一建筑及其神秘传统就是可以再往远处追，周代什么时候有此设置，也还是问题。

前文说过，辟雍是接受战争献俘及祭祀天地的场所，但《诗经》告诉人们，先周时期，献俘及祭天之礼都是在“冢土”上进行的。《诗经·大雅·绵》：“乃立冢土，戎丑攸行。”《毛传》：“冢土，大社也。”“戎丑”，于省吾《泽螺居诗经新证》谓：“指戎狄丑虏而言。”可知先周时期，周家是在大社上将战争中俘获的戎狄丑虏向神献祭的。《逸周书·世俘解》又告诉我们，武王克商时，献俘或荐之于天宗，或荐之于周家庙。这说明在辟雍建造之前献俘是另有其地的，因此有些记载关于文王时之辟雍、灵台的说法，是对后起现象的附会。一个像阮元说的那样的起自远古的辟雍传统，实际是不存在的，从现有的文献里，顶多可以追溯到商代。

四、几件西周铜器年代的厘正

辟雍之建在西周的穆王朝，具体说是在“文王受命”百年之际。这是我们结合金文材料，从对《诗经》之《大雅》和《周颂》的一些篇章、特别是《文王有声》一篇的审读中得出的结论。前面说过，这个结论对吉器金文的时代判定有用。下面就某些铜器断代方面的问题谈一谈，首先声明的是，笔者对古文字及铜器研究全然外行，所谈的只是几件铭文与辟雍有关的器物。

第一件是《天亡簋》(又名《朕簋》《大丰簋》)。此器出土于清代道光年间，为武王时器。其铭文中有“乙亥，王又大丰，王凡三方”之语。陈梦家在发表于1939年的《郊与祀》及1956年发表的《西周铜器断代》(一)中，将“王凡三方”之“凡”解释为“凡”，即“泛”，“王凡三方是泛舟于大池中的三方”。此说经闻一多的重述后，影响愈大[①]，以至近年出版的马承源主编《商周青铜器铭文选》[②]依然祖述陈说。按，陈梦家立说的依据在《麦尊》《静簋》《遹簋》等铭文中有关“璧雍”“大池”记述及其他一些相关文献记载，很明显其立论的基础是不存在的。实际上，“王凡三方”就是从字面上看也与辟雍扯不到一起。辟雍既然是四面环水的“大池”，何以只“泛三方”呢？剩下的“一方”又如何解释呢？闻一多以此器铭文为据，进而否定周代天子辟雍与诸侯泮宫有区别的成说。辟雍与泮宫是否像礼书里所说的那样有圆形、半圆的区别可以讨论，但其以《天亡簋》铭文为依据，却是没有说服力的。郭沫若从孙诒让说解“凡”为“风”“讽”，即向“三方”宣布命

---

① 见《闻一多全集》第二册《大丰簋考释》，生活·读书·新知三联书店，1982年。

② 《商周青铜器铭文选》第三册，文物出版社，1988年，第14页。

令的意思。唐兰则解之为"同"，即会集"三方"之义[①]；周人居西方，故发布命令或会集诸侯，只有三方。两说哪家更准确还未易定于一时，但都比解释为"泛舟于大池"可取得多。

第二件是《作册麦方尊》。郭沫若《两周金文大系考释》、马承源《商周青铜器铭文选》定之为康王时器，唐兰《西周青铜器铭文分代史征》定为昭王时器。由辟雍的建设时代判定，此器应为穆王或穆王以后时器；观其内容如铭文中出现的"井侯"，穆王时器的可能性极大。因为《长由盉》中记"穆王……即井（刑）伯大祝射"，文中"井伯"与"井侯"当为一人。郭沫若、马承源所以将其定在康王时期，大约是受了《左传》"康王……并建母弟，以蕃屏周"的影响。实则细读此铭，从其记井侯受赏赐之后的语辞可知，此次所封的"井侯"绝非第一代。铭文记述的封赏刑侯，只是对新即位诸侯的册命，而不是对刑国的始封。这有《诗·大雅·韩奕》篇为旁证，该诗叙述的是在老韩侯去世、新韩侯即位之际，周王予以锡命之事，正可以明示《作册麦方尊》的典制。而且，此器以及《麦方鼎》《麦方彝》《麦盉》诸器铭文所记载的事情，很可能与《长由盉》为同一时期。

"王受命百年"之际的大祭是周家历史上的大事。金文有以事记年的习惯，如《麦尊》"维天子休于麦辟侯之年"、《作册旂卣》"隹公大史见服于宗周年"之语都是证明。以此例推，《士上盉》（又名《臣辰盉》）及《士上卣》（又名《臣辰卣》）被定在成王之世或昭王之世，就是值得商榷的。两器都有"隹王大禴于宗周、出丰京年"之语，显然是以事记年。铭文把周王在宗周"大禴"，在丰"祼将"（《大雅·文王》有"厥作祼将"之语），作为记事的标志，系当时大事无疑。如此，将此器之作的年代，断在穆王朝或该朝

① 郭说见其《两周金文辞大系图录考释》（下），上海书店出版社，1999年影印本，第1页。唐说见其《西周青铜器铭文分代史征》，中华书局，1986年，第11页。

之后，显然要比定在西周早期更有根据，更加稳妥。

还有西周较晚时期两件铜器《元年师旋簋》和《蔡簋》，铭文都出现了周王“在减应”的语句。《元年师旋簋》和《蔡簋》一起被唐兰定在懿王时期；郭沫若、马承源则将《蔡簋》定在夷王元年。陈梦家则认为：“《蔡簋》的元年，可能是懿王元年，更可能是孝王元年。”《元年师旋簋》郭沫若、马承源则定为孝王时器。从辟雍修建的角度，并不能对前人各种断代的成说有所纠正，但两件铭文，特别是《元年师旋簋》，似乎可以从辟雍方面加深对其内容的理解。该铭文中有“官司丰还”之语，马承源《商周青铜器铭文选》解“丰还”两字为“丰园”[①]，似乎特别能解释周王发布对师旋的任命何以“在减”的原由。“丰还”虽是周文王的都城，但因为辟雍的建设，因而它也是皇家的一大苑囿，如《大雅·灵台》就说“王在灵囿”，所以要派专人负责管理。穆王之后的周王要到“减”来任命大臣，原因应就在于辟雍也是“丰园”的一部分。顺此思路去想，《蔡簋》铭文的某些内容似乎也可以得到理解。铭文记述周王任命蔡“司王家内外，……司百工”，同时又反复告诫他遵从姜氏的命令。从发布命令在“减应”这一点，似乎可以推测，辟雍的园林收入及其管理，是属于王家及其“内外”之事的——这与汉代上林苑的管理、收人归皇室所有是一样的，而且它的总负责人是作为王后的姜氏。如此处推论正确的话，两件铜器铭文的经济史料价值也就显示出来了。

（原载《河北师范大学学报（哲学社会科学版）》2003年第4期）

① 见该书199页。又“还”亦见于西周后期器《免簠》，曰：“司奠还林及吴及牧。”与此铭“官司丰还”语例一致。陈梦家《断代》（六）解“司奠还林”之“还林”为“园林或苑林”，可证马承源说是有根据的。

题旨正误，意蕴重彰：说《关雎》

摘　要　《关雎》被现代人视为“爱情诗”。本文采用欧阳修“据文求义”法，从诗中“君子”“淑女”称谓及篇章中出现的乐器两方面反驳了这一流行说法，认为诗篇为周代婚姻典礼的乐歌。诗篇主题确定，有助于理解诗篇所蕴含的历史文化意义。

关键词　《关雎》　据文求义　婚礼乐歌

自从“诗三百”成为儒家经典即成为《诗经》后，就有了各种解读。汉唐经学有经学的解读，宋明理学有理学的解读，清代朴学有朴学的解读，近代自然又有本着各种观念的多样解读。于是，总有一个问题萦绕笔者心中：今天的人又应怎样解读《诗经》？把“三百篇”这样的经典当成某种先入为主的观念体系论据的做法，肯定是不行的，因为这样做有害无益。就《诗经·关雎》篇而言，从汉代直至今天流行的说法，都有“先入为主”的弊端。也就是说，都无视诗篇自身透露的信息。

有鉴于此，笔者以为，今天读《诗经》，应该重新从欧阳修《诗本义》“据文求义”的阅读主张做起。其大要是：解释前先精研《诗经》文本，其他相关的解说，不管其立说者有多大权威地位，也得先过文本本身的文脉义理这一关，合则取，不合则去。在经学重“家法”“师法”的传统势力下，欧阳修能提出这样的解经主张，胆识非凡。然而，今天要“据文求义”，关键倒不在胆识，而在克服因循守旧、炒冷饭不觉难为情的荒怠。

具体做法呢？以个人肤浅经验而言，要“据文求义”。盯着文本是首要的，然而仅此还不够。在考古发达的今天，与前辈学者相较我们有一点幸运的地方，就是可以读到、看到孔夫子和汉宋大儒见不到的出土文献和相关器物。结合传世文献，深研这些文献和器物，尽力溯源诗篇的时代，尽力深切地感受那个时代特有的社会氛围、人文情调、文化精神，然后“据文求义”，庶几能对《诗经》篇章的主旨有更为切近的理解。这不是为新而新，实在是只有这样，才能经由《诗经》这样一部民族文化创生时期的经典，把握自己文化的根脉。笔者相信，只有如此，《诗经》的价值才会真正得到彰显；只有如此，《诗经》才会贴近当代读者。

本文以下关于《诗经·周南·关雎》篇题旨及含义的讨论，就是想做点这方面的努力。

一、“爱情”说是误解

《关雎》位列《诗经》三百篇之首，最需要“据文求义”来纠正历来各种误解。西汉时期的儒生，说《关雎》是“刺康王”，即讽刺西周建立后第三代王周康王的。东汉时期又流行另一种说法：《关雎》是赞美后妃之德的。所谓后妃，就是周文王妻子太姒。两种说法影响持久，却都让人有“丈二和尚”之感：诗篇哪有康王的影子，哪有太姒的痕迹？可是，西汉时期经学家说“刺康王”，是因为他们把《诗经》认作了可据以干预现实、纠正当权者的大经大法；其“康王”说，或许还透露了一点有用消息，即诗篇或为西周早期作品。至于东汉时的经生，把《诗经》的一些篇章尽量往古老里说，是其明显的偏好。《关雎》被他们说成是歌颂周文王之妻太姒德行的篇章，又与他们用经典为万民树立典范、法度的学术取向相合。古人的说法，就先谈到这里，下面说说现代人对《关雎》的误解。

现代误解与古代有什么不同？一言以蔽之：古人的误解在其以“美刺”说此诗；现代的误解，却是由爱情至上的心态弄出的新花样。今人各种注本，当然包括各种教科书，解释此诗几乎众口一词，认定《关雎》“是一首爱情诗”。曾见过一个选本还说此诗是写一位男子“偷偷爱上”一位淑女的。真能抖机灵！不过，这样理解倒也不是找不到依据，他们是从诗篇“求之不得，寤寐思服。悠哉悠哉，辗转反侧”等句子来立论的。一位男子因思念淑女，弄得寝不安枕，翻过来、倒过去地在床上折腾，在一些现代人看来，不是坠入情网、为情所困，又是什么？爱情说以此得立。然而，单看上述句子，的确如此，可是，据此就说诗篇是“爱情”之作，却是十足的断章取义、“现代化”古人。

二、《关雎》为婚礼乐歌

何以这样说？首先是篇中的人称形态不对。篇中“君子”“淑女”对举，明显是旁观的第三者才有的语态。试想，在一个群体里，就以正值“恋爱季”的大学班级为例吧，一位男同学爱上了班上的某位美女，若他写诗说：“那位美好的女生啊，是正派男生的好配偶。”不是要被当成精神不正常吗？表达爱意的诗，能用这样的人称语态吗？《关雎》篇以“君子”与“淑女”的人称名谓对举，不是表白爱情该有的称谓。《诗经》中也有传达爱慕的篇章，例如《郑风·褰裳》，其“子惠思我，褰裳涉溱”——你可好心看上我？看上我，撩裙渡溱水来找我的句子，就是“子”与“我”并举的。这才叫传达爱情。这是第一点，即诗中人的称举方式不对。

其次，是篇中乐器不对。诗言“琴瑟友之”，《小雅·棠棣》：“妻子好合，如鼓琴瑟。”《郑风·女曰鸡鸣》：“琴瑟在御，莫不静好。”都是以“琴瑟”喻夫妻和睦。就现有《仪礼》等关于“周礼”

记载而言，一般典礼都有“升歌”，即盲目乐工四位升堂演奏，二人唱、二人以琴瑟伴奏。因此，《关雎》言“琴瑟友之”，也应该暗示的是典礼场合。理解诗篇要看全文，单看这一句，容易把古代男女理解得像今天一些男生，操着吉他对女孩唱“我心中不能没有你”之类的情歌。可是，顾及诗的全篇，“琴瑟友之”就绝不可以作这样的解释，因为诗篇还有下文“钟鼓乐之”的限定。句中的“钟鼓”，是不可再视为示爱乐器的。中国有鼓很早，大汶口文化、山西陶寺文化等遗址，都曾出土过用鳄鱼皮蒙制的木鼓；说到钟，就今天发现的西周最早的钟而言，是三件一套，要敲击成乐，还需要一个悬挂乐器的架子。如此，挟瑟之外还得带着一套编钟，拖一副木架，有这样去向女子示爱的吗？

更关键的是，当琴瑟与钟鼓一起出现于诗篇时，暗示的是一场典礼才有的音乐规模。周代举办典礼，如上所说，堂上一般有目盲的乐工歌唱，用琴瑟伴奏，称“升歌”。同时，堂下的庭院还有乐工奏乐相应和。就《仪礼》记载而言，升歌之后，堂下演奏，称“间歌”。升歌、间歌相应相和，才是一场典礼的歌乐之局。《仪礼》所记之礼等级略低，所以没有出现钟鼓，但是，在《左传》《国语》等文献所记载的列国使者聘问活动中，却是有“金奏”即使用铜钟乐器的。这可以参考王国维《释乐次》的研究。《关雎》先言“琴瑟”，再言“钟鼓”，正是暗示出典礼场合的用乐情形，符合周礼的规制。说起来，对现代学者而言，结合周代礼制，对诗篇文义的推求应该不是什么太大的难题。然而，被“爱情”“诗经是民歌”之类观念塞满了头脑，是无暇或不屑于去做这样的推求的。也就是说，现代学者解释此诗，在“先入为主”的观念挂碍上，并不比古人好多少。

至此可以说，《关雎》根本不是现代人理解的“爱情诗”，而是婚姻典礼的乐章。诗篇原本是带着自己使用场合的印记的。不过，笔者设想，这样的理解起码要受如下两方面的质疑：

其一，再回到“辗转反侧”那几句。有人或许要问：你说《关雎》不是爱情诗，那上举“辗转反侧”云云，又是什么？答曰：难道结了婚的夫妻就不需要爱情了？夫妻之间的真爱，一般叫恩爱，是限定在婚姻伦理范围内的。诗篇言“辗转反侧”，也是在婚姻范围内的祝福。而且这祝福还有其生活的针对性，那就是好夫妻难得。请看《史记·外戚世家》开头的议论：“礼之用，唯婚姻为兢兢（小心貌）。……人能弘道，无如命何。甚哉，妃匹（配偶、父亲）之爱，君不能得之于臣，父不能得之于子，况卑下乎！”贵为君主，尊为父亲，也未必有个好婚姻，司马迁此言，不是好夫妻难得的高论吗？唯其难得，才有诗篇的祝福。因此，上述几句与其说是某个爱恋中人的内心独白，不如说是对“好配偶”这一人生幸福的渴望；或者更准确，是诗人对眼前一对“新人”未来鹣鲽情深的祝愿。

其二，也许有人还会质疑：《礼记》等文献不是说“婚礼不用乐”“取妇之家，三日不举乐”吗？答曰：《礼记》等确有这样的说法。可是，“之子于归”的《周南·桃夭》难道不是嫁女之歌吗？“之子于归，百两御之”的《召南·鹊巢》，不是表送亲的“用乐”吗？《礼记》成书于东方的儒生，时间为战国，周南、召南之地在今河南、陕西，时间总在春秋以前；地域相差数百公里，时间相隔几百年。在《诗经》与《礼记》之间，到底哪个可信，相信是不用多言的。一言以蔽之，儒家文献所说“婚礼不用乐”，应该是东方的风俗，据此否认《关雎》篇婚礼乐歌的属性是很成问题的。

三、《关雎》的文化蕴含

以上所说，是《关雎》的主题和它的用场。虽然说的是一首诗篇的基本事实，可关系重大。因为诗篇涉及婚姻在当时的历史地位，也涉及古代文化的某些基本逻辑。

那么，婚姻在当时的地位如何？对此，《礼记·郊特牲》所言“取于异姓，所以附远厚别也”，《礼记·哀公问》所言“合二姓之好，以继先圣之后”的话，最能道及婚姻在西周时期的重要性。不论是“附远厚别”还是“合二姓之好”，都是说婚姻联合异姓异族的重要作用。西周建国之初，其总体人数少，远远不及殷商遗民。而且，据《荀子》等文献记载，西周封建诸侯七十余，这既是周人诸侯邦国迅速占据当时天下的各个要地的举措，也是周人群体大规模的分散和化整为零，同时，也是与天下众多异姓异族的广泛接触。周人若不想只用武力压制天下其他人群，就得想方设法联合异姓异族。周人实际也是这样做的。于是，与异姓之间广泛地缔结婚姻关系，就是一个不可不选的办法了。在当时，“非我族类，其心必异”的血亲意识既普遍又根深蒂固，而利用婚姻缔结这样的方式联合不同人群，正所谓顺势而为，其实是对一种古老观念的推陈出新。由此，一种新的广泛联合的宗法制形成了。

婚姻既然在新的家国社会有如此重要的作用，那么婚姻缔结之际，举行隆重的钟鼓齐鸣的婚姻典礼，不是必然的吗？如此婚礼上有“关关雎鸠”祝愿夫妻和谐的乐歌，不也是很自然的吗？了解西周特殊的历史背景，阅读《关雎》篇章，才可以感受到它的历史沉重，才可以了解到先民在缔造文明社会时所显示的智慧。由此，《诗经》作为一部文化经典，其记录历史的价值才可被真切地感受到。

历史的事件属于过去，而历史造就的文化逻辑却可以延续很久。如上所说，据《仪礼·燕礼》记载，招待列国聘问使者时，歌唱“乡乐”时第一首歌即《关雎》，是其受重视的表现。因而可以说，婚姻关系的缔结很受当时重视。如此，当我们读到《易传》如下的文字时，才不会感觉突兀：“有天地然后有万物，有万物然后有男女，有男女然后有夫妇，有夫妇然后有父子，有父子然后有君臣，有君臣然后有上下，有上下然后礼义有所错，夫妇之道不可以不久也。”（《周易·序卦传》）这就是中国关于家庭生活的文化逻辑：与天地阴阳合生万物一样，男女结合才是人伦的开端，才是社会生活的起点。于是，再读《论语·学而》“其为人也孝弟，而好犯上者，鲜矣；不好犯上，而好作乱者，未之有也”，也容易有如下的领悟：有子所说，不过是在说“好家庭出，好的社会成”这样一个基本的逻辑。很明显，这样的逻辑，与西方《圣经》上帝先造男人再造女人，男女偷吃禁果而世俗社会开始所呈现的文化逻辑大相径庭。笔者以为，《易传》《论语》的观念，是可从西周重视婚姻缔结作用找到它的历史根源的。

当然，领悟这样一种文化逻辑，实有赖于对《关雎》主题的重新认定。很明显，将《关雎》读作“爱情诗”，其背后所涵藏的文化意蕴，是会黯然不彰的。

（原载《名作欣赏》2016年第28期）

《诗》“二南”中的战争短歌
——读“金”说“诗”札记

摘　要　根据大量出土的青铜器铭文，西周自昭王至于宣王时期，连年对西北和东南边地用兵。《诗经》中《周南》和《召南》有反映周王朝与周边民族战争的诗篇，但目前尚未被学者注意。本文试图结合金文材料解读这些相关的《诗经》选篇。

关键词　《诗经》　金文　战争　边疆

西周自昭王至于宣王，每有对边地人群的战争，在东南多为淮夷，在西北则常是猃狁。此已为大量出土铜器铭文所证实。《诗经》的周、召“二南”中，有与征伐或抗御上述两方面敌人的征战相关的诗篇，似乎尚不为人所注意。这些相关篇章，在《周南》部分有《兔罝》《麟之趾》《汉广》和《汝坟》；在《召南》，则有《草虫》《殷其雷》，合计六篇。兹述之如下：

一、《周南·兔罝》

肃肃兔罝，椓之丁丁。赳赳武夫，公侯干城。
肃肃兔罝，施于中逵。赳赳武夫，公侯好仇。
肃肃兔罝，施于中林。赳赳武夫，公侯腹心。

《毛序》说：“《兔罝》，后妃之化也。《关雎》之化行，则莫不好德，贤人众多也。”说《兔罝》却扯上《关雎》，《关雎》照毛诗家的解说，唱的是周家“后妃之德”，“后妃之德”感化天下，就是贤人众多。所以《序》说的要点在“贤人众多”。可是看诗篇，只能看到武夫的雄壮，与“众多”的意思一点也不搭调。后代解说还有不少，大多不离《毛序》的“贤人”云云范围。近代以来，解读《诗经》力图脱离经学樊篱，解释此篇开始新说不断，如以为《兔罝》是“猎人之歌”等。

诗篇以“肃肃兔罝，椓之丁丁”起兴，极赞“赳赳武夫”为“公侯干城”，很明显是赞美公侯武士的篇章。这从篇章本身读出的含义，正是对经生那套“贤人”滥调总是心有不惬的缘由。然而，《周南》之诗，据《仪礼·乡饮酒仪》等文献之说，是周家“乡乐”。既是周家乡乐，可诗篇却说“武夫”为“公侯干城”，又如何理解？为什么不说是“王”或“王侯”之“干城”呢？

西周昭王以下诸多铜器铭文可解此惑。先看《多友鼎》，此鼎约为周厉王时器物。[①]其铭文曰：

> 唯十月，用玁狁方兴，广伐京师，告追于王，（王）命武公：“遣乃元士，羞追于京师。”武公命多友：“率公车，羞追于京师。”……多友西追……甲申之晨，搏斗于郲，多友有折首执讯……多友廼献俘馘讯于公，武公廼献于王，（王）廼曰武公曰：“汝既静京师，釐汝，易汝土田。”丁酉，武公在献宫，廼命向父召多友，廼延于献宫。公亲曰多友曰：“余肇使汝，休，不逆，有成事，多擒，汝静京师，易汝圭瓒一……”多友敢对扬公休，用作尊鼎，用朋用友，其子子孙孙宝用。

铭文说王朝征伐入侵之猃狁，需要武公出兵，于是武公派遣

① 李学勤：《新出青铜器研究》，文物出版社，1990年，第131页。铭文也出自该处，只是尽量用通行字体写之。

手下名为多友的为帅，使用武公车马西追强敌，多友多有斩获。铭文说，获胜的多友向武公献捷，武公再向周王献捷；同样，在战后的赏赐时，也是周王先赏赐武公，然后再由武公赏赐多友。值得注意的是，周王不能直接调动多友，也不能直接赏赐多友，因为多友直接服从的是武公，而不是周王。周家“乡乐”，却要赞歌唱给这些“公侯”的“好仇”，道理也就在此。于此，还可以对西周分封之下的多层级君臣关系，有更具体一些的了解。

《多友鼎》的武公又出现于《禹鼎》铭文中，不过《禹鼎》所关系的战争，不是与北方玁狁打，而是打击南方的淮夷。铭文说：

> ……唯鄂侯驭方率南淮夷、东夷广伐南国、东国，至于历内。王乃命西六师、殷八师曰：戭伐鄂侯驭方，勿遗寿幼。……肆武公乃遣禹率公戎百乘、斯驭二百、徒千……敦伐鄂，休获厥君驭方。肆禹有成，敢对扬武公丕显耿光，用乍大宝鼎，禹其万年子子孙孙宝用。①

在西六师、殷八师——周王朝直属军队全部出动打击鄂时，周王还调遣了武公手下的军队应战，于是武公手下禹率军出战。禹和多友一样，都是公侯的“干城”和“腹心”。以上两件器物铭文，足证西周后期王朝征战，在直属部队之外，还调集诸侯力量参战，而且，铭文说，是禹抓获的鄂侯驭方，据此可知，诸侯军队作战的实力，实在是胜过王师的。西周王朝之衰弱，于此已是彰彰可见。

上述两件器物的铭文显示，武公手下的多友和禹都是在立功之后，受赏赐于武公，而不是周王。但是也有器物铭文记载了周王与诸侯的“干城”的直接接触，那就是《晋侯苏编钟》。该器铭文有这样的话：

> 王亲命晋侯苏：“帅乃师，左复，观，北复，观，伐夙

---

① 郭沫若：《金文丛考补录》，科学出版社，2017年，第70页。

夷。”晋侯苏折首百又廿，执讯廿又三夫，王至于匔城，王亲远省师。王至晋侯苏师，王降自车，立南向。亲命晋侯苏：“自西北敦伐匔城。”①

编钟所记之事是周王命令晋侯征伐今山东之地的夙夷，并进攻匔城。所引文字则记载的是周王亲自“省”了晋侯的“师”，并下达进攻命令。推想若是有军礼的礼乐活动，此时演唱《兔罝》，就是一个合适的场合。不过，《晋侯苏钟》还提供了更可能演唱诗篇的场合。铭文继续写道：“王唯返，归在成周。公族整师，宫。六月初吉戊寅召晋侯苏。入门，立中廷，王亲赐驹四匹……”在这里，周王在战争结束后第一次接见晋侯并赏赐马匹。继而铭文又载：“丁亥，旦，王鄅于邑伐宫。庚寅，旦，王格大室，司工扬父入佑晋侯苏……”再一次赏赐晋侯。从戊寅到庚寅是十三天，十三天两次接见晋侯，赏赐也是后出转多。从伐夙夷、匔城的战场返回晋国，成周之地可以是中间站。赏赐晋侯而在成周，而不是宗周，有理由推测有出于路途方便的缘故。晋侯军队是否也在成周停留，铭文未加记述。但是，在这十三天里，王朝也是有可能对晋侯的属下、特别是他的亲兵卫队进行慰劳的，果然如此，“肃肃兔罝，公侯干城”乐章，就是很对景的了。

武公、晋侯都是用自己军队为王朝服务。这在西周中晚期也是常事。如《师寰簋》铭文即载：

王若曰：师寰，𡢁！淮夷繇（旧）我帛（帛）畮臣，今敢博厥众叚反工吏，弗速我东国。今余肇令汝率齐师、曩师（纪）、釐（莱）、僰、屃、左右虎臣征淮夷……

师寰受周王之命去威慑南淮夷，令其就范。值得注意的是，师寰前往南方时，还征调了齐、纪、莱等诸侯军队。这些军队的将士，与晋侯的队伍一样，也都是“公侯”的“好仇”，他们都是

① 刘雨：《近出殷周金文集录》（第一册），中华书局，2002年，第59页。

在为王朝出力。

宣王时期诗篇《诗经·出车》有“岂不怀归，畏此简书”之句。从金文资料看，周昭王南征就是征调了诸侯军。如《过伯簋》就说：“过伯从王伐反荆，俘金……”过伯，就是一个爵位为伯的诸侯国。[①]又昭王时《作册旂方彝》诸器皆记载昭王十九年赏赐相侯土地之事，十九年周与江汉一带的敌人战争正酣，赏给相侯土地，一定是相侯在战争中有积极表现。过伯、相侯参战，当然得带领手下人。穆王时器《班簋》就明确记载周王令吴伯、吕伯“以乃师左比毛父”“以乃师右比毛父”，吴伯、吕伯之“师”，就是他们的“好仇”和“腹心”。西谚云：封臣的封臣不是我的封臣。在西周，虽没有这样的绝对，但对前来参加王朝征战的诸侯之邦的将士，应当是有一定“客情”的，特意谱写诗篇歌唱他们，也是王朝友待诸侯及其将士的应有之义。这应该就是《兔罝》之所作的缘故。

从昭王到宣王，是一个很长的时段，诗篇的具体年代可否确定呢？不好说。可以说的是一种可能。金文资料显示，昭穆时期王朝出师，有时由诸侯统领军队，如昭王时期的伯懋父，有学者说他就是祭公某父[②]；再有穆王时期毛父（见《班簋》）、伯雍父[③]等，但他们率领的都是王朝直属的军队，如《小臣謎簋》说伯懋父率领“殷八师”出征，殷八师就是王家的军队。而且，这时虽有过伯、相侯的参战，但他们的军队，似乎还没有像《禹鼎》《多友鼎》记录的诸侯军队那样关键，那样中流砥柱。武公手下的军队，在王朝西六师、殷八师之外，显示出强大的实力，却是西周

① 唐兰：《西周青铜器铭文分代史征》，中华书局，1986年，第271页。

② 同上书，第317页。彭裕商：《西周青铜器年代综合研究》，巴蜀书社，2003年，第272页。

③ 伯雍父按照彭裕商《西周青铜器年代综合研究》一书的说法，就是穆王时期金文中常见的，他是录国的君长，所以又称录伯。

后期才有的事情。这里还需要说明的是《多友鼎》《禹鼎》中的武公诸侯身份。西周封建，有所谓"甸服""侯服"的五等服制，见于《国语·周语》载祭公某父谏穆王的言论。总体的倾向是离宗周越远独立性越强，支撑邦国的军队越多越强。武公也应该与晋侯苏一样，属于这种独立性较强的诸侯。1979年在山西芮城出土了《叔向父簋》，此器铭文所见之叔向父，有学者指出，就是《禹鼎》中的禹。进而李学勤先生以为，叔向父禹，是西周虞国的大夫。①也就是说，这个武公就应该和晋侯苏一样，是虞国或其他位于今山西南部独立性较强的诸侯。②武公的派遣部队帮助王朝，就像同时期宣王时器《不娸簋》所记载秦的"伯氏"接受王命命手下不娸率军"宕伐严允（狁狁）"一样。若是宗周京畿一带的诸侯，在西六师、殷八师的战斗力严重下降之时，还保持那样强大的军力，难以想象。综上可以说，王朝越是到了后期越是仰仗那些独立性较强的诸侯军队，据此，若做大胆推测的话，像《周南·兔罝》这样赞美"公侯干城"的诗篇，就很有可能创制于西周较晚——如宣王朝时期。但无论如何有金文资料，可以将诗篇与西周边地战争联系起来，对顺适地解读诗篇，对了解西周与战争相关的礼乐，还是有较大的帮助的。

二、《周南·麟之趾》

可以与边地战事相连的《周南》诗篇，还有《麟之趾》。诗曰：

麟之趾，振振公子，于嗟麟兮。

---

① 李学勤：《新出青铜器研究》，文物出版社，1990年，第259页。

② 这里的理解和李学勤先生有不同，李先生说叔向父是"服事王朝，为武公僚属"，如此武公就是一位在朝大臣，如同伯懋父、召公、周公之类。周至成康大封建制后，金文显示，在穆王、宣王时期还陆续封建一些国家，有的在传世文献上没有留下任何记载。

麟之定，振振公姓，于嗟麟兮。

麟之角，振振公族，于嗟麟兮。

说诗篇之前，先谈一件器物铭文。

北宋末年在湖北孝感出土了鼎、甗、觯等六件青铜器，习称“安州六器”。六器中的《中觯》器、盖同铭，铭文有这样的文字：“王大省公族于庚，振旅。”文中“振旅”的“振”字，从“辰”从“廾”，只因“辰”字形状与一般西周金文“辰”的写法略有差别，一些学者在引用此器时，对此字不作解释。但唐兰先生认为此字就是“振”。唐先生是对的。“振旅”一字，在西周的可信的文献中出现过，如唐先生所引证的《诗经·小雅·采芑》：“振旅阗阗。”就很有说服力。不过，人们对此字是否解释作“振”有疑虑，可能还与“大省公族于庚”的“庚”不得其解有关。这个字唐先生无解。有的学者将“于庚振旅”连起来，解作“在庚□的旅次”，去事实就更远了。实则“庚”就是大道的意思，这在《左传》中曾经出现。《左传·成公十八年》：“以塞夷庚。”杨伯峻注引洪亮吉说谓：“庚与远通，道也。夷庚，车马往来之平道。”[①]是“庚”即通道的意思。“振旅于庚”就是王在通常的大道上振旅，检阅自己的军队。

现在来看诗篇。诗篇虽然由“公子”递进至于“公姓”“公族”，实际赞美的就是公族，而所谓的公族，就是由周王亲族组成的卫队，亦即《左传·成公十六年》所说“楚之良，在其中军王族而已”的“王族”。周制，王出征，王族组成亲兵护卫；大臣出征，亦由其亲族组成卫队，如穆王时器《班簋》记载显示，毛父出征，就由他的亲族名为遣——实即班的组成卫队“从父征，乃城卫（营卫）父身”。[②]明乎此，《麟趾》本义可以豁然而解：它是一首周

① 杨伯峻：《春秋左传注》，中华书局，1990年，第912页。

② 彭裕商：《西周青铜器年代综合研究》，巴蜀书社，2003年，第309—312页。

王检阅自家亲族卫队的诗篇。麟以喻这些亲族身世显贵，赞其趾，赞其定（额），赞其角，不过是说卫队的齐整，而“振振”自然是赞其勇武了。《麟之趾》应是配合军中典礼所制作的乐章，是中国最早的军歌。

三、其他几首诗

《周南》中的《汉广》与东南征战有间接关联，用兵东南，就有一个与当地的“军民关系”问题。此首诗篇正因此而发，根本就不是长期以来人们所说的爱情诗篇，而是一篇劝诫周家子弟不要招惹汉水一带“游女”的告诫诗。这一点笔者早有窥见，而《孔子诗论》“汉广之智”“不求不可得”“知极（恒）”的说法，更印证笔者所见不虚。详细内容见拙文《汉儒诗说之演变》一文中，此不重复。

《汝坟》一篇也与东南征战有关系。诗曰：

遵彼汝坟，伐其条枚。未见君子，惄如调饥。
遵彼汝坟，伐其条肄。既见君子，不我遐弃。
鲂鱼赪尾，王室如毁。虽则如毁，父母孔迩。

诗篇谈到汝水，正属“周南”之地。“遵彼汝坟”一句，又指向了东南。不过，单看前两章，只可肯定诗篇是在想念在外的丈夫，至于丈夫外出是一般行役，还是打仗，就不好说。然而，有了最后一章，那就非和东南战争联系不可了。何以见得？就在“王室如毁”四个大字。“王室”两字，近代学者特别是闻一多、孙作云，把它解释作男女相会场所，除了表明他们见了“鱼”就想到“男女之事”惯性思路外，并没有使诗篇读起来更顺畅，而且训诂证据也不足。前面说过，周家对江汉淮水流域用兵，多征诸侯之武士，而汝水流域的王朝封邦有蔡、胡等国。《汝坟》“遵彼汝坟”句，明确了诗篇地理，继言“未见君子，惄如调饥”，表明是思念在外的丈夫。关键在诗篇结尾章的“王室如毁”数句所道出的特定情形：西方的王室虽然亡了，但家还在，父母还在，而且离你很近——汝水的邦家，距离淮夷前线，当然比西方的王室离得近。如此，诗篇表明，在西周王室崩溃之时，它对东南前线军事力量根本就没有做什么安排，那里还保留着一些军人或役夫。①在得知王朝毁灭的消息后，这些诸侯国里的家人思妇，又如何不焦虑仍留处东南前线的亲人呢！诗篇说“既见君子，不我遐弃”，所谓的“不我遐弃”，其实就是没有死掉，没有把家人抛弃意思的含蓄说法。

《召南》中与战争相关的诗篇是《草虫》和《殷其雷》。前者的判定很简单，因为在表现征伐猃狁的诗篇《出车》中，有一个段落与《草虫》酷似，请看《小雅·出车》第五章：

喓喓草虫，趯趯阜螽。未见君子，忧心忡忡。既见君子，我心则降。

再看《草虫》：

喓喓草虫，趯趯阜螽。未见君子，忧心忡忡。亦既见止，亦既觏止，我心则降。

陟彼南山，言采其蕨。未见君子，忧心惙惙。亦既见止，亦既觏止，我心则说。

陟彼南山，言采其薇。未见君子，我心伤悲。亦既见止，亦既觏止，我心则夷。

两者差别是由于章法的重沓，外加简单的句子变化。因此颇使人怀疑,《草虫》短歌，原本从《小雅》中摘出来，重章叠调后变成单独使用的乐歌。另一种可能也存在:《小雅》制作时，将民

① 这样的情形在后世王朝也有过，如唐朝，安史之乱后的西域就有类似情况。另外，周家镇服淮汉之东夷，必然要在要害之地长期驻扎一些守军，如昭王世的《中甗》就记载中被派遣到曾地“埶居”；曾，据马承源《商周青铜器铭文选》解释即缯关，周经营东南方的重要关隘。

歌加以简化入乐。这种可能性或许还要大一些。无论如何，两者都与战争有关，而且时代相近。《出车》一般认为是宣王时作品。

《殷其雷》，过去多以为妇女思念在外丈夫的诗篇，《孔子诗论》却表明，这是一首送别的作品。《诗论》第27简说：“‘可斯’雀之矣，离其所爱，必曰吾奚舍之，宾赠氏（是）也。”马承源主编《战国楚竹书·孔子诗论》以为“可斯”，即《诗经·召南·殷其雷》之“何斯违斯”句。何仪琳《沪简诗论选释》（见庞朴主持“简帛网站”）进而将“雀”读作“爵”，并说“这是一首赠别制作”。就是说，《殷其雷》不是在家者思念在外的君子，而是家人送别君子时的歌唱。值得注意的是“殷其雷，在南山之阳”一句所指示的“君子”即将远行的方向，即滚滚雷声中营造的气氛，似乎都暗示着“君子”的离别不平常，若将其与西周东南战事联系起来，也是很合理的。

（原载《励耘学刊（文学卷）》2009年第2期）

一段考古，两件文物，一首美丽的诗

> 蒹葭苍苍，白露为霜。所谓伊人，在水一方。溯洄从之，道阻且长。溯游从之，宛在水中央。
>
> 蒹葭苍苍，白露未晞。所谓伊人，在水之湄。溯洄从之，道阻且跻。溯游从之，宛在水中坻。
>
> 蒹葭苍苍，白露未已。所谓伊人，在水之涘。溯洄从之，道阻且右。溯游从之，宛在水中沚。

《蒹葭》一诗，三百篇中韵味独胜。苍苍青色、肃肃霜露，莹莹秋水中，那望之宛然、即之也远的彼岸伊人，以及由隔绝而生的无限企慕之情，构成了诗篇素练明爽的格调和竹影仙风的神韵。只消诵之于口，其惝恍落寞之情，便油油然自心底而生了。中国诗法中顶重要的一法是“情景交融”，“三百篇”虽为中国诗歌之祖，但深合着后世情景相生之法的，唯《蒹葭》为能。何以这样说呢？我们看《诗经》第一首《关雎》“关关雎鸠，在河之洲。窈窕淑女，君子好逑”几句，前两句虽说也是景物，但却不能解作后两句即“君子”与“淑女”成为“好逑”的地点或背景之物。诗不是在作事情发生时的环境的铺陈，而是在作自由的联想，即诗人是在以河洲上和谐的鸟儿，比兴着人间的佳偶，是助兴，也是祝愿。但《蒹葭》就不同，诗中人是在蒹葭秋水中怀人，而深秋的光景和氛围，特别是那蒹葭上的露水“霜”而“晞”、“晞”而“未已”的变换，更加深着诗中人物的怅惘，是典型的情景交融。三百篇多的是《关雎》式的比兴，偶尔的写景，也很难做得像《蒹葭》这样水乳交融。

本篇竟能如此，真可谓三百篇中的异数！

读古典作品，人们总免不了求一求本事，好诗就更是如此，如诗篇因什么而写，写的是什么，有无寄托等。不过得先说一句，有些诗篇，求得背景对诗篇的审美有好处，有的则未必。举一个例子，《诗经·国风》中有一首《静女》，曰："静女其姝，俟我于城隅。爱（薆，隐蔽）而不见，搔首踟蹰。"一般理解是一个姑娘在城角处等一位小伙子，小伙子来了，她却故意躲起来不让他找到。写年轻人的约会，情趣活泼。但清代方玉润在他的《诗经原始》中考证说，此诗不是写一般年轻人的爱情，而是卫宣公夺娶了儿媳妇后在城头与新欢相见。老灰耙和"爬灰"的猎物俩人之间一个"爱而不见"，一个"搔首踟蹰"，岂不太叫人"闹心"了！所以尽管方氏之说未必没有道理（当然他也没有一定如此的证据），但人们解释此诗，大多不采纳他的意见。此无它，其解释太煞风景也！

那《蒹葭》又如何呢？如果预先告诉读者说，这首诗表现的是牛郎、织女的传说，想读者大概不会说笔者正在干着煮鹤焚琴的勾当吧。何以说《蒹葭》与牛郎、织女的传说有关呢？这还得从一段考古发现说起。《蒹葭》一篇载在《诗经》的《秦风》之中。秦地在今天的陕西境内，那里曾是西汉王朝统治中心所在的地方。在离西汉都城长安不远的西南方，汉武帝曾借助当时的水源条件，修建昆明池，以操练水军。对汉长安城及其附近文化积存丰富的旧址，新中国建立后，考古工作者曾不止一次地进行过考古发掘。特别值得一提的是1961年的发现。专家们在昆明池遗址发现了西汉遗物牵牛、织女的石像。须仔细说一说的是两件石像的具体位置。昆明池遗迹虽经两千年仍依稀可辨，它是一片面积约十平方千米的洼地。在靠近池址的北部有一片高地，是当年池中的岛屿，面积今天可容一个自然村落。据古代文献，西汉的豫章馆就曾矗立在这个岛屿上。而牵牛石像就在这个岛屿上，织女像则在它西边的昆明池遗址之外的不远处。汉代文人班固的《西都赋》和张衡的《西京赋》都提到过这两座石像，如“左牵牛而右织女”“牵牛立其左，织女处其右”云云。对理解《蒹葭》特别有帮助的是牵牛、织女在当时是被昆明池水隔着的，也就是说他们曾是隔水相望的。

这是汉代的情况。问题是,《蒹葭》一般认为是春秋时秦国的诗，如果汉代石像所显示的内涵也对说明此诗有效，那怎么也得证明，汉代的石像循的是前朝旧制。考虑到秦国袭的是西周故土，问题就又变成秦地是否还有西周旧制的话题。牵牛、织女隔水相望这一点，让我们在考虑前代旧制时，无可犹豫地想到了文献中反复出现的周代辟雍。这是一个集古代宗教、行政、教育等为一体的礼乐性场所，显著特点之一是四面环水、中间一片高地上有灵台等典礼用的建筑——昆明池中的那块高地就很可注意了。从有关文献的记录看，周王室东迁后，辟雍并未完全荒废。证据在《左传》之中。《左传》记载秦穆公与晋国打仗，俘虏了晋国君主，就把他关在灵台上，缘由很简单，四面环水的灵台囚徒逃跑不易；这跟后来的西太后把光绪皇帝幽禁在瀛台上用意是一样的。由此可知，西周的辟雍秦国时仍在那里。顺次就说到了汉代昆明池的建造。开凿昆明池时，人们从水底挖出不少黑灰泥，当时人不知其来历，实际就是周代辟雍的遗留物。也就是说，昆明池是在西周辟雍的基础上扩建的，这一点笔者有专文讨论。

接着的问题是，周代的辟雍与牵牛、织女有什么关联呢？古人有一种信念，就是相信世上的人特别是大人物，都有天上的星宿与之相应,《三国志演义》里说诸葛亮命丧五丈原之前，先有流星落地，就是这一信念的表现。这种信念起于何时不得而知，可以肯定的是，西周时不仅有了人是星辰变的说法，而且牵牛、织女的传说也早就广为熟知了。《诗经》中的《小雅》绝多是西周时期的作品,《小雅》中有《大东》一篇，作于西周晚期。诗人用“跂

（读如顷，歪头貌）彼织女，终日七襄（穿梭）；虽则七襄，不成报章（有纹理的布帛）”和“睆（耀眼）彼牵牛，不以服（负载）箱”来骂周人的德不称位，有名无实。牛郎、织女的传说我们一般自小听说，总是印象美好，《大东》篇这样挖苦牛、女，初看总觉着不对劲。后来知道此非无因而至，原来周人自认为他们在天上的出处与牵牛星有关，这在《国语》中有记载，说：“我姬氏出自天鼋及析木者，有建星及牵牛焉。”其中“建星”“牵牛”而外，“天鼋”“析木”都是星宿名称，尤其值得注意的是，据古人的说法，“析木”就在天河旁边。在这段文字中，牵牛和天河都出来了，却没有织女。但据其他同时的文献，在天河的另一方，有一个星宿叫须女，她是由姜姓、任姓女子来为之守祀的。我们知道，姬姓与姜姓、任姓特别是姜姓，世代有着婚姻关系。原来牵牛和织女竟应对的是姬、姜两姓的婚配！

牵牛、织女是被天河隔绝着的。我们反回头看《蒹葭》，诗中人找寻其所怀的“伊人”，先是“溯洄从之”，再是“溯游从之”，顺着水流找不到，逆着水流还找不到，“伊人”总是“宛在水中央”，也就是说无论怀人者走到水的哪里，“伊人”总被水包围着隔离着，她是兜绕圈子地望而难即。这情形正好与古代辟雍的四面环水应景。

《蒹葭》这首诗写得好，可说到她究竟在表达什么，就众说纷纭了。我们现在知道，诗歌实际是在模拟着“那隔河的牛、女”写情，或者说是在为牵牛、织女抒发着望穿秋水的深情。你说她是爱情诗，固然可以；但却是发生在两位星宿之间的。如果你仍认为诗有寄托，那也得以牵牛、织女为线索去考虑。天上的事情，总是特别能启人神思。此诗写得好，当与牛郎、织女的天上传说以及人们仰望天空总不免神思遐想、驰情入幻有关吧。

（原载《文史知识》2001年第8期）

“《诗经》与出土文献”专题笔谈

[美]夏含夷　李山

《诗经》出土文献所呈现的异文问题，在当下一定程度上集约为“口传—书写”两大文本生成理论的对立，并从中生发出一系列针对传世文献系统可靠性、稳定性的讨论。为了探讨“口头传统”的相关理论能在多大程度上解释先秦传世文献的异文问题、先秦时期的“书写”行为对古典文献具有何种意义、如何看待出土文献引发的海内外学术讨论，本刊有幸邀请到两位著名的先秦文献研究专家，美国芝加哥大学夏含夷（Edward Louis Shaughnessy）教授与北京师范大学李山教授，由中国社会科学院文学研究所副研究员林甸甸主持，针对近期《诗经》以及先秦文学研究的相关问题进行笔谈。

主持人：近年来，随着出土文献的不断发现，以及释读工作的开展，先秦经典中一些有别于传世文献系统的异文不断出现，引发了海内外学者的关注。两位先生对海外汉学与中国学界的学术交流有着很深入的观察与思考，希望二位首先为我们谈一谈如何吸收海外汉学的优秀成果，中西学界之间如何建立更有效的对话和交流。

李山：好的，首先我要向夏含夷教授问好。您长期研究中国先秦文献与文化，研究面非常广，又极为勤奋，大作迭出，是一位出色的汉学家，在中国学术界也有相当广泛的影响。我个人就曾深受您的启发。近年来，地下不断有关于《诗经》以及其他儒家、道家文献的新材料出现，这也使中国当下的先秦文学研究不断受到西方视角的冲击，从具体论点到研究方法都产生了很多争鸣，这可以说是一个相当活跃的研究领域。西方汉学家的大多数论著，都给人带来新的启迪，但也有一些学者的说法令人困惑。我曾阅读郝大维（David L.Hall）、安乐哲（Roger T.Ames）两位合著的《期望中国》等“三部曲”，对其中一段论述印象很深。作者提出，作为一个西方人，不能带着西方文化所预设的前提来看中国，并以此批评了史华慈（Benjamin I.Schwartz）等汉学家。书中就此也提出了一些戒律式的主张，想请教您对这些论述的观点，以及您对顾立雅（Herrlee Glessner Creel）、芬格莱特（Herbert Fingarette）、史华慈等老一辈汉学家的评价。此外，除了罗泰（Lothar von Falken-hausen）等一些已为中国学术界所知的学者，当下可有您最想向中国读者推荐的汉学家及汉学著作？

夏含夷：李山教授，很高兴知道您对西方汉学如此熟悉。这些问题比较广，我实在无法一一深入地回答。然而，从另一方面看，回答如果不深入，好像也没有意义。因此，我想仅仅针对第一个问题，好像也是李教授最关心的问题，即郝大维和安乐哲提倡的“作为一个西方人，不能带着西方文化所预设的前提来看中国”，利用我本人的学术经验来给出一些初步想法。

我于1978年进入研究所，开始阅读中国古代思想史与文学史。1978年正巧在中国现当代史上是非常关键的年头，是中国开放政策的开端，这个政策的政治影响不用多说，对学术交流也有极大的影响。我于次年即1979年，在加州大学第一次参加一场国际性的学术会议，与会者有一位中国代表，也就是李学勤先生，我从他那里受到了很多启发。自那以后，参加国际会议的机会一年比一年多，有的在美国，有的在中国，诸如1980年在加州大学召开的“伟大中国青铜时代”会议、1981年在山西太原召开的第四届中国古文字研讨会、1982年在夏威夷召开的“商代文明讨论会”、1983年在加州大学召开的“中国占卜研讨会”等，我有幸参加了不少。

因为当时的中国学者刚刚经过了三十年隔离，大多数的学者不会外语（李学勤先生英文不错，但是他的会话能力也相当有限），因此共同语言只好是中文。其实，我当时觉得这是应该的，而且现在依然这么想：汉学的共同语言当然应该是中文。因此，我自己决定用中文写我的论文。现在回想起来，这好像是理所应当的做法，但这在当时的西方汉学界是非常例外的。我还记得，1980年第一次认识前辈学者巴纳（Noel Barnard）先生的时候，他坚决地劝我不要“浪费”我的时间用中文写文章。巴纳先生提出了两个原因。第一，在西方学术界，中文发表“不算数”，也就是说找工作或评职称的时候，西方学校行政方面看不懂中文文章，因此这种发表没用。这个原因至少稍微有一点道理。第二，更重要的是巴纳先生说中国学者根本不愿意看西方学者的文章，无论是用英文还是中文写的。这个原因反而一点道理也没有。我当时是相当不听话的年轻学者，毫不理会巴纳先生的意见，80年代就开始在中国学术刊物上发表文章。不知道有多少中国学者看过我当时的文章，但是至少有一些人引用了我的见解（即使有的时候是为了反对我的意见，有的时候也是没有提名引用的，但是肯定是引用），因此我受到了不少鼓励。

我写中文文章的时候，无论是针对出土文献还是传世文献，目标总是为了让中国读者容易读懂，因此尽量贴近中国学术的风格，不像一些老外坚决使用西方概念和方法，他们的文章很像是半英半中的样子。虽然如此，我也不能避免带着西方文化所预设的前提看问题。我毕竟是西方人，受的教育是西方教育，我的学问怎能不受这个背景的影响呢？这当然只是大概的倾向，但是也有一些具体例子。比如我早年写过一篇关于中国马车起源问题的文章，论证马车从西亚进入了中国。[①]再比如，我指出西周铜器铭文每次提到战争都记录周人得胜，并不意味着周人每次打仗一定得胜，而只是他们不会铸造铜器来纪念失败。[②]还有我和不少西方学者都说古代占卜不是提问，而是一种祷告，甲骨文常见的"旬亡祸"并不是以中立的态度打听下一旬会不会有灾难，而是表示占卜者希望不会有灾难。[③]现在可能有一些年轻学者也会采取同样的态度，但是当时这些看法都比较罕见。

虽然这些看法和另外不少其他看法都"带着西方文化所预设的前提"，可是有一些西方学者批评我，说我太中国化，也有人激烈地批评我说我的学术风格是"以中国为中心的"（我把这个风格称作"中中学术"）。这些批评恐怕也多少有一点道理，我的学问实在是"以中国为中心的"，我的态度大概也是比较中国化的。我还记得史嘉柏（David Schaberg）给我编的《剑桥中国上古史》（*The Cambridge History of Ancient China*）写书评的时候，提出了这样的理论：

> 在汉学正在大规模地国际化的关键时刻，最令西方学者疑惑的就是一个很基本的问题：要了解中国的过去，主要的思考模式要到什么程度采自中国文化原有的模式？也就是说对中国古代历史的了解应该是全新的、全科学化的、全客观的呢，还是应该尽量融合历代中国人本身对过去的一些看

---

① 编者注：参见［美］夏含夷"The Historical Significance of the Introduction of the Chariot into China", *Harvard Journal of Asiatic Studies* 48.1（June，1988）：189-237。中文译文《中国马车的起源及其历史意义》,《汉学研究》1989年第7卷第1期。

② 编者注：参见［美］夏含夷*Sources of Western Zhou History*：*Inscribed Bronze Vessels*（University of California Press，1991），pp.175-182.

③ 编者注：参见［美］夏含夷：《试论周原卜辞囟字——兼论周代贞卜之性质》,《古文字研究》第17辑，中华书局，1989年，第304页。

法？一定要有所取舍，只是还不知道要采取什么，要舍弃什么。我认为，进行这种辩论就是历史学家的任务之一，顺着中国文化的全球化，这辩论也应该就是各界汉学者可以共同参加的。[①]

我当然同意这辩论应该是各界汉学家可以共同参加的，可是一点也不承认“全新的、全科学化的、全客观的”看法和“历代中国人本身对过去的一些看法”一定是敌对的、矛盾的，也不承认“一定要有所取舍”。难道历代中国人本身对过去的一些看法都是错误的，都没有价值吗？

借着这次与李山教授笔谈的机会，我也想向您提出这样一个问题：西方汉学在学术上应该起一个什么作用？在国内和国外的学术界所起的作用是不是相同？您提到郝大维、安乐哲两位合著的《期望中国》，特别是他们批评史华慈采取西方人的眼光来看中国。然而，虽然这本书主题是“中国”，但是所期望的恐怕更是西方汉学。如果看书的“引书目录”，我们会发现几百种文献当中，唯有六种是当代中国学者写的：唐君毅两本书、唐逸一篇文章、徐复观一本书、张岱年一本书和周桂钿《董学探微》，并且，六本书有一半是在大陆以外出版的。看起来郝大维和安乐哲不如您那样重视对方的学问。因此，或许可以请问您最想向西方读者推荐的中国国学家是谁及国学著作是什么？

李山：谢谢教授的回答！在回答夏教授的问题前，我想先讲一下读您的一些大作获得的教益。您一定记得1995年夏天在北戴河有一次《诗经》国际会议，会上您发表了关于《周颂》的文章[②]，当时我才博士毕业不久（在学术和年龄上我都是晚辈），正在

① ［美］史嘉柏：《近十年西方汉学界关于中国历史的若干争论问题：2005年10月27日在华东师范大学的学术演讲》，《海外中国学评论》2007年第2期。

② ［美］夏含夷：《从西周礼制改革看〈诗经·周颂〉的演变》，《河北师范大学学报（社会科学版）》1996年第3期。

老师聂石樵先生主持下注解《诗经》的“雅颂”篇章。可以说是您这篇文章，撬动了“雅颂”陈旧之说的硬块，启发我们重新用新材料解读古老的经典。其中印象最深的还有您对英国学者杰西卡·罗森（Jessica Rawson）关于铜器花纹、形制变化观察的征引。多少年过去，每想到当时读大文的情景，仍能感受到处在学术“国际化”大环境下的幸运。此后您的大著凡是翻译成中文我见了就买，您许多文章特别是论《诗经》的文章我也都用心拜读。

您问我西方汉学应该起什么样的作用，我想，就我个人的感受而言，首先应该是思维方式上的吧，可以启发人摆脱既有思维的惯性，从新的角度看一些老问题。例如我读您《古史异观》收录的那篇关于《竹书纪年》的研究，无论是思考的强度，还是您对古籍的熟悉程度，都令我印象深刻。“今本”“古本”或许不是一真一伪，而是两批学者的整理。这样的看法，是从具体的文献考究中得出的，其结论和思考的方式，都是很有启发性的。就我个人而言，虽然也喜欢看新理论，但说到文献层面的研究，还是更愿意相信一个学者的学养，即研究者对认知对象全面深入的了解，以及在此之上的把握与体悟。道理很简单，理论往往套不住复杂的历史生活，因而被视为“灰色”的。说实话，读某些（其实人数并不多）汉学家同行的论著，其先入为主的“成见”留给我的印象，要远远大于他的学养，因为读其文，往往感觉他对所研究对象缺少全面的了解，论断太轻易。回归话题，说海外汉学对中国学术的帮助，在其思维和角度，即以我所熟悉的中国上古文学如《诗经》《楚辞》等研究而言，需要一个研究者所具备的知识和思维，绝不仅仅限于“文学原理”的那一套，综合思考考古学、历史学、哲学、人类学乃至民俗学等多方面，才会有新的见地。读这些西方同行的大著，总会有换个角度、换个方式看问题，产生“柳暗花明又一村”的感觉。例如芬格莱特（Herbert Fingarette）用“即凡而圣”（也有翻译成“神圣的凡夫”）来概括中国的孔子的特征，就是在一种辽阔的文化比较的视野下才有的判断，我觉得是深刻地抓住了孔子生活与思想的特点的。“即凡而圣”甚至可以说是中国文化的一个整体特征，典型的例子如中国佛像的雕刻所呈现的“本土化”倾向以及禅宗“佛是世间法”的主张等。还有最近读到德国穆启乐（Fritz Heiner Mutschler）先生比较《史记》与希罗多德《历史》及修昔底德《伯罗奔尼撒战争史》的论文[①]，其对比司马迁和两位希腊史家在战争与和平的看法上的差异，也很有意思。这些都令人视野变得辽阔。

您说《期望中国》一书中引用中国学者著作很少，这该是20世纪80年代环境的限制吧？1949年以前，西方学界熟悉的中国学者是冯友兰，之后，到60年代后则是身在香港的新儒家唐君毅。总之，《期望中国》写作时交流较少，应该是一个重要原因。近读您的《兴与象》，读到312至313页的一段话[②]，才知道，您向我提这样的问题，是早有思考的啊。

您问我最想向西方学者推荐的中国学者的著作。这问题看似容易，真要回答却很令人踌躇。像当今西方汉学家们较为熟悉的李学勤、裘锡圭和李零等前辈先生及其各种著述，就不用多说了。他们与当今的美国、欧洲的汉学家的交往本来也多。读多年的翻译介绍，知美国和欧洲的汉学界，对很多重要的现象和学者都有

① 参见［德］穆启乐：《古代希腊罗马和古代中国史学：比较视野下的探究》，北京大学出版社，2018年，第43—67页。

② “我们不仅有幸获睹近四分之一世纪的重大考古发现，而且有幸成为李学勤、裘锡圭和李零等中国学者的同行，有幸以留在西方同我们共事的张光直、许倬云和巫鸿为同行。其次，我们应该比‘好之’做得更多。我们应该深思而熟虑之，应该认真考虑一下，不论是在史料和材料方面，还是在探讨和推测方面，是不是我们就没有可以向中国学者学习的地方。正是因为我们对新发现是开放的，而且确实‘好之’，所以同样我们对新的解释也应该是开放的，而且也必须是开放的。无论他们是来自什么地方。”［美］夏含夷：《知之不如好之，好之不如乐之》，《兴与象——中国古代文化史论集》，上海古籍出版社，2012年，第312—313页。

精彩的研究。所以，我就说一下一些老前辈对我的启发吧。

搅动这么多年的读书记忆，要挑拣出一些研究范围在“上古”（也就是“早期中国”）的前辈来说，先让我记起的，是蒙文通先生（不过，也许史学界的汉学同行已经对他有深入的研究了，我不知道，因而惶恐）。蒙先生师从廖平，持论新颖却不怪异，在中国的考古尚未有很大展开的时候，就从传统文献中梳理出“江汉”“河洛”“海岱”三系的人群文化①，与后来的考古发现以及从事考古的学者著作所言大体相合，其读书的精义入神，可见一斑。他的《经学抉原》将儒学分为鲁、齐和三晋，从而分别对待，从文化的区域性考察同一种学派的分化，其思考是很有启发性的。他的《古学甄微》《古族甄微》等，都称得上见解独到。尤为可贵的是，他发表自己的学术见地时，正是“古史辨”之风盛行学术界的时候，蒙文通先生以他的学术来历，自然没有去跟风。不跟风，好处是可免于治学俗气，不利之处是容易陷入古板，可是后者，蒙文通先生没有。他总能另具只眼，在大家都熟悉的典籍中发掘令人耳目一新的材料。治学贵在独立精神，这一点，蒙先生有，也是他最具启发性的地方。超出上古学术范围的前辈，像唐长孺先生的魏晋南北朝研究，汤用彤、牟宗三两位先生的“玄学”研究，都是很能启人神智的大作。当今健在的学者如葛晓音先生关于古典诗歌体式流变的“实证”性研究，水平也很高。汉学家同行如何看这些仍活跃在当今学术界的研究，我倒是很想知道的。

在知识见地上启迪过我的实在还有更多。像我的老师启功先生的《汉语现象论丛》。还有就是一些中国学者很在意的学者，例如鲁迅先生，在意他是因为他对“国民性”的揭示和批判，所显示的是一种应该在学术界延续的“五四精神”。“五四”讲“砸烂”未必就都对，可是反思文化传统精神，“古史辨”可以“走出”，但

① 参见蒙文通：《古史甄微》，商务印书馆，2020年，第36—61页。

“辨古史”这样一种考究文献的怀疑精神，是什么时候都应该有的。鲁迅所揭橥的许多消极面的现象，就是到了今天的网络微信时代，给人的感觉并不是在往好的方面转变了，传统中许多糟糕的东西，依然折磨人地延续着。生活在不同民风民情中的学者朋友，可能就未必如此感同身受了吧？人终究是文化的动物，有无这种怀疑精神，是不是会对学术的持论产生很大的影响？一般而言，中国的学者在考虑一些古代问题时，是难以摆脱这些的。这可能就意味着，中国研究者与海外汉学家同行在“前理解”上，会长久存在一定的差异。

您说得很对，应该有一个不存在“它”的汉学研究。荀子说：“以学心听，以公心辨。”①经过长时间的交流、交锋乃至碰撞，顺畅的交流总会出现的。反过来说，因不同文化背景而产生的视角及观点的差异，其存在本身就是有重要价值的。同时，文化上的感同身受，不一定就意味着好的研究，这也是应当承认的。尤其是在“全球化”“地球村”旷古未有的全人类大相遇的时代，各文化人群的历史文化遗产研究必然会出现不同视角的观察与研究。各文化背景下的学术，也只有经由广泛的交流获得相互理解与借鉴。

读您的《兴与象》，感触最深的是《知之不如好之，好之不如乐之》《仁之思也清，知之思也依》和《何谓“中中学术”?》；受教最大的是您的《先秦时代“书”之传授》和《简论“阅读习惯”》。首先从中能深切感受到您的诚挚，您沟通中西两方面的良苦用心，真可谓：“汲汲鲁中叟，弥缝使其淳。”②还有就是您讲究证据的治学精神。先秦时期黄河流域的古人是否有书写能力，是否只有口

① 王先谦：《荀子集解》，沈啸寰、王星贤点校，中华书局，1988年，第502页。

② 陶渊明：《饮酒》（二十），王瑶编注《陶渊明集》，作家出版社，1956年，第70页。

传，这实在是一个实证问题，不是个理论推导问题。也就是说，不能以先入为主的某些“理论”横加推导——有放之四海而皆准的理论吗？“帕里—洛德”理论[①]的确很了不起，其研究方式很有启发意义，但拿它探讨《诗经》的表现[②]，我觉得就远不如拿它去考究宋元以来“说书人”的“评话”“大鼓书”的唱词更合适，起码在艺人和听众都属于市井之人、较多“不识字”这一点上，有相似之处。至今仍流行的评书或大鼓书，在讲究讲故事——如战争场面、英雄人物的长相打扮方面，都是有相对固定的套路的，掌握了这些，再知道故事的梗概，就可以用那些套路的“活儿”开讲了。说到底，方法论即本体论，方法的有效性建立在对研究本体（即研究对象）的深入了解之中。跨越文化地使用方法，必须慎之又慎，如此才可能有好的效果。

英国哲学家怀特海（Alfred North Whitehead）曾有“概念误置”的说法，很可引为戒律。《钟与鼓》之外，像流行在中国汉魏文学史研究中的“文学自觉”说，大概都有“误置”的嫌疑，“自觉”“不自觉”是个哲学性质的问题，怎么能用以圈定一段时间里的所有文学现象？拿“口传”说看《诗经》，拿“文化记忆”理论[③]说先秦书写，拿福柯的“作者”理论说“太史公”，新颖、震烁，也颇让人有“其然，岂其然哉”的疑问。您在《兴与象》中的《先秦

① 编者注：［美］帕里（Milman Parry）博士论文首先提出“古代希腊的游吟诗人荷马作的史诗《伊利亚特》和《奥德赛》都包括许多格式套语”，其学生洛德（Albert B. Lord）发挥了这个“口述文学”概念，参见 *The Singer of Tales*（《故事的颂吟者》），哈佛大学出版社，1960年。

② 编者注：指王靖献：《钟与鼓——〈诗经〉的套语及其创作方式》，谢濂译，四川人民出版社，1990年，第41—71页。

③ 编者注：此处所指理论出自［德］扬·阿斯曼（Jan Assmann）：《文化记忆》，金寿福、黄晓晨译，北京大学出版社，2015年。

时代"书"之传授》对"口传"的反驳是有力的。①但是，经验告诉我们，有时让一个学者改变一下看法，不比搬山容易多少，在这一点上好像又不分国界。可是还得有人做"移山"的"愚公"。中国学者喜欢用"通假字"解释新出文献上的字，也是一个其来有自的老法子。您的反驳，举证也是有力的，通假现象，无疑是有的，但不可过度以"某通某"解释一些疑难字。这是一个"度"的把握问题。

读您上述的文章，我注意到两大焦点：其一是信古还是疑古（其实在冯友兰早期的书中还提到一个"释古"派，他是分了三派的。"释古"一派，在今天也颇有其人）。其二是治中国古代学问有无"中外"之别。

"中外"之别是会有的，研究者文化背景不同，看问题总会有差异。但如果都抱着求真理的态度，研究对象相同，大家总会有共同的理解。老前辈汉学家芬格莱特、史华慈的不少见解，就是被中国的同行接受的。至于"疑古"还是"信古"，当信则信，当疑则疑，本来不是问题，可恰在这件事情上问题很大。非常令人诧异的是，何以一说中国文化时间长，就是"爱国""沙文"②。长不长，也是不以人喜欢不喜欢而改变。长，就意味着荣耀？在80年代，"中国封建时期何以这样长"曾是学术界流行的问题，被广泛讨论。"长"在当时绝对不是被当作光荣的事情的。从教授的文章中可以读到，美国的许多汉学家都是读着顾颉刚、胡适的书成长的，在中国"古史辨"的"疑古"也是影响了几代人，一直到

---

① ［美］夏含夷：《兴与象：中国古代文化史论集》，上海古籍出版社，2012年，第163—178页。

② 编者注：此处回应夏含夷《知之不如好之，好之不如乐之》："我担心，在内心深处担心，在西方，在中国研究方面，现在有一种露骨的偏见。……这种偏见纠缠不休的是什么呢？无非是我们的中国同行，他们离其研究领域太近，在里面陷得太深，也太沙文主义，以至无法保持学术上的客观。"［美］夏含夷：《兴与象——中国古代文化史论集》，上海古籍出版社，2012年，第312页。

我们上大学的20世纪80年代初，还读到有人这样说：“读古书，不了解古史辨，就不上路。”

读上述蒙文通先生的文章，时常可以感受到康有为《新学伪经考》《孔子改制考》给他的刺激。李学勤先生提出“走出疑古时代”[①]，也当如此看吧。其实，在李学勤先生之前，已经有学者对“古史辨”作出反思。例如顾颉刚先生的高足老前辈杨向奎先生，在多年前就写过思考“古史辨”的文章[②]。其实就是在“疑古”流行时，也是有独立思考的。以《老子》为例，在20世纪80年代，就是在“疑古”思潮还有很大影响的时候，就有詹剑锋教授《老子其人其书及其道论》的问世，多方考证《老子》年代说法的可信。郭店简出土后大量讨论文章问世，就我所见，却很少有谁提起詹教授，令人奇怪。总之正像您文章所说，中国学术界人很多，不是铁板一块。“疑古”思潮有教训，“走出”也应当戒惕。“疑古思潮”可以“走出”，怀疑精神则不可失掉。

当时“疑古”思潮的出现，大背景是“反封建”，也是属于“五四”精神的。然而，“反封建”的作用有多大尚需考量，“反古书”的“作用”之大却十分明显。李学勤先生提出“走出”，好写短文的他，也没有好好说明他的思路（比较一下《古史辨》第一册顾先生的长篇大论的自序，李先生的说明就越发显得简短。或许李先生有说明，我没看见）。就我个人的理解，李先生说法的合理性，其实是在文献考究的层面上。在这个层面应该“走出”“疑古思潮”，小心谨慎地“释古”。这原本只是个学术问题。至于在学术之外是不是含存着什么意思，就难保、难说了。往学术里掺杂一些额外的东西，中国学者有，海外学界同行也难说并无此弊。这事情的解决，靠学者的学术自律，靠健康的学术批评。读您的

---

① 李学勤：《走出疑古时代》，长春出版社，2007年，第1—10页。

② 杨向奎：《论“古史辨派”》，《杨向奎集》，中国社会科学出版社，2006年，第368页。

《何谓“中中学术”》[①]，读得人心惊肉跳的。中国文化千百年是否为“连续”的，这还是一个实证问题，不是理论问题。正如您文章所言，汉字自商代至今还在使用，这就是一个有力实证。至于您文章所提到的那些人的看法，即承认中国古老悠久，就是“爱国”乃至“沙文”云云，我感觉：这样说中国学者，是他们对中国学术从业者的基本面缺乏了解。近读德国汉学家顾彬（Wolfgang Kubin）教授一篇《语言帝国主义》[②]的散文，他不无讽刺地这样说：在某些国家的学者那里，若你不会用英语写作，就等于不存在。另外他对中国学者不学外语的批评，也是触及当今中国学术界的一个明显缺憾的。当今中国学术界的主要成员是20世纪80年代成长起来的一批人，由于生活的限制，他们用英语写文章的实在是很稀少。这方面，1990年后出生的一批学者就好得多，他们可以留学海外，英文一般都不错，起码对欧美及其他海外汉学研究有近距离的接触，相信他们与海外同行的交流会更加顺畅。总之，借历史悠久讲爱国主义，甚至是带上了“沙文”情绪的学者，有，但就我所了解，这不是20世纪80年代成长起来的一代学人的基本面。当然，以海外汉学家同行视角，他们一定还有各种的缺憾，甚至被感觉不那么“现代”，但是，若因此就等于“沙文”，就难免“屈枉”“不谅人只”了。

至于您所谈到的史嘉柏教授的看法，应该承认，我对他缺乏了解，看您的引文，也实在不明白他要说什么。把中国学问与“历来”中国人摘开，又何必呢？中国文化毕竟不是古代埃及、古代

① ［美］夏含夷：《兴与象——中国古代文化史论集》，上海古籍出版社，2012年，第329—345页。

② 编者注：“目前英语是国际学术的语言。一个学者如果不用英语写作，他就等于不存在，在英语国家人的眼睛里不存在。不少人觉得英语是容易学的。不对，好的英语非常复杂，特别是牛津的。如果不符合它的水平，英语国家不接受英文写的作品。”［德］顾彬：《语言帝国主义》，《南方周末》2016年9月16日专栏。

巴比伦文明。我不知道在史嘉柏教授心目中，是否如曾经流行过的看法一样，认为中华古代文明是“死了的”（在中国，胡适的“整理国故”，就有些打点死者遗物的意思）。而且他的观点要成立，还得证明后来“历代中国人”对古代文明看法都是错误的。一座山峰如喜马拉雅，从南坡可以爬，从北坡也可以爬。学术有好坏，却不一定以是不是“历代中国人”来判别的。

夏含夷： 李教授，您可真厉害，您读的书比我多很多，包括欧美汉学家的作品和哲学家的理论，更不用说中国书，无论是古书还是近现代学术作品。譬如说，您提到蒙文通的贡献，我虽然早听说了，可是从来没有看过。专业的书我大概都看过了，可是我对通论性著作的阅读比较落后。

读的书和语言能力当然有一定的联系。您说20世纪80年代成长起来的中国学者，用英语写文章的很稀少，1990年后出生的一批学者，就好得多，他们可以留学。据我的经验，这个说法一点也不错，现在在中国国内，年轻学者对外国学术现状很熟悉，这和前一辈学者迥然不同。20世纪40年代到70年代成长的学者们由于种种原因与外面隔开，没有多少机会学习外语，也看不到外文书。奇怪的是，这是一种后退。很多二三十年代成长的学者外语很好，他们很多是在传教学校受教育的。我听说，洪业（William Hung，1893—1980）在30年代于燕京大学教书的时候，学生读中国古书的时候一定要翻译成英文。恐怕连现代年轻学者也达不到这样的英文水平。

西方学术界也经过了类似的演变。19世纪末20世纪初有一些洋人长期住在中国，诸如剑桥第二位汉学教授翟理思（Herbert A.Giles，1845—1935）从1867年到1892年在英国驻中国大使馆工作，甲骨文大师金璋（Lionel C.Hopkins，1854—1952）从1874年到1908年也一直在中国，更不用说福开森（John Calvin Ferguson，1866—1945），从1888年到1943年在中国生活了半个多世纪。虽然如此，从40年代开始就大不一样了。我的导师倪德卫（David S.Nivison，1923—2014）是很典型的例子。倪教授于1940年进入哈佛大学，本来想学习拉丁文和希腊文的古典文学，但是1941年，美国投入了第二次世界大战，他就去当兵了，因为他有语言天赋，就在美国军队情报局翻译日本军队的情报。战争结束以后，他回到哈佛，转到汉学专业。于1948年，还没有获得博士学位的时候，他就开始在斯坦福大学教书。由于当时的政治情况，倪德卫直到1981年才第一次访问中国，虽然他古代汉语的阅读能力非常强，可是连一句汉语也说不出来。在他那一辈的学者当中，他并不是孤例。

幸亏现当代西方汉学家的汉语会话能力越来越好，他们对中国学术界也越来越熟。我自己在这方面得了不少“便宜”。如前所说，我于20世纪70年代在中国台湾留学三年，当时我的中文沟通能力已经不错。在80年代以后，我也有很多机会去中国大陆，认识了很多同行学者们。这个不用多说，上面已经提到了。

除了语言能力以外，您也提到西方学者和中国学者的教育背景不同。中国学者研究中国传统文化的时候，不但必须专门学习一个学科，并且也要专攻一个时期。一般的西方汉学家不一样。我们在大学里常常是唯一的汉学家，或至少是少数教授之中的一位，学生需要什么样的课程我们都要教。我自己还好，一直能够从事中国先秦文化史研究，教过甲骨文、金文、简帛以及《周易》《尚书》《诗经》《左传》《论语》《孟子》《老子》等专课，也教过中国考古学、中国上古史、西方汉学学术史等普通的课。从一方面来看，这是一个短处，这样就使我做的研究很杂，但是从另一方面看也是一个长处，我可以从很多不同的角度思考问题。

中国和西方学者的另外一个不同是所谓的“家法”。一般来说，中国学者会信从他们的老师。这当然有好处，但是也有坏处。学术有一代一代的传承当然是应该的，但是这样很难产生新的看法。当然，新的看法不一定对，但是我们也要知道老的看法也不一定对，老师的看法也不一定对。再举一个例子，我和倪德卫教授辩论了中国上古年代学三十多年了，有的时候看法一致，有的时候争论得相当厉害，谁也说不过谁，直到先生过世不久之前，我们仍然在辩论。我觉得两个人都从中得到了一定启发。

李山：谢谢您的夸奖！夏教授的博学我也是很佩服的。关于您说到的“家法”我也想补充几句，西方哲人说“爱真理甚于爱我师”，中国孔子说“当仁不让”。可是，中国学者如果对老师的看法有不同见解，一般也是含蓄地说，甚至是不提。对老师不满，一般也是私下说。尽管有人对“为尊者讳”进行过严厉的批评，可习惯上还是如此。这一点确有差异，也当改变。基本也如您所说，中国的老师专业分工很强，不过年轻的教师也会教些别的，比如古代文学的通史课，有不少年轻老师都上过，起码我们当年轻老师时如此。大概五六十年代的老师，也是通着教的，所以有些老前辈的学术论文集几乎涵盖整个文学史。这也实在是有其好处的，起码视野宽一些。

此外您提到的语言沟通的确是大问题。20世纪80年代成长起来的一批中国学者的外语状态就不说了，这些年也常见一些包括德国、美国的汉学家同行来做讲座、开会。一般来说，“本尊”来了，是当面请教、“疑义相与析”的好机会，可是往往未必理想——能畅快地用汉语表达自己的，在汉学家中实在少见。每到此时，我就深感自己的外语水平是个短板，不能用海外同行的语言交流。顺畅而清楚地说清自己的想法，说明自己文章何以那样写，对了解双方各自的差异、减少分歧是多么重要啊，可惜往往被语言的障碍拦住了。

主持人：通过二位先生的问答，我们对海外汉学在中国近三十年的学术界所起到的作用有所了解。回到这次笔谈的主题《诗经》，能否请二位先生谈一谈，如何理解《诗经》的文化地位和作用，今天我们能在多大程度上理解《诗经》及其历史真实？并希望二位先生谈一谈《诗经》研究在各自学术进路中的意义或价值指归。

李山：《诗经》的篇章大体产生在距今三千年到两千五六百年这段时期。这是古代中国文化发育很重要的一段。读《诗经》，可以了解如下几个方面：古人对人与天地自然关系的理解，对上（贵族上层）、下（一般国人）关系的认定，对"家"与"国"关系的理解，对"我"与其他族群（如猃狁）战争关系的处置方式等。从这几个方面，就可以大体了解一种文化的内涵与特质了，假如我们就以上几个方面观察《荷马史诗》及许多的古希腊悲剧，得到的认知绝对有很大的差异。即以《诗经》的农事诗篇而言，如果读《豳风·七月》时，与古希腊赫西俄德的《工作与时日》做一点对读，人如何看待自然，看待自然与"我"，其间差异还是很大的。至于讲述周人历史的诗篇，虽然也有不少中国学者称之为"史诗"，可是若将《大雅》中的《生民》《公刘》《绵》《皇矣》与古代希腊、古代印度的"史诗"相比，差异岂止千万里！这些，都是文化人群、人文性格的差别。《诗经》被称为"卡农"式的经典后，读者不断研读它，因此对后续文化人群的影响有多大，应该是怎么说都不过分的。例如儒家的"慎独"说，就来自诗经《大雅·抑》"尚不愧于屋漏"[①]的句群，可是，《诗经》是有神的，到了儒家，就引申之成为一个重要的哲学概念。至于这部经典对中国后来诗歌的影响，就更是一言难尽。

夏含夷：谈到第二个问题，现在很少有人相信存在着一个"历史真实"。朱熹关于《周易》有很精彩的说法，即"孔子之易非文王之易，文王之易非伏羲之易"[②]。这个道理不仅适用于《周易》，

① 孔颖达等：《毛诗正义》，阮元校刻《十三经注疏》，中华书局，2009年，第1197页。

② 黎靖德编：《朱子语类》，王星贤点校，中华书局，1986年，第1648页。

也适用于《诗经》：孔子之诗非文王之诗，也非毛亨之诗。但是不仅如此，我们更可以说孔子之诗也非子夏之诗，毛亨之诗也非郑玄之诗，也就是说《诗》的不同并不仅仅是代际差异，同时代的人所看到的《诗》也有不同。所谓的“不同”包括多个层次，有的是版本的不同，有的是理解的不同，但是都产生了重要的差别。我们可以说没有任何“一本”《诗经》是真实的《诗经》。

这并不是说我们无法研究《诗经》的历史，而只是说没有一个唯一“正确”的文本或“正确”的解释。有的文本可能就某一时代或某一历史环境而言更为可靠，有的解释可能更有助于说明诗的含义，但是这不排除其他文本或其他解释的价值。

关于《诗经》研究在我自己学术进路中的意义，这个问题也不容易回答。我自己的学术路子已经不短，也不是一条坦途，相当波折。我早年研究铜器铭文的时候，以为《诗经》是一个语言学资料库，然而研究《周易》的时候就颇看重《诗经》的宇宙观。无论如何，我一直对《诗》的形成和早期传授最感兴趣。这一点，之后我们再继续展开讨论。

李山：与甲骨文相比，《诗经》内涵更丰富，与《尚书》相比，《诗经》篇章更含情，因而更方便了解古人的内心世界。有趣的是夏教授《兴与象》里一些文章，还将《诗经》的某些篇章意象与《易》联系起来，从而别开生面。例如“鸿”的意象，既出现于《易》也出现于《诗》，时代相同，可以作互通的解释。[①]只是对于诗篇一出现“鸿”，就意味着都与男女婚配相关的观点，我却有些不同看法。不过，在此这属于枝节问题，先不谈了。

我同意教授关于“真实”的看法。有人说近几十年来的文学乃至史学的危机来自语言学。语言是表达，也是“过滤”，至于怀

① ［美］夏含夷：《兴与象——简论占卜和诗歌的关系及其对〈诗经〉和〈周易〉的形成之影响》，《兴与象——中国古代文化史论集》，上海古籍出版社，2012年，第1—19页。

有特定目的的历史书写，就不仅是“过滤”了。如《诗经》表现自己的始祖后稷，称颂他“克配彼天”。可是,《左传》《史记》都说从周人始祖到周文王才十五辈，始祖却可以出现在尧舜的庙堂为农官“立我烝民”，明显有“野孩子认父亲”“暴发户造家谱”的嫌疑。可是，这里也有可追究的“真实”，那就是周人何以这样说，这样说的目的是什么。现代人与古人读经典的一个重要差别，应该就是对“真实”别有看法。

《诗经》近年出现了一些新的材料，如“阜阳汉简”“安大简”等，对于研究《诗经》的文本变化，帮助很大。最近海昏侯墓葬又发掘出了西汉的文本，对于了解“经学时代”的《诗经》今古文的异同，将会有很大帮助吧。

主持人：关于上古文献的传播更依赖于口头媒介还是书面载录，或者说书写传统的可靠性问题，一直是近年引发较多争议的话题。近年来，通过“音近讹误”等现象切入的研究已不限于《诗经》等韵文体裁，也被广泛用于处理《尚书》和《春秋》三传等散文体式的生成问题。那么,“口头传统”或“口述文学”的研究范式是如何被引入中国上古文献研究的？它能在多大程度上解释先秦传世文献的异文问题？在文献“稳定性—不稳定性”的二元对立结论之外，口述理论还能为我们提供什么样的思考方向？

夏含夷：关于“口述文学”和“书写文明”的问题也挺大，近年来激发出了不少研究工作，包括我自己的几篇文章，但是不知道到底有多少成就，对它们之间的互相影响有多少新认识。我们都知道古人像后来每一代人那样，都会说话，话语是最基本的交流工具，这大概是没有人可以否认的。虽然如此，我们没有证据指向口述文学的因素。这个问题提到“音近讹误”，有人说是口述文学的证据，可是我不以为然。这个现象传统称作“音近通假”，有很多因素都可以造成这个关系，有的肯定是口述的，但是我们也不能排除书写的不同习惯。我觉得“形近讹误”更能说明问题。

形近讹误大概只能是在抄写过程中造成的。连最积极宣传口述文学理论的柯马丁（Martin Kern）先生也承认了这一点。在他很有影响的文章《方法论反思：早期中国文本异文之分析和写本文献之产生模式》里说：

> 这种假想如何解释文本中存在的即使是数量很少的抄写错误？就算一个写本中只包含唯一一个显然是书写者犯下的错误，这个孤证也足以证明存在着直接复制的过程。[①]

柯马丁不太情愿地承认了这一点，他还提出了一个条件：

> 但是我们不能将“抄写错误”随意地解释为书写的错误，除非我们可以通过间接证据或者某个写本被复制的信息对此加以证实。[②]

也许在柯马丁写作此文英文原文的时候（即2002年），这样的条件还很难证明，然而地不爱宝，最近二十年以来有不少证据确凿无疑地证明了写本的复制，最明显的例子是清华简《郑文公问太伯》的甲乙本。正如清华大学的编者马楠所指出的，两个抄本“系同一书手根据不同底本进行抄写，为目前战国简中仅见的情况”[③]。《郑文公问太伯》不应该是孤例，现在所有的证据都说明战国时代大多数的文本同样是根据底本抄写的。

如果从书写的一般情况回到《诗经》，再谈口述文学和书写文明对其传授（特别是其传授过程中“稳定性—不稳定性”的问题）有着怎样的影响，就不容易下一个定论，我们还缺乏足够的证据做出很全面的论述。虽然如此，从安大简来看，在不晚于战国中

① ［美］柯马丁：《方法论反思：早期中国文本异文之分析和写本文献之产生模式》，陈致主编：《当代西方汉学研究集萃：上古史卷》，上海古籍出版社，2012年，第379—380页。

② 同上书，第380页。

③ 李学勤主编、清华大学出土文献研究与保护中心编：《清华大学藏战国竹简（陆）》，中西书局，2016年，第118页。

期的时候相当一部分《诗经》的形式已经非常稳定。当然，就连战国中期距《诗经》的编纂时代也已经有两三百年，更不用说305篇的创作年代。我在《出土文献与〈诗经〉口头和书写性质问题的争议》这篇小文里，论证了《诗经》某几篇和西周铜器铭文比较相似，铜器铭文肯定是书写的，因此《诗经》至少那几篇也应该是书写的。[①]如果有几篇诗是书写的，那么其他的诗也可能是书写的。当然这一点没有铁证，但是肯定也没有反证。

李山：夏教授的那篇以清华简《祭公之顾命》为例的《先秦时代“书”之传授》，对这个问题已经做出了很重要的回答。像《尚书》尤其是“周初八诰”那样佶屈聱牙的文字，说是“口传”，就很有“不读书”之嫌疑，这所谓的“书”，指的是大量的西周金文，早期金文也是佶屈聱牙，风调一致。西周人能在金属上写字，推想他们要口头去传承那些《尚书》篇章，就太匪夷所思了（汉初的伏生向人口授他记住的那些《尚书》篇章实出不得已，而他能记住那些篇章，应该是“熟读”的结果）。

关于“口传”及“稳定性—不稳定性”的讨论有一个衍生的结论，就是“《诗经》不可断代”[②]的提法，对此我想说一点看法，

① ［美］夏含夷:《出土文献与〈诗经〉口头和书写性质问题的争议》，孙夏夏译,《文史哲》2020年第2期。

② 编者注:“我同意柯马丁的很多意见，比如《诗经》是没有年代的。首先，没有任何证据表明汉以前《诗经》曾被作为一个整体记录过，我们可以猜测它曾经被记录过，却在秦火中焚毁了，但也可能是到比较晚的年代才出现了集合本。我觉得当时的人在没听过《诗经》之前是记录不下来的，得先有人记住诗的内容，解释给你听，然后你才能从所知的字库中找到对应于你听到的读音的汉字，艰难地记录下来。在汉以前，可能很多人都能把《诗经》背得很熟，以至于不需要文本的记录。想一想，如果《诗经》一直是一种口头文本，又是用古老的方言传诵的，如果语言变化了，那么文本的内容也会跟着变化；在传播的过程中，如果有人不明白某些小地方的意思，他可能就会按照自己的理解添加些声音相似的音……所以这不是一个固定时刻写成的文本，而是属于一段相当长期的传播和诠释的历史。”（盛韵:《宇文所安谈文学史的写法》,《东方早报·上海书评》2009年3月8日第2版）

请夏教授教正。

谈到《诗经》，就现有的文献（包括大家都在期待海昏侯墓葬的《诗经》文献，就整理者的零散的介绍）而言，传世《诗经》文本大体是可信的。安大简出现，网络“标题党”闹了半天，看竹简文字，也只是与传世本局部上互有优劣而已。说到《诗经》的断代，其实又关系到《诗经》在先秦是否写定的问题。西周金文可以断代，那是因为它们被刻写，且很多是写成后即埋入地下，未经后人扰动。《诗经》呢，尽管有战国时安大简部分原文抄写本，有《孔子诗论》对诸多诗篇相当广泛的言说，可是，若不对“口传”有合理的理解，就很难反驳“不可断代”断言，也很难为“可以断代”立下基础。

首先，读《诗经》的“雅颂”，与国风中大多数篇章语言风调上差异明显，是可以感觉到的。进而在《雅》《颂》诗篇内部，如果花些功夫诵读涵咏，近三百年的诗篇的前后不同，也是可以感觉得到的。很怀疑那些坚信“《诗经》不可断代”的专家是否像对唐诗那样，对《诗经》也下过这样的苦功。您在《古史异观》中曾提到一种“历史语言学断代法”，即以语词（包括实词、虚词）为单据观察作品的年代方法[①]，这样的方法，也曾见中国学者用以讨论一些小说（如《红楼梦》的作者）问题，甚至在一本名为《大众科学》的书里，也可以读到这种“指纹断代法”，书中称其为文学中的“数学方法”。较诸以艺术风格之类判断文学作品的时代，当然是客观性更强。说到《诗经》，特别是《雅》《颂》篇章，实际也可以用历史语言学判断其年代。这里我想举一个例子，未必恰当，就是“子孙”“孙子”的这个用语变化的证据作用。

《诗经》时代的周贵族，子孙意识极强。金文和《诗》篇中“子

① 参见［美］夏含夷：《略论今文〈尚书〉周书各篇的著作年代》，《古史异观》，上海古籍出版社，2005年，第320—326页。

孙”“子子孙孙”等很多。尝见四川大学的彭裕商教授在其有关器物年代的著述中说到这样一点：金文中出现“子孙”类祝福意识的年代，不会太早，就是说不会在周人建立王朝后最初十几年甚至数十年之内。[①]作为王朝的新贵族，他们的子孙意识渐强，需要一点时间。这样的说法，验诸金文的实际，还是颇为合适的。回到“子孙”这个词语，在成百上千的“子孙”“子子孙孙”中，竟有那样一些铜器铭文，不说常见的“子孙”，而说“孙子”“孙孙子子”以及“世孙子”“百世孙子”。我曾用了一点时间在中华书局出版的《殷周金文集成》《近出殷周金文集录》和《殷周金文集成引得》等书中，一一考核这些出现“孙子”“孙孙子子”的金文的年代，有二十几件是学者已明确地判断为西周中期的。还有一些被标为“西周早期”的器铭，西周早期也有七十年左右的时间，这些所谓“早期”的器物，也是多为更接近“中期”时段的制品。综合起来可以判定，这些“孙子”“孙孙子子”等嘏辞，其流行正在西周的昭穆之际。至西周晚期，还可以见到这样的情形，但情况也有所不同，同一篇铭文因写在不同器物上，有的写为“孙子”，有的却变成“子孙”了。就是说，是“孙子”还是“子孙”，在晚期制作器物时，已经不是很在意了。

拿这样的语词变化现象去看《诗经》的篇章，如《大雅·文王》“文王孙子，本支百世”[②]，看《商颂·玄鸟》“武丁孙子，武王靡不胜”[③]之类，其年代也就大致有了眉目，起码对《大雅》《商颂》年代的旧说，是一个冲击。这只是举其中一个例子而已。这里要说的重点是：西周的《雅》《颂》诗篇在语言层面居然可以与西周金文存在证据性的关联。也就是说，我们可以将《诗经》的《雅》

① 彭裕商：《西周青铜器年代综合研究》，巴蜀书社，2003年，第255、258页。

② 孔颖达等：《毛诗正义》，阮元校刻《十三经注疏》，中华书局，2009年，第1084页。

③ 同上书，第1344页。

《颂》篇章与最可信据的金文语言相对比，从而找到一些诗篇的时间证据。这也是当我听到“不可断代”说之后，不以为然的缘由，进而疑心这类言论的持有者究竟对《诗经》的文本所含的语言现象是否做了认真考究。

不过，说《诗经》是“口传”的，又未尝没有道理。很难想象在《诗经》特别是《雅》《颂》各篇问世的年代，就写成文本以供使用或流布（制词的目的就是配乐演唱），而至今也确实未见写在西周铜器或者其他什么材料上的诗篇（《诗经》个别句子是有的，如“日就月将”句，就与另外的一个四言句配合出现在铭文里。可这是孤证）。可是，若把《诗经》的“口传”当成“帕里—洛德”理论意义下的“口传”，则很可能就是谬以千里了。《诗经》的《雅》《颂》篇章多用于庄重的典礼、神圣的宗庙等场合。而且，与《尚书》不同，其歌词是配乐演唱的，就是说，《诗经》大多数歌词是伴着旋律由耳入心的，诗句与旋律的相配，对记忆应该是更有效的吧，其听众最初也主要以周贵族为主。宗庙祭祀以及一些典礼上，唱错了歌词，做错了动作，把典礼弄砸是要死人的。这在一些原始部落都有这样的事情。《诗经·小雅·楚茨》篇也有“礼仪卒度，笑语卒获”[①]的句子，表明的是典礼中不论是动作还是言说（包括歌唱在内）都是万不可马虎的。

王朝重大的神事活动一定是有专业人员参与的。在《小雅·楚茨》谈到“工祝致告”[②]，人神交通就是由他们来办的。工祝负责人神交通，典礼不是谁都可以说话的，居然就有位汉学家同行把《楚

① 孔颖达等：《毛诗正义》，阮元校刻《十三经注疏》，中华书局，2009年，第1006页。

② 同上书，第1007页。

茨》当作轮流发言的“表演”，不知怎么想的。[①]在《仪礼》的一些文字中，可以看到“夏祝”“商祝”，大概也是典礼上的同类人员。回到《诗经》,《周颂·有瞽》言“有瞽有瞽，在周之庭”[②]，合理的解释就是这些在“周庭”的“瞽”，是外来的。于是《礼记》言“瞽宗，殷学也”[③]就不可轻易忽略。《有瞽》的诗篇还专门写到这些瞽人艺术家来到周庭演奏音乐，“喤喤厥声，肃雍和鸣，先祖是听”[④]，即他们的歌乐是祭祀用曲。在《大雅·灵台》篇中，也有对“蒙瞍”（其实也就是“瞽”）艺术活动的表现，诗称他们在辟雍“於论鼓钟”[⑤]，也就是演练乐曲，在“辟雍”则表明也是用于祭祀周人祖先的。

这些瞽人还见于《周礼·春官》关于“大司乐”及其下属音乐舞蹈教学活动的记载中。在这篇文献中，“瞽宗”作为一种学术机构，负责教授“国子”（周贵族子弟）“乐德”“乐语”以及“乐舞”等，颇像今天的一些音乐学院，若说这些“瞽宗”的“教授”们也会赋诗谱曲乃至编舞，应该是事实吧。另外，《周礼》关于这一系“大司乐”职官的记载还有“大师”“大祭祀：帅瞽登歌，令奏击拊”[⑥]，“乐师”“及彻，帅学士（应即国子）而歌彻”，明确记录

① 编者注：参见［美］柯马丁《作为表演文本的〈诗经〉：以〈小雅·楚茨〉为例》[“Shi Jing Songs as Performance Texts：A Case Study of ‘Chu Ci’”, *Early China* 25（2000）：49-111]。另，柯马丁在近期论文中部分否定了此前论点：“由此，我决定推翻我在八年前出版的研究中的观点，即把这首诗视为真正的表演文本。现在我认为它是东周时期纪念文化的一部分。”参见柯马丁《从青铜器铭文、〈诗经〉及〈尚书〉看西周祖先祭祀的演变》注释94,《国际汉学》2019年第1期。

② 孔颖达等：《毛诗正义》，阮元校刻《十三经注疏》，中华书局，2009年，第1281页。

③ 同上书，第3230页。

④ 同上书，第1282页。

⑤ 同上书，第1130页。

⑥ 郑玄注、贾公彦疏：《周礼注疏》，阮元校刻《十三经注疏》，中华书局，2009年，第1719页。

了他们于祭祀典礼场合中歌唱的职责。诗篇的传承，正有赖于这样一批专业人士。他们多为失明者，按照感官互补的原理，他们耳音感觉好，适宜音乐歌吟，他们的身份不高，可是他们身上的艺事却关乎周家的祖宗神灵，关乎重大典礼。他们的境地，颇有点像美国电影《绿皮书》中那位黑人艺术家。在记忆诗篇上，假如西周较早的一些诗篇一旦制作，便经这些人“於论”演练并教习那些“国子”，由于性命攸关，这些侍奉周贵族的专业人士就不会让自己的记忆出错，代代相传，就是到春秋礼坏乐崩时，只要周贵族能养活他们，他们就原字原句稳稳地口耳传承诗篇及其歌乐，是不是用书写的材料写下来，与他们不相干。他们可能是柏拉图式不相信书写技艺的人[①]，他们从来都是靠一字不差的诵唱来侍奉那些贵族听众，因为在他们，弄错了——对不起，轻则被责，重则有性命之忧。

当诗篇一定要写下来时，即意味着这批专业人员已失去生存的依靠。《论语》“大师挚适齐，亚饭干适楚，三饭缭适蔡”[②]，说的就是贵族典礼的专业人员失业、再就业，这其实很可能就是延续数百年的一个行当、专业的消失。原先的诗篇是写在这些艺人的记忆里的，这些人员职位难保，诗篇的传承就需要写在竹帛上了。

---

① 编者注：“所以自以为留下文字就留下专门知识的人，以及接受了这文字便以为它是确凿可靠的人，都太傻了，他们实在没有懂得阿蒙的预测，以为文字还不只是一种工具，使人再认他所已经知道的。……你可以相信文字好像有知觉在说话，但是等你想向它们请教，请它们把某句所说的话解释明白一点，它们却只能复述原来的那同一套话。还有一层，一篇文章写出来之后，就一手传一手，传到能懂的人们，也传到不能懂的人们，它自己不知道它的话应该向谁说和不应该向谁说。如果它遭到误解或虐待，总得要它的作者来援助；它自己一个人却无力辩护自己，也无力保卫自己。”（［古希腊］柏拉图：《斐德若篇》，商务印书馆，2018年，第74—75页）

② 《论语·微子》：“大师挚适齐，亚饭干适楚，三饭缭适蔡，四饭缺适秦，鼓方叔入于河，播鼗武入于汉，少师阳、击磬襄入于海。”（何晏集注、邢昺注疏《论语注疏》，阮元校刻《十三经注疏》，第5497页）

他们的记忆，于是落在书面上。

我这是从现有文献做的一点推论，目的是要解决一个困惑：《诗经》西周时期的《雅》《颂》篇章，居然是可以与西周金文在语言的诸多层面对得上的。假如是口传的随传随改，就难以理解了。总之，说《诗经》不可断代，有悖于《雅》《颂》诗篇的语言与西周金文之间存在可以验证的事实。

很想听听夏教授在这件事情上的理解。

夏含夷：《诗》三百篇的断代是个极为复杂的难题，包括诗歌原来是什么时候、怎样创造的，也包括是怎样传授的，传授过程产生了什么样的变化，有多少变化才可以算是同一首诗。譬如，以清华简为例，我觉得《周公之琴舞》的《敬之》和《毛诗》的《敬之》只有个别文字的不同，并且这些文字不同大多数仅仅是通假字或者不同书写习惯产生的，两个文本可以视作一首诗。与此不同，《耆夜》的《蟋蟀》和《毛诗》的《蟋蟀》虽然都以"蟋蟀"为主要兴象，两个文本表面上都有比较相似的构造，但是主要内容仍然不同。有人讨论哪一首早，哪一首晚，其间有什么相应关系，恐怕不如视之为两首诗。关于这一点，我和李山教授的看法基本一致，至少是大同小异。

我也同意李教授怀疑那些说"《诗经》不可断代"的专家。我觉得我们首先可以不从《毛诗》，把包括《周南》和《召南》在内的很多诗，说成是周文王、武王时候的作品，更不用听从一些人说《商颂》是商代的诗歌。估计我和李教授的断代也是大同小异，即《周颂》最早，接着有《大雅》《小雅》,《国风》和《商颂》《鲁颂》最晚。虽然如此，我和李教授的"小异"也不能说不重要。最重要的不同，可能是我们的把握和态度。从李教授几篇文章中，我所得到的感觉是您对《雅》《颂》诗篇的时代很有信心，说像《大雅・文王》这样的史诗是西周中期穆王或共王时代作的。李教授在《西周穆王时期诗篇创作考》的长篇文章中说《周颂》作于西周中期，我基本赞同，然而接着说《大雅》诸多诗篇也是那个时候创作的，说“诗篇的总体特征又与西周中期诗篇无二，放在周穆王时期还是没有什么问题的”[①]，恐怕我宁愿采取比较保守的态度。您在另外一篇文章即《〈尧典〉的写制年代》中，利用对《诗经》的这种断代，更进一步说《书·尧典》也是穆王时期写制的[②]，恐怕我完全不能赞成。在这篇文章里，李教授以我对《尚书·周书》中各篇的断代方法作为出发点，尽管指出那篇文章[③]的不少问题——我承认那篇文章有不少具体问题，但是像李教授所说那样，它的语言学方法应该基本对头。我之所以不能赞同李教授的结论是因为，您对《大雅》和《尧典》的断代法，虽然也参考西周铜器铭文的方法，可是利用的多是比较“软”的证据，像四字句的比例。我觉得对西周铜器铭文总体分析，要等到西周晚期，甚至东周初期才逐渐有像《大雅》那样规范的表述。您说从穆王时代才建立辟雍，也才开始大祭文王和武王。这个见解没错，但是以后每一代都会继承这种礼制。我们只能说提到辟雍和祭祀文王的诗大概不会早于穆王时代，然而也不一定是那么早。从总体分析来看，我觉得像《文王》《文王有声》这些诗篇与显然是西周晚期的诗篇诸如《桑柔》和《江汉》，没有两样，都应该是差不多同时的作品，像您在另外一篇文章中那样[④]定在周宣王时代更有道理。

《诗》的传授更麻烦，不仅牵涉书写和口头问题，还有很多不同因素要考虑，诸如上古不同区域的语言和文化的不同、《诗》的

---

① 李山：《西周穆王时期诗篇创作考》，周延良主编《中国古典文献学丛刊》第七卷，中国古文献出版社，2009年，第83页。

② 李山：《〈尧典〉的写制年代》，《文学遗产》2014年第4期。

③ ［美］夏含夷：《略论今文〈尚书〉周书各篇的著作年代》，《第二届国际中国古文字研讨会论文集续编》，香港中文大学，1996年，第399—404页；后来又载于［美］夏含夷《古史异观》，上海古籍出版社，2005年，第320页。

④ 李山：《〈诗经〉文学的宣王时代》，《文学遗产》2020年第5期。

教育作用，等等。在拙作《出土文献与〈诗经〉口头和书写性质问题的争议》[①]一文里，我对相关问题做了初步的讨论，但是更深入的结论要等待新的出土文献，也要等待别人提出更多的新问题、更多的新看法。

李山： 谢谢教授对我的“断代”的评点。我会认真考虑。用语词去“断代”，只是一种新方法的尝试，其他旧的方法当然也不可偏废。中期与晚期的诗篇粗看上去相似，细看还是有分别的。西周中期有中期的文化现象，晚期有晚期的社会问题，诗篇也会不同。不过，您的看法中，有几点我已经意识到，会仔细斟酌。另外，有些文章相对早一些，取证粗线条，如发表在《中国古典文献学丛刊》的那一篇，后来又有所改写，补充了一些证据。总之，书阙有间矣，我们面对的问题很难。然而，说到底，《诗经》的诗篇，特别是西周近三百年间的《雅》《颂》篇章，还是可以断代的。

主持人： 中国上古较早就产生了书面记录的需求。传世文献谓“有典有册”，从出土文献来看，甲骨卜辞、彝器铭文，在功能上都要求以书面形式写定，但是先秦文献中有相当数量的口头话语记录，祭祀仪式活动也深刻地影响着书写的内容。口传与书写之间除了“先行后续”的单向生成关系之外，是否还存在其他维度的可能性？我们应当如何理解“书写”对中国古典文献的意义？

李山： 人类没有文字时靠口头，可是有了文字之后，再不加分别地说先口头再书写，就有点不分青红皂白。甲骨文、金文的书写，有实物为证。不相信的，如柯马丁先生，也可以说出一

---

① 该文原来是用英文发表的。Edward L. Shaughnessy, “Unearthed Documents and the Question of the Oral Versus Written Nature of the Classic of Poetry”, *Harvard Journal of Asiatic Studies* 75.2 (December, 2015): 331-375。后来由孙夏夏翻译成中文:《出土文献与〈诗经〉口头和书写性质问题的争议》,《文史哲》2020年第2期。

大堆理由。可是，那样缴绕地谈论问题，取信也难。在甲骨文之前，陶寺遗址的陶器上就写着一个“文”字，且就一个字。怎么去理解这个字与“口头”的“先后”呢？关于“有典有册”，尝见有学者著文称一些写有文字的甲骨是钻过眼儿的，学者据此推测是用绳子拴系过。或许这些拴系在一起的甲骨，就是当时的“典册”。商代有一篇铭文，记录的是商王与大臣一次射鼋，四支箭全中。居然当时就为此铸造了一件铜器，塑造的是鼋身中四箭的形状，还刻上一篇记录此事的铭文①。这样的铸造和写作意趣，很值得玩味。

像《尚书》的诰命之辞，一定是史官记录的结果。文字的形成，就有社会学家研究认为与宗教事务有关。如此看来，书写是很神圣的。此外，还有鬼神之外的现实原因，也会使书写变得很重要，不容缓办。看宜侯夨簋和克罍，上面的铭文是关于封建的，写明周王划给诸侯的封疆山川土地民人。有意思的是在《左传·定公四年》，又有祝佗那段关于卫国受封时土地人民及对王室义务的长篇发言，应该就是对受封文件的复述。②这样的书写，事关一个邦国的权利，应该是在当初就形诸文字的。在今天的中国农村，几个弟兄分家，是要立“分家单”的，分家单由中人书写，一式几份，上面写着从父母那里得到哪些宅地、房屋及其他重要财产，

① 参见作册般鼋铭文：“丙申，王于洹，获。王一射，射三，率亡废矢。王令寝馗贶于作册般，曰：‘奏于庸。’作女宝。”（《新收殷周青铜器铭文暨器影汇编》1553）

② 《左传·定公四年》原文为：“……见诸王而命之以蔡，其命书云：‘王曰，胡，无若尔考之违王命也。’若之何其使蔡先卫也？武王之母弟八人，周公为太宰，康叔为司寇，聃季为司空，五叔无官，岂尚年哉！曹，文之昭也；晋，武之穆也。曹为伯甸，非尚年也。今将尚之，是反先王也。晋文公为践土之盟，卫成公不在，夷叔，其母弟也，犹先蔡。其载书云：‘王若曰：晋重、鲁申、卫武、蔡甲午、郑捷、齐潘、宋王臣、莒期。’藏在周府，可覆视也。吾子欲复文、武之略，而不正其德，将如之何？”（杜预注、孔颖达等正义：《春秋左传正义》，阮元校刻《十三经注疏》，中华书局，2009年，第4637—4638页）

还要写明对父母应尽的义务（我就有这样的文件），与西方的财产“遗嘱”应很不一样。将来遇到兄弟的纠纷，口说无凭时，是要拿出“分家单”的。祝佗的言辞与拿出“分家单”很像。这是说书写。

还有一些特定的口头表达，照我粗浅的理解，与一些专业人士有关，只要这些专业人员在，世代相传，未必就一定要写在什么地方。如前面已经谈到的《诗经·楚茨》的“工祝致告”，神职人员在祭祖典礼上有其特定的口语表达，一定是带着某种腔调的。征诸《仪礼》《礼记》中关于各种仪式的记载，其中也有一些套话，如“冠礼”中“嗟尔幼志”之类，也是规范化的口语表达。其实在夏教授的一篇文章里也说到这样一点:《诗经·周颂》的一些篇章，是由祭祀的颂辞发展出来的。[①]从逻辑上说，这是有道理的。像这些仪式中的言语，我还是倾向它的专业性，即有这样一批神职人员，他们以一定的声腔，在典礼的恰当环节诵读这些语句。丧礼中有“夏祝”“商祝”等，而在宴会场合也有“不醉无归”的固定辞令（这句话也见于《诗》句中）。这些有的也自成段落，却只见于“周礼”文献，并未入《诗经》篇章，显示它们与“诗”（配上乐舞演唱）还是分开的。如果不是礼坏乐崩，也许这些口头表达永远附在一种职业人员身上。这就是德国学者扬·阿斯曼所说的“仪式的统一性”。但是，社会变迁，专业人员失业，就有人来用文字记录一些仪式及其用语。中国先秦的情况，文献显示，书写这些的是儒家。这一点，前辈如沈文倬等有研究。说书写一定在口传之后，在文字产生之后，就与古代生活的复杂性不大合得上。思维的最高境界是走向具体，守着个什么理论原地不动，就是“坐地日行八万里”了。

夏含夷：正如这个问题所示，中国从商代晚期开始就“有典

① ［美］夏含夷:《从西周礼制改革看〈诗经·周颂〉的演变》，见中国诗经学会编:《第二届诗经国际学术研讨会论文集》，语文出版社，1996年，第101—102页。

有册”，书写是越来越重要的信息交流的工具。然而，也正如这个问题所示，先秦文献中也有相当数量的口头话语记录。这一点也不奇怪。如我在回答上一个问题时所说的那样，古人当然会说话。不但如此，话语肯定是当时最重要的交流工具，在当时的典籍中当然会有所反映。然而这些记录好像不能证明当时的书写依附于话语，是一种口头文学。

口头文学最重要的学术研究是围绕古希腊荷马史诗的创作展开的。据传说，《伊利亚特》和《奥德赛》所描写的历史事件是在公元前12世纪发生的，荷马应该是当时或稍后的人物。然而，我们现在知道当时希腊还没有文字，《伊利亚特》和《奥德赛》肯定不是当时的作品。20世纪的古典学者已经有基本相同的看法，这两部史诗原来是口头创作的。后来有学者提出中国文学——特别是《诗经》原来也是口头创作的。最早提出这个看法的人大概是法国学者葛兰言（Marcel Granet，1884—1940），后来在美国学习的中国学者王靖献（C. H. Wang）有直接的论述，最近宇文所安（Stephen Owen）和柯马丁更积极地宣传口头文学在中国古代的作用。我对这些学者的研究工作在一篇小文里已经做了总结[①]，所以于此就不赘述了。

这个问题还提到“祭祀仪式活动也深刻地影响着书写的内容”，好像是暗示一些西方学者对书写原本的作用的看法，诸如陆威仪（Mark Edward Lewis）说甲骨文的作用是为了联系鬼神，[②]或者罗泰（Lothar von Falken-hausen）说铜器上的铭文不是为了给人

① ［美］夏含夷：《〈诗经〉口传起源说的兴起与发展》，《饶宗颐国学院院刊增刊》，香港浸会大学饶宗颐国学院，2018年，第193—214页。

② Mark Edward Lewis，*Writing and Authority in Early China*（SUNY Press，1999），p.15.

看，而是为了给祖先看的。[1]我当然不否认甲骨文和铜器铭文的宗教作用，可是在我看来，这不是当时书写的全部功能。在商周时代也“有典有册”，只是在考古视角下这些典册没有得到保存。

口头文学最极端的说法大概来自柯马丁。在评论陆威仪所著的《中国古代书写与权威》（*Writing and Authority in Early China*）时，柯氏说：

> 我要说的是铜器铭文原来不是书写的，而是临时铸造于铜器上的口头颂歌；铭文不是为了无声地阅读，而是为了唱诵的。[2]

我得承认，看这句话的时候自己吓了一跳；我明白柯氏的意思，但是铜器铭文怎么会不是书写的呢！它们当然是书写的，现在也有很好的研究说明铭文原来也是书写于竹简或木板上的。[3]如果我们要真正理解铜器铭文的制作（而不仅仅是它的铸造），就必须要理解这个书写过程。这样一来，铜器铭文“先行后续”的关系恐怕和柯马丁所设想的模式正好相反，应该是以书写为先，唱诵为后续。

铜器铭文和《诗经》的诗歌当然不是一回事，诗歌的唱诵和书写“先行后续”的关系也不一定和铜器铭文一样。然而，既然书写在铜器铭文的制作中有优先地位，我们考虑同时代《诗经》的创作时也不应该忽略书写的作用。《诗经》的传授更是如此。

---

① Lothar von Falken-hausen，“Issues in Western Zhou Studies：A Review Article”，*Early China* 18（1993）：152-156.

② Martin Kern评论“Mark Edward Lewis，*Writing and Authority in Early China*”，*China Review International* 7.2（2000）：343. “I wish to argue that bronze inscriptions were not primarily written but were essentially oral hymns that at a certain point became cast in bronze; they were intended not to be silently read but to be sung or recited.”

③ 见O ň drej Škrabal，“Writing before Inscribing：On the Use of Manuscripts in the Production of Western Zhou Bronze Inscriptions，” *Early China* 42（2019）：273-332。

李山：我基本同意夏教授的看法。葛兰言的那本书，很好看，却基本不可信，因为他的理论预设是：《风》诗全是纯粹的民歌。其实，《风》诗的篇章与原生态的民歌相去甚远。王靖献先生的研究在中国也早有译本。他的看法要成立，先得证明那时候有像古希腊那样的游吟诗人，同时，还得证明“国风时代”没有书写（不过我更相信，《风》诗作品完成，与一批专业人员有关，但他们又与“游吟诗人”存在的理由不同）。其实，王靖献教授的做法是典型的套用，似是而非。

说到书写，说书写一定是献给神的，这大体也是在以偏概全。将文字铭刻在青铜器物上，作为献给神灵的物品，只是一种情况，就像我在上面说的，诸侯要立国，面临领土或地位的争端时，是要拿出“文书”证据的。金文中的一些篇章，颇可证明在封建时代，是有土地、人民及相关义务的规定的，这样的文字恐怕是马上就要书写下来成为“文书”，也可能就是像教授在《兴与象》中所说的，这文书来自册封副本，需妥善保管。西周时期人们是相信鬼神，但不是所有的事情都可以划归鬼神之事。早就有人类学家说过，就是在原始部落的人，也不是事事都祈求鬼神。一根筋地想象古人也是“一根筋”，那可真是一根筋！

研究学问必须客观理性，而客观理性的大敌是“先入为主”，即拿着一个什么理论去套，顺之者承认，逆之者否定。以教授所谈到的柯马丁先生而言，他有一篇文字专门讨论《小雅·楚茨》篇，以证明他的“表演”说，可是看他的解读文本，貌似是在取证，实际是在牵强，挑些有利的句子为我所用。诗篇的全体，在他眼里不存在，只有他看到的东西，就更不用说《诗经》同时代的同类题材诗篇的存在了。这样的研究是拿文献为某种理论做垫脚石，其实就是没有文献。不过，还别说，国内颇有一些人觉得不错呢！

主持人：自20世纪以来，与《诗经》相关的简帛金石文献一直不断被发现。如发现于20世纪初的敦煌《诗经》写卷、熹平石经残石、吐鲁番《毛诗》残卷，发现于20世纪下半叶的武威汉简、银雀山汉简、马王堆帛书、阜阳汉简、郭店楚简、上博简等，其中也存在大量与今本《诗经》不同的异文。今天我们如何评价上述文献为《诗经》研究带来的启示？上述文献何以未在当时造成如21世纪初发生的学术争论？我们应当如何看待出土文献所带来的"重建古典学"议题？

夏含夷：在谈20世纪上半叶古文献发现的重要性之前，我先来谈一下"应当如何理解出土文献所带来的'重建古典学'议题"。我们常常听到"重写中国古史""重建古典学"这样的呼吁，我自己也常常这样说。然而，我每次这样说的时候，都会回想起我在台湾的老师爱新觉罗·毓鋆（1906—2011）。毓老当时在中国台湾相当有名，常常给学生上四书五经的课。我从1975年到1977年和毓老一起阅读了中国经典，特别是《老子》和《周易》。正好在那个时候，我们听说在长沙发掘了马王堆三号墓，其中有两个《老子》写本和一个《周易》写本，可老师一点也不在乎。我当时太年轻，也没有在意，看懂《老子》和《周易》的原文和注解已经够难的了。直到读研究生以后，我才开始关心古文字学与出土文献学。然而，在二十多年之后回到台湾拜访老师的时候，我连提也不会提我自己这方面的研究，因为我知道他认为古文字学仅仅是没有价值的小学。

在2005年给老师庆祝百岁生日的时候，毓老居然提到在大陆出版了一个新的《周易》，问我有没有这样的书。我说有，也承认了我自己在做相关研究。听到这个，一百岁的老师跑到地下室对面的书架，拿着很沉的上博简第三册回到我那边，突然把书扔到地板上，说："这不是咱们周公的《周易》，不是咱们孔子的《周易》！"对他来说，上博《周易》是完全没有用的东西。我回家想了一想，老师一辈子关心中国上古文化，为什么这样轻视出土文献？答案很简单：对他来说，中国古代文化已经是百分之百的完美，不但不需要新的发现，甚至根本没有空间去安放它们。大概只因为我自己是野蛮人，没有体会到中国古代文化的完美性，所以才会觉得出土文献不但可以弥补其不足之处，也可以改正其不对之处。

现在回到这个问题，即20世纪上半叶发现的文献“何以未在当时造成如21世纪初发生的学术争论”，也许我和毓老的经验可以说明这个问题的至少一个方面。当时，古文字学仅仅是小学，大多数中外学者都不在意。其实他们根本不觉得当时出土的资料是文献。不仅仅是一般的学者如此，古文字学家也同样如此。我还记得我刚刚开始参加中国古文字会议的时候，大家都将甲骨文、金文和简帛文书称作“出土文字资料”，大概到了90年代才开始用“出土文献”这样的称呼。这和马王堆的文献当然有关系，但是马王堆的资料还不一定能够引起每个人的兴趣。恐怕到90年代末郭店和上博简出版了以后，大多数的学者才开始注意。到现在，研究中国古代文化的人无法忽略出土文献，外行学者阅读这些新资料的时候也会想起新的问题。因为这样的人不是由古文字学或出土文献学的背景培养出来的，所以他们问的问题都相当新鲜，有的有价值，有的没有价值，但是都可以促进本学科的学者多思考他们旧有的看法，相当值得重视。《诗经》研究也不例外。

李山：您所说的毓老的逸事，很奇特，我的求学生涯中还真没有遇到过。他老先生是“遗老”一派吧。对新的学术研究方法不认可的，有，只是没见过像这位老先生那样极端的。当代中国学术界的地盘是20世纪恢复高考后造就的一两代学人的。地下新材料大量出现，也基本与这些学人的成长相伴。

新材料一定会对既有学术研究产生冲击。陈寅恪先生早就说过，有新材料不知用，这样的研究谓之不入流。[①]可是，新材料一定带来新知识吗？道理上如此，可看《孔子诗论》出现后国内一些学者的解释，努力拿《毛诗序》相比附，实际是把新材料的作用“拉平”了。再看一下对清华简的阅读，《耆夜》篇有大致与《唐风·蟋蟀》相同的诗篇，就率尔相信《蟋蟀》是西周建国之前的诗篇；清华简中出现了“周公之琴舞”，马上就由此判断《周颂·敬之》的年代及内容等。这里，倒是真需要对文献的年代“古史辨”一下为好。拿《耆夜》与《尚书》周初的那些篇章稍加比较，与周初的西周金文稍加比较，就应该能判断出它的年代，没有这样的文献考究，就径直地依之以判断《诗经》篇章的年代，恕我直言，这是很不专业的。这里，还是不要放弃“辨”的精神为好。由此而言，要“重建”，谈何容易！再者，说“重建”，如果说是新文献改变了人们对一些事物的既定看法，这样的“重建”也确实是正在发生着。若说“重建”就是将过去的研究推倒重来，像老屋建新房那样，则未免俏张。我个人觉得，有新思维、新视点的研究，对传统的和出土的文献做出新颖而又启人神智的理解，反而更称得上“重建”。关键是，新思维、新视点的出现，又是很需要条件的。

这次笔谈的重点是《诗经》，允许我再以《诗经·商颂》的年代问题为例多说几句吧。在《商颂》的年代问题上，当今的中国学者几乎众口一词：《商颂》是商代诗篇。而且，我还在一次学术会议上亲耳听说：商代能制造那么好的青铜器，难道就不能写诗篇吗？这大概是不少人思考《商颂》的一个心理制高点。可这是《商颂》年代判断的学术理由吗？见一个坑里有水，就能断言一定

① 编者注：“一时代之学术，必有其新材料与新问题。取用此材料，以研求问题，则为此时代学术之新潮流。治学之士，得预此潮流者，谓之预流。其未得预者，谓之不入流。此古今学术之通义。”（陈寅恪：《陈垣敦煌劫余录序》，《金明馆丛稿二编》，生活·读书·新知三联书店，2001年，第266页）

有鱼？从时代文明水平到文献层面的判断，又隔着多少层次呢？《商颂》几首诗篇是文字言语的制品，判断其年代就得需要回落到语言的基本层面，否则就是盲目推论。甲骨文、金文出现了那么多年，出土了那么多，可在《商颂》问题上，若认真地比较一下《商颂》诗篇语言与甲骨文的异同，认真地比较其与西周金文（特别是西周中期器铭）语言上的异同，可能就不会那样信口而言。其实早在多少年前，王国维就以其读甲金文的感受判断《商颂》为“宗周中叶”宋国人的诗篇。他的判断，又见有几人郑重对待？还有更“精彩”的怪事，尝读到一位古文字学者文章说，因为《商颂》中的“字”（注意不是语词、句子）甲骨文里就有，因而《商颂》为商代诗篇。这与说长篇小说《李自成》的用字出现在《康熙字典》中就判断其为清初小说，同样不讲学理。这样极端的例子，并不代表大多数，但其存在起码可以提醒人们：以新材料为条件的重建，只能是学者个人的事情，即有其人方有其事。讲究学理，学植深厚，态度端正，就可能在一些问题上提出新见。打一个“重建”的旗帜，人马杂沓，就难保学术的质量了。总之我个人觉得，还是谦虚一点好，慎用“重建”的名号。

夏含夷：李教授说得很好，“谦虚一点好”。每一代都在“重建”，我们现在并不例外。重建都是根据现在新有的文化环境，也许是根据新的资料，也许是根据新的知识，也许是根据新的社会组织，这些都会影响我们怎么看待老问题。我上面提到西方汉学家和中国学者有着不同的教育背景，因此对中国传统文化当然就有不同的思考方式。有的时候，我们通过这样不同的思考方式，可以看出老问题中新的一面。虽然有的时候他们也会出错，但是有的错误也可以启发中国学者考虑其出错的原因，而这种反思也可以促进新的学术进展。同时，新的资料也可以触发新的思维，但同样也不是绝对的。正如李教授所说的那样，不少人把新材料的作用“拉平”了。您讲到的《孔子诗论》的例子，提得非常恰当。很多人最先想到的就是要把它和《毛诗序》联系起来，完全没有考虑到两者可能是很不一样的作品。还有一个现象：读者往往利用各种通假字，将出土文献读得像传世文献一样。对我来说，这不但失去出土文献的价值（利用李教授的话，把它“拉平”了），并且也失去一个很好的机会，去重新思考传世文献讲的是什么，又是怎样产生的。我有的时候和学生开玩笑说，这就像《韩非子》“买履信度”的样子。

我看我和李山教授对出土文献和传世文献的关系，特别是对怎样理解《诗经》，已经达到了比较一致的认识，至少是大同小异。我们这样共同的认识不一定对，但是希望可以促进《古代文学前沿与评论》的读者重新思考问题，做再深入的研究，产生更进一步的新认识。

主持人：感谢两位教授为我们带来如此精彩的讨论。两位先生有不同的文化背景，却同样怀抱着开放的心态，始终关注并尊重着大洋彼岸的学术进展。在这次笔谈中，两位先生既对过去几十年间的中西学术交流做出了回顾，对近年来的先秦文献研究热点问题做出了回应，也对未来研究的取径提出了宝贵的建议与期许。我们很高兴看到两位先生在具体问题上的观点碰撞，相信读者们一定能从中窥见不同的研究范式与态度所呈现的不同学术面貌；也乐见两位先生在对待出土文献和传世文献、口头传统与书写传统等大方向的问题上达成的共识。其中，通向这一共识所经历的不同的思考过程，或许比共识的结论本身更为重要，相信我们都能从中获得很多启示。在此再次感谢二位先生参与本次笔谈！

（原载《古代文学前沿与评论》第七辑，2022年5月）

读上博简《孔子诗论》札记

一、《汉广》古义的重彰

《上海博物馆藏战国楚竹书·孔子诗论》[1]的发现，使我们对一些诗篇获得了全新的理解。《孔子诗论》第10、第11、第13简（序号以马承源《战国楚竹书》所编为据，下同）记载孔子论《汉广》内容，计有“汉广之智”（10），“汉广之智，不求不可得也”（11），“……[不求不]可得不攻不可能，不亦智恒乎”（13）数语。这些论述意思很明白，孔子称道《周南·汉广》一诗中的“智”：“不求不可得”。这与通常人们对此诗的解释恰好是相反的，而误解之起，正从汉代的古文家《毛诗序》始。或许有人问：竹简上孔子说的一定就对吗？回答是：毫无疑问，竹简上孔子对《汉广》解说符合诗篇本义。何以见得呢？先看诗篇：

> 南有乔木，不可休思。汉有游女，不可求思。汉之广矣，不可泳（潜水而游）思。江之永矣，不可方（用小筏子渡水）思。
>
> 翘翘错薪，言刈其楚。之子于归，言秣其马。汉之广矣，不可泳思。江之永矣，不可方思。

① 马承源主编：《上海博物馆藏战园楚竹书·孔子诗论》，上海古籍出版社，2001年。

翘翘错薪，言刈其蒌。之子于归，言秣其驹。汉之广矣，不可泳思。江之永矣，不可方思。

如上所说，照《孔子诗论》解释，篇中反复咏叹“不可求思”的“不可”，其义应读为“不要”而非“不能”；表达的是禁止意，不是困难意。多少年来人们将诗篇理解为表达着望洋兴叹、求而不得的爱情篇章，恰好是将“不可”读成“不能”了，于是意味全变。这误解从《毛诗序》起。《毛诗·汉广》篇《小序》说：“《汉广》，德广所及也。文王之道被于南国，美化行乎江汉之域，无思犯礼，求而不可得也。”既然“南国”人都已接受周文王的德化，个个守礼，于是就“求而不可得”了。毛诗这样讲是有问题的，“南国”接受了文王“德化”，他们的适龄女子就不结婚出嫁了？不然为什么“求而不可得”呢？受了“文王之道”就令人“求而不得”，莫非“南国”姑娘们为守礼法都得老在家里不成？这实在说不通，所以近代以来人们摒弃《毛序》。然而近代以来人们说《汉广》，就脱了《毛序》窠臼了吗？没有。《毛诗序》从礼法说“求而不得”，现代说《汉广》，只是把“礼法”那层意思去掉，再把“求不可得”的意思改造一下，诗就成了一位热恋南国女子的人儿，望着汤汤汉水徒发浩叹的爱情篇了。

那么，竹简中孔子“不攻不可得”“知不可得”的意思，又从何说起的呢？理由有两点。第一，诗篇中“游女”一词，不是个好词，“游女”即“游冶之女”，是来历不明的意思，是个贬义词。《国语·周语上》记密康公的故事，颇有助于理解“游女”一语的含义。“恭王游于泾上，密康公从，有三女奔之。其母曰：‘必致于王。……’康公不献，一年，王灭密。”密康公从周恭王作泾上之游，不合礼法地接受了三女的私奔，结果招致灭国之灾。这样解释密国灭掉的原因，颇有几分神秘色彩。而奔女出自泾上，与《汉广》的“游女”出汉上，虽地点不同，但都是河干水泮之事，很有几分类似。两者的相通处，很可能指向同一上古风俗。我们知道，商人的远祖契，是他的母亲在水边吞卵生出的。《诗·郑风》中“溱洧”之俗，及战国时代的“濮上”之音等，都是与水泮有关的。如放宽一点看，周人的始祖弃也是其母在“野外作业”中怀上的。近年出土过不少刻在汉砖上的“野合图”，或许就是上边那远古遗俗的写照。就文献记载看，周代婚姻特重礼法，且特别重视妇德的培养。各种文献记戴显示，孔子言《诗》，特重《关雎》，而《孔子诗论》道出了个中的原因：“《关雎》以色喻于礼”“以琴瑟之悦拟于好色之愿”。灵活地理解孔子言《诗》之所重，那一定是针对着当时不为不普遍的婚配“不以色喻于礼”的现实而来的。《诗·国风》中不就有许多“好色而淫”的篇章吗?《左传》这方面的记载也着实不少。《国语·郑语》尝言“谢、郏之间……未及周德”，是被考古发现所证明了的[①]。周礼的普及并不是铁板一块，有许多“未及”之处，从西周到春秋恐怕都是如此。考诸载籍，周人大规模经营南方，是在昭、穆之世，武力征服自然一时很难谈得上普及“周德”，而泾上居然还有“奔女”，那简直就是“周德”的“灯下黑”了。唯其有周礼的“化外”之民，在作为周家“乡乐”的《周南》诗篇中，有警示人们不要非分追求汉上游女的篇章，才是毫不奇怪的。

以上是支援《诗论》“不求不可得”的第一点，游女不合周德，所以不可求。第二点来自诗篇内的支持是第二、三章重复出现的“翘翘错薪，言刈其楚。之子于归，言秣其马”四句。“错薪”“刈楚”和“秣马”诸意象，在《诗经》中都是喻示婚配之事的习惯语。关于“薪”“楚”，《唐风·绸缪》篇，歌咏新婚有“绸缪束薪”“束楚”语，《小雅·车舝》有“陟彼高冈，析其柞薪。析其柞薪，其叶湑兮”，《白华》有“樵彼桑薪，卬烘于煁”，《齐风·南山》有“析薪如之何？匪斧不克。取妻如之何？匪媒不得?”《豳风·伐柯》

① 参李学勤:《东周与秦代文明》，文物出版社，1984年。

有“伐柯如何？匪斧不克；取妻如何？匪媒不得”。至于“秣马”，《小雅·鸳鸯》有“乘马在厩，摧之秣之”“秣之摧之”，《豳风·东山》有“之子于归，皇驳其马”。“伐薪”“刈楚”以喻婚配，据研究，与远古以来的婚姻习俗有关。魏源《诗古微》曰：“三百篇言取妻者，皆以析薪起兴。盖古者嫁娶必以燎炬为烛……”此俗至今犹存。如《浙江民俗大观》记载开化齐溪一带的“偷亲”风俗，“讨亲队由几个大火把照明引路，赶在天亮前，回男方家”。“秣马”同样与婚嫁有关。《诗·召南·鹊巢》言“百两御之”“将之”，当然是指车马，而今文家注解《何彼秾矣》一篇，谓古有所谓“留车反马”之礼。周礼多因袭旧俗，马瑞辰《毛诗传等通释》卷十一《绸缪》篇谓：“此诗‘束薪’‘束刍’‘束楚’，《传》(即《毛传》)谓男女待礼而成，是也。”“待礼而成”同样是理解《汉广》中言“错薪”“刈楚”及“秣马”的关键。它们都喻示着礼法。如此再看《汉广》的第二、第三章，就豁然明白了。“翘翘错薪，言刈其楚。之子于归，言秣其马。汉之广矣，不可泳思，江之永矣，不可方思。”“错薪”“刈楚”是说，要娶妻就取好的；“秣马”则是说，要结婚就得守礼法。“刈楚”“秣马”的前四句，不过是在说，婚配当守礼当讲究规矩。接下来的后四句则是补足文意：无端地追求那些南国“游女”，就像裸衣渡汉、小筏涉江一样，将招致灭顶之灾。《孔子诗论》赞此诗“智（知）恒”“不求不可得”，原来其着眼点就在诗篇的“错薪”“秣马”之喻，表示着婚配“待礼而成”的教诲。“爱情”之说，南国“被文王教化”之说，与诗篇的本义可谓南辕北辙。

诗篇的本义，被《毛诗序》遮蔽了两千多年，因有《孔子诗论》的问世而重彰于世，真是一件大大的幸事！

二、关于“《卷耳》不知人”

《孔子诗论》第二十九简有“《卷耳》不知人”一句，与传统的解释迥然异趣。传统的解释《诗经·周南·卷耳》最古者，当推《左传·襄公十五年》的一段记载："君子谓楚于是乎能官人。官人，国之急也。能官人则民无覦心。诗云：嗟我怀人，寘彼周行。"这段"君子谓"附在楚国任用贤人的记载之后，不知"君子"是否就是孔子，但对汉代经学家说《诗》影响甚大。保存在《淮南子·俶真训》的《鲁诗》旧说谓："思古君子官贤人，置之列位也。"《毛诗序》则说："后妃之志也。又当辅佐君子求贤审官，知臣下之勤劳，内有进贤之志，而无险诐私谒之心，朝夕思念，至于忧勤也。"除多了"后妃之志"一层意思外，鲁、毛两家对此诗"官人"的说法并无两样，而且两家可能都是从《左传》"君子谓"那里套来的。可是《左传》的"官人"之说很明显是先秦时代的断章取义，不关诗篇的本义，"君子"就是孔子，他的说法就解《诗》而言也当不得真。那么《孔子诗论》的"卷耳不知人"的说法又如何呢？先看一下诗篇：

采采卷耳，不盈顷筐。嗟我怀人，寘彼周行。
陟彼崔嵬，我马虺隤。我姑酌彼金罍，维以不永怀。
陟彼高冈，我马玄黄。我姑酌彼兕觥，维以不永伤。
陟彼砠矣，我马瘏矣。我仆痡矣，云何吁矣！

历来此诗解释上很纷纭，难题就在诗篇首章"嗟我"之"我"与其余三章"我马""我姑"之"我"的歧出并峙。第一章中之"我"，从其采卷耳的行为看，应属女性，而其余三章，又是骑马又是饮酒，很明显是男人才有的活动。于是诗篇是"女思男"，还是"男思女"的争议始终不了，还有人干脆认为诗篇有脱夺、错简，等等。钱锺书先生在《管锥编》提出了一种见解，认为："作诗之人不必即诗中所咏之人，夫与妇皆诗中人，诗人代言其情事，故各曰'我'。首章托为思妇之词，'嗟我'之'我'思妇自称也。……二、三、四章托为劳人之词，'我马''我仆''我酌'之'我'，劳人自称也。……男女两人处两地而情事一时，批尾家谓之'双管齐下’，章回小说谓之‘话分两头’，《红楼梦》第五四回王凤姐仿‘说书’所谓：‘一张口难说两家话，花开两朵，各表一枝。’”[①]一言以蔽之，钱先生将诗篇一边是女子之词，一边是男子唱词的矛盾，理解为一种“代言”的写作手法。在以前，照这样的理解也可以平息诗篇内在的龃龉了，现在则因有《诗论》“《卷耳》不知人”新材料，钱先生之说还有商量的余地。

说“《卷耳》不知人”，究竟是什么意思呢？古说“能官人”，“能官人”首先得能“知人”，可《诗论》中却说是“不知人”，与“能官人”南辕北辙。看来“不知人”的“知”字当另求解释。《诗·曹风·隰有苌楚》有“乐子之无知”一句，“知”，据王先谦《诗三家义集疏》，鲁诗家的解释是：“知，匹也。”“知”训为“匹”又见于《尔雅·释诂》。不过将“知”解作“匹”是引申义，马瑞辰《毛诗传笺通释》卷十一说：“《墨子·经上》篇：‘知，接也。’《庄子·庚桑楚》篇注：‘知者，接也。’《荀子·正名》篇云：‘知有所合谓之智。’凡相接、相合皆训匹。”所以“匹”是从相知、相接上来。“《卷耳》不知人”的“不知”也就是不相知、不相接，“《卷耳》不知人”即《卷耳》一诗表现的是不相知、不相接之人的意思。那么这“不相知、不相接”究竟指什么呢？回答是：指的是诗篇唱法所显出的意味，也就是诗篇第一章与其余三章在歌唱中所见出的关系。换句话说，孔子不是从读诗篇所得的印象出发论此诗，而是从听歌唱获得的感受说《卷耳》。“不相知”告诉我们，原来第一章为女子所唱之词，第二、三、四章，则是男子的唱词，钱锺书先生说“话分两头”，犹未达一间，实际的情形应当是歌唱者男女虽然同台，却各唱各的，他们都在表达对对方的思念之情，却是各表心事，犹如戏曲中的“背躬戏”。这便是《孔子诗论》所谓的“不知”，即不相知、不相接。后人的不甚了了，实际是由诗歌

① 钱锺书：《管锥编》第一册，中华书局，1986年，第67—68页。

在古代从听觉的歌唱向可读的文本变化造成的。

这“不相接”“不相交”歌唱的情景，在古代诗歌中并非仅见。屈原《九歌》中的《湘君》《湘夫人》，每一首中其实都是两个人在“不知人”地对唱着，否则就不会有每一篇结尾处的“捐余玦”“捐余袂”的怨艾表现了。这表明，屈原在写作《九歌》时，仍有意保持着很原始的歌唱形式。由《卷耳》与《湘君》《湘夫人》在“不知人”上的神似，人们似乎可以找到一些《诗》《骚》间的历史渊源。不过“不相知”的歌唱只是《诗经》歌唱的形式之一种。王昆吾先生在其《诗六义原始》一文中，将“比兴”解释为古代“赓歌”与“和歌”两种歌唱形式，并指出这歌唱的形式还影响到大、小雅的写作手法。[①]王先生的观点具有创造性，不过古代的歌唱特别是《雅》的歌唱，恐怕要比“赓”“和”两种样式更复杂些，《卷耳》“不知人”的“背躬戏”，就有别于上述的“赓”“和”，而在《小雅·出车》篇中，男女间似乎更像是轮流歌唱而非“赓”“和”。该诗前四章以“我出我车”领起，是将士之词，而第五章忽然出以“喓喓草虫，趯趯阜螽。未见君子，忧心忡忡”之词，明显是女子思念出征将士的歌唱。这好象是有一舞台，扮演将士的男歌手唱完时，再由女歌手代表天下的思妇女们来抒情。

《史记·孔子世家》中说孔子于三百篇“皆弦歌之，以求合于《韶》《武》《雅》《颂》之音”，《墨子》又有“诵诗三百，弦诗三百，歌诗三百，舞诗三百”之说，这都表明古代的诗篇是可歌的，而且到春秋时期仍然如此。不仅歌诗，古代乐舞也同样如此，《礼记》中记录着孔子与人谈《大武》之乐，《左传》也保存着楚庄王对《大武》的评论，而近年考古还发现过战国时写有“大武辟兵”字样的铜干戚（舞《大武》时用的道具），凡此种种都证明周初时

① 王昆吾:《中国早期艺术与宗教》，东方出版中心，1998年，第213—246页。

创制的诗、乐、舞三者合一的《大武》乐章，一直到春秋战国时期还在演出着。孔子说"《卷耳》不知人"，那应是在看过、听过《卷耳》演唱后的评价，如果孔子说《诗》时面对或头脑中浮现的是写在简策上的字句，"不知人"的话是无从说起的——"不知人"是一句"亲切语"，非亲见过演唱是说不出的。

孔子说《诗》时，《诗》还是在歌唱着的。他的论《诗》尚未脱离活生生的演唱，"《卷耳》不知人"一句，让人更深切地感受到这一点。自20世纪初就提出文学地解读《诗经》的主题，要真正做到这一点，恢复三百篇作为歌唱之词的原生态，恐怕就是一个首要的任务。"《卷耳》不知人"一语，会强化人们对这问题的重视。

三、"举贱民而蠲之"

古有所谓"王官采诗"说，前人多不相信，原因主要是有关此说的记载都是汉代的。战国竹简《孔子诗论》的再世，有力证明汉人之说是有根据的。《诗论》第三简说："邦风其纳物也博，观人俗焉，大敛材焉。""邦风"可以"观人俗"，也就是典籍所记"采诗观风"的"观风"，而"王官采诗"的"王官"一义，则含在"大敛材"一语之中。"敛材"，马承源先生的考释是："指（收集）邦风佳作，实为采风。"而庞朴先生发表在简帛网站上的《上博简零笺之二》一文，则据《周礼》"臣妾……聚敛疏材（收集百草根实可食者）"等记载，认为"大敛材"的"大"为动词，即"看重这些从事敛材的男女百姓"之意。"敛材"的人虽属"臣妾"，但为官府做事，身份虽贱，却也是"王官"，其职事很受重视。这便是"王官采诗"说的完整含义。不过，本文要谈的是，涉及"王官采诗"说的内容，不仅限于这第三简、第四简中的话仍与"大敛材"相关，而且是进一步的补充。

这第四简，马承源先生释文是："诗其犹坪门，与贱戗民而䜊之，其用心也将何如？曰：邦风是也。（下略）”马先生是将“门”“与”两字用逗号断开了的，“与”属下一句。李学勤、廖名春以及台湾大学的周凤五等先生，有不同的句读，他们都将“与”释作“欤”，断在前一句结尾表示疑问语气，李学勤先生的释文“诗其犹平门欤？戋民为裕之，其用心将何如？曰：邦风是也”可以为例。①其次是句中词语的释读也有不同。马、李二位先生的释文已如上举，廖名春的释文是：“‘诗其犹广闻欤？善民而裕之，其用心也，将何如？’曰：‘邦风是也。’”周凤五的释文为：“‘诗其犹旁门欤？’‘残民而怨之，其用心也将何如？’曰：‘邦风是也。’”词语上分歧主要在：简文“戋”字有作“善”，有作“戔”，有作“残”；“坪门”字有作“平门”，有作“旁门”，有作“广闻”；“䜊”字有作“裕”，有作“怨”，还有人考释为“逸”，当然也有阙疑的。这些是笔者从网上查看到的分歧。同时笔者也看到，这些分歧中，“坪门”两字尽管分歧，意思却差不多，除李学勤先生“平门”解释笔者没有看到考释者具体的说法外，其他大致以为俩字都是在讲《诗》广博见闻的作用，也就是廖名春所释“广闻”的意思。从同一枚竹简上下文看，这一致的解释有特定的语境为限定，是没有大问题的。剩下的问题就是“与”字的断句，还有“戋”和“䜊”的释读。

笔者的看法是，“与”字马承源先生的断句没有问题，只是不能照本字读。这一点解决了，“戋”字和“䜊”字的解释就摸到了范围。说马先生的断句没错，是因为他注意到原竹简上的标识，即“与”字后简文抄写者划的一小横，那明显是断句的记号。在整个《诗论》中这样的墨道标识相当多，用来表示一个意群完毕，通常以一首诗的说解为单元。虽然有时说完一首诗没有划这样的

① 李学勤《上海博物馆藏楚竹书〈诗论〉分章释文》、廖名春《上博简〈诗论〉的作者和作年》、周凤五《〈孔子诗论〉新释文及注释》，均见于庞朴主持简帛网站，2002年1月31日。

墨道，但划的比例还是占大多数。有划有不划，说明那时标点意识还不严。但既然划了，就应当予以高度重视。马先生的断句，是注意了这一点的。其实其他诸学者在释断其他文句时，也都注意了墨道的划分意义，只是现在这一句，觉得照墨道的标志难以读通，就跨过了它的存在。那么照马先生的句逗能否读通呢？能。那个“与”字，应当读去声，是动词，直接地说，它实际就是“举”字的本字，所谓“与戋民”其实就是“举戋民”。“与”“举”相通音韵上没问题，从字形上说，从金文到战国简帛文，写法都表示以手举物之状，实际就是“举”的本字，“举”是后来的孳乳字。这一下，那个“戋”字是什么就好说了，它就是“贱”字。第三简称“大敛材”，而“敛材”者据《周礼》都是“臣妾”一级的人物，不都是“贱民”吗？“与戋民”即“举贱民”。那个古怪的“谗”字，释读也有了大感觉。周凤五先生在《〈孔子诗论〉新释及注解》中说“兔”字在郭店《六德》简三三中出现过，从上下文看，应当读作“捐其志”的“捐”。这实在是个重要发现。笔者以为，“谗”字释“捐”是对的，但也不能照本字读，它实际是“蠲免”的“蠲”字。高亨《古字通假会典》寒部“稍通蘙”之例，是“捐”“蠲”音同义通的证据。这又有文献记载的佐证。汉代何休《公羊传解诂·宣公十五年》说到“王官采诗”时称：“男年六十、女年五十无子者，官衣食之，使之民间求诗。”出身低贱的老年男女由官家提供衣食，正与“举贱民而蠲之”合若符契！“举贱民而蠲之”的目的即第三简所谓“观人俗”，所以要“大敛材”，即重视“臣妾”们的“采诗”活动。

说到这里，笔者有一个感觉，似乎原来竹简的次序可能与马先生第三、第四的标识正相反。何以见得呢？今标第四简中问“举贱民而蠲之”的“用心何如”，回答只一句“邦风是也”，“是也”“是”个什么呢？肯定还有个下文才算回答了问题。再看今标第三简，说“邦风其纳物也博，观人俗焉，大敛材焉”，不正是对今标第四简“邦风是也”的分说么？尤其“大敛材”一语，好像是专门回答“用心何如”的。在其他《诗论》简文中，说某一首诗，先总提一下，再继续分说，是通常的语式。照这语例看，今标第三、第四简对调一下方为妥当。

第三、第四简内容都与汉代记载的“王官采诗”说相关，重新厘定一下“诗其犹如坪门”等几句句读和语词，两简文字之间内在联系越发紧密了。

（原载《新亚论丛》2002年第4期）

“安大简”《诗经》对读记

摘　要　此文从篇章次第、语句和词语等各层面进行对读，同时也对一些现有的关于简本的解释作了评价。结论是：安大简本《诗经》有很高的文献价值，一些地方可改进对诗篇的理解。然而，抄写错误之处也不少。简本出现的一些异文，以现有的文献条件还不能解决。传世本《毛诗》还是最可信据的。

关键词　安大简　《诗经》　对读

关于“安大简”《诗经》的价值大家已经讨论了不少；其更多的价值，或许随时间推移才会看得清楚。现在能看到的是：其一，先秦时期《诗经》已经有文字写本，所谓先秦时尚在“口头流传”以及《诗经》“不可断代”的说法，不是出于无知，就是因为无识；其二，在诗句和语词层面都有大的校勘价值，即对传世本《毛诗》有修补之用。如《扬之水》篇简本最后一章比传世《毛诗》本最后一章多两句，可补传世本之缺。在字词层面，“安大简”也有助于改善对《诗经》的理解。如《毛诗》本《鄘风·墙有茨》“中冓之言”的“中冓”，简本作“中绿”，其意为“中夜”，可纠正诗篇传统的理解。以上所说，仅仅是举例而已，都是眼前能看出的“安大简”价值。相信随着研究的深入，其更多的价值还会显现。

不过，本文要做的，是想对比一下简本《诗经》与传世本之间的差异，并对这些差异作一点优劣的判断，以期更加客观地看待这份新文献。“安大简”本《诗经》存风诗六种，所含诗篇有五十七篇（其中有些为残篇）之多，且大多完整，是可资比较的。下面就按照章节、语句的顺序，进行对比。

一、简本与《毛诗》本在章次上的差异

“安大简”抄写诗篇，有不少篇章的次第与今传《毛诗》不同。这些不同，有的难说优劣。例如《周南·螽斯》，简本的第二章为《毛诗》的第三章。不过，《螽斯》这首重章叠调的诗篇，三章中“宜尔子孙，振振兮”“宜尔子孙，蛰蛰兮”和“宜尔子孙，绳绳兮”的“振振”“蛰蛰”和“绳绳”，都是“众盛”亦即子孙众多的意思，就是说每章之间的关系是并列的，孰前孰后在表达上分别不大。像《周南》的《卷耳》等也大体如此。这样的章次“异文”情况，“安大简”《诗经》中数量居多。

然而，有些诗篇章次的前后变化就不是无所谓的，章次倒错会伤及文理。简本这方面的情况颇有一些，是其不如传世本《毛诗》本的地方。下面举例说明：

例一：《秦风·驷驖》。《毛》本如下：

驷驖孔阜，六辔在手。公之媚子，从公于狩。
奉时辰牡，辰牡孔硕。公曰左之，舍拔则获。
游于北园，四马既闲。輶车鸾镳，载猃歇骄。

简本将《毛诗》本的第三章，提前到了第二章，《毛诗》第二章变成了第三章。于是诗篇变得文势不畅。《毛诗》的篇章次第是狩猎之后游“北园”，满车载的是名贵猎犬，简本的次第则是狩猎、游园、再狩猎，应属于抄写颠倒所致，不如《毛诗》本。

另一个例子也来自简本的《秦风》，是其中的《黄鸟》篇。《毛诗》如下：

交交黄鸟，止于棘。谁从穆公？子车奄息。维此奄息，

百夫之特。临其穴，惴惴其栗。彼苍者天，歼我良人！如可赎兮，人百其身！

交交黄鸟，止于桑。谁从穆公？子车仲行。维此仲行，百夫之防。临其穴，惴惴其栗。彼苍者天，歼我良人！如可赎兮，人百其身！

交交黄鸟，止于楚。谁从穆公？子车针虎。维此针虎，百夫之御。临其穴，惴惴其栗。彼苍者天，歼我良人！如可赎兮，人百其身！

《毛诗》本哀叹"三良"的顺序是奄息、仲行和针虎。因为他们三人为亲兄弟，《毛诗》本的章次先后也是按照兄弟大小而来的。简本则是"仲行"那一章（《毛诗》第二章）被抄写在第一章，之后是"针虎"章，最后才是"奄息"章。简本与传世本之间差异的是非不难解决，因为秦穆公去世三良从死一事，《左传·文公六年》有明确记载："秦伯任好卒。以子车氏之三子奄息、仲行、针虎为殉。皆秦之良也。国人哀之，为之赋《黄鸟》。"《史记·秦本纪》记录"三良"之事，兄弟排名也是奄息、仲行、针虎。就是说，兄弟中奄息为大，次仲行（"仲行"之"仲"也暗示出兄弟的排行）、次针虎。看来简本没有照顾到这样的顺序。在现有的文献证据下，无疑传世本更可信。

第三个明显不严谨的例子是被"安大简"抄在标名为"魏"那一部分的《绸缪》篇。《毛诗·唐风·绸缪》的章次是这样的：

绸缪束薪，三星在天。今夕何夕，见此良人？子兮子兮，如此良人何？

绸缪束刍，三星在隅。今夕何夕，见此邂逅？子兮子兮，如此邂逅何？

绸缪束楚，三星在户。今夕何夕，见此粲者？子兮子兮，如此粲者何？

安大简的抄写顺序则与《毛诗》不同，它的第二章是《毛诗》

第三章（即“三星在户”这一章），《毛诗》的“三星在隅”章（第二章）则被抄在第三章即最后一章。这也是明显不顾文理的做法。因为像简本这样的章次安排，不符合“三星”位置变化应有的次序。诗篇以三星的变动表时光的迁移，按《毛传》解释，“三星在天”谓“谓时见东方”，“在隅”谓“东南隅”，“在户”谓“正月中直户”，如此，诗篇中“三星”位移，是一个晚上的方位变化。《郑笺》则另有解释，认为“在隅”“在户”等变化显示的是不同时令的变迁，即三星“在天”“在隅”和“在户”的变化，是从“三月之末、四月之中”到“四月之末、五月之中”，再到“五月之末、六月之中”。两者说法虽然不同，有一点却是都遵循了的，那就是星辰的变动的轨迹。星辰位移，时光变化，是不能忽高忽低乱跳的。因此竹简的抄本次序颠倒，不论如何都是不妥的。

以上几例，与传世的《毛诗》本相比明显文理有碍。还有一类异文情况差异细微，却不是无所谓，细加推敲仍有高下之分。例如《鸨羽》篇，简本将其抄在“魏”的名目之下。《毛诗·唐风》篇章如下：

> 肃肃鸨羽，集于苞栩。王事靡盬，不能蓺稷黍。父母何怙？悠悠苍天，曷其有所？
>
> 肃肃鸨翼，集于苞棘。王事靡盬，不能蓺黍稷。父母何食？悠悠苍天，曷其有极？
>
> 肃肃鸨行，集于苞桑，王事靡盬，不能蓺稻粱。父母何尝？悠悠苍天，曷其有常？

简本则将第二章抄在了第三章的位置，《毛诗》的第三章则被抄为第二章。于是诗篇重章叠调中“蓺稷黍”“蓺黍稷”和“蓺稻粱”的顺序，就变成了“蓺稷黍”“蓺稻粱”和“蓺黍稷”。这样的抄写变化对诗篇的文理还是有碍，令诗篇的表达不自然。按《毛诗》的顺序，诗篇前两章是变文以协韵，说过“稷黍”就说“黍稷”，很自然。可简本中间插一个“稻粱”，就使得这里的变文协韵“协”得不自然。

再有一例是《秦风·小戎》。《毛诗》是这样的：

小戎俴收，五楘梁辀。游环胁驱，阴靷鋈续。文茵畅毂，驾我骐馵。言念君子，温其如玉。在其板屋，乱我心曲。

四牡孔阜，六辔在手。骐骝是中，騧骊是骖。龙盾之合，鋈以觼軜。言念君子，温其在邑。方何为期？胡然我念之！

俴驷孔群，厹矛鋈錞。蒙伐有苑，虎韔镂膺。交韔二弓，竹闭绲縢。言念君子，载寝载兴。厌厌良人，秩秩德音。

简本将《毛诗》第二章抄在最后，最后一章抄为第二章。于是原来全诗的结尾就由“厌厌良人，秩秩德音”变成“方何为期，胡然我念之”。这也是让诗味减损的做法。诗篇三章，先表对“君子”的眷恋，首章的“乱我心曲”和“胡然我念之”都是先在思念上做功夫，是相继而出的，思念至极才有最后对“良人”的赞美，也就交代了思念的原因：是“良人”的“德音”“秩秩”，才那样令人难忘。现在简本变成这样的次第，诗篇的结尾，就显得拖泥带水，远不如《毛诗》本好。

“安大简”抄本诗篇57篇，这样章次颠倒的情况有十三四处。可注意的是，《周南》《召南》抄本共二十四首，章次颠倒的情况有五例，占比较低，基本都是《螽斯》《卷耳》那样的情况，颠倒而大体不伤文理。颠倒而有伤文理的情况则基本见于“秦风”和《毛诗》本见于“唐风”的篇章。这些误差出现的原因眼下还难以定论，但在章次安排上，抄写本与《毛诗》本的优劣还是明显的。

二、句子层面的差异

上面所谈，是传世本《毛诗》本与简本在章次上的不同。在一些句子上，“安大简”本与《毛诗》本也有明显不同。有的不同是句子的多少，有的属于语句次序差异。前者，竹简本与传世本互有优劣；后者，有的可补传世本之缺。后者的例子如《山有枢》第一章,《毛诗》作:“子有衣裳，弗曳弗娄。子有车马，弗驰弗驱。”简本则作:“子有车马，弗驰弗驱。子有衣裳，弗曳弗娄。”意谓上两者无甚分别。下面说前者即那些有优劣的例子。

简本优于传世文本的可举《秦风·小戎》为例。该诗简本第二章（《毛诗》第三章）有“龙旆有苑，竹柲绲縢。虎韔豹膺，交䩰二弓”;《毛诗》这几句则作:“蒙伐有苑，虎韔镂膺。交韔二弓，竹闭绲縢。”“龙旆”（毛诗本“蒙伐”）句，按“安大简”文，表战车上的旗帜，按《毛诗》文本则表盾牌，但诗篇同一章已有“龙盾之合”句，应不会再重复地出现盾牌。如此，理解为旗帜似更妥。“竹柲”（毛诗本作“闭”，假借字）句，则写的是战车上所载矛戈的柄及缠绕或固定这些柄的竹制绳索。“豹韔”（《毛诗》作“虎韔”）是用来装弓箭的，所以“豹韔”句应与“交䩰”（毛诗本“交韔”）句紧连在一起。《毛诗》这几句没有照顾这样的次序，应是传抄发生的语序颠倒,“安大简”整理者认为简本优于《毛诗》传世本是可取的。①

还有就是此文开始时所说“安大简”本篇章有《毛诗》本没有的句子。还以《扬之水》为例，在《荀子·君臣》篇引用此诗时,《荀子》说:“国有大命，不可以告人，妨其躬身。”“妨其躬身”，很像是诗句。加之诗篇第三章句数与前两章不同，早就有学者怀疑《扬之水》结尾处有句子丢失现象。②现在“安大简”《诗经》文本出现，不仅证明前人的怀疑有据，且给出了所缺的两句，这正是“安大简”的价值之一。另外还有《葛屦》篇的例子。“安大简”《葛屦》篇“佩其象揥”句之后，比《毛诗》本多一句“可

---

① 安徽大学汉字发展与应用中心编，黄德宽、徐在国主编:《安徽大学藏战国竹简一》，中西书局，2019年，第105页。又，刘刚:《〈诗·秦风·小戎〉“蒙伐有苑”新考》,《中原文化研究》2017年第5期。

② 王先谦:《诗三家义集疏》，中华书局，1987年，第421页。

（何）以自适”，可谓补足了文义。也是过去有学者说这里少一句，看“安大简”的战国写本，果然。

这都是简本可以补足传世本的例子。另外的例子，简本就未必比传世本好了。如《秦风·蒹葭》的简本。此诗简本保留得不完整，就其保存部分看，第二章后半部分，《毛诗》本：

溯洄从之，道阻且跻。溯游从之，宛在水中坻。

而简本则为：

朔韦从之，道阻且荠（跻），朔韦从之，道（竹简书写已满，另起一简，缺）。

看简本这几句结尾处的“道”字，后面应该跟的是“阻且跻”“且右”一类的句子。可是，按照《毛诗》，不该是“道”，当是“宛”字引起的句子。写作“道”，就得加句子，诗章的句数因此会增多，应属误写。另外，传世本诗篇是“溯洄从之”与“溯游从之”对举，强调的是顺流或逆流都难及对方的意思。[①]简本都作“朔韦（溯回）”，对句的文字变成了“一顺边”，文义可就不同了。这应该是误写，曲为之回护没有必要。另外，简本整理者将简文缺失的地方用《毛诗》补齐，就可能是有失严谨的做法，因为这样做可能掩盖简本所存在的问题。

还有一例见于《秦风·无衣》篇。简本在《秦风·无衣》篇的“与子偕作”（《毛诗》本属诗第二章）后，多出“赠子以组，明月将逝”两句，很不合理。首先是内容上与前面的诗句不搭调，《无衣》豪迈尚武，忽然加两句“赠子以组，明月将逝”给人有不伦不类之感。其次，就是韵律上的不协调。因为《无衣》此章的韵脚字为“泽”“作”，与“逝”字韵部相去甚远，不可通押[②]。综上，

① 关于《蒹葭》篇“溯游从之”和“溯洄从之”两句的解释历来纷纭。笔者以为，所谓“溯游”“溯回”，就是顺流、逆流都到不了对方所在之地，言外之意对方是被水流环绕着。详说见《诗经析读》对此篇的解释。

② 此文写作过程中常就上古音韵问题请教冯先思博士，特志于此。

《无衣》多出来的这两句，判断其与诗篇无关，应该更为合理。

《鄘风·君子偕老》也在文句上有明显差异，就表现在第二、第三章上。一章之中，传世本作两句的，简本则为一句。为醒目，将诗篇第二三章《毛诗》本和简本并列如下：

玼兮玼兮，其之翟也。鬒发如云，不屑髢也。玉之瑱也，象之揥也。扬且之皙也。胡然而天也！胡然而帝也！（《毛诗》第二章）

玼其易也，紾发如云，不屑髢也。玉瑱象揥也，扬且皙也。胡然天也。（简本第二章）

瑳兮瑳兮，其之展也。蒙彼绉絺，是绁袢也。子之清扬，扬且之颜也，展如之人兮，邦之媛也！（《毛诗》第三章）

［瑳其廛也，蒙］彼绉絺，是执乐也。子之清扬，扬且颜也。廛如人也，邦之颜也。（简本第三章）

将简本与传世本对比，很显然简本在一章内的句法上是失衡的。“玼其易也”是表诗中人的衣饰，只有一句，而接下来的写诗中人头发的句子，则用了两句，并列两项内容，表现的诗句却是一长一短，明显是不协调的。第三章情况大致相同，且有明显的异文，如其中“执乐”一词，不知所谓，最后一句“邦之颜”的“颜”，也不如传世本“媛”妥帖。古代抄写不同于后来的刊行，抄写只为方便自己，一些出于省事的简省压缩，只要自己看懂就可以。此处的两句一句之别，也许就是因此而致，而不像是学者所说为“另一个传本系统”的表现。如果是，在这一篇上简本也不如传世本。

三、语词上的差异

简本与传世本在语词方面也存在一些差异，有的关乎诗句的韵味；有的则关乎诗篇理解。应该说，简本的异文对弄清传世本的一些问题很有帮助，却不是简本处处全优，所以对待这些异文应慎而又慎。

简本与传世本在指代词和语气词方面有差异。如传世本《召南·何彼襛矣》的“其钓维何”句，简本“其”作“皮（彼）”，意思相差不多。这样的例子还有，如《魏风·园有桃》篇“其实之肴”句，简本（标作“唐”）作“其实是肴”，《唐风·鸨羽》篇“曷其有所”句，简本（标作“侯”）作“曷隹有所”，《唐风·有杕之杜》“有杕之杜”句，简本（标作“侯”）作“有杕者杜”等。还有就是一些结构助词，如《周南·螽斯》第一句作“螽斯之羽”，而传世本作“螽斯羽”。“之”字有无已涉及诗句节奏感的差别，两者孰是还难以判断。又如《江有汜》“之子归”句，简本作“之子于归”，多了一个“于”，除了节奏感不同之外，意思上似乎也略有差异。“于归”按照《诗经》语例，多指女子出嫁，单一个“归”字则不这样明确。“其后也悔”句，简本“后也悔”，在表达上感觉少了点力道。锣鼓定声儿，说话听音儿，诗句的虚词，往往关乎诗句的语气风调，如《桑中》篇“期我乎桑中，要我乎上宫，送我乎淇之上矣”几句，简本都少了一个“乎”字，读来的感受也就不同。就诗篇的整体格调而言，笔者以为，有“乎”字更好一些。

诗句字词的差别，还表现为一些表时间的限定语的有无。如《秦风·权舆》，《毛诗》本作“于我乎”，而简本作“始也于我乎”，多出“始也”一语，是因为与下文“今也每食无余”“今也每食不饱”相对。其实，有下文的“今也”，前一句的“始也”未尝不可省略。同样的例子也见于《魏风·伐檀》“置之河之干兮”句，简文（标作“唐”）也多出“今将”，诗句为“今将置之河之干兮”，也是可有可无的。另外《权舆》的“不承权舆”句，简本作“不称权舆”。“承”“称”音近可通，即便不是用词通假，两个词意思上也可各自成立。非要下一个判断的话，传世本的“承”字还是更贴实些。《秦风·权舆》篇还有一个差别，就是“每食四簋”简本作“每食八口”，所缺的字应是“簋”。若真是“八簋”，可就显得有点用词过分。因为按照《诗经》及相关礼书记载，天子八簋。《小雅·伐木》有“陈馈八簋”之语，诗篇显示的宴饮等级是很高的，而《权舆》篇中之“我”，无论如何地位也不会如《伐木》中人那样高。在春秋那个礼乐规范尚未完全坠地的时代，形容贤人待遇的前后悬殊，不至于如此唐突。如此，理解为讹误似更妥。

以上已涉及一些关乎诗篇内容理解的实词。简本中确实有一些语词可以改变传统的理解，就是前文说过的《墙有茨》中“中夕录”一词。而《经典释文》保存的韩诗家“中蕫，中夜”的说法，正与简本词义相合，是汉代今文家之说仍将“中蕫”理解为表时间的语词。可是古文家的《毛诗》却不同。《毛传》释“中蕫”为“内蕫”，郑玄进一步解释为“宫中所蕫”，是将诗篇讽刺的矛头指向卫国宫廷，因而诗篇就被理解为讽刺卫宫“淫昏之语”。郑玄如此解释，很明显是想与《毛序》所谓“公子顽通乎君母”之说相配。今简本既作“中夕录”，意为“中夜”，“蕫”为“夕录”之假借，则诗篇可另作解读，与“公子顽通乎君母”之事是否有关，起码在篇章之内是找不到直接证据的。这又有助于这样的认识：《毛传》解卫地风诗总以之与《左传》所载卫宫廷风流事相连的做法，可能显示出古文经学家的偏向。①

同样的例子还有《召南·甘棠》篇，《毛诗》“勿剪勿拜”句，简本“拜”作“掇”，“安大简”整理者采黄德宽说为“剟”是可取的。《召南·殷其雷》，《毛诗》第一章“莫敢或遑”，简本作“莫或敢遑”，《毛诗》第二章“莫敢遑息”，简本“莫或遑思”，《毛诗》

① 这里实际涉及汉代今文家与古文家在解释《诗经》上的一个分歧，即古文家试图将《诗经》篇章与历史记载扣合，这一点在风诗部分尤为明显。而就今所见今文家遗说看，盛行于西汉时期的今文家说诗，则更倾向于王式所谓《诗经》“篇篇是谏书”的理解方式。两者明显有别。

第三章“莫敢遑处”，简本（第一章）作“莫或皇尻”，也是优于传本的。另外，《毛诗》本《秦风·终南》“有条有梅”句的“条”，简本作“柚”，“条”应该是假借字，简本“柚”为本字。还有《伐檀》篇的“胡瞻尔庭有县鹑兮”，简作“鹑”作“麢”，“鹑”应为假借字，“麢”本字。这些无疑都是简本最有校勘价值的地方。

简本有的异文可以与传世本并存。如《秦风·晨风》，传世本作“鴥彼晨风，郁彼北林”，晨风指鸟，两句诗篇是两个相连的光景，而简本“郁”作“吹”，就是风吹北林的一副景象。[①]两者的是非现在还难下决断。《召南·采蘩》“于沼于沚”句，简作“于渚于止（沚）”。“渚”，是由水环绕的小洲；“沼”，则为水池，两者所指不同。简本则“渚”“止（沚）”所指为一，只是用词变化而已。字音“沼”要比“渚”响亮。各有长处。还有就是《毛诗》本《有杕之杜》“彼君子兮”句，简本作“彼君子子”，所指应比“君子”更具体。简本整理者引《仪礼·丧服》：“君子子者，贵人之子也。”简本与传本到底哪个更可信，也是一时难以找到相应的证据做出判断。《秦风·驷驖》出现了另外一处异文：“象车”，即简本“象车鸾镳”句，传世作“輶车鸾镳”。简本整理者说“象车”是“以象牙为饰，为帝王所乘”，即豪华的贵重之车，其说的根据在《周礼》。而传世本的“輶车”则是狩猎用的轻便之车，且诗篇交代得很清楚，车上是载有各种名贵猎犬的。爱好狩猎的秦君让狗乘豪华车驾，这事颇让人犹豫，再想“象车”也不是不可能。所以，就现有的证据看，简本和传世本可以两存。

四、附谈一些现有的解释

对这样一份重要的战国写本，应有的态度是信信疑疑，理性

① 整理本还是作“郁”，显示出在这个问题上的谨慎。

审慎地加以解读。如上所说，简本与传世本出现许多异文，有的当采纳，有的则应小心。例如《秦风·渭阳》篇“我送舅氏”句，简本作“我遗咎氏”，是有问题的，因为下文，按照简本是“矞至于阳”，就是到阳这个地方的意思。若按照《毛诗》本则作“曰至渭阳”，意思与简文大同，都是到达某地。如此，简本“遗”字就有问题。面对这样的问题，整理者说：“‘遗’表送行之意。”[①]古汉语中“遗”确有“送”的意思，这“送”不是送行，而是赠送、送礼。这里，是不是怀疑一下抄写者将“送”误作了“遗”更妥当？还有就是《周南·芣苢》篇，传世本诗篇最后一章最后一句是“薄言襭之”。“襭”字简本作“弃”。整理者解之为“拼”，并且说：“根据文例，‘弃’在这里是取的意思。”[②]真不知道整理者“根据”的是什么“文例”？诗篇从“采之”到“有之”再到“袺之”“襭之”，每章虽只一个动词的变换，意思的表达却是层层递进的。说“弃”是“取的意思”，诗一开始“薄言采之”的“采”字，就已经是“取的意思”了。因而，更合理的态度应该是对简本的“弃”字存疑。此字是错写还是另有解释，都需慎重，而不该不顾诗篇表达上文理是否通畅，还说个“根据文例”。

另外一个例子是《召南·小星》：其第一句传世本作“嘒彼小星”，简本作“李彼小星”。“李”，整理者读为“孛”，又旁采专家之说为“日孛”，即“昏暗”的意思。传世本“嘒”字也有异文，如《韩诗》即作“嘒”，就比《毛诗》本更合适，《毛诗》本应为假借或误写。现在这个“李（孛）”字虽然也有昏暗之意，可若真的就采用这个字，诗句在意谓上可能就多出来点什么。多出点什么呢？那就是“孛”字特具的“孛乱”（冲突混乱）的意思。然而，“嘒彼小星”是说天上“三五在东”的成群小星光亮暗淡，以兴起下

① 《安徽大学藏战国竹简一》，中西书局，2019年，第112页。

② 同上书，第81页。

文对“宵征”者“实命不同”的感慨。诗只是表达一种微末之感，与“孛”字引发的混乱冲突无任何瓜葛。因而，简本出现这个“李”的字样，是误写还是假借，还是得慎重以待。

还有一处较重要的异文是《秦风·驷驖》，传世本“驷驖孔阜”句，简本写“四马戊 孔夷”，“夷”有大的意思，与“阜”只有音调上的不同，至于“驖”“马戊”之差，也还是以存疑为上，不能如整理者那样轻易就说“《毛诗》‘驷驖’可能为‘四马戊’之误书”[①]。说也奇怪，关于《诗经》表四匹马驾车，整理者也举了《诗经》中“四牡”之外的“驷騵”“四骊”“四黄”“四骆”“四骐”，等等，而且也应知道在这些言及车马的诗篇中，“四牡”和上举其他表四马的语词也可以同时出现，奇怪的是，整理者还是因简本下文是“四牡”就断定“驷驖”之“驖”为“误书”。还有《蟋蟀》篇的“无已大康”句，简本作“内康”，“内”字在这里这是很莫名其妙的，也是理解为误写更好。

《蟋蟀》篇的另一处异文是传世本的“良士休休”句，简本作“良士浮浮”。简本的整理者认为“浮浮”优于“休休”，原由是这样不与诗前文“役车其休”的“休”犯韵。这样的理由看上去颇为强大，可是，“犯韵”的概念《诗经》时代有吗？征诸《诗经》本身，《卫风·氓》“既见复关，载笑载言。尔卜尔筮，体无咎言。”是“犯韵”的；征诸《商颂》，其《烈祖》篇“绥我眉寿，黄耇无疆。……来假来飨，降福无疆”，也是“犯”了“韵”的；还有《商颂·长发》篇“玄王桓拨，受小国是达，受大国是达。……苞有三蘖，莫遂莫达”，同样“犯韵”。既然《诗》“犯韵”不一而足，如此，理解为《诗经》时代的诗篇写制者尚无“犯韵”意识，是否更好些？另外，“休休”，意思是美好。至于“浮浮”一语，《诗经》出现也不止一次。《小雅·角弓》篇“雨雪浮浮”，《大雅·生民》

① 《安徽大学藏战国竹简一》，中西书局，2019年，第101页。

篇“烝之浮浮”,《大雅·江汉》篇“江汉浮浮”诸句，都是形容涌动升腾的样子。如此，硬要相信简文也不是完全说不通，只是觉得这样会与《蟋蟀》篇整体情调有违。生硬的解说，见出的是对经典的不那么熟络。

手抄时代书写上出现一些字样的不同，或许是手民受当时书写风气影响所致。对此，过分解读，就难免为侜张其事。如《墙有茨》的“墙有茨”句，传世本的“茨”字，历来就解作“蒺藜”。至于墙上有了“茨”即“蒺藜”为何“不可扫也”，历来也是众说纷纭。比兴的句子，难以坐实，因而历来各种解释有不少是胶柱鼓瑟的。简本中“茨”写作了“蝅蛪”，看字样，是带“虫”字边的，于是学者就征引《尔雅》，以为所指的应该是蜈蚣这样的“凶猛”之虫。蜈蚣有毒害，可如何就“凶猛”了，先让人纳罕。更让人疑惑的是，把传统的“墙有茨”的解释，改换成墙上有蜈蚣，对诗篇的理解究竟有好到哪里去了呢？若说带“虫”字边的字就是一定指昆虫类，那面对简本《殷其雷》“蝨蝨君子”(《毛诗》“振振君子”)的“蝨蝨”，又该如何是好？

《秦风·小戎》篇中传世本“言念君子”句，简本写作“我念君子”；另外《园有桃》传世本的“心之忧矣，我歌且谣”，简本也写作了“心之忧矣，言歌且谣”。有了这些例子，有学者就依此将95个有“言”字的句子中的“言”，重新作了解释。这样做，其根据是《毛传》，因为《毛传》在解释这些“言”字时说过:“言，我也。”而《毛传》这样说，按过去的理解是采自《尔雅》。现在有了安大简，学者就认为《毛传》的“言，我也”之说，还有更多的文献依据。可这里还是得讲一个文理上通达与否的道理，像“言念君子”的“言”，简本写成“我”字，将其解释为“第一人称”还说得过去；像“薄言采之”(《芣苢》,“薄言”句式，不仅出现在《风》，也出现在《雅》和《颂》)的“言”，也像《毛传》那样解作“我”；像“愿言思伯”(《卫风·伯兮》)、“永言配命”(《大雅·文王有声》等）的“言”，像“还车言迈”（《邶风·泉水》）的“言”等，都解释为“我”就未必合适了。[①]俞敏先生曾说“言”，是“我焉”的合音。这也是学者讨论“言”字的论据。可是，“言”既然是“我焉”，它也就不完全是“我”了。笔者以为，在“言”的理解上，还是要分别对待的。

五、“从乎”该如何解释

与传世的文本相比，简本《驺虞》有两处重要的异文。一是多出了一章，这有其校勘价值；一是《毛诗》本“于嗟乎驺虞”的“驺虞”，在简本则作“于嗟从乎”。这里要谈的是对后者的解释，主要问题首先是“驺虞”“从乎”之别，其次是由“从乎”引来的诗篇主旨的理解分歧。从音韵的角度说，简本写作“从乎”，也可以视为“驺虞”假借。如此，简本与传世本无别。

不过，就现有学者的讨论而言，一些学者还是宁愿相信“从乎”非“驺虞”通假，以便对诗篇作新的解释。于是，有的学者就将“从乎”进一步读成“纵乎”，而“纵”，就是“放生”。关于“放生”，学者解释说：“田猎时遵循常禁而放生幼兽。”[②]先秦时期确有类似的观念，如见乎《孟子》等文献的“斧斤以时入山林”和“数罟不如洿池”等，可那只是不要滥砍滥伐和不要竭泽而渔的意思，至于陆地上的“兽”，《诗经》提供的却是相反的概念。如《豳风·七月》篇“言私其豵，献豜于公”的“豵”和“豜”，《毛传》：“一岁曰豵，三岁曰豜。”“豵”恰好是小的“兽”。如果觉得

---

① 正像学者引用俞敏先生的说法：“言”是“我焉”的合音，就是说“言”已经不再是原义上的“我”了。总之这里对近百个的“言”字，应该活参，一概而论的做法是胶柱鼓瑟。

② 黄德宽：《略论新出战国楚简〈诗经〉异文及其价值》，《安徽大学学报》2018年第3期。

“一岁”的“豵”，还不够“小”，那《小雅·吉日》：“兽之所同，麀鹿麌麌……发彼小豝，殪此大兕”的“小豝”，即小野猪，“小”的意思表达上够明确了吧？还有就是那个“从乎”的“从”字，它固然可以被读作“纵”，即便如此，与其理解为“放生”，不如解为弓箭之“发射”更言之有据。因为讲证据，以《诗》证《诗》才是最好的证据。在《郑风·大叔于田》篇中，其实是可以找到“从（纵）”的更妥当的理解的。该诗有云：“抑磬控忌，抑纵送忌。”其中的“纵”字，《毛传》：“发矢曰纵，从禽曰送。”正可证明简本此处即便真的为“从（纵）乎”，“纵”也是作“发矢”更妥。取证，是要注意质量的。

将《驺虞》“从乎”理解为“放生”，似乎是受《毛序》和《毛传》的影响。《毛传》将“驺虞”解为“白虎黑文，不食生物”的“义兽”，《毛序》则言《驺虞》是“天下纯被文王之化”的应证，因为连驺虞这样的野兽也都仁义了。以文王教化系统地解读《周南》《召南》，本是古文家最令人难信的地方，其对“驺虞”的解释，虽然也不是没有文献根据，只是不着边际，不如今文家将此语解作王朝园林之官更信实。[①]此外，莫名其妙的“义兽”“不食生物”，其实也与“放生”离着好远的距离。总之，关于《驺虞》，笔者有这样两点看法：其一，还不能因简本的“从乎”，就否定《毛诗》本的“驺虞”；其二，即便“从乎”不作“驺虞”读，在其解读上也不应随《毛序》《毛传》，将“从（纵）”解作“放生”。

六、“矦”的问题

“安大简”“矦”的出现，最令人疑惑。“矦”与“周南”“召南”

① 关于今文家对“驺虞”的解释，见王先谦《诗三家义集疏》，中华书局，1987年，第119—122页。

以及“秦”“甬（鄘）”“魏”并列，毫无疑问是某地域风诗的标目。“侯”的标目之下有六首诗，即《汾沮洳》《陟岵》《园有桃》《伐檀》《硕鼠》和《十亩之间》。按诸《毛诗》，这些诗篇都归属《魏风》。《毛诗·魏风》共七首，简本“侯”之下六首，只缺了一首即《葛屦》。不过，麻烦的是简本也有“魏”的标目，如《葛屦》篇就被抄写在“魏”目之下，且排列第一，与《毛诗》“魏风”以《葛屦》为首位次相同。在简本“魏”之下，除了《葛屦》之外，顺次抄有《蟋蟀》《扬之水》《山有枢》《椒聊》《绸缪》《有杕之杜》《羔裘》《无衣》《鸨羽》，共十篇，又都见于《毛诗》的“唐风”。更令人不解的是，在这部分的最后一支简上还写着“魏九葛屦”四字。“魏九”应指的是诗篇数量，可实际竹简抄了十首诗。这十首中除《葛屦》在《毛诗》见于《魏风》之外，其他九首都是《毛诗·唐风》篇章。

关于这个“侯”，学者提出了一些见解。其中有学者就说“侯”就是《毛诗》中的“王”，无任何文献根据，不可取。有学者提出“侯”应当指“晋”（实即“唐风”），其例又如《春秋》称鲁国之诗总是用“我”，进而认为这个简本渊源自晋。这个说法就论证而言，还是文献不足，且现有的取证，也有些驴唇不对马嘴。此外，还面临着这样一个问题：若说“侯”指晋，亦即《毛诗》的“唐风”，可为什么这部分都是《毛诗·魏风》中的篇章？这就需要再加一个设想：则是简本抄本者的错误，将“魏”和“唐”弄颠倒了。[①]有无这样的可能呢？有。这有证据，就在《扬之水》这一篇。一般而言风诗中明确显示其地域的内容不是很多，但《扬之水》中“素衣朱襮，从子于沃”的诗句，明确显示了“沃”这个地点，是诗篇属于晋的硬证据。总之，简本“侯”的出现所带来的“侯”与“唐风”“魏风”关系问题，还需要更多的文献条件才能有更好

① 在《安徽大学藏战国竹简（一）》的序言中，就有这样的推测。

的解释，现在能解的只是一小部分。

结　语

经过对读，可知如下数端：

其一，简本《诗经》，是迄今发现的最早的经典抄本，也确有很高的文献价值。即以校勘而言，就可以在篇章、句子和语词各层面起作用。另外如简本《驺虞》多出的一章。《诗经》中两章为一篇的，不是没有，但数量很少。以此,《驺虞》的三章值得重视。有些多出的，如《秦风·无衣》，则要慎重。

其二，简本抄写的只是风诗的一部分，就这部分而言，其抄写风诗的次第与传世《毛诗》本不同，也与其他相关记载不同，且出现了一个“侯”的风诗新名目。对这些异同现象，现在只能慎而又慎，不可强不知以为知。例如“侯”，究竟意味着什么，在没有更多证据之前，只有搁置。

其三，简本抄写时是否依据了什么本子，不知道。很像是凭记忆书写。何以这样说?《周南》《召南》异文相对要少，章的次第颠倒现象不严重，就是理由。这又让人想起孔子教育儿子“不为周南召南”的话。看来重视《周南》《召南》，为先秦较为普遍的现象。

总之，与简本对读，传世本的《毛诗》尽管有种种问题，还是一个最可信据的文本。

（原载《古典学志》第一辑，2021年12月）

汉儒《诗》说之演变
——从《孔子诗论》《周南·汉广》篇的本义说起

摘　要　据竹简《孔子诗论》对《汉广》篇的论述，《周南·汉广》并不是什么爱情诗，而是一首告诫周家子弟不要追求江汉游女的篇章，由此推测，诗篇应作于西周中晚期。以《孔子诗论》对《汉广》的论述为基准，进而检讨两汉今古《诗》说，认为《毛诗序》应为东汉学者在名教要求下杂抄、改造今文家言的产物，前人卫宏作《毛诗序》的说法是应予重视的。

关键词　《孔子诗论》《汉广》本义　创作时代　汉儒诗说

竹简《孔子诗论》的发现使《诗经》若干篇章获得了新的理解，以《周南·汉广》为例，竹简文字证明，自从汉代以来对此篇最通行的解说，正与诗歌本义南辕北辙。而且，对诗篇创作的时代及围绕诗篇古代儒家诗说的演变之类的问题，也都获得了一些新的观察依据。

一、《汉广》的本义及创作时代

从汉代开始，对《汉广》一诗的解说，就存在着今、古文家的分歧，而后人多从古文家说。古文家的说法见于《毛诗序》，曰：

“《汉广》，德广所及也。文王之道，被于南国，美化行乎江汉之域，无思犯礼，求而不可得也。”[①]意思是说南方女子受了周文王的“王道”教化，个个守礼法，是追求不到的。照此意推，诗篇就可以理解为相当早的作品，郑玄《毛诗传笺》：“纣时淫风遍于天下，维江汉之域先受文王之教化。”就明显把诗篇的创作时间断在了周文王时期。近代以来的学者则多认此诗为爱情篇章，是“对汉水上游女的热恋，但苦恼着不能到那儿去”[②]。古文家说是“不可得”，今人则说是“苦恼”，很明显，后者脱胎于古文家说。

《孔子诗论》中有三支竹简谈到了《汉广》，一则曰“汉广之智”（第10简），再则曰“《汉广》之智，则知不可得也”（第11简），三则曰“不攻不可能，不亦智（知）恒（一隶定为“极”）乎”（第13简）[③]。“知不可得”“不攻不可能”是“《汉广》之智”和“知恒”；“知恒”即知常守本，与古文家的“教化”说、今人的爱情说正好相反。需加说明的是，强调“知常守本”即表现出“《汉广》之智”的，不是诗中人，而是诗篇的作者即诗人。诗篇中“汉有游女，不可求思”“汉之广矣，不可泳思”等篇中反复出现的“不可”两字，其义为“不可以”，表达的是劝阻之意，而不是说江汉深广不可跨越，或说是江汉游女谨守礼法高不可攀，追求起来困难重重，恰恰相反，是劝告，甚至是禁止人们追求汉之“游女”。

那么，《诗论》的说法就一定可取吗？与《诗》篇相比，儒家的《诗》说毕竟后起，《诗论》即便百分之百是孔子言论，身当春秋后期的孔子之说，就一定准确吗？对此，笔者的回答是：不管《诗论》是否为孔子所说，它对《汉广》一诗的论述，都是准确可信的。这可以从两方面证明。其一，“游女”一词不是一个褒义词，

---

① 阮元：《十三经注疏》，中华书局，1980年，第281页。

② 张树波：《国风集说》上册，河北人民出版社，1993年，第88页。

③ 马承源：《上海博物馆藏战国楚竹书》一，上海古籍出版社，2001年，第139—143页。

“游”是“冶游”之“游”,“游女”与“淑女”“静女”等《诗经》常见词的词义色彩迥异。《国语·周语上》载周恭王泾水之游，密康公从行,“三女奔之，其母曰:‘必致于王……’康公不献，一年，王灭密”。泾上“三女”是妖物，给人带来不祥，与《汉广》“游女”见于汉水，虽地点不同，但在出自江干水边上，却很有其类似性。冶游之女不明来历，正是其“不可”求的原因，诗篇告诫的也是这一点。其二,《汉广》篇中“翘翘错薪，言刈其楚，之子于归，言秣其马”句中的“错薪”“刈楚”和“秣马”之语，是《诗经》中比喻婚姻的常用语，粗加统计有七处之多，而且都是用来比兴婚配中的礼法，强调媒人的重要。早在清代马瑞辰的《毛诗传笺通释·绸缪》篇，就已经认识到《汉广》的“错薪”等，与《绸缪》篇的“束薪”“束楚”一样，喻示的都是“男女待礼而成”的意思[①]。如此，诗篇“错薪”“刈楚”的歌唱，实是告诫人们婚姻应遵循礼法；其与“汉广”“江永”之句相连，无非是说，不合礼法的婚媾，就像裸身泅渡汉水和用木筏在江水行舟一样会招致灾难。这样的理解，笔者以前曾表达过，竹简文字幸而印证了笔者说法，于是又作《〈汉广〉古义的重彰》一文[②]。本文则是要把问题再推进一步，探究一下诗篇的时代，检讨围绕诗篇出现的各种汉儒旧说。

像《毛诗序》那样将诗篇“文王之化”扯在一起，就只能相信诗为殷纣时的作品。现在，既然《诗论》明确地说诗篇是告诫人们，不要非礼地追求江汉一带不明来历的女子，一个合理的推测就是周人遇到了这样的问题，他们的青年男子不仅来到江汉一带，或许还因为冒失地追逐该地女子而出过事端，引发过社会问

① 马瑞辰:《毛诗传笺通释》卷十一，中华书局，1989年，第345页。

② 《汉广》不是爱情诗的意见是在笔者与他人合作的《先秦诗精华二百首》一书（笔者负责《诗经》部分的注解）中表达的，该书由陕西人民出版社1998年出版。拙文《〈汉广〉古义的重彰》，发表于《人民政协报》2003年5月14日第B3版。

题，因而引起了人们的关注。这样的情况发生，什么时候最为可能呢？笔者以为，这当与周人经营东南的战争联系起来，诗篇应当是西周中晚期的作品。西周武力经营南方从周昭王时开始，以后穆王、厉王、宣王都有较大规模的举动，地上文献和地下文物都可以证明这一点。周人经营东南，江汉一线又是必由之路，这又有《诗·大雅·江汉》篇为证。有东南的战事，就会有大批的周家子弟南下和屯兵驻守，西周中期器物《中甗》有名叫中的人受王命巡省南国，筑城殖民并派兵镇守的记载①，中期器《班簋》铭文更有班“以乃族从征，出城”的语句②，都是西周时期出征南国并筑城屯驻的证据。作为征服者，周家的青年男子们，长期驻守此地，难免有诗篇所道及的风情之事，也就难免有诗篇的告诫。这都源于周家子弟对江汉一带的人情风俗尚不了解，不知深浅。《仪礼·燕仪》称《周南》《召南》是周家的“乡乐”，“乡乐”的篇章自然是站在周家的立场上，本家子弟在南方是否有欺霸之事自然不会多问，只是从礼法的角度进行劝诫，并警示其胡闹的危险罢了。

不仅是《汉广》一篇，将《二南》之诗与东南战事联系起来，有许多的篇章可得到豁然的理解。如《汝坟》篇，诗言“遵彼汝坟”，表明了诗篇的地域。又言：“王室如毁，虽则如毁，父母孔迩。”这三句的理解，难坏了古往今来的注释家。如将其放在东南战事的背景下，再与西周末年的动荡联系起来看，就很可能是西周王室崩溃之际，汝水一带的家人系念于东南前方将士命运的篇章。这样理解，不单“王室如毁”一句有了着落，而且诗篇的思情也越发显得深切动人。《周南》之诗多言汉水、汝水，而《召南》篇章又每每道及“南山”，如《召南·殷其雷》之“殷其雷，在

① 郭沫若：《两周金文辞大系图录考释》上，上海书店出版社，1997年，第19—20页。

② 同上书，第20—23页。

南山之阳”,《孔子诗论》谈到了这首诗，说:“可(何)斯雀(爵)之矣，离其所爱，必曰吾奚舍之，宾赠是也(第27)。”①是说此诗为送别时唱的赠别之歌。诗篇以“南山”起兴，又说殷殷的雷声，在南山之南，很可理解为是在暗示离人去向，以西周地理言之，翻过南山就是汉水，南山之阳殷殷的雷声，很可解读为战争的象征。这表明随着东南战事的发生，周人创作了一些与此相关的诗篇,《汉广》即其中之一。

由诗篇本义的弄清，笔者对诗篇创作时间作如上推测。下面将以《诗论》和诗篇本义为准，进而对汉儒围绕此篇所作的《诗》说作一番检讨。

二、今文家说中的先秦遗意

竹简“知不可得”“不攻不可能”的说法，可以作为检讨汉儒旧说标准。持之以验汉儒遗说，发现实际在一些今文家的说法中，还明显保存着先秦说《诗》遗意，只是改换了面貌。《文选》郭璞《江赋》注引《韩诗内传》:

郑交甫遵彼汉皋台下，遇二女，与言曰:“愿请子之佩。”二女与交甫，交甫受而怀之。超然而去，十步，循探之，即亡矣。回顾二女，亦即亡矣。②

这是今文韩诗家的说法。清王先谦《诗三家义集疏》引学宗《鲁诗》的刘向《列仙传》曰:

江妃二女者，不知何所人也。出游于江汉之湄，逢郑交甫。见而悦之，不知其神人也，谓其仆曰:“我欲下请其佩。”仆曰:“此间之人皆习于辞，不得，恐罹侮焉。”交甫不听，遂

---

① 马承源:《上海博物馆藏战国楚竹书》一，上海古籍出版社，2001年，第157页。

② 王先谦:《诗三家义集疏》，中华书局，1987年，第52页。

下与之言曰："二女劳矣。"二女曰："客子有劳，妾何劳之有？"交甫曰："橘是柚也，我盛之以筍，令附汉水将流而下，我遵其傍，采其芝而茹之，以知吾为不逊也。愿请子之佩。"二女曰："橘是柚也，我盛之以筥，令附汉水顺流而下，我遵其傍，采其芝而茹之。"遂手解佩与交甫。交甫悦，受而怀之中当心。趋去数十步，视佩，空怀无佩；顾二女，忽然不见。[1]

这段文字在意思上与《韩诗内传》并无不同，只是叙述更为敷腴，添加了枝叶，是一篇浪漫的传奇故事也可以看作中国最古老的诗话。又，西汉焦赣作《焦氏易林》，保存许多《齐诗》家说，言及《汉广》，则有《易林·萃之渐》一节的"乔木无息，汉女难能，橘柚请佩，反手离汝"[2]，《颐之既济》节的"汉有游女，人不可得"和《噬嗑之困》的"二女宝珠，误郑大夫。君父无礼，自为作笑"几段文字，其"橘柚请佩，反手离汝"和"二女宝珠，误郑大夫"云云[3]，表明与《韩诗内传》和《列仙传》理解一致。也就是说，我们所能看到的汉代今文诸家之说，表现出高度的一致，都将《汉广》一诗与汉水神女连起来解释。须加注意的是，这样的联系，其用心不外是以一种传奇的方式，印证并强化竹简"不攻不可能"的诗篇本意。不是突出神人之恋的美丽，而是"不得恐罹侮焉"的唐突和"无礼自为作笑"的教训。许慎《说文》："神魃，鬼服也。"《韩诗传》云："郑交甫遇二女魃服。"二女"鬼服"云云，更显示出古人视汉水女神为不祥之物的认识。这些幸而残存的今文家言，在过去让人感到莫名其妙，有了竹简文字的出土可以恍然大悟，原来它们是以一种独特的方式在承递着儒家固有之说。可惜事与愿违，这样的附丽之说太美好了，它并没有引导着人们更贴近诗篇的本义，却成了后世文学的一个题目。陈琳作

① 王先谦：《诗三家义集疏》，中华书局，1987年，第51页。
② 同上。
③ 同上书，第52页。

《神女赋》，阮籍赋《咏怀诗》，都是直接以二女之事为题材，而曹子建《洛神赋》，更是改造郑交甫故事本意，使水神成为一“在水一方”的企慕对象，从而演绎出一个神人之隔不可逾越的哀婉主题。

郑交甫汉水遇神这样的故事，不可能是诗篇的本事，只能是一种富于意趣的附丽，依据的应是江汉一带水神的传说。有学者研究，南方水神传说不同北方的特色，在于它们的成双成对，不独而偶，如湘水之神为湘君、湘夫人等[①]。汉水“鬼服”之神也是两位，可见其传说之来源。可巧的是，就在这《汉广》诗篇，附丽的诗说，还不止这一样，还有保存在《韩诗外传》和《列女传》中孔子南游楚国，在阿谷之隧命子贡以去轸之琴、絺纻五两，考验水边“佩璜而浣”之女妇德的故事。故事以女子的严词拒绝结束，可算为故事“曲终”奏了“雅”。可那样的考验，实在与“目挑心招”离得太近，将如此“风流”之嫌的故事与孔夫子连在一起，其附会的大胆实在有趣。其中的文字，如写女子“受子贡觞，迎流而挹之，奂然而弃之；从流而挹之，奂然而溢之；坐置之沙上，曰：‘礼固不亲授。’”[②]也相当的活泼流利，富于情致。

这后一则的故事不是儒门中人的附会。《孔丛子·儒服》篇载：“平原君问子高：‘吾闻子之先君南游，过乎阿谷，而交辞于漂女，信有之乎？’答曰：‘起于近世，殆是假其类以行其心者之为也。’”[③]据此还可以知道，“阿谷之隧”的传说，先秦时期就已经出现[④]。徐复观在其《两汉思想史》之《〈韩诗外传〉的研究》一文中曾提出：

① 这一研究结果是周勋初教授在其《九歌新考》（上海古籍出版社，1986年）一书中提出的，见该书第87—90页。

② 许维遹：《韩诗外传集释》，中华书局，1980年，第2—5页。

③ 《孔丛子》卷一《记义》，“四部备要”本。

④ 《孔丛子》曾被认为是伪书，《孔子诗论》出土后，人们发现其中论《诗》的内容与竹简文字十分相似，大大增加了《孔丛子》的可信度。

“先秦本有一叙述诗本事并发挥其大义之‘传’，为汉初诸家所共同祖述，而不应强分某一家。”[①]是有道理的。其证据之一是《韩诗传》每称“传曰”，是其有所依据的表现，而《孔子诗论》的出现更表明，有关《汉广》和《甘棠》等篇那些见于汉代儒家文献记载的解说，都有着更古老的来历。

《孔子诗论》的出现，对郑交甫汉水遇神故事解释价值，在很大程度上是一种“救活”。由着郑交甫的传说和那则“阿谷之隧”的附会，后人实际看到的是这样的情况：在先秦两汉之际，人们说《诗》的方式，要比我们原先知道的要多要丰富，方法也更活泼。后人知道的多是先秦时的“赋诗言志”和“断章取义”，是西汉儒生们将《诗》作“谏书”，是汉儒的把阴阳五行一类全不相干的内容强加在《诗》篇之上。可是对郑交甫传说这类说法的真实意味，我们却措意不足，那实际也是说《诗》一种方式，是兴会式的，附丽式的，以一种文学的语言映衬另一种文学语言，以一种文心沟通另一种诗思。《诗》本来如孔子所说，是“可以兴”的东西，这样的《诗》说，心思活络，它不是学究们的法门，可以想象它是先秦那样一个开放时代的产品。有春秋时那兴发式的赋诗言志，就可以有汉水“二女”的神奇故事。同时，还可以认为，这样一种发散性的思维无所约束的《诗》说，也就是后来汉儒以《诗经》附会阴阳五行之说的先兆。发散式样的说《诗》方式，既然古已有之，那么当儒家学说升为“官学”，当儒生们深与于政治的旋涡，这些将《诗》作“谏书”的人们，沿着古已有之的思维方式，弄出各种稀奇古怪的牵连攀扯，是自然而然的事情。《诗经》之学，在先秦两汉之际发生的重要变化，由此可得其大概，起码可得一认识问题的端口。这是用《孔子诗论》检讨汉儒《诗》说得到的第一个认识。

---

① 徐复观：《两汉思想史》卷三，学生书局，1979年，第12页。

从《孔子诗论》，可以领会郑交甫传说的真实意味。《诗论》可以使人重新看待一些汉儒的旧说，又不是一个仅有的事例。例如《召南·甘棠》篇，诗中出现了召伯，周代有此称谓的重要人物有两位，一在周初，一在西周末期。《诗论》对诗篇的论述，指向周初的召公，与今人的判断不同，却与汉儒之说相符①。近人不相信诗篇出现于西周较早时期。理由也很简单，就是诗篇艺术手法高超，不像那时所当有。这样的理由与竹简的论述相比，谁更具有说服力，是不难判别的事。这势必影响人们重新检讨那些汉儒特别是西汉儒的某些旧说。《周南·麟之趾》一诗，《毛序》说："《关雎》之应也。《关雎》之化行，则天下无犯非礼，虽衰世之公子，皆信厚如麟趾之时也。"②是认为诗篇系歌颂周家公子德行信厚的篇章。今文家的说法则是："《麟趾》，美公族之盛也。"《毛序》美"信德"，诗篇本身却看不出这样的意思，今文之说倒颇能找到相关证据。西周中晚时器《中觯》铭文中有"王大省公族"之句，此器与其他一些器物同时出土于湖北孝感，诸铭文显示，器物的主人曾随从周家军队出征虎方③。"王大省公族"显然与战事有关。战事何以"省公族"，可从《左传·成公十六年》"楚之良中军王族而已"的记载得到解释：公族是王军的核心力量，这是古代战争的通例。诗篇以"振振"之辞，从"麟趾"夸奖到"定"，夸奖到"角"，无非突出周军王族子弟的英武，应当是与东南战事有关的。《毛序》的"衰世"云云，虽不能算它错，只是那一套"关雎之化"的调子，实在不着边际。《麟之趾》这一篇本义的弄清虽与《孔子诗论》无关，但都指向了这样一点，今文家的某些说法，应当予

---

① 参朱渊清：《从孔子论〈诗〉看孔门〈诗〉教》，见《上博馆藏战国楚竹书研究》，上海书店出版社，2002年，第118—139页。

② 阮元：《十三经注疏》，中华书局，1980年，第283页。

③ 马承源：《商周青铜器铭文选》，文物出版社，1988年，第77页。

以重视。对今文家言的轻忽不是近代以来普遍倾向吗[1]？

这不是说今文家言处处可信，今文家的谬误也着实不少，可较诸古文家毕竟时间要早些，一些地方有可能保存着一些先秦旧说，数量不多却很宝贵。《王风·大车》一诗的今文家说，保存在刘向《列女传》和《毛诗序》里，今人陈成国先生在其《论三家诗胜义与四家诗盛衰》中，就论述了今文之说较古文家言的可从[2]。再如《关雎》这首诗，西汉的今文家多言其为康王时期的作品，古文家则认为是文王时期的作品。今人对此两家都不相信，理由还是艺术上的考虑：西周较早时期不会有那么好的作品。古文家的文王之说，是强调《诗经》圣贤大法的自有来历，可弃而不论；对今文家之说，只是从艺术上考虑就予漠视，在今天看，就未必那么合适。《甘棠》既然有证据表明是西周较早时期的作品，对《关雎》篇艺术上的疑虑是否就可以打消了呢?《孔子诗论》救活了《韩诗内传》郑交甫故事的解释价值。这是一个重要的启发。若沿着这一启发重新审视今文家的《诗》说，笔者以为，除上述一些篇章外，像《召南·行露》,《周南》的《芣苡》《汝坟》《王风·黍离》等，其至今保存的西汉今文旧说，都有重新加以检讨的必要。例如其中的《召南·行露》篇，今文家的说法中提到它是一篇与申地之女有关的作品，而且是"既许嫁于酆"，如果这样的说法可信，由申、酆之地的信息，就可以进而大致推测出诗篇的创作时代。重视一些今文家的说法，是《孔子诗论》给我们的第二点启示。

杨树达先生曾提出"《韩诗内传》未亡"说[3]，认为《韩诗内传》即保存在今本《韩诗外传》之中，并称今十卷本的《韩诗外

① 这不是说前人对今文家说法全然漠视，例如对《郑风·溱洧》篇，早就有学者采取今文韩诗家关于上巳之日祓禊之俗的说法来加以解释。但忽视今文之说、自觉不自觉地偏信古文家说也不能不说是一种较为普遍的倾向。

② 陈成国：《诗经刍议》，岳麓书社，1997年，第8页。

③ 见杨树达：《积微居小学金石论丛》，中华书局，1983年，第218—219页。

传》，其前四卷即《韩诗内传》，后六卷即《外传》，合起来正合记载中《内传》四卷、《外传》六卷之数。这说法曾得到不少人的赞成，今天看来却仍有疑问。上面反复提到的郑交甫的故事，据《文选》注家之说，是出自《韩诗内传》，可今本《外传》并无此内容；而阿谷之隧这样一个早被认为是假托的故事，却见于今本《韩诗外传》的第一卷，这一卷照杨树达先生的说法，正该属于《内传》。这很令人困惑。看来今本《韩诗外传》是否像杨树达先生考证的那样，还有待进一步的证实。这也是读《孔子诗论》引发出来的认识。

三、《毛诗序》为删改西汉今文说的产物

由《孔子诗论》可知，在对《汉广》解说上，西汉今文家仍保存着先秦儒家的遗意。毛诗家的说法又如何呢？如上所引，《毛诗序》的解释是将此诗与文王之化在南方的推广普及相联系的。而且，毛诗家的说法看上去很像是从孔子阿谷之隧的故事推衍出来的，也是对一个于古有之的旧说的继承。可问题并非这么简单。因为在《毛诗序》的解说下，国风的《周南》《召南》是一个教化的体系。

这个体系是从后妃的德性开始的，《毛序》说《关雎》：“后妃之德也。风之始也，所以风天下而正夫妇也。”由此出发，于是排在《关雎》之后的《葛覃》，就是“后妃之本”，所谓“志在于女功之事”“化天下以妇道也”。顺次而来的《卷耳》就是“后妃之志”即“辅佐君子求贤审官”。《樛木》就是“后妃逮下”“无嫉妒之心”。《螽斯》就是“后妃子孙众多”，“子孙众多”是承着“不嫉妒”来的，“不嫉妒，则子孙众多也”。“后妃”既然“不嫉妒”，于是天下就无怨男旷女，于是就有《桃夭》的“男女以正，婚姻以时，国无鳏民”。以上数首诗篇都是围着“后妃之德”转的，“后妃之

德”是“体”，有“体”即有“用”，其“用”就在于对天下的教化。于是《兔罝》就显示的是“《关雎》之化”:“莫不好德，贤人众多”;《芣苡》则是由“后妃之美”导致天下的妇女“乐有子也”。“后妃之德”是由上而下，由女及男，由里及外的。这“由里及外”的第一站就是《汉广》,《汉广》是“德广所及”，是“文王之道被于南国”，于是南国之女“无思犯礼，求而不可得也”。第二站是《汝坟》,“文王之化行乎汝坟之国”云云。这样由“《关雎》之化”一下子就可以推衍到《周南》最后一篇《麟之趾》的“《关雎》之应”。《召南》则是从“夫人之德”推开去,《周南》据说是王者之风，所以言“后妃”,《召南》则是诸侯之风，所以就只是从“夫人之德”往外推。那可真是有头有尾，煞有介事，简直是个一位道德家的教化讲章。

这样的说《诗》，在《孔子诗论》没有，虽然《诗论》显示孔子也曾一首一首地论说过《诗》篇。这也不是西汉今文家的《诗》说法门，我们已经弄明白了郑交甫故事的底蕴。西汉今文家可以把诗当作“谏书”，可以将一些“六情”“无际”“阴阳”“正变”一类的东西附著到《诗》篇上去，但他们没有古文家那样将二《南》编制为一个教化系统，并将其与文王相联系的兴趣。这是古文家与今文家一个极为重要的区别。《孔子诗论》的出土，绝不像某些学者看到的那样，证明了《毛诗序》的于古有据，它的体系化说解二《南》，显示出的是毛诗家自出家法的东西。最能说明问题的是《召南·甘棠》篇，今文家的说法与《孔子诗论》所说高度一致[①]，而《毛序》则是:“美召伯也，召伯之教，明于南国。”教人摸不到头脑。那么，今文家说《诗》就没有基本的倾向吗？有。在《汉广》的解说上，已经看到今、古文之间的全然相反，这还可以《关雎》为例。与古文家将此诗解释为周文王的“后妃之德”不

① 参拙著《诗经析读》的解释，南海出版公司，2003年，第26—27页。

同，今文家则将其诗篇视为衰世之作，刘向《列女传·魏曲沃负传》："周之康王夫人晏出朝，《关雎》豫见，思得淑女以配君子。"[①]扬雄《法言·至孝篇》："周康之时，颂声作乎下，《关雎》作乎上，习治也。故习治则伤始乱也。"[②]从西汉到东汉的今文家一直坚持着这样的看法。诗篇有可能作于康王时期，内容却绝不像今文家说的是刺诗。今文家那样说，实在与他们以经典作"谏书"的家法有关。属于韩诗家的《薛君章句》在谈论此诗时说："诗人言雎鸠贞洁慎匹，以声相求，隐蔽于无人之处，故人君退朝入于私宫，后妃御见有度，应门击柝鼓人上堂，退反宴处，体志安明。今时大人内倾于色，贤人见其萌，故咏《关雎》，说淑女，正容仪以刺时。"[③]上半段是说诗篇的本义，下半段则明诗篇之用。这正是今文的说《诗》义法，他们知道诗篇有本义，却更喜爱"反经以为权"，将诗篇用作谏政的奏议。儒家为臣作宰本有一种"谲谏"的智慧，当面对那些违背先王大法的"大人"时，诵数一番先王的正道，闻之者足戒，正可以君臣体统两顾全，这便是所谓"谲谏"。至此已经摸到今文家说《诗》的命门，他们既然将《诗》和一切先王经典，当作干预现实的工具，说解经典中就包含着一个指向在位"大人"矛头。这正是今文家的学术精神之所在。王式以《三百篇》作谏书如此，齐诗家的祖师辕固生在窦太后面前大谈"汤武革命"也是如此，董仲舒及刘向等西汉的儒生将阴阳五行一类与经典的本义全不相干的东西附会到儒家经典上去，也无不是在以迷信的方式神化经典，以达到以圣贤大法干预现实的目标[④]。

今文家解经，时时着意于经典对"大人"的约束，故解经喜将矛头对准在上的"大人"。毛诗家相反，当他们把二《南》篇章

① 王先谦：《诗三家义集疏》，中华书局，1987年，第4页。
② 同上。
③ 同上书，第5页。
④ 辕固生、王式及董仲舒之事，均见《汉书》各本传记载。

诠释为一个教化的体系时，实际将《诗》这一经典的价值重心作了转移，《诗》由干预政治之具，变成旨在针对民众的教化，于是诗篇的累积成了教化的增进，《诗》编排上的次第，变成了周德教化的普及。

这意味着《诗经》阐释观念的演变吗？换句话说，《毛诗序》是今文说之后的后起之说吗？笔者对此已疑惑多年。《孔子诗论》的出现，及在《诗论》比照下显示出的今、古文间说《诗》的显著差异，不能不使人更加相信，毛诗大小《序》以人伦教化为中心的那一套，是一个应着东汉尚“名教”要求出现的后起之物。史学家吕思勉先生曾谈到发生于两汉之际的一个相当重要的变化：“自西汉以前，言治者多对社会政治竭力攻击，东汉以后，此等议论，渐不复闻。汉魏之间，玄学起，继以佛学，乃专求所以适合社会者，而不复思改革社会矣。”[①]更早的顾炎武对此又有不同看法，《日知录》卷十三《两汉风俗》说：“汉自孝武帝表章《六经》之后，师儒虽盛，而大义未明，故新莽居摄，颂德献符者遍于天下。光武有鉴于此，故尊崇节义，敦厉名实，所举者莫非经明行修之人，而风俗为之一变。……三代以下风俗之美，无尚于东京者。”[②]两位老先生在两汉优劣上各有所见，撇开其见地高下不论，是都真切地看到两汉之际的巨大差异的。西汉儒家本着儒家的道德理想主义，试图以观念的力量改造现实，力图“拨乱反正”以达于“王道”。因此他们讲汤武革命，讲尧舜禅让，讲五行终始。为强调他们所讲的一切上应天地正道，不惜高倡天人感应、阴阳灾异。但结果是什么？是讲出一个王莽来。王莽先是学周公摄政，再学尧舜禅让，据《汉书·王莽传》，天下竟有48万余的人士上书支持他，都是因为深信经学家从儒家大经大典中阐释出的那一番

① 吕思勉：《秦汉史》，上海古籍出版社，1983年，第197页。
② 顾炎武：《日知录集释》，岳麓书社，1994年，第469—470页。

天地大运。西汉亦实在是亡于今文经学。但是到东汉末年那样一个昏黑残酷的时代，看崔寔、王符、仲长统等人的政论，是何等的愤激、绝望，可是再也没有人提汤武革命、尧舜禅让那一套；虽然那些东西一如既往地记载在儒家典籍中。东汉儒较诸西汉，正像顾先生所看到的那样，那些真儒更注重名节的操守，更注重以儒家对一个孝子的要求立身，以对臣子的要求立朝。这便是名节，以儒家之道立操行，固守君臣大义，人伦大义，这便是名教。发生在两汉之际这样一场悄无声息的变化，相当严重地被今天的学者们忽略了。

有上述的认识，再看《毛诗序》，那一套将诗篇托始文王，将《周南》《召南》阐发为一个“后妃之德”化导天下的《诗》说体系，其时代的印迹，不是十分明显吗？这又涉及到《毛序》的时代问题。《诗序》有所谓子夏作、毛公作等诸多说法，笔者倒认为，这些说法都不如《后汉书·儒林传》卫宏作《毛诗序》一说可信[①]。关键在“作”字的理解，“作”不一定就是前无所依的创制，“孔子作《春秋》”，实际是孔子“修”《春秋》，依据旧的史料删改，笔削之中有所寓意。《毛诗》一般认为东汉大兴于世，这有《后汉书·章帝纪》载光武中元元年诏书为证[②]。可是，早在汉武帝时司马相如作《难蜀父老文》，其“王事未有不始于忧勤，终于逸乐”一句中的“始于、终于”云云，即见于今本《毛序》。据《汉书·司马相如传》，相如早年曾被文翁选派到京师向太学博士学习经典，当时立为官学的经师全是今文家，后来司马相如在京师侍从武帝时，官学仍然是今文家的一统天下，他又从哪里得来的古文家言？这难免让人作这样的推想：今天见于《毛诗序》里的东西，有很大一部分就是当年今文家的旧说。这也可以《周颂》三十一篇的《毛

① 卫宏作《毛诗序》之说，始自三国时吴国陆玑《诗草木鸟兽虫鱼疏》。

② 《后汉书·章帝纪》载光武中元元年诏：“五经章句烦多，议欲减省。”

诗序》，全用鲁诗家说为证。[1]今文家说解经典，是越说越多、越说越离谱，但毕竟也有先秦遗说为其出发点，这些内容毕竟是对了解诗篇有用的材料。经过王莽之乱，当古文家渐受皇帝垂青而兴起之际，有卫宏那样的学者出来，将夹杂在今文之说里的这些有用的东西抄写出来，并附以合乎现实要求的新意，是很有可能的事情。这里的关键是“抄”和“改”：抄，古文家就有理由将自己的学术渊源追到孔子、子夏；改，则难免使旧材料产生新的思想倾向。这“抄”而且“改”，就是“作”。至于哪些是“抄”，哪些为“改”，不是此处一两句话说得清楚的。然而要注意的是，卫宏“作”《诗序》的时候，正是东汉光武至章帝朝儒生奉诏大力删节西汉儒经典旧说的时节。这俨然为当时学风，有许多的例子。《后汉书》卷三十二《樊宏传》附子《樊儵传》，言其删定《严氏春秋》成“樊侯学”，卷三十六《张霸传》言霸继而删减至20万言；卷三十六《郑兴传》载大儒郑众受诏删《春秋十九篇》；卷三十七《桓荣传》载桓荣、桓郁父子相继删《欧阳尚书》至20万言等。至于《诗经》方面，则有初期伏恭删削其父伏黯之《齐诗解说》为20万言之举[2]。删节之风，又不仅限于六经，《后汉书》卷四十八《杨终传》更载其受诏删《太史公书》为十余万言。删节固然因旧说繁杂，所谓“粤若稽古，动辄万言”，但《太史公书》与今文家的“浮辞冗长”何干？这删削之风背后的动机，看来绝不是删繁就简那样简单，应该有着某些内容取舍的深层原由。

在卫宏的《毛诗序》中，实际也可以看到这取舍。再拿《毛诗序》与清代今文学者王先谦《诗三家义集疏》相较，人们既可以看到众多诗篇解说上的“三家无异义”，也可以看到上文所说《毛序》成系统的“教化”之义，那就绝不仅仅是取舍，更有属于

① 王先谦：《诗三家义集疏》，中华书局，1987年，第999—1601页。

② 范晔：《后汉书·儒林传》，中华书局，1965年，第2571页。

古文家应时而动的“添加”了。《毛诗序》所以被《后汉书·儒林传》称为“善得风、雅之旨，至今传于世”，又称因卫宏等传授古文经学而“由是古学大兴”，就不是无因而致了。

（原载《北京师范大学学报（社会科学版）》2004年第4期）

钱锺书的《诗经》研究
——读《管锥编·毛诗正义》

一、钱锺书的"诗眼文心"

吹汤见米，披沙拣金，是钱锺书先生的学术精髓。其渊博的学问给人留下了不可磨灭的印象，当然也有人说他是"渊博和睿智"①，但钱锺书最高妙之处是精审，他的渊博，他的打通中西，都玉成着他的精审，或者说因为精审而有价值，他是以"博"为"约"。这位不世出的大读书人②，恨不得把天下的书当一本书读。从古今中外的书海里把那些最聪明、智慧的人对生活、对世道人

---

① 柯灵:《促膝闲话锺书君》,《钱锺书研究》第一辑，文化艺术出版社，1989年，第223页。

② 夏志清曾赞钱锺书为中国"第一鸿儒"，见台北《中国时报》1979年6月16—17日，而法国汉学家西蒙·莱斯亦谓:"能够与他的博学相匹敌的在世者只有极少数人。"以上两家说法均转引自张泉:《跨文化交流中的钱钟书现象——美国学者论钱钟书》，张泉编译:"海外中国学丛书"之《钱钟书和他的〈围城〉》，中国和平出版社，1991年，第9—10页。西蒙·莱斯对钱锺书的赞誉，亦见［法］阿兰·帕诺伯:《钱钟书的作品在法国》，燕汉生译，田蕙兰、马光裕等编选:《钱钟书、杨绛研究资料集》，华中师范大学出版社，1990年，第287页。郑朝宗《但开风气不为师》谓现代博学之士为陈寅恪和钱锺书两位。该文原刊《读书》1983年第1期，后选入田蕙兰、马光裕等编选:《钱钟书、杨绛研究资料集》，第45—51页。否定钱锺书言论近来不绝于耳，但一般不反对说他博学。参李洪岩、范旭仑:《为钱钟书声辩》，百花文艺出版社，1999年，第1—20页。

心的洞察和妙悟搜罗出来，鉴而赏之，会而通之，是他的擅长，也是他一生为学的志业。由此他常常给前人说了一半的理下一个“转语”，令其通透，前人从正面说的，他从侧面说；貌似题无剩义的，他也能别开生面。他善于对那些前人说得有味却语意朴僿的话头触类而长，引而伸之；是非参半的他又扬而榷之。他也常常给那些似是而非的“高见”一记痛棒，教它们露出馅子；同时他的博学，又使他慧眼别见，常常从那些常人注意不到或有意忽略的著述中、谚语里，甚至是小孩子的歌谣里，爬罗出一些有意思的见地，大到一个哲学命题，小到一字一义。读他的书，教人感受最深的是他的意趣，一脸严肃地看书的不是钱先生。他是真正的文学鉴赏家，于是在钱著里，求智慧的热情要大于求真理的兴趣。①真理有绝对亦有相对，“一些人视作美食的东西，另一些人可能视作毒药”，故不可比。智慧则不同，“东海”和“西海”的贤哲，“千万世”之前和“千万世”之后的智者，都可以作出一些跨国界、超时代、越种族和脱离本行的灵思妙解、幽默之言，以及“此心此理”的睿智之语。②《管锥编》③的“打通”即是在这求意趣意味上的了不起的“打通”。④读《管锥编》，看钱先生对《诗经》的解读，必须先把他这一总特点放在眼里，记在心上。

善于化他人之言充己之用的钱先生，在《管锥编》的《毛诗正义》部分，不止一次地提到朱熹（1130—1200）的这样一句话：

---

① 李洪岩：《钱锺书与陈寅恪》，范旭仑、李洪岩编：《钱锺书评论》卷一，社会科学文献出版社，1996年，第70—71页。

② 《陆九渊集》卷二二《杂说》：“千万世之前有圣人出焉，同此心，同此理也。千万世之后有圣人出焉，同此心，同此理也。东南西北海有圣人出焉，同此心，同此理也。”（陆九渊：《陆九渊集》，中华书局，1980年，第273页）

③ 本文所依据的《管锥编》为中华书局香港分局［1988年更名为中华书局（香港）有限公司］出版本，该本据1979年中华书局本于1980年3月第一次印刷。

④ 郑朝宗：《管锥编作者的自白》，见《人民日报》1987年3月16日第8版。

"读《诗》且只将做今人做底诗看。"[①]这句话是《管锥编》解读《诗经》的基本调子，不可简单地把这句话理解或翻译成"文学地看待《诗经》"一类的言语。朱子这话钱锺书心许的意思，得从他引用的另一位宋人项安世（？—1208）一段议论中求解："大抵说诗者皆经生，作诗者乃词人，彼初未尝作诗，故多不得作诗者之意也。"[②]贬低经生、腐儒乃至一切学问家并高看文士、词人，是钱先生一贯的看法[③]，"路逢剑客须呈剑，不是诗人莫谈诗"这句老话，似乎特别能界定出钱锺书心目中"读《诗》且只将做今人做底诗看"的含义：即以鉴赏家的"诗眼文心"[④]去看《诗》的"诗眼文心"，才是研究经典的法门。然而，什么是"诗眼文心"？这仍是个问题。钱锺书曾针对清人阮元（1764—1849）"力言经、史、子不得为'文'"的拘墟之见，说他"未省'诗'与'文'均可由指称体制之名进而为形容性能之名"[⑤]。又曾在讨论《老子》七十二章"一字双关两意"现象时谈道："盖修词机趣，是处皆有；说者见经、子古籍，便端肃庄敬，鞠躬屏息，浑不省其亦有文字游戏三昧耳。"[⑥]两段话适相发明："诗眼文心"不一定只存在于那些被称之为"诗"或"文"的体式里，就是神圣而严肃的文字中，也未尝没有"文人"的"狡狯"；诗眼文心根本就属于著作家的智慧。这里，我们不能不冲撞敏泽先生的一个看法。他说："从参究其（指经、史、子、

① 《管锥编》第一册，第79页。另一次引用此文见《管锥编》第88页论《桑中》篇的文字中。

② 同上书，第63页。

③ 郑朝宗：《研究古代文艺批评方法上的一种典范》，田蕙兰、马光裕选编：《钱钟书、杨绛研究资料集》，华中师范大学出版社，1990年，第380—398页。杨璇：《钱锺书独创的训诂移笺法》，冯芝祥编：《钱锺书研究集刊》第一辑，上海三联书店，1999年，第227页。

④ 钱锺书：《谈艺录》（补订本），中华书局，1984年，第346页。

⑤ 《管锥编》第二册，第539页。

⑥ 同上书，第461页。

集——引者)'文字游戏三昧'联类到文学创作和文学理论中各种精神心理或修辞现象，进行探讨。"[①]这话是强调，写作《管锥编》的钱锺书，依然没有放弃写《谈艺录》时"掘发诗心、文心"的意趣。意思是这么多，只是把头尾说颠倒了。钱锺书并不是要从"文字"的"游戏三昧"中透过去"探讨""各种精神心理或修辞(钱先生爱用"修词"或"词律"，而非"修辞")现象"，恰好相反，钱先生的"诗眼"，特别垂青的是"精神心理"如何被那些"游戏三昧"的高妙而有趣的"修词"表达的，也就是说，表现出特殊智商的"修词"，才是钱锺书"诗眼文心"之所瞩。[②]这有一个现成的例子。"无病呻吟"令人生厌，可论到文学，钱先生另有高论："语言文字有这种社会功能：我们常常把说话来代替行动，捏造事实，乔装改扮思想和情感。""'不病呻吟'已成为文学生活里不可忽视的事实。""假病能不能装来像真，假珠子能不能造得乱真，这也许要看各人的本领或艺术。"[③]有病不一定就写得好生病的苦痛，文学家"无病"而"呻吟"得令人感动，正是文学家所以为文学家的本领。人类有喜怒哀乐是一回事，表现它们又是一回事。读文学，说到底，让我们感动的并不是喜怒哀乐本身，而是文学家富于感动力量的表现。真病人的呻吟是让人糟心的，否则到医院探病，就可以代替文学了。

---

① 敏泽:《论钱学的基本精神和历史贡献》，冯芝祥编:《钱锺书研究集刊》第一辑，上海三联书店，1999年，第27页。

② 黎兰《文人的手眼》:"在一切文体中追求修辞的机趣，大概是钱先生的一种癖好。"(《钱锺书研究》第一辑，文化艺术出版社，1989年，第114页。)

③ 钱锺书:《诗可以怨》,《也是集》，广角镜出版社，1984年，第13—14页。另参钱锺书早期论文《中国文学小史序论》，见聆钟:《读钱锺书〈中国文学小史序论〉札记》，冯芝祥编《钱锺书研究集刊》第一辑，上海三联书店，1999年，第240—271页。

二、把《诗》当作诗读

（一）涤荡腥腐之说

本着“诗眼文心”去看钱锺书的《诗经》解读，我们首先看到的是《管锥编·毛诗正义》中到处可见的是对滋垢在《诗经》周围形形色色腥腐的蠢笨之说的涤荡。或因“经生”“腐儒”的字眼总是出现在《毛诗正义》里，就以为钱锺书的解读是反经学，其实他反的是比经学更加奇奇怪怪因而更难对付的蠢人笨人之说。蠢笨往往是因为观念冬烘，无视《诗》是“诗”，例如那位在《管锥编·毛诗正义》里三四次受钱锺书揶揄议讽的倒霉的胡承珙（1776—1832），就是因他打定主意要做毛、郑特别是郑的“佞臣”。可是，事实表明蠢笨并不是经生、腐儒的专利，“不思”“不学”下的自作聪明、求之过深或求之不当，都能弄出些把《诗》不当“诗”的荒唐之见。

诗有比兴手法，可自古经生、儒士在“比兴”特别是“兴”的解释上最是笨头笨脑。钱锺书用了小朋友“一二一，一二一，香蕉苹果大鸭梨”和纽约民众“一二三四，战争停止”[①]的口号这样极端的例子，加之以对经生“钻牛角尖”解说的类比，来显示他们对“诗”的“触物以起情”是多么的外行。经生、儒士的毛病，在把《诗》看得太庄严，“知有经而不知有诗”[②]，便虎着面孔看《诗三百》，古人天机自然的歌唱，被他们一本正经的笨重窒息了。这个例子，在《管锥编》有概括一般的作用。《诗经》有怨天尤人的句子，甚至是骂天地、骂祖先，《小雅·节南山》斥“昊天不惠”，《正月》言“视天梦梦”，又有“父母生我，胡俾我瘉？”《小弁》则

① 《管锥编》第一册，第64页。

② 朱东润：《诗三百篇探故》，上海古籍出版社，1981年，第98页。

谓“天之生我，我辰安在?”《四月》篇干脆说“先祖匪人，胡宁忍予!”“温柔敦厚，诗教也”，孔子（前551—前479）曰:“诗三百，一言以蔽之，曰思无邪。”于是儒生面对上述骂街的诗章，特别是《四月》中的两句，就找不到感觉了。“儒生尊《经》而懦，掩耳不敢闻斯背逆之言，或解为:‘先祖不以我为人乎?’或解为:‘先祖乎? 我独非人乎?’或解‘匪人’为‘彼人’、为‘非他人’、为‘不以人意相慰恤’，苦心曲说，以维持‘《诗》教’之‘温柔敦厚’。”郑玄（127—200）、孔颖达（574—648）说了几句实话，王夫之（1619—1692）在《诗经稗疏》中居然斥他们为“以‘市井无赖’口吻说此二句”[①]。满脑子“温柔”，就把先民质直而血气的歌呼，曲解为“五讲四美”的典范了。

又如上面提到的那位胡承珙，在解释《卷耳》篇时，对篇中首章“嗟我怀人”之“我”与其他各章反复出现的“我马虺隤”之“我”的分出并立，强解作人，说:“凡诗中‘我’字有其人自‘我’者，有代人言‘我’者，一篇之中，不妨并见。”钱锺书讥之为“平地轩澜、直干添叶”。[②]胡氏这样说，固然是“不知有诗”，而之所以如此，深层的原因是这位清代的“汉学”家，成心要为毛、郑“恪遵无违”的“朝夕思念”“求贤”说护法，于是连“涵咏本文，意义豁然”的文理也顾不得了。经学观念固然带来对文学的蔑视，但并不是所有的谬误都能算到经学头上。再举一个胡承珙的例子。《鄘风·桑中》篇，也是一个出现了第一人称“我”的诗篇。这一回胡氏与恽敬（1757—1817）站在一起，与朱熹对阵。朱子认为“诗乃淫者自作”，即“淫者”“自状其丑”。恽敬和胡承珙则拿出“从生活出发”的架势，以为“逾礼败俗，方且讳避隐秘，‘虽至不肖者亦未必肯直告人其人其地也’”。[③]然而，钱

① 《管锥编》第一册，第148页。

② 同上书，第67页。

③ 同上书，第87页。

锺书说，这是一个“自作与否，诚不可知，而亦不必辩”的问题。朱熹为着同《毛序》“刺奔”唱异调，固然是没记住自己“读《诗》且只将做今人做底诗看”的话而“上阵厮杀，忘了枪法”，恽敬和胡承珙的以世俗常情来确证诗中之“我”，实在也是被“词客之狡狯”所作弄，死心眼地以为据诗中“沬之乡”“沬之东”交代，就可以捉奸拿双了。再一个类似的例子是钱大昕说“媚子”。《秦风·驷驖》有“公之媚子，从公于狩”句，朱熹《诗集传》解为“所亲爱之人”，严璨《诗缉》则谓“便嬖”即男宠。钱大昕（1728—1804）认为当从郑玄、孔颖达“媚，爱也”的笺、疏，因为他认定诗篇系“诗人美君”，所以“殆不如是”[1]。钱大昕这样说固然是有《毛序》“美襄公”做后盾，但常言道“生活是复杂的”，“田猎而以便嬖扈从，时习之常，诗人亦据实赋咏而已”。[2]如果那时的诗人没把“便嬖”的“从公于狩”当一回事，钱大昕的“从生活出发”不又是“瞎子断扁”了吗？诗含有生活，但诗毕竟不等于生活，在《桑中》之“我”和《驷驖》“媚子”之事上，朱子、恽敬和胡承珙，是被机灵的诗家“修词”花样弄昏了眼睛，而以治史名家的钱大昕则在“诗”的表达复杂生活面前，太显得不知今古有变了。不是诗人莫谈诗，谈诗又谈何容易！

再有一例可以称之为“训诂家灭裂诗意”。《召南·行露》一篇“谁谓雀无角”“谁谓鼠无牙”两句，因“雀本无角，鼠实有牙”的“龃龉不安，相耦不伦”而难坏了说诗者，“于是明清以来，或求之于训诂，或验之于禽兽，曲为之解，以圆其说”。姚旅（？—1622）《书露》卷一解“角”为“喙”，王夫之《诗经稗疏》谓“角”为“咮”之假借，于是“雀实有‘角’，亦如鼠有牙矣”。而“鼠无牙”一句，在陈奂（1786—1863）《诗毛氏传疏》“《说文》：‘牙，

① 《管锥编》第一册，第121页。

② 同上书，第122页。

壮齿也。’段注：‘齿之大者。’”的训诂下，也成了“鼠实无‘牙’，亦如雀无角也”了。这些说诗者，眼里有的是字书、《说文》，心里有的是“字可假借”“音同义通”，唯独没有诗：“盖明知事之不然，而反词质诘，以证其然，此正诗人妙用。”①钱先生在作了以《诗》证《诗》的举例之后，进而质证道：“使雀噣本锐，鼠齿诚壮，荼实荠甘，河可苇渡，高天大地真局蹐偪仄，则问既无谓，答亦多事，充乎其量，只是辟谣、解惑，无关比兴。诗之情味每与敷藻立喻之合乎事理成反比例。”②这一番精微通透的文学道理，哪里是那般学士、儒生们所能梦见的呢？涤荡毛、郑、胡、恽一辈的经学之见、糊涂之言易，甚至说破除一切因经学观念招致的谬说误解都容易，而破除王夫之、陈奂等以训诂名目出现的“灭裂”之说就难。他们有的是证据，自清代“朴学”大兴，“小学”家们手中的“音同义通”的“通”，几如三闾大学的那位高校长。梁启超（1873—1929）说“孤证不信”，可就是有三条、四条乃至更多条的“通假”证据，就“通”就“信”吗？在“雀无角”“鼠无牙”的解说上，明清的训诂家们可以把诗句的龃龉给熨平，但糟糕的是，这样一来，连诗意的机智也给烧糊烫焦了。只知为句意的通顺负责，却不管篇章，不晓得珍惜诗意，于是训诂家们就每每如闯进瓷器店的驴子！而像这样说起来头头是道，然而就文学、就“诗心”诗意而言却是朱紫相乱似是而非之论，在《诗》的解释上又有多少呢！还是那位恽敬，在他的《大云山房文稿》二集卷一说《郑风·有女同车》里“颜如舜华”“舜英”的“舜”不能解为“蕣”，因为蕣的花色“夷黑”，而《陈风·东门之枌》中的“视尔如荍”之“荍”也只能“指惭色”而不能“指女色”，理由是“荍”的颜色“紫赤”。钱锺书说，照这位恽氏的理解，“螓首蛾眉”“芙

① 《管锥编》第一册，第74页。

② 同上。

蓉如面柳如眉”一类的比喻，就真的像“头面之上虫豸蠢动，草木纷披，不复成人矣”[①]。“死于句下”的恽敬只知道薞、莪之类的“观感价值”，全不懂文学描写中还有“情感价值”一义。恽氏之谬是因为他的见识荒陋，还有一种情况则如黄道周（1585—1646）、焦循（1763—1820）一辈，是专弃“连城之璧”而“徒识珷玞”。焦循是专挑《小雅·小弁》“伐木掎矣”和《大雅·绵》“削屡冯冯”的“掎”字、“削”字和“屡”字来赞美，把平常的古语当作“炼字”的榜样；黄道周则是偏拣些《诗》中“阴靷”“绲縢”一类的“字妖”来顶礼，对《小弁》“我心忧伤，惄焉如捣”一类“惊心动魄，一字千金”的精彩却迟钝得视而不见[②]。明末的高攀龙（1562—1626）讲学东林，有人问《木瓜》诗并无“男”“女”字，何以知为淫奔诗？来风季回答：“即有‘男、女’字，亦何必为淫奔？”高攀龙以及后来的尤侗（1618—1704）、毛奇龄（1623—1716）都对来氏之说“叹服”并“津津乐道”，浑不识来氏说不过是不知作诗有“含蓄”与“寄托”分别的“出位之卮言”。[③]

上述诸“笨象”，有的是属于冬烘，有的是荒陋，有的是迟钝，还有的则是自作聪明。但有一点都一样，就是眼识的尘下，根源于“诗心”不足，也就是说，上述的千丑百怪，都显示着《诗》的解读从业人员的“文学”素养的普遍而深度的贫困。人们已经注意到钱锺书独特的“移笺”方法，这明显地表示出钱先生对传统研究方法的不信任。但是，说胡承珙不晓得诗有“化身宾白”“话分两头”的手法，胡氏必逃不掉这讥讽，可讥讽恽敬不懂文学比喻有“观感”和“情感”两种价值的差异，讥讽来风季等不懂得诗有“含蓄”与“寄托”高下，就颇有点责备牛不能走马步的嫌疑。然而，钱先生的讥讽不对吗？须知经学最大的害处是

① 《管锥编》第一册，第106页。

② 同上书，第152—153页。

③ 同上书，第108页。

它养植了一大批没有文学感觉的人。经学倒掉了，这空当子又如何填补呢？从清朝末年有了近代意义上的大学起，编写“文学史”的人就试图“文学”地陈述《诗经》，[①]在“疑古”的“古史辨”那里，就开始了对笼罩在《诗经》头上的经学之说予以破除，并由此开启了“文学的”探究《诗》的历程。[②]但“文学”地研究《诗经》，又何其不易！郑振铎（1898—1958）不满于“古史辨”的疑古太甚，开始引入了西方文化人类学的方法研究古史传说，[③]以后闻一多（1899—1946）更进而援用弗洛伊德（Sigmund Freud，1856—

---

① 随着十九世纪末京师大学堂的建立，文学史一类的教科书就开始问世，据考究近代最早的文学史为福建人林传甲所作，但内容是杂抄各正史中的《艺文志》和《文学传》之类，写得成功的是稍后四川人谢无量的《中国大文学史》，此书仍坚持着孔子删改包括《诗》在内的五经，使之成为文学正典的看法。

② “古史辨”作为现代一个重要的学术思潮，肇始于二十世纪的头十年和二十年代之交，它的背景是五四时代的反传统，它的口号是以“科学”的态度整理“国故”，它的特点是极端“疑古”，凡是没有“证据”的古史传说都判之为乌有，是传说“层累”地造成的。他们的学术阵地就是《古史辨》。其中发表了一系列关于《诗经》的讨论，观点主要有孔子不曾删《诗》，大小《序》都是后儒附会，等等。对“文学”地解读《诗经》发生过重要影响的文章有：顾颉刚《〈诗经〉在春秋战国间的地位》《野有死麕》、胡适《读野有死麕》、顾颉刚《跋适之先生书》、俞平伯《关于野有死麕之卒章》、周作人《与平伯书》、顾颉刚《跋平伯先生书》、钱玄同《关于野有死麕之卒章》、顾颉刚《跋玄同先生书》、郑振铎《读毛诗序》等。以上诸文均见《古史辨》（第三册下编），上海古籍出版社，1982年。

③ 郑振铎虽也在《古史辨》上发表文章，但不是疑古派，相反他对极端的“疑古”表示了疑问，在1927年为《小说月报》“中国文学研究专号”作的《卷头语》中，也有一则“两个武士和一面盾牌”的“故事”。一个武士说这面盾牌是银的，另一个却说是金的，为此斗得两败俱伤。然而“当他们倒下时，机会使他们见了这牌的真相，原来一面是金，一面是银的”。见《郑振铎全集》（第五册），花山文艺出版社，1998年，第281—282页。他还较早地援用西方人类学的观点来解释古史传说，著《汤祷篇》《玄鸟篇》，见郑振铎：《郑振铎全集》（第三册），花山文艺出版社，1998年。

1939）的精神分析学来说《诗》[1]，继而是辩证唯物主义者们汗牛充栋的教科书和各种讨论；当然还有那些文献考订和充斥坊间不乏标明“欣赏”字样的注释或选注本。这些没有不摆明了是反经学并声称是把《诗》当“文学”阐释的。可是，“文学”这个“天童舍利”般的怪东西，[2]至今连一个叫得响的定义都没有，“文学”地解读《诗经》也就没办法做到像托尔斯泰（Tolstoy，1828—1910）所谓的“幸福的家庭”。钱锺书的《诗经》读解固然不能说代表着“文学”地研究《诗经》的全部，但论一百多年来对《诗经》三百篇“文学”的解读，不能不推钱锺书的“诗眼文心”，尤其是他在涤荡那些迂腐之说时显示的对《诗》的“诗歌”价值的捍卫。有人著文挑剔《管锥编》在讨论《诗·卫风·淇奥》“瞻彼淇奥，绿竹猗猗”一句时，没有点出“郦道元（？—527）说汉代以前淇川本多绿竹，‘今’已无之”是“疏忽遗漏”。[3]这一点可以挑剔，只是有点“太挑剔”。钱锺书在这里根本就不想谈淇川到底有无绿竹、什么时候没了绿竹这号问题，相反他是在以此例申述诗家“凭空向壁”的“一时兴到”之权宜，以宽广治词章者之心胸。此处

---

① 闻一多：《说鱼》，《闻一多全集》（第一册），生活·读书·新知三联书店，1982年，第117—138页；又，《诗经新义》，《闻一多全集》（第二册），生活·读书·新知三联书店，1982年，第67—102页；《诗经通义》，《闻一多全集》（第二册），生活·读书·新知三联书店，1982年，第103—200页；《诗新台鸿字说》，《闻一多全集》（第二册），生活·读书·新知三联书店，1982年，第201—208页。侯美玲：《古典的新义——谈闻一多解〈诗〉对弗洛伊德学说的运用》，《河北师范学院学报》1997年第1期，第81—87页。

② 以“天童舍利”形容文学之无可定义，出自钱锺书《中国文学小史序论》，原文刊载于《国风》半月刊第3卷第8期，1932年12月；一年后在同一刊物第3卷11期发表《补遗》。原刊笔者未见，所据为聆钟《读钱锺书〈中国文学小史序论〉札记》一文，冯芝祥编：《钱锺书研究集刊》第一辑，上海三联书店，1999年，第241页。

③ 李洪岩：《钱锺书生平与学术》，转引自蔡军《正钱录》，范旭仑、李洪岩编：《钱锺书评论》卷一，社会科学文献出版社，1996年，第240页。

钱锺书所表达的，与《卫风·河广》的论点一样，都针对的是那些“据诗语以考订方舆、丈量幅面”的“痴人”行径。[①]文献考订从有它那天起，就只是文学研究的辅助；闻一多所代表的那一派方法，在它的西方祖师那里，就太爱把一切都看成“那事儿”的暗示，而辩证唯物主义的文学史家们的“文学史”则越写越像“夹心饼”：这一段是从历史背景到作家生平再到作品描述，下一段还是从背景到作家到作品。问题的严重性在于，不论是“夹心饼”还是心理分析还是文献考据，都有意无意地心存这样的潜词：我所说的会加深你对文学的理解，至于文学的体会，那就看你自己的造化了。在很大程度上，这些所谓“研究”或“史”的“文学意义”，只是被他们的物件是“文学作品”这一点所保证，他们的工作就好像是锻造了铁刀而不给它开刃，或者根本就是在用铅块打制兵器。就是那些“欣赏”本，除了说“形象鲜明”“语言生动”外，还会说个什么呢！文学研究的从业者普遍缺乏文学的鉴赏力，正是一个很现实的问题。经学不把《诗》当文学，当我们本着这主义那主义，或像“朴学”家那样，只一味地知道在作品内容方面作法和纠缠于一些作品周边的问题时，是否也在犯着与经学无视文学一样的错误呢？都说钱锺书批评尖刻，实际对他不远的前人和同时代人，也许是出于世故，也许是不上眼，效果上是存了厚道的。笨也是个“不幸的家庭”，各有各的笨法，读钱著中那些对古人的讥讽，人们也应当照一照，“提撕”一下自己。这当是钱著的深远意义之一。

（二）援入与表彰

不仅是对笨人笨说的涤荡，表彰或援入那些被遗漏、漠视的精彩之见，也是《管锥编·毛诗正义》特见“诗眼文心”的工作。这工作中的一部分，得力于钱先生的博雅和目力辽阔，于是散见

① 参《管锥编·毛诗正义》论《卫风·河广》篇，第一册，第95—98页。

在各种文集中“解颐”的“说诗”，便像股股清泉，被引入《诗》的解读中来。如《诗·郑风·女曰鸡鸣》有“琴瑟在御，莫不静好”句，张尔歧（1612—1678）《蒿庵闲话》卷一曰：“此诗人凝想点缀之词，若作女子口中语，似觉少味，盖诗人一面叙述，一面点缀，大类后世弦索曲子。《三百篇》中述语叙景，错杂成文，如此类者甚多，《溱洧》、齐《鸡鸣》皆是也。‘溱与洧’亦旁人述所闻所见，演而成章，说者泥《传》‘淫奔者自叙’之词，不知‘女曰’、‘士曰’等字如何安顿？”[①]钱锺书誉之为“明通之言”。张氏的“明通”只是他能够以后世曲艺家的手法解诗，在“经”面前敢于以“诗心”为自己的头脑做主。而许瑶光（1817—1881）《雪门诗草·再读〈诗经〉四十首》对《王风·君子于役》“最难消遣是黄昏”的“暝色起愁”之境的解悟和转述，其以诗诠《诗》的心智，也“大是解人”。[②]好的解释不单是令读者解颐，也令诗篇精警；不仅需要诗心，还得需要学问，需要将学问与诗的悟性打通的慧力。《小雅·正月》“瞻乌爰止，于谁之屋”句，《传》：“富人之屋，乌所止也”。简直莫名所以。张穆（1805—1849）《月斋文集》卷一《〈正月〉瞻乌义》以为，乌者为“周家受命之祥”：“周将兴之时，有大赤乌衔谷之种而集王屋之上者，武王喜，诸大夫皆喜；凡此皆古文《泰誓》之言，周之臣民，相传以熟，幽王时天变叠见，讹言朋兴，诗人忧大命将坠。故为是语。”[③]此解新而警，表出“乌”之意象的特定含义，即等于表出诗篇特定时期的人心危悚，胜过钝滞的旧解多多。《大雅·常武》篇第五章“王旅啴啴”一章，连用“如”字引起的比喻，诗家之心即通着兵法。对此《毛传》《郑笺》讫无感觉，到孔颖达《毛诗正义》才对诗“如山”“如川”等的比喻，作出“兵法有动有静”的解说。钱锺书进而引入姜南《学圃余力》

① 《管锥编》第一册，第105页。

② 同上书，第101页。

③ 同上书，第139页。

“申《正义》之意庶几无剩义”的后出之说，并参之以自己对兵书文献更广泛的援引。诗篇写得雷霆万钧，而一段对诗家之心的解说，在钱先生博洽的引入下，亦见得力透纸背。[①]解诗，不一定完全正确就顶顶好。《周南·关雎》篇“窈窕淑女”一句，施山（清同光年间人）《姜露盦杂记》卷六的说法，就不一定符合诗人之意，他说该句“善于形容”：“告‘窈窕’虑起佻也，而以‘淑’字镇之；‘淑’字虑其腐也，而以‘窈窕’扬之。”[②]钱先生说“词客”爱弄“狡狯”，此处施氏的说解实不下于诗人的“狡狯”，唯其如此，方见得可爱，令人破闷。那句古老的“诗无达诂”，实在是为着那洗启人神智的解释留的空间。上述这些，钱先生只是做的示例性的工作，但就《诗经》的注释解说，实在有指导性的意义。注《诗》不能只把眼睛盯在毛、郑、孔、朱、《说文》《尔雅》和乾嘉各家上，散见在各种文集中的有眼光的见地，实在是一个有待更广更细地挖掘一番的矿床。

“对任何伟大的文学作品都可以有无限数量的评注。”[③]《诗经》正是如此。比从文献堆里爬罗出张尔歧、张穆等妙说更见功力的是对孔颖达、郑玄等的一些旧说的新阐发，特别显示钱先生“修词机趣，是处皆有”的诗心机警。《关雎》篇《毛序》言“情发于声，声成文，谓之音”。孔颖达《正义》有“情见于声，矫亦可识”的论析，钱锺书称之为“更耐寻味，于诗与乐之本质差殊，稍能开明宗义”之见。并说：“仅据《正义》此节，中国美学史即当留片席地与孔颖达。”[④]另外一例也是孔颖达的。《正义》在解释《豳风·七月》“春日迟迟”一句时说：“迟迟者，日长而暄之意。……

① 《管锥编》第一册，第159—160页。

② 同上书，第66页。

③ ［加］诺思罗普·弗莱伊：《批评剖析》，陈慧、袁宪军、吴伟仁译，百花文艺出版社，1998年，第449页。

④ 《管锥编》第一册，第62页。

秋言‘凄凄’，春言‘迟迟者’，……‘凄凄’是凉，‘迟迟’非暄，二者观文似同，本意实异也。”钱先生誉之为“殊熨贴心理，裨益词学”之说。[①]这是钱锺书从浩繁的经典文献中沙中见金极好的例子。孔颖达《毛诗正义》总体上是繁琐和钝木的，含金量并不大，即便在《管锥编》里，说它“谬甚”的地方也不在少数，所以一般人读它都得硬着头皮。钱先生能从这浩繁的注疏文字中，发掘出它的精彩，其“诗眼文心”就真如禅门老话说的“惺惺”“历历”，[②]有着超常的耐力。但同时我们也看到，渊博的学识，同样是钱锺书吹汤见米的气力根本。在阐明着“情见于声”时，他从《礼记·乐记》，引到谭峭（五代时人）的《化书》、《玉函山房辑佚书》中的《乐纬动声仪》以及古希腊人的“谈艺”和叔本华（Schopenhauer，1788—1860）的“高谈”。“迟迟非暄”也是一样。渊博在这里恰恰是为着从前人的片言只语中，取得那一点的深奥的精约之见。钱锺书之所以要说一句为孔颖达“留片席地”的话，据记载是出于对一些“文学批评史”著述的不惬[③]，但孔氏的高见之所以被漠视，不又与他的说法太“片言只语”，连不成一片有关吗？于是钱先生的博洽就显示出它巨大的再生力：那只言片语的高明之见，正如搁浅的大鱼，因着钱锺书的浑涵汪茫而重新入水，苏活起来，掉尾而游。

这可以约括整个《管锥编》乃至整个钱氏学问的风范。小到

① 《管锥编》第一册，第130页。

② 南阳慧忠国师语。普济：《五灯会元》，中华书局，1984年，第101页。

③ ［美］芮效卫（David T. Roy）在《一九七八年的钱钟书》一文中说：“他（指钱锺书——引者）认为撰写文学批评史的人本身应该是文学批评家，而即使是郭绍虞，这位最负盛名的文评史家，其实本身只是一位编篡家而非文评家。尤有进者，他说郭绍虞作为一位编篡家也不算成功，譬如散见于《十三经注疏》中许多充满者文评意味的语句也不见于郭著文评史。”此文原载*Journal of a Trip to china*，October—November，1978年。后经潘铭燊中译，刊载在香港《明报》月刊2000年11月号，第104—107页。

一个字的阐发，大到一个命题的扬榷，钱锺书的渊博无一不像那潮涨潮落的海水，给各种仰仗大海而生的生物们以生息和再生的资源。在《管锥编·毛诗正义》，对于散落的吉光片羽之说的援引是如此，对于旧说隐藏在浩繁注疏里精要“片言”的簸扬是如此，同时对《诗经》这部“携带了无穷无尽的评论”的经典著作，钱锺书那些看上去不关诗篇本意的阐发，同样不可以视之为“不切题”。“无穷无尽”的“评论”，正表示着经典是有生命的延续，读《诗》既然离不了毛、郑等的注解，对他们会心别具的珍视，当系自然而然，因为说到底，读诗是为的什么呢？《诗·邶风·谷风》“行道迟迟，中心有违；不远伊尔，薄送我畿”数句，郑玄笺：“无恩之甚！行于道路之人，至于将别，尚舒行，其心徘徊。”钱锺书敏锐地感觉到郑笺的价值：“未必贴切《诗》意，而自饶情致。”在一番引类而长的综述后，一段“行路逢人总弟兄”人间情谊黯然而彰。[①]钱先生说自已的学术大任是寻找“一切人类精神之蜕迹”，对郑玄这段“舌笔朴僿”见地的表彰，表明他的工作做得是那么细心，巨细无遗。《邶风·旄丘》“叔兮伯兮，褎如充耳”句，郑笺：“人之耳袭，恒多笑而已。”如钱先生所说：“注与本文羌无系属，却曲体人情。”在解释《邶风·终风》篇“寤言不寐，愿言则嚏”两句时，郑康成已有过“今俗人嚏，云‘人道我’”的解说，钱先生专提这一件，是因为郑玄此处错的要比另一处更离谱，更见得老儒郑玄之说的“歪打正着”，不关《诗》意，“然观物态、考风俗者有所取材焉”[②]。杨绛先生曾说写《管锥编》的钱锺书是学者，有别于写《围城》的“痴人”。[③]看《管锥编》对郑玄“耳袭多笑”以

① 《管锥编》第一册，第83页。

② 同上书，第85页。

③ 杨绛：《写〈围城〉的钱钟书》，田蕙兰等选编：《钱钟书、杨绛研究资料集》，华中师范大学出版社，1990年，第67页。

及猪八戒“放屁增风”[1]一类让人忍俊不禁之事的表而出之，又何尝没有大大的痴气呢！

歪打正着的意思是话歪理不歪，当然这“不歪”是你得会看；而误读有时比正读更具有意味，当然得够得上“笔误成蝇，墨汙作牸”。“耳袭多笑”会让人在面对经典时不期然地迸出笑来，而有些“歪打正着”的“别有情致”，则颇可使人们洞见一些人情心理方面的“精神蜕迹”。《诗》曰：“一日不见，如三秋兮。”[2]《毛传》释之为“一日不见君，忧惧于谗矣”，是将诗篇读作君臣之际了。郑玄笺之为“独学无友，故思之甚”，是将诗篇当作“以友辅仁”了。当然还可以有其他的解说，例如爱情。但钱锺书挑了《毛传》的解释来引申。在广泛的征引中，他又专门拈出李德裕（787—850）《退身论》“一旦去权，祸机不测”，秦桧（1090—1155）“元来做宰相是不可去”和徐乾学（1631—1694）在皇帝面前“臣一去必为小人所害”的言语，从唐朝的大臣举到清代臣子，仿佛办一个小型“文物”展览，揭出了这些臣公的如出一口的“恋栈”之态，以遥应毛公的那一段“笔误成蝇”的“曲解”。“你们所笑，定然不差”的聋子言语，是让人发笑的，此处人们也会笑，不同的是此处的笑是由于对我们文化传统中这些瓜瓞绵延的“两足无毛动物”们千载一律心术的齿冷之笑。

（三）钱锺书的自家手眼

1.通向情意世界阐释

援引和涤荡都是“你说，你说，你们替我说”[3]，现在我们来

---

① 《管锥编》第四册，第1257页。

② 《王风·采葛》，阮元校刻《十三经注疏·毛诗正义》，中华书局，1980年，第333页。

③ 有一次，北京师范大学请中国社会科学院的一位老先生开讲座，谈到钱锺书时，这位老先生调侃地说：“他的著作尽是引文，你说，你说，就我不说，你们替我说。”此语在师大院内流传一时。

看钱锺书解《诗》的“创造性批评”[①]。正如他对文学评价家所要求的那样，解读《诗经》时，他是一手拿着望远镜，一手拿着显微镜。[②]显微镜当然是微观地看，于是我们看到钱锺书是那样甘于识小，不放过一字一词。《郑风·有女同车》“彼美孟姜，洵美且都”。《毛传》解之为“闲”，陈奂《诗毛氏传疏》的解释“闲”即“娴”，美也。钱锺书的显微镜别有所照，利用程大昌（1123—1195）《演繁露》、杨慎（1488—1559）《升庵太史全集》及赵翼（1727—1814）《陔余丛考》等诸多文献中的成说或记载，证明诗篇之“都”实即《左传》“都鄙有章”之“都”，与“野”相对，也就是古代的城邑。城邑中人而称“都”、称“美”，其缘由，看钱锺书所说“人之分‘都’‘鄙’，亦即城乡、贵贱之判，……实势利之一端”[③]，即可明白其中奥窍，这里有城乡贵贱的分别作用。这的确是一个“小结里”，但却通着古往今来的人情世故。像《毛传》和《毛氏传疏》那样囫囵地读作“美”，虽不能说他们就错，可这一番存留在细微之中的人事曲折，就只好“眼不见为净”了。而有了此处对“都”字的显微，我们再去看《小雅·都人士》中对“彼都人士”的歌咏，当能会心不远。

比字大的单位是语词。《管锥编》中最精彩的一例是《魏风·伐檀》中“坎坎伐檀”“坎坎”一词修辞价值的揭示。正像小孩子就会学模仿“汪汪”之吠、“喔喔”之啼，初民之诗的《三百篇》状声词的使用，就非常丰富。此点，刘勰（约465—？）《文心雕龙·物色》篇曾广加举陈。令钱锺书不满的是，前人竟将“坎坎”

① ［美］胡志德（Theodoro Huters）：《钱钟书论》，张泉编译：《钱钟书和他的〈围城〉》，中国和平出版社，1991年，第187页。

② “望远镜”“显微镜”的比喻，出自钱锺书《中国固有的文学批评的一个特点》，《文学杂志》1937年第一卷第4期。笔者此处所据为陆文虎：《“围城”内外——钱钟书的文学世界》，解放军文艺出版社，1994年，第50—51页。

③ 《管锥编》第一册，第107页。

（《诗》尚有一例与此相同，即《周南·兔罝》篇之“椓之丁丁”）与《诗》之“依依”“嘤嘤”等混为一谈。“象物之声，而即若传物之意，达意正亦拟声，声意相宣（the sound an echo to the sense），斯始难能见巧。”①“坎坎”的不同凡响，在它的“声意相宣”。钱先生眼光如炬地看出这一点，固有他的西学背景作参照，而他从《高僧传》的“替戾冈，劬秃当”到唐人蜀“夜雨闻铃”的“三郎郎当”，再到《春灯迷》《聊斋志异》写鼓声“不通！不通！又不通！”再到《新安文献志》的“布布谷，哺哺雏”等一批从小说、戏剧到地方文献的征引，直将这一“修词”手段在如何相沿而成“印板”，又如何“旧曲翻新”，表述得花团锦簇。小小一个语词，揭示出一个“修词”世界，几如“石破天惊逗秋雨”。再一个例子是“尔汝群物”，即《邶风·静女》“自牧归荑，洵美且异；匪女之为美，美人之贻”中显见的诗人之“多情”。“我而多情，则视物可以如人（I-thou），体贴心印，我而薄情，则视人亦祗如物（I-it），侵耗使役之而已。”②称谓在诗人竟也有如此的情态变幻。而对《周南·汝坟》中的“惄如调（朝）饥”即“调（朝）饥”一语，在钱先生就不单是揭示诗人的“舞文弄墨”比哲人“危坐庄论”来得早，而且也早就在他自己的小说里施于对人物的形容了。

不知道“修辞学”一类的“概论”书的作者们是否把钱锺书这里的一些发见添到了他们的修辞格里，反正有人把他对“易之三名”的“奥伏赫变”郑重其事地补到“训诂学”的“反训”条目里了。但是，钱锺书的“说文解字”，与语言学意义上的字义训诂修辞格的归纳，在大方向上只是一趟去上海的火车与一列去北京的火车在某一小站上的会合。他的重视字义，不是小学家读书从识字始的考究，也不是诗文吟咏家的看“字眼”，他的对字词

① 《管锥编》第一册，第116页。

② 同上书，第86页。

博雅征求，通着一个像波普尔（Karl R.Popper，1902—1994）所言“世界3”①的或大或小的人情和诗意的世界。也就是说，他重视的是渗透在遣词造句中某些易于被忽略的人事心态或作家心智。训“都”为“闲”、为“美”，是语义学上的，但揭出“都”所以“美”的由来竟与都鄙“势利”通着气，就不是语义学所包含得住的了。同样，《诗》“坎坎伐檀”式样的象声，竟在钱先生的征引下可以连成一线，这“词客”的“狡狯”竟在万象纷披的文学大世界中，暗据着一方小天地。这样的天地不专属于某个诗人或某部作品，而是属于所有的文人墨客和共同的诗家之心。人们说钱锺书“以诗证诗”是“移笺”，好像他用一种训诂学代替另一种似的。实际上“以诗证诗”不可读作“以水济水”，这四字不是那四字，其中后一个“诗”是诗篇、诗人之作，前一个则表的是超越于任何诗篇、诗人词客并存在于诗篇背后的诗的睿智和情意的王国。一属形而上，一为形而下；形而下指向的是形而上。这“形而上”正指那情意的诸神栖居的世界。这正是“打通”的不同于“比较”的价值；比较的旨趣在异同，打通的真义则在超异同的汇合；钱锺书的兴趣和功绩即在中西文学的广阔原野上建造一个诗眼文心的殿堂，一个文学的人类智慧华表。在钱锺书的意识里，它的重

① 波普尔在《没有认识主体的认识论》《论客观精神理论》和《世界1,2,3》等文章中，提出并讨论了他的“世界3”的理论，在他的三个世界理论中，宇宙现象可区分为三个世界：世界1是物质世界，包括物理物件及其状态；世界2是指意识状态或精神状态（包括无意识状态）的世界；世界3是思想内容的世界，它是人类精神的产物，包括语言、神话、工具、科学理论和文学作品等精神产品在内。波普尔断言三个世界都是实在的，从发生学上说，世界2从世界1中产生出来，世界3又从世界2中产生出来；从作用上讲，三个世界相互作用，其中世界1和世界2、世界2和世界3可以直接发生相互作用，而世界1和世界3之间则通过世界2间接发生相互作用。对“世界3”的作用，他说，有一天我们所有的机器和工具都破坏了，但是图书馆以及我们从图书馆中学到的能力却保存下来，我们的世界还会重新前进。以上诸文，均见纪树立编译：《科学知识进化论》，生活·读书·新知三联书店，1987年，第307—309页、第361—404页、第405—426页。

要，几如人生摆脱各种“围城”困境的图腾柱。

让我们回归本题。比词单位更大的是句，钱锺书于《诗》发现“丫叉句法”，并将词人造句上的这一“狡狯”与古希腊谈艺相联结[①]。这是“倩女离魂”[②]后的所见，还有句子在钱先生漫不经心的三言两语中，也陡然见出新意。《卷耳》“嗟我怀人，置彼周行”，现代一般人以为“置”的“不盈”的“倾筐”，钱先生却说是“‘周行’或如《大东》以‘周行’为道路，则谓长在道路，有如弃置”[③]。而《郑风·狡童》首章称：“彼狡童兮，不与我言兮。”次章继言：“彼狡童兮，不与我食兮。”钱先生谓：“是不与言，非道途相遇，掉头不顾，乃共食之时，不偢不睬；又进而并不与共食，于是‘我’餐不甘味而至于寝不安席。”[④]一般而言，如果不带点“打通”的意思，《管锥编》是懒得做戴君恩（1570—1636）、陈继揆、牛运震（1706—1758）他们那样的点评学问的，尽管其中对戴、陈等作了有限的许可。[⑤]然而上述的两例，就《诗》的读解而言，应该比知道《大雅·卷阿》“凤凰于飞”云云系“丫叉法”知识，更具有赏鉴的效果，其心神的活络及对生活的洞察又确非戴、陈、牛之辈可比。

比句更大的是篇章，《管锥编》论《卫风·氓》，谓诗篇“文字之妙有波澜，读之只觉是人事之应有曲折，……异于故作波折，

① 《管锥编》第一册，第66页；参郑朝宗：《研究古代文艺批评方法论上的一种范例——读〈读管锥编〉与〈旧文四篇〉》，《钱锺书研究》第一辑，文化艺术出版社，1989年，第44—45页。

② “倩女离魂”作为诗法的讨论，见《管锥编》第一册第114页对《魏风·陟岵》篇的讨论。参［德］莫妮克著，史仁仲译：《倩女离魂法——钱钟书作为中西文化的牵线人》，陆文虎编：《钱钟书研究采辑》，生活·读书·新知三联书店，1992年，第40—52页。

③ 《管锥编》第一册，第67页。

④ 同上书，第109页。

⑤ 同上书，第79—80页。

滥弄狡狯，徒成‘鼓噪’者也。”[①]这是很少数的谈篇章的一例，而在这很少数的谈篇章造艺的文字里，涉及《唐风·蟋蟀》《唐风·山有枢》的两篇，则显得颇为奇特，他是把两篇捉在一起加以对比，指出两诗，一系“正言及时行乐”，一为“反言以劝及时行乐”，谓后者“视《蟋蟀》更进一解”[②]。这是一个启发人们做更多联想的见地。一“正”一“反”两篇相连同见一国之风，颇让人有探问一下是否两诗当时就是“乡饮酒”一类礼节上，正面唱了反面唱的两首姊妹乐歌。当然钱先生是不会在这样的事情上再多说什么的。不过，他的对《郑风·女曰鸡鸣》《齐风·鸡鸣》和《唐风·绸缪》的解说，却是在维护诗意的同时，不经意地揭出了《诗》之“歌法”的问题。《郑风·女曰鸡鸣》郑笺的说法是“不留色”，而钱锺书的看法是：“‘子兴视夜’二句士答女之言；女谓鸡已叫旦，士谓尚未曙，命女观明星在天便知。”又说此“与《齐风·鸡鸣》情景略似”[③]。这就是说两首诗篇里，都含着诗中男女的对话，照“歌《诗》三百”记载去理解，就是歌唱中的对唱。与对待《蟋蟀》和《山有枢》一样，钱先生说这样的话语时，只是为着强调读《诗》要照顾文义，对诗中之“我”，与诗人之“我”分别视之，还是把《诗》当作一种呈现着作家“狡狯”文本来读的；是否应将《诗》还原为古时的歌唱，没有考虑的兴趣。解释《唐风·绸缪》时，虽然也先说了诗系“托为女之词”“托为男女和声合赋之词”，就是说，还是沿文人作诗的轨道考虑《诗》的问题，但无奈还是打了个“譬之歌曲之‘三章法’”的比喻：“女先独唱，继以男女合唱，终以男独唱，似不必认定全诗出一人之口而斡旋‘良人’之称也。”[④]这个说法在钱先生自己虽是个比喻，意在

① 《管锥编》第一册，第93页。
② 同上书，“正言”“反言”两句见《管锥编》第一册目录，为编辑者所加。
③ 同上书，第104页。
④ 同上书，第120—121页。

结束关于诗中某个词语是谁所说的纠缠，但就《诗·国风》本身而言，毋宁道出的是一种真实：风诗在当初，首先不是文人的写本，而是乐人的歌唱；虽富文心诗眼，却非词客诗笔。在上述几首诗篇的解说中，对这“歌法”的道出，是超过钱先生那些博雅的引类的。因为这比喻“管锥”出的可能是一个《诗》特别是《风诗》的那个原生形态的世界，即《诗》篇尚未写定，尚流行口唱、耳听歌词时代的世界。我相信钱先生只把“三章法”当作一个比喻，出自他的高标准的学术趣味：他可以用“一二三四，战争停止”的童谣来喻示“比兴”，却绝不会以《国风》系民歌的眼光去估量《诗经》。这无意间对他自己的《诗》说是一种成全，因为如果把《诗·国风》中的一些篇章如《卷耳》视为古代艺人的对唱，那么,《管锥编》中“化身宾白”的词客“狡狯”之说，就失去了着落。问题是，新近出土的文献可不成全谁，在上博简的《孔子诗论》中有“《卷耳》不知人”[①]的语句，那“不知人”的“不知”二字，正说的是《卷耳》的歌唱,“不知”即“不相知”,“不相知”即“不相接”,“不相接”就犹如后世戏剧舞台上的“背躬戏”，同台演唱却各表各的。[②]这样的话,《女曰鸡鸣》《鸡鸣》和《绸缪》等篇就都像是典礼中同台演出的对唱（而非山歌手的对歌），钱先生诗家“狡狯”“话分两头”[③]的见解，就有了商榷的余地。但是，钱先生在竹简发现以前许久就点出了“歌法”这一点，仍叫人不得不服：他无意间早将《诗》的读解指向了另一重世界，一个对《诗经》专业研究而言可以深度掘进的世界。在这点上,“诗眼文心”又显出这样一道功能：颖悟的理解力是不须等待新文献的出

① 见马承源主编:《战国楚竹书》(一)，中有《孔子诗论》,“卷耳不知人”见29简，上海古籍出版社，2001年。

② 参拙作《读上博简〈孔子诗论〉劄记》,(中国香港)新亚研究所编《新亚论丛》2002年第4期，第169—173页。

③ 《管锥编》第一册，第68页。

世，就可以“孤明先发”的。

2.喜剧气氛悲剧意识

钱锺书的“移笺”是诗意上的，说文解字为的是通向情意的世界。正像有的学者注意到的那样，在钱锺书的情意世界里喜剧色彩尤其浓重[①]。这也可以从《召南·野有死麕》说“无使尨也吠”的“小结里”说起。狗这东西，从考古时代就和猪一起成为家养的了，狗与猪不同，猪总是不长进，到今天也还是“一刀菜”，狗却是“天天向上”越变越知情达意玲珑可人了。《野有死麕》中的那只“尨”，照钱先生的举证，当是人类文学史第一条掺和到“儿女私情”中的狗儿。但毕竟是生在“周公”而不是“周姥”制礼的国度，竟不能像“十七世纪法国诗人”那条爱犬，“盗来则吠，故主人爱之，外遇来则不作声，故主妇爱之”[②]，于是女主人便不能不防它一手。再有一例是《卫风·硕人》里“大夫夙退，无使君劳”两句，郑玄“无使君之劳倦，以君夫人新为配偶”的解释遭到一些人的反对，而钱锺书证明“郑说亦通”，保护了这一说，也就是保护了诗篇的“喜剧”价值。谁婚配都属于喜事，是喜事就容得开玩笑，君主也不例外。假如像在此事上反对郑康成的胡培翚（1782—1849）、陈奂那样，将“君”解作新夫人，读来是多么的少味！这又涉及“笑”的问题。“桃之夭夭，灼灼其华”[③]，钱锺书说诗是写“桃花笑”。人们会说这样解释太孤证，但放到“诗眼文心”的“世界”去看，一点问题也没有（于此更可见钱先生的“移

① 胡范铸：《钱锺书喜剧美学思想初探》，见《钱锺书研究》（第一辑），文化艺术出版社，1989年，第178—199页。胡范铸：《谐谑论——钱钟书美学思想研究之一》，田蕙兰、马光裕等编选：《钱钟书、杨绛研究资料集》，第335—354页。

② 《管锥编》第一册，第76页。

③ 《周南·桃夭》，阮元校刻《十三经注疏·毛诗正义》，中华书局，1980年，第279页。

笺”是不能单纯从语义学角度看的）。“善戏谑兮，不为虐兮!”[1]钱锺书对诗篇中的“君子之德，有张有弛”十分欣赏，顺手表彰孔子的“乐然后笑”要比释迦牟尼（Sakyamuni）的“‘恐人言佛不知笑故’而开口笑”和耶稣（Jesus Christ）的“终身不开笑口”“较得中道”[2]。

笑着看《诗》，如同他笑看《围城》里的“两足无毛动物”，实际也是钱锺书的一大特色。“三百篇”自从成了“经”，人们读他就太严肃。钱先生却专门擅长从人世间那些一本正经中看出可笑的东西来。《小雅·楚茨》里的“神保”，一经他的解释，居然也是个“自做师婆自跳神”的主儿[3]！相比之下,《毛传》的“保，安也”,《郑笺》的“鬼神又安而享其祭祀”之类，就显得严肃得发呆了。不单是对这些“自做师婆自跳神”、狗儿和君主娶媳妇等“人间戏剧”，就是那些顶顶严肃的事如天道上帝的信仰之类，也同样如此。《小雅·正月》曰“民今方殆，视天梦梦”;《诗经》时代的人敢骂祖宗，钱先生的见解我们已经说过，这两句，照钱先生的理解，是可以类通的“人穷则呼天”“呼天不应”进而“怨天诅天”的哀怨之句。而在这类呼天抢地情感世界中，钱锺书揭示，暗存着一个有趣的“吊诡”:“怨天、诅天、问天者，尚信有天；苟不信有天，则并不怨诅诘问。”[4]这实在是道破了实情，我们当然只会首肯不会发笑，但当钱先生左征右引，一路说到陈子龙（1608—1647）《天说》“天有其权而不能用”,“天有其盛心而辄失也”，再加以西人“无能为力之无上权力”“聋子上帝”云云的“形容”的时候，就不能不为之解颐了。继而再读到他从《容斋四笔》找出

① 《卫风·淇奥》，阮元校刻《十三经注疏·毛诗正义》，中华书局，1980年，第321页。

② 《管锥编》第一册，第91—92页。

③ 同上书，第157页。

④ 同上书，第144页。

的那则神开导小鬼“晴干吃猪头，雨落吃羊头”的“神话”①，忍俊可就难了！

在这“笑看”的背后，体现的是钱锺书式的“解构”，任何文献都反映或倒映着一定的社会观念，钱先生也顺着这反映或倒映谈文学《诗》所表现的观念，如由《卫风·硕人》的“螓首蛾眉”和《陈风·泽陂》“有美一人，硕大且卷”说古人审美上崇尚丰腴，等等，②但更加明显的是，他不大喜欢从时代背景与观念形态的对应出发谈作品观念，他更着意于那些可以教人们从观念的深水中冒出头来的睿智，或增加着这样的睿智的一切表达。说老天是“无能为力之无上权力”是如此，说《卫风·木瓜》的“投桃报李”是“以取予”，可以“于古来所谓‘交际’‘人事’思过半矣”也同样如此③。词客胜学士是《管锥编》里反复表达的一个成见，但钱锺书所以那样高看“词客之狡狯”，与其说是因为小说家知道“秀色可餐”比费尔巴哈（Ludwig Andreas Feuerbach，1804—1872）危坐庄论“爱情乃心与口之啖噬”来得早，来得强，不如说是因为文人墨客比那些学士们更具有将那些庄严宏大的观念、信念等“意底牢结”之物戳出一个窟窿的聪明。钱锺书推崇“诗眼文心”并不耻以“文学鉴赏”为志业深度的缘由，在此也可以找到一个准确答案：真正的喜剧即连着悲剧，人类制造了观念指导自己的生活，而它们的底里居然是可笑的，这究竟是喜剧还是悲剧？须知作为一种人生意识的喜剧态度，往往是悲剧意识激情至极后剩余之物，“乐极”就要“生悲”，“悲极”也会“生乐”，虽则这样的“乐”是对“无奈”的开通，但主观的智慧含量甚至是要高于“悲剧意识”的。钱锺书的“笑看”多属此类，实际也就是夏志清所

---

① 《管锥编》第一册，第146页。

② 同上书，第92页、第127—128页。

③ 同上书，第99—100页。

讲的“喜剧气氛悲剧意识”①。

“笑看”通着“悲剧”，也恰恰是“笑看”的钱锺书从《诗》中发现了真正的悲剧冲突。这便是对纠结于《诗·小雅·四牡》中“私恩”与“公义”两种“伦理本质”的阐释。这也是《管锥编》对《诗》发明诗义极精彩的一段。而《管锥编》的这则劄记，须得联系着1935年他在英文杂志《天下月刊》上发表的《中国古代戏剧中的悲剧》一文看。在那篇论文中，针对着王国维（1877—1927）《宋元戏曲史》将《窦娥冤》《赵氏孤儿》推为“伟大的悲剧”，钱锺书表示了他“恕不同意”的反对。②的确，在相当大的程度上，国人至今还不大分得清“悲剧”与“苦难”的分野，但是，果真中国人就没有真正的“悲剧意识”吗？1935年的钱先生未能回答这样的问题，起码文章里还未谈到这点；而《管锥编》似乎是一种还债，有意填补他那篇文章所留下的空白。1935年的文章意在一种否定，而《管锥编》则意在发掘，悲剧性质的冲突在中国古代不是没有，而是潜藏在《诗经》及其他一些典籍的记载中。《小雅·四牡》中“王事靡盬”和“不遑将父”“将母”的歌唱，正与黑格尔（Hegel，1770—1831）所谓的构成着悲剧基础的“伦理本质”间的“彼此凿枘”相契符③。而且，他还从《韩诗外传》及《后汉书》以降的正史和几部笔记里，检出不少“忠孝不能两全”一类的故事，俨然成为一条可寻的线索。

当我们注意到恰好是正史或杂记一类的文献对这类记述较多

① 夏志清：《论钱钟书小说》，张泉编译：“海外中国学丛书”之《钱钟书和他的〈围城〉》，中国和平出版社，1991年，第31页。

② 此文原载于上海一英文刊物《天下月刊》1935年8月号，文本所据为陆文虎《读〈中国古代戏剧中的悲剧〉》，陆文虎编：《钱钟书研究采辑》，生活·读书·新知三联书店，1992年，第123—132页。又据［美］胡志德《钱钟书论》第二章，张泉编译：“海外中国学丛书”之《钱钟书和他的〈围城〉》，中国和平出版社，1991年，第140—142页。

③ 《管锥编》第一册，第134页。

时，一个耐人寻味的问题又随之而来：记载在正史里的“悲剧意识”如果可以视作对古代生活的记录的话，那么，为什么表现着生活的古代戏剧，或者其他文人喜欢摆弄的文艺体裁，却又偏偏不善于表现这样的悲剧意识，将这生活中悲剧景况演绎为一种真正的悲剧冲突呢？当我们有悲剧意识的时候，我们不会写戏剧，当我们会写戏剧的时候，却不懂得什么叫悲剧，这究竟是因为什么呢？或者说我们什么时候才让“诗意的正义”占了上风？《管锥编》是部大书，在它的有所为、有所不为的丰富内容中，蕴涵着许多有待开掘的问题。

三、《诗》在“诗”的世界中

“诗眼文心”是钱先生学问的端拱。在这“诗眼文心”的大关目下，钱锺书眼里只有“打通”的追求，决无啃哪一部经典或“搞哪一段儿”的专家兴趣。读《周易》，他把它放到了哲学和智慧的世界里去阐释，读《诗经》，同样是放到了“诗”或曰“诗心”的天地里去解读。《管锥编》所论十大部经典，实则只是一个幽默和智慧气氛中“诗眼文心”。一即一切，一切即一，经典在经典的世界，《诗》在“诗”的大千中消融，恰似空里流霜，平沙无痕[①]。

《诗经》时代古老，在钱先生的解读里，我们看到他对《诗》的开掘，给这“诗心”世界划出的几道边线：（1）当说到《周南·卷耳》的“话分两头”时，在比较过有类似“修词”之法的“嗒嗒派”和《堂·吉诃德》《名利场》等小说后，他说这一脍炙人口的修词手段，“要莫古于吾三百篇《卷耳》者”[②]。（2）在论说《汝坟》的

① 虽然钱先生也很注意阐释学的理论，但严格说，钱先生眼里除了“诗眼”之外，很少有作家什么事。他的“视界融合”只是作为文学作品的“诗”，与属于睿智界的“诗眼文心”的“融合”。

② 《管锥编》第一册，第69页。

“惄如调（朝）饥”的“调（朝）饥”即“恨不得一口吞了他”时，照钱先生的搜索，西方同一意思的“常言”最早见于阿里斯托芬（Aristophanes，前446—前385）的名剧《蛙》（The Frogs），而《诗经》的创作结束时代一般认为在西元前六世纪，起码早个百八十年；至于费尔巴哈对此心理的“危坐庄论”，那就更是“实未能远逾词人之舞文弄墨”的事了。①（3）关于《邶风·燕燕》“瞻望弗及，伫立以泣”的“眼力不如人远”之意，在对后代同类语句的大量举证后，钱锺书拈出莎士比亚（Shakespeare，1564—1616）剧作中女角“惜夫远行”道白以资参照，称“西洋诗人之笔透纸背与吾国诗人之含毫渺茫，异曲同工”，但显然莎世比亚的年代要晚近多了。（4）《鄘风·桑中》被钱锺书认为是“视为外遇之薄录也可，视为丑行之招供又无不可”的作品，继而又说：“西洋文学中善诱妇女之典型名荡荒（DonJuan），历计所狎，造册立表，……《桑中》之‘我’不啻此类角色之草创。”②这几条线是划在属于人类的“诗世界”端点的，识之可以增加目力。再看一下划在中国文学天地里的几条可以加深人们认识的线。（1）《卫风·氓》，钱锺书评之为“文字之妙有波澜，读之只觉是人事之应有曲折”，后来传奇中只有元稹（779—831）《会真记》、沈既济（约750—约797）《任氏传》中的某些文字“差堪共语”③。（2）清人金圣叹（1608—1661）读杜诗及《西厢记》，知为文有“倩女离魂”一法，在谈《魏风·陟岵》时，钱锺书不无讥讽地说：“金氏盖未省‘倩女离魂之法’之早著于《三百篇》及六朝乐府也。”④（3）《陈风·泽陂》“有蒲与蕳”，句中的“蕳”字据郑玄的解释，是“芙蕖实也”，也就是莲的籽实。以郑笺在训诂上的权威性，钱锺书进而指出，洪迈（1123—1202）

① 《管锥编》第一册，第73—74页。

② 同上书，第88页。

③ 同上书，第93页。

④ 同上书，第114页。

《容斋随笔》、赵翼《陔余丛考》和翟灏（？—1788）《通俗编》对汉语中双关现象的追究，“均未溯《三百篇》”[1]。（4）指出《周南·桃夭》的“桃之夭夭”实即“桃花笑”，刘知幾（661—721）辈讥同时代的诗人词客的“花发为‘笑’”为“俗文”，是不知“‘俗文’滥觞于《三百篇》”[2]。中外的例子不止于此。这些端线的划出，当然有助于对《诗》的经典地位的认识，但这绝不仅仅是钱锺书的意图。毋宁说找到源头和边界，是为了更好更全面地观察那些古今中外的诗人们，是如何各呈心智地在这诗的世界里翻扑跌打以争奇斗艳的。

在这争奇斗艳的竞技中，有的已如前文所说，属于诗艺“修词”的局部技巧；有些却是由《诗》所滥觞“诗”之一“境”，用钱锺书的话说即“据实构虚，以想象与怀忆融会而造诗境”[3]的“诗境”。就《诗》而言，钱学的论家一般只认为《秦风·蒹葭》“企慕之境”等一两个[4]，那是因为钱锺书标明了的。实则《管锥编》从《三百篇》发掘的堪称“以艺术之镜观照人生”[5]的“诗境”尚有多端。强为之命名，计有“卷耳之境”“陟岵之境”和《燕燕》一诗所造之“送远之境”等。也就是说，古老的诗篇，在以上诸端为后代诗人们表现人事情怀造了端，开了绪；《诗》也因此而真正是经典，身后尾随着一大批翻建它的格局或在小数点后多出几位数的诗人诗作，《诗》便活在“诗”的长河中。可以称为钱锺书给古老的《诗》学研究一大贡献的，是他这里的把《诗》和“诗”打通；诗歌情境人们早就会谈，但《诗》的造境与后来的诗境绾结在一

① 《管锥编》第一册，第126页。

② 同上书，第71页。

③ 同上书，第114页。

④ 陈子谦：《钱学论》（修订本），教育科学出版社，1994年，第239—394页。

⑤ 张培锋：《“钱学”体系论》，冯芝祥编：《钱锺书研究集刊》第一辑，上海三联书店，1999年，第93页。

起加以观照，将前人的盲点化作一片亮点，厥功之巨伟，不能不推《管锥编》。

这“诗境”的头一“境”就是《周南·卷耳》的两“我”对举的“话分两头，双管齐下”。上文说过，《卷耳》的两“我”对出，极有可能是诗、乐、舞三者合一时代特有的“歌法”所致，诗中两“我”的同时出现，实际只是一种同台演唱的“背躬戏”，特有的唱法正为抚慰那些为“国”而抛“家”的人们。但是钱先生的将其视为诗人手法的认识，却并不因此而无足轻重，因为《诗》的“唱法”的确在汉民族的文学传统里是失了传，词客们就是有意继承着《诗经》的手法，也是把它当作前贤的手笔；而“嗒嗒派”和《堂·吉诃德》《名利场》的不谋而合，则更显示出“东海”和“西海”的文学“狡狯”，像两只猫对同一只鲜鱼那样大有同感：说到底是这只“鲜鱼”的特殊的魅力。用钱先生的话说，“男、女均以第一人称‘我’，如见肺肝而聆欬唾”[①]。而诗人词客“笔补造化”“人定胜天”、无而为有的神功，亦即改写生活的特权，在此展露无遗[②]。戏剧的“打背躬”顾名思义是同台而不对面，各表心事而各唱各的；虽两“我”并出，却是各自为“我”。这既与词客的手段貌同实异，也远不如“话分两头”来得有表现力。钱锺书读《诗》特别重视并着意表彰此一境界，也就在于它特别符合他对“造艺”之事所具有的理念：两地分居、两心相悬是生活常态而常见，但将这生活中缺憾之人捉置一处，“见肝肺而聆欬唾”，他们在缩小着时间、移动空间，将现实中那些困守于生活之境的人们“打救”出来，成就一深情的情感之境，却是艺术的权利。诗人在此几如上帝。这个“诗人”不是张三、李四的诗人，他是那个“诗

① 《管锥编》第一册，第69页。

② 钱锺书：《也是集》，广角镜出版社，1984年，第89页。后补入《谈艺录》。又参周振甫：《〈谈艺录〉补订本的文艺论》，见《钱锺书研究》第一辑，文化艺术出版社，1989年，第60—62页。

心”的形具。有意思的是，钱锺书不仅在他的学术里开掘这一“卷耳之境”，许多年前，在他的小说里，他就将此境反用在他的小说里，以表达他对人生的讽刺了[①]。

与“卷耳之境”相近相似而不相同的是“陟岵之境”。“卷耳之境”是化两地相悬为“见肝肺而聆欬唾”，“陟岵之境”则是“己思人思己，己见人见己”[②]，是驰情入幻而“倩女离魂”，是深情而多情，是怜人而自怜。其诗学的价值同样是在“天无功”处“笔补造化”。在这段文字中，首先是钱先生以其“诗眼文心”的鉴赏力，将《陟岵》的真诗意从前人的解说堆积里发掘出来，然后再建构其与后代诗心的联系。在这建构中，钱锺书不仅勾勒了“陟岵之境”“我思人乃想人必思我”的格局在后代的承继，而且连类地论及“我视人乃见人适视我”邻近现象，表明诗人们不会安于既有之境，还能在老境界的旁边再开新境。一是思人却想人思己，一是视人偏说人视我，该是题无剩义了吧？诗人的“狡狯”没这么简单。五代有一位诗人王周（？—948），有《西塞山》诗数首，第二首：“翻思岵屺传《诗》什，举世曾无化石人。”“谓《陟岵》此篇，虽千古传诵，而征之事实，子之爱亲远不如妇之爱夫。”[③]《陟岵》表“孝子”，是传统老调，王周确实在老调子的大网上钻出了漏洞。这是在内容上翻案，而另一个不起眼的诗人朱服（1048—？）与名诗人温庭筠（约801—约866）一起，以“在今日想他日”的思致，在“陟岵之境”的小数点后，又多算出了几位[④]。读《管锥编》里这些充斥着大量举证的文字，笔者有一个强烈的感觉，不论是那承继还是那邻近，很难说都是有意追摹《三百篇》的结果，钱先生举证的目的当然也不在于此，举证不过是在显扬那“诗家

① 钱锺书：《人·兽·鬼》，福建人民出版社，1983年。

② 《管锥编》第一册，第115页。

③ 同上。

④ 同上书，第116页。

之心”超越古今的“千圣同证”。也正在这里，钱锺书给古老的《三百篇》在真正属于“诗”的世界里找到了恰当的位置：《诗》获得了它作为“诗”的排头地位，就是有谁超越了它，它也是基准；而且它还会因后代诗人不断地搬弄，而越发见出自己的先河地位。需要注意的是，在将《诗》与它的后代众多血胤通为一气之前，钱锺书的点化之力。《陟岵》篇的古老而权威的解释是《毛传》的“孝子行役，思其父之戒”，这顶不大不小的孝帽子，足可以禁止读那些诗歌而见道德的人，对诗篇的解读作另外的打算。但是通晓阐释之道[1]的钱锺书却下了这样一个“转语”：“窃意面语当曰：‘嗟汝行役’，今乃曰：‘嗟予子（季、弟）行役’，词气不类临歧分手之嘱，而似远役者思亲，因想亲亦方思己之口吻尔。”[2]这当然是读诗善思的手眼，但这眼力来源，我以为出自钱先生对整个中国乃至西方诗歌的熟稔，也就是说，正是后代大量诗篇的类同现象，启发着他从《诗》这里作出一个根源性的说明。诗对《诗》阐明之功亦因钱先生的使用而明显。

《邶风·燕燕》所营造的“送远之境”最显著处是深情；或者说它以精湛笔法“观照”出人事最深情的一面。钱锺书援引宋代许顗《彦周诗话》“真可以泣鬼神”的评价，是当之无愧的。从“眼力不如人远”的一边，《管锥编》以大量的列举和辨正，寻绎着后代诗人对“《诗》境”的开拓和纵深。其中对“西洋诗人之笔透纸背与吾国诗人之含毫渺然”的比照，更能见出“燕燕于飞”所开始的“送远之境”的民族特征。不过，读这里的列举，笔者有这样的感觉，论深情，后代的诗人虽在技法上作种种计较，都未

① 李慎之曾说：“前几年，中国兴起了解释学。……他又告诉我：‘其事未必然，其理未必不然。这就是解释学。’使我茅塞顿开。”见李慎之：《千秋万岁名寂寞身后事》，何晖、方天星编：《一寸千思》，辽海出版社，1999年，第186—193页。

② 《管锥编》第一册，第113页。

能出《诗》篇之右，觉得他们在技法上的争奇，反而失去《燕燕》所特有的风致。这也可能与钱先生的举证太重诗法有关。就是从“眼力不如人远”一边说，我倒觉着李白（701—762）《送孟浩然之广陵》的“孤帆远影碧空尽，唯见长江天际流”，岑参（约715—约770）《白雪歌送武判官归京》“山回路转不见君，雪上空留马行处”的情致能远绍《诗经》的深着而自具才调。钱先生居然未引，当是因其与王维（？—761）、王安石（1021—1086）以下至何景明（1483—1521）等“远绍”诗篇一样，有“说破着迹”之累？[①]可是不“着迹”又怎样？“眼力不知人远，上江桥”“有个多情立画桥”与“瞻望勿及”及“雪上空留马行处”“唯见长江天际流”相较，“迹”倒是未“着”，可就是雕琢纤巧，情味也散失了不少。能照烛人在世存在处境之一端，才够得上说是诗的“一境”，“诗心”当顺着“诗情”走，才是上乘之作。但无论如何，钱先生的疏通似的引证是有助于对《诗》境的认识的。

思念、离别，诗人们千方百计地为人生的“世间”情感困境营造着诗境，而《秦风·蒹葭》则展现着人在无限企慕中的超越之境。离别、思念，都是“有为法”，而《蒹葭》无论其“在水一方”究竟所指为何，其“企慕”之境的真义，都在这“企慕”所绽裂出的潜隐在人精神世界深层的超越祈向。这祈向的向度是自由和无限，这超越意识一旦萌动，带出的必然是深度的情感，因为超越祈向出现，即意味着“深渊”情境的浮出。钱锺书在对这“企慕之境”旁征博引的勾勒中，也正着意地强调着“深水中阻”和“彼岸”的难即[②]，以及在诗法上的“取象于隔深渊而睹奇卉”[③]。因此说到底，“蒹葭之境”是迷离在怅惘的悲剧情感。深度的渴望带起的是深度的绝望。罗素（Bertrand Russell，1872—1970）在《我

① 《管锥编》第一册，第78—79页。

② 同上书，第124页。

③ 同上书，第397页。

为什么生活》一文中的文字有助于对这悲剧内涵的认识，他说："三种单纯然而极其强烈的激情支配着我的一生，那就是对于爱情的渴望，对于知识的寻求，以及对于人类苦难痛彻肺腑的怜悯。这些激情犹如狂风，把我在伸展到绝望边缘的深深的苦海上东抛西掷，使我的生活没有定向。我追求爱情，首先因为它叫我销魂，爱情令人销魂的魅力使我常常乐意为了几小时这样的快乐而牺牲生活中的其他一切。我追求爱情，又因为它减轻孤独感——那种一个颤抖的灵魂望着世界边缘之外冰冷而无生命的无底深渊时所感到的可怕的孤独。我追求爱情，还因为爱的结合使我在一种神秘的缩影中提前看到了圣者和诗人曾经想象过的天堂。"①"爱"的激情与"天堂"的相连，以及由此照出的"无底深渊"，正可以移来喻示"蒹葭秋水"的"企慕"所具有的心灵激荡。如果说《卷耳》《燕燕》所显露激情之维是深情的话，那么《蒹葭》之境则是深刻，即深刻地展现出人类心灵深处的祈向无限的心态本质。②

《管锥编》所法的《诗》中之境并不止上述这些，例如在讨论《小雅・正月》篇"谓天盖高，不敢不局；谓地盖厚，不敢不蹐"诸句时对"国治家齐之境地宽以广，国乱家哄之境地仄以逼"的举证，即表现出了古代政治抒情诗歌的一种常态。人们（包括钱先生自己）说，"钱学"的特长在对"现象"的"连类"把捉，以

---

① 庄敏、江涛编：《罗素思想小品》，上海社会科学院出版社，1996年，第16—17页。

② 郑敏：《自由与深渊：德里达的两难》，《结构——解构视角》，清华大学出版社，1998年，第21—31页。该文揭示，以打散中心主义为宗旨的德里达，在面对康德所描绘无目的、无概念联系的自在、自由之境时，也不能不"痛苦地徘徊于深渊旁，既明确玄学的翅膀是伊克拉斯的蜡制品，却又抑制不住对彼岸的自由的向往，他的痛苦是深重的……"可见超越的"企慕"的向往有多大的力量。

观其流变[1]。然而，从《诗经》研究着眼，逆着钱先生的意图，我们看到的却是《诗》在后代的承继、拓展中显出的永恒价值:《诗》在诗的海洋里越发显得是诗，这完全是因它的“表达质量”所达到的观照人生境地的手法[2]。钱锺书的目的本不在这一点的揭示，但他的工作无疑具有让人获得这认识的作用。

四、钱学在解《诗》上的限制

用“诗眼文心”的灵性，给古老经典的解读添加新意，是钱锺书《管锥编》了不起的价值。在这样的路数上研读《诗经》，完全可以说是空前的。但这不是说钱先生的路径是唯一的，也不是说就无可挑剔的。从大的方面看，钱先生以“管锥”二字为自己的著作命名，[3]但钱先生手里“管”是往远处望，往细里照，其视野甚至可以用“至大无外，至小无内”来形容；他的“锥”则是往横里扎，有如烤羊肉串的签子，能够积零为整，群轻折轴。但就《诗经》或任何典籍而言，这样的手段，都可能失去从社会文化透视、说明作品的视野。人们会说，钱先生根本就不想在这方面做什么。问题是这实在影响到了他某些说法质量和可靠性。一个例子我们在前面已经谈过，他宁愿以“歌法”去“比喻”《唐风·绸缪》的“诗法”，可实际上,《三百篇》本来就是歌唱中的东西。关于这方面的记载他也肯定看过，但却未能在此发挥应有

① 胡范铸:《现象：观察活动与观念体系的根本起点——钱钟书学术思想与艺术思想研究之一》，陆文虎编:《钱钟书研究采辑》，生活·读书·新知三联书店，1992年，第312—316页。

② “表达质量”一词借自［法］郁白:《法文版〈诗学五论〉前言》，孙燕萍译，陆文虎编《钱钟书研究采辑》，生活·读书·新知三联书店，1992年，第58页。

③ 关于“管锥”二字的含义，参陆文虎:《〈管锥编〉释义》,《“围城”内外》，解放军文艺出版社，1992年，第30—34页。

的作用。实际上，承认了《绸缪》的“歌法”，并不影响他以后的持论，反而使他的说法更加坚实。再有一例见于《谈艺录》增补，关于中国最早的“以‘诗品’作诗”，钱先生说：“可上溯《诗·大雅·烝民》：‘吉甫作诵，穆如清风’；少陵‘翡翠兰苕’，退之‘鲸牙龙角’，滥觞于是矣。”①这个探本追源的说法，实际是不明古代诗歌演唱方式的误解。据《国语·鲁语下》载闵马父言《商颂》可证②，《烝民》这最后两句实际是诗篇歌唱中的“乱词”，实出乐工之手。《国语》是大路书，如能够从“知人论世”的角度，稍加措意，这则“增补”实际是可以不写的。

钱先生不喜欢体系，说体系性的东西经不起时间的冲刷。这当然是很有道理的。但深受黑格尔和老子“反者道之动”影响的钱先生，有时也禁不住技痒，爱将那些矛盾的诸多片段，捉至一处，构成一个精巧的“对立统一”之局。《管锥编·周易正义》“易有三义”，《毛诗正义》“诗之一名三训”等文字，对汉语一词中所含的辩证精义阐明，都是市有定价的见解。但有一条，即“风”字一词多义的构架，却未免有点为“反训”而“反训”了。照钱先生的理解，“国风”之“风”字义上“可双关风谣与风教两义，《正义》所谓病与药，盖背出分训而同时合训也”③。“风”是“风谣”，又是“风教”，这是“分训”，这样说没问题，但说是“合训”，就不对头。例如说“衣”有“彰”和“隐”两义，是“分训”又是“合训”是可以的，因为“衣”的确有两样功用，而且可以同时生效。但说“风教”与“风谣”也可以“合训”，却是乱点鸳鸯谱，是包办之“合”，因为两者或此或彼。很奇怪，钱先生早就注意到唐朝文宗时候的宰相郑覃“夫《诗》之雅、颂皆下刺上所为，非上化

① 钱锺书：《谈艺录（增订本）补正》，见《钱锺书研究》第一辑，文化艺术出版社，1989年，第370页。

② 《国语》，上海古籍出版社，1978年，第216页。

③ 《管锥编》第一册，第58页。

而作”，并称他的这说法比陈子龙的“虽颂皆刺”早见。[1]可是一到“风”，钱先生却忽略了作为“乐”的“风谣”说，实在只是西汉人信奉的观念，而“风教”则是重视臣节、“名教”的东汉人的主张。[2]能从王先谦《诗三家义集疏》里将韩诗家“茹，容也”的遗训找出来的钱先生，居然对今文家将《三百篇》作课书的总体倾向，视而不见，把因时代变迁而出现的不同观念捏为一体。这不能不说是个失误。上文说过，钱先生论学谈艺重智尚趣，喜言“反训”也是这意趣泛滥化的体现。

（原载《新亚论丛》2004年第六期）

① 钱锺书:《诗可以怨》,《也是集》，广角镜出版社，1984年，第3页。

② 《战国楚竹书·孔子诗论》表明,“教化”的观念确实晚出。因为竹简所记孔子论诗，并不从“教化”上着眼。竹简的发现表明，表达着“教化”观念的《毛诗大序》看来就是像《后汉书》所说的，系东汉中期卫宏所作，其基本含义与先秦诗说已相去甚远。

《尧典》的写制年代

摘　要　考证《尚书·尧典》的写制年代，本文采取以下三种办法：其一，将《尧典》与可信为西周中期的文献《尚书·吕刑》对读；其二，与可确知为西周中期的一些金文篇章如《史墙盘》《豳公盨》等进行对读；其三，与可信为西周时期的《诗经》篇章对读。三方面对读的结果，无一不显示今传《尚书·尧典》篇为西周中期文献。

关键词　《尧典》　年代　西周中期

《尧典》很重要，因为它是西周中期的文献。然而在现代的研究中，它却显得不那么重要。原因无他，只是因为它被误认为是春秋战国时期的文献。[①]于是，这份重要文献的原创性就受到了严重的漠视。举一例而言，如果确信《尧典》是西周中期文献，那么，它的开篇一段，亦即“粤若稽古帝尧曰放勋钦思文明安安”一段所含之“内圣外王”的重要观念，就毫无疑问属于西周的思想原创。可是，若把它当作春秋战国文献来看待，那么，好端端一

---

① 早在东汉的王充《论衡·须颂》就说《尧典》为孔子的鸿篇，可视为是“春秋战国说”遥远的先声。到上个世纪初，顾颉刚先生在1923年作《尧典皋陶谟辨伪》一文（载《古史辨》第一册），举出八个方面的证据，论证《尧典》和《皋陶谟》的晚出。《尧典》等篇的时代问题随即成为当时的热点。对“古史辨”的成果，徐旭生先生在其《中国古代的传说时代》（文物出版社，1985年，第26页）一书中曾有这样的评价：“疑古学派最大的功绩，是把《尚书》头三篇（即《尧典》《皋陶谟》和《禹贡》——引者）的写定归之于春秋和战国的时候。”

段原创思想就成了雷同甚至抄袭之言。文献的时间误判，掩没了文献自身的价值，导致了许多问题的忽略：若“内圣外王”的思想不是儒家率先提出，而是儒家之前数百年西周时期的首创，那么，西周时期何以就有这样的思想，不是一个很重大的问题吗？儒家的阐发有无新意、新意何在，不也是随之而来的大问题吗？但是，若文献的年代被误判了，这一切也就无从谈起了！

这或许是拙文的一点作用：恢复《尧典》本来的写制年代，可以为进一步的探索提供一个文献依据。而且笔者认为，《尚书·尧典》等“头三篇”都是西周中期文献，具体说，系不出西周穆、恭、懿、孝这一时间范围之内写制的文献。[①]笔者所以有这样的看法，得感谢日益丰富的出土文献。篇幅所限，此处只说《尧典》，以就正于方家。

一、本文的思路

近现代的学者，用了许多的论证极力证明《尧典》为春秋战国文献。然而，既说《尧典》为春秋或者战国时期文献，那么，人们就有理由问：春秋战国有哪一篇文献与《尧典》相像？道理很简单，同一时代的文章写作，总会有某种程度的相似性。笔者这样发问，势必要接受如下以子之矛攻子之盾的反问：那你说《尧典》为西周中期文献，就能举出与《尧典》相像的文献来吗？对此，笔者的回答是：有。不仅有，而且伐柯取则，其则不远：说《尧典》是西周中期文献的重要证据，就是因为在《尚书》中可以找到在语言句法上与《尧典》高度相似的文献，这就是《尚书·吕刑》。

① 这样的说法，前人也早就提出过，如王国维《古史新证》就说：“《虞夏书》如《尧典》《皋陶谟》《禹贡》《甘誓》，《商书》中如《汤誓》，文字平易简洁，或系后世重编，然至少亦必为周初人所作。”王国维的说法基于他对“二重”文献的熟稔，他的判断是正确的。但因他只是简单一提，语焉不详，故今人信从者少。

将两篇《尚书》文献稍加比较，就可以发现其间存在高度的相像！这正是本文解决问题的思路之一：持《尧典》与西周中期文献《尚书·吕刑》相比较。这一点很重要，但还不是全部。本文解决问题的思路还有第二点，那就是持《尧典》与出土的可以确定为西周中期的铜器铭文相比较。此外，可信的传世西周文献不仅限于《尚书》一些篇章，还有《诗经》的“雅”“颂”作品。本文解决问题的第三条思路是：持《尧典》与这些可信为西周作品诗篇相对读。以上三条，简单地说，就是将《尧典》与可信的西周文献进行语词、句法乃至篇章等方面的对比，是拙文求证的途径。

在《尚书》文献时代的考订问题上，有学者提出了一种“比较‘硬’的历史语言学证据来探讨‘周书’各篇写作年代”的做法，遵循的是这样一种规则：“（《尚书》篇章）所用的语言假如反映了西周时代的语言，那篇谅必是西周时代的作品；反之，假如反映了东周时代的语言，那篇恐怕就应定为东周时代的作品。”[①]的确，这样的方法要比根据某一个观念，例如“五行”，先认定其出现于某一个时代，再据以断定记载那一观念之文献出现时间的做法，要客观得多，因而也“硬”得多。任何人都不能脱离自己时代的语言风尚，而语言的风尚主要表现在语词的变化上。例如“虎烈拉”这个语词，在20世纪流行一段时间就消失了，它的出现和消失，都与当时社会一段特殊的经历密切相关，因而具有强烈的时间色彩；再如今天“买单”这个口语、书面语都使用的词，就来自粤语（“埋单”），它在普通话中流行时间的上限，绝不会早于20世纪80年代，其流行于北方具有强烈的时代气息。这样的例子还有，口语如“哇塞”“爽”，书面语如“心态”“认同”等。又，随着网络信息传达的日益普遍，一些网络用语如“给力”等，也开始进入书面语，这又比上述南方方言语词具有更晚近的时间标

① ［美］夏含夷：《古史异观》，中华书局，2005年，第322页。

志性意义。那么，西周延续近三百年，其语言也在流变。流变的语言，彰显出的是当时特有的时代气息。考诸西周出土的金文，虽然金文到一定时期出现了程式化的倾向，但这也并未挡住不少新语词随时代变化出现；就是“程式化倾向”出现的本身，也是有其时间性的。也就是说，金文语言终究还是随着时代变化的，一些后来的语词就是沿用了以前的成例，也还是可以看出来的。此外，任何一篇文献，在语词层面之外、之上，还有修辞、句法、篇章风范等方面的内容。任何人考察一篇文献的时代，都不会单看它的语词，超语词层次的语法、篇章乃至风格的诸多方面，都是会被综合考虑到的。但是，从语词作出的判断，终比单看风貌风格更为具体、信实。笔者相信，综合地考虑、取证，会得到更为牢靠的结果。

还有一点需要说明。笔者研读《诗经》有年，曾提出《诗经》篇章的创作在西周穆王、恭王之际存在一个高潮，背景是当时以周文王为中心大祭祖先，许多“雅”“颂”篇章就产生于这一时期[①]。下面所举与《尧典》相比较的诗篇，大多是笔者认为的西周中期的作品。当然，笔者对《诗经》的看法毕竟还是一家之见。然而，即便如此，若这些被笔者视为西周中期的《诗经》篇章真的与《尧典》在语词、句法上存在诸多的相似，那么，起码也可以证明《尧典》为西周时期写制的篇章。也就是说，《诗经》“雅”“颂”部分作品仍可作为判断《尧典》写制年代的重要参照。

二、《尚书·吕刑》确为西周穆王时文献的说明

如前所说，此文的思路之一就是持《尧典》与《吕刑》相较。

① 李山：《诗经的文化精神》，东方出版社，1997年，第163—210页。马银琴《两周史诗》（社科文献出版社，2006年）的西周部分，也有类似的说法。

如此，有一个问题必须先行确定，那就是《吕刑》篇是否确为西周中期亦即穆王时的文献。《吕刑》的时代在古代是没有疑问的，只是到了现代，学者开始对它有所质疑。如郭沫若在其《金文所无考》中，就针对《吕刑》中的“绝地天通”之句提出质疑。他说，金文无“地”字，“与天为配之地，……绝未有见”，所以这个“绝地天通”是后起的，据此《吕刑》篇的年代成问题①。后来张西堂《尚书引论》又在郭说之外，提出四条证据来证明《吕刑》非西周著作：（1）蚩尤和重黎的传说起源甚晚；（2）吕侯是后来才有的，宣王时《大雅·崧高》说“生甫及申”，《吕刑》应该在宣王以后的东周；（3）《吕刑》讲“大辟疑赦，其罚千锾”讲到罚金，非西周所有；（4）《吕刑》结尾“王曰呜呼敬之哉”等句读起来不像西周时当有的句子。②张西堂所提四条的第（1）（4）两条都太主观，第（3）条则或因当时金文资料尚少，或因对金文资料注意不够，明显不能成立。20世纪70年代出土的训匜是一件西周中晚期之交的器物，铭文“我义（宜）便（鞭）女（汝）千，……今我赦女（汝），………罚女（汝）三百爰（锾）”③之语，其赦罪罚金的观念与《吕刑》十分相近，而且罚金的单位“锾”，也见于《吕刑》“其罚百锾”之句，是《吕刑》篇为西周文献的确证。另外西周昭穆之际的《师旂鼎》也有师旂众仆因不随王出征而被罚“三百锾”④的记载。至于吕伯的问题，穆王时的《班簋》铭文有“吕伯”，同时的《静簋》有“吕刚”，两器的年代都是可以确信为西周的。张西堂先生以上四条质疑都难以成立⑤。

---

① 郭沫若：《金文丛考》，人民出版社，1954年，第43—45页。

② 张西堂：《尚书引论》，陕西人民出版社，1958年，第196—198页。

③ 此处金文采用的是李学勤《岐山董家村训匜考释》（见《新出土青铜器研究》，文物出版社，1990年，第110页）的释文。

④ 此篇铭文中“三百锾”的“锾”，见唐兰：《西周青铜器铭文分代史征》，中华书局，1986年，第313、310页。

⑤ 参蒋善国：《尚书综述》，上海古籍出版社，1988年，第252—253页。

郭沫若说金文中未见“地”字，的确，即在今天，写成“地”这个字形的“字”在西周金文也未见。但这不表示“地”这个“词”金文就绝对没有。西周中晚期器如《豳公盨铭》之“[illegible]”、《㝬簋》之“墜”两个字，有学者就将其解释为“地”。不过，两个字的字形隶定尚未一致，还不能视为反驳郭说的强有力证据。好在金文之外，还有《尚书》和《诗经》“雅”“颂”的一些篇章，也都是可以信据的西周文献。《尚书·盘庚下》“用永地于新邑”，《金滕》“用能定尔子孙于下地”；《诗经·小雅·斯干》“载寝之地”，《正月》“谓天盖高，不敢不局。谓地盖厚，不敢不蹐”等都是，其中《诗经·正月》恰好还是“天”“地”“为配”而言。这就不仅证明西周有“地”，而且还有“天”“地”“为配”使用的。

郭、张两家之后，近年又有美国学者夏含夷《略论今文〈尚书〉各篇的著作年代》一文，从金文语词的角度对《吕刑》等几篇《尚书》文献的年代提出新说。也正是在这篇文章中，作者提出了一种“历史语言学”的“硬”的证明方法。具体说，他用五个字在金文中的用法来验证《吕刑》等文献的写作时代。这五个字是“以”“之”“及”“自”和“其”；同时还有可以作为“旁证”的“而”“矣”“为”“穆穆”“肆”等几个字词。其中涉及《吕刑》中出现的字，有“以”“之”“自”“其”和“而”“为”“穆穆”七个。据以上七个语词的使用，夏含夷将《吕刑》定为东周文献。现在我们就来看看这七个词的情况。

关于“以”，夏含夷说：“西周金文在‘以’之后基本都接名词，东周金文在‘以’之后多接动词。”关于“之”，夏含夷说：“在西周金文中作为代词的‘之’很少用”，“反之在东周金文中泛见”。作为代词的“自”，夏含夷说，在西周金文中作为代词的“自”只有五例，“而在东周金文里‘自’多做代词”。至于“其”，夏含夷说：“在西周金文中，第三人称所有格代词主要是‘厥’，‘其’平常用作助动词，偶尔也可以用作代词，但是还不如东周金文中用作代词那样普遍。”[①]文中作者一再说他的研究“不过是初步的分析”，上述那几条证据东西周“时代分别不应看得太绝对”，表明他对自己的研究是有疑虑的。笔者重新检索金文发现，他所依据的那几个字的“硬”标准，也确实是存在问题的。

夏含夷所依据的金文资料是日本学者白川静《金文通释》中的索引，在资料的完备上有很大的局限。笔者依据华东师范大学中国文字与应用中心编写的《金文引得》进行考索，西周金文“以”共出现93词，后面接动词的有23例，是23：93的比例，《尚书·周书》中，“以”字共出现120次，“以＋动”的语词据夏含夷文章统计，有32例。就是说，“以＋动”在西周金文中出现的比例，与在《尚书·周书》中比例一致，也就是说根本就不存在“以＋动”是东周金文才多起来的现象。至于“之”字在西周作代词用的，如“子子孙孙永用之”之类，《何尊》“自之辥（乂）民”，《散盘》“传弃之”，《牧簋》“乃侯之”之类，其数量都不在少数，所谓“西周金文中作为代词的‘之’很少用”，也与事实不合。“自”用作代词在金文中如夏所说，已有5例，既如此，实际就不能再认为“自”字西周时不用作代词了。除第一手的金文资料之外，还可以征诸《诗经》雅颂作品，如《大雅·文王》有“自求多福”，《小雅·节南山》有“不自为政”，《小明》有“自诒伊戚”，都是以“自”为代词。而且，考察“自”在东周金文中的用法，与西周金文一脉相承，并无明显的时代分别。至于“其”为第三人称所有格，《诗经》西周篇章大量出现，至于金文，管燮初《西周金文语法研究》一书中所涉二百零八篇西周铭文中，“其”作代词用的就有23例[②]。另有学者研究“其”的“早期用法”，也指出西周时期“其”的代词词性[③]。至于涉及《吕刑》篇的几条旁证如“而”字，确如夏所

① ［美］夏含夷：《古史异观》，中华书局，2005年，第322—323页。

② 管燮初：《西周金文语法研究》，商务印书馆，1981年，第174页。

③ 姚炳祺：《“其”字的早期用法》，《学术研究》1983年第6期。

说在《吕刑》中出现了两次，但是这两处“而”字，在许多注释本中都不作第二人称代词讲。“为”字在《吕刑》出现过一次，作动词用。夏含夷说“用做动词的‘为’”，“西周金文常用‘作’，很少用‘为’，而到了东周金文则多用‘为’”。可是，我们检索的结果却是，在西周金文中“为”作“制作，建造”用的，有20余例；此外表示“充当、担任”的“为”字，也绝非仅见。与“自”字的使用一样，“为”、“作”的使用，就是到了东周，在频率上也与西周没有明显的时代分别。至于“穆穆”，连夏含夷先生也承认，“见于西周中期以后的铭文”。

从以上讨论可以看出，夏含夷先生“历史语言学”的思路是好的，但他取证所依据的资料不全，致使他《吕刑》年代为“东周说”的证明难以成立。实际的情况正好相反，新发现的金文文献恰可证明《吕刑》篇为西周中期文献。在《燹公盨》铭文发现公布后，江林昌发表《燹公盨铭文的学术价值综论》一文[①]，针对郭沫若、张西堂的关于《吕刑》说法，从神话传说、宗教思想和用语习惯等方面，对《吕刑》与《燹公盨》铭文进行比对，认为《燹公盨》完全可以证明《吕刑》为西周中期穆王时文献的说法是可信的。综上，《尚书·吕刑》篇为西周穆王时期的文献，是完全可以肯定的。

三、《尧典》与《吕刑》对读

《吕刑》的年代既已解决，现在就来看看《尧典》与《吕刑》相对比所获得的结果。

首先，两篇文献在句法、修辞上存在着一些酷似的情况。请

① 江林昌：《燹公盨学术价值综论》，《华学》第六辑，紫禁城出版社，2003年，第35—49页。

先看下面分别摘自《吕刑》和《尧典》的文字：

《吕刑》：

两造具备，师听五辞；五辞简孚，正于五刑；五刑不简，正于五罚；五罚不服，正于五过；五过之疵，惟官、惟反、惟内、惟货、惟来。其罪惟均，其审克之。

《尧典》：

克明俊德：以亲九族；九族既睦，平章百姓；百姓昭明，协和万邦，黎民于变时雍。慎徽五典，五典克从；纳于百揆，百揆时叙；宾于四门，四门穆穆；纳于大麓，烈风雷雨弗迷。

两下相较，最明显的是两段文字中都有“顶真格”现象。从内容表现上说，两者都是层层递进，顶真格的使用，无疑使句群的连接更紧密且更连贯。再从这些顶真格句子的句法结构看，层层相“顶”的小句群又都是由两个四字句组成的。也就是说，不论是从内容表述看，还是从句法结构看，两者都太像了！在《尚书》中，除了这篇可信为西周中期的《吕刑》有这样的语言现象外，其他可以确信为记录西周早期诰命之词的文献则没有。也就是说，这样的语言方式，应该是西周中期出现的新现象。

无独有偶，在《诗经》的一些大雅作品中，也使用了顶真格的诗句，且数量不在少数。如《诗·大雅·文王》篇如下的句子：“陈锡哉周，侯文王孙子。文王孙子，本支百世”，“思皇多士，生此王国。王国克生，维周之桢”。如《大雅·下武》：“三后在天，王配于京。王配于京，世德作求。永言配命，成王之孚。成王之孚，下土之式。”《大雅·既醉》：“君子万年，介尔昭明。昭明有融，高朗令终，令终有俶。”“朋友攸摄，摄以威仪。威仪孔时，君子有孝子。”又如《大雅·绵》：“乃立皋门，皋门有伉；乃立应门，应门将将。”又如《大雅·皇矣》：“陟我高冈，无矢我陵，我陵我阿；无饮我泉，我泉我池。”都是这样的例子。其中特别值得注意的是《绵》中“乃立皋门”几句，上一句最后两个字犹如标出一个话头，下一句则是对这话头的进一步申说，与《尧典》“慎徽五典，五典克从”几句的上下句关系酷肖。《大雅·既醉》的“朋友攸摄”几句也是如此。按笔者的看法，《大雅》的这些诗篇，都是西周中期穆、恭之际的作品[①]，它们在句法及句子内在关联上与《尧典》存在高度一致，难道是偶然的吗？

而且，句法上相近，还不仅限于顶真格，两者之间还有一些相同的奇特句群。请看下面的例子：

《吕刑》：

墨辟疑赦，其罚百锾，阅实其罪。劓辟疑赦，其罪惟倍，阅实其罪。剕辟疑赦，其罚倍差，阅实其罪。宫辟疑赦，其罚六百锾，阅实其罪。大辟疑赦，其罚千锾，阅实其罪。

《尧典》：

象以典刑，流宥五刑，鞭作官刑，扑作教刑，金作赎刑，眚灾肆赦，怙终贼刑。

与上举“顶真续麻”的作风相映成趣，此处则是句子尾巴上用词相同，就像一簇戳齐的枝条，上面参差，底部却追求整饬，实在是一种奇特的句法。这已经很难说是巧合了。同样，在与《诗经·大雅》时代相同的诗篇里，也可找到类似的章法。如《大雅·卷阿》：“伴奂尔游矣，优游尔休矣。岂弟君子，俾尔弥尔性，似先公酋矣。”“尔土宇昄章，亦孔之厚矣。岂弟君子，俾尔弥尔性，百神尔主矣。”是用“矣”为几个句子作收束的章法，又如《周颂·良耜》：“以薅荼蓼。荼蓼朽止，黍稷茂止。”是用两个“止”字收束句子。这样的情况在西周中期的一些篇章还有，在西周早期的诗篇中是见不到的。此外，《吕刑》“非终惟终，在人”，又与《尧典》“敬敷五教，在宽”在句式上也颇为一致。

---

① 《诗经》西周中期作品的考证，见拙著《诗经的文化精神》第六章的考证，东方出版社，1997年，第163—210页。

其次，不但在句法上两者酷肖，在一个段落中句子群落的连接章法上，《尧典》也与《吕刑》存在着有意无意间的相似。如下面两段文字：

《吕刑》：

皇帝清问下民，鳏寡有辞于苗。德威惟畏，德明惟明。乃命三后，恤功于民：伯夷降典，折民惟刑；禹平水土，主名山川，稷降播种，农殖嘉谷。

《尧典》：

帝尧曰放勋，钦，明，文，思，安安，……协和万邦，黎民于变时雍。乃命羲、和，钦若昊天……

两个段落的主语一个是"皇帝"，一个是"帝尧"，它们作为主语先直接引起一个句群，之后再引起另外一个句群，使两个句群之间形成并列关系。如此接近的章法，又岂是偶然的！

其三，一些用词用语的一致。如"时"字的用法。"时"字，一般当作时间、按时讲，还有一种用法，见于《尚书》《诗经》等，就是"时"通"是"。在《尚书》的《尧典》和《吕刑》中，都有"时"和"惟"组成的一个指代词，语例一致：

《吕刑》：

惟时苗民，匪察于狱之丽。惟时庶威夺货，断制五刑，以乱无辜。

《尧典》：

帝曰："……咨十有二牧，曰："食哉！惟时柔远能迩。……俞，咨！禹，汝平水土；惟时懋哉！"[①]……帝曰："钦哉！惟时亮天功。"

以上是"惟时"的语例一致。此其一。还有，《吕刑》有"德威惟畏，德明惟明"句，而《尧典》则有"夙夜惟寅，直哉惟清"，

① 此处断句依杨筠如《尚书核诂》，陕西人民出版社，2005年，第37页。

“惟”字组成的语词，两者如一。此其二。在《吕刑》与《尧典》之间，还有一个现象不可不提，那就是都好用带“五”字的词：《吕刑》篇带“五”字的词语有“五虐”“五刑”“五辞”“五罚”“五过”和“五极”等，《尧典》更多，计有“五典”“五瑞”“五礼”“五玉”“五刑”“五品”“五服”“五流”“五宅”等。其中《尧典》“五刑”“五服”“五流”“五宅”等几个概念，还与《吕刑》“五刑”“五罚”一样，都是刑法概念。如此喜用“五”字词语，若不是两篇文献时代相近，还能做怎样的理解？此其三。语词的相似，还有“寇贼奸宄”一词，是用来描写社会犯罪现象的。此一语词在两篇文献中居然也是用法相同。《吕刑》言：“蚩尤惟始作乱，延及于平民；罔不寇贼，鸱义奸宄，夺攘矫虔。”而《尧典》则言：“蛮夷猾夏，寇贼奸宄。”很明显，《尧典》的“寇贼奸宄”是《吕刑》“罔不”句的凝缩，而且，两者都把内部的混乱视为外来敌对势力的干扰，只是一归于蚩尤，一归于蛮夷而已。此其四。另外还有一个“殷”字的用法，两篇文献也是高度一致。《吕刑》篇有“惟殷于民”，《尧典》则有“以殷仲春”“以殷仲秋”，两篇文献的“殷”字全当作“正”讲。此其五。

其四，四字句式在全篇使用比例上相似。这一点，是由读西周中期的金文发觉的。四字句在金文中大量出现，是西周中期一些器铭的显著现象。例如著名的恭王时器《史墙盘》和近期发现的中期器《豳公盨》。前者据唐兰《西周青铜器铭文分代史征》的断句统计，一共59句，其中四字句有37个，占全部句数的一半以上。《豳公盨》一共23句，四字句竟占了12个，也是一半以上[①]。《吕刑》的句子一共221个，四字句为142个，其比例与《史墙盘》

① 这还是以李学勤先生的铭文为据统计，而李先生的断句也不是没有可商榷处。例如“乃自作配享民，成父母”一句，若参照《吕刑》“惟克天德，自作元命，配享在下”的句例断，就当断成“乃自作配享，民成父母”。若这样断，四字句还得多。其他学者就有这样断的。

和《豳公盨》高度一致。那么《尧典》如何?《尧典》语句全部句数依据伪《孔传》《蔡传》、杨筠如《尚书核诂》、曾运乾《尚书正读》以及周秉钧《尚书易解》等各家点断，在340到350个左右，四字句在140个左右。初看，四字句所占比例不到一半，但必须考虑到这样的情况,《尧典》一大部分记载的是对话,“帝曰”“岳曰”“佥曰”之类和“都”“咨”“吁”“钦哉”之类的感叹词重复出现的频率很高。若将这些一两个字构成的句子扣除，四字句的比例将会升高到一半以上。例如《尧典》的第一段，就是从开头到“允厘百工，庶绩咸熙”句的一段，全段文字一共61个句子，四字句竟有37个之多。《吕刑》中有这样多的四字句式，这是它与周初各大诰命如《召诰》《洛诰》《康诰》等语言上的明显不同。同样《史墙盘》《豳公盨》等中期铭文大量四字句的出现，也是其与早期铭文如《大丰簋》《何尊》《作册令方尊》《作册令方彝》等铭文的显著分别。《诗经・大雅》一些篇章相同的句法的出现，也是可信的早期篇章所未有的。相同的语言新现象，出现在《尧典》中，正是它与《吕刑》及《史墙盘》等文献时代相同的明证。《尚书・吕刑》以及《史墙盘》《豳公盨》等中期文献的铁证，都表明这样一个事实：西周中期确曾发生过语言上的变革。多少年来，人们怀疑《尧典》的年代，一个很主要的原因，就是这篇文章读起来平顺流畅，还有些抑扬顿挫，与周初那些佶屈聱牙的诰命之词，相去太远。说起来这也事出有因，过去对西周中期发生的各种变化研究不足，对西周中期语言层面的变化更是茫然无知。日益丰富的金文资料显示，西周近三百年中书面语是不断流变的。《尧典》的语言风范所以不同于早期的一些诰命，就因为它是中期文献。它已经大体摆脱了早期的书面语记言的佶屈聱牙，走向了初步的平畅；再向前行进，就有《左传》《国语》所代表的春秋战国文风的出现。《尚书》中早期诰命的古奥难读，有前辈学者指出，这可能是用周人方言写成[①]。那么，中期语言向平顺方向进展，是否意味着由于族群交融而带来的语言新变呢？20世纪陕西扶风庄白村发现的微史家族的诸多器物，不是清楚表明这个家族从昭穆之际开始发达吗？《史墙盘》显示，这是一个在周武王克商之后不久来到周家的殷遗家族，他们在西周中期变得显贵，不正可以视为殷周两个人群之间关系变得融洽的迹象吗？人群交流是可以带来语言变化的。兹事体大，这里只能简单说几句。

第五，在刑罚的观念和表述上，《吕刑》也与《尧典》高度一致。前面说过，对文献的时代的考据，最好使用“语词”的“硬证据”。但是，这里之所以要把两者刑罚观念一致作为一个证据，是因为两者咬合得很紧。

《吕刑》：

墨辟疑赦，其罚百锾，阅实其罪。劓辟疑赦，其罪惟倍，阅实其罪。剕辟疑赦，其罚倍差，阅实其罪。宫辟疑赦，其罚六百锾，阅实其罪。大辟疑赦，其罚千锾，阅实其罪。

《尧典》：

象以典刑。流宥五刑。鞭作官刑，扑作教刑，金作赎刑，眚灾肆赦，怙终贼刑。“钦哉！钦哉！惟刑之恤哉！”……帝曰：“皋陶！蛮夷猾夏，寇贼奸宄。汝作士，五刑有服，五服三就；五流有宅，五宅三居：惟明克允。”

《吕刑》的文字是说一些罪行因有疑问可以从轻，以缴纳罚金的方式加以处理，较为详细地说明了“疑赦”而罚金的数量比例。

---

① 在《朱子语类》卷七十八《尚书一·纲领》中，朱熹就说《尚书》中的一些篇章是较随意的“书简说话，杂以方言”。今人顾颉刚在其发表于《历史研究》1962年第4期的《〈尚书·大诰〉今译》的摘要中又写道：“只有《周书》，绝大部分是当时史官的记载，……但这些文字固然真了，困难也就随着袭来，因为周民族起于渭水流域，说的是一口陕西方言，史官忠实记录了下来，固然在千难万难之中幸而保存到现在，却不容易让人们读懂。”此外，刘起釪《尚书学史》、钱宗武《今文尚书语言研究》等也都谈到《尚书》篇章有岐周方言存在的问题。

居然《尧典》也有相同的内容，其“五刑”之一就是“金作赎刑”。另外,《尧典》称“五刑”，而《吕刑》历数各种刑罚种类，如“墨辟”“劓辟”等，也恰好是五个。传说的尧舜时代与西周中期《吕刑》时代相去千百年，若像一般学者所认为的《尧典》是春秋、战国伪托之物，为什么偏要造一个与《吕刑》相似的“赎刑”之说呢？另外，两者在慎刑的观念上两者如出一辙:《吕刑》强调中刑、祥刑，而《尧典》则重视“恤刑”，强调“惟明克允”。若两篇文献不是同一时代的产物，在刑律观念上却有如此的高度一致，也是不可理解的。《尧典》说:“墨辟疑赦，其罚百锾。”更重要的是，金文也可以证明，墨刑减为罚金为西周中期以后现象。前面谈到的西周中期铭文《训匜》，是一篇记录诉讼的铭文，一位名“牧牛”的人因顶撞上司而被刑狱官员判罪，李学勤解释说:“‘今大赦汝鞭汝五百’应连作一气读，意思是免掉五百鞭，其余五百鞭和墨刑则折合罚金三百锾。”[①]《尧典》说墨刑可以罚金,《训匜》则讲鞭刑墨刑可以改为罚金，两者的相合不是很说明问题吗?《训匜》的年代约西周中晚期之交，距离中期很近。

对以上两篇文章关系的讨论，或许有人会问:这是否因为《尧典》模仿了《吕刑》，才有这样的现象？对此回答是否定的。据文献,《吕刑》是一篇“王道”出现衰落情形下的文字,《尧典》则是徽表圣贤的大篇章。那么,《尧典》的写手何以不模仿西周其他表现周家美德且时代更早、风调更加渊懿古奥的《尚书》篇章，如《召诰》《洛诰》《康诰》等，却专挑一篇“文武之道缺”(《史记·周本纪》语)的穆王朝篇章来模仿？这在“祖述尧舜”的儒者是可能的吗？疑问者或许还可以说：那是因为《尧典》也谈到了刑罚的问题。回答是：这就更不对了！儒家的观念，尧舜时期是“画像而民不犯”的，在儒者，尧舜时期又何来“刑罚”问题？这后

---

① 李学勤:《新出土青铜器研究》，文物出版社，1990年，第113页。

一个疑问，恰恰表明，《尧典》的谈“刑罚”，且语言上与《尧典》的某些高度一致，正表现两者的时代相同，是同一历史时期社会生活反映于文章的表征，绝不是什么模仿乃至影响的迹象。此外，说《尧典》模仿，难道《大雅》的诗篇也模仿？《大雅》与《尧典》《吕刑》在句法上的相似，实际也证明的是其诗篇写制与两篇文献同处在一个语言风尚流行的时期。是模仿总会露出破绽，在《尧典》，实在找不到这样的破绽。说《尧典》是春秋或战国文字，能找到这样相似的文字作为证据吗？

以上五点，是《尧典》与《吕刑》对读的结果，下面让我们再从铭文与《诗经》两方面来验证一下《尧典》的时代。

四、《尧典》与中期器铭及《诗》的对读

持《尧典》与金文对比，在上面已随行文做了一些，实际《尧典》与一些可信为西周中期的金文相类或相同者还有许多。从词语层面上说，《尧典》一开篇即是“粤若稽古帝尧”，中期《史墙盘》铭文居然也是以“曰古文王”开篇，两者不是颇为相类吗？《尧典》说尧“格于上下”，《史墙盘》一则曰“匍有上下”“䜌祁上下”。《尧典》说：“协和万邦。”《史墙盘》则说：“迨（合）受万邦。”这是将《尧典》与《史墙盘》对读的结果①。再看其他。《尧典》有“宅嵎夷”，西周早、中期之交的器物《小臣谜簋》有“五齵”之地，于省吾《尚书新证》：“五齵即嵎夷，当系东夷之一种。”②又《尧典》“以殷仲春”“以殷仲秋”之“殷”，其义为“正”，而时代相近之铭文《作册翻卣》说“唯明保殷成周年”，“殷”就是“正”，就是指明保受周王命执成周大政。周人又有以大事纪年习惯，《作册翻卣》所说

① 此处所引用《史墙盘》文字，参见李学勤：《论史墙盘及其意义》，《新出青铜器研究》，文物出版社，1990年，第73页。

② 顾颉刚、刘起釪：《尚书校释译论》第二册，中华书局，2005年，第575页。

的“明保殷成周年”，就是昭末、穆初《作册令方彝》《作册令方尊》所说的“王令周公子明保尹三事四方”[①]。“殷”字的使用，可知《尧典》之时代去《作册令方彝》《作册令方尊》不远。《尧典》有“柔远能迩”句，这个语词见于《诗经·大雅·民劳》和《大克鼎》《番匊生簋盖》两铭。《民劳》为西周后期诗篇；两篇铭文的时代，有学者认为是中期偏晚的周孝王时器，更多的学者以为是厉、宣时物。不论如何，“柔远能迩”为一西周语词是无疑的。前面我们从《史墙盘》和《豳公盨》取证，大量四字句式的使用，是从中期开始的。由此可作这样的推测：它出现于西周中期，到后期更加广泛地使用。与此相类的还有“拜稽首”一词，金文中“拜稽首”或“拜手稽首”有很多，然而就那些年代可靠的铭文看，“拜稽首”大约在昭穆之际成为固定的习惯用语。

再从句法层面看，上文说过，《尧典》和《吕刑》以及《诗经·大雅》中的一些篇章都爱用顶真格组成的句子，在《史墙盘》中也居然有这样的现象，如“祇覭穆王，井（型）帅宇诲，申宁天子，天子眉无匄……”[②]又如：“微史烈祖乃来见武王，武王则令周公舍宇……”铭文的顶真格虽“顶”得不多，但较其他铭文，也是中期仅有的现象。《尧典》说“敷奏以功，明试以功，车服以庸”，是三个结构相同小句子组成一个排比的句群，看穆王时器铭《彧簋一》如下的句群：“休宕厥新，永袭厥身，俾可厥敌。”两者排比的语势不是颇为一致吗？《尧典》有：“夔，命汝典乐，教胄子。”看中期器铭，穆王时《趞鼎》：“趞！命汝作□师冢司马……”稍晚的《师瘨簋盖》：“（王）曰：‘令（命）汝官司邑人师氏。’”懿

① 作册令方彝等所谓“作册令诸器”，过去都认为是昭王世之物，李学勤先生最近提出，作册令方彝、作册令方尊铭文所记为周穆王元年之事。见李学勤著《文物中的古文明》，商务印书馆，2008年，第536页。

② 此处铭文依马承源主编《商周青铜器铭文选》（文物出版社，1988年，第154页）的隶定文字。

王时器《智鼎》："王若曰：'智！令（命）汝更乃祖考司卜事。'"把《尧典》这样的人事任命固定格式语，放到诸多相同的金文句子间，能看出它们之间有什么分别吗？还有，《尧典》中的这几句："帝曰：'龙，……命汝作纳言，夙夜出纳朕命，惟允。'"中期器铭《师酉簋》："王呼史墙册命师酉：'嗣乃祖啻官邑人、虎臣、西门夷，……易汝赤市朱黄，……攸勤。敬夙夜，勿废朕命。"[①]句子内容虽有繁简，但语势不也颇为一致的吗？

《尧典》的开始说尧"克明峻德，以亲九族，九族既睦，平章百姓"。这几句话为后来《大学》篇所生发，成为儒家极重要的思想之一。然而，据现有的材料，可以相信，这一思想率先形诸文字，就在西周中期。金文中，大约从昭穆时开始，铭文结尾出现了一种新现象，之前某人因受赏赐作器物，只讲"作某公彝"之类的话，到西周中期却有了新说法，如《乖伯簋》铭文结尾处："用乍（作）朕皇考武乖几王尊簋，用好（孝）宗庙，享夙夕好倗（朋）友雩（与）百者（诸）婚遘（媾）……"[②]说一件器物的使用，从"宗庙"开始，扩展到"朋友"以至于"诸婚媾"，虽不如《尧典》所言尧的格局大，但其"内圣外王"的逻辑，不是与《尧典》开端一段所讲的并无二致吗？我们还不要忘记《诗经》，在《诗经·大雅》里有一篇《思齐》，其"刑于寡妻，至于兄弟，以御于家邦"几句，不也正是《尧典》从"亲九族"而至于"平章百姓"这一由内而外推广德行之政治逻辑的别致表述吗？更巧的是，《大雅·思齐》讲"刑于寡妻"，《尧典》则谓帝尧为验证舜的德行而"女于时，观厥刑于二女"。其间又何其相似乃尔！

此外就是那件新近发现的西周中期的《燹公盨》。它的铭文主要谈到禹的治水及其德治，正因为这件器物的发现，将大禹治

① 此处铭文依马承源主编《商周青铜器铭文选》（第126页）的隶定文字。

② 此处铭文依马承源主编《商周青铜器铭文选》（第140页）的隶定文字。

水传说出现的时代提早到西周中期。实际在《诗经》的雅颂篇章中就反复提到“禹”或“禹绩”，如《小雅·信南山》有“信彼南山，维禹甸之”，《大雅·文王有声》“丰水东注，维禹之绩”，《商颂·长发》有“洪水芒芒，禹敷下土方”[①]等，而《燹公盨》的发现，更确证大禹治水的传说在西周中期已经流行。这又与《尧典》所言尧命禹治水的记载高度一致。

再看看金文之外的《诗经》篇章。与金文一样，除前面的随文比较外，还有一些实例。先让我们从语词层面来看一看。《尧典》称尧之德“允恭克让”“克明俊德”，又言“惟明克允”等，《诗经·大雅·皇矣》言文王“其德克明。克明克类，克长克君，……克顺克比”。《大雅·生民》言“克禋克祀”“克岐克嶷”；诸“克”字构成的语词与《尧典》一致。《尧典》言“黎民于变时雍”，《诗·周颂·清庙》言“于穆清庙”，《维天之命》言“维天之命，于穆不已”，“于变”与“于穆”词法一律。《尧典》言“百姓昭明”，《诗经·大雅·既醉》言“介尔昭明”“昭明有融”。《尧典》言羲仲“宅嵎夷，曰旸谷”，“申命羲叔，宅南交，曰明都”，“分命和仲，宅西，曰昧谷”，“申命和叔，宅朔方，曰幽都”；诸句中的“曰”，就是介词“于”的意思，与《诗经·大雅·绵》“爰契我龟，曰止曰时，筑室于兹”之“曰”用词相同。《尧典》言“钦哉”“直哉”“食哉”，《诗经》亦不乏其语，如《大雅·下武》“昭哉嗣服”，《周颂·雝》言“假哉皇考”，《访落》言“于乎悠哉”。《尧典》言“四门穆穆”，《诗·周颂·雍》言“天子穆穆”，等等。以上是《尧典》与诸多《诗经》篇章在语词使用层次上的相同。而两者相同的情况又不仅于此。

《尧典》有“帝曰：咨，汝及羲和”，“帝曰：咨，四岳”及“舜

① 关于《商颂》的创作年代，王国维《说商颂》（见《观堂集林》卷二）言“盖作于宗周中叶也”，并举若干《诗经》的语词为证，是可信的说法。笔者有《〈商颂〉作于“宗周中叶”说》（见《北京师范大学学报》2004年第4期）证明王国维的说法。

曰：咨，四岳”等句，“咨”的使用，与《诗经·大雅·荡》“文王曰咨，咨女殷商”的“咨”高度一致。而且，《荡》一篇共八章，每章皆以“文王曰咨”起笔，而在《尧典》这样以“帝曰咨”或“帝曰畴咨”方式开始的段落也大约有十八九处。《荡》的“文王曰咨”的章法，应该就是受了《尧典》的影响，因为《大雅·荡》系西周后期的诗篇。再从官制上看，《尧典》记载了舜对周人始祖后稷的任命：“帝曰：弃，黎民阻饥，汝后稷，播时百谷。”《诗经·大雅》中恰恰也有叙说始祖稼穑功德的《生民》一篇。《尧典》记载了舜命“伯禹作司空”，又命契“汝作司徒”。传说的尧舜时期是否就有司空、司徒，很可疑。据文献，司空、司徒之类，都是西周时期的官职，而这两个官职也恰好出现在西周中期大祭祖先的《诗经·大雅·绵》篇中。诗言古公亶父率领周族迁至岐阳周原以后，“乃召司空，乃召司徒，俾立室家”。司空、司徒并举的情况与《尧典》颇似，应是时代相近的表现。还有一个来自诗篇的证据是《尧典》“肆类于上帝，禋于六宗”云云所涉及的“类”祭，亦见于西周中期诗篇《大雅·皇矣》的“是类是祃，是致是附”之句，也说到“类”这一祭祀形式。

综上，不论是与《吕刑》对读，还是与金文及《诗经》的一些篇章对读，表明《尧典》为西周中期文献的证据甚多。

不过，这里还应说到一个疑点。郭沫若在其《释祖妣》一文中提出，《尧典》系战国“孔门所伪托”。其根据在《尧典》“二十有八载帝乃殂落，百姓如丧考妣”之句中“考妣”一词。《释祖妣》说，不论是两周金文还是《诗经》篇章中，皆是“祖”和“妣”相配，“考”与“母”相配，如西周器铭《颂簋》“皇考”“皇母”，春秋晚期器铭《叔尸钟》“皇祖、皇妣，皇母、皇考”。据此郭老结论说：“准此可知考妣连文为后起之事，《尔雅·释亲》‘父为考，母为妣’，当系战国时人语。”于是进而对《尧典》有这样的判断：“即此考妣连文，亦可知《帝典》诸篇为孔门所伪托。”郭文质疑力度在他的取证，因为至今两周金文仍不见“考妣”一词。然而，郭说的问题在他的逻辑。从西周直到春秋，确实没有“考妣”出现。可是，细查资料，就是战国后期的金文中也没有这一语词出现。若据此推测，《尧典》连战国的文献也不是！郭文是根据《尔雅·释亲》对考、妣的解释作出《尧典》时间判断的，但《尔雅》编修时间本身有争议。若依照战国金文情况，只说明有“考妣”的《尔雅》非战国文献，现在郭先生却径自把《尔雅》当作战国文献来证《尧典》，这样的逻辑就有问题了。“考妣”一词出现在《尧典》中，确是个难题。对此，在现有的资料条件下，除了说它是因文献传播而出现的讹误之外，恐怕没有别的办法。所以妥善的态度应该是存疑，而不是像郭老那样率尔论定《尧典》晚出。

余　论

以上，通过拿《尚书·尧典》与《尚书·吕刑》对比，与西周中期金文各篇对比，以及与《诗经》西周篇章对比，无一不可以得出《尧典》为西周中期文献的结论。这就涉及“西周中期”这个时间段落在上古文明发展进程中的地位问题了。应该说，西周中期是一个被严重尘封了的时代。只是到了近年，随着金文的大量出土，这个颇具创造力的大时代的一些情况，才开始被中外学者所关注。例如，依据金文资料，中外学者有一个大致相同的发现，那就是西周社会发展到中期，礼制及各方面都发生了重大变革[①]。笔者和一两位同行考察《诗经》篇章的创作，不约而同也得出了这个时期是诗篇创作高涨期的结论。实际上，这一时期的变革方面是广泛的。就以语言方面的变化而言，著名微史家族器物《史墙盘》，除了它详细述说微史家族进入西周以后数代人的经历从而显示出某些新历史意识之外，它的语言，如前所说，四字句为多，抑扬顿挫，与《尧典》相近，映现的是那个时代在社会语言方面发生的变革。早期不论是金文还是《尚书》篇章的语言都是佶屈聱牙的，到春秋战国之际的《国语》《左传》，语言则十分平顺了。那么，《左传》《国语》的“平顺”，从哪里来？就应该从西周中期的变革而来。至于“内圣外王”这样一个古代文化中的重大观念，它的出现意味着什么，它与后来儒家同一说法之间的关联与分别，就更是一个需要重新认识的大问题了。

归结为一句话，《尧典》蕴藏着丰富而重要的历史文化内涵，而且，由于对其写制时代的确证，可能会带来对一个历史时段的新认识。

（原载《文学遗产》2014年第4期）

① 最早发现西周中期各种变化的是陈梦家和唐兰先生。唐兰在《略论西周微史家族窖藏铜器群的重要意义》（见《唐兰先生金文论集》）一文，就注意到西周中期在农业经济方面发生的明显变化。陈梦家《西周青铜器断代》“共王铜器”一节，则从“右者”和“王若曰”代宣王命等多方面，讨论了西周礼制的变化。此后研究西周中期礼制变化最突出的是刘雨先生的研究。他在《西周金文中的“周礼”》（载《燕京学报》新3期）一文中说：“观察西周金文，周初述及的礼制多沿袭殷礼，而周礼多数是在穆王前后方始完备。”日本学者小南一郎在《论射的礼仪化过程》一文中也说：“到西周中期，……是周王朝新的礼仪体系的确立时期。”（见《西周文明论集》，第190页）此外，英国学者罗森在其《是政治家，还是野蛮人?》（见《中国古代的艺术与文化》中译本）一文中，也提出了“礼仪革命”的问题。日本学者白川静在其《西周史略》（中译本）中对昭穆时期的各种变化也多有论述。

大小盂鼎制作年代“康王说”质疑[①]

摘　要　关于西周重器大盂鼎和小盂鼎两件器物的铭文时代问题，当今学术界普遍认为是西周早期康王时器物，但它们的篇幅、内容及语法、书法等，处处显示着与早期器物的相异，二十二条证据可证明其绝非学界流行观点所言，表现在：在前人据以判断时代的小盂鼎铭文“成王”二字之后，尚有四五个字的空间是泐损汗漫的，不能据“成王”来断代；两件器铭无论从字体、书法以及篇幅长度看，还是从一些用语如“王若曰”“勿废朕命”及对册命仪式描述等方面看，或者从其出现的人物和战事规模看，都不应该是康王时期的制品，而是西周中期偏早的穆王时期器物。

关键词　大盂鼎　小盂鼎　年代　康王说　穆王时器

西周重器大盂鼎、小盂鼎为康王时器物，在当今学术界几乎是众口一词、板上钉钉，牢不可破！此说起自郭沫若《两周金文大系图录考释》，其根据就是鼎铭文中“用牲啻（禘）周王、□王、成王”一语，既然“牲啻”的诸王最后一王是“成王”，那么，按照常理，举行“牲啻”之祭的王就是周康王，那么，器物也就是康王时期之物了[②]。同时，大、小盂鼎器主相同，制作时间相去

① 此文与李辉合作。

② 郭沫若：《两周金文大系图录考释》下册，上海书店，1999年，第34页。

不远，因此小盂鼎时间既定，大盂鼎年代也就随而可知。如此大、小盂鼎的年代为康王时期，就这样被铁定了。然而，笔者研读金文，对此说有疑问，认为大、小盂鼎的年代要比康王时期晚，应为穆王时期器物。

在此首先应该提到的是，以前也有学者对大、小盂鼎的年代提出过不同的说法。就笔者所知，张闻玉就曾在《人文杂志》著文称小盂鼎非康王时期物①；另外，丁骕发表在《中国文字》上的《西周金器年谱》一文，将大、小盂鼎排入穆王时期②。问题是用金文资料排列年历，一些很重要的相关问题没有公认结论，因此丁骕的看法就很难接受；张闻玉的否定康王之说，主要从小盂鼎铭文中的“卅又五祀”之“卅”字着眼，以为三十多年的在位期与康王在位时期不合。问题是小盂鼎拓片模糊，在应该隶定为“卅”还是“廿”上，有徘徊的余地，所以张先生的说法也难取信时人。笔者对“康王说”的疑惑，不是只从铭文“卅”字上来，也不是从历谱排比上来，而是建立在对两篇金文所显示的更多疑点的质辨上。兹分述如下，以就正于方家。

一、铭文篇幅、书法等方面的证据

疑问首先是，小盂鼎铭文字迹泐损严重，细看小盂鼎铭文拓片③，在“成王”与“王奰”之间，有可容纳四五个字的空间是汗

---

① 张闻玉：《小盂鼎非康王器》，《人文杂志》1991年第6期。

② 丁骕：《西周金器年谱》，《中国文字》新10期，1985年9月。笔者所见为《金文文献集成》第39册所收录影印本。

③ 笔者所依据的小盂鼎铭文的拓片是郭沫若《两周金文大系图录考释》本。

漫模糊、无法识别的①。如此，谁又能担保，在这样竟可容纳几个字的空缺之处，一定不是写的成王之后的某一位或某两位周王？若这样的疑问可以发，那么，率然断定器物的时代，是不是过于唐突？说大、小盂鼎年代为西周康王，此可疑点之一，也是最基本的疑问。

前面谈到张闻玉文章的看法，大盂鼎铭文言器物作于二十三年，小盂鼎铭文结尾句一般读作“隹王廿又五祀”，但是，在罗振玉《三代吉金文存》却作“隹王卅又五祀”，陈梦家《西周铜器断代》也说：“铭末‘隹王廿又五祀’，旧释如此。昔日在昆明审罗氏影印拓本，似应作卅。本铭‘卅八羊’之卅，直立两笔距离与此略等。”②另外马承源等所著《商周青铜铭文选》即采用罗振玉《文存》“卅又五祀”之文。然而“夏商周断代工程”研究的结果，康王在位只有二十余年。果真如此，小盂鼎即非康王时期器。此可疑点之二。当然，如上所说，拓片也不一定就真切，罗振玉的拓本也不能视作一定无误，而大、小盂鼎时代的令人生疑，还在它们的篇幅、内容及语法、书法等，处处显示着它与早期器物的相异，好像是羊群里赶出的一匹骆驼！

从铭文篇幅说，据马承源等所著《商周青铜器铭文选》的统计，大盂鼎铭文291字，小盂鼎铭文可识别者290字，加不可识别

① 小盂鼎今已亡佚。对铭文难以识别的残泐处一些学者尽力加以补缺，如郭沫若《西周金文大系图录考释》这样补：“□□卜𠬝戕”；陈梦家《西周铜器断代》这样补：“□□□将”；唐兰《史征》这样补：“□□□𢽟（祭）有戕（臧）”，等等。人补人异，是因为汗漫处残留的痕迹（是不是笔画都难说）实在难以辨识。如此，与其硬要猜出是哪些字，还不如马承源《铭文选》直接标出四个“□”的做法平实可取。去除上述诸学者的补缺字，残泐处的空白能容纳几个字？郭沫若认为残泐处有五个字，陈梦家认为有四个字，唐兰认为有六个字。笔者在用尺子比量过小盂鼎铭文的可识别部分的两个字所占尺寸的一般长度后，再去比量残泐处的长度，得出看法是：小盂鼎铭文残泐处大致可容四五个字。

② 陈梦家：《西周铜器断代》上册，中华书局，2004年，第112页。

者总得在三百字以上。周初从武王到昭王时期各器物铭文较长者，何尊119字，宜侯夨簋117字[①]，早期最长铭文竟然也比大盂鼎铭文少近两百字左右，就不要说小盂鼎铭文了！大、小盂鼎铭文与早期诸多器铭字数差别明显，可是，它们却与恭王时器史墙盘铭文的284字更接近。而且从篇章布局看，大盂鼎也是与史墙盘一样，都是两个齐整对称的板块的分布，章法整饬。铭文的风格、篇幅与青铜纹饰的变化是密切相关的。长篇铭文注重描写作器的原因，表现作器人的现世的荣耀与成就及其所受的丰厚赏赐等。而同时，随着青铜器转而对现世的观照，其对纹饰的宗教象征意义的强调也随之减弱，铸有冗长铭文的青铜器，要求的是“阅读”而非“观看”，而这一转型与罗森女士所谓西周中期的“礼仪革命”大致同期[②]。看大、小盂鼎铭文的内容，主要是叙事性的仪式描写、道德训诫之语，并对盂所受的赏赐作了详细罗列，正显示着对人世的强调，是器物制作由西周早期向西周中期过渡的迹象。此其可疑点之三。再从纹饰上看，大盂鼎腹部光洁无纹，简朴无华。颈部装饰一圈兽面纹饰，显得疏朗，没有殷商遗习的恐怖狰狞之感。陈梦家《西周铜器断代》说：“器铭不能晚于西周中期，器形（瓦弦纹）虽见于穆王时器，但亦可能较早时已流行。”[③]显然，陈说是

① 把宜侯夨簋的时间算在康王时期，这也只是姑且从众。实际上，它的年代也是有疑问的。人们判断它的时代主要依据铭文中“王省武王、成王伐商图”，因而断言器物为康王时期。可是，仔细思之，不能因“武王、成王”的出现，断言“省”“伐商图”者一定就是康王。因为西周人的“伐商”，只有“武王、成王”干过，伐商之事只发生在武王、成王两代时期。所以，成王的儿子康王要“省”“伐商图”必然提到武王、成王，成王的孙子、重孙子要“省”当年“伐商图”，这“图”也还是“武王、成王”的伐商图！这里的“武王、成王”实在不能做断代依据的。西周中晚期的铭文中经常提到“文、武有大命”之类的话头，谁也不会拿着当标准而断言器物作于成王时期，此处道理也一样。

② 巫鸿：《中国古代艺术与建筑中的“纪念碑性”》，上海人民出版社，2009年，第66—77页。

③ 陈梦家：《西周铜器断代》，中华书局，2004年，第113页。

强纹饰以合铭文，而瓦弦纹流行于穆王时期，与上论铭文风格在西周中期的转变，也是我们论定大、小盂鼎的制作年代的重要依据。此可疑点之四。

再从书法上看，大盂鼎铭文整体上处在由晚商风范向西周中后期“玉筯体”转变的阶段。字体大多呈长条形，笔画粗细变化明显，特别是一些字的捺画，波磔显著，多用肥笔，而且出锋，例如“父”字，“又”字，“氏”（厥）字，凡捺画一般都波磔明显，呈“刀条状”出锋；“王”字的底部一横和一竖的连接，或作“”形，或作“”形。与西周中后期逐渐流行开来并代表西周书风的“玉筯体”差异颇为明显。这说明大盂鼎铭文的书法，还处在西周中期的前段，具体说不能晚于昭、穆时代。但也不会太早，有些字的写法可以证明这一点。例如“于”字。商代后期“于”字的流行写法是“亐”，这一写法在可信为西周早期的铜器铭文——如天亡簋、何尊、沫司徒疑簋等中被承袭下来，无一例外。不过，在商代晚期，就有个别的铜器铭文将“亐”简作“于”了。这种简化写法，到西周早、中期交界之际才取代“亐”的写法而流行，从此“亐”字写法永远消失。这种取代，就开始于昭、穆王时期的器物里。例如“安州六器”记载的是周昭王南征“楚荆”，“六器”之中方鼎铭中的“于”就全作“亐”，而中觯铭则写作简化的“于”。到恭王时的一些器物铭文，繁写的“亐”字就彻底不见了。由此判断，大盂鼎也不是康王时物，因为其铭文“于”字都采用简写，它们的时代，起码应在昭王以后。此可疑点之五。还有一个“在”字的写法。西周早期的器物，“在”多作“才”，金文作“”或“”，但是在大盂鼎铭文中“在”字有新的写法“”，而且，一篇文献中“才”“在”同出。这个新的“在”字，在其他器物铭文中的出现，也是在昭、穆之际，如启尊、启卣是启为纪念随周昭王南征而作，被专家确定为西周时期断代标准器，铭文“在洀水上”之“在”，即作“”；“安州六器”的中方鼎、中甗表示“在

某地”的“在”亦作“才士”，这两件器物是昭王晚期之物。宋代出土的高卣盖铭文中亦有“才”“才士”同出的现象，唐兰先生认为这是昭穆之间的器物①。而另一件出现“在”字写法的器物是作册䰧簋，这件器物，有学者断在西周早期，而唐兰先生认为，“从书法上看，当为穆初”②，是很可信从的。因为从书法上看，此器的字迹确实与可信为穆王时期的剌鼎、静簋等相近。可知“在”字的写作“才士”也是一个昭穆之际的现象，据此看大盂鼎，也不是康王时物。此其可疑点之六。

陈梦家先生对大盂鼎铭文的字体有这样的看法：“近于邢侯簋、麦方尊、庚赢鼎，去成王令簋字体不远。”③按诸金文，这看法无疑是准确的。然而，陈先生所说几件铜器，邢侯簋，据彭裕商研究，为昭王时器，麦方尊的时间又晚于邢侯簋④。而且，更重要的是，麦方尊铭文中言及周王和刑侯在“辟雍”活动。西周“辟雍”之建，据白川静的研究，在昭穆之际。笔者也曾与人合作发表过《诗“辟雍”考》一文，结合《诗经》一些雅颂篇章，以为西周“辟雍”，乃是周家为立国百年大祭周文王而造的礼乐建筑，其具体时间在穆王时期。庚赢鼎唐兰先生断为穆王时，而令簋之器主人作册令非成王时人，而是昭末穆初时期，又是绝无疑问的。就是说，陈先生所说的几件器物铭文，都可以证明大盂鼎的时代为昭穆之际，而非康王时期。此其可疑点七。

---

① 张亚初：《解放后出土的若干西周铜器铭文的补释》，《金文文献集成》27册，线装书局，2005年，第448页。

② 唐兰：《西周青铜器铭文分代史征》，中华书局，1986年，第326页。

③ 陈梦家：《西周铜器断代》，第102页。

④ 彭裕商：《麦四器与周初的邢国》，四川联合大学历史系编：《徐仲舒先生百年诞辰纪念文集》，巴蜀书社，1998年，第147—150页。

二、铭文语词、仪注描述及赏赐等方面的证据

在语词层面，问题就更大。首先是大盂鼎出现了“王若曰”一词。“王若曰”，是大臣代宣王命时金文才出现的词语。这三个字，似乎殷墟第三期甲骨文出现过，但因为只一见，不无疑问。于省吾先生尝著《“王若曰”释义》一文，考论三字语意的结论是：王直接命令臣属不称“王若曰”，凡史官或大臣代宣王命始称①。这种“代宣”现象，除这件被误当作康王时的大盂鼎，其他可信为康王时期的器物铭文绝未尝见。实际上，就是到昭王时，若需要代传王令，如中甗所见，也还只是说“以王令曰”。“王若曰”作为一个“代宣”的格式语，应是代宣王命习以为常的结果。就是甲骨文真有此三字，亦即商代就有代王陈说卜辞的事，也不能由此认定西周一开始就沿用了这样的成例。毕竟代宣王命之事的出现，是政风脱离质朴、趋于形式化的表现，与周初情况难合。证之以时代确定的铭文资料，“王若曰”在金文最早出现，也是见于穆王时录伯㦰簋铭等几件器铭。而穆王时开始“王若曰”，又绝非孤立现象，与西周中期朝廷册命礼仪变革息息相关。在《西周铜器断代》中，陈梦家先生注意到了西周册命典礼发生的变化，说：“策命时傧导之人，只有从共王时期才载见于铜器。”②所谓“傧导之人”，即金文册命仪式中出现的“右”者。西周早期的铜器，即使是很重要的册命，也没有关于册命典礼本身的描述，如作册令方

① 于省吾：《“王若曰”释义》，《中国语文》1966年第2期。

② 陈梦家：《西周铜器断代》，第147页。

彝、方尊铭记载周王任命周公子明保尹三事四方[①]，如此重大的任命，对策命典礼的仪程，仍付诸阙如。那么，这种对仪式本身的描述从何时见于金文的呢？回答也是穆王时期，比陈先生的说法早几十年。这样说的证据就在盠氏诸器铭文。2003年西周逨氏诸器的出土，证明了诸多问题之一，即过去一直被认为是西周中期后段、甚至是后期之物的盠方尊、方彝和驹尊、驹尊盖诸器，都是穆王时期的制品。器物的主人盠，是穆王时期的人物[②]。请看盠方尊和方彝相同的铭文：

> 隹（唯）八月初吉，王各（格）于周庙，穆公右盠立于中廷，北乡（向）。王册令（命）尹，易（锡）盠赤市、幽亢、攸勒。曰："用司六师王行叁有司，司土（徒）、司马、司工（空）。"王令盠曰："司六师八师埶（执）。"盠拜稽首……

所记的册命，有"右者"，有"立中廷，北乡"之仪，已经是高度仪式化的了。其中的"王册令尹，易……曰……"表明，王在册命典礼中高高在上，他的出现只意味着典礼的隆重，赏赐和任命的宣布，很大一部分是由"尹"来完成的。尹宣布王命，其实就是"王若曰"，只是本篇册命记录没有这样写而已。另外，尹所宣布的册命内容，应是事先写好了的。而这些宣读册命的"尹"或其他器物常见的"内史"等，他们本就是事先写作册命者，犹如后来中书舍人、知制诰之类的官员。册命事前写好，然后由人代

① 关于作册令方尊、方彝等器的年代，李学勤先生最近提出作于周穆王元年，其说见《文物中的古文明》（商务印书馆，2008年，第536页）。即便如此，也不影响这里的讨论。因为大小盂鼎既不是康王时期的器物，那它们最有可能的就是穆王时物，就是说，它们的制作，距离穆王初年已有二十余年的时光了。

② 逨氏盘器主人系周宣王时人，铭文记载了单氏家族八代祖先在从武王到宣王十一朝任官的家族史，其中有"雩朕皇高祖惠仲盠父……用会昭王、穆王"云云，学者认为铭文的"盠父"，就是盠方彝、方尊诸器中的盠，可知盠是昭、穆时期的人。参看《文物》2006年第6期李学勤、裘锡圭等专家关于逨氏诸器所发表的一组专题文章。

宣，如此的册命，正是太平时代典礼的特点。所以说“王若曰”字样在穆王之后的金文中的出现，是册命典礼高度仪式化的表现。此其可疑点之八。

与上述内容相关，还有小盂鼎铭中这样的句子：“即位中廷，北向。”如上所说，铭文中这样的描述是穆王时才有的现象。在西周早期那些可信器物铭文中也是踪迹皆无。这不是很反常的现象吗？此可疑点之九。小盂鼎铭还两次出现了“王乎”字样，“乎”即“呼”，王呼某某做某事，这一语词的出现，清楚地显示出当时典礼场合的宏大。再看“王乎”在金文中的出现时间，最早的是“安州六器”中的中方鼎“中乎归生凤于王”句，是说中受赐于王，这个“乎”（呼）字有学者解释不是“中乎”，而是中被“王乎”，授予生凤的是王，接受者才是中。这件器物一般都认为是昭王后期之物，此后出现“王乎”的是遹簋铭，曰“穆穆王才葊京，乎（呼）渔于大池”。此器年代或为穆王，或为恭王时期。再后来“王呼”某某的语词就更多，以现有金文统计，数以百计。这样多的“王乎”，却都不早于昭穆之际，唯独“康王时期”的小盂鼎铭两次出现“王乎”，不是太反常了吗？此可疑点之十。

册命礼的重要组成部分还包括册命赐物，其中亦有随时代而变化的痕迹。小盂鼎赏赐物品有弓、矢、皋、甲、胄、戈、矢臺，皆是兵器。据陈梦家统计研究，戎器的赏赐，主要是在西周中、后期。细核《金文引得》，陈说可信[①]。大盂鼎赏赐物有鬯一卣、冂、衣、巿、舄、车、马、“乃且南公旂”。鬯、马的赏赐十分常见，没有时代性。而冂、衣、巿、舄等命服的赏赐，陈梦家说：“除冂、巿者是西周初期外，其他多是穆王以后的。”[②]冂、巿类，陈氏所举有大盂鼎、麦方尊、鼉盨三器，而鼉盨属于宣王时器，

① 陈梦家：《西周铜器断代》，第112、414、415页。华东师范大学中国文字与应用中心编：《金文引得》，广西教育出版社，2001年。

② 陈梦家：《西周铜器断代》，第424页。赐冂的还有复尊，属于早期器。

可见门、市亦如其他命服一样，主要流行于穆王以后[①]。另外，旌旗的赏赐，陈梦家又说："除大盂鼎、奚方鼎、麫簋为西周初期外，余均穆王以后。"[②]而奚方鼎、麫簋亦是属于西周早期末段之昭王时器。综上可见，大、小盂鼎铭文中所见的赏赐物主要都是开始流行昭穆之际，并流行于中后期。此可疑点之十一。再有就是小盂鼎"辰在甲申"的语词，"曾有学者统计金文这一形式的例子，共举出二十三例，最早的是康王晚年的小盂鼎，多数为昭、穆至孝、夷间的器物"[③]。在几十个例子中，相同的语例只有极少数是周初几十年内的，绝大多数都是中期左右和中期以后的，这不是很让人对这个"康王时期"的单文孤证产生怀疑吗？此可疑点之十二。这样的"单文孤证"在大盂鼎绝非仅见。如铭文中的"勿废朕命"，据《殷周金文集成》加新出土如逨氏诸器，这个短语西周铭文中有十余例，除了大盂鼎，它的最早出现是在西周中期的师虎簋和牧簋等。在《诗经·烈文》篇中，有"无封靡于尔邦，维王其崇之"之句，语意与"勿废朕命"一样。《烈文》笔者考订为西周中期穆王时作品[④]。这里有一个历史逻辑的问题。这样的语句不论在《诗经》还是铜器铭文，它的出现，都显示着一种社会问题的出现，无此问题便无此等语句显示的权力意识。诸侯"封靡"——积权坐大不听命王室的现象和臣下违背周王意志之类的事情，在一个

① 静方鼎中有"易女鬯、旂、市"。学者一般认为静方鼎是昭王时器，但也有认为是穆王时器的，如王长丰《〈静方鼎〉的时代、铭文书写者及其相关联的地理、历史》(《华夏考古》2006年第1期）即认为为穆王时器。不论如何，仅此一例，亦不影响普遍赏赐市的时代问题。

② 陈梦家：《西周铜器断代》，第427页。

③ 李学勤：《新出青铜器研究》，文物出版社，1990年，第95页。柞伯簋铭文中出现了"辰在庚申"一词，该器物的年代学者判断大体在康昭或昭王时期。因为铭文中出现了"南宫"，此人又见于昭王晚期"安州六器"铭文中。所以，柞伯簋并不构成对学者关于"辰在某某"最早出现时间说法的反证。

④ 李山：《西周穆王时期诗篇创作考》，刊周延良主编：《中国古典文献学丛刊》第七卷，中国古文献出版社，2009年，第33—36页。

新生的王朝不会一下子就那样明显。周初血亲封建的大背景是周人的以小胜大、东方不稳，而康王时期按《左传》说封建还在进行之中，刚封建出去的诸侯，在异族林立的局势下，“番屏”之不暇，“封靡”又何从谈起！从这个意义上说，“勿废朕命”的语句出现在王朝建立百年左右的诰命中，也比视之为康王时期，要更合乎历史的逻辑。此可疑点十三。铭文中还有一个四字句是“匍有四方”。据《殷周金文集成》和新出土器物，不计一篇之中的重复，西周铭文包括大盂鼎共出现了十次左右，大盂鼎之外的各器，时间最早的是史墙盘，而史墙盘公认为周恭王时器。此可疑点十四。

还有一些更短的语词，如铭文中的“召夹”。“召夹”在金文中亦作“夹召”，这个语词最早出现，是在西周中期。而单独使用的“召”字，它在金文里的出现，同样是一个中晚期现象。此可疑点十五。铭文中还有一个“畯（畯）”字，或者是“畯臣天子”，或者为“畯在位”“畯保四国”，或者如本铭的“畯正厥民”等，出现频率颇高，都有“大”或者“永久”或者“勉励”的意思。然而这个字在西周金文中最早的出现，检索《殷商金文集成》，除了此器之外，最早的是追簋和梁其诸器，而这两件器物最早也是中晚期之交时物。此其可疑点之十六。另一个西周铭文出现频率颇高的词就是“型”，其字金文作“井”，有时单用，但更常见的是与其他同义词相联，如“帅型”“型帅”“型效”“怀型”以及大盂鼎的“型禀”等，不下十五六例。检索这些以“型”字为中心词的语词出现，也还是除大盂鼎之外，其他都不早于西周中期。具体说，还是以穆王时器如录伯𢦏簋、班簋等出现为最早[①]。这与《诗经》一致。在《大雅》和《周颂》中，反复出现了带“型”字的诗句，如《大雅·文王》“仪刑文王，万邦作孚”，《周颂·我将》“仪式刑

① 其中包括沈子也（它）簋，此件器物在断代上说法不一，有定为成康之际，又有昭王说，也有穆王说。后者系唐兰先生的看法，笔者以为唐说可从。

文王之典”等。这些作品，据笔者考定，都是西周穆王时期大祭文王时期的作品①。此可疑点十七。小盂鼎出现“拜稽首”一词，细查《金文引得》，较早出现这三个字的器铭有沈子也簋盖、小臣夌鼎、邢侯簋、令鼎和作册令簋。这几件器物，邢侯簋的年代上面已经说过，沈子也簋唐兰先生断在穆王朝，作册令簋在昭末穆初，令鼎的年代一般也认为是昭王时期。就是说，“拜稽首”最早出现在器物铭文中是在昭王以后。此其可疑点十八。

三、铭文中人物及战事方面的证据

在小盂鼎所载典礼中，还出现了一个“明公”，唐兰先生认为，此位明公就是作册令方彝、方尊铭文中的“尹三事四方”的“明保”②。明保又称明伯是有可能的，唐先生的说法可从。唐先生还以为小盂鼎中的明伯，官职比作册令方彝、方尊铭文的明保小。很明显，唐先生这样看是先相信小盂鼎时代一定比作册令方彝、方尊早这点，然后才作如此的推测。作册令方彝、方尊铭文的明保“尹三事四方”，掌管卿事寮，固然是官职很大，但小盂鼎铭文中的明伯，官职就一定小吗？小盂鼎铭文记载的应是重大战役后的“献俘礼”，铭文虽残泐严重，但礼仪的进程还是可以大致观察的。先是写王率领“三左三右”早晨进入太庙，然后是盂向王汇报斩获情况，然后是“王命荣伯谴责所执鬼方首领的罪辜，趞伯派遣鬼阍等把鬼方首领斩杀”③。这之后，才行“燎”之礼；之后，盂才进入距离周王最近的一道大门即“三门”。典礼记载至此，出现了两个人，费伯和明伯。这时，盂所在的位置，是“中廷，北向”，并且“告”。看铭文，盂“告”的最终听者应是周王，但他

① 李山：《西周穆王时期诗篇创作考》，第33—36页。

② 唐兰：《西周青铜器铭文分代史征》，第206—207页。

③ 同上书，第186页。此处的说法多参照唐兰先生对铭文隶定和句逗。

不能直接将“告”传达给王，其间还有一个费伯向明伯传递，再由明伯向王作最后传递的仪程。就是说，这场隆重的典礼，主角虽然是盂，但礼仪中有一位离周王最近的人就是明伯。朝廷礼仪中离王越近身份越亲贵[①]，果然如此，则明保在这场“献俘”典礼的居于显赫地位，就应该在他被任命“尹三事四方”之后，即器物的年代不得早于昭王时期。然而，近年李学勤先生对作册令方彝、方尊器物年代的研究又提出了穆王元年的新说[②]。如此，大、小盂鼎的年代为穆王时期的制品，就又多了一个证据，而康王说愈发不可信。此其疑点十九。

大盂鼎铭的最后有“用乍（作）且（祖）南公宝鼎”之语，道出了盂鼎主人的家族归属。唐兰先生认为，铭文中的“南公”，就是周文王最小的儿子聃季载[③]。而且，若以《白虎通·姓名》所引《诗传》“文王十子”之说，聃季载较周公起码小七八岁。明公是周公的儿子一辈，生活在康、昭甚至穆初之际。另外，穆王较早时期的祭公谋父，是周公的孙子辈。周公的孙子辈可以生活在穆王时期，那么年龄小于周公的聃季载，他的孙子辈，生活在穆王时期，是完全可能的。反过来说，将大小盂鼎的主人即聃季载之孙盂视为康王时期人，不显得过早了点吗？此其可疑点二十。

大盂鼎铭中有“我闻殷坠命”一语，郭沫若说：“‘我闻殷坠命’之一闻字亦可注意，殷之亡为成王所目睹，康王则当得自传闻矣。”[④]实则这样的语气，出自康王之口未必合适。康王出生年代不详，总得在周初武成之际。单就他而论，对商末情况固然可

① 王贻樑：《概论西周内服官员的爵位判断》，《中华文史论丛》1989年第一期。杨宽：《西周王朝公卿的官爵制度》，《人文杂志》第2辑，1984年，第93—119页。

② 李学勤：《文物中的古文明》，商务印书馆，2008年，第536页。

③ 唐兰：《西周青铜器铭文分代史征》，第176页。

④ 郭沫若：《两周金文大系图录考释》下册，第34页。

以“得自传闻”，但康王二十几年距西周国五十年光景，以常理言，他的听众中应该还有一些经历过殷周鼎革的老臣。于是他这样的语气悠长的“我闻”就未必合适。金文中有不少铭文喜欢用讲昔日如何如何的例子，检索出现这样内容的器物，却多是西周中期穆王时期开始出现的。如穆王时期器录伯㦰簋“自乃祖考有恪于周邦，右辟四方”之语，如恭王时器师询簋、乖伯簋“丕显文武应受大命”“朕丕显祖文武膺受大命……”，等等，皆与传世文献《逸周书·祭公解》“朕皇祖文王、烈祖武王度下国，作陈周”相合[①]。再后来此类语句几成滥调。相较之下，大盂鼎有讲史内容，就显得十分突兀。此其可疑点之二十一。

小盂鼎纪录的战争规模极大。铭文虽残缺严重，但看下面的战绩：“执兽三人，获馘四千八百□二馘，孚人万三千八十一人，……孚车卅两（辆），孚牛三百五十牛，羊廿八羊……”即知其酷烈了。如此大规模而周家又取得大胜的征战，有关康王时期的史料竟然一无记载，实在令人疑惑。相反，现有史籍对康王时期的说法是“息民”（《左传·昭公二十六年》），“晋侯作宫而美，康王使让之”（《古本竹书纪年》），“成康之世，天下安宁，刑错四十年不用”（同上），康王之“让晋”，正是其“息民”的做派，“四十年刑错不用”所表达的历史气息，也与小盂鼎铭所记大规模的战争格格不入。相反《竹书纪年》记载，倒是周穆王时期曾对西北方面的犬戎进行过大规模的征战，获其五王并迁戎至太原。此事据《竹书纪年》发生在穆王十二年，虽与小盂鼎铭的二十五年不合，但透露的历史气息对认识大小盂鼎的年代还是很重要的。这还是一个历史逻辑的问题。一个新建的王朝，最需要做的是休养生息，这正是各种记载表达的康王时期的历史，但是，当国力

① 李学勤：《中国古代文明研究》，华东师范大学出版社，2005年，第51—53页。

强到一定程度后，就会启边拓土，显示威赫。资料显示，周家到了昭穆时期才开始这样。例诸后代汉唐历史，也大都如此。此其可疑点二十二。

以上二十二证，说明大、小盂鼎非康王时器。那么，它们是什么时候的制品呢？上面的论述，实际已经给出了答案。宽泛地说，它们属于西周中期偏早时期，具体说，就是周穆王时代的器物。

[原载《北京师范大学学报（社会科学版）》2012年第2期]

《尚书》“商周书”的编纂年代

摘　要　以西周金文早中晚期一些语词出现的时间为参照，讨论《尚书》中“商周书”部分的编修年代。《尚书》这部分中许多篇章，都是西周中期整理成型的。就是说，它们都经历过从档案文件变为经典篇章的整理加工。西周金文真实记录着大约三百年的文章语言变化，选取“拜手稽首”“王若曰”和“雩”“雩若”等几个词语，考察它们出现的时段，可作为判断“商周书”编纂整理时间的根据。

关键词　《尚书》　商周书　编纂　西周中期

先秦文献的生成，据今天所见资料，可以分为如下三个形态：1.甲骨占卜形成的文献，西周君王大臣谈话记录：两者可归为一个大类，都属于人世活动的相关文字记录。2.《国语》所显示的形态：编纂者把一些人关于某事或者某人的议论，与后来事件发展的结果或人物的吉凶祸福编连在一起，以证明人物言论的预见，突出嘉言善语，从而为读者提供一些富于启发性的教诲。3.编年体（如《左传》）的形态：将人物的活动和言论放到一个时序的框架中去，以此突出事件发展的因果关系，突出人事活动的作用等等。三形态的最终结果是历史著作的诞生。

这里要谈的是《尚书》的编纂。虽然我们把它和甲骨文归为一个形态，两者间的分别还是颇为明显的：甲骨文一经刻写，似乎再也没有经过后来的任何整理，而《尚书》的一些篇章，貌似原始谈话的记录，实际上是经过加工、再加工的。《尚书》中的"商书"和"周书"部分有一个共同的特点：大多为君王和大臣的针对某些重大问题和事项的谈话记录。口头谈话，一般都很难做到"出口成章"，有整理经验的人知道，最初始的谈话记录，前后颠倒、重复罗嗦以及随意的内容插入、跑题之类是很常见的。要将这样的谈话记录变成文从字顺、主题集中又条理清楚的文字，删除、调整、补充等是一定的。这还是最初始的工作，不是这里要谈的问题。这里要谈的是，在这最初始的加工之后，隔了多少年，还有更进一步的加工整理。举一个例子："洛诰"篇中，人物交谈的地点，一在宗周镐京，一在成周雒邑，谈话的时间又历时十个月。最初整理的文字，一定是片断的。可是今天看到的"洛诰"，时间地域跨度如此之大的谈话记录，却俨然一篇首尾详备、连接紧密的文章。穿针引线的工作，使"洛诰"已不再是单纯的"记言"篇章了。

那么，我们就要问，是什么时候进行的这种牵连引合的深度加工？回答是：西周中期。根据是什么？因为它们间有中期才有的语言要素。何以这样说？有金文为证。埋藏在地下的金文资料因没有经过后人改动，最能显示西周各个时期语言变化的真实情况，正是我们借以衡量《尚书》文献的尺度。研读西周的金文，可以发现，文献的编修，其对象不仅包括西周初年的一些档案文件，殷商的一些资料——就是《尚书·商书》部分的篇章也曾经过同样的编修。这一点学术界早有成说。笔者要做的，是证明它们与西周的一些（不是全部）重要"诰命"一样，其编修就发生在西周中期。就是说，这里可能要打破一种固有的看法：《尚书》中一些西周早期"诰命"都原封不动地是周初文章。实际的情形是，这些"最可信的"西周早期文献，可能早已非原汁原味。

一

这样的看法，最早是由陈梦家先生提出的。在《尚书通论》中，陈先生提出，一些金文中中期才有的现象，如“史官代宣王命”的“王若曰”之语，在西周成王时期的诰命中就有了[①]。后来他又在《西周铜器断代》中更明确地说：“《周书》四篇（指《召诰》《洛诰》《立政》和《康诰》——引者）向来以为西周所作，所述成、康之事，而作懿王时始有的‘拜手稽首’及后来《仪礼》所有的‘再拜稽首’，则其成书年代有可疑者。《周书·大诰》亦应为成王时作，然其‘尹氏’官名始见于懿王时师察簋，故《尚书通论》‘大诰讲义’，曾提及此疑问。合此二例，则今所传今文《周书》，至少曾经共、懿以后人的修缀。”[②]陈先生的意思是说，像“拜手稽首”之词、“尹氏”之官，在金文都是西周中期后段铭文才有出现，却赫然见于西周早期的文字里，不免让人怀疑这些周初文献是经过中期以后人的修缀的。这是很重要的发现。不过，陈先生之说也有应加修改之处。以今天所能见到的金文而言，“拜手稽首”四字句的出现，最早应为穆王时；在可以确信为穆王时器物的录伯㦰簋盖（《殷周金文集成》04302，以下简称《集成》）中，有“录伯敢拜手稽首，对扬天子丕显休”之语[③]。录伯㦰为穆王时期的录国邦君，又为穆王朝征伐东夷将领，这一点学术界看法一致。还有遹簋（《集成》04207），也有这四个字。因铭文出现“穆王”字

① 陈梦家：《尚书通论》，中华书局，2005年，第148、207页。

② 陈梦家：《西周铜器断代》，中华书局，2004年，第225页。

③ 在河北元氏县西张村出土的臣谏簋中，铭文出现了“拜手稽首”，但在此器的年代问题上存在着分歧，有学者主张昭王时器，也有学者认为是穆王时期的器物。从铭文字迹上看，此器与可信为穆王时的几件器物接近，起码是昭穆之际的文献。

样，所以有一部分学者认为遹簋为恭王早期器。这两件器物铭文都有“拜手稽首”，比陈先生所说的懿王时要早几十年。但这丝毫不影响陈梦家先生看法的重要性，是他的发现指向了这样一点：周初的那些极重要的诰命，经过了西周中期的编修。

陈梦家先生说到了几个金文语词，其实可以作为判定时代依据的金文语词还有一些，如“柔远能迩”“拜手稽首”以及“雩若”“雩”等。以今天所见的金文而言，“柔远能迩”出现在西周中期的番生簋盖（《集成》04326）中，又见于晚期的大克鼎（《集成》02836）和春秋早期的晋姜鼎以及《诗经·大雅·民劳》中。“拜手稽首”见于春秋早期秦武公时期的秦公钟（《集成》00262），秦公钟铭文水平很高，应出自“周余民”之手，由此推测这个词语在西周已经使用也是可以的。下面让我们更仔细地来看看“王若曰”和“雩若”“雩”等词使用的情况。

“王若曰”是金文中大臣代宣王命时才出现的词语。这三个字最早见于殷墟第三期甲骨文，只一见，不无疑问。这之后，西周金文中大盂鼎（《集成》02837）中出现了“王若曰”，但是这件器物在断代上有问题。自郭沫若以来的学者都认为大、小盂鼎为周康王时器，实则这件器物的铭文在内容和语言上都与西周早期器物铭文不合，为此笔者特撰《大小盂鼎年代的质疑》一文，举二十余证以证明两件器物为西周中期穆王前后时期器①。关于“王若曰”的含义，于省吾先生尝著《“王若曰”释义》一文，考论三字的语意，结论是：王直接命令臣属不称“王若曰”，凡史官或大臣

① 在笔者之前就有学者对小盂鼎的年代提出过与主流看法不同的见解，如张闻玉《小盂鼎非康王器》（载《人文杂志》1991年第6期）、丁骕《西周金器年谱》（载《中国文字》1985年新10期。此文后收入线装书局2005年出版《金文文献集成》第39册影印本），就都从各自角度对小盂鼎年代提出自己的说法。丁骕的文章还主张小盂鼎为穆王时器。大小盂鼎犹如孪生兄弟，找到了一个的时代，也就明确了另一个的时代。

代宣王命时始称[1]。按，这种“代宣”现象，成康时未见，至昭王时，若需要代传王令，如中甗（《集成》0949）所见，也还只是说“以王令曰”。“王若曰”作为一个“代宣”的格式用语，应是代宣王命习以为常的结果。甲骨文若真有此三字，就表示殷商晚期可能就有代王陈说占卜之词的事。即便如此，也不能由此认定西周一开始就沿用了这样的故例。毕竟商周革命，翻天覆地，而代宣之事的出现，在很大程度上是对某些过去郑重对待之政事的态度趋于虚套化的结果，是王者拿架子、讲排场甚或王者倦勤的表现。这都与周初创业阶段的政风难合。

既如上说，出现了“王若曰”的大盂鼎年代为康王说不可信，那么，“王若曰”最早是何时出现于金文中的呢？回答是：大盂鼎之外，金文中“王若曰”一词最早出现，是在穆王时期的器铭，如录伯㦰簋盖：“隹（唯）王正月，辰在庚寅，王若曰：‘录伯㦰，繇自乃祖……’”而穆王时器开始出现“王若曰”又绝非孤立现象，实在与西周中期朝廷册命礼仪强烈形式化的变革息息相关。在《西周铜器断代》中，陈梦家先生注意到西周册命典礼发生的变化，说：“策命时傧导之人，只有从共王时期才载见于铜器。”[2]所谓“傧导之人”，即金文册命仪式中出现的“右”者。西周早期的铜器，即使是很重要的册命，也没有关于册命典礼本身的描述，如作册令方彝（《集成》09901）、作册令方尊（《集成》06016）记载周王任命周公子明保尹三事四方，如此重大的任命，仍是对策命典礼的仪程付诸阙如，显示的是早期诸多大政一以贯之的简朴风尚。那么，这种对仪式本身的描述是从何时起见于金文的呢？回答也是穆王时期，也是比陈先生的说法早几十年。这样说，证据在盠氏诸器时代的重新认定。

① 于省吾：《“王若曰”释义》，《中国语文》1966年第2期。

② 陈梦家：《西周铜器断代》，第147页。

2003年西周逨氏诸器的出土，证明了许多东西，其中之一就是过去一直被认为是西周中期后段、甚至是晚期之物的盠方尊、方彝和驹尊、驹尊盖诸器，都是穆王时期的制品[①]。请看盠方尊（《集成》06013）和作册令方彝相同的铭文：

佳（唯）八月初吉，王各（格）于周庙，穆公右盠立于中廷，北乡（向）。王册令（命）尹，易（锡）盠赤市、幽亢、攸勒。曰：“用司六师王行叁有司，司土（徒）、司马、司工（空）。”王令盠曰：“司六师八师埶（执）。”盠拜稽首……

铭文所记的册命，有“右者”，有“立中廷，北乡”之仪，已经是高度仪式化的了。其中的“王册令尹，易……曰……”表明，王在册命典礼中，更多地充当最高权力的象征者，对受命者赏赐和任命宣布，很大一部分是由“尹”来完成的。尹宣布王命，其实就是“王若曰”，只是册命记录没有这样写而已。另外值得注意的一点是，尹所宣布的册命内容，应是事先写好了的。而这些宣读册命的“尹”或其他器物常见的“内史”等，他们本人就是事先写制册命者。册命事前写好，然后由人代宣，如此的册命，正是太平时代典礼的特点。也就是说，“王若曰”字样在穆王之后的金文中的出现，正是册命典礼高度仪式化的表现。有这样一层曲折，才可以确信，这三个字不会在周初、在早期的器物铭文中出现。正因如此，这三个字在《尚书》周初一些篇章中出现，才是据以判断它们后来经过了整理加工的理由。

与“王若曰”相关，在周初《尚书》中，有些篇章如《君奭》《多方》和《立政》，还出现了“周公若曰”，应是从“王若曰”变出的一个花样，恰可以理解为后人编撰的证据。上面说“王若曰”

① 逨氏盘为周宣王时期器物，铭文记载了单氏家族八代祖先在从武王到宣王十一朝任官的家族史，其中有“雩朕皇高祖惠仲盠父，……用会昭王、穆王”云云，学者认为铭文的“盠父”就是盠方尊、方彝中的盠，可知盠是昭、穆时期的人。参看《文物》2006年第6期发表的一组关于逨氏诸器的专题文章。

是册命仪式用语，当后人——应该是专业的史官整理过去的档案时，按照他们自己时代的习惯加上表明发言主体的字样时，又不能全照“王若曰”的字样写，就只有“周公若曰”了。这里值得注意的是在《多方》和《康诰》中的“王若曰”,《多方》中有“周公曰：王若曰……”这样读来别扭的句子，而《康诰》中的“王若曰：孟侯，朕其弟，小子封”，就不只是别扭，而是常理上说不通了。前者“周公曰”的字样，也许在当时记录时就已加上，也可能是更后来整理者所加。但是,“王若曰”应属后加。这就涉及周公是否摄政称王的问题。有学者专门从“王若曰”角度来讨论周公是否称王的问题。然而，若“王若曰”为后来整理者所加，问题就变得更复杂了。“王若曰”若系后来整理者所加，将“王若曰”加在“周公曰”之后，加在“孟侯，朕其弟”之前，实际表明的是整理者所处时代的态度：他们更愿意把周公在周初一系列的重大诰命，都看作他们自己时代官员代宣王命一样的事情。在这些文献上加上“王若曰”，正是这样的意思。以周初政治的实际而言，周公即使是没有称王，在那大局未稳、王朝生死存亡系于一旦的关键时期，一系列重大谋虑、擘画和规制都主要出自周公，这一点应是可以肯定的。如此，在那开国艰难、诸事倥偬的年代里，针对危难局势，周公发布重大政令，其訏谋远猷应该是直达听者的。那种事先把自己意思告诉作册人员，由他们制成书面文字，再由代宣人员念给下属听的长袍大袖做法，不是周公时代所应有的排场。可以相信，周公陈说大政，史官之辈记录之事是有的。但是，稍微仔细看一看周公各大诰命，其内容即话语的风范，与中后期册命之官套路化制词相比，周公的诰命与中后期“官样文章”的分别，是何等的鲜明！周公发布政令限于时事条件是不能讲究排场套路的。可是，到周家建国百年之际就不同了，天下太平了，王权稳固了，名分不可轻假人了，整理周初文献时，一个“王若曰”，周公的诰命，就成了“代宣王命”了！

还有两个可以用来判断时代的语词是“雩”和“雩若”。前辈学者早就指出，“雩”“雩若”，就是《尚书》和《逸周书》中经常出现的“越”“越若”“曰若”[①]。“越”（雩）字，意思基本是“与”“和”，也作为发语词“于”用。它在周初诸多诰命中（除《多士》《无逸》和《周官》外），反复出现。“越若”就是金文中的“雩若”，《尚书·尧典》“曰若稽古”的“曰若”古文本即作“粤若”，亦即“雩若”，《召诰》说“越若来三月”，《尧典》《皋陶谟》以及《逸周书·武穆解》“粤若稽古”，《世俘解》“越若来二月”、《汉书·律历志》引《尚书·武成》“越若来二月”，等等，在《尚书》及《逸周书》中也绝非仅见。那么，在金文中，“雩”“雩若”出现的情况如何呢？回答是：这样的带有装饰性的表语气和连接作用的语词，大体从西周早期、中期之交开始出现并流行，其中穆恭时期又特别时兴。[②]如“雩”字的出现，静簋（《集成》04273）“雩八月初吉”；繁卣（《集成》05431）“雩旬又一日”；作册䰧簋（《集成》05432）“雩四月既生霸庚午”[③]；史墙盘（《集成》10175）“雩武王既𢦏殷”；师询簋（《集成》04342）“盩𪧷（和）雩（于）政，……肆皇天亡斁，临保我有周，雩四方民”等，这些都是可以确信为西周中期穆恭时的铭文。另外一些器铭，如大盂鼎（《集成》02837）和小臣謰簋（《集成》04238）也都出现了“雩”。“雩若”一词，又见于小盂鼎（《集成》02839）“雩若翌日乙酉”和麦方尊（《集成》0615）“雩若二月”“雩若翌日”诸语句之中。大、小盂鼎如前所说，年代绝非康王时期，而是穆王时期。出现了“雩若”的作册麦方尊，它的

---

① 宋人林之奇《尚书全解》就发现“越”“曰”通，近人王国维、杨树达、唐兰等都认为“雩”和《尚书》中的“越”“粤”是一个语词的不同写法。参顾颉刚、刘起釪在《尚书校释译论》第一册（中华书局，2005年，第3—5页）关于《尧典》的注释。

② 周初器物如克罍也出现了这个字，但一般都认为是一个名词。

③ 作册䰧簋为西周中期较早时候的器物，采用的是唐兰先生《西周青铜器铭文分代史征》的说法。

年代有学者说是康王时期，而唐兰先生则认为是昭王时期。笔者以为后者更接近史实。因为该器物铭文中出现了“辟雍”，写到了邢侯与周王在辟雍中有活动。日本学者白川静在《西周史略》中说“莽京辟雍礼仪的盛行开始于昭穆时期”[①]。笔者考订《诗经》作品年代时发现，“辟雍”并不像学者所认为的那样周初就有，而是中期为大祭周文王而修建的神圣建筑。西周金文中出现在辟雍及与此相关的“大池”活动的王较早的多为穆王，不见昭王。另外，昭王后期东南事大起，建造辟雍未必合宜，以此笔者更倾向于穆王时期建造的辟雍。还有，考古发现，丰镐辟雍附近最大建筑的遗迹也是西周穆王时期的[②]。无论如何，麦方尊既出现“辟雍”，毫无疑问就应该是在辟雍建造之后，其年代不能早于昭穆之际。另一件出现了“雩”字的器铭是小臣謎簋（《集成》04238）。这件器物老一辈学者曾认为是康王时器，随着出土器物的增加，当今许多学者一般认为它是昭王时器，根据就在铭文记载了“东夷大反”。其实它的年代应在昭穆之际，因为铭文中出现的征伐主帅伯懋父，当年唐兰就曾提出他即昭穆之际的祭公谋父，后来学者彭裕商也有同样说法[③]。西周征伐东夷或曰“反夷”或曰“东国”的主帅并不止伯懋父一位，在伯懋父之外，征诸器铭，还有䵼鼎（《集成》02741）所载溓公的“伐东尸（夷）”，鲁侯尊（《集成》04209）所载明公的“遣三族伐东或（国）”，疐鼎（《集成》02731）所载的“王令趞蔑（捷）东反夷”等。䵼鼎中的溓公，据李学勤先生研究就是穆王时期的祭公[④]。鲁侯尊中的明公，就是作册令方尊中的明公，

① ［日］白川静：《西周史略》，袁林译，三秦出版社，1992年，第52页。

② 卢连成：《西周丰镐两京考》，《历史地理论丛》1988年第3期，第137页。

③ 彭裕商：《西周青铜器年代综合研究》，巴蜀书社，2003年，第271—273页。对此说，也有学者表示反对，如李学勤就认为“谋父”和“懋父”语音相去较远，不能通假。

④ 李学勤：《重写学术史》，河北教育出版社，2002年，第41—45页。

他的"尹三事四方"的任命就在昭穆两朝之交[1]，而他所以能"遣三族伐东国"，料想也应该在他"尹三事四方"前后。至于那位趞，就是穆王时班簋（《集成》04341）中的毛班[2]。他们都是穆王或昭穆时期的人。如此，"雩"字使用在穆王时，或者宽泛一点说在昭穆之际，就是可以肯定的了。

以上是关于"拜手稽首""王若曰"和"雩""雩若"在金文中出现时间的讨论，现在，就可以从这几个金文语词角度来判断《尚书·周书》编纂的时间了。出现了上述诸语词的有如下篇章：

（1）《大诰》："王若曰"出现了1次。"越"（雩）出现了10次，有的作连词，有的作发语词，有的相当于介词"于"。

（2）《康诰》："王若曰"出现了2次。"越"出现了4次，其中一次即"杀越人于货"的"越"，是动词。如此，与此处所讨论问题有关的"越"是3次。

（3）《酒诰》："王若曰"1次。"越"13次。

（4）《梓材》："越"3次。

（5）《召诰》："拜手稽首"2次。"越若"1次。"越"11次。

（6）《洛诰》："拜手稽首"5次。"越"2次。

（7）《多士》："王若曰"2次。

（8）《君奭》："周公若曰"1次。"越"2次。

（9）《多方》："王若曰"2次。"越"1次。

（10）《立政》："周公若曰"2次。"拜手稽首"2次。"越"4次。

（11）《顾命》："王若曰"1次。"再拜稽首"2次。"柔远能迩"1次。后两个语词在金文是中晚期才出现的。"越"3次，其中"越玉五重"的"越"应与"玉"字组成一个名词，不在讨论范围内。

以上十一篇周初文献，若按照几个金文语词出现的时期来衡

---

① 李学勤：《文物中的古文明》，商务印书馆，2008年，第536页。

② 彭裕商：《西周青铜器年代综合研究》，第311页。

量，它们都有可能是中期或中期稍后的史官对周初档案文献整理成文。所以，它们一方面保持了周初文字的渊懿古奥，另一方面也带有中期文字用语上的一些显著特征①。

再用同样标准来看《商书》各篇，《盘庚上》“王若曰”1次，《微子》“微子若曰”1次、“父师若曰”1次。再从“越”字的使用看，《盘庚》上、中、下三篇各1次，《高宗肜日》1次，《微子》1次。在《吕刑》和《尧典》中出现的“奸宄”二字，在《盘庚》上、中，各出现1次，《微子》1次。再从金文用语方面看，《盘庚》有“恪谨天命”②，而金文“恪谨大命”字样出现在西周中期的器铭中，如单伯昊生钟（《集成》00082）“爵（恪）堇（勤）大命”等。另外，《盘庚》上篇还有“汝克黜乃心”的句子，与金文师訇鼎（《集成》02830）“女（汝）克盡乃身”结构一致。综合起来看，《尚书·商书》中的《盘庚》三篇、《高宗肜日》和《微子》都有可能写定于西周中期。

二

以上是说《尚书》的很多篇章，都有可能重新编修加工于西周中期，那么“编修加工”的情形又如何呢？

在《王若曰考》里，陈梦家先生据“王若曰”在《立政》出现了两次，指出《立政》篇其实是周公两次诰命之词的合编，第一个“王若曰”是周公诰其侄成王，第二个“王若曰”则是周公

① 以上的结果还只是以上述几个可信为中期的金文语词为尺码比量的结果，其实判断《尚书》那些所谓早期篇章是否经过后来加工，还可以有其他来自金文方面的标准。就全部判断《尚书》那些所谓早期文献的最终形成年代而言，此处还只是初步工作而已。

② 杨筠如《尚书核诂》：“按‘天命’即大命，天、大古字以形近相通。”

命太史司寇苏公，后者"在形式上与内容上都是一独立的命书"[①]。西周中期的铭文有过把两个时间的文件写在一个器物上的现象，例如曶鼎（《集成》02838）铭文就记载了"隹王元年六月"和"隹王四月"的两件事。所不同的是，两篇文献写在一个鼎上并不表示它们是一篇文献，因为主题不同；而对周初文献的整理，则是将一些相关相类的记录整理在一篇文献中，主题还是相关的。此外，陈梦家先生《王若曰考》还发现，《多士》和《多方》本来是两个独立的诰命，发布的时间和地点都不同，但是两者却有一部分相同的内容。对此，《王若曰考》提出一种"可能的解释"：两篇文献本来独立，但是，到后来成为《尚书》的篇章时，却发生了这样的情况：《多方》参照《多士》附益了内容，《多士》参照《多方》也附益了内容，因此形成你中有我、我中有你的叠合。这样的情形，亦见于《尚书·商书》部分《盘庚上》篇。顾颉刚、刘起釪《尚书校释译论》就认为，《盘庚》的上篇是由两篇文献组合而成的[②]，与西周中期文献编纂习惯一致。

周初大诰经过编修也许在《洛诰》一篇中表现得最为清楚。"《洛诰》为《尚书》中最难读的文字"，顾颉刚、刘起釪对它的难读有如下的分析："（1）所包的事件较久，从周公营洛到成王命周公后，中间约经过十个月。（2）说话的地点不一致，周公在洛而成王在镐……（3）文体不单纯，记言中有事实，记事中有议论。（4）此篇的中心问题如何……这些问题不能解决，"洛诰"篇就不能读懂。"[③]《洛诰》按照周秉钧《尚书易解》的划分，可分为四个段落：（1）从开始的"周公拜手稽首曰：朕复子明辟"到成王说"公其以予万亿年敬天之休，拜手稽首诲言"为第一部分，"记周公、成王在洛定都之辞"。（2）从"周公曰：王，肇称殷礼，祀于新邑，

① 陈梦家：《尚书通论》，第154页。

② 顾颉刚、刘起釪：《尚书校释译论》，中华书局，2005年，第956页。

③ 同上书，第1505页。

咸秩无文”到“王曰：公功棐迪，笃罔不若时”为第二部分，“记周公、成王在宗周商定治洛之辞”。（3）从“王曰：公！予小子其退，即辟于周，命公后”到“王伻殷乃承叙万年，其永观朕子怀德”为第三部分，“记成王命周公治洛和周公接受王命等事”。（4）从“戊辰，王在新邑，烝，祭岁”到结尾为第四部分，“记成王在洛举行祭祀，册告周公居洛之事”。[①]从这样的划分不难看出，周公和成王的对话，时间跨度近一年，一进行于洛邑，一进行于宗周，两地距离数百里。可以肯定，一开始史官一定是对不同时间、地点的君臣对话分别加以记录和整理的，但现在则组合成一篇文字。唯其是不同时间地点对话的组合，所以用后来文章的读法读起来才难。然而，尽管难，文章的主题还是集中的，那就是周家在洛邑“肇称元祀”和周公接受王命留在洛邑治理东方。文章最后一部分不是对话体，可以看作是史官对自己整理出来的新文件的一个“按语”：交代了成王在洛邑首次祭祀的情况——这可以看作对前面君臣对话定计的一个交代；简要叙述了王行祭祀的情形，又交代了“命周公后”的典册出自谁手及这些事情发生的时间。实际上，史官给新编修的文件“加按语”好像并不止这一次，《康诰》《召诰》《多士》《多方》和《立政》等前面加入的叙述语段，似乎都应该如是解，《商书》中《盘庚》三篇前面简短的介绍，也都是这样给谈话做铺垫的文字。

周初文诰经过后人编纂，还出现过另外的情况，这就是《尚书·康诰》篇。这篇所谓“诰命”的文献，已不是当初封建康侯时的册命之词。《左传·定公四年》载祝佗言周初封卫，有“命以《康诰》”之词。自古以来，人们总以为今天所见《尚书》中的《康诰》就是祝佗所说的《康诰》。其实这是一个误解。误解从司马迁时就有了，《史记·卫康叔世家》说：“周公旦以成王命兴师伐殷，……

① 周秉钧：《尚书易解》，岳麓书社，1984年，第209—223页。

以武庚殷余民封康叔为卫君，……周公旦惧康叔齿少，乃申告康叔曰：‘必求殷之贤人君子长者，问其先殷所以兴，所以亡，而务爱民。’告以纣所以亡者以淫于酒，酒之失，妇人是用，故纣之乱自此始。为《梓材》，示君子可法则。故谓之《康诰》《酒诰》《梓材》，以命之。”《尚书序》也说：“成王既伐管叔、蔡叔，以殷余民封康叔，作《康诰》。”此后相沿不改，一直到今天。如顾颉刚、刘起釪所著《尚书校释译论》就说《康诰》“是周王朝册封，……康叔于卫国时的诰辞，就是当时称为‘命书’的文件（‘命书’一词见《左传·定公四年》）”[①]。其实不然。今天所见的《康诰》，与《酒诰》《梓材》一样，都是周公对被封建到卫地做诸侯的封主的训诫之辞，其文体属性与《无逸》相同，而不是当时的“命书”。因为我们今天从金文中见到了周初封建“命书”的大体模样，与《尚书·康诰》区别甚大。因而从文体、内容上说，《康诰》非“诰”，亦即非“命书”。

今天所见金文“命书”，有克罍（《考古》1990年第1期）、宜侯夨簋（《集成》04320）等铭文。其中的克罍也是成王时制品，其铭文曰：

> 王曰大保，唯乃明乃鬯享于乃辟，余大对乃享，令克侯于匽（燕），旃羌、马、戲雩、驭、微，克宅匽入（纳）土及厥司。用作宝尊彝。

尽管在铭文的解释上还有诸多分歧，其大意还是可以把握的，那就是周王封建太保亦即召公之子到燕地做诸侯。作为一件册封的“命书”，其重要特点就在于在表明克为燕之诸侯时，同时也划定了他的封国统辖的范围，这就是铭文“旃羌、马、戲雩、驭、微”句所郑重交待的内容。“旃”有学者读作动词“使”，就是统治；也有的读成名词，为燕侯统辖的人群之名。任何人群都会有其生

---

① 顾颉刚、刘起釪：《尚书校释译论》，第1291页。

存地区，假如这些族群就是生活在燕地的人群的话，铭文交待出这些族群的名称，也就可以理解为是划定了空间范围。这样，与《左传·定公四年》祝佗所述卫国初封时明确划归其所统人群、所属地域的“命以《康诰》”一致，也与《诗经·大雅·崧高》所云“因是谢人，以作尔庸”相符，尤与《鲁颂·閟宫》“王曰叔父，建尔元子，俾侯于鲁。大启尔宇，为周室辅。乃命鲁公，俾侯于东。锡之山川，土田附庸”相同。

由上可知，克罍铭文，虽然它有“作宝尊彝”这样的套语，但仍保留着周初册封文件的基本，就是说，我们从这件器物大体可以确信，作为正式的册封“命书”，它必须含有对封土范围和所辖人群的明确划分。这一点，在时间稍后的宜侯夨簋铭文中有更加清楚的显示，从中可以看到如下几项：（1）鬯、瓒等礼物和彤弓等兵器；（2）土地，有川和其他；（3）所属城邑和其他；（4）人口，包括“王人”七姓、“□□五十夫”和“宜庶人”六百多夫。这件器物的铭文对宜侯权限的规定更加分明。《左传·定公四年》中，祝佗除了谈到“殷民七族”，还大体说明了卫国“自武父以南及圃田之北竟”的“封畛土略”。这部分的内容，恰好是今天所见的《尚书·康诰》所没有的；而由克罍和宜侯夨簋的“命书”体制可以推测，祝佗所历数的当初王朝对卫国的疆域和民人册封，恰好也就是原始的《康诰》的内容。由此看来，《尚书·康诰》这篇可信的周初文献，根本就不是当初封建卫国时作为“命书”的那篇《康诰》。当初的那篇“命书”《康诰》，在卫国那里是保存的，祝佗对《康诰》内容的珍数，就是证明。然而，仔细阅读《尚书·康诰》，其中有这样的句子：“肆汝小子封在兹东土”，“王若曰：往哉！封，勿替敬，典听朕告，汝乃以殷民世享”。读之不能不承认，它所记载的内容，与卫侯的初封密迩相关。因此，今天所见《尚书》之《康诰》应是在册封过卫侯之后，周公对卫侯的一番叮咛嘱咐之言论。

册封卫国的文献即当初的“命书”保存在卫国，春秋后期卫国的史祝人员还能对它如数家珍，这是因为一份“命书”对一个诸侯邦国而言，是关乎其生存的文件。可是在王朝文献中，恰是那册封卫的“命书”不知所终了。对此可以做这样的推测：就当时的册封大典而言，“命书”的颁布，是仪式中最核心而重要的部分。封建的“命书”封邦要保存，宗周当然也要保存。然而，一次封建，与之相关的资料绝不会仅有一份命书而已，册封仪式之外，一定还有许多相关的资料，如周公对康叔谆谆切切的教诲嘱告，很可能被当时的史官记录并作为档案保存起来。时过境迁，“命书”对卫邦仍是重要文件，只要卫国存在一天，就不能把它丢了。但在王朝，一件命书的价值充其量是一个永久收藏的文件，束之高阁可也。可是，册封卫国时，周公对康叔谆切教诲中所含有的政治智慧，对于王朝继续它的统治天下，仍然具有启示意义。《康诰》这个名称何时被用来称呼今天《尚书》所见的这篇同名文字，不得而知。或许以《康诰》相称是后来之事，但也不能排除这样的可能：在西周中期大规模整理文献、编纂史书时，就把从旧档案中整理出来的周公当年教诲康叔的言论编纂成文，并称之为《康诰》。不论如何，有一点是最重要的，西周中期整理文献时的一个重要尺度，就是注重文献所含有的思想价值。《尚书》的《康诰》经过西周的崩溃而流传至今，不正是因为它自身的内容吗？可是那份对卫国生死攸关的文献，却只能辗转见到它的一些内容了。

三

如上讨论，可以得出如下几点结论：

其一，如果《尚书》“商周书”特别是其中的“周书”部分，真的是经过后来深度加工整理的，那么使用这些文献讨论西周初期的社会文化等各方面时，就需要特别小心了。例如研究殷周之际的“天命”观念的新变，就不能只看《尚书》相关各篇，而应结合周初金文亦即相关史实。笔者的看法是，西周初年新的天命观念的核心内涵已经出现，但天命观念其他义涵的羽翼丰满，可能还要经过一段较长的时间。

其二，对一些篇章的理解要重加调适。例如《康诰》篇，前面已经说过，它不是“命书”而是一篇告诫。这会引起如下的问题：为什么《尚书》不载当年的“命书”而收录周公教诲？若是后来编辑《尚书》者所为，是什么时候、又是谁做了这样的改换？这些问题的发问，相信对深入了解《尚书》的性质必有裨益。其中尤以给《洛诰》带来的新理解为甚。加工整理者在西周早期结束之后，要把延续十个月、地跨数百里的君臣谈话由分别记录的状态改变为一篇首尾完整的文章，难道就只是为了文献的完整吗？将分散的谈话整理为一篇，难道不是更有利于突出主题吗？什么主题？《洛诰》说来说去，周公留在东都主政，不是出于周成王的反复慰留吗？突出这一点有什么用处？这需要联系《金縢》篇。笔者尝言，看历来研读《金縢》者是否真的懂了这一篇，要看是否读懂了以下文字：“秋，大熟，未获，天大雷电以风，禾尽偃，大木斯拔。……王出郊，天乃雨。反风，禾则尽起。”大风可以把庄稼刮倒，但是谁见过反向大风把倒伏的庄稼刮起来的？然而这样写周公之冤屈昭雪前后的极端天气现象，不正可突出周公之冤的深重吗？如此，再来读《洛诰》也许可以明白，编修人员花了大力气勾连分散的档案记录文字，也是在突出周公当年主政东方并非出于他自己要擅权，而是遵守王的要求。总之，《尚书》一些重要篇章经过了深度加工这一点，可以提醒读者读该书时，不要单把注意力集中于文本，还须分出一点眼神来了解一下编者以及文本制造者的意图。

其三，《尚书》的深度加工，应该出自史官，而且，对过去的文献进行整理，一定是史官遵守王朝政令的结果。那么，王朝为什么在西周中期感到有整理过去文件档案的需要，这时候社会的又发生了什么变迁，不都是需要认真追究的吗？文献记录保存的是最古的形态，然而这里的整理就出现了一个告别旧形态的跃进，这跃进的文化含义，也是应该深入思考的。

[原载《西北师大学报（社会科学版）》2011年第6期]

“往圣”的一段“绝学”

——论孟子“浩然之气”的宗教属性①

摘　要　本文从两方面证明孟子的“浩然之气”取自道家：一、孟子以前儒家无此传统；二、“气”的修炼见于《老子》的“抟气致柔”，是道家的固有之术。同时，本文还有这样的判断：练气的古宗教之术，尚不是老子的发明，它应当始于渊源更为古老的神仙教。进而本文认为，孟子所以修习道家之术，乃是为着应对生命的困境，克服意义的焦虑。因学派之间的壁垒及“气”之一术与儒家学术整体上的不合，因而练气之术并没有真正融入儒家的传统，只是孟子的一段“绝学”。

关键词　孟子　浩然之气　绝学

关于孟子的“浩然之气”，古来的儒家基本理解为一个纯粹的道德概念，即一种刚强的“大丈夫”的精神状态。今人在理解上则有较大的分歧。一种是古代理解的延续，认为“浩然之气”实际是“孟子自我感觉道德无比高尚，内心极为满足”②的一种状态；另一种认识则系新说，即认为“浩然之气”来自黄老道家的关乎

---

① 此文与唐巧美合作。

② 李存山：《中国气论探源与发微》，中国社会科学出版社，1990年，第114页。

身心修炼的“气”[①]；如此，它便不再是纯粹道德的，而是关乎古代宗教的。笔者同意后一种看法，但认为以往的持论乏力，尚不足以使新说定论。一个基本的认识是，作为一个立场坚定的大儒，孟子所以将一个其他学派的“浩然之气”援入自己的学说，是为着强化自己作为一个儒者的生命力，以应对他所面临的存在困境；“浩然之气”在孟子实即“存在的勇气”，建构这“勇气”，孟子不得不脱离孔子关于勇者“内省不疚”的旧辙，向黄老道家借取修身养性的宗教之术。要证明这一点，应当从学术源流上着眼，仅从文献上取证不行，现有的条件还不能无争议地弄清相关文献哪个在前、哪个在后。以往的持论乏力，就表现在这里。同时，笔者还认为，正因为“浩然之气”是孟子出于工具目的的援引，就埋藏了它成为一段“绝学”的根子。

一、“浩然之气”来自黄老的证明

先让我们从孟子对“浩然之气”的论述中找一找它宗教属性的内证。《孟子·公孙丑上》记孟子与学生的对话是这样的：

> “敢问夫子恶乎长？”曰：“我知言，我善养我浩然之气。”“敢问何谓‘浩然之气’？”曰：“难言也，其为气也，至大至刚，以直养而无害，则塞于天地之间，……必有事焉而勿正（止），心勿忘，勿助长也，无若宋人然……”

首先值得注意的是“难言也”一句，道出的是神秘体验：“浩然之气”在其生命体内的周流，是一个无以言表的事情。这一点既像是《老子》以“惚兮恍兮”对“道”运行状态的描述，又像是《庄子》关于言意精粗的判别。说它是“神秘体验”，并不是说它系鬼

---

① 参郭沫若：《十批判书》，新文艺出版社，1952年，第168—169页。[日]宇野精一等：《气的思想》，李庆译，上海人民出版社，1990年，第29—75页。胡家聪：《管子新探》，中国社会科学出版社，1995年，第325—327页。

神之道，而是说它并不能用语言来表述。道家讲“言不尽意”，佛家讲“言语道断”，这都可以举一个切近的例子来譬喻：杂技中有走钢丝绳一项，如果你问一个技艺精纯的演员，在钢丝上如何才能像他那样做得那样好，他最有益的回答是你去练。这可以部分地说明“体道”的境地。不论是“修道”还是“养气”都是一个躬身践行的事情，它靠的是体验，非言语所传达。如果孟子的“浩然之气”只是一个道德的概念，为什么不可说？在孔子，道德上的事，就没有什么不可说的。“君子不忧不惧，……内省不疚，夫何忧何惧？”（《论语·颜渊》）“忧惧”之事也就是孟子“不动心”的大事，孔子可以教人以“内省”，即以正确的原则不断做自我的内心检验。说得是何等清楚！然而成就着孟子“大丈夫”精神的“浩然之气”居然是个“难言也”。这不是因为别的，只由于它是一个内在的修证和体验，是言语所不能表达的。这是不能将“浩然之气”单纯视为道德概念的第一点。但只有这一点还远远不够。

第二点是一个文献上的证据。在“必有事焉而勿正，心勿忘，勿助长”这几句下，汉代赵岐的注释是这样的：“言人行仁义之事，必有福在其中。而勿正，但以为福，故为仁义也，但心勿忘其为福，亦无汲汲助长其福也。汲汲则似宋人。”对注解中反复出现“福”字，清代学者看出了问题。焦循《孟子正义》卷三说：“经言‘必有事’，赵氏以‘必有福在其中’解之，是以‘福’释‘事’，乃‘事’无‘福’训也。翟氏灏《考异》云：‘通段凡十见福字，古文福但作‘畐’，中笔引长，形便类事。旧本《孟子》当作必有畐焉，故赵氏注之如此。’”有赵氏注文中反复出现的“福”字在，正文中的“事”字，就非常可疑，因而焦、翟两人从校勘学上得出的结论是很结实的。这就又涉及“福”字在先秦时期的特定含义。赵氏以“行仁义之事，必有福在其中”的解释肯定是错误的，它与《孟子》“人爵”“天爵”的两分，即德、福不一致的言论，有深刻的差别。

“福”字在道家文献中有其特定的语意。孟子那句话的意思是说，不要终止对“浩然之气”的修炼，一定有“福”的获得。说的是养气到达一定程度后获得的身心上的舒适和惬意，即后世练功者则称之为“福报”。在《庄子》和《管子》中我们找到了两条用法相同的“福”字。《庄子·逍遥游》:“夫列子御风而行，泠然善也，旬有五日而后反，彼于致福者，未数数然也。”“数数然”的“致福”，就是汲汲然地致福。庄子的意思是说，列子能够乘风而行达半个月，他获得这样的福，却不是汲汲然求得的。一个人能在风中飘起来十五天，这不是常人的能力，在《逍遥游》中这也是说到“圣人”“神人”和“至人”时，列出的相关、相近的现象，实在是一种道术的练习结果。庄子用“福”来称道这异术，“福”字的使用与孟子一致。再一例出自属于黄老道家文献的《管子·内业》，曰:“忧悲喜怒，道乃无处。爱欲静之，遇乱正之。勿引勿推，福将自归，……灵气在心，一来一逝，其细无内，其大无外。”“内业”实即“心术”的或称，全文都是谈到如何养气、静心，此段文字更认为静心、正心是“福归”的积极条件，与孟子“直养而无害”意味相近;其对消极的“推引”的告诫，又与庄子的“未数数然”的肯定和孟子揠苗助长的警示高度一致。“福”字的特定用法，实在可以将“浩然之气”与道家的修炼之术连起来了!

同样说明问题的是“我知言，我善养我浩然之气”一语中“知言”与“养气”的关系。汉初景、武之际司马谈作《论六家要旨》，论黄老之旨说:“其实中其声者谓之端，实不中其声者谓之窾。窾言不听，奸乃不生，贤不肖自分，白黑乃形。在所欲用耳，何事不成?”这是说黄老治心术的“应物”效果，黄老修炼有两种企向，一是“长寿”(见《管子·内业》)或曰“长生久视”(见《老子》)，一是耳聪目明，善应外物，用《六家要旨》的话说，就是“窾言不听”，“不听”即不入于耳，不乱于心。用《管子·白心》的话就是“人言善，亦勿听;人言恶，亦勿听”，亦即“君听言之际，当以正静自处。其言而善，勿遽许之；其言而恶，勿遽拒之”[1]。这也实在与孟子对“诐”“淫”“邪”“遁”之辞的“知其所陷”“所离”等，有着相当大的一致性。将“知言”与“养气”连类而谈，而且是先“养气”，后“知言”，与黄老之说逻辑一律，这都不能简单地视为偶合。[2]

更有意思的是“浩然之气”这个词，居然也可以在公认的黄老道家文献《管子·内业》篇里见到：“精存自生，其外安荣，内藏以为泉原，浩然和平，以为气渊，渊之不涸，四体乃固。泉之不竭，九窍遂通。乃能穷天地，被四海。中无惑意，外无邪灾。”这“浩然和平”的字眼与孟子相同不说，就是那“气渊”的“渊之不涸”“不竭”乃至“穷天地，被四海”的天地境地，与孟子的“塞于天地”相比，其间的差别也只是孟子更善形容而已。此外，整部《孟子》与黄老之间的瓜葛还有许多,《公孙丑上》说“气，体之充也”,《心术》就有“气者，身之充也”;《尽心上》说“见于面，盎于背”,《白心》就有“集于颜色，知于肌肤”，等等。[3]

以上只是证明“浩然之气”与作为黄老之术的“气”之间的关联。继而问题就是，这个“浩然之气”是孟子自创，还是向黄老借用。郭沫若在其《十批判书》之《稷下黄老学派的批判》一文中，肯定地说“孟子显然揣摩过《心术》《内业》《白心》这几篇重要作品”，因此，他的“浩然之气”，也就是“袭取了来的”。[4]郭说是可取的，然而要确定孟子对黄老之术的“袭取”，单有文献上两者相似或相同的证据不行，那样做太平面。要使孟子“袭取”

---

① 本文所引《管子》四篇文献，均据张舜徽《周秦道论发微》之“管子四篇疏证”文字（中华书局，1982年，第262页）。

② 后世儒家如朱熹《朱子语类》卷五十二，将“知言”与“养气”的关系界定为先“知言”后“养气”，是不妥的，表现出朱子将“浩然之气”理解为纯道德概念的普遍倾向。

③ 胡家聪：《管子新探》，中国社会科学出版社，1995年，第325—327页。

④ 郭沫若：《十批判书》，新文艺出版社，1952年，第168页。

黄老的论点站得住，必须得从两个方面着手，先看一看“气”和“养气”在孟子之前的儒家传统中情形如何；再看一看它在黄老一派中所占的位置。这样，谁袭取谁的答案就容易找到了。

二、“气”源于古老的仙术

前者的说明不难，在孔子、子思那里，“气”实在还不成其为一个问题。在《论语》中“气”这个字眼出现得就少，像“出辞气”（见《泰伯》）和“屏气似不息者”（见《乡党》）一类句子的“气”字，是一个常语，不相干，唯一有价值的，是“血气”一词。《季氏》篇载孔子说：“君子有三戒：少之时，血气未定，戒之在色；及其壮也，血气方刚，戒之在斗；及其老也，血气既衰，戒之在得。”“血气”的语意所指，基本是指人的自然原始的生命力，且孔子对“血气”的“戒之”，又承袭的是一个老式的观念。《国语·周语中》载周定王说：“戎狄冒没轻儳，贪而不让，其血气不治，若禽兽焉。”这段话要早于孔子出生近半个世纪，恐怕也不是周定王的创意，所以可说是老观念。孔子对“血气”的“三戒”，实际就是周定王的“治血气”，这与孟子的“养气”根本就不是一路。孟子一路的“气”说，不但在《论语》找不到，在子思的《中庸》乃至大戴、小戴《礼记》，乃至新近出土《郭店楚简》儒家文献中，也都找不到为孟子开路的头绪。《大戴记·文王官人》讲“五气”指“喜怒欲忧惧”，《礼记·乐记》则讲“刚气”“柔气”，郭店简《性自命出》则讲“喜怒悲哀之气，性也”。以“性”说气，与《礼记》相同。“浩然之气”在孟子这里竟好像突然冒出。治思想史，学术源流的厘清很重要。创生于孔子的儒家学派，说“仁”说“义”，讲“礼”讲“乐”，都是力求君子一流人物道德上觉悟，以此来恢复西周以来“礼乐”文明的真实含义，以此再造社会和谐。也就是说，儒家学派的气命、根基端在周代文化。与之相比，道家乃至黄老道家的学术渊源，要更加古远，所强调的“气”同样如此。下面是对黄老一派的观察。

黄老学派公认兴起于战国初期的陈姓齐国。蒙文通先生说得好，它是由融合而形成的新学派，汇聚的要素包括了道家、墨家、法家和儒家等内容，酝酿了这个新学派的各种人物就是所谓“稷下先生”，或者说黄老学派就是由稷下先生们造就的。[①]这个学派之所以用“黄老”冠名，恐怕与稷下学宫的地主即田姓的齐国君主有关。取代了姜尚子孙而为君主的这个田姓贵族来自陈国，而史称陈国君主为舜后代，这也就同“三皇五帝”的黄帝挂上了关系。恰好制作于齐威王时期的出土器物陈侯因资敦铭文中有“高祖黄帝”之语，表明田齐君主确实有意识地认黄帝为其远祖。近来治思想史的王葆玄先生提出一个观点，谓道家分南北两大宗，两宗都源于陈，陈公子完的“奔齐”把陈地道家带到了齐地，就形成了北方派的道家，即黄老。[②]陈国的古有学术是否可以用“道家”来称道，此处可不谈，王先生的把齐国的黄老学派的根源追溯到陈，实在是一个高见。我举一个例子，在《管子》中有两篇文字基本一致的文章，一篇叫《幼官》，一篇叫《幼官图》，学者研究“幼官”即“玄宫”的误笔，从文字中“在图之左”及“西方”“南方”等提示看，两篇文献都是对一张版图上绘画的内容的文字转写；更耐人寻味的是，转写的内容，居然是一份在中原失传已久的历法，而这份历法又恰恰与彝族流传自古的以十个月为一年的历法相同。[③]研究《管子》的学者胡家聪先生说，《管子》一

① 蒙文通：《略论黄老学》，陈鼓应主编：《道家文化研究》第十四辑，生活·读书·新知三联书店，1998年，第233页。

② 王葆玄：《南北道家贵阴贵阳说之歧异》，《道家文化研究》第十五辑，第56页。

③ 参刘尧汉：《凉山彝族太阳历考释》，《彝族社会历史调查论文集》，民族出版社，1980年。

书系田齐变法的时代产物，[1]这大体不错。然而，除了变法图强之外，田姓的齐君设稷下学宫，花了大价钱请来各派的先生，是否也有建构自家学术的意思呢？笔者怀疑《幼官》和《幼官图》所转写的图版，就是当年陈完从陈国出走时带出的。文化史的研究表明，人类在木杆或木版上刻画图案记事，在文献形态上要早于文字叙说。更重要的是，据《庄子》和《墨子》等文献记载，“玄宫”与“五帝”中的帝颛顼有关。[2]未在齐国得势时，陈完和他的后人一直把这古老的图版压在箱底不敢示人；现在得势了，要从学术上为自己作缘饰了，这些古老的文物，正可以为田齐所用。这与齐威王的“高祖黄帝”正有着高度的契合。过去多认为“黄老”这个名称是汉代人后起的，实在《黄帝四经》的出土表明，早在战国时期，黄老一派的学人们就在以“黄帝”为名义，弄出了许多治国之策。“黄老”之称的要点是它姓“黄”，为这个学派提条件的是姓“黄”的后代，料想田齐的君主们肯花昂贵的价钱请学者的目的之一，就是显示其身份的来头。

说这些，不外乎表明这样的一个认识：这个后儒家而起的黄老之学，它在内涵上包含了许多古老的因素。由此而言，先于黄老而起的儒家思想，倒充满了新的文化要素。这有什么关系呢？关系是明确这一点可以使人以更为辽阔、久远的目光去看黄老之学的渊源。

黄老之术作为一种政治哲学，简要地说是强调君主外任法度，内修身心。修身心的目的，一是可以长生久视，一是可以耳聪目

① 胡家聪：《管子新探》，第9—25页。

② 如《庄子·大宗师》谓：“颛顼得之以处玄宫。”又，《墨子·非攻》：“高阳乃命玄宫，禹亲把天之瑞令，以征有苗。”皆谓“玄宫”与颛顼有关。从《管子》的《幼官》和《幼官图》看，所谓“玄宫”与礼书中多有记载的“明堂”很像，而“明堂”又是一个宗教因素强烈的建筑。据《国语·楚语上》记载，帝颛顼时代的重大事件就是“绝地天通”的宗教改革，那个很像明堂的“玄宫”，据记载与颛顼有关，就似乎不是古人的妄言了。

明以督责臣下。“长生久视”这个概念见于今本老子，亦见于郭店本《老子》，证明了它的可靠性。要特别注意的是，耳聪目明地督责臣下，只是“长生久视”的内在修炼在政治上的运用，内在“道”的修炼，耳聪目明本来就是效果之一。诸家思想融合而成的黄老之学，其融合的特点正在于将道家的内在修炼与法家的“尚法度”主张结合起来，为君主生产了一个新的驾驭臣下以治理天下的哲学。但是，这里要说的是一个比黄老家的融合更早的融合，即老子对古仙家的改造。这仍须从“长生久视”入手。

“长生久视”即长生不老，帝王长生不老，可以理解为与政治的长治久安相关，也可以理解为一种世俗的追求。本来长生的追求是不分帝王与俗人的，然而假如将“长生久视”也视为一种“学在官府”的学术，那它一定也是主要掌握在上层社会之手的。如此，看上去它就越发地像是一种关涉政治的术。问题是，见于《老子》的这个“长生久视”之术，恰好与先秦时期的一个古老宗教一致，这就是神仙家，在《汉书·艺文志》里，神仙家属方技之一种。我总觉得在研究道家、黄老之学的时候，对它们与神仙家的关系重视不足。道家的创始人老子是史官，一个史官，他的那些“抟气致柔”的功夫又是从哪里来的呢？过去人们认为神仙家是晚周兴起的一派，然而，考古发掘却另有发现。若干年前在河南省濮阳市西南的属仰韶文化早期的西水坡墓葬里，发掘出用石子码成的龙、虎和鹿的图案。张光直先生称墓主人为中国最早的“道士”，龙、虎、鹿正是后来道家上天的“三蹻”。[①]距今六七千年左右的时期就有这样的东西，看来先民升仙的梦想和追求，早就开始了。张光直先生称墓主为“道士”，贴切的称谓应当是仙家。而神仙的诸多延年益寿的方术中，据蒙文通先生对仙家的分类，

① 张光直:《濮阳三蹻与中国古代美术上的人兽母题》,《文物》1988年第11期。

就有“行气”之一种[①]。这方面的材料当然是见诸晚周的文献记载。可是，“气”这一概念，却可以追溯到西周后期。周幽王时期的伯阳父将当时一场地震，理解为“天地之气”的“阴阳”“失序”（见《国语·周语上》），表明那时的人们就用一种有机的观点来看待世界。焉知当时没有用“气”的观念来认识人体这一“小宇宙”，从而形成练习气、养气的神仙之术？这一点恰好又可被出土器物《行气玉佩（一作“珌”）铭》所证明。其铭曰：

> 行气：深则蓄，蓄则伸；伸则下，下则定，定则固；固则萌，萌则长；长则退，退则天。天机舂在上，地机舂在下。顺则生，逆则死。

器物出土于洛阳附近，制作时间学术界有不同的说法，总之不离战国时代。玉器铭文只谈“气”，不谈“道”，可以看作是行气派古仙家的文字，其“行气”的伸展进退，最终也是将根基深植天地之间，与伯阳父的以“气”解释地震，与《孟子》和《管子》中对“气”的四塞天地的说法一致。从西水坡“三蹻”，到《行气玉佩铭》的“行气”，只是古老仙家线索的两个点，中间加上考古发现的商代玉制的羽人雕像，及屈原《天问》中“黑水玄趾，三危安在？延年不死，寿何所止”云云[②]，实可以断断续续地连成一个漫长的线索。线索的起点，要比老子道家哲学成立的时代早得多得多。从逻辑上说，人类对长生的追求，可能从他知道自己是一个有死的存在那一天就开始了。包括“行气”在内的各种长生之术的出现，就是在这漫长的长生追求中逐渐形成的，不可能是

---

① 蒙文通：《古学甄微》，巴蜀书社，1987年，第335—342页。

② 商代的羽人像发现于江西新干县大洋洲的商晚期墓葬。屈原的《天问》虽创作于战国，但诗人发问所指向的图形文献，却要比诗人的时代早得多。《天问》中提到的“三危”，又与《尚书·尧典》“窜三苗与三危”的“三苗”说法相合。又《山海经·大荒北经》：“西北海外，黑水之北，有人有翼，名曰苗民。”如此，这些材料，都可看作是西水坡之后，古代仙家在漫长的时间里未曾中断的遗迹。

某一个思想家的发明。

但毕竟老子完成了一件学术上的大事，就是对古老的仙术和政治人生的历史经验作了一次突破性的综合，将原属于宗教性的治养身心的古老仙术，向治世的方向引伸，而成就其独特的“无为而无不为”的道术。老子能作这样的综合，实有其现实的基础。他是史官，历史的兴衰尽在眼底；按照古代“巫史不分”的传统，他又是古代神秘宗教传统中人；不单是史官，就是远古的那些帝王，也都是“巫”与“官”结合“神道设教”的人物。古老的神仙之术在王家的史官那里被引申，因而是很自然的。

老子的学术及继起于齐国的黄老，代表着一种应时而动、主于新变的倾向。实则先秦道家并非全都如此，老子之后，黄老之外，尚有全性保真，以天下为康的庄子、杨朱一脉。即以《庄子》而言，《逍遥游》中表“肌肤若冰雪，淖约若处子”的神人；《齐物论》中“至人”的“大泽焚而不能热，河汉冱而不能寒；疾雷破山，飘风振海而不能惊”，不仅是神话，是寓言，实在也是庄子人生最高追求的符示。作为老子的后学，与老子相一致的是，庄子达致这最高目标的手段，居然也是练气。《逍遥游》说“无待”的神人是“乘天地之正，御六气之辩”，《达生》中关尹回答列子“至人潜行不窒，蹈火不热”的诀窍则是：“是纯气之守也”，即“壹其性，养其气”。《刻意》更具体说到“吹呴呼吸，吐故纳新，熊经鸟申”的“为寿”之法。在《老子》是将精气的炼养外推而为治术；在庄子则是另一副样子，他的至人、神人之类的“其神凝，使物不疵疠而年谷熟”，则完全是得道成仙的模样。不能说庄子就是一个神仙家，但仙家的意象，仙家“气”的方术，仍是他人生哲学的象征和手段。老、庄与古老的神仙宗教有着深厚的渊源，但仙是仙，道是道，即以《庄子》而言，满篇的神仙仙话，只是逍遥哲学的一种言说方式，仙、道两者间仍有着明显的界限。

无论如何，“气”论不是儒家旧传统。古老的神仙宗教与道家难分的纠结，道家许久以来长于“行气”的事实，都只能使人得出这样一点：不可能是《管子》四篇黄老文字袭取《孟子》，只能是相反。孟子之前，不论是孔子还是子思，“气”是那样不占位置，偏偏到孟子这里拔地而起，发明了一个“浩然之气”，而且还影响了黄老道家。此等结论，除非闭起眼睛对道家乃至神仙家的源流视而不见，或将其全部抹煞，方能作得出来。

老子之后的黄老之学，起于齐亦盛于齐，其影响则远及他国。孟子与齐国的关系，又是一个无须多言的事情。值得注意的是当时与孟子有过交道的某些稷下先生的特点。一是宋牼，孟子称其为先生（《孟子·告子下》），从他“吾闻秦楚构兵，我见楚王说而罢之”（同上）的行径看，是墨子非攻一类人物，可《庄子·逍遥游》却形容他是“定乎内外之分，辩乎荣辱之境”，是小得“逍遥”的人物。还有一位是告子，据研究也曾游学稷下[①]，《孟子》中说得很清楚，他也修过心术而且做到了“不动心”。宋牼和告子在《孟子》中都是孟子辩论中的败将，可是他们都有些功法，两个人的特点，多少透露出的是孟子在齐生活的环境。孟子讲“浩然之气”，宋牼、告子身上都有些“仙气”，这只表明，他们共同的生活环境，对他们的相同影响。

但是，如将孟子对道家“气”的借助，理解为一种无端地入乡随俗就错了，他实在有其不得已的因由。

三、孟子的“养气”：锻造儒者的生命力

在理想上孟子严守儒家路线，那他为什么把黄老的“浩然之气”，援入自家生命的修养上来呢？回答是，他要克服意义的焦虑，他要强固自己的生命力量，以应对作为一个儒者面临的严重

① 参见张秉楠《稷下钩沉》（上海古籍出版社，1991年，第192页）引孙以楷说。

的困境。

在《孟子·公孙丑上》中，孟子言“养气”，言“知言”，其目标则是锻造作为儒者的“大勇”。他从“不动心”开始，一路谈到告子的“不动心”，谈北宫黝的“养勇”，孟施舍的“无惧”，再到曾子闻之于孔子的“大勇”等等，迤逦而下，一直到“浩然之气”。“浩然之气”是“不动心”的基础。这层意思，朱熹看得清楚，《朱子语类》卷五十二：“养气一章在不动心，不动心在勇，勇在气。”合起来，这就是孟子儒家式的“勇气”。将“气”与“勇”打造为一个“勇气”的概念，这是儒家的一个新说。在谈到曾子的“养勇”时，涉及“自反而缩”与“不缩”的问题。要注意，曾子的“自反”，仍延续的是孔子的老主张，即《论语·颜渊》中“君子不忧不惧，……内省不疚，夫何忧何惧”的“内省”功夫，即以“仁”的法则与智能不断地对自己的行为予以反思，以求与仁道为一。在孔子那里，“勇”“刚”“直”，等等，都是“仁”的各种显露形态：真正的仁者，要勇时就有勇，要刚时就有刚，要直时则有直。孔子没有把“不忧不惧”（即“勇”）与“气”系结在一起去说，而且《论语》中，对“仁者”之“勇”与非“仁者”之“勇”，分得很清楚，《宪问》篇“仁者必有勇，勇者不必有仁”就是这样的意思。在孔子看来，有源于自然生命资质的“血气”之“勇”（季氏），有根植于仁道的“内省”之“勇”，孔子明显地排斥前者。《阳货》篇的“好勇不好学，其蔽也乱”，《泰伯》篇的“好勇疾贫，乱也”，《公冶长》篇的“由也好勇过我，无所取材”等，都表示着对“血气”之勇的有意排抑。“勇”在孔子那里，是一本于“仁”的。

这与孟子言“勇”有十分深刻的差异。虽不能说孟子之“勇”是“血气”之“勇”，但是他的那个来自“异端”的“浩然之气”，的确与调理身心血脉有密切关系。也就是儒家“勇”的概念，从孔子到孟子，曾经发生过一个基础上的变化。在孔子那里，“勇”是仁者面临外在威胁时，由内省不愧、不疚而生起的无惧，是“仁”

派生“勇”；在孟子这里，“勇”与“气”相接而成为“勇气”；“勇气”的含义，已不单单是一个道德问题，也是一个生命力的问题。孟子试图以充塞宇宙的浩然之气，强劲自己独立不依的儒者生命。“勇”在孔子那里还只是个伦理问题，在孟子这里则变成一个本体论的命题。

蒂利希说：“勇气是具有‘不顾’性质的自我肯定，他不顾那些有可能妨碍自我肯定的东西。”[①]这个定义正与孟子“养气、直言”的勇气论有着相当程度吻合。孟子所以要由“养气”来强化他儒者的生命，也正是以此来应对那些“妨碍”他“自我肯定的东西”。孟子非要有“养勇”一道来强化自家儒者抗拒外物的否定不可，绝不能理解为他的困境比孔子大。这不仅是一个客观上的问题。“妨碍”他儒家“自我肯定”的，也包含来源于自身方面的东西。“养勇”“养气”，归结到生活世界里，就是孟子所说的“不动心”。就让我们从这“不动心”往下说。

什么是孟子的“不动心”？公孙丑问：“夫子加齐之卿相，得行道焉。虽由此霸王不异矣。如此则动心否？”孟子回答：“否，我四十不动心。”“不动心”，赵岐解释：“如是宁动心畏难，自恐不能行否？”《朱子语类》卷五十二：“非谓以卿相富贵动其心，谓伯王事大，恐孟子担当不过，有所畏惧而动其心也。”释汉、宋的权威解释都将公孙丑问的“不动心”，释为不畏惧。照此理解，公孙丑所以有此一问，是弄不清老师在卿相高位面前是否自信。从“我四十不动心”的语气看，是说自己早就不动心了。真像赵氏、朱子说的那样，公孙丑就实在不了解老师了。《孟子》之所记，孟子不止一次地表达过他在政治上的自信，高度自信又是孟子的一大作风，作为学生，公孙丑岂能不知道？《孟子·公孙丑下》：“夫天

① ［美］蒂利希：《存在的勇气》，成穷、王作虹译，贵州人民出版社，1998年，第26页。

未欲平治天下也，如欲平治天下，当今之世，舍我其谁也?”又说:“王如用予，则岂徒齐民安，天下之民举安。”都是明确表示自信心的证据。如此“不动心”的发问，笔者以为，是一个关于外诱惑方面的话头。学生实际是在问老师修养境地，忽然之间有了权位，行王道、霸道都可以了，老师还是否因此“动心”呢?这“动心”，是违离本心，如兴奋、得意等失去本然平和、镇定之类。孟子“不动心”的实意，应从孟子“视天下悦而归己，犹草芥也，惟舜为然”(《孟子·离娄上》)这话显示出的对权位的态度来理解。舜在天大的成功面前，不失去自我，正是为孟子认肯的榜样。公孙丑的问题，问在“居下位而不获于上，民不得而治也”的老师身上，实在是很合适的。因此,“不动心”就不是一个外在的害怕与否问题，而是一个儒者的内心世界还受不受外在扰乱而失去自我的问题。保持自我，从整部《孟子》看，正是孟子焦虑的中心。由此切入，最容易看出孟子非要建构他儒者“勇气”之一道不可的缘故。

如从外在否定一面看，孔子困顿的遭遇比孟子要严重得多，但是孔子没有“养勇”一道，那是因为他不须如此。孔子“仁者必有勇”的“勇”之一道，带有的是春秋时代的气息，孟子则属于战国士人气概。《论语·述而》中一句“用之则行，舍之则藏”,“用”与“舍”的对举，最能体现孔子在“我”与“道”和“我”与现实间关系的态度。孔子固然讲“守死善道”，同时也讲“危邦不入，乱邦不居，天下有道则见，无道则隐”(《论语·泰伯》)。他对“道”有万分的自信，然而“道”却不一定由“我”来实现。孔子不以“仁”自居，不以“圣”自期，他以“仁”的发现自居，因而他叹“文不再兹乎”;他以“道”的护持者、阐释和传授者自居，因而他讲“学而不厌，诲人不倦”。可以在“道”上“守死”，得位与否，得行与否，却可以洒然相对。孟子说孔子是“圣之时者”，关键在这个“时”。儒本来就有“君子儒”与“小人儒”之分，如果相信胡适《说儒》的看法，“君子儒”实际是从旧式的“小人儒”改造而来，而旧式的“小人儒”为殷遗；[1]相信“诸子出于王官”的旧说，儒原本也不过是掌教化的司徒之官请来演礼奏乐的先生。孔子“少居鲁，衣逢掖之衣；长居宋，冠章甫之冠”（《礼记·儒行》），“逢掖”之衣是“有道艺者”职业的标志，“章甫”之冠则是殷遗的象征。儒本是一种职业，在春秋这样一个传统气氛浓郁的时代里，职业对儒家还是一种限定，还须严守其“师儒”（《周礼》）的位置。孔子面对的尽是一批尸居余气、懒塌塌的老贵族，这便是孔子的圣者之“时”，他能做的是谨守善道而待天命：“道之将行也与？命也；道之将废也与？命也。”（《论语·宪问》）在“至德”的“中庸”之外，也不须再言一个“勇”：“素富贵，行乎富贵；素贫贱，行乎贫贱；素夷狄，行乎夷狄；素患难，行乎患难；君子无入而不自得焉。在上位不陵下，在下位不援上，正己而不求于人，则无怨。上不怨天，下不尤人。故君子居易以俟命，小人行险以徼幸。”这就是《中庸》所言孔子处己之道，“中庸之道”中，内含着仁，也内含着勇。

孟子则不同。雄心勃勃、野心勃勃的各国新贵，对士人的极端重视，使孟子时代的士人有了不同于孔子时代的地位和感觉。近取诸譬，田齐自桓公以至威、宣诸王，对士子康庄开第、高车大马的待遇，孟子也是享受到了的。然而，这本是一种出于私利的笼络，重视的是士子“推一合十”的本事，儒家“仁义”与他们的“大欲”根本就方凿圆枘。一方面是极尽的盛礼，一边是“姑舍女所学而从我”（《孟子·梁惠王下》）的极不尊重。士人地位是升高了，在权势面前保持自我也困难了。这曾使孟子起过大焦虑。《孟子》一书，讨论与权势相处的言论是那样多，表现在去就上，孟子则时有反乎常态的做法。孟子固然有“三去三就”的原则（《孟

① 胡适：《说儒》，《胡适文存》四集，黄山书社，1996年，第1—58页。

子·告子上》），然而遇到具体情况时，却不那么简单。“孔子为鲁司寇，不用，从而祭，燔肉不至，不税冕而行。不知者以为为肉也，其知者以为为无礼也。”（《孟子·告子下》）这是孔子的洒脱，孟子已经不能。《孟子·公孙丑下》：“孟子去齐，充虞路问曰：‘夫子若有不豫色然。前日虞闻诸夫子曰：君子不怨天，不尤人。’曰：‘彼一时，此一时也。五百年必有王者兴，其间必有名世者。由周而来，七百余岁矣，以其数则过矣，以其时考之，则可矣。夫天未欲平治天下也，如欲平治天下，当今之世，舍我其谁也，吾何为不豫哉！’”新贵对士人身价的高抬，社会对士人的期待，已很有理由使士子产生“舍我其谁”的普遍心态，而孟子的自信更有特殊的理由，他有一个从历史经验中得出的“五百年必有王者兴”的论断：“王者之不作，未有疏于此时者也，民之憔悴于虐政，未有甚于此时者也。饥者易为食，渴者易为饮。……当今之时，万乘之国行仁政，民之悦之，犹解倒悬也，故事半古之人，功必倍之。惟此时为然。”（《孟子·公孙丑上》）这样的判断，使人感到了大机遇，实在也是大诱惑，难免让人见猎心喜，蠢然心动，一时在权势面前把持不住自己。孟子去齐，人讥之为“濡滞”（《孟子·公孙丑下》），这自然是持着“孔子之去齐，接淅而行”的老例来量度孟子，孟子的解释也很能服人，然而“濡滞”也真是“濡滞”。对孔子，孟子怀有“自有生民以来，未有如孔子”的敬佩，孔子“接淅而行”与自己的“濡滞”间，难道就不产生内心上的焦灼？“孟子去齐，宿于昼，有欲为王留行者，坐而言，不应，隐几而卧。客不悦。”（同上）这样闹情绪，未免太赌气，失了态，不符合《中庸》“庸德之行，庸言之谨”的尺度。以孟子之才，难道对此不会自省，不会在自省中觉得自己需要“不动心”的功夫？

既要借助权势以行仁道，又要在权势面前保持着自己，不离不即，这是一个困顿之境，对此孟子有“说大人则藐之”的准则。尽管孟子给出三大条“藐之”的理据，然而那是要求在“说大人”

的当下，显示出“藐之”气概，这就需有一个“智及而仁守”的硬通货做抵押。不是知道“大人”的可“藐”就算数，还得有一个内心的修炼功夫作后盾。在孟子关于“大丈夫”的三项指针中，除“贫贱”一项外，其余“富贵”“威武”两项都和如何与权势处相关，权势的“威武”固然可“不动心”，权势“富贵”下的“不动心”则更需要“大丈夫”的气概。所以我说公孙丑问的“不动心”，当指外在诱惑扰乱本心方面。

得权势是行“仁政”之道，“借势行道”而又不失自我，这是一个大难题，使孟子内心充满着矛盾。这矛盾又会因现实的刺激而越发矛盾，上升为一种焦虑。外在的现实是，当孟子认定天下比任何时候都需要“行仁政”时，却是杨、墨之说遍天下。孟子比孔子面临着更复杂的困境，孔子一生有失落，甚至绝望，但他从未感到从“文武之道”中抽绎出的“斯文”，受到异说的严重威胁。孟子却赶上了。最应当实施的“仁义”，在现实中居然不如杨、墨之说那样获得信徒。对这儒家的劣势，先得要把持得住自己。对异说，他可以个人之力“自反而缩，虽千万人吾往矣”，但问题并不简单地是一个思想争辩的事：“圣王不作，诸侯放恣，处士横议，杨朱、墨翟之言盈天下。天下之言，不归杨则归墨。杨氏为我，是无君也；墨氏兼爱，是无父也。无君无父，是禽兽也。”又说：“杨、墨之道不息，孔子之道不著，是邪说诬民，充塞仁义也。仁义充塞，则率兽食人，人将相食。”（《孟子·滕文公下》）“圣王不作”的结局是异端邪说“率兽食人”，人伦世界的一切都会丧失，这是一件多么可怕的事情。这是孟子焦虑的焦点。邪说的横行，要比诸侯的“放恣”还严重。这样的情势，又要作用到与权势相处的难题上来。因为遏制诸侯放恣，处士横议，杨墨之言盈天下的态势，是一个“圣王”的事业。“五百年必有王者兴”的大判断，使孟子必然从人世间寻找成就这“王者”事业的力量支持。儒者的内心世界平衡问题，会因此而更加尖锐突出。“浩然之气”的修炼，儒家生命中“勇气”人格的建构，正以此为背景。蒂利希说：“正当的勇气必须被理解为完满生命力的表现。增强生命力就意味着增强存在的勇气。”[①]“浩然之气”正是一个帮助孟子强化儒者生命力以“增强存在的勇气”的东西。

四、“浩然之气”所以成为“绝学”

“浩然之气”借自黄老是可以肯定的，同样可以肯定的是，“浩然之气”的修炼没有被后世的儒家继承下来，它成了一段“绝学”。

孟子之后，“浩然之气”影响力的消失过程，因有马王堆帛书的发现，可以看得更清楚些。马王堆帛书中有《五行》一篇，因郭店简发现同样的篇章，可知是先秦儒子思一派的著作。[②]《五行》篇“淑人君子，其仪一兮。能为一，然后为君子”一段后，都有逐句说解的文字，整理者名之为《五行说》。庞朴先生说：“《五行》篇最早并没有‘说’或‘解’，帛书所见的‘说’，是某个时候的弟子们奉命缀上去的。”[③]其补缀的时间，应在孟荀之后的战国末期。[④]在这《五行说》中，出现了对“气”的不同于《论语》和《礼记》等文献的新说法。如：

> 《五行》：“不变不悦。”《说》：“变也者，勉也，仁气也。”
>
> 《五行》：“不远不敬。”《说》：“远心也者，礼气也。”

---

① ［美］蒂利希：《存在的勇气》，第61页。

② 早在马王堆帛书发现后，庞朴先生就认为《五行》为子思、孟子之儒的失落文献，郭店竹简出土后，这样的看法更得到李学勤、姜广辉等学者的认同、除个别学者有所保留外，基本是学术界一致的看法。参《中国哲学》第二十辑《郭店楚简研究》专辑所载各家论文。

③ 庞朴：《竹帛〈五行〉篇比较》，《中国哲学》第二十辑，辽宁教育出版社，2000年，第224页。

④ 参郭沂：《郭店竹简与先秦学术思想》，上海教育出版社，2001年，第463—464页。

《五行》“知而安之，仁也。”《说》：“知君子所道而𠑇然安之者，仁气也。”

《五行》：“安而行之，义也。”《说》：“既安之矣，又搬然行之，义气也。”

《五行》：“行而敬之，礼也。”《说》：“既行之矣，又愀愀然敬之者，礼气也。”

“仁气”“礼气”和“义气”，都属于新名词，前此无这样的说法。新名词含有的新意味是，仁、义、礼之后，接一“气”字，这“气”已不再是“血气心知”之气，即不再属于自然生命之气；而从“勉也”“搬然行之”和“愀愀然敬之者”等语句可以看出，“仁气”“礼气”和“义气”的“气”，表达的是一种躬行仁义的生命力，但这生命力已道德化了。很明显，是受了孟子“浩然之气”的影响。也就是写作《五行》说的人，深受着孟子“浩然之气”说的熏染，孟子的养气论，在战国后期还能被后人延续。

但是，到东汉赵岐解释《孟子》“气”的概念时，就已经说：“气所以充满形体为喜怒也。”“气”在这里有成为自然生命之气，而且是用《中庸》“喜怒哀乐未发谓之中”的“致中和”的修身观解释“气”了。也就是说，到东汉时期，孟子的“浩然之气”的真义已成绝响。此后唐宋学者大流的解释如孙奭《孟子注疏》等也大体如此。到南宋朱熹，曾与学生广泛地谈论过“浩然之气”的问题，其内容都被保存在《朱子语类》卷五十二中。我们看这样的一段：“所谓‘气’者，非干他事。只是自家平时仰不愧，俯不怍，存养于中，其气已充足饱满，以之遇事，自然敢为而无畏怯。”完全是以孔子“内省不疚”来说解“浩然之气”。

炼气这一套修身方法，在后代儒家的失传，原因多方面。外在的原因，很大程度上是由于儒家的现实处境的改变。孟子那样的处境，只有战国时代才有。新起的诸侯们统一天下要用人，所以广招人才，低声下气地待他们好。士人们当时的地位空前绝后地高，气氛也显得十分自由，想发脾气可以发，有什么主张都可以说。然而一个冰冷的现实是，诸侯的客气，背后是你的主张得对我有用，你也为我所用。在士人所守的“道”和当权者的“势”之间，关系微妙。“道”掌握了诸侯，也就掌握了天下。得行与否似乎就在一念之间。这对任何人，都是大机会，也是大诱惑。有操守的士人，像孟子，要保持自己人格上的统一，实在不是一件易事。而“气”的修炼，实在也是孟子保持或者说恢复人格统一的办法。战国一过，天下一统，儒家再用孟子那套办法应付现实就不行，总不能以“说大人则藐之”的态度去对待皇帝吧。所以后代，像宋儒，就对孟子的立身有微词，嫌他有圭角，等等。儒家的修身目标，也不再是强化士人精神主体的练气，而是表现着“喜怒哀乐”“中和”境界的“气象”。士人的精神格调已不再是以“道”抗“势”的“弘毅”，而是与“道”为一的深厚涵养。如此这般，“浩然之气”的本来面目也就被淡漠了。

从内在的方面说，孟子的“浩然之气”的说法，也实在有其不能流传的因由。练气在道家那里，方法是主“虚”主“静”的，《老子》说：“致虚极，守静笃。”《庄子·人间世》则更托为仲尼之言曰：“若一志，无听之以耳而听之以心，无听之以心而听之以气。耳止于听，心止于符。气也者，虚而待物者也。唯道集虚，虚者，心斋也。”这在《管子》四篇黄老道家文献同样如此，如《心术》上下篇讲“虚其欲”，“圣人得虚道”，《内业》篇讲“心静气理”，“修心静音，道乃可得”等。可是孟子却大谈“集义所生”，讲“配道与义”，与庄子所为“虚者心斋”之义大异其趣。道家的修炼贵虚、贵弱、贵柔，包括印度的瑜珈功及佛教的禅那在内的修炼法，都是以清静心念为途径的冥想，以此达到与“道”合一。此点即在今日的气功修炼也莫不如此。唯独孟子却要讲一个“配义”，讲一个“集义”。这使人曾百思不得其解。照功法的修练，他那样心里横着一个“义”字，怎么可以呢？看他对学生谈的体验，他又是练成了的。对此笔者有一个领悟：孟子所谓的“义”，实从道家“去欲”主张上来。道家修身，讲究排除生命的欲望，也同样讲究“养心莫善于寡欲”(《孟子·尽心下》)。恰好《内业》篇“凡心之刑，自充自盈，自生自成。其所以失之，必以忧、乐、喜、怒、欲、利。能去忧、乐、喜、怒、欲、利，心乃反济”云云，又与《中庸》的“致中和”可以协调，起码孟子可以把对忧、乐、喜、怒等去除，视为与儒家“致中和”相类的事情。这样孟子说“浩然之气”的“以直养而无害”，也就易于理解了，克制情感的发动，就是“直”，就是“直养”。笔者以为问题是这样的，孟子生活在黄老气氛浓郁的齐国，他实际修炼是一回事；当他练习成功，再与弟子们谈论自己的“养气”经验时，是另一回事：他采取了儒家的语言来表述他练习道家功法的体验。笔者不是说孟子撒谎，大力攘斥杨、墨的不是孟子吗？很可能是出于严守儒家立场需要，不能不有所避讳，才做了那样不得已的阐述。

这对他的学生及更后来的儒家了解乃至修习“养气”之法，实在是不利的。可是，孟子就是明确告诉学生“浩然之气”的黄老来源，在后来儒、道门户渐趋森严的时代，对“浩然之气”之说在儒家内部的流传就有利吗？后世的儒家不练“浩然之气”也不害其为儒家，讲明孟子的“浩然之气”来源，其意义只在更准确地理解孟子的时代和他的处境，及其解决困境的对策。一句话，在理解孟子逆境中奋进的儒者生命。

（原载《中国文化研究》2005年夏之卷）